GRöLS Verlage

„Bücher sind wie Fallschirme. Sie nützen uns nichts, wenn wir sie nicht öffnen."

Gröls Verlag

Redaktionelle Hinweise und Impressum

Das vorliegende Werk wurde zugunsten der Authentizität sehr zurückhaltend bearbeitet. So wurden etwa ursprüngliche Rechtschreibfehler *nicht* systematisch behoben, denn kleine Unvollkommenheiten machen das Buch – wie im Übrigen den Menschen – erst authentisch. Mitunter wurden jedoch zum Beispiel Absätze behutsam neu getrennt, um den Lesefluss zu erleichtern.

Um die Texte zu rekonstruieren, werden antiquarische Bücher von Lesegeräten gescannt und dann durch eine Software lesbar gemacht. Der so entstandene Text wird von Menschen gegengelesen und korrigiert – hierbei treten auch Fehler auf. Wenn Sie ebenfalls antiquarische Texte einreichen möchten, finden Sie weitere Informationen auf www.groels.de

Viel Freude bei der Lektüre wünscht Ihnen das Team des Gröls-Verlags.

Adressen

Verleger: Sophia Gröls, Im Borngrund 26, 61440 Oberursel

Externer Dienstleister für Distribution & Herstellung: BoD, In de Tarpen 42, 22848 Norderstedt

Unsere „Edition | Werke der Weltliteratur“ hat den Anspruch, eine der größten und vollständigsten Sammlungen klassischer Literatur in deutscher Sprache zu sein. Nach und nach versammeln wir hier nicht nur die „üblichen Verdächtigen“ von Goethe bis Schiller, sondern auch Kleinode der vergangenen Jahrhunderte, die – zu Unrecht – drohen, in Vergessenheit zu geraten. Wir kultivieren und kuratieren damit einen der wertvollsten Bereiche der abendländischen Kultur. Kleine Auswahl:

Francis Bacon • Neues Organon • **Balzac** • Glanz und Elend der Kurtisanen • **Joachim H. Campe** • Robinson der Jüngere • **Dante Alighieri** • Die Göttliche Komödie • **Daniel Defoe** • Robinson Crusoe • **Charles Dickens** • Oliver Twist • **Denis Diderot** • Jacques der Fatalist • **Fjodor Dostojewski** • Schuld und Sühne • **Arthur Conan Doyle** • Der Hund von Baskerville • **Marie von Ebner-Eschenbach** • Das Gemeindekind • **Elisabeth von Österreich** • Das Poetische Tagebuch • **Friedrich Engels** • Die Lage der arbeitenden Klasse • **Ludwig Feuerbach** • Das Wesen des Christentums • **Johann G. Fichte** • Reden an die deutsche Nation • **Fitzgerald** • Zärtlich ist die Nacht • **Flaubert** • Madame Bovary • **Gorch Fock** • Seefahrt ist not! • **Theodor Fontane** • Effi Briest • **Robert Musil** • Über die Dummheit • **Edgar Wallace** • Der Frosch mit der Maske • **Jakob Wassermann** • Der Fall Maurizius • **Oscar Wilde** • Das Bildnis des Dorian Grey • **Émile Zola** • Germinal • **Stefan Zweig** • Schachnovelle • **Hugo von Hofmannsthal** • Der Tor und der Tod • **Anton Tschechow** • Ein Heiratsantrag • **Arthur Schnitzler** • Reigen • **Friedrich Schiller** • Kabale und Liebe • **Nicolo Machiavelli** • Der Fürst • **Gotthold E. Lessing** • Nathan der Weise • **Augustinus** • Die Bekenntnisse des heiligen Augustinus • **Marcus Aurelius** • Selbstbetrachtungen • **Charles Baudelaire** • Die Blumen des Bösen • **Harriett Stowe** • Onkel Toms Hütte • **Walter Benjamin** • Deutsche Menschen • **Hugo Bettauer** • Die Stadt ohne Juden • **Lewis Caroll** • *und viele mehr….*

Arthur Schnitzler

Der Weg ins Freie

Roman

Inhalt

Erstes Kapitel

Georg von Wergenthin saß heute ganz allein bei Tische. Felician, sein älterer Bruder, hatte es vorgezogen, nach längerer Zeit wieder einmal mit Freunden zu speisen. Aber Georg verspürte noch keine besondere Neigung, Ralph Skelton, den Grafen Schönstein, oder andere von den jungen Leuten wiederzusehen, mit denen er sonst gern plauderte; er fühlte sich vorläufig zu keiner Art von Geselligkeit aufgelegt.

Der Diener räumte ab und verschwand. Georg zündete sich eine Zigarette an, dann ging er nach seiner Gewohnheit in dem großen, dreifenstrigen, nicht sehr hohen Zimmer hin und her und wunderte sich, wie dieser Raum, der ihm durch viele Wochen wie verdüstert erschienen war, allmählich doch das frühere freundliche Aussehen wiederzugewinnen begann. Unwillkürlich ließ er seinen Blick auf dem leeren Sessel am oberen Tischende ruhen, über den durch das offene Mittelfenster die Septembersonne hinfloß, und es war ihm, als hätte er seinen Vater, der seit zwei Monaten tot war, noch vor einer Stunde dort sitzen gesehen; so deutlich stand ihm jede, selbst die kleinste Gebärde des Verstorbenen vor Augen, bis zu seiner Art die Kaffeetasse fortzurücken, den Zwicker aufzusetzen, in einer Broschüre zu blättern.

Georg dachte an eines der letzten Gespräche mit dem Vater, das im Spätfrühling stattgefunden hatte, kurz vor der Übersiedlung in die Villa am Veldeser See. Georg war damals eben aus Sizilien heimgekommen, wo er den April mit Grace verbracht hatte, auf einer melancholischen und ein wenig langweiligen Abschiedsreise, vor der endgültigen Rückkehr der Geliebten nach Amerika. Er hatte wieder ein halbes Jahr oder länger nichts Rechtes gearbeitet; nicht einmal das schwermütige Adagio war niedergeschrieben, das er in Palermo, an einem bewegten Morgen am Ufer spazierengehend, aus dem Rauschen der Wellen herausgehört hatte. Nun spielte er das Thema seinem Vater vor, phantasierte darüber mit einem übertriebenen Reichtum an Harmonien, der die einfache Melodie beinahe verschlang; und als er eben in eine wild modulierende Variation geraten war, hatte der Vater, vom anderen Ende des Flügels her, lächelnd gefragt: Wohin, wohin? Georg, wie beschämt, ließ den Schwall der Töne verklingen, und nun, herzlich wie immer, doch nicht in so leichtem Ton wie sonst, hatte der Vater mit dem Sohn ein Gespräch über dessen

Zukunft zu führen begonnen, das diesem heute durch den Sinn zog, als wäre es von mancher Ahnung schwer gewesen.

Er stand am Fenster und blickte hinaus. Drüben der Park war ziemlich leer. Auf einer Bank saß eine alte Frau, die eine altmodische Mantille mit schwarzen Glasperlen um hatte. Ein Kindermädchen spazierte vorbei, einen Knaben an der Hand, ein anderer, ganz kleiner, in Husarenuniform, mit angeschnalltem Säbel, eine Pistole im Gürtel, lief voran, blickte stolz um sich und salutierte einem Invaliden, der rauchend des Weges kam. Tiefer im Garten, um den Kiosk, saßen wenige Leute, die Kaffee tranken und Zeitung lasen. Das Laub war noch ziemlich dicht, und der Park sah bedrückt, verstaubt und im ganzen viel sommerlicher aus, als sonst in späten Septembertagen. Georg stützte die Arme aufs Fensterbrett, beugte sich vor und betrachtete den Himmel. Seit dem Tode seines Vaters hatte er Wien nicht verlassen, trotz vieler Möglichkeiten, die ihm offen standen. Er hätte mit Felician auf das Schönsteinsche Gut fahren können; Frau Ehrenberg hatte ihn in einem liebenswürdigen Brief in den Auhof eingeladen; und zu einer Radtour durch Kärnten und Tirol, wie er sie längst plante, und zu der er sich allein nicht entschließen konnte, hätte er leicht einen Gefährten gefunden. Aber er blieb lieber in Wien und vertrieb sich die Zeit mit dem Durchblättern und dem Ordnen von alten Familienpapieren. Er fand Erinnerungen bis zu seinem Urgroßvater, Anastasius von Wergenthin, der aus der Rheingegend stammte und durch Heirat mit einem Fräulein Recco in den Besitz eines alten längst unbewohnbaren Schlößchens bei Bozen gekommen war. Auch Dokumente zur Geschichte von Georgs Großvater waren vorhanden, der im Jahre 1866 als Artillerieoberst vor Chlum gefallen war. Dessen Sohn, Felicians und Georgs Vater, hatte sich wissenschaftlichen, hauptsächlich botanischen Studien gewidmet und in Innsbruck das Doktorat der Philosophie abgelegt. Als Vierundzwanzigjähriger lernte er ein junges Mädchen kennen aus alter österreichischer Beamtenfamilie, das sich, vielleicht mehr um den engen und beinahe ärmlichen Zuständen ihres Hauses zu entfliehen, als aus innerstem Beruf, zur Sängerin ausgebildet hatte. Der Freiherr von Wergenthin sah und hörte sie zum ersten Male im Winter in einer Konzertaufführung der Missa solemnis, und schon im Mai darauf wurde sie seine Frau. Im zweiten Jahre der Ehe kam Felician, im dritten Georg zur Welt. Drei Jahre später begann die Baronin zu kränkeln und wurde von den Ärzten nach dem Süden geschickt. Da die Heilung auf sich warten ließ, wurde der Haushalt in Wien aufgelöst, und so fügte es sich, daß der Freiherr mit den Seinen durch viele Jahre eine Art von

Hotel- und Wanderleben führen mußte. Ihn selbst führten Geschäfte und Studien manchmal nach Wien, die Söhne aber verließen ihre Mutter beinahe niemals. Man lebte in Sizilien, in Rom, in Tunis, in Korfu, in Athen, in Malta, in Meran, an der Riviera, zuletzt in Florenz; keineswegs auf großem Fuß, aber doch standesgemäß; und nicht so sparsam, daß nicht ein guter Teil des freiherrlichen Vermögens allmählich aufgezehrt worden wäre.

Georg war achtzehn Jahre alt, als seine Mutter starb. Neun Jahre waren seither verflossen, aber unverblaßt war ihm die Erinnerung an jenen Frühlingsabend, da Vater und Bruder zufällig nicht daheim gewesen waren, und er allein und ratlos am Bett der sterbenden Mutter gestanden hatte, während durch die eilig aufgerissenen Fenster, mit der Luft des Frühlings, das Reden und Lachen von Spaziergängern verletzend laut hereinklang.

Die Hinterbliebenen kehrten mit dem Leichnam der Mutter nach Wien zurück. Der Freiherr widmete sich seinen Studien mit einem neuen, wie verzweifelten Eifer. Früher hatte man ihn nur als vornehmen Liebhaber gelten lassen, jetzt begann man ihn auch in akademischen Kreisen durchaus ernst zu nehmen, und als er zum Ehrenpräsidenten der botanischen Gesellschaft gewählt wurde, hatte er diese Auszeichnung nicht allein dem Zufall eines adeligen Namens zu danken. Felician und Georg ließen sich als Hörer an der juridischen Fakultät einschreiben. Aber der Vater selbst war es, der es dem Jüngern nach einiger Zeit freistellte, die Universitätsstudien aufzugeben und sich seinen musikalischen Neigungen entsprechend weiter zu bilden, was dieser dankbar und erlöst annahm. Doch auch auf diesem selbstgewählten Gebiete war seine Ausdauer nicht bedeutend, und oft wochenlang hintereinander konnte er sich mit allerlei Dingen beschäftigen, die von seinem Wege weit ablagen. Diese spielerische Anlage war es auch, die ihn jene alten Familienpapiere mit einem Ernst durchblättern ließ, als gälte es wichtigen Geheimnissen der Vergangenheit nachzuforschen. Manche Stunde verbrachte er bewegt über Briefen, die seine Eltern in früheren Jahren miteinander gewechselt hatten, über sehnsüchtigen und flüchtigen, schwermütigen und beruhigten, aus denen ihm nicht nur die Hingeschiedenen selbst, sondern auch andere halbvergessene Menschen neu lebendig wurden. Da erschien ihm der deutsche Lehrer wieder, mit der traurigen blassen Stirn, der ihm auf langen Spaziergängen den Horaz vorzudeklamieren pflegte; das braune, wilde Kindergesicht des Prinzen Alexander von Mazedonien tauchte auf, in dessen Gesellschaft Georg in Rom die ersten Reitstunden genommen hatte; und in einer traumhaften Weise, wie mit schwarzen Linien an einen blaßblauen Horizont gezeichnet, ragte die Pyramide des Cestius auf, so wie Georg sie, von seinem ersten Ritt aus der Campagna heimkehrend, in der Abenddämmerung erblickt hatte. Und wenn er ins Weiterträumen geriet, zeigten sich Meeresufer, Gärten, Straßen, von denen er gar nicht wußte, aus welcher Landschaft, welcher Stadt sein Gedächtnis sie bewahrt hatte; Gestalten schwebten vorbei, manche vollkommen deutlich, die ihm einmal nur in gleichgültiger Stunde begegnet waren, andere wieder, mit denen er zu irgend einer Zeit viele Tage zusammen gewesen sein mochte, schattenhaft und fern. Als Georg nach Sichtung jener alten Briefe auch seine eigenen Papiere in Ordnung brachte, fand er in einer alten, grünen Mappe musikalische Entwürfe aus der Knabenzeit, die ihm bis auf die Tatsache ihres Vorhandenseins so vollkommen entschwunden waren, daß man sie ihm ohne weiteres als die Aufzeichnungen eines anderen hätte vorlegen können. Von manchen war er angenehm schmerzlich überrascht, denn sie schienen ihm Versprechungen zu enthalten, die er vielleicht niemals erfüllen sollte. Und doch spürte er gerade in der letzten Zeit, daß sich irgend etwas in ihm vorbereitete. Er sah es wie eine geheimnisvolle aber sichere Linie, die von jenen ersten hoffnungsvollen Niederschriften in der grünen Mappe zu neuen Einfällen wies; und das wußte er: die zwei Lieder aus dem west-östlichen Divan, die er heuer im Sommer komponiert hatte, an einem schwülen Nachmittag, während Felician in der Hängematte lag und der Vater auf der kühlen Terrasse im Lehnstuhl arbeitete, hätte nicht der erstbeste ersinnen können.

Wie von einem gänzlich unerwarteten Gedanken überrascht wich Georg einen Schritt vom Fenster zurück. Mit solcher Deutlichkeit war er noch nie inne geworden, daß seine Existenz seit dem Tode des Vaters bis zum heutigen Tage gleichsam unterbrochen gewesen war. An Anna Rosner, der er jene Lieder im Manuskript zugesandt, hatte er die ganze Zeit über nicht gedacht. Und wie ihm nun einfiel, daß er ihre wohllautende, dunkle Stimme wieder hören und sie auf dem etwas dumpfen Pianino zum Gesang begleiten durfte, sobald er nur wollte, war er angenehm bewegt. Und er erinnerte sich des alten Hauses in der Paulanergasse, des niederen Tors, der schlecht beleuchteten Stiege, die er bisher nicht öfter als drei- oder viermal hinaufgegangen war, wie man an Liebgewordenes und längst Bekanntes denkt.

Im Park drüben ging ein leichtes Wehen durch die Blätter. Über der Stephansturmspitze, die dem Fenster, durch den Park und einen beträchtlichen Teil der Stadt getrennt, gerade gegenüberlag, erschienen dünne Wolken. Ein langer Nachmittag, völlig ohne Verpflichtungen dehnte sich vor Georg aus. Im Laufe der zwei Trauermonate, so wollte es ihm scheinen, hatten sich alle Beziehungen früherer Zeit gelockert oder gelöst. Er dachte an den verflossenen Winter und Frühling, mit ihrem vielfach verschlungenen und wirren Treiben, und allerlei Erinnerungen tauchten bildhaft vor ihm auf: Die Fahrt mit Frau Mariannen im geschlossenen Fiaker durch den verschneiten Wald. Der maskierte Abend bei Ehrenbergs, mit Elses tiefsinnig-kindlichen Bemerkungen über die „Hedda Gabler", der sie sich verwandt zu fühlen behauptete, und mit Sissys raschem Kuß unter den schwarzen Spitzen der Larve. Eine Bergtour im Schnee, von Edlach aus auf die Rax, mit dem Grafen Schönstein und Oskar Ehrenberg, der – ohne angeborene alpine Neigungen – gern die Gelegenheit ergriffen hatte, sich zwei hochgeborenen Herren anzuschließen. Der Abend bei Ronacher mit Grace und dem jungen Labinski, der sich vier Tage darauf erschossen, man hatte nie recht erfahren, ob wegen Grace, wegen Schulden, aus Lebensüberdruß, oder ausschließlich aus Affektation. Das seltsame glühend-kalte Gespräch mit Grace auf dem Friedhof im schmelzenden Feberschnee, zwei Tage nach Labinskis Begräbnis. Der Abend im heißen, hochgewölbten Fechtsaal, wo Felicians Degen die gefährliche Waffe des italienischen Meisters kreuzte. Der nächtliche Spaziergang nach dem Paderewski-Konzert, auf dem der Vater ihm so vertraut wie nie zuvor von jenem fernen Abend sprach, da die verstorbene Mutter in dem gleichen Saal, aus dem sie eben kamen, in der Missa solemnis gesungen hatte. Und endlich erschien ihm Anna Rosners hohe, ruhige Gestalt, am Klaviere lehnend, das Notenblatt in der Hand, die blauen, lächelnden Augen auf die Tasten gerichtet; und er hörte sogar ihre Stimme in seiner Seele klingen.

Während er so am Fenster stand und in den Park hinunterschaute, der sich allmählich belebte, empfand er es wie beruhigend, daß er zu keinem menschlichen Wesen in engerer Beziehung stand, und daß es doch manche gab, mit denen er wieder anknüpfen, in deren Kreis er wieder eintreten durfte, sobald es ihm nur beliebte. Zugleich fühlte er sich wunderbar ausgeruht, für Arbeit und Glück bereit wie niemals zuvor. Er war voll guter und kühner Vorsätze, seiner Jugend und Unabhängigkeit sich mit Freuden bewußt. Zwar fühlte er mit einiger Beschämung, daß, in diesem Augenblick wenigstens, seine Trauer um den hingeschiedenen Vater sehr gemildert war; doch fand er für diese Gleichgültigkeit einen Trost in sich, da er des quallosen Endes gedachte, das dem teuren Mann beschieden war. Im Garten, heiter mit den beiden Söhnen plaudernd, war er auf und abgegangen, hatte mit einem Mal um sich geschaut, als hörte er ferne Stimmen, hatte dann aufgeblickt, zum Himmel empor, und war plötzlich tot auf die Wiese hingesunken, ohne Schmerzenslaut, ja ohne Zucken der Lippen.

Georg trat ins Zimmer zurück, machte sich zum Fortgehen fertig und verließ das Haus. Seine Absicht war es, ein paar Stunden herumzuspazieren, wohin der Zufall ihn führen mochte, und abends endlich wieder an seinem Quintett weiterzuarbeiten, wofür ihm nun die rechte Stimmung gekommen schien. Er überschritt die Straße und betrat den Park. Die Schwüle hatte nachgelassen. Noch immer saß die alte Frau mit der Mantille auf der Bank und starrte vor sich hin. Auf dem sandigen Rund um die Bäume spielten Kinder. Um den Kiosk waren alle Stühle besetzt. Im Wetterhäuschen saß ein glattrasierter Herr, den Georg vom Sehen kannte, und der ihm durch seine Ähnlichkeit mit dem alten Grillparzer aufgefallen war. Am Teich kam Georg eine Gouvernante entgegen, mit zwei schön gekleideten Kindern und betrachtete ihn mit leuchtendem Blick. Als er aus dem Park auf die Ringstraße trat, begegnete ihm Willy Eißler in langem dunkelgestreiften Herbstpaletot und sprach ihn an:

„Guten Tag, Baron, sind Sie auch schon wieder in Wien eingerückt?“

„Ich bin schon lange zurück“, erwiderte Georg. „Nach dem Begräbnis meines Vaters hab' ich Wien nicht mehr verlassen.“

„Ja, ja, natürlich... Gestatten Sie, daß ich Ihnen nochmals...“ Und Willy drückte Georg die Hand.

„Und was haben Sie denn heuer im Sommer getrieben?“ fragte Georg.

„Allerlei. Tennis gespielt, gemalt, Zeit vertrödelt, einige amüsante und noch mehr langweilige Stunden verlebt...“ Willy sprach äußerst rasch, wie mit einer absichtlichen leisen Heiserkeit, scharf, salopp, mit ungarischen, französischen, wienerischen, jüdischen Akzenten. „Übrigens, wie Sie mich da sehen“, fuhr er fort, „bin ich heute früh aus Przemysl gekommen.“

„Waffenübung?“

„Jawohl, letzte. Ich sag's mit Wehmut. So sehr ich mich dem Greisenalter nähere, es hat mir doch noch immer Spaß gemacht, so mit den gelben Aufschlägen umherzuwandeln, Sporen klirrend, Säbel scheppernd, eine Ahnung drohender Gefahr verbreitend, und von mangelhaften Lavaters für einen bessern Grafen gehalten zu werden.“ Sie spazierten weiter, dem Gitter des Stadtparks entlang.

„Gehen Sie vielleicht zu Ehrenbergs?“ fragte Willy.

„Nein, ich denke gar nicht daran.“

„Weil's der Weg ist. Haben Sie übrigens gehört, Fräulein Else soll verlobt sein.“

„So?“ fragte Georg gedehnt. „Mit wem denn?“

„Raten S' Baron.“

„Am Ende Hofrat Wilt?“

„O fröhlich!“ rief Willy. „Der denkt wohl nicht daran! Die Verschwägerung mit S. Ehrenberg könnte ihm doch am Ende die Ministerkarriere erschweren – heutzutage“

„Rittmeister Ladisc?“ riet Georg weiter.

„Ah dazu ist Fräulein Else doch zu gescheit, daß sie dem hineinfällt.“

Jetzt erinnerte sich Georg, daß sich Willy vor ein paar Jahren mit Ladisc geschlagen hatte. Willy fühlte Georgs Blick, zwirbelte den blonden, in polnischer Art herabhängenden Schnurrbart mit etwas nervösen Fingern hin und her und sprach rasch und beiläufig: „Der Umstand, daß ich mit dem Rittmeister Ladisc einmal eine Differenz gehabt hab', kann mich nicht hindern, in loyaler Weise anzuerkennen, daß er immer ein versoffenes Schwein gewesen ist. Ich hab' nämlich eine unüberwindliche, auch durch Blut nicht abzuwaschende Abneigung gegen die Leute, die sich bei den Juden anfressen und schon auf der Treppe über sie zu schimpfen anfangen. Bis ins Kaffeehaus kann man doch warten. Aber strengen Sie sich nicht weiter mit dem Raten an, Heinrich Bermann soll der Glückliche sein.“

„Nicht möglich“, rief Georg.

„Warum?“ fragte Eißler. „Einer wird's ja doch schließlich werden. Bermann ist zwar kein Adonis, aber er ist auf dem Wege zum Ruhm; und das Gemisch von Herrenreiter und Athleten in höchster Vollendung, das sich Else offenbar erträumt hat, wird sie ja doch kaum finden. Vierundzwanzig Jahre ist sie indessen alt geworden, vor Salomons Taktlosigkeiten und Witzen dürfte ihr auch schon genügend grausen... also...“

„Salomon?... ach ja... Ehrenberg“.

„Sie kennen ihn auch nur unter dem Namen „S“?... S. heißt natürlich Salomon, und daß nur S. auf der Tafel an der Tür steht, ist eine Konzession, die er den

Seinen gemacht hat. Wenn es nach ihm ginge, möchte er am liebsten zu den Gesellschaften, die Madame Ehrenberg gibt, im Kaftan und mit den gewissen Löckchen erscheinen."

„Sie glauben...? Er ist doch nicht so fromm?"

„Fromm... o fröhlich! Mit der Frömmigkeit hat das allerdings nichts zu tun. Es ist nur Bosheit, hauptsächlich gegen seinen Sohn Oskar mit den feudalen Bestrebungen."

„Ach so", sagte Georg lächelnd. „Ist denn Oskar nicht schon längst getauft? Er ist ja Reserveoffizier bei den Dragonern."

„Ach darum... Nun, ich bin auch nicht getauft und trotzdem... Ja, es gibt immer ein paar Ausnahmen... Mit einigem guten Willen..." Er lachte und fuhr fort: „Was übrigens Oskar anbelangt, so möchte er gewiß lieber katholisch sein. Aber das Vergnügen beichten gehen zu dürfen, käme ihm vorläufig doch noch zu teuer zu stehen. Es wird wohl auch im Testament vorgesehen sein, daß Oskar nicht überhüpft."

Sie waren vor dem Café Imperial angelangt. Willy blieb stehen. „Ich habe da ein Rendezvous mit Demeter Stanzides."

„Grüßen Sie ihn, bitte."

„Danke bestens. Kommen Sie nicht mit hinein, auf ein Eis?"

„Danke, ich bummle noch ein bißchen."

„Sie lieben die Einsamkeit?"

„Auf so allgemeine Fragen läßt sich schwer antworten", erwiderte Georg.

„Allerdings", sagte Willy, wurde plötzlich ernst und lüftete den Hut. „Habe die Ehre, Herr Baron."

Georg reichte ihm die Hand. Er fühlte, daß Willy ein Mensch war, der ununterbrochen eine Stellung verteidigte, wenn auch ohne dringende Notwendigkeit. „Auf Wiedersehen", sagte er mit unvermittelter Herzlichkeit. Er empfand es, wie schon öfters, als beinahe sonderbar, daß Willy Jude war. Schon der alte Eißler, Willys Vater, der anmutige Wiener Walzer und Lieder komponierte, sich kunst- und altertumsverständig mit dem Sammeln, zuweilen auch mit dem Verkauf von Antiquitäten befaßte und seinerzeit als der berühmteste Boxer von Wien gegolten hatte, mit seiner Riesengestalt, dem langen, grauen Vollbart und dem Monokel, sah eher einem ungarischen Magnaten ähnlich, als einem jüdischen Patriarchen; aus Willy aber hatten Anlage, Liebhaberei und eiserner Wille das täuschende Ebenbild eines geborenen Kavaliers gebildet. Was ihn jedoch vor andern jungen Leuten seines Stammes und seines Strebens auszeichnete, war der Umstand, daß er gewohnt war, seine Abstammung nie zu verleugnen, für jedes zweideutige Lächeln Aufklärung oder Rechenschaft zu fordern und sich gelegentlich über alle Vorurteile und Eitelkeiten, in denen er oft befangen schien, selber lustig zu machen.

Georg schlenderte weiter. Die letzte Frage Willys klang ihm nach. Ob er die Einsamkeit liebte?... Er erinnerte sich daran, wie er in Palermo ganze Vormittage allein herumspaziert war, während Grace ihrer Gewohnheit gemäß bis Mittag im Bette lag. Grace... Wo mochte sie jetzt sein...? Seit sie in Neapel von ihm Abschied genommen, hatte sie nichts mehr von sich hören lassen, wie es übrigens verabredet gewesen war. Er dachte an die tiefblaue Nacht, die über den Wassern schwebte, als er nach jenem Abschied allein nach Genua gefahren war, und an den seltsamen, leisen, wie märchenhaften Gesang zweier Kinder, die dicht aneinandergeschmiegt, gemeinsam in einen Plaid gehüllt, an der Seite ihrer schlafenden Mutter auf dem Verdeck gesessen waren.

Mit wachsendem Behagen spazierte er unter den Leuten weiter, die in sonntäglicher Lässigkeit an ihm vorübergingen. Mancher freundliche Frauenblick begegnete dem seinen und schien ihn darüber trösten zu wollen, daß er an diesem schönen Feiernachmittag einsam und mit allen äußern Abzeichen der Trauer umherwandelte. Und wieder tauchte ein Bild in ihm auf. Er sah sich auf einer hügeligen Wiese liegen, spät abends, nach einem heißen Junitag. Dunkelheit ringsum. Tief unter ihm Gewirr von Menschen, Lachen und Lärm, glitzernde Lampions. Ganz nah aus dem Dunkel Mädchenstimmen... Er zündet die kleine Pfeife an, die er nur auf dem Land zu rauchen pflegt; beim Schein des Zündhölzchens sieht er zwei hübsche, ganz junge Bauerndirnen, beinah noch Kinder. Er plaudert mit ihnen. Sie haben Angst, weil es so finster ist; sie schmiegen sich an ihn. Plötzlich Geknatter, Raketen in der Luft. Von unten ein lautes „Ah“. Bengalisches Licht, violett und rot, über dem unsichtbaren See in der Tiefe. Die Mädchen den Hügel hinab, verschwinden. Dann wird es wieder dunkel, und er liegt allein, schaut in die Finsternis hinauf, die schwül auf ihn herabsinken will. Dies war die Nacht vor dem Tage gewesen, da sein Vater sterben mußte. Und auch ihrer dachte er heute zum erstenmal.

Er hatte die Ringstraße verlassen, nahm die Richtung der Wieden zu. Ob die Rosners an diesem schönen Tage zu Hause waren? Immerhin lohnte es den kurzen Weg, und jedenfalls zog es ihn mehr dorthin, als zu Ehrenbergs. Nach Else sehnte er sich gar nicht, und ob sie wirklich Heinrich Bermanns Braut sein mochte oder nicht, war ihm beinahe gleichgültig. Er kannte sie schon lange. Sie war elf, er vierzehn Jahre alt gewesen, als sie an der Riviera miteinander Tennis gespielt hatten. Damals glich sie einem Zigeunermädel. Blauschwarze Locken umwirbelten ihr Stirn und Wangen, und ausgelassen war sie wie ein Bub. Ihr Bruder spielte schon damals den Lord, und Georg mußte noch heute lächeln, wenn er sich erinnerte, wie der Fünfzehnjährige eines Tages im lichtgrauen Schlußrock, mit weißen, schwarztamburierten Handschuhen und einem Monokel im Aug, auf der Promenade erschienen war. Frau Ehrenberg war damals vierunddreißig Jahre alt, hoheitsvoll, von übergroßer Gestalt, dabei noch schön, hatte verschleierte Augen und war meistens sehr müde. Es blieb unvergeßlich für Georg, wie eines Tages ihr Gemahl, der millionenreiche Patronenfabrikant, die Seinen überraschte und einfach durch sein Erscheinen der ganzen Ehrenbergischen Vornehmheit ein rasches Ende bereitet hatte. Georg sah ihn noch vor sich, so wie er während des Frühstücks auf der Hotelterrasse aufgetaucht war; ein kleiner, magerer Herr mit graumeliertem Vollbart und japanischen Augen, in weißem schlecht gebügelten Flanellanzug, einen dunklen Strohhut mit rotweiß gestreiftem Band auf dem runden Kopf, und mit schwarzen, bestaubten Schuhen. Er redete sehr gedehnt, immer wie höhnisch, selbst über die gleichgültigsten Dinge; und so oft er den Mund auftat, lag es unter dem Schein der Ruhe wie eine geheime Angst auf dem Antlitz der Gattin. Sie versuchte sich zu rächen, indem sie ihn mit Spott behandelte; aber gegen seine Rücksichtslosigkeit kam sie nicht auf. Oskar benahm sich, wenn es irgend möglich war, als gehörte er nicht dazu. In seinen Zügen spielte eine etwas unsichere Verachtung für den seiner nicht ganz würdigen Erzeuger, und Verständnis suchend lächelte er zu den jungen Baronen hinüber. Nur Else war zu jener Zeit sehr nett mit dem Vater. Auf der Promenade hing sie sich gern in seinen Arm, und manchmal fiel sie ihm vor allen Leuten um den Hals.

In Florenz, ein Jahr vor seiner Mutter Tod, hatte Georg Else wiedergesehen. Sie nahm damals Zeichenstunden bei einem alten, grau- und wirrhaarigen Deutschen, von dem die Sage ging, daß er einmal berühmt gewesen wäre. Er selbst verbreitete das Gerücht über sich, daß er seinen frühern, sehr bekannten Namen, als er sein Genie schwinden fühlte, abgelegt und die Stätte seines

Wirkens, die er niemals nannte, verlassen hätte. Schuld an seinem Niedergang trug, wenn man seinen Berichten glauben durfte, ein dämonisches Frauenzimmer, das er geheiratet, das in einem Eifersuchtsanfall sein bedeutendstes Bild zerstört und durch einen Sprung vom Fenster ihr Leben geendet hatte. Dieser Mensch, den sogar der siebzehnjährige Georg als eine Art von schwindelhaftem Narren erkannte, war der Gegenstand von Elses erster Schwärmerei. Sie war damals vierzehn Jahre alt, die Wildheit und Unbefangenheit der Kindheit war dahin. Vor der Tizianschen Venus in den Uffizien glühten ihr die Wangen in Neugier, Sehnsucht und Bewunderung, und in ihren Augen spielten dunkle Träume von künftigen Erlebnissen. Öfters kam sie mit ihrer Mutter in das Haus, das die Wergenthins am Lungano gemietet hatten; und während Frau Ehrenberg die leidende Baronin in ihrer müdgeistreichen Weise zu unterhalten suchte, stand Else mit Georg am Fenster, führte altkluge Gespräche über die Kunst der Präraffaeliten und lächelte der vergangenen kindischen Spiele. Auch Felician erschien zuweilen, schlank und schön, blickte mit seinen kalten, grauen Augen an Dingen und Menschen vorbei, sprach ein paar höfliche Worte, halblaut, beinahe wegwerfend, und setzte sich ans Bett seiner Mutter, der er zärtlich die Hand streichelte und küßte. Gewöhnlich ging er bald wieder fort, nicht ohne für Else einen herben Duft von uralter Vornehmheit, kaltblütiger Verführung und eleganter Todesverachtung zurückzulassen. Stets hatte sie den Eindruck, als begebe er sich an einen Spieltisch, an dem es um Hunderttausende herging, zu einem Duell auf Tod und Leben, oder zu einer Fürstin mit rotem Haar und einem Dolch auf dem Nachttisch. Georg erinnerte sich, daß er sowohl auf den schwindelhaften Zeichenlehrer, als auf seinen Bruder ein wenig eifersüchtig gewesen war. Der Lehrer, aus Gründen, über die niemals etwas verlautete, wurde plötzlich entlassen, und kurz darauf fuhr Felician mit dem Freiherrn von Wergenthin nach Wien. Nun spielte Georg noch öfter als früher den Damen auf dem Klaviere vor, Fremdes und Eigenes, und Else sang mit ihrer kleinen, etwas schrillen Stimme leichtere Schubertsche und Schumannsche Lieder vom Blatt. Sie besuchte mit ihrer Mutter und Georg die Galerien und Kirchen; als das Frühjahr wiederkam, gab es gemeinschaftliche Spazierfahrten auf dem Hügelweg oder nach Fiesole, und lächelnde Blicke gingen zwischen Georg und Else hin und her, die von einem tieferen Einverständnis erzählten, als tatsächlich vorhanden war. In dieser etwas unaufrichtigen Art spielten die Beziehungen weiter, als der Verkehr in Wien aufgenommen und fortgesetzt wurde. Immer von neuem schien Else von dem gleichmäßig freundlichen Wesen wohltätig berührt, mit dem Georg ihr auch dann entgegentrat, wenn sie einander monatelang nicht gesehen hatten. Sie selbst aber war von Jahr zu Jahr äußerlich sicherer und innerlich unruhiger geworden. Ihre künstlerischen Bestrebungen hatte sie früh genug alle fallen lassen, und im Laufe der Zeit erschien sie sich zu den verschiedensten Lebensläufen ausersehen. Manchmal sah sie sich in der Zukunft als Weltdame, Veranstalterin von Blumenfesten, Patronesse von großen Bällen, Mitwirkende an aristokratischen Wohltätigkeitsvorstellungen; öfters noch glaubte sie sich berufen in einem künstlerischen Salon unter Malern, Musikern und Dichtern als große Versteherin zu thronen. Dann träumte sie wieder von einem mehr ins Abenteuerliche gerichteten Leben: sensationelle Heirat mit einem amerikanischen Millionär, Flucht mit einem Violinvirtuosen oder spanischen Offizier, dämonisches Zugrunderichten aller Männer, die sich ihr näherten. Zuweilen schien ihr aber ein stilles Dasein auf dem Land, an der Seite eines tüchtigen Gutsbesitzers, das erstrebenswerteste Ziel; und dann erblickte sie sich im Kreise von vielen Kindern, womöglich mit früh ergrautem Haar, ein mild resigniertes Lächeln auf den Lippen, an einfach gedecktem Tisch sitzen und ihrem ernsten Manne die Falten von der Stirne streichen. Georg aber fühlte immer, daß ihre Neigung zur Bequemlichkeit, die tiefer war, als sie selbst ahnte, sie vor jedem unbedachten Schritt schützen würde. Sie vertraute Georg mancherlei an, ohne jemals ganz ehrlich mit ihm zu sein; denn am öftesten und ernstesten hegte sie den Wunsch, seine Frau zu werden. Georg wußte das wohl, aber nicht allein darum erschien ihm das neueste Gerücht von ihrer Verlobung mit Heinrich Bermann ziemlich unglaubwürdig. Dieser Bermann war ein hagerer, bartloser Mensch mit düstern Augen und etwas zu langem schlichten Haar, der sich in der letzten Zeit als Schriftsteller bekannt gemacht hatte, und dessen Gebaren und Aussehen Georg, er wußte selbst nicht warum, an einen fanatischen jüdischen Lehrer aus der Provinz erinnerten. Das war nichts, was Else besonders fesseln, oder nur angenehm berühren konnte. Allerdings, wenn man länger mit ihm sprach, änderte sich jener Eindruck. Eines Abends im vergangenen Frühjahr war Georg mit ihm zusammen von Ehrenbergs fortgegangen, und sie waren in eine so anregende Unterhaltung über musikalische Dinge geraten, daß sie bis drei Uhr früh auf einer Ringstraßenbank weitergeplaudert hatten.

Es ist sonderbar, dachte Georg, wie vieles mir heute durch den Kopf geht, woran ich kaum mehr gedacht hatte. Und ihm war, als wenn er in dieser

Herbstabendstunde allmählich aus der schmerzlich-dumpfen Versonnenheit vieler Wochen zum Tage emporgetaucht käme.

Nun stand er vor dem Hause in der Paulanergasse, wo die Rosners wohnten. Er sah zum zweiten Stockwerk auf. Ein Fenster war offen, weiße Tüllvorhänge in der Mitte zusammengesteckt, bewegten sich im leichten Zuge des Windes.

Rosners waren zu Hause. Das Stubenmädchen ließ Georg eintreten. Anna saß der Türe gegenüber, hielt die Kaffeetasse in der Hand und hatte die Augen auf den Eintretenden gerichtet. Der Vater, zu ihrer Rechten, las Zeitung und rauchte aus einer Pfeife. Er war glatt rasiert, nur an den Wangen liefen zwei schmale, ergraute Bartstreifen. Sein dünnes Haar von seltsam grünlichgrauer Färbung war an den Schläfen nach vorn gestrichen und sah aus wie eine schlecht gemachte Perücke. Seine Augen waren wasserhell und rot gerändert.

Die beleibte Mutter, mit der wie von einer Erinnerung schönerer Jahre umwobenen Stirn, blickte vor sich hin; ihre Hände, beschaulich ineinander verschlungen, ruhten auf dem Tisch. Anna stellte die Tasse langsam nieder, nickte und lächelte still. Die beiden Alten machten Miene aufzustehen, als Georg eintrat.

„Aber bitte, sich doch nicht stören zu lassen, bitte sehr", sagte Georg.

Da krachte etwas an der Seitenwand. Josef, der Sohn des Hauses, erhob sich vom Diwan, auf dem er gelegen hatte.

„Habe die Ehre, Herr Baron", sagte er mit einer sehr tiefen Stimme und strich sein über den Hals hinaufgeschlagenes, gelbkariertes, etwas fleckiges Sacco zurecht.

„Wie befinden sich immer, Herr Baron?" fragte der Alte, stand hager und etwas gebückt da und wollte nicht wieder Platz nehmen, eh sich Georg niedergelassen hatte. Josef rückte einen Stuhl zwischen Vater und Schwester. Anna reichte dem Besucher die Hand.

„Wir haben uns lange nicht gesehen", sagte sie und trank einen Schluck aus ihrer Tasse.

„Sie haben traurige Zeiten durchgemacht, Herr Baron", bemerkte Frau Rosner teilnahmsvoll.

„Jawohl", fügte Herr Rosner hinzu. „Wir haben mit großem Bedauern von dem schweren Verluste gelesen... Und der Herr Vater haben sich doch immer der besten Gesundheit erfreut, so viel uns bekannt war." Er sprach sehr langsam, immer, als wenn noch etwas kommen sollte, strich sich manchmal mit der linken Hand über den Kopf und nickte, während er zuhörte.

„Ja, es ist sehr unerwartet gekommen", sagte Georg leise und blickte auf den dunkelroten, verschossenen Teppich zu seinen Füßen.

„Also ein plötzlicher Tod, sozusagen", bemerkte Herr Rosner, und alles ringsum schwieg.

Georg nahm eine Zigarette aus seinem Etui und bot Josef eine an.

„Küß die Hand", sagte Josef, nahm die Zigarette und verbeugte sich, indem er ohne ersichtlichen Grund die Hacken aneinander schlug. Während er dem Baron Feuer gab, glaubte er dessen Blicke auf sein Sacco gerichtet und bemerkte entschuldigend und mit noch tieferer Stimme als gewöhnlich: „Bureaujanker."

„Bureaujanker kommt von Bureau", sagte Anna einfach, ohne ihren Bruder anzusehen.

„Fräulein belieben die ironische Walze eingehängt zu haben", erwiderte Josef heiter; doch war es dem gehaltenen Ton seiner Rede anzumerken, daß er sich unter andern Verhältnissen minder angenehm ausgedrückt hätte.

„Die Teilnahme war ja eine allgemeine", begann der alte Rosner wieder. „Ich habe den Nachruf in der Neuen Freien Presse gelesen über den Herrn Papa... von Herrn Hofrat Kerner, wenn ich mich recht erinnere; er war ja höchst ehrenvoll. Auch die Wissenschaft hat einen herben Verlust erlitten."

Georg nickte verlegen und blickte auf seine Hände nieder.

Anna sprach von ihrem verflossenen Sommeraufenthalt. „In Weißenfeld war's wunderschön", sagte sie. „Gleich hinter unserm Haus war der Wald, mit sehr guten ebenen Wegen... nicht wahr, Papa? Da hat man stundenlang spazierengehen können, ohne einem Menschen zu begegnen."

„Und haben Sie denn ein Klavier draußen gehabt?" fragte Georg.

„Auch das."

„Ein greulicher Klimperkasten", bemerkte Herr Rosner. „So ein Ding, das Stein erweichen, Menschen rasend machen kann."

„Es war nicht so arg", sagte Anna.

„Für die kleine Graubinger gut genug", fügte Frau Rosner hinzu.

„Die kleine Graubinger ist nämlich die Tochter vom Kaufmann im Ort“, erklärte Anna, „und ich hab ihr die Anfangsgründe des Klavierspiels beigebracht. Ein hübsches, kleines Mäderl mit langen, blonden Zöpfen.“

„Es war eine Gefälligkeit für den Kaufmann“, sagte Frau Rosner.

„Ja, aber es muß bemerkt werden“, ergänzte Anna, „daß ich außerdem eine wirkliche, das heißt bezahlte Stunde gegeben habe.“

„Wie, auch in Weißenfeld?“ fragte Georg.

„Kinder, von einer Sommerpartie. Es ist übrigens schade, Herr Baron, daß Sie kein einziges Mal bei uns auf dem Lande waren. Es hätte Ihnen gewiß gut gefallen.“

Georg erinnerte sich nun erst, daß er sich zu Anna beiläufig geäußert hatte, er würde sie im Sommer gelegentlich einer Radpartie vielleicht einmal besuchen.

„Der Herr Baron hätte wohl in dieser Sommerfrische nicht alles zu seiner Zufriedenheit vorgefunden“, begann Herr Rosner.

„Warum denn?“ fragte Georg.

„Es ist dort nicht eben den Bedürfnissen verwöhnter Großstädter Rechnung getragen.“

„O ich bin nicht verwöhnt“, sagte Georg.

„... Waren Sie auch nicht auf dem Auhof?“ wandte sich Anna an Georg.

„O nein“, erwiderte dieser rasch. „Nein, ich war nicht dort“, setzte er minder lebhaft hinzu. „Man hat mich allerdings aufgefordert... Frau Ehrenberg war so liebenswürdig.... ich habe verschiedene Einladungen gehabt für den Sommer. Aber ich habe es vorgezogen, für mich allein in Wien zu bleiben.“

„Es tut mir eigentlich leid“, sagte Anna, „daß ich Else beinah gar nicht mehr sehe. Sie wissen ja, daß wir im selben Institut waren. Es ist freilich schon lang her. Ich hab sie wirklich gern gehabt. Schade, daß man sich im Lauf der Zeit so voneinander entfernt.“

„Wie kommt das nur?“ sagte Georg.

„Ja, es liegt wohl daran, daß mir der ganze Kreis nicht besonders sympathisch ist.“

„Mir auch nicht“, sagte Josef, der Ringe in die Luft blies. „Ich gehe seit Jahren nicht hin. Offen gestanden... ich weiß ja nicht, wie Herr Baron zu dieser Frage Stellung nehmen... ich bin den Israeliten nicht zugetan.“

Herr Rosner blickte zu seinem Sohne auf. „Der Herr Baron verkehrt in diesem Haus, und es wird ihm ziemlich sonderbar erscheinen, lieber Josef...“

„Mir?“ sagte Georg verbindlich. „Ich stehe ja in keinerlei näheren Verbindungen mit dem Hause Ehrenberg, so gern ich mit den beiden Damen zu plaudern pflege.“ Und fragend setzte er hinzu: „Aber haben Sie Else nicht im vorigen Jahr Singstunden gegeben, Fräulein Anna?“

„Ja. Vielmehr... ich habe nur mit ihr korrepetiert.“

„Das werden Sie heuer wohl wieder tun?“

„Ich weiß nicht. Sie hat bisher noch nichts von sich hören lassen. Vielleicht gibt sie's ganz auf.“

„Sie glauben?“

„Es wäre beinah zu wünschen“, versetzte Anna sanft, „denn eigentlich hat sie immer mehr gepiepst, als gesungen. Übrigens“, und jetzt warf sie Georg einen Blick zu, der ihn gleichsam von neuem begrüßte, „die Lieder, die Sie mir geschickt haben, sind sehr hübsch. Soll ich sie Ihnen vorsingen?“

„Sie haben sich die Sachen schon angeschaut? Das ist nett.“

Anna hatte sich erhoben. Sie führte beide Hände an ihre Schläfen und strich wie ordnend, leicht über ihr gewolltes Haar. Sie trug es ziemlich hoch frisiert, wodurch ihre Gestalt noch größer erschien, als sie war. Eine schmale, goldene Uhrkette war zweimal um den freien Hals geschlungen, fiel über die Brust herab und verlor sich in dem grauledernen Gürtel. Durch eine fast unmerkliche Kopfbewegung forderte sie Georg auf, ihr zu folgen.

Er stand auf und sagte: „Wenn's erlaubt ist...“

„Bitte sehr, bitte sehr, natürlich“, sagte Herr Rosner. „Herr Baron wollen so freundlich sein, mit meiner Tochter ein wenig zu musizieren. Sehr schön, sehr schön.“ Anna war in das Nebenzimmer getreten. Georg folgte ihr und ließ die Tür offen stehen. Die weißen Tüllvorhänge vor dem geöffneten Fenster waren zusammengesteckt und bewegten sich leise.

Georg setzte sich an das Pianino und griff ein paar Akkorde. Indes kniete Anna vor einer alten, schwarzen, teilweise vergoldeten Etagere und holte die Noten hervor.

Georg modulierte in die Anfangsakkorde seines Liedes.

Anna fiel ein, und zu Georgs Melodie sang sie die Goetheschen Worte.

„Deinem Blick mich zu bequemen,
Deinem Munde, deiner Brust,
Deine Stimme zu vernehmen,
War mir erst' und letzte Lust."

Sie stand hinter ihm und schaute über seine Schulter in die Noten. Zuweilen beugte sie sich ein wenig vor, und dann fühlte er an der Schläfe den Hauch ihrer Lippen. Ihre Stimme war viel schöner, als seine Erinnerung sie bewahrt hatte.

Im Nebenzimmer wurde etwas zu laut gesprochen. Ohne den Gesang zu unterbrechen, lehnte Anna die Türe zu.

Josef war es gewesen, der sein Organ nicht länger hatte bändigen können. „Ich werde noch einen Sprung ins Kaffeehaus hinüber schauen", sagte er.

Man erwiderte nichts. Herr Rosner trommelte leise auf den Tisch, und seine Gattin nickte scheinbar gleichgültig.

„Also adieu." Bei der Tür wandte sich Josef wieder um und bemerkte mit mäßiger Festigkeit. „Mama, wenn du vielleicht einen Moment Zeit hast..."

„Ich hör schon", sagte Frau Rosner, „es wird ja kein Geheimnis sein."

„Nein. Es ist ja nur, weil ich mit dir ja ohnedies in Verrechnung bin."

„Muß man ins Kaffeehaus gehen?" fragte der alte Rosner einfach, ohne aufzublicken.

„Also es handelt sich nicht ums Kaffeehaus. Es ist überhaupt... Ihr könnt mir's glauben, daß es mir selber lieber wär, wenn ich euch nicht anpumpen müßt'. Aber was soll der Mensch tun?"

„Arbeiten soll der Mensch", sagte der alte Rosner leise und schmerzlich, und seine Augen röteten sich. Die Frau warf einen traurigen und strafenden Blick auf den Sohn.

„Also“, sagte Josef, knöpfte den Bureaujanker auf und wieder zu, „das ist doch wirklich... wegen jedem Guldenzettel...“

„Pst“, sagte Frau Rosner mit einem Blick gegen die angelehnte Tür, durch die jetzt, nachdem der Gesang Annas geendet, nur das gedämpfte Klavierspiel Georgs hereinklang.

Josef beantwortete den Blick der Mutter mit einer wegwerfenden Handbewegung: „Arbeiten soll ich, sagt der Papa. Als ob ich's nicht schon bewiesen hätte, daß ich's kann.“ Er sah zwei fragende Augenpaare auf sich gerichtet. „Jawohl hab ich's bewiesen, und wenn es nur auf meinen guten Willen ankäm, hätt' ich überall mein Auskommen gehabt. Aber ich hab halt nicht das Temperament, mir was gefallen zu lassen, ich laß mich nicht ausschreien von meine Chefs, wenn ich mich einmal eine Viertelstunde verspäten tu... oder so was.“

„Die Geschichte kennen wir“, unterbrach ihn Herr Rosner müde. „Aber schließlich, weil wir schon davon sprechen, du wirst dich ja doch wieder um irgendwas umschauen müssen.“

„Umschauen... gut...“,erwiderte Josef. „Aber zu einem Juden bringt mich keiner mehr ins Geschäft. Das würde mich bei meinen Bekannten... jawohl in meinem ganzen Kreis würde mich das lächerlich machen.“

„Dein Kreis...“, sagte Frau Rosner, „wer ist denn dein Kreis? Kaffeehausfreunderln.“

„Also bitte, weil wir schon davon reden“, sagte Josef, „es hängt auch wieder mit dem Guldenzettel zusammen. Ich habe jetzt ein Rendezvous im Kaffeehaus mit dem jungen Jalaudek. Ich hätt's euch lieber erst gesagt, wenn die Sache perfekt wird... aber ich seh schon, ich muß früher mit der Farb heraus. Also der Jalaudek, das is der Sohn von dem Stadtrat Jalaudek, von dem berühmten Papierhändler. Und der alte Jalaudek ist bekanntlich eine sehr einflußreiche Persönlichkeit in der Partei... sehr intim mit dem Herausgeber vom „Christlichen Tagesboten“, Zelltinkel heißt er. Und beim“Tagesboten“ da suchen sie jetzt junge Leute von gefälligen Umgangsformen, – Christen natürlich, für das Inseratengeschäft. Und da hab ich heute mit dem Jalaudek Rendezvous im Kaffeehaus, weil er mir versprochen hat, sein Alter wird mich beim Zelltinkel empfehlen. Das wär etwas Ausgezeichnetes... da bin ich aus'm Wasser. Da kann ich in der kürzesten Zeit hundert oder auch hundertfünfzig Gulden im Monat verdienen.“

„Ach Gott“, seufzte der alte Rosner.

Draußen ging die Glocke. Rosner blickte auf.

„Das wird der junge Doktor Stauber sein“, sagte Frau Rosner und warf einen besorgten Blick nach der Tür, durch die Georgs Klavierspiel noch leiser drang als früher.

„Also Mama was is eigentlich?“ sagte Josef.

Frau Rosner nahm ihre Geldbörse und reichte ihrem Sohn seufzend einen Silbergulden.

„Küß die Hand“, sagte Josef und wandte sich zum Gehen.

„Josef“, rief Herr Rosner. „Es ist doch einigermaßen unhöflich grade in dem Augenblick, wenn ein Besuch kommt...“

„Ah, ich dank schön, ich muß nicht von allem haben.“

Es klopfte, Doktor Bertold Stauber trat ein.

„Entschuldigen vielmals, Herr Doktor“, sagte Josef, „ich bin grad im Weggehen.“

„Bitte“, erwiderte Doktor Stauber kühl, und Josef verschwand.

Frau Rosner forderte den jungen Arzt auf, Platz zu nehmen. Er setzte sich auf den Divan und horchte nach der Seite hin, von wo das Klavierspiel kam.

„Der Baron Wergenthin“, erklärte Frau Rosner etwas verlegen. „Der Komponist. Anna hat eben gesungen.“ Und sie schickte sich an, ihre Tochter herein zu rufen.

Doktor Berthold hielt sie ganz leicht am Arme fest und sagte freundlich. „Nein. Ich bitte Fräulein Anna nicht zu stören, absolut nicht. Ich habe nicht die geringste Eile. Es ist übrigens ein Abschiedsbesuch.“ Der letzte Satz kam wie hervorgestoßen aus seiner Kehle; doch lächelte Berthold zugleich verbindlich, lehnte sich bequem in die Ecke und strich mit der rechten Hand den kurzen Vollbart zurecht.

Frau Rosner sah ihn förmlich erschreckt an.

Herr Rosner fragte: „Ein Abschiedsbesuch? Haben Herr Doktor Urlaub genommen? Das Parlament ist doch erst vor kurzer Zeit zusammen getreten, wie man den Zeitungen entnehmen konnte.“

„Ich habe mein Mandat niedergelegt“, sagte Berthold.

„Wie?“ rief Herr Rosner aus.

„Jawohl niedergelegt“, wiederholte Berthold und lächelte zerstreut.

Das Klavierspiel hatte plötzlich aufgehört, die angelehnte Tür tat sich auf. Georg und Anna erschienen.

„O Doktor Berthold“, sagte Anna und streckte ihm, der rasch aufgestanden war, die Hand entgegen. „Sind Sie schon lange da? Haben Sie mich vielleicht singen gehört?“

„Nein, Fräulein Anna, das hab ich leider versäumt. Nur ein paar Töne auf dem Klavier hab ich vernommen.“

„Der Baron Wergenthin“, sagte Anna, als wollte sie vorstellen. „Die Herren kennen sich doch?“

„Gewiß“, erwiderte Georg und reichte Berthold die Hand.

„Der Doktor kommt uns einen Abschiedsbesuch machen“, sagte Frau Rosner.

„Wie?“ rief Anna erstaunt aus.

„Ich verreise nämlich“, sagte Berthold und schaute Anna ernst und undurchdringlich in die Augen. „Ich gebe meine politische Karriere auf“, setzte er dann wie spöttisch hinzu... „besser gesagt, ich unterbreche sie auf eine Weile.“

Georg lehnte im Fenster, die Arme über der Brust verkreuzt, und betrachtete Anna von der Seite. Sie hatte sich gesetzt und sah ruhig zu Berthold auf, der aufrecht dastand, die eine Hand auf die Lehne des Divans gestützt, als wenn er eine Rede halten wollte.

„Und wohin reisen Sie?“ fragte Anna.

„Nach Paris. Ich will im Pasteurschen Institut arbeiten. Ich kehre wieder zu meiner alten Liebe zurück, zur Bakteriologie. Es ist eine reinlichere Beschäftigung als die Politik.“

Es war dunkler geworden. Die Gesichter verschwammen, nur die Stirne Bertholds, der gerade dem Fenster gegenüberstand, war noch in Helle getaucht. Es zuckte um seine Brauen. Eigentlich hat er seine besondere Art von Schönheit, dachte Georg, der regungslos in der Fensterecke lehnte und sich von einer angenehmen Ruhe durchflossen fühlte.

Das Stubenmädchen brachte die brennende Lampe und hing sie über dem Tisch auf.

„Aber die Journale“, sagte Herr Rosner, „brachten noch keinerlei Meldung, daß Herr Doktor Ihr Mandat zurückgelegt haben.“

„Das wäre auch verfrüht“, erwiderte Berthold. „Meine Parteigenossen kennen wohl meine Absicht, aber die Sache ist noch nicht offiziell.“

„Diese Nachricht“, sagte Herr Rosner, „wird nicht verfehlen, in den beteiligten Kreisen großes Aufsehen zu erregen. Besonders nach der bewegten Debatte von neulich, in die Herr Doktor mit solcher Entschiedenheit eingegriffen haben. Herr Baron haben wohl gelesen“, wandte er sich an Georg.

„Ich muß gestehen“, erwiderte Georg, „ich verfolge die Parlamentsberichte nicht so regelmäßig, als man eigentlich müßte.“

„Müßte“, wiederholte Berthold nachsichtig. „Man muß wahrhaftig nicht, obzwar die Sitzung neulich nicht uninteressant war. Wenigstens als Beweis dafür, wie tief das Niveau einer öffentlichen Körperschaft sinken kann.“

„Es ist sehr hitzig zugegangen“, sagte Herr Rosner.

„Hitzig?... Nun ja, was man bei uns in Österreich hitzig nennt. Man war innerlich gleichgültig und äußerlich grob.“

„Um was hat es sich denn gehandelt?“ fragte Georg.

„Es war die Debatte anläßlich der Interpellation über den Prozeß Golowski... Therese Golowski.“

„Therese Golowski...“, wiederholte Georg. „Den Namen sollt ich kennen.“

„Natürlich kennen Sie ihn“, sagte Anna. „Sie kennen ja Therese selbst. Wie Sie uns das letztemal besucht haben, ist sie eben von mir fortgegangen.“

„Ach ja“, sagte Georg, „eine Freundin von Ihnen.“

„Freundin möcht ich sie nicht nennen; das setzt doch eine gewisse innere Übereinstimmung voraus, die nicht mehr so recht vorhanden ist.“

„Sie werden Therese doch nicht verleugnen“, sagte Doktor Berthold lächelnd, aber herb.

„O nein“, erwiderte Anna lebhaft, „das fällt mir wahrhaftig nicht ein. Ich bewundere sie sogar. Ich bewundere überhaupt alle Leute, die imstande sind, für etwas, was sie im Grunde nichts angeht, so viel zu riskieren. Und wenn das nun gar ein junges Mädchen tut, ein hübsches junges Mädchen wie Therese...", sie richtete die Worte an Georg, der gespannt zuhörte – „so imponiert mir das noch mehr. Sie müssen nämlich wissen, daß Therese eine der Führerinnen der sozialdemokratischen Partei ist."

„Und wissen Sie, wofür ich sie gehalten habe?" sagte Georg. „Für eine angehende Schauspielerin!"

„Herr Baron, Sie sind ein Menschenkenner", sagte Berthold.

„Sie wollte wirklich einmal zur Bühne gehen", bestätigte Frau Rosner kühl.

„Ich bitte Sie, gnädige Frau", sagte Berthold, „welches junge Mädchen von einiger Phantasie, das überdies in engen Verhältnissen lebt, hat nicht in irgend einer Lebensepoche mit einer solchen Absicht wenigstens gespielt?"

„Es ist hübsch, daß Sie ihr verzeihen", sagte Anna lächelnd.

Berthold fiel es zu spät ein, daß er mit seiner Bemerkung eine noch empfindliche Stelle in Annas Gemüt berührt haben mochte. Aber um so bestimmter fuhr er fort: „Ich versichere Sie, Fräulein Anna, es wäre schade um Therese gewesen. Denn es ist gar nicht abzusehen, wieviel sie für die Partei noch leisten kann, wenn sie nicht irgendwie aus ihrer Bahn gerissen wird."

„Halten Sie das für möglich?" fragte Anna.

„Gewiß", entgegnete Berthold. „Für Therese gibt es sogar zwei Gefahren: entweder redet sie sich einmal um den Kopf..."

„Oder?" fragte Georg, der neugierig geworden war.

„Oder sie heiratet einen Baron", schloß Berthold kurz.

„Das verstehe ich nicht ganz", sagte Georg ablehnend.

„Daß ich gerade Baron sagte, war natürlich ein Spaß. Setzen wir statt Baron Prinz, so wird die Sache klarer."

„Ach so... Jetzt kann ich mir ungefähr denken, was Sie meinen, Herr Doktor... Aber was für einen Anlaß hatte das Parlament, sich mit ihr zu beschäftigen?"

„Ach ja. Im vorigen Jahre – zur Zeit des großen Kohlenstreikes – hielt Therese Golowski in irgend einem böhmischen Nest eine Rede, die eine angeblich verletzende Äußerung gegen ein Mitglied des kaiserlichen Hauses enthielt. Sie wurde angeklagt und freigesprochen. Man könnte daraus vielleicht schließen, daß die Anschuldigung nicht besonders haltbar gewesen sein dürfte. Trotzdem meldete der Staatsanwalt die Berufung an, ein anderes Gericht wurde designiert und Therese zu zwei Monaten Gefängnis verurteilt, die sie übrigens soeben absitzt. Und damit nicht genug, wurde der Richter, der sie in erster Instanz freisprach, versetzt... irgendwohin an die russische Grenze, von wo es keine Wiederkehr gibt. Nun, über diesen Fall haben wir eine Interpellation eingebracht, sehr zahm meiner Ansicht nach. Der Minister erwiderte, ziemlich heuchlerisch, unter dem Jubel der sogenannten staatserhaltenden Parteien. Ich habe mir erlaubt, darauf zu replizieren, vielleicht etwas energischer, als man es bei uns gewohnt ist; und da man von den gegnerischen Bänken aus nichts Sachliches erwidern konnte, hat man versucht, mich mit schreien und schimpfen tot zu machen. Und was das kräftigste Argument einer gewissen Sorte von Staatserhaltern gegen meine Ausführungen war, können Sie sich ja denken, Herr Baron."

„Nun?" fragte Georg.

„Jud halts Maul", erwiderte Berthold mit schmal gewordenen Lippen.

„O", sagte Georg verlegen und schüttelte den Kopf.

„Ruhig Jud! Halts Maul! Jud! Jud! Kusch!" fuhr Berthold fort und schien in der Erinnerung zu schwelgen.

Anna sah vor sich hin. Georg fand innerlich, es wäre nun genug. Ein kurzes, peinliches Schweigen entstand.

„Also darum?" fragte Anna langsam.

„Wie meinen Sie?" fragte Berthold.

„Darum legen Sie das Mandat nieder?"

Berthold schüttelte den Kopf und lächelte. „Nein, nicht darum."

„Herr Doktor sind über diese rohen Insulte gewiß erhaben", sagte Herr Rosner.

„Das will ich nicht eben behaupten", erwiderte Berthold. „Aber immerhin mußte man auf dergleichen gefaßt sein. Der Grund meiner Mandatsniederlegung ist ein anderer."

„Und darf man wissen...?" fragte Georg.

Berthold sah ihn durchdringend und doch zerstreut an. Dann erwiderte er verbindlich: „Gewiß darf man. Nach meiner Rede begab ich mich ins Büfett. Dort begegnete ich unter andern einem der allerdümmsten und frechsten unserer freigewählten Volksvertreter, dem, der wie gewöhnlich, auch während meiner Rede, der Allerlauteste gewesen war... dem Papierhändler Jalaudek. Ich kümmerte mich natürlich nicht um ihn. Er stellt eben sein geleertes Glas hin. Wie er mich sieht, lächelt er, nickt mir zu und grüßt heiter, als wäre nichts geschehen: „Habe die Ehre, Herr Doktor, auch eine kleine Erfrischung gefällig?"

„Unglaublich!" rief Georg aus.

„Unglaublich?... Nein, österreichisch. Bei uns ist ja die Entrüstung so wenig echt wie die Begeisterung. Nur die Schadenfreude und der Haß gegen das Talent, die sind echt bei uns."

„Nun, und was haben Sie dem Mann geantwortet?" fragte Anna.

„Was ich geantwortet habe? Nichts, selbstverständlich."

„Und haben Ihr Mandat niedergelegt", ergänzte Anna mit leisem Spott.

Berthold lächelte. Zugleich aber zuckte es um seine Brauen wie gewöhnlich, wenn er unangenehm oder schmerzlich berührt war. Es war zu spät, ihr zu sagen, daß er eigentlich gekommen war, sie um Rat zu fragen wie in früherer Zeit. Und doch, das fühlte er, er hatte klug daran getan, sich gleich beim Eintritt jeden Rückzug abzuschneiden, seinen Verzicht auf das Mandat als bereits vollzogen, seine Reise nach Paris als unmittelbar bevorstehend anzukündigen. Denn nun wußte er ja, daß Anna ihm wieder einmal entglitten war, vielleicht auf lange. Daß irgend ein Mensch sie ihm wirklich und auf immer nehmen konnte, das glaubte er freilich nicht, und auf diesen eleganten, jungen Künstler eifersüchtig zu sein, der so ruhig mit verkreuzten Armen dort am Fenster stand, dazu wollte er sich auf keinen Fall verstehen. Schon manchmal war es geschehen, daß Anna für einige Zeit wie in einem für ihn fremden Element gleichsam verzaubert dahinschwebte. Und vor zwei Jahren, da sie ernstlich daran dachte, sich der Bühne zu widmen und ihre Rollen zu studieren begann, hatte er sie eine kurze Zeit hindurch völlig verloren gegeben. Später, als sie durch die Unverläßlichkeit ihrer Stimme genötigt wurde, ihre künstlerischen Pläne fahren zu lassen, schien sie wohl wieder zu ihm zurückzukehren; aber diese Epoche hatte er mit Absicht ungenutzt verstreichen lassen. Denn eh' er sie zu seiner Gattin machte, wollte er irgend einen Erfolg errungen haben, entweder auf wissenschaftlichem oder politischem Gebiet, und von ihr wahrhaft bewundert sein. Er war auf dem Weg dazu gewesen. An der gleichen Stelle, wo sie jetzt saß und ihm mit klaren, aber wie fremden Augen ins Gesicht schaute, hatte sie die Korrekturbogen seiner letzten medizinisch-philosophischen Arbeit vor sich liegen gehabt, die den Titel trug: Vorläufige Bemerkungen zu einer Physiognomik der Krankheiten. Und dann, als sich sein Übergang zur Politik vollzog, zu der Zeit, da er in Wählerversammlungen Reden hielt, sich durch ernste geschichtliche und nationalökonomische Studien für den neuen Beruf vorbereitete, hatte sie sich seiner Vielseitigkeit und seiner Energie herzlich gefreut. All das war nun vorüber. Allmählich schien sie gerade seine Fehler, die ihm ja selbst durchaus nicht verborgen waren, insbesondere seine Neigung, sich an den eigenen Worten zu berauschen, mit schärferen Blick zu sehen als früher, und dadurch begann er wieder seine Sicherheit ihr gegenüber mehr und mehr zu verlieren. Er war nicht ganz er selbst, wenn er zu ihr oder in ihrer Gegenwart sprach. Auch heute war er nicht mit sich zufrieden. Mit einem Ärger, der ihm selbst kleinlich vorkam, ward er sich bewußt, daß er seine Begegnung im Büfett mit Jalaudek nicht wirksam genug vorgetragen hatte und daß er seinen Ekel vor der Politik viel glaubhafter hätte darstellen müssen. „Sie haben ja wahrscheinlich recht, Fräulein Anna," sagte er, „wenn Sie darüber lächeln, daß ich wegen dieses läppischen Abenteuers mein Mandat niedergelegt habe. Ein parlamentarisches Leben ohne Komödienspiel ist ja überhaupt nicht möglich. Ich hätte es bedenken und selber mitagieren, dem Kerl womöglich zutrinken sollen, der mich öffentlich beschimpft hat. Das wäre bequem, österreichisch – und vielleicht sogar das Richtigste gewesen." Er fühlte sich wieder im Zuge und sprach lebhaft weiter: „Es gibt am Ende doch nur zwei Methoden, mittels deren in der Politik praktisch etwas zu leisten ist; entweder durch eine großartige Frivolität, die das ganze öffentliche Leben als ein amüsantes Spiel betrachtet, die in Wahrheit für nichts begeistert, gegen nichts entrüstet ist, und der die Menschen, um deren Glück oder Elend es sich doch im letzten Sinn handeln sollte, vollkommen gleichgültig bleiben. So weit bin ich nicht, und ich weiß nicht, ob ich jemals dahin gelangen werde. Ehrlich gesagt, ich hab es mir schon manchmal gewünscht. Die andre Methode aber ist: bereit sein, in jedem Augenblick für das, was man das Rechte hält, seine ganze Existenz, sein Leben im wahrsten Sinne des Wortes –"

Berthold schwieg plötzlich. Sein Vater, der alte Doktor Stauber, war eingetreten und wurde herzlich begrüßt. Er reichte Georg, der ihm von Frau Rosner vorgestellt wurde, die Hand und sah ihn so freundlich an, daß sich Georg sofort zu ihm hingezogen fühlte. Er sah offenbar jünger aus, als er war. Sein langer, rötlichblonder Bart war nur von einzelnen grauen Fäden durchzogen, und das schlicht gekämmte lange Haar zog in dichten Strähnen zu dem breiten

Nacken hin. Die Stirn, die von auffallender Höhe war, gab der ganzen, ein wenig untersetzten, ja hochschultrigen Erscheinung eine gewisse Würde. Die Augen, wenn sie nicht eben mit einiger Absicht gütig oder klug schauten, schienen sich hinter den müd gewordenen Lidern gleichsam für den nächsten Blick auszuruhen.

„Ich habe Ihre Mutter gekannt, Herr Baron", sagte er ziemlich leise zu Georg.

„Meine Mutter, Herr Doktor...?"

„Sie werden sich kaum daran erinnern. Sie waren damals ein kleiner Bub von drei, vier Jahren."

„Sie waren ihr Arzt?" fragte Georg.

„Ich besuchte sie zuweilen als Vertreter des Professors Duchegg, bei dem ich Assistent war. Sie haben damals in der Habsburgergasse gewohnt, in einem alten Haus, das längst niedergerissen ist. Ich könnte Ihnen heute noch die Einrichtung des Zimmers schildern, in dem Ihr Herr Vater mich empfing... der leider auch allzufrüh gestorben ist... Auf dem Schreibtisch stand eine Bronzefigur und zwar ein gepanzerter Ritter mit einer Fahne. Und an der Wand hing eine Kopie nach einem Van Dyck aus der Liechtensteingalerie."

„Ja", sagte Georg verwundert über das gute Gedächtnis des Arztes, „ganz richtig."

„Aber ich habe da die Herrschaften in einem Gespräch unterbrochen", fuhr Doktor Stauber fort, in dem ein wenig melancholisch singenden und doch überlegenen Ton, der ihm eigen war, und ließ sich in die Ecke des Divans sinken.

„Eben teilt uns Doktor Berthold zu unserm Erstaunen mit", sagte Herr Rosner, „daß er sich entschlossen hat, sein Mandat niederzulegen."

Der alte Stauber richtete einen ruhigen Blick auf seinen Sohn, den dieser ebenso ruhig erwiderte. Georg, der dies Augenspiel bemerkte, hatte den Eindruck, daß hier ein stilles Einverständnis waltete, das keiner Worte bedurfte.

„Ja", sagte Doktor Stauber, „mich hat es allerdings nicht überrascht. Ich habe immer das Gefühl gehabt, daß Berthold im Parlament nur wie zu Gaste sitzt, und bin eigentlich froh, daß er nun eine Art von Heimweh nach seinem wahren Beruf bekommen hat. Ja, ja, dein wahrer, Berthold", wiederholte er wie zur Antwort auf ein Stirnrunzeln seines Sohnes. „Damit ist ja nichts für die Zukunft präjudiziert. Nichts erschwert uns die Existenz so sehr, als daß wir so häufig an

Definitiva glauben... und daß wir die Zeit damit verlieren, uns eines Irrtums zu schämen, statt ihn einzugestehen und unser Leben einfach neu zu gestalten."

Berthold erklärte, daß er in spätestens acht Tagen abreisen wolle. Jeder weitere Aufschub hätte keinen Sinn. Es wäre auch möglich, daß er nicht in Paris bliebe. Seine Studien konnten eine weitere Reise notwendig machen. Ferner war er entschlossen, alle Abschiedsbesuche zu unterlassen; wie er hinzusetzte, hatte er ohndies allen Verkehr früherer Jahre in gewissen bürgerlichen Kreisen, wo sein Vater eine ausgebreitete Praxis übte, vollkommen aufgegeben.

„Sind wir uns denn nicht diesen Winter einmal bei Ehrenbergs begegnet?" fragte Georg mit einiger Genugtuung.

„Das ist richtig", erwiderte Berthold. „Mit Ehrenbergs sind wir übrigens entfernt verwandt. Das Bindeglied zwischen uns ist merkwürdigerweise die Familie Golowski. Jeder Versuch, Ihnen das näher zu erklären, Herr Baron, wäre vergeblich. Ich müßte sie eine Wanderung durch die Standesämter und Kultusgemeinden von Temesvar, Tarnopol und ähnlichen angenehmen Ortschaften unternehmen lassen – und das möcht ich Ihnen doch nicht zumuten."

„Und übrigens", fügte der alte Doktor Stauber resigniert hinzu, „weiß der Herr Baron gewiß, daß alle Juden miteinander verwandt sind."

Georg lächelte liebenswürdig. In Wirklichkeit aber war er eher enerviert. Seiner Empfindung nach bestand durchaus keine Notwendigkeit, daß auch der alte Doktor Stauber ihm offizielle Mitteilung von seiner Zugehörigkeit zum Judentum machte. Er wußte es ja, und er nahm es ihm nicht übel. Er nahm es überhaupt keinem übel; aber warum fingen sie denn immer selbst davon zu reden an? Wo er auch hinkam, er begegnete nur Juden, die sich schämten, daß sie Juden waren, oder solchen, die darauf stolz waren, und Angst hatten, man könnte glauben, sie schämten sich.

„Gestern hab ich übrigens die alte Golowski gesprochen", fuhr Doktor Stauber fort.

„Die arme Frau", sagte Herr Rosner.

„Wie gehts ihr denn?" fragte Anna.

„Wie wirds ihr gehen... Sie können sich denken... die Tochter eingesperrt, der Sohn Freiwilliger auf Staatskosten, wohnt in der Kaserne... Stellen Sie sich das vor, Leo Golowski als Patriot... Und der Alte sitzt im Kaffeehaus und schaut zu, wie die andern Leut Schach spielen. Er selbst hat doch nicht mehr die zehn Kreuzer, um das Spielgeld zu zahlen."

„Die Haft von Therese muß übrigens bald abgelaufen sein", sagte Berthold.

„Dauert doch noch zwölf, vierzehn Tage", erwiderte sein Vater... „Na, Annerl", wandte er sich dann an das junge Mädchen, „es wäre wirklich schön von Ihnen, wenn Sie sich wieder einmal in der Rembrandtstraße anschauen ließen; die alte Frau hat eine fast rührende Schwärmerei für Sie. Ich versteh wirklich nicht warum", setzte er lächelnd hinzu, während er Anna beinah zärtlich betrachtete. Sie aber sah vor sich hin und erwiderte nichts.

Die Wanduhr schlug sieben.

Georg erhob sich, als wenn er nur dieses Zeichen erwartet hätte.

„Herr Baron verlassen uns schon", sagte Herr Rosner aufstehend.

Georg bat die Anwesenden, sich nicht stören zu lassen, und reichte allen die Hand.

„Es ist merkwürdig", sagte der alte Stauber, „wie Ihre Stimme an die Ihres verstorbenen Herrn Vaters erinnert."

„Ja, man hat es mir vielfach gesagt", entgegnete Georg. „Ich selbst konnte es allerdings nie finden."

„Es gibt keinen Menschen auf der Welt, der seine eigene Stimme kennt", bemerkte der alte Stauber, und es klang wie der Beginn eines populären Vortrags.

Aber Georg empfahl sich. Anna begleitete ihn, trotz seiner leisen Abwehr, ins Vorzimmer und ließ – etwas absichtlich, wie es Georg vorkam – die Türe halboffen stehn. „Es ist schade, daß wir nicht länger musizieren konnten", sagte sie.

„Mir tuts auch leid, Fräulein Anna."

„Das Lied hat mir heut noch besser gefallen, als beim erstenmal, wie ich mich selber begleiten mußte. Nur zum Schluß verläuft es ein bißchen... ich weiß nicht, wie ich sagen soll."

„Ich weiß, was Sie meinen. Der Schluß ist konventionell, das hab ich gleich gefühlt. Hoffentlich kann ich Ihnen bald was Besseres bringen, Fräulein Anna."

„Lassen Sie mich aber nicht zu lange darauf warten."

„Gewiß nicht. Also Adieu Fräulein Anna."

Sie reichten einander die Hände und lächelten beide.

„Warum sind Sie nicht nach Weißenfeld gekommen?" fragte Anna leicht.

„Es tut mir wirklich leid, aber sehen Sie, Fräulein Anna, ich hätte wahrhaftig heuer keine angenehme Gesellschaft vorgestellt, das können Sie sich wohl denken."

Anna sah ihn ernst an. „Glauben Sie nicht", sagte sie, „daß man Ihnen vielleicht hätte helfen können manches tragen?"

„Es zieht, Anna", rief Frau Rosner von drinnen.

„Ich komm ja schon", erwiderte Anna etwas ungeduldig. Aber Frau Rosner hatte die Tür schon geschlossen.

„Wann darf ich wiederkommen?" fragte Georg.

„Wann es Ihnen angenehm ist. Allerdings... ich müßte Ihnen eigentlich eine schriftliche Stundeneinteilung geben, damit Sie wissen, wann ich zu Hause bin, und damit wäre auch noch nichts getan. Oft geh ich spazieren, oder habe Besorgungen in der Stadt, oder schau mir Bilder an, oder Ausstellungen..."

„Das könnte man doch einmal zusammen tun", sagte Georg.

„O ja", erwiderte Anna, nahm ihr Portemonnaie aus der Tasche und entnahm diesem ein winziges Notizbuch.

„Was haben Sie denn da?" fragte Georg.

Anna lächelte und blätterte in dem Büchlein. „Warten Sie nur... Donnerstag elf Uhr wollte ich mir die Miniaturausstellung in der Hofbibliothek ansehen. Wenn Sie das auch interessiert, so können wir uns dort treffen."

„Aber sehr gern."

„Also schön. Dort können wir gleich besprechen, wann Sie mich das nächstemal zum Singen begleiten."

„Abgemacht", sagte Georg und reichte ihr die Hand. Es fiel ihm ein, daß gewiß, während hier draußen Anna mit ihm plauderte, sich drin im Zimmer der junge Doktor Stauber ärgern oder gar kränken mochte. Und er wunderte sich, daß er diesen Umstand selbst offenbar unangenehmer empfand als Anna, die doch im ganzen ein gutmütiges Wesen zu sein schien. Er löste seine Hand aus der ihren, nahm Abschied und ging.

Als Georg auf die Straße kam, war es ganz dunkel geworden. Langsam schlenderte er über die Elisabethbrücke an der Oper vorbei der inneren Stadt zu und ließ, unbeirrt durch Geräusch und Treiben rings umher, sein Lied in sich nachtönen. Er fand es seltsam, daß Annas Stimme, die im kleinen Raume so reinen und gesunden Klang gab, jede Zukunft auf der Bühne und im Konzertsaal versagt sein sollte, und noch seltsamer, daß Anna unter diesem Verhängnis kaum zu leiden schien. Freilich war er sich nicht klar darüber, ob Annas Ruhe auch den wahren Ausdruck ihres Wesens widerspiegelte.

Er kannte sie wohl flüchtig schon seit einigen Jahren; aber erst eines Abends im vergangenen Frühling waren sie einander näher gekommen. Im Waldsteingarten hatte sich damals eine größere Gesellschaft Rendezvous gegeben. Man speiste im Freien, unter hohen Kastanienbäumen, vergnügt, angeregt und berückt von dem ersten warmen Maiabend des Jahres. Georg sah sie alle wieder, die damals gekommen waren. Frau Ehrenberg, die Veranstalterin der Zusammenkunft, absichtlich matronenhaft mit einem lose sitzenden, dunkeln Foulardkleid angetan; Hofrat Wilt, wie in der Maske eines englischen Staatsmanns, mit vornehm schlampigen Gebärden und mit dem gleichen, etwas wohlfeilen Ton der Überlegenheit für sämtliche Dinge und Menschen; Frau Oberberger, die mit dem grau gepuderten Haar, den blitzenden Augen und dem Schönheitspflästerchen auf dem Kinn einer Rokokomarquise ähnelte; Demeter Stanzides mit den weiß glänzenden Zähnen, und auf der blassen Stirn die Müdigkeit eines alten Heldengeschlechtes; Oskar Ehrenberg, mit einer Eleganz, die viel vom ersten Kommis eines Modehauses, manches von der eines jugendlichen Gesangskomikers und auch einiges von der eines jungen Herrn aus der Gesellschaft hatte; Sissy Wyner, die ihre dunkeln, lachenden Augen von einem zum andern sandte, als sei sie mit jedem einzelnen durch ein andres lustiges Geheimnis verbunden; Willy Eißler, der heiser und fidel allerlei heitre Geschichten aus seiner Militärzeit und jüdische Anekdoten erzählte; Else Ehrenberg, von zarter Frühlingsmelancholie umflossen in weißem englischem Tuchkleid, mit den Bewegungen einer großen Dame, die sich zu dem Kindergesicht und der zarten Figur anmutig und beinahe rührend ausnahmen; Felician, kühl und liebenswürdig, mit hochmütigen Augen, die zwischen den Gästen hindurch zu andern Tischen und auch an diesen vorbei in die Ferne sahen; Sissys Mutter, jung, rotbackig und plappernd, die überall zugleich mitreden und überall zugleich mithören wollte; Edmund Nürnberger, in den bohrenden Augen und um den schmalen Mund jenes fast maskenhaft gewordene Lächeln der Verachtung für ein Welttreiben, das er bis auf den Grund durchschaute, und in dem er sich doch manchmal zu seinem eigenen Erstaunen selbst als Mitspieler entdeckte; endlich Heinrich Bermann, in einem zu weiten Sommeranzug, mit einem zu billigen Strohhut, mit einer zu lichten Kravatte, der bald lauter sprach und bald tiefer schwieg als die andern. Zuletzt, ohne jede Begleitung und in sicherer Haltung war Anna Rosner erschienen, hatte mit leichtem Kopfnicken die Gesellschaft begrüßt und ungezwungen zwischen Frau Ehrenberg und Georg Platz genommen. „Die hab ich für Sie eingeladen", bemerkte Frau Ehrenberg leise zu Georg, der sich bis zu diesem Abend mit Anna auch in Gedanken kaum beschäftigt hatte. Jene Worte, vielleicht nur einem flüchtigen Einfall der Frau Ehrenberg entsprungen, wurden im weiteren Verlauf des Abends wahr. Von dem Augenblick an, da die Gesellschaft aufbrach und ihre fidele Reise durch den Volksprater antrat, überall, in den Buden, im Ringelspiel, vor dem Wurstel und auch auf dem Heimweg in die Stadt, der spaßhafter Weise zu Fuß gemacht wurde, hatten sich Georg und Anna zusammen gehalten und waren endlich, von lustigen und törichten Gesprächen umschwirrt, in eine ganz vernünftige Unterhaltung geraten. Ein paar Tage später war er bei ihr und brachte ihr, wie versprochen, den Klavierauszug von „Eugen Onegin" und einige von seinen Liedern; bei seinem nächsten Besuch sang sie ihm diese Lieder und manche von Schubert vor, und ihre Stimme gefiel ihm sehr. Bald darauf nahmen sie für den Sommer voneinander Abschied, ohne jede Spur von Wehmut und Zärtlichkeit; Annas Einladung nach Weißenfeld hatte Georg nur als Höflichkeit aufgefaßt, so wie er seine Zusage verstanden glaubte; und im Vergleich zu der Harmlosigkeit des bisherigen Verkehrs durfte die Stimmung des heutigen Besuchs Georg wohl eigentümlich erscheinen.

Auf dem Stephansplatz sah sich Georg von jemandem gegrüßt, der auf der Plattform eines Stellwagens stand. Georg, der etwas kurzsichtig war, erkannte den Grüßenden nicht gleich.

„Ich bins", sagte der Herr auf der Plattform.

„O, Herr Bermann! Guten Abend", Georg reichte ihm die Hand hinauf. „Wohin des Wegs?"

„Ich fahre in den Prater. Ich will unten nachtmahlen. Haben Sie etwas besondres vor, Herr Baron?"

„Nicht das geringste."

„So kommen Sie doch mit."

Georg schwang sich auf den Omnibus, der eben weiterzurumpeln begann. Sie erzählten einander beiläufig, wie sie den Sommer verbracht hatten. Heinrich war im Salzkammergut gewesen, später in Deutschland, von wo er erst vor ein paar Tagen zurückgekommen war.

„Ach in Berlin", meinte Georg.

„Nein."

„Ich dachte, daß Sie vielleicht in Angelegenheit eines neuen Stückes..."

„Ich habe kein neues Stück geschrieben", unterbrach ihn Heinrich etwas unhöflich. „Ich war im Taunus und am Rhein, in verschiedenen Orten."

Was hat er denn am Rhein zu tun, dachte Georg, obwohl es ihn nicht weiter interessierte. Es fiel ihm auf, daß Bermann zerstreut, ja beinahe verdüstert vor sich hinschaute.

„Und wie steht's denn mit Ihren Arbeiten, lieber Baron?" fragte Heinrich plötzlich lebhaft, während er den dunkelgrauen Überzieher, der ihm um die Schulter hing, enger um sich schlug. „Ist Ihr Quintett fertig?"

„Mein Quintett?" wiederholte Georg verwundert. „Hab' ich Ihnen denn von meinem Quintett gesprochen?"

„Nein, nicht Sie; aber Fräulein Else sagte mir, daß Sie an einem Quintett arbeiten."

„Ach so, Fräulein Else. Nein, ich bin nicht viel weiter gekommen. Ich war nicht gerade in der Stimmung, wie Sie sich denken können."

„Ach ja", sagte Heinrich und schwieg eine Weile. „Und Ihr Herr Vater war noch so jung", fügte er langsam hinzu.

Georg nickte wortlos.

„Wie geht's Ihrem Bruder?" fragte Heinrich plötzlich.

„Danke recht gut", erwiderte Georg etwas befremdet. Heinrich warf seine Zigarre über die Brüstung und zündete sich gleich wieder eine neue an. Dann sagte er: „Sie werden sich wundern, daß ich mich nach Ihrem Bruder erkundige, den ich kaum jemals gesprochen habe. Er interessiert mich aber. Er stellt für mich einen in seiner Art geradezu vollendeten Typus dar, und ich halte ihn für einen der glücklichsten Menschen, die es gibt."

„Das mag wohl sein", erwiderte Georg zögernd. „Aber wie kommen Sie eigentlich zu der Ansicht, da Sie ihn kaum kennen?"

„Erstens heißt er Felician Freiherr von Wergenthin-Recco", sagte Heinrich sehr ernst und blies den Rauch in die Luft.

Georg horchte mit einigem Erstaunen auf.

„Sie heißen wohl auch Wergenthin-Recco", fuhr Heinrich fort, „aber nur Georg – und das ist lang nicht dasselbe, nicht wahr? Ferner ist Ihr Bruder sehr schön. Sie schauen allerdings auch nicht übel aus. Aber Leute, deren hauptsächliche Eigenschaft es ist, schön zu sein, sind doch eigentlich viel besser dran als andre, deren hauptsächliche Eigenschaft es ist, begabt zu sein. Wenn man nämlich schön ist, so ist man es immer, während die Begabten doch mindestens neun Zehntel ihrer Existenz ohne jede Spur von Talent verbringen. Ja, gewiß ist es so. Die Linie des Lebens ist sozusagen reiner, wenn man schön als wenn man ein Genie ist. Übrigens ließe sich das alles besser ausdrücken."

Was hat er denn, dachte Georg unangenehm berührt. Sollte er vielleicht auf Felician eifersüchtig sein... wegen Else Ehrenberg?

Auf dem Praterstern stiegen sie aus. Der große Strom der Sonntagsmenge flutete ihnen entgegen. Sie nahmen den Weg in die Hauptallee, wo es nicht mehr belebt war, und gingen langsam weiter. Es war kühl geworden. Georg machte Bemerkungen über die herbstliche Abendstimmung, über die Leute, die in den Wirtshäusern saßen, über die Militärkapellen, die in den Kiosken spielten. Heinrich entgegnete anfangs obenhin, später gar nicht und schien endlich kaum zuzuhören, was Georg ungezogen fand. Er bereute es beinahe, sich Heinrich angeschlossen zu haben, umsomehr, als es sonst gar nicht seine Art war, flüchtigen Aufforderungen ohne weiteres zu folgen; und er entschuldigte sich vor sich selbst, daß er es diesmal nur aus Zerstreutheit getan hätte. Heinrich ging neben ihm her, oder auch ein paar Schritte voraus, als hätte er Georgs Anwesenheit vollkommen vergessen. Noch immer hielt er den umgehängten Überzieher mit beiden Händen fest, trug den weichen, dunkelgrauen Hut in die Stirn gedrückt und sah, was Georg plötzlich empfindlich zu stören begann, höchst unelegant aus. Heinrich Bermanns frühere Bemerkungen über Felician kamen ihm nun abgeschmackt und geradezu taktlos vor, und zu rechter Zeit fiel ihm ein, daß so ziemlich alles, was er von den schriftstellerischen Leistungen

Heinrichs kannte, ihm wider den Strich gegangen war. Zwei Stücke von ihm hatte er gesehen: eines, das in den untern Volksschichten spielte, unter Handwerkern oder Fabrikarbeitern und mit Mord und Totschlag endete; das andere, eine Art von satirischer Gesellschaftskomödie, bei deren Erstaufführung es einen Skandal gegeben hatte, und die bald wieder vom Repertoire verschwunden war. Übrigens hatte Georg den Autor damals noch nicht persönlich gekannt und an der ganzen Sache kein weiteres Interesse genommen. Er erinnerte sich nur, daß Felician das Stück geradezu lächerlich gefunden und daß Graf Schönstein geäußert hatte, wenn es nach ihm ginge, dürften Stücke von Juden überhaupt nur von der Budapester Orpheumsgesellschaft aufgeführt werden. Insbesondere aber hatte Doktor von Breitner, getauft und objektiv, seiner Empörung Ausdruck gegeben, daß so ein hergelaufener junger Mensch eine Welt auf die Bühne zu bringen wagte, die ihm selbstverständlich verschlossen war und von der er daher unmöglich etwas verstehen konnte. Während Georg all dies wieder einfiel, steigerte sich sein Ärger über das manierlose Weiterlaufen und beharrliche Schweigen seines Begleiters zu einer wahren Feindseligkeit, und halb unbewußt begann er allen Insulten recht zu geben, die damals gegen Bermann vorgebracht worden waren. Er erinnerte sich jetzt auch, daß ihm Heinrich von allem Anfang an persönlich unsympathisch gewesen war, und daß er sich zu Frau Ehrenberg ironisch über die Geschicklichkeit geäußert, mit der sie auch diesen jungen Ruhm sofort für ihren Salon einzufangen gewußt hatte. Else freilich hatte gleich Heinrichs Partei genommen, ihn für einen interessanten und manchmal sogar liebenswürdigen Menschen erklärt und Georg prophezeit, er würde über kurz oder lang mit ihm gut Freund werden. Und tatsächlich war in Georg, zum mindesten von jenem Gespräch heuer im Frühjahr nachts auf der Ringstraßenbank, eine gewisse Sympathie für Bermann zurückgeblieben, die bis zum heutigen Abend vorgehalten hatte.

Längst waren sie an den letzten Gasthäusern vorbei. Neben ihnen lief die weiße Fahrstraße einsam und gerade zwischen den Bäumen in die Nacht hinaus, und sehr entfernte Musik tönte nur mehr in abgerissenen Klängen zu ihnen her.

„Wohin denn noch“, rief Heinrich plötzlich aus, als hätte man ihn wider Willen hierher geschleppt, und blieb stehen.

„Ich kann wirklich nichts dafür“, bemerkte Georg einfach.

„Entschuldigen Sie“, sagte Heinrich.

„Sie waren so sehr in Gedanken vertieft“, entgegnete Georg kühl.

„Vertieft will ich eben nicht sagen. Aber es passiert einem manchmal, daß man sich so in sich selbst verliert.“

„Ich kenne das“, meinte Georg ein wenig versöhnt.

„Man hat Sie übrigens im August auf dem Auhof erwartet“, sagte Heinrich plötzlich.

„Erwartet? Frau Ehrenberg war wohl so freundlich, mich einmal einzuladen, aber ich hatte keineswegs zugesagt. Haben Sie sich längere Zeit dort aufgehalten, Herr Bermann?“

„Längere Zeit, nein. Ich war einige Male oben, aber immer nur auf ein paar Stunden.“

„Ich dachte, Sie hätten oben gewohnt.“

„Keine Idee. Ich hab' unten im Gasthof logiert. Ich bin nur gelegentlich hinauf gekommen. Es ist mir dort zu laut und bewegt... das Haus wimmelt ja von Besuchen. Und die Mehrzahl der Leute, die dort verkehren, kann ich nicht ausstehen.“

Ein offener Fiaker, in dem ein Herr und eine Dame saßen, fuhr an ihnen vorüber.

„Das war ja Oskar Ehrenberg“, sagte Heinrich.

„Und die Dame?“ fragte Georg und sah etwas Hellem nach, das durch die Dunkelheit leuchtete.

„Kenn' ich nicht.“

Sie nahmen den Weg durch eine finstere Seitenallee. Wieder stockte das Gespräch. Endlich begann Heinrich: „Fräulein Else hat mir auf dem Auhof ein paar von Ihren Liedern vorgesungen. Einige hatte ich übrigens schon gehört, von der Bellini, glaub' ich.“

„Ja, die Bellini hat sie vorigen Winter in einem Konzert gesungen.“

„Nun, diese Lieder und einige andre von Ihnen sang Fräulein Else.“

„Wer hat sie denn begleitet?“

„Ich selbst, so gut ich eben konnte. Ich muß Ihnen übrigens sagen, lieber Baron, die Lieder haben eigentlich noch einen stärkern Eindruck auf mich gemacht, als das erstemal im Konzert, trotzdem Fräulein Else ja beträchtlich weniger Stimme und Kunstfertigkeit besitzt, als Fräulein Bellini. Andererseits muß man freilich bedenken, daß es ein prachtvoller Sommernachmittag war, an dem Fräulein Else Ihre Lieder sang. Das Fenster stand offen, man sah drüben die Berge und den tiefblauen Himmel... aber es bleibt noch immer genug für Sie übrig."

„Sehr schmeichelhaft", sagte Georg, von Heinrichs spöttelndem Ton peinlich berührt.

„Wissen Sie", fuhr Heinrich fort und sprach, wie er es manchmal tat, mit zusammengepreßten Zähnen und unnötig heftiger Betonung, „wissen Sie, es ist im allgemeinen nicht meine Gewohnheit, Leute, die ich zufällig auf der Straße sehe, auf den Omnibus heraufzubitten, und ich will es ihnen lieber gleich gestehen, daß ich es... wie sagt man nur... als einen Wink des Schicksals betrachtet habe, wie ich Sie plötzlich auf dem Stephansplatz erblickte."

Georg hörte ihn verwundert an.

„Sie erinnern sich vielleicht nicht mehr so gut als ich", fuhr Heinrich fort, „an unser letztes Gespräch auf jener Ringstraßenbank."

Nun erst fiel es Georg ein, daß Heinrich damals ganz flüchtig von einem Opernstoff gesprochen, der ihn beschäftigte, worauf Georg ebenso beiläufig, und eher scherzhaft, sich als Komponisten angeboten hatte. Und absichtlich kühl entgegnete er: „Ach ja, ich erinnere mich."

„Nun, das verpflichtet Sie zu nichts", erwiderte Heinrich noch kühler als der andere, „um so weniger, als ich, die Wahrheit zu sagen, an meinen Opernstoff überhaupt nicht mehr gedacht hatte, bis zu jenem schönen Sommernachmittag, an dem Fräulein Else Ihre Lieder sang. Wie wär's übrigens, wenn wir uns hier niederließen?"

Der Gasthausgarten, in den sie eintraten, war ziemlich leer. Heinrich und Georg nahmen in einer kleinen Laube, nächst dem grünen Staketgitter, Platz und bestellten ihr Nachtmahl.

Heinrich lehnte sich zurück, streckte seine Beine aus, betrachtete Georg, der beharrlich schwieg, mit prüfenden, fast spöttischen Augen und sagte plötzlich: „Ich glaube mich übrigens nicht zu irren, wenn ich annehme, daß Ihnen die Sachen, die ich bisher gemacht habe, nicht gerade ans Herz gewachsen sind."

„O“, erwiderte Georg und errötete ein wenig, „wie kommen Sie zu dieser Ansicht?“

„Nun ich kenne meine Stücke... und kenne Sie.“

„Mich?“ fragte Georg beinahe verletzt.

„Gewiß“, erwiderte Heinrich überlegen. „Übrigens habe ich den meisten Menschen gegenüber diese Empfindung und halte diese Fähigkeit sogar für meine einzige absolute, unzweifelhafte. Alle übrigen sind ziemlich problematisch, find' ich. Insbesondere ist meine sogenannte Künstlerschaft etwas durchaus mäßiges, und auch gegen meine Charaktereigenschaften wäre manches einzuwenden. Das einzige, was mir eine gewisse Sicherheit gibt, ist eigentlich nur das Bewußtsein, in menschliche Seelen hineinschauen zu können... tief hinein, in alle, in die von Schurken und ehrlichen Leuten, in die von Frauen und Männern und Kindern, in die von Heiden, Juden, Protestanten, ja selbst in die von Katholiken, Adeligen und Deutschen, obwohl ich gehört habe, daß gerade das für unsereinen so unendlich schwer, oder sogar unmöglich sein soll.“

Georg zuckte leicht zusammen. Er wußte, daß Heinrich insbesondere bei Gelegenheit seines letzten Stückes von konservativen und klerikalen Blättern persönlich aufs heftigste angegriffen worden war. Aber was geht das mich an, dachte Georg. Schon wieder einer, den man beleidigt hat! Es war wirklich absolut ausgeschlossen, mit diesen Leuten harmlos zu verkehren. Höflich, fremd, in einer ihm selbst kaum bewußten Erinnerung an die Erwiderung des alten Herrn Rosner gegenüber dem jungen Doktor Stauber, äußerte er: „Eigentlich dachte ich mir, daß Menschen wie Sie – über Angriffe von jener Art, auf die Sie offenbar anspielen, erhaben wären.“

„So... dachten Sie das?“ fragte Heinrich in dem kalten, beinahe abstoßenden Ton, der ihm manchmal eigen war. „Nun“, fuhr er milder fort, „zuweilen stimmt es ja. Aber leider nicht immer. Es braucht nicht viel dazu, um die Selbstverachtung aufzuwecken, die stets in uns schlummert; und wenn das einmal geschehen ist, gibt es keinen Tropf und keinen Schurken, mit dem wir uns nicht innerlich gegen uns selbst verbünden. Entschuldigen Sie, wenn ich „wir“ sage...“

„O, ich habe schon ganz ähnliches empfunden. Freilich hatte ich noch nicht Gelegenheit, der Öffentlichkeit so oft und so exportiert gegenüberzustehen, wie Sie.“

„Nun wenn auch... ganz das Gleiche wie ich werden Sie doch niemals durchzumachen haben.“

„Warum denn?“ fragte Georg ein wenig gekränkt.

Heinrich sah ihm scharf ins Auge. „Sie sind der Freiherr von Wergenthin-Recco.“

„O darum! Ich bitte Sie, es gibt heutzutage eine ganze Menge Leute, die gerade deswegen gegen einen voreingenommen sind – und es einem gelegentlich vorzuhalten wissen, daß man Baron ist.“

„Ja, ja, aber es liegt doch ein anderer Ton darin, das werden Sie mir zugeben, und auch ein anderer Sinn, wenn man einem den Freiherrn, als wenn man einem den Juden ins Gesicht schleudert, obzwar das letztere bisweilen... Sie verzeihen schon... der bessere Adel sein mag. Nun, Sie brauchen mich nicht so mitleidig anzuschauen“, setzte er plötzlich grob hinzu. „Ich bin nicht immer so empfindlich. Es gibt auch andre Stimmungen, in denen mir überhaupt nichts und niemand etwas anhaben kann. Da hab ich nur dieses eine Gefühl: was wißt Ihr denn alle, was wißt Ihr denn von mir...“

Er schwieg, stolz, mit einem höhnischen Blick, der sich durch das Blätterwerk der Laube ins Dunkle bohrte. Dann wandte er den Kopf, sah ringsumher und sagte einfach, in einem neuen Ton, zu Georg: „Sehen Sie doch, wir sind bald die einzigen.“

„Es wird auch recht kühl“, sagte Georg.

„Ich denke, wir bummeln noch ein wenig durch den Prater.“

„Gern.“

Sie erhoben sich und gingen. Auf einer Wiese, an der sie vorüberkamen, lag feiner, grauer Nebel.

„Bis in die Nacht hält die Sommerlüge doch nicht mehr an. Nun wird es bald endgültig vorbei sein“, sagte Heinrich mit unverhältnismäßiger Bedrücktheit, und wie zum eigenen Trost fügte er hinzu: „Nun, man wird arbeiten.“

Sie kamen in den Wurstelprater. Aus den Gasthäusern tönte Musik, und Georg teilte sich sofort etwas von der fröhlich-lauten Stimmung mit, in die er nun mit einem Male aus den Traurigkeiten eines herbstlichen Wirtshausgartens und einer etwas gequälten Unterhaltung geraten war.

Vor einem Ringelspiel, aus dem ein riesiger Leierkasten phantastisch-orgelhaft ein Potpourri aus dem „Troubadour“ ins Freie sandte und an dessen Eingang ein Ausrufer zur Reise nach London, Atzgersdorf und Australien aufforderte, erinnerte sich Georg wieder der Frühjahrspartie mit der Ehrenbergschen Gesellschaft. Auf dieser schmalen Bank, im Innern des Raumes, war Frau Oberberger gesessen, den Kavalier des Abends, Demeter Stanzides, zur Seite und hatte ihm wahrscheinlich eine ihrer unglaublichen Geschichten erzählt: daß ihre Mutter die Geliebte eines russischen Großfürsten gewesen; daß sie selbst mit einem Anbeter eine Nacht auf dem Hallstädter Friedhof verbracht, natürlich ohne daß etwas geschehen war; oder daß ihr Gatte, der berühmte Reisende, in einem Harem zu Smyrna in einer Woche siebzehn Frauen erobert hatte. In diesem rotsamtgepolsterten Wägelchen, mit Hofrat Wilt als Gegenüber, hatte Else gelehnt, damenhaft anmutig, ungefähr wie in einem Fiaker am Derbytag und hatte doch verstanden, durch Haltung und Miene zum Ausdruck zu bringen, daß sie, wenn es darauf ankäme, gerade so kindlich sein konnte wie andre einfältige, glücklichere Menschen. Anna Rosner, lässig die Zügel in der Hand, würdig, aber mit einem etwas verschmitzten Gesicht, ritt einen weißen Araber; Sissy wiegte sich auf einem Rappen, der sich nicht nur im Kreise mit den andern Tieren und Wagen drehte, sondern außerdem hin und herschaukelte. Unter der kühnen Frisur mit dem riesigen, schwarzen Federhut blitzten und lachten die frechsten Augen, über den ausgeschnittenen Lackschuhen und durchbrochenen Strümpfen flatterte und flog der weiße Rock. Auf zwei fremde Herren hatte Sissys Erscheinung so seltsam gewirkt, daß sie ihr eine unzweideutige Einladung zuriefen, worauf eine kurze, geheimnisvolle Unterhaltung zwischen Willy, der sofort zur Stelle war, und den zwei ziemlich betretenen Herren erfolgte, die anfangs durch das nonchalante Anzünden neuer Zigaretten ihre Position zu retten versuchten, aber dann plötzlich in der Menge verschwunden waren.

Auch die Bude mit den „Illusionen“ und Lichtbildern hatte für Georg ihre besondere Erinnerung. Hier, während Daphne sich in einen Baum verwandelte, hatte ihm Sissy ein leises „remember“ ins Ohr geflüstert und ihm damit den Maskenball bei Ehrenbergs ins Gedächtnis gerufen, an dem sie, wohl nicht für ihn allein, den Spitzenschleier zu einem flüchtigen Kuß gelüftet hatte. Dann kam die Hütte, wo die ganze Gesellschaft sich hatte photographieren lassen: die drei jungen Mädchen, Anna, Else und Sissy in genienhafter Pose, die Herren mit himmelnden Augen ihnen zu Füßen, so daß das Ganze etwa ausgesehen hatte, wie die Apotheose aus einer Zauberposse. Und während Georg sich jener kleinen Erlebnisse entsann, schwebte ihm immer der heutige Abschied von Anna durch die Erinnerung und schien ihm von den angenehmsten Verheißungen erfüllt.

Vor einer offenen Schießbude standen auffallend viel Leute. Bald war der Trommler ins Herz getroffen und wirbelte mit flinken Schlägen auf dem Fell, bald zersprang leise klirrend eine Glaskugel, die auf einem Wasserstrahl hin und her getanzt war, bald führte eine Marketenderin eiligst die Trompete zum Mund und blies drohend Appell, bald donnerte aus aufgesprungenem Tor eine kleine Eisenbahn, sauste über eine fliegende Brücke und wurde von einem andern Tor verschlungen. Da einige Zuschauer sich allmählich entfernten, rückten Georg und Heinrich vor und erkannten in den sichern Schützen Oskar Ehrenberg und seine Dame. Eben richtete Oskar das Gewehr auf einen Adler, der sich nahe der Decke mit ausgebreiteten Flügeln auf und ab bewegte, und fehlte zum erstenmal. Indigniert legte er die Waffe nieder, sah sich um, erblickte die beiden Herren hinter sich und begrüßte sie.

Die junge Dame, das Gewehr an der Wange, warf einen flüchtigen Blick auf die Neuangekommenen, visierte gleich wieder angelegentlich und drückte ab. Der Adler ließ den getroffenen Flügel sinken und bewegte sich nicht mehr.

„Bravo“, rief Oskar.

Die Dame legte das Gewehr vor sich auf den Tisch hin.

„Is genug“, sagte sie zu dem Jungen, der von neuem laden wollte, „g'wonnen hab ich eh.“

„Wie viel Schuß warens?“ fragte Oskar.

„Vierzig“, antwortete der Junge, „macht achtzig Kreuzer. Oskar griff in die Westentasche, warf einen Silbergulden hin und nahm den Dank des Ladenjungen mit Herablassung entgegen. „Erlaube“, sagte er dann, indem er beide Hände in die Seiten stützte, den Oberkörper leicht nach vorn bewegte und den linken Fuß vorwärts setzte, „erlaube Amy, daß ich dir die Herren vorstelle, welche Zeugen deiner Triumphe waren. Baron Wergenthin, Herr von Bermann... Fräulein Amelie Reiter.“

Die Herren lüfteten ihre Hüte, Amelie nickte zum Gegengruß ein paarmal hintereinander mit dem Kopf. Sie trug ein einfaches, weiß gemustertes Foulardkleid, darüber eine leichte Mantille von hellem Gelb mit Spitzen umsäumt und einen schwarzen, aber sehr vergnügten Hut. „Den Herrn von

Bermann kenn ich ja", sagte sie. Sie wandte sich an ihn: „Bei der Premiere von Ihrem Stück im vorigen Winter hab ich Sie gesehen, wie Sie herausgekommen sind sich verbeugen. Ich habe mich sehr gut unterhalten. Nicht, daß ich Ihnen das vielleicht aus Höflichkeit sag."

Heinrich dankte ernst.

Sie spazierten weiter zwischen Buden, vor denen es stiller wurde, an Wirtshausgärten vorbei, die sich allmählich leerten.

Oskar schob seinen rechten Arm in den linken seiner Begleiterin, dann wandte er sich an Georg: „Warum sind Sie denn heuer nicht auf dem Auhof gewesen? Wir haben alle sehr bedauert."

„Ich war leider in wenig geselliger Stimmung."

„Natürlich, kann ich mir denken", sagte Oskar mit dem gebotenen Ernst. „Ich war übrigens auch nur ein paar Wochen dort. Im August hab ich meine müden Glieder in den Wogen der Nordsee gestärkt, ich war nämlich auf der Isle of Wight."

„Dort soll es ja sehr schön sein", sagte Georg, „wer geht denn nur immer hin?"

„Die Wyners, meinen Sie", erwiderte Oskar. „Wenigstens wie sie noch in London gelebt haben, sind sie regelmäßig dort gewesen. Jetzt nur mehr alle zwei, drei Jahre."

„Aber das Ypsilon haben sie auch für Österreich beibehalten", sagte Georg lächelnd.

Oskar blieb ernst. „Der alte Herr Wyner", erwiderte er „hat sich sein Recht auf das Ypsilon ehrlich erworben. Er ist schon in seinem dreizehnten Jahr nach England gekommen, hat sich dort naturalisieren lassen und als ganz junger Mensch ist er Kompagnon der großen Stahlfabrik geworden, die jetzt noch immer Black und Wyner heißt."

„Aber seine Frau hat er sich doch aus Wien geholt?"

„Ja. Und wie er vor sieben oder acht Jahren gestorben ist, ist sie mit den zwei Kindern hierher übersiedelt. Aber James wird sich hier nie eingewöhnen... der Lord Antinous, Sie wissen ja, daß Frau Oberberger ihn so nennt. Jetzt ist er wieder in Cambridge, wo er seltsamerweise griechische Philologie studiert. Im übrigen ist auch Demeter ein paar Tage in Ventnor gewesen."

„Stanzides?" ergänzte Georg.

„Kennen Sie den Herrn von Stanzides, Herr Baron?" fragte Amy.

„Jawohl."

„Also existiert er richtig", rief sie aus.

„Ja aber hörst du", sagte Oskar. „Heuer im Frühjahr hat sie in der Freudenau auf ihn gesetzt und hat eine Masse Geld gewonnen, und jetzt fragt sie, ob er existiert."

„Warum zweifeln Sie denn an der Existenz von Stanzides, Fräulein?" fragte Georg.

„Ja wissen Sie, alleweil, wenn ich nicht weiß, wo er is, der Oskar, heißts: ich hab ein Rendezvous mit'n Stanzides, oder: ich reit mit'n Stanzides in' Prater. Stanzides hin, Stanzides her, es klingt mehr wie eine Ausred, als wie ein Nam."

„Jetzt schweig aber endlich einmal still", sagte Oskar mild.

„Stanzides existiert nicht nur", erklärte Georg, „sondern er hat den schönsten, schwarzen Schnurrbart und die glühendsten schwarzen Augen, die es überhaupt gibt."

„Das is schon möglich, aber wie ich ihn g'sehn hab, hat er ausg'schaut wie ein Wurstel. Gelber Janker, grünes Kappel, violette Schleifen."

„Und sie hat vierzig Gulden auf ihn gewonnen", ergänzte Oskar humoristisch.

„Wo sind die vierzig Gulden", seufzte Fräulein Amelie... Plötzlich blieb sie stehen und rief: „Da bin ich aber noch nie mitgefahren."

„Das kann ja nachgeholt werden", sagte Oskar einfach.

Es war das Riesenrad, das sich vor ihnen mit seinen beleuchteten Wagen langsam, majestätisch drehte. Die jungen Leute passierten das Tourniquet, stiegen in ein leeres Kupee und schwebten empor.

„Wissen Sie, Georg, wen ich heuer im Sommer kennen gelernt habe?" sagte Oskar, „den Prinzen von Guastalla.

„Welchen?" fragte Georg.

„Den jüngsten natürlich, Karl Friedrich. Er ist inkognito dort gewesen. Er ist sehr gut mit dem Stanzides, ein merkwürdiger Mensch. Ich kann Sie versichern", setzte er leise hinzu, „wenn unsereins den hundertsten Teil von den Sachen reden möcht wie der Prinz, wir kämen unser Lebtag aus dem schweren Kerker nicht heraus."

„Schau Oskar", rief Amy, „die Tische und die Leut da unten! Wie aus einem Schachterl, nicht wahr? Und die Masse Lichter dort, ganz weit, da gehts sicher nach Prag. Glauben S' nicht, Herr Bermann?"

„Möglich", erwiderte Heinrich und starrte mit gefalteter Stirn durch die gläserne Wand in die Nacht hinaus.

Als sie das Kupee verließen und ins Freie traten, war der Sonntagslärm im Verrauschen.

„Die Kleine", sagte Oskar Ehrenberg zu Georg, während Amy mit Heinrich vorausging, „die ahnt auch nicht, daß wir heute das letztemal zusammen im Prater spazieren gehen."

„Warum denn das letztemal?" fragte Georg ohne tieferes Interesse.

„Es muß sein", erwiderte Oskar. „Solche Sachen dürfen nicht länger dauern als höchstens ein Jahr. Sie können sich übrigens vom Dezember an bei ihr Ihre Handschuhe kaufen", fügte er heiter, aber nicht ohne Wehmut hinzu. „Ich richte ihr nämlich ein kleines Geschäft ein. Das bin ich ihr gewissermaßen schuldig, denn ich hab sie aus einer ziemlich sichern Situation herausgerissen."

„Aus einer sichern?"

„Ja, sie war verlobt. Mit einem Etuimacher. Haben Sie gewußt, daß es das gibt?"

Indessen war Amy und Heinrich vor einer Wendeltreppe stehen geblieben, die eng und kühn zu einem Plateau hinaufführte, und erwarteten die andern. Alle waren darüber einig, daß man den Prater nicht verlassen durfte, ohne auf der Rutschbahn gefahren zu sein.

Sie sausten durchs Dunkel, hinab und wieder hinauf, im dröhnenden Wagen, unter schwarzen Wipfeln; und dem dumpf rhythmischen Lärm entklang für Georg allmählich ein groteskes Motiv im Dreivierteltakt. Während er mit den andern die Wendeltreppe hinabstieg, wußte er auch schon, daß die Melodie von Oboe und Klarinette gebracht und von Cello und Kontrabaß begleitet werden müsse. Offenbar war es ein Scherzo, vielleicht für eine Symphonie.

„Wenn ich ein Unternehmer wäre", erklärte Heinrich mit Entschiedenheit, „so ließ ich eine Rutschbahn bauen, viele Meilen lang, die ginge über Wiesen, Abhänge, durch Wälder, Tanzsäle; auch für Überraschungen auf dem Weg wäre gesorgt." Jedenfalls, so fand er weiter, wäre nun die Zeit gekommen, das phantastische Element im Wurstelprater zu höherer Entfaltung zu bringen. Er selbst hätte vorläufig die Idee für ein Ringelspiel, das sich hoch und durch einen merkwürdigen Mechanismus, spiralig immer höher über den Erdboden drehen müsse, um endlich in einer Art von Turmspitze anzulangen. Leider mangelten ihm die notwendigen technischen Vorkenntnisse zur näheren Erklärung. Im Weitergehen erfand er burleske Figuren und Gruppen für die Schießbuden und sprach endlich die dringende Forderung nach einem großartigen Kasperltheater aus, für das originelle Dichter tiefsinnig-heitere Stücke entwerfen müßten.

So war man an den Ausgang des Praters gelangt, wo Oskars Wagen wartete. Gedrängt, aber gut gelaunt fuhren sie nach einem Weinrestaurant in der Stadt. In einem separierten Zimmer ließ Oskar Champagner auftragen. Georg setzte sich ans Klavier und phantasierte über das Thema, das ihm auf der Rutschbahn eingefallen war. Amy lehnte in der Divanecke, und Oskar flüsterte ihr allerhand ins Ohr, worüber sie lachen mußte. Heinrich war wieder stumm geworden und drehte sein Glas langsam zwischen den Fingern hin und her. Plötzlich hielt Georg im Spielen inne und ließ die Hände auf den Tasten liegen. Ein Gefühl von der Traumhaftigkeit und Zwecklosigkeit des Daseins kam über ihn, wie manchmal, wenn er Wein getrunken hatte. Viele Tage war es her, daß er eine schlecht beleuchtete Treppe in der Paulanergasse hinuntergegangen war, und der Spaziergang mit Heinrich durch die herbstdunkle Allee lag in fernster Vergangenheit. Hingegen erinnerte er sich plötzlich so lebhaft, als wär es gestern gewesen, eines sehr jungen und sehr verdorbenen Wesens, mit dem er vor vielen Jahren ein paar Wochen in heiter-unsinniger Art verbracht hatte, etwa so wie Oskar Ehrenberg jetzt mit Amy. Eines Abends hatte sie ihn auf der Straße zu lange warten lassen, ungeduldig war er fort gegangen und hatte nie wieder etwas von ihr gehört oder gesehen. Wie leicht sich das Leben zuweilen anließ... Er hörte das leise Lachen Amys, wandte sich und sein Blick begegnete den Augen Oskars, die über den blonden Kopf Amys hinweg die seinen suchten. Er empfand diesen Blick als ärgerlich, wich ihm absichtlich aus und schlug wieder einige Töne an, in volksliedartiger, melancholischer Weise. Er spürte Lust, all das aufzuzeichnen, was ihm heute eingefallen war, und sah auf die Uhr, die über der Tür hing. Es war eins vorbei. Dann verständigte er sich mit Heinrich durch einen Blick, und beide erhoben sich. Oskar deutete auf Amy, die an seiner Schulter eingeschlummert war, und gab durch ein lächelndes Achselzucken zu verstehen, daß er unter diesen Umständen noch nicht ans Fortgehen denken könne. Die beiden andern reichten ihm die Hände, flüsterten ihm gute Nacht zu und entfernten sich.

„Wissen Sie, was ich getan hab“, sagte Heinrich, „während Sie auf dem gräßlichen Pianino so wunderhübsch phantasierten? Ich hab versucht mir den Stoff zurecht zu legen, von dem ich Ihnen im Frühjahr gesprochen hab.“

„Ah den Opernstoff! Das ist ja interessant. Wollen Sie ihn mir nicht einmal erzählen?“

Heinrich schüttelte den Kopf. „Ich möchte schon, aber das Malheur ist nur, wie sich eben herausgestellt hat, daß er eigentlich gar nicht vorhanden ist. Wie die meisten andern von meinen sogenannten Stoffen.“

Georg sah ihn fragend an. „Im Frühjahr, wie wir uns das letztemal gesehen haben, da hatten Sie ja eine ganze Menge vor.“

„Ja aufnotiert ist gar viel. Aber heut ist nichts mehr davon da als Sätze... Nein, Worte! Nein, Buchstaben auf weißem Papier. Es ist geradeso, wie wenn eine Totenhand alles berührt hätte. Ich fürchte, nächstens einmal, wenn ich das Zeug nur angreife, fällt es auseinander wie Zunder. Ja, ich hab eine schlechte Zeit; und wer weiß, ob je noch eine bessre kommen wird.“

Georg schwieg. Dann, mit einer plötzlichen Erinnerung an eine Zeitungsnotiz, die er irgendwo über Heinrichs Vater, den ehemaligen Abgeordneten Dr. Bermann gelesen hatte, und einen Zusammenhang vermutend, fragte er: „Ihr Herr Vater ist leidend, nicht wahr?“

Ohne ihn anzusehen, erwiderte Heinrich: „Ja. Mein Vater ist in einer Anstalt für Gemütskranke, schon seit dem Juni.“

Georg schüttelte teilnahmsvoll den Kopf.

Heinrich fuhr fort: „Ja, das ist eine furchtbare Sache. Wenn ich auch in der letzten Zeit in keinem sehr nahen Verhältnis zu ihm gestanden bin, es ist und bleibt furchtbarer, als man es sagen kann.“

„Unter solchen Umständen“, meinte Georg, „ist es ja sehr begreiflich, daß es mit der Arbeit nicht recht gehen will.“

„Ja“, erwiderte Heinrich wie zögernd. „Aber es ist nicht das allein. Die Wahrheit zu sagen, in meinem augenblicklichen Seelenzustand spielt diese Sache eine verhältnismäßig geringfügige Rolle. Ich will mich nicht besser machen, als ich bin. Besser...! Wär ich dann besser...?“ Er lachte kurz, dann sprach er weiter. „Sehen Sie, gestern dacht ich auch noch, es wäre alles mögliche zusammen, was mich so niederdrückt. Aber heute hab ich wieder einmal einen untrüglichen Beweis dafür erhalten, daß mich ganz nichtige, ja läppische Dinge tiefer berühren, als sehr wesentliche, wie zum Beispiel die Erkrankung meines Vaters. Widerwärtig, was?“

Georg sah vor sich hin. Warum begleit' ich ihn eigentlich, dachte er, und warum findet er es ganz selbstverständlich?

Heinrich sprach weiter mit zusammengepreßten Zähnen und mit überflüssig heftigem Ton: „Heute Nachmittag hab ich nämlich zwei Briefe bekommen. Zwei Briefe, ja... einen von meiner Mutter, die gestern meinen Vater in der Anstalt besucht hat. Dieser Brief enthielt die Nachricht, daß es ihm schlecht geht, sehr schlecht; kurz und gut, es wird wohl nicht lange mehr dauern.“ Er atmete tief auf. „Und natürlich hängt da noch allerlei daran, wie Sie sich denken können. Schwierigkeiten verschiedener Art, Sorgen für meine Mutter und meine Schwester, für mich. Und nun denken Sie; zugleich mit diesem Brief kam ein anderer, der gar nichts von Bedeutung enthielt, so zu sagen. Ein Brief von einer Person, die mir zwei Jahre hindurch nahe stand. Und in diesem Brief war eine Stelle, die mir ein bißchen verdächtig erschien. Eine einzige Stelle... Sonst war dieser Brief, wie alle Briefe dieser Person sind, sehr liebevoll, sehr nett... Und jetzt stellen Sie sich vor, den ganzen Tag verfolgt mich, peinigt mich die Erinnerung an diese eine verdächtige Stelle, die ein anderer überhaupt nicht bemerkt hätte. Ich denke nicht an meinen Vater, der im Irrenhaus ist, nicht an meine Mutter, meine Schwester, die verzweifeln, nur an diese unbedeutende Stelle in diesem dummen Brief eines durchaus nicht hervorragenden Frauenzimmers. Die frißt alles in mir auf, macht mich unfähig zu fühlen wie ein Sohn, wie ein Mensch... Ist es nicht scheußlich?“

Befremdet hörte Georg zu. Es erschien ihm sonderbar, wie dieser schweigsame, verdüsterte Mensch sich ihm, dem flüchtig Bekannten, mit einem Male aufschloß, und er konnte sich dieser unerwarteten Offenheit gegenüber einer peinlichen Verlegenheit nicht erwehren. Auch hatte er nicht den Eindruck, daß er diese Geständnisse einer besonderen Sympathie Heinrichs verdankte, sondern spürte darin eher einen Mangel an Takt, eine gewisse Unfähigkeit der Selbstbeherrschung, irgend etwas wofür ihm das Wort „schlechte Erziehung“, das er schon irgend einmal – war es nicht von Hofrat Wilt? – auf Heinrich anwenden gehört hatte, sehr bezeichnend erschien. Sie gingen eben am Burgtor vorüber. Ein sternenloser Himmel lag über der stummen Stadt. Durch die Bäume des Volksgartens rauschte es leise, irgendwoher drang das Geräusch eines rollenden Wagens, der sich entfernte.

Da Heinrich wieder schwieg, blieb Georg stehen und sagte in möglichst freundlichem Tone: „Nun muß ich mich doch von Ihnen verabschieden, lieber Herr Bermann."

„O", rief Heinrich, „jetzt merk ich erst, daß Sie mich ein ganzes Stück begleitet haben – und ich erzähl Ihnen oder vielmehr mir in Ihrer Gegenwart, taktloserweise lauter Geschichten, die Sie nicht im geringsten interessieren können... verzeihen Sie."

„Was gibts da zu verzeihen", erwiderte Georg leise, kam sich gegenüber dieser Selbstanklage Heinrichs ein wenig wie ertappt vor und reichte ihm die Hand. Heinrich nahm sie, sagte „auf Wiedersehen, lieber Baron", und als hielte er plötzlich jedes weitere Wort für eine Zudringlichkeit, entfernte er sich eilig.

Georg sah ihm nach, mit Teilnahme und Widerwillen zugleich, und eine plötzliche freie, beinahe glückliche Stimmung kam über ihn, in der er sich jung, sorgenlos und zu der schönsten Zukunft bestimmt erschien. Er freute sich auf den Winter, der vor der Türe war. Alles mögliche stand in Aussicht. Arbeit, Unterhaltung, Zärtlichkeit, und es war im Grunde gleichgültig, von wo alle diese Freuden kommen mochten. Bei der Oper zögerte er einen Augenblick. Wenn er durch die Paulanergasse nach Hause ging, so bedeutete es keinen beträchtlichen Umweg. Er lächelte in der Erinnerung an Fensterpromenaden früherer Jahre. Nicht fern von hier lag die Straße, wo er manche Nacht zu einem Fenster aufgeblickt hatte, hinter dessen Vorhängen sich Marianne zu zeigen pflegte, wenn ihr Gatte eingeschlafen war. Diese Frau, die stets mit Gefahren spielte, an deren Ernst sie selbst nicht glaubte, war Georg nie wirklich wert gewesen... Eine andre Erinnerung, ferner als diese, war um viel holdseliger. In Florenz, als siebzehnjähriger Jüngling war er manche Nacht vor dem Fenster eines schönen Mädchens auf und abgegangen, des ersten weiblichen Wesens, das sich ihm, dem Unberührten, als Jungfrau gegeben hatte. Und er dachte der Stunde, an der er die Geliebte am Arm des Bräutigams zum Altar hatte schreiten sehen, wo der Priester die Ehe einsegnen sollte, des Blicks, den sie unter dem weißen Schleier zu ewigem Abschied ihm herüber gesandt hatte... Er war am Ziele. Nur an den beiden Enden der kurzen Gasse brannten noch die Laternen, so daß er dem Hause gegenüber völlig im Dunkel stand. Das Fenster von Annas Zimmer war offen, und wie am Nachmittag bewegten die zusammengesteckten Tüllvorhänge sich leise im Wind. Dahinter war es ganz dunkel. Eine sanfte Zärtlichkeit regte sich in Georg. Von allen Wesen, die jemals ihre Neigung ihm nicht verhehlt hatten, schien Anna ihm die beste und reinste. Auch war sie wohl die erste, die seinen künstlerischen Bestrebungen Teilnahme entgegenbrachte, eine echtere jedenfalls als Marianne, der die Tränen über die Wangen gerollt waren, was immer er ihr auf dem Klavier vorspielen mochte; eine tiefre auch als Else Ehrenberg, die sich ja doch nur das stolze Bewußtsein sichern wollte, als erste sein Talent erkannt zu haben. Und wenn irgend eine, so war Anna dazu geschaffen, seinem Hang zur Verspieltheit und zur Nachlässigkeit entgegenzuwirken, ihn zu zielbewußter und erwerbbringender Tätigkeit anzuhalten. Schon im letzten Winter hatte er daran gedacht, sich um eine Stelle an einer deutschen Opernbühne als Kapellmeister oder Korrepetitor umzusehen; bei Ehrenbergs hatte er flüchtig von seinen Absichten gesprochen, die nicht sehr ernst genommen wurden, und Frau Ehrenberg, mütterlich und weltklug, hatte ihm geraten doch lieber eine Tournee als Komponist und Dirigent durch die Vereinigten Staaten zu unternehmen, worauf Else vorlaut hinzugefügt hatte: „Und eine amerikanische Erbin wär auch nicht zu verachten." Während er sich dieses Gesprächs erinnerte, behagte er sich sehr in der Idee, ein bißchen in der Welt herumzuabenteuern, wünschte sich, fremde Städte und Menschen kennen zu lernen, irgendwo im Weiten allerlei Liebe und Ruhm zu gewinnen, und fand am Ende, daß seine Existenz im ganzen viel zu ruhig und einförmig dahinflösse.

Längst, ohne innerlich von Anna Abschied genommen zu haben, hatte er die Paulanergasse verlassen und bald war er zu Hause. Als er ins Speisezimmer trat, sah er, daß aus dem Zimmer Felicians Licht schimmerte.

„Guten Abend, Felician", rief er laut.

Die Türe wurde geöffnet, und Felician, noch völlig angekleidet, trat heraus.

Die Brüder reichten sich die Hände.

„Du kommst auch erst jetzt nach Hause?" sagte Felician. „Ich habe gedacht, du schläfst schon lang." Während er sprach, sah er, wie das seine Art war, an ihm vorbei und neigte den Kopf nach der rechten Seite. „Was hast du denn getrieben?"

„Ich war im Prater". erwiderte Georg.

„Allein?"

„Nein, ich habe Leute getroffen. Den Oskar Ehrenberg mit seiner Dame und den Schriftsteller Bermann. Wir haben geschossen und sind Rutschbahn gefahren. Es war ganz lustig... Was hast du denn da in der Hand?“ unterbrach er sich. „Bist du so spazieren gegangen?“ fügte er scherzend hinzu.

Felician ließ den Degen, den er in der Rechten hielt, im Licht der Lampe schimmern. „Ich habe ihn eben von der Wand herunter genommen. Morgen fang ich wieder ernstlich an. Das Tournier ist schon Mitte November. Und heuer will ichs auch gegen Forestier versuchen.“

„Donnerwetter“, rief Georg.

„Eine Unverschämtheit, denkst du dir, was? Aber bis Mitte November ist noch lang. Und das merkwürdige ist, ich habe das Gefühl, als wenn ich heuer im Sommer, gerade in den sechs Wochen, während ich das Ding da gar nicht in der Hand gehabt habe, was zugelernt hätte. Es ist, wie wenn mein Arm indessen auf neue Ideen gekommen wäre. Ich kann dir das nicht recht erklären.“

„Ich verstehe schon, was du meinst.“

Felician hielt den Degen ausgestreckt vor sich hin und betrachtete ihn mit Zärtlichkeit. Dann sagte er: „Ralph hat sich nach dir erkundigt, Guido auch... schad, daß du nicht mit warst.“

„Hast du den ganzen Nachmittag mit ihnen verbracht?“

„O nein! Nach dem Essen bin ich zu Haus geblieben. Du mußt grad fortgegangen sein. Ich hab studiert.“

„Studiert?“

„Ja. Ich muß mich jetzt ernstlich dranmachen. Im Mai spätestens will ich die Diplomatenprüfung ablegen.“

„Du bist also vollkommen entschlossen?“

„Absolut. In der Statthalterei zu bleiben hat wirklich keinen Sinn für mich. Je länger ich drin sitz', umso klarer wird mir das. Die Zeit wird übrigens nicht verloren sein. Sie haben's gar nicht ungern, wenn einer ein paar Jahre internen Dienst gemacht hat.“

„Da wirst du also wahrscheinlich schon im Herbst von Wien fortgehen?“

„Es ist anzunehmen.“

„Und wo werden sie dich hinschicken?“

„Ja, wenn man das schon wüßte."

Georg sah vor sich hin. So nahe also war der Abschied! Doch warum berührte ihn das plötzlich so sehr?... Er selbst war ja entschlossen fortzugehen, und erst neulich hatte er mit dem Bruder von seinen Absichten fürs nächste Jahr geredet. Glaubte der noch immer nicht an ihren Ernst? Wenn man sich doch wieder einmal mit ihm aussprechen könnte, brüderlich, herzlich wie an jenem Abend nach des Vaters Begräbnis. Wahrhaftig, nur wenn das Leben ihnen düster sich enthüllte, fanden sie ganz zueinander. Sonst blieb immer diese seltsame Befangenheit zwischen ihnen beiden. Das konnte offenbar nicht anders werden. Man mußte sich eben bescheiden, miteinander plaudern, in der Art von guten Bekannten. Und wie resigniert fragte Georg weiter: „Was hast du denn am Abend gemacht?"

„Ich habe mit Guido soupiert und einer interessanten jungen Dame."

„So?"

„Er ist nämlich wieder in zarten Banden."

„Wer ist's denn?"

„Konservatorium, Jüdin, Geige. Aber sie hat sie nicht mitgehabt. Nicht besonders hübsch, aber g'scheit. Sie bildet ihn, und er achtet sie. Er will, sie soll sich taufen lassen. Ein komisches Verhältnis, sag ich dir. Du hättest dich ganz gut unterhalten."

Georg hatte seinen Blick auf den Degen gerichtet, den Felician noch immer in der Hand hielt. „Hättest du Lust, noch ein bißchen zu manschettieren?" fragte er.

„Warum nicht?" erwiderte Felician und holte ein zweites Florett aus seinem Zimmer. Indes hatte Georg den großen Tisch aus der Mitte an die Wand gerückt.

„Seit dem Mai hab ich keines in der Hand gehabt", sagte er, indem er den Degen ergriff. Sie legten die Röcke ab und kreuzten die Klingen. In der nächsten Sekunde war Georg tuschiert.

„Nur weiter!" rief Georg und empfand es wie ein Glück, daß er in verwegener Stellung, die blitzende, schlanke Waffe in der Hand, dem Bruder gegenüber stehen durfte.

Felician traf ihn, so oft es ihm beliebte, ohne nur ein einziges Mal selbst berührt zu werden. Dann ließ er den Degen sinken und sagte: „Du bist heut zu müd, es hat keinen Sinn. Aber du solltest wieder fleißiger in den Klub kommen. Ich versichre dich, es ist schad, bei deinen Anlagen."

Georg freute sich des brüderlichen Lobs. Er legte den Degen auf den Tisch, atmete tief und ging zu dem offenen, breiten Mittelfenster. „Wundervolle Luft!" sagte er. Aus dem Park schimmerte eine einsame Laterne, es war vollkommene Stille.

Felician trat zu Georg hin, und während dieser sich mit beiden Händen auf die Brüstung stützte, blieb der ältere Bruder aufgerichtet stehen und ließ einen seiner ruhig-hochmütigen Blicke über Straße, Park und Stadt schweifen. Sie schwiegen beide lang. Und sie wußten, daß jeder an dasselbe dachte: an eine Mainacht heuer im Frühjahr, in der sie zusammen durch den Park nach Hause gegangen waren, und der Vater sie von demselben Fenster aus, an dem sie jetzt standen, mit stummem Kopfnicken begrüßt hatte. Und beide durchschauerte es ein wenig bei dem Gedanken, daß sie heute den ganzen Tag so lebensfroh hingebracht hatten, ohne sich mit Schmerzen des geliebten Mannes zu erinnern, der nun unter der Erde lag.

„Also gute Nacht", sagte Felician, weicher als sonst und reichte Georg die Hand. Er drückte sie wortlos, und jeder ging in sein Zimmer.

Georg schaltete die Schreibtischlampe ein, nahm Notenblätter hervor und begann zu schreiben. Es war nicht das Scherzo, das ihm eingefallen war, als er vor drei Stunden mit den andern unter schwarzen Wipfeln durch die Nacht gesaust war; und auch nicht die melancholische Volksweise aus dem Restaurant; sondern ein ganz neues Motiv, das wie aus geheimen Tiefen langsam und unaufhaltsam emporgetaucht kam. Es war Georg zu Mute, als müßte er nur ein Unbegreifliches gewähren lassen. Er schrieb die Melodie nieder, die er sich von einer Altstimme gesungen oder auch auf der Viola gespielt dachte; und eine seltsame Begleitung tönte ihm mit, von der er wußte, daß sie ihm nie aus dem Gedächtnis schwinden konnte.

Es war vier Uhr morgens, als er zu Bette ging; beruhigt wie einer, dem niemals im Leben etwas Übles begegnen kann, und für den weder Einsamkeit, noch Armut, noch Tod irgendwelche Schrecken haben.

Zweites Kapitel

Im erhöhten Erker auf dem grünsamtenen Sofa saß Frau Ehrenberg mit ihrer Stickerei; Else, ihr gegenüber, las in einem Buch. Aus dem tiefern und dunklern Teil des Zimmers, hinter dem Klavier hervor, leuchtete das weiße Haupt der marmornen Isis, und durch die offene Tür floß aus dem benachbarten Zimmer ein heller Streif über den grauen Teppich. Else sah von ihrem Buche auf, durchs Fenster zu den hohen Wipfeln des Schwarzenbergparkes, die sich im Herbstwind regten, und sagte beiläufig: „Man könnt' vielleicht dem Georg Wergenthin telephonieren, ob er heut Abend kommt."

Frau Ehrenberg ließ ihre Stickerei in den Schoß sinken. „Ich weiß nicht", sagte sie. „Du erinnerst dich, was für einen wirklich charmanten Kondolenzbrief ich ihm geschrieben und wie dringend ich ihn in den Auhof eingeladen hab. Er ist nicht gekommen, und seine Antwort war auffallend kühl. Ich würde ihm nicht telephonieren."

„Man kann ihn nicht behandeln wie die andern", erwiderte Else. „Er gehört zu den Leuten, die man gelegentlich daran erinnern muß, daß man auf der Welt ist. Wenn man ihn erinnert hat, dann freut er sich schon darüber."

Frau Ehrenberg stickte weiter. „Es wird ja doch nichts werden", sagte sie ruhig.

„Es soll auch nichts werden", entgegnete Else, „weißt du denn das noch immer nicht, Mama? Er ist mein guter Freund, nichts weiter – und auch das nur mit Unterbrechungen. Oder glaubst du wirklich, daß ich in ihn verliebt bin, Mama? Ja als kleines Mädel war ich's, in Nizza, wie mir miteinander Tennis gespielt haben, aber das ist lang vorbei."

„Na, – und in Florenz?"

„In Florenz – war ich's eher in Felician."

„Und jetzt?" fragte Frau Ehrenberg langsam.

„Jetzt...? Du denkst wahrscheinlich an Heinrich Bermann... Also du irrst dich, Mama."

„Es wäre mir lieb, wenn ich mich irrte. Aber heuer im Sommer hatte ich wirklich ganz den Eindruck, als ob..."

„Ich sag dir ja schon", unterbrach Else sie ein wenig ungeduldig. „Es ist nichts, und es war nichts. Ein einziges Mal, an dem schwülen Nachmittag, wie wir Kahn gefahren sind – du hast uns ja vom Balkon aus gesehen, sogar mit dem

Operngucker – da ist es ein bißchen gefährlich geworden. Aber wenn wir uns auch einmal um den Hals gefallen wären, was übrigens nie vorgekommen ist, es hätte doch nichts zu bedeuten gehabt. Es war halt so eine Sommersache."

„Und er soll ja auch in einem sehr ernsten Verhältnis stecken", sagte Frau Ehrenberg.

„Du meinst... mit dieser Schauspielerin, Mama?"

Frau Ehrenberg sah auf. „Hat er dir was von ihr erzählt?"

„Erzählt...? So direkt nicht. Aber wenn wir miteinander spazieren gegangen sind, im Park, oder abends am See, da hat er beinahe nur von ihr gesprochen. Natürlich, ohne ihren Namen zu nennen... Und je besser ich ihm gefallen hab, die Männer sind ja ein so komisches Volk, um so eifersüchtiger war er immer auf die andre... Übrigens wenn es nur das wäre! Welcher junge Mann steckt nicht in einem ernsten Verhältnis? Glaubst du vielleicht, Mama, der Georg Wergenthin nicht?"

„In einem ernsten?... Nein. Dem wird das nie passieren. Dazu ist er zu kühl, zu überlegen... zu temperamentlos."

„Gerade darum", erklärte Else menschenkennerisch. „Er wird in irgend was hineingleiten, und es wird über ihm zusammenschlagen, ohne daß er nur was davon bemerkt hat. Und eines schönen Tages wird er verheiratet sein... aus lauter Indolenz... mit irgendeiner Person, die ihm wahrscheinlich ganz gleichgültig sein wird."

„Du mußt einen bestimmten Verdacht haben", sagte Frau Ehrenberg.

„Den hab ich auch."

„Marianne?"

„Marianne! Aber das ist ja längst aus, Mama. Und besonders ernst war das doch nie."

„Also wer denn soll es sein?"

„Na was glaubst du, Mama?"

„Ich hab keine Ahnung."

„Anna ist es", sagte Else kurz.

„Welche Anna?"

„Anna Rosner, selbstverständlich."

„Aber!"

„Du kannst lang „aber" sagen – es ist doch so."

„Else, du glaubst doch nicht im Ernst, daß Anna, die eine so zurückhaltende Natur ist, sich so weit vergessen könnte...!"

„So weit vergessen...! Nein Mama, du hast manchmal noch Ausdrücke! – übrigens find ich, dazu muß man gar nicht so vergeßlich sein."

Frau Ehrenberg lächelte, nicht ohne einen gewissen Stolz.

Die Klingel draußen ertönte. „Am Ende ist er's doch", sagte Else.

„Es könnte auch Demeter Stanzides sein", bemerkte Frau Ehrenberg.

„Stanzides sollt' uns einmal den Prinzen mitbringen", meinte Else beiläufig.

„Glaubst du, daß das ginge?" fragte Frau Ehrenberg und ließ die Stickerei in den Schoß sinken.

„Warum sollt's denn nicht gehen?" sagte Else, „sie sind ja so intim."

Die Türe tat sich auf, doch keiner von den Erwarteten, sondern Edmund Nürnberger trat ein. Er war wie stets mit der größten Sorgfalt, wenn auch nicht nach der letzten Mode gekleidet. Sein Gehrock war etwas zu kurz, und in der bauschigen, dunkeln Atlaskrawatte steckte eine Smaragdnadel. An der Türe schon verbeugte er sich, nicht ohne zugleich in seinen Mienen einen gewissen Spott über die eigene Höflichkeit auszudrücken. „Bin ich der erste?" fragte er. „Noch niemand da? Weder ein Hofrat – noch ein Graf – noch ein Dichter – noch eine dämonische Frau?"

„Nur eine, die es leider nie gewesen ist", erwiderte Frau Ehrenberg, während sie ihm die Hand reichte, „und eine... die es vielleicht einmal werden wird."

„O, ich bin überzeugt", sagte Nürnberger, „daß Fräulein Else auch das treffen wird, wenn sie sichs nur ernstlich vornimmt." Und er strich sich mit der linken Hand langsam über das schwarze, glatte, etwas glänzende Haar.

Frau Ehrenberg sprach ihr Bedauern aus, daß man ihn vergeblich auf dem Auhof erwartet hatte. Ob er wirklich den ganzen Sommer in Wien gewesen sei?

„Warum wundern Sie sich darüber, gnädige Frau? Ob ich in einer Gebirgslandschaft auf- und abspaziere, oder am Meeresstrand, oder in meinen vier Wänden, das ist doch im Grunde ziemlich gleichgültig."

„Sie müssen sich aber recht einsam gefühlt haben", sagte Frau Ehrenberg.

„Das Alleinsein kommt einem allerdings etwas deutlicher zu Bewußtsein, wenn sich niemand in der Nähe befindet, der das Bedürfnis markiert, mit einem reden zu wollen... Aber sprechen wir doch lieber von interessanteren und hoffnungsvollern Menschen, als ich es bin. Wie befinden sich die zahlreichen Freunde Ihres so beliebten Hauses?"

„Freunde!" wiederholte Else, „da müßte man doch erst wissen, wen Sie darunter verstehen."

„Nun, alle Leute, die Ihnen aus irgendeinem Anlaß Angenehmes sagen und denen Sie es glauben."

Die Schlafzimmertür tat sich auf, Herr Ehrenberg erschien und begrüßte Nürnberger.

„Hast du schon fertig gepackt?" fragte Else.

„Fix und fertig", antwortete Ehrenberg, der einen viel zu weiten grauen Anzug anhatte und eine große Zigarre mit den Zähnen festhielt. Erklärend wandte er sich an Nürnberger. „Wie Sie mich da sehen, fahr ich heute nach Korfu... vorläufig. Die Saison fangt an, und vor die Jours im Haus Ehrenberg is mir mieß."

„Es verlangt ja niemand", erwiderte Frau Ehrenberg mild, „daß du sie mit deiner Gegenwart beehrst."

„Gut gibt sie das", sagte Ehrenberg und dampfte. „Auf deine Jours möcht' ich natürlich verzichten. Aber wenn ich grad an einem Donnerstag ruhig zu Haus nachtmahlen möcht, und es sitzt in der einen Ecke ein Attaché, in der andern ein Husar, und dorten spielt einer seine eigenen Kompositionen zuguten vor, und auf'm Divan hat einer Esprit, und am Fenster verabredet die Frau Oberberger ein Rendezvous, mit wem sich's trefft... so macht mich das nervös. Einmal vertragt mans, ein anderes Mal nicht."

„Gedenken Sie den ganzen Winter fortzubleiben?" fragte Nürnberger.

„Es wär' möglich. Ich hab nämlich die Absicht weiter zu fahren, nach Ägypten, nach Syrien, wahrscheinlich auch nach Palästina. Ja, vielleicht ist es nur, weil man älter wird, vielleicht weil man soviel vom Zionismus liest und dergleichen, aber ich kann mir nicht helfen, ich möcht Jerusalem gesehen haben, eh ich sterbe."

Frau Ehrenberg zuckte die Achseln.

„Das sind Sachen", sagte Ehrenberg, „die meine Frau nicht versteht, – und meine Kinder noch weniger. Was hast du davon, Else, du auch nicht. Aber wenn man so liest, was in der Welt vorgeht, man möcht selber manchmal glauben, es gibt für uns keinen andern Ausweg."

„Für uns?" wiederholte Nürnberger. „Ich habe bisher nicht die Beobachtung gemacht, daß Ihnen der Antisemitismus auffallend geschadet hätte."

„Sie meinen, weil ich ein reicher Mann geworden bin? Wenn ich Ihnen sagen möcht, ich mach mir nichts aus dem Geld, würden Sie mir natürlich nicht glauben, und Sie hätten Recht. Aber wie Sie mich da sehen, ich schwör Ihnen, die Hälfte von meinem Vermögen gäb ich her, wenn ich die ärgsten von unsern Feinden am Galgen säh."

„Ich fürchte nur", bemerkte Nürnberger, „Sie würden die Unrichtigen hängen lassen."

„Die Gefahr ist nicht groß", erwiderte Ehrenberg, „greifen Sie daneben, erwischen Sie auch einen."

„Ich bemerke nicht zum erstenmal, lieber Herr Ehrenberg, daß Sie dieser Frage nicht mit der wünschenswerten Objektivität gegenüberstehen."

Ehrenberg zerbiß plötzlich seine Zigarre und legte sie mit wutzitternden Fingern auf die Aschenschale. „Wenn mir einer damit kommt... und gar... entschuldigen Sie... oder sind Sie vielleicht getauft...? Man kann ja heutzutag nicht wissen."

„Ich bin nicht getauft", erwiderte Nürnberger ruhig. „Aber allerdings bin ich auch nicht Jude. Ich bin längst konfessionslos geworden; aus dem einfachen Grunde, weil ich mich nie als Jude gefühlt habe."

„Wenn man Ihnen einmal den Zylinder einschlage auf der Ringstraße, weil Sie, mit Verlaub, eine etwas jüdische Nase haben, werden Sie sich schon als Jude getroffen fühlen, verlassen Sie sich darauf."

„Aber Papa, was regst du dich denn so auf", sagte Else und strich ihm über den kahlen, rötlich glänzenden Schädel.

Der alte Ehrenberg nahm ihre Hand, streichelte sie und fragte scheinbar ganz unvermittelt: „Werd ich übrigens noch das Vergnügen haben, meinen Herrn Sohn zu sehen, bevor ich abreise?"

Frau Ehrenberg antwortete: „Oskar kommt jedenfalls bald nach Hause."

„Es wird Sie sicher freuen zu erfahren", wandte sich Ehrenberg an Nürnberger, „daß auch mein Sohn Oskar ein Antisemit ist."

Frau Ehrenberg seufzte leise. „Es ist eine fixe Idee von ihm", sagte sie zu Nürnberger. „Überall sieht er Antisemiten, selbst in der eigenen Familie."

„Das ist die neueste Nationalkrankheit der Juden", sagte Nürnberger. „Mir selbst ist es bisher erst gelungen, einen einzigen echten Antisemiten kennen zu lernen. Ich kann Ihnen leider nicht verhehlen, lieber Herr Ehrenberg, daß der ein bekannter Zionistenführer war."

Ehrenberg hatte nur eine vielsagende Handbewegung.

Demeter Stanzides und Willy Eißler traten ein und verbreiteten sofort lebhaften Glanz um sich. Leicht und prächtig, eher wie ein Kostüm, als wie ein militärisches Kleid trug Demeter seine Uniform; Willy, in Smoking, stand lang, blaß und übernächtig da, hatte sofort die Führung des Gesprächs in der Hand und seine Stimme, angenehm heiser, schwirrte befehlshaberisch und liebenswürdig zugleich durch die Luft. Er erzählte von den Vorbereitungen zu einer Aristokratenvorstellung, der er, wie schon im vorigen Jahr, als Berater, Regisseur und Mitwirkender beigezogen war, schilderte eine Sitzung der jungen Herren, in der es, wenn man ihm glauben durfte, zugegangen war wie in einer Versammlung von Schwachsinnigen, und gab ein komisches Gespräch zwischen zwei Komtessen zum besten, deren Redeweise er köstlich zu imitieren wußte. Ehrenberg war durch Willy Eißler immer sehr amüsiert. Die dunkle Empfindung, daß dieser ungarische Jude die ganze, ihm persönlich so verhaßte, Feudalbande in irgend einer Weise überlistete und zum Narren hielt, erfüllte ihn mit Hochachtung für den jungen Mann.

Else saß am kleinen Tisch in der Ecke mit Demeter und ließ sich über die *Isle of Wight* berichten.

„Sie waren mit Ihrem Freund dort?" fragte sie, „nicht wahr, mit dem Prinzen Karl Friedrich."

„Mein Freund der Prinz?... das stimmt nicht ganz, Fräulein Else. Der Prinz hat keinen Freund, und ich hab keinen. Wir sind beide nicht von der Art."

„Er muß ein interessanter Mensch sein, nach allem, was man hört."

„Interessant, weiß ich nicht einmal. Jedenfalls hat er über mancherlei nachgedacht, worüber seinesgleichen sich sonst nicht viel Gedanken zu machen pflegen. Vielleicht hätte er auch allerlei leisten können, wenn man ihn hätte gewähren lassen. Na, wer weiß, es ist vielleicht besser für ihn, daß sie ihn kurz gehalten haben, – für ihn und am End auch fürs Land. Einer allein kann ja doch nichts machen. Nirgends und nie. Da ist's schon am besten, man laßts gehen und zieht sich zurück, wie er's getan hat."

Else sah ihn etwas befremdet an. „Sie sind ja heute so philosophisch, was ist denn das? Mir scheint, der Willy Eißler hat Sie verdorben."

„Der Willy mich?"

„Ja wissen Sie, Sie sollten nicht mit so gescheiten Leuten verkehren."

„Warum denn nicht?"

„Sie sollten einfach jung sein, leuchten, leben, und dann, wenns halt nicht weiter geht – tun was Ihnen beliebt... aber ohne über sich und die Welt nachzudenken."

„Das hätten Sie mir früher sagen müssen, Fräulein Else. Wenn man einmal angefangen hat, gescheit zu werden..."

Else schüttelte den Kopf. „Aber bei Ihnen wäre es vielleicht zu vermeiden gewesen", sagte sie ganz ernsthaft. Und dann mußten beide lachen.

Die Flammen des Lusters glühten auf. Georg von Wergenthin und Heinrich Bermann waren eingetreten. Durch ein Lächeln Elses eingeladen, nahm Georg an ihrer Seite Platz.

„Ich habs gewußt, daß Sie kommen werden", sagte sie unaufrichtig, aber herzlich und drückte seine Hand. Daß er ihr wieder gegenübersaß nach so langer Zeit, daß sie sein anmutig stolzes Gesicht wiedersehen, seine etwas leise, aber warme Stimme hören durfte, freute sie mehr, als sie geahnt hatte.

Frau Wyner erschien; klein, hochrot, lustig und verlegen. Ihre Tochter Sissy mit ihr. Im Hin und Her der Begrüßung lösten sich die Gruppen.

„Nun, haben Sie mir schon das Lied komponiert?" fragte Sissy Georg mit lachenden Augen und lachenden Lippen, spielte mit einem ihrer Handschuhe und bewegte sich in ihrem dunkelgrünen schillernden Kleid wie eine Schlange.

„Ein Lied?“ fragte Georg. Er erinnerte sich wirklich nicht.

„Oder auch einen Walzer oder so was. Aber daß Sie mir etwas widmen werden, haben Sie mir versprochen.“ Während sie sprach, wanderten ihre Blicke umher. Sie glühten in die Augen Willys, schmeichelten sich an Demeter vorbei, stellten an Heinrich Bermann eine rätselhafte Frage. Es war, wie wenn Irrlichter durch den Salon tanzten.

Frau Wyner stand plötzlich neben ihrer Tochter, tief errötend: „Sissy ist ja so dumm... was glaubst du denn, Sissy, der Baron Georg hat heuer wichtigeres zu tun gehabt, als für dich zu komponieren.“

„O gewiß nicht“, sagte Georg höflich.

„Sie haben Ihren Vater begraben, das ist keine Kleinigkeit.“

Georg sah vor sich hin. Frau Wyner aber sprach unbeirrt weiter: „Ihr Vater war noch nicht alt, nicht wahr? Und ein so schöner Mann... ist es wahr, daß er Chemiker gewesen ist?“

„Nein“, erwiderte Georg gefaßt, „er war Präsident der botanischen Gesellschaft.“

Heinrich, einen Arm auf dem geschlossenen Klavierdeckel, sprach mit Else.

„Sie waren also doch in Deutschland?“ fragte sie.

„Ja“, erwiderte Heinrich, „es ist schon ziemlich lange her, vier, fünf Wochen.“

„Und wann fahren Sie wieder hin?“

„Das weiß ich nicht. Vielleicht nie.“

„Ach, das glauben Sie selbst nicht. – Was arbeiten Sie?“ setzte sie rasch hinzu.

„Allerlei“, entgegnete er. „Ich bin in einer ziemlich unruhigen Zeit. Ich entwerfe viel, aber ich mache nichts fertig. Das Vollenden interessiert mich überhaupt selten. Offenbar bin ich innerlich zu rasch fertig mit den Dingen.“

„Und den Menschen“, fügte Else bei.

„Mag sein. Es ist nur das Unglück, daß das Gefühl zuweilen an Menschen weiter hängen bleibt, während der Verstand schon längst nichts mehr mit ihnen zu tun hat. Ein Dichter – wenn Sie mir das Wort gestatten – müßte sich von jedem zurückziehen, der für ihn kein Rätsel mehr hat... also besonders von jedem, den er liebt.“

„Es heißt doch“, wandte Else ein, „daß wir gerade diejenigen am wenigsten kennen, die wir lieben.“

„Das behauptet Nürnberger, aber es stimmt nicht ganz. Wäre es wirklich so, liebe Else, dann wäre das Leben wahrscheinlich schöner, als es ist. Nein, diejenigen, die wir lieben, kennen wir sogar besser als wir andere kennen, – nur kennen wir sie mit Scham, mit Erbitterung und mit der Furcht, daß auch andre sie ebensogut kennen als wir. Lieben heißt: Angst davor haben, daß andern die Fehler offenbar werden, die wir an dem geliebten Wesen entdeckt haben. Lieben heißt: in die Zukunft schauen können und diese Gabe verfluchen... lieben heißt: jemanden so kennen, daß man daran zugrunde geht.“

Else lehnte am Klavier, in ihrer damenhaft-kindlichen Art, neugierig gelassen, und hörte ihm zu. Wie gut gefiel er ihr in solchen Augenblicken. Sie hätte ihm wieder tröstend übers Haar streichen wollen wie damals auf dem See, als er von der Liebe zu jener andern wie zerrissen war. Aber wenn er sich dann plötzlich zurückzog, kühl, trocken und wie ausgelöscht erschien, da fühlte sie, daß sie mit ihm nie leben könnte, daß sie ihm nach ein paar Wochen davonlaufen müßte... mit einem spanischen Offizier oder einem Violinvirtuosen.

„Es ist gut“, sagte sie, etwas gönnerhaft, „daß Sie mit Georg Wergenthin verkehren. Er wird günstig auf Sie wirken. Er ist ruhiger als Sie. Ich glaube ja nicht, daß er so begabt und gewiß nicht, daß er so klug ist wie Sie...“

„Was wissen Sie von seiner Begabung“, unterbrach sie Heinrich beinahe grob.

Georg trat hinzu und fragte Else, ob man heute nicht das Vergnügen haben werde, ein Lied von ihr zu hören. Sie hatte keine Lust. Übrigens studiere sie hauptsächlich Opernpartien in der letzten Zeit. Das interessiere sie mehr. Sie sei doch eigentlich keine lyrische Natur. Georg fragte sie zum Scherz, ob sie nicht vielleicht die geheime Absicht habe zur Bühne zu gehen.

„Mit dem bissel Stimme!“ sagte Else.

Nürnberger stand neben ihnen. „Das wäre doch kein Hindernis“, bemerkte er. „Ich bin sogar überzeugt, daß sich sehr bald ein moderner Kritiker fände, der Sie gerade deswegen als bedeutende Sängerin ausriefe, Fräulein Else, weil Sie keine Stimme besitzen, der aber dafür irgend eine andere Gabe, zum Beispiel die der Charakteristik bei Ihnen entdeckte. So wie es heutzutage namhafte Maler gibt, die keinen Farbensinn haben, aber Geist; und Dichter von Ruf, denen zwar nicht das geringste einfällt, denen es aber gelingt zu jedem Hauptwort das falscheste Epitheton zu finden."

Else merkte, daß die Redeweise Nürnbergers Georg nervös machte und wandte sich an diesen. „Ich wollte Ihnen ja etwas zeigen", sagte sie und machte ein paar Schritte zu der Notenetagere. Georg folgte ihr.

„Hier die Sammlung alt-italienischer Volkslieder. Ich möchte, daß Sie mir die wertvollsten bezeichnen. Ich selber verstehe doch nicht genug davon."

„Ich begreife gar nicht", sagte Georg leise, „daß Sie Menschen wie diesen Nürnberger in Ihrer Nähe ertragen. Er verbreitet einen wahren Dunstkreis von Mißtrauen und Übelwollen um sich."

„Das hab ich Ihnen schon öfters gesagt, Georg, ein Menschenkenner sind Sie nicht. Was wissen Sie denn überhaupt von ihm? Er ist anders, als Sie glauben. Fragen Sie nur einmal Ihren Freund Heinrich Bermann."

„O ich weiß ja, daß der auch für ihn schwärmt", erwiderte Georg.

„Ihr sprecht von Nürnberger?" fragte Frau Ehrenberg, die eben dazutrat.

„Der Georg kann ihn nicht leiden", sagte Else in ihrer beiläufigen Art.

„Da tun Sie aber sehr Unrecht daran; haben Sie überhaupt je was von ihm gelesen?"

Georg schüttelte den Kopf.

„Nicht einmal seinen Roman, der vor fünfzehn oder sechzehn Jahren so großes Aufsehen gemacht hat? Das ist ja beinah eine Schand! Neulich haben wir ihn dem Hofrat Wilt geliehen. Ich sag Ihnen, der war paff, wie in dem Buch eigentlich schon das ganze heutige Österreich vorausgeahnt ist."

„So, so", sagte Georg ohne Überzeugung.

„Sie können sich gar nicht vorstellen", fuhr Frau Ehrenberg fort, „mit welchem Jubel Nürnberger damals begrüßt worden ist. Man könnte sagen, alle Tore sind vor ihm aufgesprungen."

„Vielleicht war ihm das genug", bemerkte Else nachdenklich altklug.

Heinrich stand am Klavier im Gespräch mit Nürnberger und bemühte sich, wie er es oftmals tat, ihn zu einer neuen Arbeit oder zu einer Herausgabe älterer Schriften zu bestimmen.

Nürnberger wehrte ab. Der Gedanke, seinen Namen wieder in die Öffentlichkeit gezerrt zu sehen, im literarischen Wirbel der Zeit mitzutreiben, der ihm widerlich und albern zugleich erschien, erfüllte ihn geradezu mit Schaudern. Er hatte keine Lust, da mit zu konkurrieren. Wozu? Cliquenwirtschaft, die sich kein Mäntelchen mehr umnahm, war überall am Werke. Gab es noch ein tüchtig, ehrlich strebendes Talent, das nicht jeden Augenblick gefaßt sein mußte, in den Kot gezogen zu werden; war noch ein Flachkopf zu finden, der sich nicht ausweisen konnte, in irgend einem Blättchen als Genie erklärt worden zu sein? Hatte Ruhm in diesen Tagen noch das geringste mit Ehre zu tun? Und übersehen, vergessen werden, war das auch nur ein Achselzucken des Bedauerns wert? Und wer konnte am Ende wissen, welche Urteile sich in der Zukunft als die richtigen erweisen würden? Waren nicht die Tröpfe wirklich die Genies und die Genies die Tröpfe? Es war lächerlich, sich mit dem Einsatz seiner Ruhe ja seiner Selbstachtung in ein Spiel einzulassen, in dem auch der höchstmögliche Gewinn keine Befriedigung versprach.

„Gar keine?“ fragte Heinrich. „Ich will Ihnen ja allerlei preisgeben, Ruhm, Reichtum, Wirkung in die Weite; – aber daß man, weil alle diese Güter zweifelhaft sind, auch auf etwas so Unzweifelhaftes verzichten soll, wie es die Augenblicke des innern Kraftgefühls sind...“

„Inneres Kraftgefühl! Warum sagen Sie nicht gleich Seligkeit des Schaffens?...“

„Gibts, Nürnberger!“

„Mag sein. Ich glaube mich sogar zu erinnern, vor sehr langer Zeit gelegentlich selbst irgend was derart empfunden zu haben... Nur ist mir, Sie wissen es ja, die Fähigkeit, mich selbst zu betrügen, im Lauf der Jahre völlig abhanden gekommen.“

„Das glauben Sie vielleicht nur“, erwiderte Heinrich. „Wer weiß, ob es nicht gerade diese Fähigkeit des Sichselbstbetrügens ist, die Sie im Laufe der Zeit am stärksten in sich ausgebildet haben!“

Nürnberger lachte. „Wissen Sie, wie mir zu Mute ist, wenn ich Sie so reden höre? Ungefähr wie einem Fechtmeister, der von seinem eigenen Schüler einen Stich ins Herz bekommt.“

„Und nicht einmal von seinem besten“, sagte Heinrich.

Plötzlich erschien in der Türe Herr Ehrenberg, zur Verwunderung seiner Frau, die ihn schon auf dem Wege zur Bahn vermutet hatte. Er führte eine junge Dame an der Hand, die einfach schwarz gekleidet war und das Haar nach einer verflossenen Mode auffallend hoch frisiert trug. Ihre Lippen waren voll und rot, die Augen in dem lebendig blassen Gesicht blickten klar und hart.

„Kommen Sie nur", sagte Ehrenberg mit einiger Bosheit in den kleinen Augen und führte den Gast geradewegs zu Else, die eben mit Stanzides plauderte. „Hier bring ich dir einen Besuch."

Else streckte ihr die Hand entgegen. „Das ist aber nett." Sie stellte vor: „Herr Demeter Stanzides. – Fräulein Therese Golowski."

Therese nickte kurz und ließ eine Weile ihren Blick auf ihm ruhen, unbefangen, als betrachtete sie ein schönes Tier.

Dann wandte sie sich an Else: „Wenn ich gewußt hätte, daß Ihr so große Gesellschaft habt..."

„Wissen Sie, wie die ausschaut?" sagte Stanzides leise zu Georg, „wie eine russische Studentin, nicht wahr?"

Georg nickte. „Ungefähr. Ich kenn sie. Es ist eine Institutsfreundin von Fräulein Else, und jetzt, denken Sie sich, spielt sie eine führende Rolle bei den Sozialisten. Neulich ist sie sogar gesessen, wegen Majestätsbeleidigung, glaub ich."

„Ja, mir scheint, ich hab so was gelesen", erwiderte Demeter. „So eine Art von Geschöpf sollte man wirklich einmal näher kennen lernen. Hübsch ist sie. Ein Gesicht wie aus Elfenbein."

„Und viel Energie liegt in den Zügen", fügte Georg hinzu. „Ihr Bruder ist übrigens auch ein merkwürdiger Mensch. Klavierspieler und Mathematiker. Ich hab ihn neulich kennen gelernt. Und der Vater soll ein zugrund gegangener jüdischer Fellhändler sein."

„Es ist schon eine sonderbare Rass'„, bemerkte Demeter.

Indessen war Frau Ehrenberg auf Therese zugekommen und hielt es für richtig, keinerlei Überraschung zu zeigen. „Nehmen Sie doch Platz, Therese", sagte sie. „Wie gehts Ihnen denn immer? Seit Sie sich ins politische Leben begeben haben, kümmern Sie sich ja um Ihre früheren Bekannten gar nicht mehr."

„Ja leider läßt mir mein Beruf wenig Zeit, Familienverkehr zu pflegen", erwiderte Therese und schob ihr Kinn vor, was ihr Antlitz plötzlich männlich und beinah häßlich machte.

Frau Ehrenberg schwankte, ob sie etwas von der abgelaufenen Kerkerhaft Theresens erwähnen sollte oder nicht. Immerhin war zu bedenken, daß es kaum ein anderes Haus in Wien gab, wo Damen verkehrten, die kurz zuvor eingesperrt waren.

„Wie gehts denn deinem Bruder?" fragte Else.

„Er dient heuer", antwortete Therese. „Du kannst dir ja ungefähr denken, wie's ihm da geht..." und sie warf einen ironischen Blick auf die Husarenuniform Demeters.

„Da kommt er wohl nicht viel zum Klavierspielen", sagte Frau Ehrenberg.

„Ach er denkt gar nicht mehr daran, Pianist zu werden", erwiderte Therese. „Er steckt ganz in der Politik." Und sich lächelnd zu Demeter wendend fügte sie hinzu: „Sie werden ihn doch nicht verraten, Herr Oberleutnant."

Stanzides lachte etwas verlegen.

„Was heißt das: Politik?" fragte Herr Ehrenberg. „Will er Minister werden?"

„In Österreich keineswegs", erwiderte Therese. „Er ist nämlich Zionist."

„Was!?" rief Ehrenberg aus, und sein Gesicht strahlte.

„Das ist allerdings ein Gebiet, auf dem wir uns nicht ganz verstehen", setzte Therese hinzu.

„Liebe Therese...", begann Ehrenberg.

„Du wirst den Zug versäumen", unterbrach ihn seine Frau.

„Ich werd den Zug nicht versäumen, und morgen geht auch noch einer. Liebe Therese, ich sage nur: es soll jeder nach seiner Fasson selig werden. Aber in dem Fall ist Ihr Bruder der Gescheitere und nicht Sie. Entschuldigen Sie, ich bin vielleicht ein Laie in politischen Dingen, aber ich versichere Sie, Therese, es wird euch jüdischen Sozialdemokraten geradeso ergehen, wie es den jüdischen Liberalen und Deutschnationalen ergangen ist."

„Inwiefern?" fragte Therese hochmütig. „Inwiefern wird es uns geradeso ergehen?"

„Inwiefern...? das werd ich Ihnen gleich sagen. Wer hat die liberale Bewegung in Österreich geschaffen?... Die Juden!... Von wem sind die Juden verraten und verlassen worden? Von den Liberalen. Wer hat die deutschnationale Bewegung in Österreich geschaffen? Die Juden. Von wem sind die Juden im Stich gelassen...

was sag ich im Stich gelassen... bespuckt worden wie die Hund'?... von den Deutschen! Und geradeso wirds ihnen jetzt ergehen mit dem Sozialismus und dem Kommunismus. Wenn die Suppe erst aufgetragen ist, so jagen sie euch vom Tisch. Das war immer so und wird immer so sein."

„Wir wollens abwarten", erwiderte Therese ruhig.

Georg und Demeter blickten einander an, wie zwei Freunde, die gemeinsam auf eine Insel verschlagen worden sind. Oskar, der gerade während der Rede seines Vaters eingetreten war, hatte schmale Lippen und war sehr verlegen. Allen aber schien es eine Art Befreiung, als Ehrenberg plötzlich auf die Uhr sah und sich empfahl.

„Wir werden ja heut doch nicht mehr einig", sagte er zu Therese.

Therese lächelte: „Kaum. Glückliche Reise und noch einmal im Namen..."

„Pst", sagte Ehrenberg und verschwand.

„Wofür dankst du eigentlich dem Papa?" fragte Else sie leise.

„Für eine Spende, um die ich ihn unverschämterweise bitten kam. Aber es gibt sonst keinen reichen Mann in meinem Bekanntenkreis. Über den Zweck zu reden bin ich nicht berechtigt."

Frau Ehrenberg trat zu Bermann und Nürnberger hin, die über den Klavierdeckel hinweg mit einander sprachen, und sagte leise: „Sie wissen doch, daß sie...", sie wies mit den Augen auf Therese, „eben aus dem Gefängnis entlassen worden ist?"

„Ich habe davon gelesen", erwiderte Heinrich...

Nürnberger kniff die Augen zusammen und warf einen Blick auf die Gruppe in der Ecke, wo die drei Mädchen mit Stanzides und Willy Eißler plauderten, und schüttelte den Kopf. „Was für eine Bosheit unterdrücken Sie?" fragte Frau Ehrenberg.

„Ich denke eben, wie leicht es sich hätte fügen können, daß Fräulein Else zwei Monate im Gefängnis hätte schmachten müssen, und daß Fräulein Therese in einem eleganten Salon als Tochter des Hauses Cercle hielte."

„Leicht fügen...?"

„Herr Ehrenberg hat Glück gehabt, Herr Golowski Pech... das ist vielleicht der ganze Unterschied."

„Na hören Sie, Nürnberger", sagte Heinrich, „Sie werden das Individuelle doch nicht vollkommen aus der Welt leugnen wollen... Else und Therese sind doch ziemlich verschiedene Naturen."

„Das denke ich auch", bemerkte Frau Ehrenberg.

Nürnberger zuckte die Achseln. „Beide sind junge Mädchen, recht begabt, recht hübsch... alles übrige ist wie bei den meisten jungen Damen – und wohl bei den meisten Menschen, mehr oder weniger angeflogen."

Heinrich schüttelte lebhaft den Kopf. „Nein, nein", sagte er, „so einfach ist das Leben doch nicht."

„Es ist darum nicht einfacher, lieber Heinrich."

Frau Ehrenbergs Blick war auf die Tür gerichtet und leuchtete. Felician war eben eingetreten. Mit nachtwandlerischer Sicherheit ging er auf die Hausfrau zu und küßte ihr die Hand. „Ich habe eben das Vergnügen gehabt, Herrn Ehrenberg auf der Stiege zu begegnen... Er fährt nach Corfu, wie er mir sagt. Dort muß es jetzt wunderschön sein."

„Sie kennen Corfu?"

„Ja, gnädige Frau, eine Kindheitserinnerung." Er begrüßte Nürnberger und Bermann, und sie redeten alle über den Süden, nach dem Bermann sich sehnte und an den Nürnberger nicht glaubte.

Georg drückte seinem Bruder zur Begrüßung und zugleich zum Abschied die Hand. Wie er, unauffällig durch die offene Tür des Speisezimmers verschwindend, sich noch einmal umsah, bemerkte er Marianne, die in der entferntesten Ecke des Salons saß und ihm mit dem Lorgnon spöttisch nachblickte. Es war immer die rätselhafte Gabe dieser Frau gewesen, plötzlich da zu sein, ohne daß man wußte, wo sie herkam. Noch auf der Stiege trat ihm eine verschleierte Dame in den Weg. „Eilen Sie doch nicht so, sie kann schon noch einen Moment warten", sagte sie. „Man darf die Frauen überhaupt nicht so verwöhnen... Ob Sie's auch so eilig hätten, wenn Sie zu einem Rendezvous mit mir gingen...? Aber davon wollen ja Sie nichts wissen. Wahrscheinlich, weil Sie Angst haben, daß Sie mein Mann niederschießt, wenn er aus Stockholm zurückkommt, das heißt, heute ist er wohl schon in Kopenhagen. Aber er setzt vollkommenes Vertrauen in mich. Mit Recht übrigens. Denn ich kann Ihnen schwören, weiter als bis zu einem Kuß auf die Hand... nein, um nicht zu lügen, auf diesen Hals, hat es noch niemand gebracht. Sie glauben gewiß auch, daß ich mit dem Stanzides ein Verhältnis gehabt habe? Nein, der wäre nichts für mich! Schöne Männer sind mir überhaupt ein Graus. Auch an Ihrem Bruder Felician kann ich nichts finden…“

Es war nicht abzusehen, wann die verschleierte Dame zu reden aufhören würde, denn es war Frau Oberberger. Bei andern Frauen hätte das gleiche Benehmen ein gewisses Entgegenkommen bedeutet, nicht so bei ihr, der man, so zweifelhaft ihre ganze Art erscheinen mochte, noch nie einen Liebhaber hatte nachsagen können. Sie lebte in einer sonderbaren, aber anscheinend glücklichen, kinderlosen Ehe. Ihr schöner und glänzender Gemahl, Geologe von Beruf, hatte in früherer Zeit Entdeckungsreisen unternommen, wobei er, wie Hofrat Wilt behauptete, nicht so sehr auf die Unerforschtheit der betreffenden Landstriche als auf gute Fahrgelegenheiten und einwandfreie Küche Wert gelegt haben sollte. Seit einigen Jahren aber begab er sich nur mehr auf Reisen, um Vorträge zu halten und Frauen zu erobern. Wenn er wieder daheim war, lebte er mit seiner Gattin in bester Kameradschaft. Schon manchmal, aber immer flüchtig, hatte Georg die Möglichkeit eines Verhältnisses mit Frau Oberberger erwogen. Er war sogar einer von jenen, die ihren Hals geküßt hatten, woran sie sich wahrscheinlich selbst nicht mehr erinnerte. Und als sie jetzt den Schleier zurückschlug, ließ Georg wieder einmal den Reiz dieses nicht mehr ganz jugendlichen, aber anmutig-bewegten Gesichts mit Vergnügen auf sich wirken. Er wollte ihr ins Wort fallen, sie aber sprach weiter: „Wissen Sie, daß Sie sehr blaß sind? Sie müssen ein nettes Leben führen. Was ist das übrigens für ein Weib, durch das Sie mir diesmal entrissen werden?“

Hofrat Wilt, unhörbar wie meistens, stand plötzlich neben ihnen. Beiläufig, überlegen und galant warf er hin: „Küß die Hand schöne Frau, grüß Sie Gott Baron…“ und wollte weiter.

Frau Oberberger aber fand es angemessen, ihm vorerst noch mitzuteilen, daß Baron Georg sich soeben zu einer Orgie begebe, wie das so seine Art sei, – dann folgte sie dem Hofrat in den zweiten Stock, auf die Gefahr hin, wie sie bemerkte, daß man ihn, wenn er zugleich mit ihr bei Ehrenbergs erschiene, für ihren fünfundneunzigsten Liebhaber halten würde.

Es war sieben Uhr, als Georg sich endlich in einen Wagen setzen konnte, um nach Mariahilf zu fahren. Er fühlte sich von den zwei Stunden bei Ehrenbergs geradezu abgespannt, und mehr noch als sonst freute er sich auf das Zusammensein mit Anna, das ihm bevorstand. Seit jenem Vormittag in der

Miniaturenausstellung hatten sie einander beinahe täglich gesehen; in Gärten, in Bildergalerien, bei ihr zu Hause. Meist unterhielten sie sich über die kleinen Begebenheiten ihres Daseins, oder plauderten von Büchern und Musik. Von vergangenen Zeiten sprachen sie nicht oft; und wenn es geschah, ohne Mißtrauen und Zweifel. Denn noch waren die Abenteuer, aus denen Georg kam, für Anna nicht vom beängstigenden Dufte des Geheimnisvollen umwoben; und daß sie selbst schon manche schwärmerische Neigung empfunden hatte, vernahm Georg aus ihren scherzenden Andeutungen heiter, unbesorgt, ja ohne weiter zu fragen. In einem menschenleeren Saal der Liechtensteingalerie hatte er sie vor acht Tagen zum erstenmal geküßt, und von diesem Augenblick an nannte Anna ihn du, als wäre eine fremdere Anrede ihr von nun an wie etwas Lügenhaftes erschienen.

Der Wagen hielt an einer Straßenecke. Georg stieg aus, zündete sich eine Zigarette an und ging auf und ab, dem Hause gegenüber, aus dem Anna kommen mußte.

Nach wenigen Minuten schon trat sie aus dem Tor. Er eilte über die Straße ihr entgegen, und beglückt küßte er ihr die Hand. Wie gewöhnlich, weil sie auf ihren Fahrten meist zu lesen pflegte, hatte sie ein Buch mit sich, in einem Einband von gepreßtem Leder.

„Es ist ja kühl, Anna“, sagte Georg, nahm ihr das Buch aus der Hand und half ihr in die Jacke, die sie über dem Arm getragen hatte.

„Ich habe mich nämlich ein bißchen verspätet“, sagte sie „und war sehr ungeduldig, dich zu sehen. Ja“, setzte sie lächelnd hinzu, „man hat auch seine Temperamentsausbrüche. Was sagst du denn zu meinem neuen Kostüm“, fragte sie, indem sie weiterspazierten.

„Steht dir sehr gut.“

„In meiner Lektion hat man gefunden, ich sähe aus wie eine Hofdame.“

„Wer hat das gefunden?“

„Frau Bittner selbst, und ihre beiden Töchter, die ich unterrichte.“

„Ich würde lieber sagen: wie eine Erzherzogin.“

Anna nickte befriedigt.

„Also jetzt erzähl mir Anna, was du seit gestern alles erlebt hast.“

Ernsthaft begann sie. „Um zwölf, nachdem ich mich am Haustor von dir getrennt, Mittagessen im Familienkreis. Nachmittag ein wenig geruht und an dich gedacht. Von vier bis halb sieben Schülerinnen bei mir, dann gelesen, „grüner Heinrich" und Abendblatt. Zu faul, um noch auf die Straße zu gehen, im Hause herumgetrenderlt. Nachtmahl. Die übliche häusliche Szene."

„Bruder?" fragte Georg.

Sie antwortete mit einem „ja", das weitere Fragen abschnitt. „Nach dem Nachtmahl ein bißchen musiziert... sogar zu singen versucht."

„Warst du zufrieden?"

„Für mich reicht es ja immer aus", sagte sie, und Georg glaubte eine leichte Traurigkeit im Klang ihrer Worte zu vernehmen.

Rasch berichtete sie weiter: „Um halb elf im Bett gelegen, gut geschlafen, um acht Uhr früh auf... man kann ja bei uns nicht länger liegen... Toilette gemacht bis halb zehn, bis elf im Haus herum..."

„... getrenderlt", ergänzte Georg.

„Richtig. Dann zu Weils, den Buben unterrichtet."

„Wie alt ist der eigentlich?" fragte Georg.

„Dreizehn", erwiderte Anna mit einem komisch-bedenklichen Gesicht.

„Na das ist wirklich nicht so jung."

„Gewiß nicht", sagte Anna. „Aber erfahre zu deiner Beruhigung, daß er seine Tante Adele liebt, eine zarte Blondine von dreiunddreißig Jahren und vorläufig nicht daran denkt, ihr die Treue zu brechen... Also Fortsetzung der Chronik. Um halb zwei zu Hause angelangt, allein gegessen Gott sei Dank, Papa schon im Bureau, Mama in schlafendem Zustand. Von drei bis vier wieder geruht, noch mehr und noch bedeutender an dich gedacht, als gestern, dann Besorgungen in der Stadt, Handschuhe, Sicherheitsnadeln und etwas für Mama, und endlich mit der Tramway lesend nach Mariahilf herausgefahren zu den zwei Bittner Fratzen... So nun weißt du alles. Zufriedenstellend?"

„Abgesehen von dem dreizehnjährigen Jüngling."

„Also ich gebe ja zu, daß das beunruhigend sein mag, aber jetzt wollen wir einmal hören, ob du mir nicht düsterere Geständnisse zu machen hast."

Sie waren in einer schmalen, stillen Gasse, die Georg ganz fremd vorkam, und Anna nahm seinen Arm.

„Ich komme eben von Ehrenbergs", begann er.

„Nun", fragte Anna, „hat man dich sehr zu umstricken gesucht?"

„Das kann ich eben nicht sagen. – Man schien sogar ein wenig froissiert, daß ich diesen Sommer gar nicht im Auhof war", setzte er hinzu.

„Hat Klein-Elschen sich produziert?" fragte Anna weiter.

„Nein. Was sich nach meinem Fortgehen ereignet haben mag, das weiß ich natürlich nicht."

„Jetzt wirds ja wohl nicht mehr der Mühe wert sein", sagte Anna mit überquellendem Spott.

„Du irrst dich, Anna. Es sind Leute oben, für die zu singen es sich sehr verlohnte."

„Wer denn?"

„Heinrich Bermann, Willy Eißler, Demeter Stanzides..."

„O, Stanzides!" rief Anna aus. „Jetzt tut es mir eigentlich leid, daß ich nicht auch oben war."

„Mir scheint", sagte Georg, „das ist nicht so spaßhaft gemeint als gesagt."

„Gewiß nicht", erwiderte Anna. „Ich finde diesen Demeter zum Totschießen schön."

Georg schwieg ein paar Sekunden und plötzlich, erregter als es sonst seine Art war, fragte er: „Ist es am Ende er?..."

„Was für ein Er?"

„Der, den du... mehr geliebt hast als mich!"

Sie lächelte, drängte sich fester an ihn und erwiderte einfach, aber doch ein bißchen spöttisch: „Sollt ich wirklich jemanden lieber gehabt haben als dich?"

„Du hast es mir ja selber gestanden", erwiderte Georg.

„Ich hab dir aber auch „gestanden", daß ich mit der Zeit dich mehr lieben werde, als ich je einen andern geliebt habe, oder lieben könnte."

„Weißt du das ganz bestimmt, Anna?"

„Ja, Georg, das weiß ich ganz bestimmt."

Sie waren wieder in einer belebteren Straße, und unwillkürlich lösten sie die Arme. Sie blieben vor verschiedenen Auslagen stehen, entdeckten unter einem Haustor den Glaskasten eines Photographen und waren sehr belustigt von der mühselig-ungezwungenen Haltung, in der hier Jubelpaare, Kadettoffiziersstellvertreter, Köchinnen im Sonntagsstaat und für den Maskenball kostümierte Damen aufgenommen waren.

Georg, in leichterm Tone, fragte wieder: „Also war es Stanzides?"

„Aber was fällt dir denn ein. Ich hab in meinem Leben keine hundert Worte mit ihm gesprochen."

Sie spazierten weiter.

„Also doch Leo Golowski?" fragte Georg.

Sie schüttelte den Kopf und lächelte. „Das war die Jugendliebe", erwiderte sie, „das gilt überhaupt nicht. Übrigens möcht ich das 16jährige Mädel kennen, das sich auf dem Land nicht in einen schönen Jüngling verliebt hätte, der sich mit einem veritabeln Grafen schlägt und dann acht Tage mit dem Arm in der Schlinge herumspaziert."

„Aber er hat es doch nicht deinetwegen getan, sondern sozusagen für die Ehre seiner Schwester."

„Für Theresens Ehre? Wie kommst du auf die Idee?"

„Du hast mir doch erzählt, daß der junge Mensch Therese im Walde angesprochen hatte, während sie die „Emilia Galotti" studierte."

„Ja das ist schon wahr. Übrigens hat sie sich ganz gern ansprechen lassen. Dem Leo war es aber nur deswegen zuwider, weil der junge Graf zu einer Gesellschaft von jungen Leuten gehört hat, die sich wirklich ziemlich frech und halt ein bissel antisemitisch benommen haben. Und wie Therese einmal mit ihrem Bruder am See spazieren geht und der Graf kommt daher und redet Therese an wie eine gute Bekannte und murmelt nur so beiläufig für Leo seinen Namen, da hat Leo ein Buckerl gemacht und sich ihm mit den Worten vorgestellt: „Leo Golowski, Jüd aus Krakau." Was es weiter gegeben hat, weiß ich nicht genau. Es ist zu einem Wortwechsel gekommen, und am nächsten Tag war dann das Duell in Klagenfurt in der Kavalleriekaserne."

„Da hab ich doch recht", beharrte Georg spöttisch, „für die Ehre seiner Schwester hat er sich geschlagen."

„Nein, sag ich dir. Ich bin ja dabei gewesen, wie er später einmal mit Therese über die Geschichte gesprochen und ihr gesagt hat: „Von mir aus kannst du tun, was dir Spaß macht, kannst dir den Hof machen lassen, von wem du willst"..."

„Nur ein Jud muß es halt sein...", ergänzte Georg.

Anna schüttelte den Kopf. „So ist er wirklich nicht."

„Ich weiß", erwiderte Georg mild. „Wir sind ja sehr gute Freunde geworden in der letzten Zeit, dein Leo und ich. Gestern Abend erst sind wir wieder im Kaffeehaus zusammen gewesen, und er war wirklich sehr herablassend zu mir. Ich glaube, mir verzeiht er sogar meine Abstammung. Im übrigen hab ich dir noch gar nicht erzählt, daß auch Therese heute bei Ehrenbergs oben war." Und er berichtete von dem Erscheinen des jungen Mädchens im Salon Ehrenberg und von dem Eindruck, den sie auf Demeter gemacht hatte.

Anna lächelte vergnügt dazu.

Später, während sie wieder in einer stilleren Straße Arm in Arm spazierten, begann Georg von neuem: „Jetzt weiß ich aber noch immer nicht, wer die große Liebe gewesen ist."

Anna schwieg und sah vor sich hin.

„Nun, Anna! Du hast mir ja versprochen, nicht wahr?"

Ohne ihn anzusehen, erwiderte sie: „Wenn du nur ahntest, wie sonderbar mir heute die Geschichte vorkommt."

„Warum sonderbar?"

„Weil der, nach dem du fragst, eigentlich ein alter Mann gewesen ist."

„Fünfunddreißig", scherzte Georg, „nicht wahr?"

Sie schüttelte ernsthaft den Kopf. „Er war achtundfünfzig oder sechzig."

„Und du?" fragte Georg langsam.

„Im Sommer waren es zwei Jahre. Einundzwanzig war ich damals."

Georg blieb plötzlich stehen. „Nun weiß ich es, dein Gesangslehrer war es. Nicht wahr?"

Anna antwortete nicht.

„Also wirklich", sagte Georg, ohne sich eigentlich zu wundern, denn es war ihm nicht unbekannt, daß sich in den berühmten Meister, trotz seiner grauen Haare, alle Schülerinnen verliebten.

„Und den", fragte Georg, „hast du am meisten geliebt von allen Menschen, die dir begegnet sind?"

„Seltsam, nicht wahr? Aber es ist doch so..."

„Hat er es gewußt?"

„Ich glaub schon."

Sie waren auf einen ausgeweiteten Platz gekommen mit einer kleinen Gartenanlage, die nur spärlich beleuchtet war. Hinten erhob sich rötlich schimmernd eine Kirche. Dorthin, als zög es sie an einen stillern Ort, wandelten sie unter dunkeln, leise schwankenden Ästen.

„Und was ist denn eigentlich zwischen euch vorgefallen, wenn man fragen darf?"

Anna schwieg, und Georg hielt in diesem Augenblick alles für möglich. Selbst, daß Anna die Geliebte jenes Menschen gewesen wäre. Aber innerhalb des Unbehagens, das er bei diesem Gedanken empfand, regte sich leise und kaum bewußt der Wunsch in ihm, seine Befürchtung bestätigt zu hören. Denn wie leicht und verantwortungslos ließ dies Abenteuer sich an, wenn Anna schon einem andern gehört hatte, eh sie die Seine wurde.

„Ich will dir die ganze Geschichte erzählen", sagte Anna endlich. „Sie ist wirklich nicht so schrecklich."

„Also?" fragte Georg, seltsam gespannt.

„Einmal nach der Stunde", begann Anna zögernd, „hat er mir galant in die Jacke hineingeholfen. Und plötzlich hat er mich an sich gezogen und mich umarmt und geküßt."

„Und du...?"

„Ich... ich war ganz berauscht."

„Berauscht..."

„Ja, es war etwas Unbeschreibliches. Er hat mich auf die Stirn geküßt und auf den Mund und aufs Haar... und dann hat er meine Hand genommen und hat allerlei Worte gemurmelt, die ich gar nicht recht gehört hab..."

„Und…"

„Und dann… dann waren Stimmen daneben… er hat meine Hand losgelassen… und es war aus."

„Aus?"

„Ja, aus. Selbstverständlich war es aus."

„Gar so selbstverständlich find ich das eigentlich nicht. Du hast ihn doch wiedergesehen."

„Freilich, ich hab ja weiter bei ihm gelernt."

„Und…?"

„Ich sag dir doch, es war aus… vollkommen, als wär überhaupt nie was gewesen."

Georg wunderte sich, daß er sich beruhigt fühlte. „Und er hat nie wieder den Versuch gemacht?" fragte er.

„Nie wieder. Es wäre auch lächerlich gewesen. Und da er sehr klug war, hat er das selbst ganz gut gewußt. Vorher, es ist ja wahr, hatt ich ihn sehr geliebt. Aber nach diesem Vorfall war er nichts andres mehr für mich, als mein alter Lehrer. Gewissermaßen sogar älter, als er in Wirklichkeit war. Ich weiß nicht, ob du das so ganz verstehen kannst. Es war, als ob er den ganzen Rest seiner Jugend verschwendet hätte in jenem Augenblick."

„Ich verstehe es ganz gut", sagte Georg. Er glaubte ihr und liebte sie mehr als früher. Sie traten in die Kirche. Es war fast dunkel in dem weiten Raum. Nur vor einem Seitenaltar brannten trübe Kerzen, und drüben, hinter einer kleinen Heiligenstatue, schimmerte ein armes Licht. Ein breiter Strom von Weihrauchduft floß zwischen Wölbung und Steinfliesen hin. Der Meßner ging umher und klapperte leise mit den Schlüsseln. In den Bänken rückwärts, regungslos, dämmerten Gestalten. Langsam schritt Georg mit Anna vorwärts und fühlte sich wie ein junger Gatte auf Reisen, der mit seiner jungen Frau eine Kirche besichtigt. Er sagte es Anna. Sie nickte nur. „Es wär aber noch viel schöner", flüsterte Georg, während sie eng aneinander geschmiegt vor der Kanzel standen, „wenn man wirklich miteinander irgendwo in der Fremde wäre…"

Sie sah ihn an, wie beglückt und doch wie fragend; und er erschrak über seine eigenen Worte. Wenn Anna sie als ernsthafte Aufforderung oder gar als eine Art von Werbung aufgefaßt hätte? War er nicht verpflichtet sie aufzuklären, daß sie nicht so gemeint waren?... Ein Gespräch fiel ihm ein, von neulich, als sie an einem windig-regnerischen Tag unter dem Schirm eingehängt über die Linie hinaus gegen Schönbrunn spaziert waren. Er hatte ihr den Vorschlag gemacht, mit ihm in die Stadt zu fahren und in irgend einem abgeschiedenen Gasthauszimmer mit ihm zu nachtmahlen; – sie mit jener Frostigkeit, in der ihr ganzes Wesen manchmal erstarrte, hatte darauf erwidert: „für solche Sachen bin ich nicht." Er hatte nicht weiter in sie gedrungen. Doch eine Viertelstunde später, allerdings im Lauf einer Unterhaltung über Georgs Lebensführung, aber vieldeutig lächelnd hatte sie die Worte zu ihm gesprochen: „Du hast keine Initiative, Georg." Und in diesem Augenblick war ihm plötzlich gewesen, als täten sich Untiefen ihrer Seele auf, niemals vermutete und gefährliche, vor denen es gut war, sich in acht zu nehmen. Daran mußte er jetzt wieder denken. Was mochte in ihr denn vorgehen?... Was wünschte sie und worauf war sie gefaßt?... Und was wünschte, was ahnte er selbst? Das Leben war ja so unberechenbar. War es nicht sehr gut möglich, daß er wirklich einmal mir ihr draußen in der Welt herumreisen, eine Zeit des Glücks mit ihr durchleben... und endlich von ihr scheiden würde, wie er von mancher andern geschieden war? – Doch wenn er an das Ende dachte, das jedenfalls kommen mußte, ob es nun der Tod bringen mochte oder das Leben selbst, so fühlte er es wie ein gelindes Weh im Herzen... Noch immer schwieg sie. Fand sie wieder, daß es ihm an Initiative fehlte?... Oder dachte sie vielleicht: Es wird mir ja doch gelingen, ich werde seine Frau sein...?

Da fühlte er ihre Hand ganz leise über die seine streichen, mit einer ihm wie neuen, sehr wohltuenden Zärtlichkeit. „Du, Georg", sagte sie.

„Was denn?" fragte er.

„Wenn ich fromm wäre", erwiderte sie, „möcht ich jetzt um was beten."

„Um was?" fragte Georg beinahe ängstlich.

„Daß was aus dir wird, Georg. Was sehr Bedeutendes! Ein wirklicher, ein großer Künstler."

Unwillkürlich blickte er zu Boden, wie in Beschämung, daß ihre Gedanken um soviel reinere Wege gegangen waren als die seinen.

Ein Bettler hielt den dicken, grünen Vorhang offen, Georg gab dem Mann ein Geldstück; sie waren im Freien. Straßenlichter glänzten auf, Geräusche von Wagen und Rolläden waren nah, Georg fühlte, wie ein feiner Schleier zerriß, den der Kirchendämmer um ihn und sie gewoben hatte, und in befreitem Ton schlug er eine kleine Spazierfahrt vor. Anna war gern einverstanden. In einem offenen Fiaker, dessen Dach sie über sich aufspannen ließen, fuhren sie die Straße hinab, ließen sich um den Ring führen, ohne viel von Gebäuden und Gärten zu sehen, sprachen kein Wort und schmiegten sich enger aneinander. Sie fühlten jeder die eigne und des andern Ungeduld und wußten, daß es kein Zurück mehr gab.

In der Nähe von Annas Wohnung sagte Georg: „Wie schade, daß du schon nach Hause mußt."

Sie zuckte die Achseln und lächelte sonderbar. Die Untiefen, dachte Georg wieder, aber ohne Angst, heiter beinahe. Eh der Wagen an der Ecke hielt, verabredeten sie ein Rendezvous für den nächsten Vormittag, im Schwarzenberggarten, dann stiegen sie aus. Anna eilte nach Hause, und Georg bummelte langsam gegen die Stadt zu.

Er überlegte, ob er ins Kaffeehaus gehen sollte. Er hatte keine rechte Lust dazu. Bermann blieb heute wohl bei Ehrenbergs zum Souper, auf Leo Golowskis Kommen war nur selten zu rechnen; und die andern jungen Leute, meist jüdische Literaten, die Georg in der letzten Zeit flüchtig kennen gelernt hatte, lockten ihn nicht eben an, wenn er auch manche von ihnen nicht uninteressant gefunden hatte. Im ganzen fand er den Ton der jungen Leute untereinander bald zu intim, bald zu fremd, bald zu witzelnd, bald zu pathetisch; keiner schien sich dem andern, kaum einer sich selbst mit Unbefangenheit zu geben. Heinrich hatte übrigens neulich erklärt, er wollte mit dem ganzen Kreis nichts mehr zu tun haben, der ihm seit seinen Erfolgen durchaus gehässig gesinnt sei. Georg hielt es allerdings für möglich, daß Heinrich in seiner eiteln und hypochondrischen Art Feindseligkeiten und Verfolgungen auch dort witterte, wo vielleicht nur Gleichgültigkeit oder Antipathie vorhanden waren. Er für seinen Teil wußte, daß es weniger Freundschaft war, die ihn zu dem jungen Schriftsteller hinzog, als Neugier, einen seltsamen Menschen näher kennen zu lernen; vielleicht auch das Interesse, in eine Welt hineinzuschauen, die ihm bisher ziemlich fremd geblieben war. Denn während er selbst nach wie vor sich ziemlich zurückhaltend verhalten und insbesondere über seine Beziehungen zu Frauen jede Andeutung vermieden, hatte ihm Heinrich nicht nur von der fernen Geliebten erzählt, für die er Qualen der Eifersucht zu leiden behauptete, sondern auch von einer hübschen, blonden Person, mit der er in der letzten Zeit seine Abende zu verbringen pflegte, – um sich zu betäuben, wie er mit Selbstironie hinzufügte; nicht nur von seinen Wiener Studenten- und Journalistenjahren, die noch nicht weit zurücklagen, sondern auch von der Kinder- und Knabenzeit in der kleinen böhmischen Provinzstadt, wo er vor dreißig Jahren zur Welt gekommen war. Sonderbar und zuweilen fast peinlich erschien Georg der wie aus Zärtlichkeit und Widerwillen, aus Gefühlen von Anhänglichkeit und von Losgerissensein gemischte Ton, in dem Heinrich von den Seinen, insbesondere von dem kranken Vater sprach, der in jener kleinen Stadt Advokat, und eine Zeitlang Reichsratsabgeordneter gewesen war. Ja, er schien sogar ein wenig stolz darauf zu sein, daß er als Zwanzigjähriger schon dem allzu Vertrauensseligen sein Schicksal vorausgesagt hatte, genau so wie es sich später erfüllen sollte: nach einer kurzen Epoche der Beliebtheit und des Erfolgs hatte das Anwachsen der antisemitischen Bewegung ihn aus der deutsch-liberalen Partei gedrängt, die meisten Freunde hatten ihn verlassen und verraten, und ein verbummeltet Kouleurstudent, der in den Versammlungen die Tschechen und Juden als die gefährlichsten Feinde deutscher Zucht und Sitte hinstellte, daheim seine Frau prügelte und seinen Mägden Kinder machte, war sein Nachfolger im Vertrauen der Wähler und im Parlament geworden. Heinrich, dem die Phrasen des Vaters von Deutschtum, Freiheit, Fortschritt in all ihrer Ehrlichkeit immer gegen den Strich gegangen waren, hatte dem Niedergang des alternden Mannes anfangs wie mit Schadenfreude zugesehen; allmählich erst, als der einst gesuchte Anwalt auch seine Klienten zu verlieren begann, und die materiellen Verhältnisse der Familie sich von Tag zu Tag verschlechterten, stellte bei dem Sohne sich ein verspätetes Mitleid ein. Er hatte seine juristischen Studien früh genug aufgegeben und mußte den Seinen durch journalistische Tagesarbeit zu Hilfe kommen. Seine ersten künstlerischen Erfolge fanden in dem verdüsterten Hause der Heimat kein Echo mehr. Dem Vater nahte unter schweren Zeichen der Wahnsinn, und der Mutter, für die gleichsam Staat und Vaterland zu existieren aufgehört hatten, als ihr Mann nicht wieder ins Parlament gewählt wurde, versank nun, da dieser in geistige Nacht fiel, die ganze Welt. Die einzige Schwester Heinrichs, einst ein blühendes und tüchtiges Geschöpf, war nach einer unglücklichen Leidenschaft für eine Art von Provinz-Don Juan in Schwermut verfallen, und krankhaft eigensinnig gab sie dem Bruder, mit dem sie sich in der Jugend vortrefflich verstanden hatte, die Schuld an dem Unglück des elterlichen Hauses. Auch von andern Verwandten erzählte Heinrich, deren er aus früherer Zeit sich erinnerte, und ein teils lächerlicher, teils rührender Zug fromm beschränkter alter Juden und Jüdinnen schwebte an Georg vorüber, wie Gestalten einer andern Welt. Er mußte es am Ende begreifen, daß Heinrich durch keinerlei Heimweh nach jener kleinen, von kläglichem Parteihader zerrissenen Stadt, in die dumpfe Enge des zugrunde gehenden Elternhauses sich zurückgerufen fühlte, und sah ein, daß Heinrichs Egoismus ihm zugleich Rettung und Befreiung bedeutete.

Vom Turm der Michaelerkirche schlug es neun, als Georg vor dem Kaffeehaus stand. An einem Fenster, das der Vorhang nicht verhüllte, sah er den Kritiker Rapp sitzen, einen Stoß von Zeitungen vor sich auf dem Tisch. Eben hatte er den Zwicker von der Nase genommen, putzte ihn, und so sah das blasse, sonst so hämisch-kluge Gesicht, mir den stumpfen Augen wie tot aus. Ihm gegenüber, mit ins Leere gehenden Gesten, saß der Dichter Gleißner, im Glanze seiner falschen Eleganz, mir einer ungeheuern, schwarzen Krawatte, darin ein roter Stein funkelte. Als Georg, ohne ihre Stimmen zu hören, nur die Lippen der beiden sich bewegen und ihre Blicke hin- und hergehen sah, faßte er es kaum, wie sie es ertragen konnten in dieser Wolke von Haß sich eine Viertelstunde lang gegenüber zu sitzen. Er fühlte mit einemmal, daß dies die Atmosphäre war, in der das Leben dieses ganzen Kreises sich abspielte, und durch die nur manchmal erlösende Blitze von Geist und von Selbsterkenntnis zuckten. Was hatte er mit diesen Leuten zu tun? Eine Art von Grauen erfaßte ihn, er wandte sich ab und entschloß sich, statt ins Kaffeehaus zu gehen, endlich wieder einmal den Klub aufzusuchen, dessen Räume er seit Monaten nicht betreten hatte. Es waren nur wenige Schritte bis dahin. Bald stieg Georg die breite Marmortreppe hinauf, begab sich in den kleinen Speisesaal mit den lichtgrünen Vorhängen und wurde von Ralph Skelton, dem Attaché der englischen Botschaft, und Doktor von Breitner, die in einer Ecke beim Souper saßen, als ein lang Vermißter mit gedämpfter Herzlichkeit begrüßt. Man sprach von dem Turnier, das bevorstand, von dem Bankett, das zu Ehren der ausländischen Fechtmeister veranstaltet werden sollte; plauderte über die neue Operette am Wiedner Theater, in der Fräulein Lovan als Bajadere beinahe nackt aufgetreten war, und über das Duell des Fabrikanten Heidenfeld mit dem Leutnant Novotny, in dem der beleidigte Ehemann gefallen war. Nach dem Essen spielte Georg mit Skelton eine Partie Billard und gewann. Er fühlte sich immer behaglicher und nahm sich vor, von nun an wieder öfters diese luftigen und hübsch ausgestatteten Räume zu besuchen, in denen angenehme, gut angezogene junge Leute verkehrten, mit denen man sich in guter und leichter Weise unterhalten konnte. Felician erschien, erzählte seinem Bruder, daß es bei Ehrenbergs noch ganz amüsant geworden war und brachte ihm Grüße von Frau Marianne. Breitner, eine seiner berühmten Riesenzigarren im Mund, gesellte sich zu den Brüdern und sprach davon, daß im Speisesaal nächstens die Bilder einiger verdienter Klubmitglieder aufgehängt werden sollten, vor allem das des jungen Labinski, der im vorigen Jahr durch Selbstmord geendet hatte. Und Georg mußte an Grace denken, an das seltsam glühend-kalte Gespräch mit ihr auf dem Friedhof im schmelzenden Februarschnee und an jene wundervolle Nacht, auf dem mondbeglänzten Deck des Dampfers, der sie beide von Palermo nach Neapel gebracht hatte. Er wußte kaum, nach welcher Frau er sich am meisten sehnte in diesem Augenblick: nach Marianne, der Verlassenen, nach Grace, der Entschwundenen, oder nach dem anmutigen jungen Geschöpf, mit dem er vor ein paar Stunden in einer dämmrigen Kirche herumspaziert war, wie Hochzeitsreisende in einer fremden Stadt, und das den Himmel hatte anflehen wollen, daß ein großer Künstler aus ihm würde. In der Erinnerung daran verspürte er eine gelinde Rührung. War es nicht beinahe, als läge ihr mehr an seiner künstlerischen Zukunft als ihm selbst?... Nein,... nicht mehr. Sie hatte ja doch nur ausgesprochen, was immer tief im Grunde seiner Seele schlummerte. Er vergaß nur sozusagen manchmal, daß er ein Künstler war. Aber das mußte anders werden. So viel war begonnen und vorbereitet. Nur etwas Fleiß, und es konnte am Erfolg nicht fehlen. Und im nächsten Jahr ging es hinaus in die Welt. Eine Kapellmeisterstelle war bald gefunden, und mit einem kräftigen Sprung stand man mitten in einem Beruf, der Geld und Ehren brachte. Neue Menschen lernte er kennen, ein anderer Himmel glänzte über ihm, und geheimnisvoll wie aus fernem Nebel, streckten unbekannte weiße Arme sich nach ihm aus. Und während die jungen Leute neben ihm sehr ernsthaft die Chancen der Kämpfer bei dem bevorstehenden Turnier erwogen, träumte Georg in seiner Ecke weiter von einer Zukunft voll Arbeit, Ruhm und Liebe.

Zur gleichen Stunde lag Anna in ihrem dunkeln Zimmer, ohne zu schlafen, die weit offenen Augen zur Decke gerichtet; zum erstenmal in ihrem Leben mit dem untrüglichen Gefühl, daß es einen Menschen auf der Welt gab, der aus ihr machen konnte, was ihm beliebte; mit dem festen Entschluß, alle Seligkeit und alles Leid hinzunehmen, das ihr bevorstehen mochte; und mit einer leisen Hoffnung, schöner, als alle, die ihr je erschienen waren, auf ein beständiges und ruhevolles Glück.

Drittes Kapitel

Georg und Heinrich saßen von ihren Rädern ab. Die letzten Villen lagen hinter ihnen, und die breite Straße, allmählich ansteigend, führte in den Wald. Das Laub hing noch ziemlich dicht an den Bäumen, aber jeder leise Windhauch nahm Blätter mit und ließ sie langsam herabsinken. Herbstglanz lag über den gelbrötlichen Hügeln. Die Straße stieg höher an, an einem stattlichen Wirtshausgarten vorbei, zu dem steinerne Stufen hinaufführten. Nur wenige Leute saßen im Freien, die meisten in der Glasveranda, als trauten sie nicht ganz der Wärme dieses schmeichlerischen Spätoktobertags, durch den doch immer wieder eine gefährliche Kühle geweht kam. Georg dachte mit ödem Erinnern des Winterabends, an dem er und Frau Marianne als einzige Gäste hier eingekehrt waren. Gelangweilt war er an ihrer Seite gesessen, hatte ungeduldig ihr plätscherndes Gerede über das Konzert von gestern angehört, in dem Fräulein Bellini seine Lieder gesungen; und als er auf der Rückfahrt wegen Mariannens Ängstlichkeit schon in einer Vorstadtstraße aus dem Wagen steigen mußte, hatte er wie erlöst aufgeatmet. Ein ähnliches Gefühl der Befreitheit kam freilich beinahe jedesmal über ihn, wenn er, auch nach schönerem Zusammensein, von einer Geliebten Abschied nahm. Selbst als er Anna an ihrem Haustor verlassen hatte, vor drei Tagen, nach dem ersten Abend vollkommenen Glücks, war er sich, früher als jeder anderen Regung, der Freude bewußt geworden, wieder allein zu sein. Und gleich darauf, ehe noch das Gefühl des Danks und die Ahnung einer wirklichen Zusammengehörigkeit mit diesem sanften, sein ganzes Wesen mit so viel Innigkeit umschließenden Geschöpf in seiner Seele emporzudringen vermochte, flog durch sie ein sehnsuchtsvoller Traum von Fahrten über ein schimmerndes Meer, von Küsten, die sich verführerisch nähern, von Spaziergängen an Ufern, die am nächsten Tage wieder verschwinden, von blauen Fernen, Ungebundenheit und Alleinsein. Am andern Morgen, da den Erwachenden der Duft des vergangenen Abends erinnerungs- und verheißungsschwer umfloß, wurde die Reise natürlich aufgeschoben, bis zu einer spätern, vielleicht nicht gar so fernen, doch gelegeneren Zeit. Denn daß auch dieses Abenteuer, so ernst und hold es begonnen, zu einem Ende bestimmt war, wußte Georg selbst in dieser Stunde, nur ohne jeden Schauer. Anna hatte sich ihm gegeben, ohne mit einem Wort, einem Blick, einer Gebärde anzudeuten, daß nun für sie gewissermaßen ein neues Kapitel ihres Lebens anfing. Und so mußte von ihr, das fühlte Georg tief, auch der Abschied ohne Düsterkeit und Schwere sein: ein Händedruck, ein Lächeln und ein stilles „es war schön". Und leichter noch war ihm zumute geworden, als sie ihm bei der nächsten Begegnung mit einfach innigem Gruß entgegenkam, ohne die befangenen Töne anschmiegender Wehmut, oder erfüllten Schicksals, wie er sie in den Worten mancher andern beben gehört hatte, die zu einem solchen Morgen nicht zum erstenmal erwacht war.

Eine mattgezogene Berglinie erschien in der Ferne und verschwand wieder, als die Straße durch dichtern Waldstand in die Höhe führte. Laub- und Nadelholz wuchsen friedlich nebeneinander, und durch die stillere Farbe der Tannen schimmerte das herbstlich gefärbte Blätterwerk von Buchen und Birken. Wanderer zeigten sich, einige mit Rucksack, Bergstock und Nagelschuhen wie zu bedeutenden Gebirgstouren ausgerüstet; zuweilen, in beglückter Schnelle, sausten Radfahrer die Straße hinab.

Heinrich erzählte seinem Gefährten von einer Radfahrt, die er anfangs September unternommen hatte, den Rhein entlang.

„Ist es nicht sonderbar", sagte Georg, „so viel bin ich schon in der Welt herumgekommen, und die Gegend, wo meine Ahnen zu Hause waren, kenn ich noch gar nicht."

„Wirklich?" fragte Heinrich. „Und es regt sich gar nicht in Ihnen, wenn Sie das Wort Rhein aussprechen hören?"

Georg lächelte. „Es sind immerhin bald hundert Jahre, daß meine Urgroßeltern aus Biebrich fortgezogen sind."

„Warum lächeln Sie, Georg? Daß meine Ahnen aus Palästina fortgewandert sind, ist noch viel länger her, und doch fordern manche, sonst ganz logische Leute, daß mein Herz in Heimweh nach diesem Lande bebe."

Georg schüttelte ärgerlich den Kopf. „Was kümmern Sie sich immerfort um diese Leute. Es wird wirklich schon zur fixen Idee bei Ihnen."

„Ach Sie glauben, ich denke an die Antisemiten? Durchaus nicht. Denen nehm ichs auch weiter nicht übel, manchmal wenigstens. Aber fragen Sie nur einmal unsern Freund Leo, wie er über diese Angelegenheit denkt."

„Ach so, den meinen Sie. Na, der faßt doch das nicht so wörtlich auf, sondern gewissermaßen symbolisch – – – oder politisch", setzte er unsicher hinzu.

Heinrich nickte. „Diese beiden Begriffe liegen vielleicht hart nebeneinander in Köpfen solcher Art." Er versank für eine Weile in Nachdenken, schob sein Rad in leichten, ungeduldigen Stößen vorwärts und war gleich wieder um ein paar Schritte voraus. Dann begann er wieder von seiner Septemberreise zu sprechen. Beinahe mit Ergriffenheit dachte er an sie zurück. Alleinsein, Fremde, Bewegung, war es nicht ein dreifaches Glück, das er genossen? „Was für ein Gefühl von innerer Freiheit mich damals durchfloß", sagte er, „kann ich Ihnen kaum beschreiben. Kennen Sie diese Stimmungen, in denen alle Erinnerungen, ferne und nahe, sozusagen ihre Lebensschwere verlieren; alle Menschen, mit denen man sonst irgendwie verbunden ist, durch Schmerzen, Sorgen, Zärtlichkeit, einen nur mehr wie Schatten umschweben, oder richtiger gesagt, wie Gestalten, die man selbst erfunden hat? Und die erfundenen Gestalten, die stellen sich natürlich auch ein und sind mindestens geradso lebendig wie die Menschen, an die man sich eben als an wirkliche erinnert. Da entwickeln sich dann die allerseltsamsten Beziehungen zwischen den wirklichen und den erfundenen Figuren. Ich könnte Ihnen von einer Unterhaltung berichten, die zwischen meinem verstorbenen Großonkel, der Rabbiner war, und dem Herzog Heliodor stattgefunden hat, wissen Sie, mit dem, der sich in meinem Opernstoff herumtreibt, – eine Unterhaltung so amüsant, so tiefsinnig, wie im allgemeinen weder das Leben noch Operntexte zu sein pflegen... Ja, wundervoll sind solche Reisen! Und so geht es durch Städte, die man niemals gesehen hat und vielleicht nie wieder sehen wird, an lauter unbekannten Gesichtern vorüber, die gleich wieder für alle Ewigkeit verschwinden... und dann saust man weiter auf heller Straße zwischen Strom und Weingeländen. Wahrhaft reinigend sind solche Stimmungen. Schade, daß sie einem so selten geschenkt sind!"

Georg empfand stets eine gewisse Verlegenheit, wenn Heinrich pathetisch wurde. „Jetzt könnte man vielleicht wieder fahren", sagte er, und sie schwangen sich auf die Räder. Ein schmaler, ziemlich holpriger Seitenweg zwischen Wiese und Wald führte sie bald zu einem unerbaulich kahlen, zweistöckigen Haus, das sich durch ein mürrisch braunes Schild als Wirtshaus zu erkennen gab. Auf der Wiese, die durch die Straße vom Haus geschieden war, stand eine große Menge von Tischen, manche mit einstmals weiß gewesenen, andre mit geblümten Tüchern bedeckt. Hart an der Straße, an einigen zusammengerückten Tischen, saßen zehn oder zwölf junge Leute, Mitglieder eines Radfahrklubs. Mehrere hatten ihre Röcke abgelegt, andre trugen sie flott übergehängt; auf den himmelblauen, gelb eingefaßten Sweaters prangten Embleme in erhabener roter und grüner Stickerei. Mächtig, aber nicht sehr rein tönte ein Chorlied zum Himmel auf: „Der Gott, der Eisen wachsen ließ, der wollte keine Knechte."

Heinrich überflog die Gesellschaft mit einem raschen Blick, kniff die Augen zusammen und sagte zu Georg, mit zusammengepreßten Zähnen und heftig betont: „Ich weiß nicht, ob diese Jünglinge bieder, treu und mutig sind, wofür sie sich jedenfalls halten; daß sie aber nach Wolle und Schweiß duften, ist gewiß, und daher wäre ich dafür, daß wir in angemessener Entfernung von ihnen Platz nehmen."

Was will er eigentlich, dachte Georg bei sich. Wäre es ihm sympathischer, wenn hier eine Gesellschaft von polnischen Juden säße und Psalmen sänge?

Beide schoben ihre Räder zu einem entferntem Tische hin und ließen sich nieder. Ein Kellner erschien, in schwarzem, von Fett- und Gemüseflecken übersäten Frack, fegte mit einer schmutzigen Serviette heftig über den Tisch, nahm die Bestellungen entgegen und verschwand.

„Ist es nicht jämmerlich", sagte Heinrich, „daß in der nächsten Umgebung von Wien beinahe überall so verwahrloste Wirtshäuser stehen? Es macht einen geradezu trübsinnig."

Georg fand diese übertriebene Wehmut nicht angebracht. „Ach Gott, auf dem Land", meinte er, „man nimmt es eben mit. Es gehört fast dazu."

Heinrich ließ diese Auffassung nicht gelten, begann den Plan zur Gründung von sieben Hotels an den Wienerwaldgrenzen zu entwickeln und berechnete eben, daß man dazu höchstens drei bis vier Millionen benötige, als plötzlich Leo Golowski dastand. Er war im Zivilanzug, der, wie oft bei ihm, eines etwas bizarren Elements nicht entbehrte. Heute trug er zu einem hellgrauen Sacco eine blaue Samtweste und eine gelbliche Seidenkrawatte in glattem Stahlring. Die beiden andern begrüßten ihn erfreut und äußerten einige Überraschung.

Leo setzte sich zu ihnen: „Ich habe ja gehört", sagte er, „wie Sie gestern Abend Ihre Partie verabredet haben, und als wir heute schon um neun aus der Kaserne entlassen wurden, dacht ich mir gleich, es wäre doch hübsch mit zwei klugen, sympathischen Menschen eine Stunde im Freien zu verplauschen. So bin ich nach Haus, hab mich in Zivil geworfen und auf den Weg gemacht." Er sagte das in seinem gewöhnlichen, liebenswürdigen, fast naiv klingenden Ton, der Georg immer wieder gefangen nahm, aber in der Erinnerung für ihn einen Beiklang von Ironie, ja von Falschheit zu bekommen pflegte. Doch schien dieser gleichsam schillernde Klang Leos Worten nur in gleichgültiger Unterhaltung eigen; ernste Gespräche wußte er mit einer Bestimmtheit zu führen, die Georg geradezu imponierte. In der letzten Zeit hatte er einigemale Gelegenheit gehabt, im

Kaffeehaus Diskussionen zwischen Leo und Heinrich über kunsttheoretische Fragen, insbesondere über die Beziehungen zwischen den Gesetzen der Musik und der Mathematik anzuhören. Leo glaubte der Ursache auf der Spur zu sein, aus der Dur- und Molltonarten die menschliche Seele in so verschiedener Weise berührten. Gerne folgte Georg seinen klaren und scharfsinnigen Auseinandersetzungen, wenn sich auch etwas in ihm gegen den verwegenen Versuch wehrte, allen Zauber und alles Geheimnis der Klänge aus dem Walten von Gesetzen gedeutet zu hören, die, ebenso unerbittlich wie diejenigen, nach denen sich Erde und Sterne drehten, mit jenen ewigen aus gleicher Wurzel stammen sollten. Nur wenn Heinrich die Theorien Leos weiterzuführen und gelegentlich auf Schöpfungen der Wortkunst anzuwenden suchte, wurde Georg ungeduldig und fühlte sich sofort als stillen Verbündeten Leos, der zu Heinrichs phantastischen und wirren Ausführungen mild zu lächeln pflegte.

Das Essen wurde aufgetragen, und die jungen Leute ließen sichs schmecken; Heinrich nicht weniger als die andern, trotzdem er sich über die Minderwertigkeit der Küche höchst mißbilligend äußerte und das Vorgehen des Wirts nicht nur als Ausdruck persönlich niedriger Gesinnung, sondern als charakteristisch für den Niedergang Österreichs auf vielen andern Gebieten aufzufassen geneigt war. Das Gespräch kam auf die militärischen Zustände des Landes, und Leo gab Schilderungen von Kameraden und Vorgesetzten zum besten, über die die beiden andern sich sehr amüsierten. Insbesondere ein Oberleutnant gab zur Heiterkeit Anlaß, der sich der Freiwilligenabteilung mit den gefahrverkündenden Worten vorgestellt hatte: „Mit mir wern S' nix zu lachen haben, ich bin eine Bestie in Menschengestalt."

Während sie noch aßen, trat ein Herr an den Tisch, schlug die Hacken aneinander, legte die Hand salutierend an die Radfahrkappe, grüßte mit einem scherzhaften „all Heil", fügte für Leo noch ein kameradschaftliches „servus" hinzu und stellte sich Heinrich vor: „Josef Rosner ist mein Name". Hierauf begann er jovial die Unterhaltung mit den Worten: „Die Herren machen auch eine Radpartie..." Da man nicht widersprach, fuhr er fort: „Die letzten schönen Tage muß man benützen, lange wird ja die Herrlichkeit nicht mehr dauern."

„Wollen Sie nicht Platz nehmen, Herr Rosner?" fragte Georg höflich.

„Küß die Hand, aber...", er wies auf seine Gesellschaft... „wir sind soeben im Aufbruch begriffen, haben noch viel vor, fahren bis Tulln hinunter und dann über Stockerau nach Wien. Die Herren erlauben…" er nahm ein Zündhölzchen vom Tisch und brannte seine Zigarette vornehm an.

„Bei was für einem Klub bist du denn eigentlich?" fragte Leo, und Georg wunderte sich über das „du", bis ihm einfiel, daß die beiden Jugendbekannte waren.

„Das ist der Sechshauser Radfahrklub", erwiderte Josef. Obzwar kein Staunen geäußert wurde, setzte er hinzu: „Die Herren werden sich wundern, daß ich als Margaretner Kind diesem vorortlichen Klub angehöre, aber es ist auch nur, weil ein guter Freund von mir dort Obmann ist. Sehen Sie dieser Dicke dort, der jetzt gerade in den Rock hineinschlieft. Es ist nämlich der junge Jalaudek, der Sohn von dem Stadtrat und Abgeordneten."

„Jalaudek…", wiederholte Heinrich mit deutlichem Ekel in der Stimme und sagte nichts weiter.

„Ah", meinte Leo, „das ist ja der, der neulich in einer Debatte über den Volksbildungsverein diese prachtvolle Definition von Wissenschaft gegeben hat. Haben Sie nicht gelesen?" wandte er sich zu den andern.

Diese erinnerten sich nicht.

„Wissenschaft", zitierte Leo, „Wissenschaft ist das, was ein Jud vom andern abschreibt."

Alle lachten. Auch Josef, der aber sofort erläuterte: „Eigentlich ist er gar nicht so, ich kenn ihn ja. Nur im politischen Leben ist er so grob… weil also nämlich da die Gegensätze aufeinanderplatzen in unserm lieben Österreich. Aber für gewöhnlich ist er ein sehr umgänglicher Herr. Da ist der Junge viel radikaler."

„Ist euer Klub christlich-sozial oder deutsch-national?" fragte Leo verbindlich.

„O, da wird bei uns kein Unterschied gemacht, nur natürlich, wie das schon so ist…", er unterbrach sich plötzlich verlegen.

„Nun ja", ermutigte ihn Leo, „daß euer Klub judenrein ist, das ist doch selbstverständlich. Man merkt's auch schon von weitem."

Josef hielt es für das richtigste zu lachen. Dann sagte er: „O bitte sehr, auf den Bergen schweigt die Politik; überhaupt die Herren machen sich da falsche Begriffe, wenn wir schon über dieses Thema reden. Wir haben zum Beispiel einen im Klub, der ist mit einer Israelitin verlobt. Aber sie winken mir schon. Habe die Ehre, meine Herrschaften, servus Leo, all Heil." Er salutierte wieder und entfernte sich wiegenden Schrittes. Die andern, unwillkürlich lächelnd, blickten ihm nach.

Dann fragte Leo plötzlich zu Georg gewandt: „Wie geht's denn eigentlich seiner Schwester mit dem Singen?"

„Wie?" sagte Georg aufgeschreckt und leicht errötend.

„Therese erzählt mir", fuhr Leo ruhig fort, „daß Sie zuweilen mit Anna musizieren. Ist denn die Stimme jetzt in Ordnung?"

„Ja", entgegnete Georg zögernd, „ich glaube schon, jedenfalls finde ich sie sehr angenehm, sehr wohllautend, besonders in der tiefern Lage. Schade, daß sie eben nicht ausreicht, für größere Räume, mein ich."

„Nicht ausreicht", wiederholte Leo nachdenklich, „das ist auch so ein Wort."

„Wie würden Sie es denn bezeichnen?"

Leo zuckte die Achseln und blickte Georg ruhig an. „Sehen Sie", sagte er, „ich habe die Stimme auch immer sehr sympathisch gefunden, aber selbst zur Zeit, als Anna die Idee hatte zur Bühne zu gehen... ehrlich gestanden, ich habe nie geglaubt, daß aus der Sache was wird."

„Sie haben eben wahrscheinlich gewußt", entgegnete Georg absichtlich leicht, „daß Fräulein Anna an dieser eigentümlichen Schwäche der Stimmbänder leidet."

„Ja freilich wußt ich das; aber wäre sie zu einer künstlerischen Laufbahn bestimmt gewesen, innerlich bestimmt meine ich, so hätte sie diese Schwäche eben überwunden."

„Sie glauben?"

„Ja, das glaub ich, das glaub ich ganz entschieden. Darum find ich, daß solche Worte wie „eigentümliche Schwäche", oder „die Stimme reicht nicht aus" gewissermaßen Umschreibungen für etwas Tieferes, Seelisches bedeuten. Es liegt offenbar nicht in der Linie ihres Schicksals, eine Künstlerin zu werden, das ist es. Sie war sozusagen von Anbeginn dazu bestimmt, im Bürgerlichen zu enden."

Heinrich war mit der Theorie von der Schicksalslinie höchst einverstanden und führte den Gedanken in seiner krausen Art weiter und immer weiter, vom Geistreichen übers Verdrehte ins Unsinnige. Dann machte er den Vorschlag, man sollte sich für eine halbe Stunde auf die Wiese hin in die Sonne legen, die in diesem Jahr wohl nicht mehr oft so warm herunterscheinen werde. Die andern stimmten zu.

Hundert Schritt weit vom Wirtshaus streckten sich Georg und Leo auf ihre Mäntel aus. Heinrich setzte sich ins Gras, verschränkte die Arme über den Knien und sah vor sich hin. Zu seinen Füßen senkte sich die Wiese zum Walde hinab. Tiefer unten, in lockeres Laub vergraben, ruhten die Landhäuser von Neuwaldegg. Aus bläulich-grauen Nebeln hervor schimmerten die Turmkreuze und sonngeblendeten Fenster der Stadt, und ganz fern, als trüge bewegter Dunst sie empor, schwebte und verdämmerte die Ebene.

Spaziergänger schritten über die Wiese dem Wirtshaus zu. Einige grüßten im Vorübergehen und einer, ein noch junger Mann, der ein Kind an der Hand führte, bemerkte zu Heinrich: „Das ist aber einmal ein schöner Tag, grad als wie im Mai."

Heinrich fühlte anfangs gegen seinen Willen, wie manchmal solch wohlfeiler, aber unvermuteter Freundlichkeit gegenüber, gleichsam sein Herz aufgehen. Sofort aber besann er sich, denn er wußte ja, auch dieser junge Mann war nur von der Milde des Tags, dem Frieden der Landschaft wie berauscht; in der Tiefe der Seele war auch der ihm feindselig gesinnt, gleich all den andern, die so harmlos an ihm vorbeispazierten. Und er verstand es wieder einmal selbst nicht recht, warum der Anblick dieser sanft-bewegten Hügel, dieser verdämmernden Stadt ihn so schmerzlich süß ergriff, da ihm doch die Menschen, die hier zu Hause waren, so wenig und selten etwas Gutes bedeuteten.

Der Radfahrklub sauste über die nahe Straße, die umgehängten Röcke wehten, die Embleme leuchteten, und ein rohes Lachen schallte über die Wiese.

„Gräßliches Volk", meinte Leo beiläufig, ohne den Platz zu verändern.

Heinrich wies mit einer unbestimmten Kopfbewegung nach unten. „Und solche Kerle", sagte er mit zugepreßten Zähnen, „bilden sich dann noch ein, daß sie da eher zu Hause sind als unsereiner."

„Nun ja", entgegnete Leo ruhig, „da werden sie wohl nicht so unrecht haben, diese Kerle."

Heinrich wandte sich höhnisch zu ihm: „Verzeihen Sie, Leo, ich vergaß einen Augenblick, daß Sie selbst den Wunsch hegen, nur als geduldet zu gelten."

„Das wünsche ich keineswegs“, erwiderte Leo lächelnd, „und Sie brauchen mich nicht gleich so boshaft mißzuverstehen. Aber daß diese Leute sich als die Einheimischen ansehen und Sie und mich als die Fremden, das kann man ihnen doch nicht übel nehmen. Das ist doch schließlich nur der Ausdruck ihres gesunden Instinktes für eine anthropologisch und geschichtlich feststehende Tatsache. Dagegen und daher auch gegen alles, was daraus folgt, ist weder mit jüdischen noch mit christlichen Sentimentalitäten etwas auszurichten.“ Und sich zu Georg wendend, fragte er in allzu verbindlichem Ton: „Finden Sie nicht auch?“

Georg errötete, räusperte, kam aber nicht dazu zu erwidern, da Heinrich, auf dessen Stirn zwei tiefe Falten erschienen, sofort erbittert das Wort nahm: „Mein Instinkt ist mir mindestens ebenso maßgebend wie der der Herren Jalaudek junior und senior, und dieser Instinkt sagt mir untrüglich, daß hier, gerade hier meine Heimat ist und nicht in irgend einem Land, das ich nicht kenne, das mir nach den Schilderungen nicht im geringsten zusagt und das mir gewisse Leute jetzt als Vaterland einreden wollen, mit der Begründung, daß meine Urahnen vor einigen tausend Jahren gerade von dort aus in die Welt verstreut worden sind. Wozu noch zu bemerken wäre, daß die Urahnen des Herrn Jalaudek, und selbst die unseres Freundes, des Freiherrn von Wergenthin, gerade so wenig hier zu Hause gewesen sind, als die meinen und die Ihrigen.“

„Sie dürfen mir nicht böse sein“, erwiderte Leo, „aber Ihr Blick in diesen Dingen ist doch ein wenig beschränkt. Sie denken immer an sich und an den nebensächlichen Umstand... pardon für diese Frage nebensächlichen Umstand, daß Sie ein Dichter sind, der zufällig, weil er in einem deutschen Land geboren, in deutscher Sprache und, weil er in Österreich lebt, über österreichische Menschen und Verhältnisse schreibt. Es handelt sich aber in erster Linie gar nicht um Sie und auch nicht um mich, auch nicht um die paar jüdischen Beamten, die nicht avancieren, die paar jüdischen Freiwilligen, die nicht Offiziere werden, die jüdischen Dozenten, die man nicht oder verspätet zu Professoren macht, – das sind lauter Unannehmlichkeiten zweiten Ranges sozusagen; es handelt sich hier um ganz andre Menschen, die Sie nicht genau oder gar nicht kennen, und um Schicksale, über die Sie, ich versichere Sie, lieber Heinrich, über die Sie gewiß, trotz der Verpflichtung, die Sie eigentlich dazu hätten, noch nicht gründlich genug nachgedacht haben. Gewiß nicht... sonst könnten Sie über all diese Dinge nicht in so oberflächlicher und in so... egoistischer Weise reden, wie Sie es tun.“ Er erzählte dann von seinen

Erlebnissen auf dem Basler Zionistenkongreß, an dem er im vorigen Jahre teilgenommen hatte und wo ihm ein tieferer Einblick in das Wesen und den Gemütszustand des jüdischen Volkes gewährt worden wäre als je zuvor. In diese Menschen, die er zum erstenmal in der Nähe gesehen, war die Sehnsucht nach Palästina, das wußte er nun, nicht künstlich hineingetragen; in ihnen wirkte sie als ein echtes, nie erloschenes und nun mit Notwendigkeit neu aufflammendes Gefühl. Daran konnte keiner zweifeln, der, wie er, den heiligen Zorn in ihren Blicken hatte aufleuchten sehen, als ein Redner erklärte, daß man die Hoffnung auf Palästina vorläufig aufgeben und sich mit Ansiedlungen in Afrika und Argentinien begnügen müsse. Ja, alte Männer, nicht etwa ungebildete, nein, gelehrte, weise Männer hatte er weinen gesehen, weil sie fürchten mußten, daß das Land ihrer Väter, das sie, auch bei Erfüllung der kühnsten zionistischen Pläne, doch keineswegs mehr selbst hätten betreten können, sich vielleicht auch ihren Kindern und Kindeskindern niemals erschließen würde.

Verwundert, ja ein wenig ergriffen hatte Georg zugehört. Heinrich aber, der während Leos Erzählung mit kurzen Schritten auf der Wiese hin und hergegangen war, erklärte, daß ihm der Zionismus als die schlimmste Heimsuchung erschiene, die jemals über die Juden hereingebrochen war, und gerade Leos Worte hätten ihn davon tiefer überzeugt, als irgend eine Überlegung oder Erfahrung zuvor. Nationalgefühl und Religion, das waren seit jeher Worte, die in ihrer leichtfertigen, ja tückischen Vieldeutigkeit ihn erbitterten. Vaterland... das war ja überhaupt eine Fiktion, ein Begriff der Politik, schwebend, veränderlich, nicht zu fassen. Etwas Reales bedeutete nur die Heimat, nicht das Vaterland... und so war Heimatsgefühl auch Heimatsrecht. Und was die Religionen anbelangte, so ließ er sich christliche und jüdische Legenden so gut gefallen, als hellenische und indische; aber jede war ihm gleich unerträglich und widerlich, wenn sie ihm ihre Dogmen aufzudrängen suchte. Und zusammengehörig fühlte er sich mit niemandem, nein mit niemandem auf der Welt. Mit den weinenden Juden in Basel gerade so wenig, als mit den grölenden Alldeutschen im österreichischen Parlament; mit jüdischen Wucherern so wenig, als mit hochadeligen Raubrittern; mit einem zionistischen Branntweinschänker so wenig, als mit einem christlich-sozialen Greisler. Und am wenigsten würde ihn je das Bewußtsein gemeinsam erlittener Verfolgung, gemeinsam lastenden Hasses mit Menschen verbinden, denen er sich innerlich fern fühle. Als moralisches Prinzip und als Wohlfahrtsaktion wollte er den Zionismus gelten lassen, wenn er sich aufrichtig so zu erkennen gäbe; die Idee einer Errichtung des Judenstaates auf religiöser und nationaler Grundlage erscheine ihm wie eine unsinnige Auflehnung gegen den Geist aller geschichtlichen Entwicklung. „Und in der Tiefe Ihrer Seele“, rief er aus, vor Leo stehen bleibend, „glauben auch Sie nicht daran, daß dieses Ziel je zu erreichen sein wird, ja wünschen es nicht einmal, wenn Sie sich auch auf dem Wege hin aus dem oder jenem Grunde behagen. Was ist Ihnen Ihr „Heimatland“ Palästina? Ein geographischer Begriff. Was bedeutet Ihnen „der Glaube Ihrer Väter“? Eine Sammlung von Gebräuchen, die Sie längst nicht mehr halten und von denen Ihnen die meisten gerade so lächerlich und abgeschmackt vorkommen, als mir.“

Sie redeten noch lang, bald heftig und beinahe feindselig, dann wieder ruhig und in dem ehrlichen Bestreben einander zu überzeugen; fanden sich manchmal wie erstaunt in einer gleichen Ansicht, um einander im nächsten Augenblick in einem neuen Widerspruch zu verlieren. Georg, auf seinen Mantel gestreckt, hörte ihnen zu. Bald neigte sein Sinn sich Leo zu, in dessen Worten ihm ein glühendes Mitleid für seine unglücklichen Stammesgenossen zu beben schien, und der sich stolz von Menschen abkehrte, die ihn als ihresgleichen nicht wollten gelten lassen. Bald wieder war er innerlich Heinrich näher, der sich zornig von einem Beginnen abwandte, das, phantastisch und kurzsichtig zugleich, die Angehörigen einer Rasse, deren Beste überall in der Kultur ihres Wohnlandes aufgegangen waren, oder mindestens an ihr mitarbeiteten, von allen Enden der Welt versammeln und in eine gemeinsame Fremde senden wollte, nach der sie kein Heimweh rief. Und eine Ahnung stieg in Georg auf, wie schwer gerade diesen Besten, von denen Heinrich sprach, denen, in deren Seelen sich die Zukunft der Menschheit vorbereitete, eine Entscheidung fallen mußte; wie gerade ihnen, hin und hergeworfen zwischen der Scheu, zudringlich zu erscheinen und der Erbitterung über die Zumutung, einer frechen Überzahl weichen zu sollen, – zwischen dem eingeborenen Bewußtsein, daheim zu sein, wo sie lebten und wirkten, und der Empörung, sich eben da verfolgt und beschimpft zu sehen; wie gerade ihnen zwischen Trotz und Ermattung das Gefühl ihres Daseins, ihres Wertes und ihrer Rechte sich verwirren mußte. Zum erstenmal begann ihm die Bezeichnung Jude, die er selbst so oft leichtfertig, spöttisch und verächtlich im Mund geführt hatte, in einer ganz neuen gleichsam düstern Beleuchtung aufzugehen. Eine Ahnung von dieses Volkes geheimnisvollem Los dämmerte in ihm auf, das sich irgendwie in jedem aussprach, der ihm entsprossen war; nicht minder in jenen, die diesem Ursprung zu entfliehen trachteten wie einer Schmach, einem Leid oder einem Märchen, das sie nichts kümmerte, – als in jenen, die mit Hartnäckigkeit auf ihn zurückwiesen, wie auf ein Schicksal, eine Ehre oder eine Tatsache der Geschichte, die unverrückbar feststand.

Und als er sich in den Anblick der beiden Sprechenden verlor und ihre Gestalten betrachtete, die sich mit scharf gezogenen, heftig bewegten Linien von dem rötlich-violetten Himmel abzeichneten, fiel es ihm nicht zum ersten Male auf, daß Heinrich, der darauf bestand, hier daheim zu sein, in Figur und Geste einem fanatischen, jüdischen Prediger glich, während Leo, der mit seinem Volk nach Palästina ziehen wollte, in Gesichtsschnitt und Haltung ihn an die Bildsäule eines griechischen Jünglings erinnerte, die er einmal im Vatikan oder im Museum von Neapel gesehen hatte. Und wieder einmal, während sein Auge Leos lebhaften und edeln Bewegungen mit Vergnügen folgte, begriff er sehr wohl, daß Anna für den Bruder ihrer Freundin vor Jahren, in jenem Sommer am See, eine schwärmerische Neigung empfunden hatte.

Immer noch standen Heinrich und Leo einander auf der Wiese gegenüber, und ins Unentwirrbare verlor sich ihr Gespräch. Die Sätze stürmten ineinander hinein, verkrampfen sich ineinander, schossen aneinander vorbei, gingen ins Leere; – und in irgend einem Augenblick merkte Georg, daß er nur mehr den Klang der Reden hörte, ohne ihrem Inhalt folgen zu können.

Ein kühler Wind kam von der Ebene her, und Georg erhob sich leicht erschauernd vom Rasen. Die andern, die seine Anwesenheit beinahe vergessen hatten, waren dadurch zur Gegenwart zurückgerufen, und man beschloß aufzubrechen. Noch leuchtete der volle Tag über der Landschaft, aber die Sonne ruhte dunkelrot und matt über einer länglich gestreckten Abendwolke.

Während er seinen Mantel aufs Rad schnallte, sagte Heinrich: „Nach solchen Gesprächen bleibt mir immer eine Unbefriedigung, die sich geradezu bis zu einem wehen Gefühl in der Magengegend steigert. Ja wirklich. Sie führen so gar nirgends hin. Und was bedeuten überhaupt politische Ansichten bei Menschen, denen die Politik nicht zugleich Beruf oder Geschäft ist? Nehmen sie den geringsten Einfluß auf die Lebensführung, auf die Gestaltung des Daseins? Sowohl Sie, Leo, als ich, wir beide werden nie etwas anderes tun, nie etwas anderes tun können, als eben das leisten, was uns innerhalb unseres Wesens und unserer Fähigkeiten zu leisten gegeben ist. Sie werden in Ihrem Leben nicht nach Palästina auswandern, selbst wenn der Judenstaat gegründet und Ihnen sofort eine Ministerpräsidenten- oder wenigstens Hofpianistenstelle angetragen würde –."

„O das können Sie nicht wissen", unterbrach ihn Leo.

„Ich weiß es ganz bestimmt", sagte Heinrich. „Dafür gesteh ich Ihnen ja auch zu, daß ich mich trotz meiner vollkommenen Gleichgültigkeit gegen jegliche Religionsform nie und nimmer werde taufen lassen, selbst wenn es möglich wäre – was ja heute weniger der Fall ist als je – durch solch einen Trug antisemitischer Beschränktheit und Schurkerei für alle Zeit zu entrinnen."

„Hm", sagte Leo, „aber wenn die Scheiterhaufen wieder angezündet werden...?"

„Für diesen Fall", entgegnete Heinrich, „dazu verpflichte ich mich hiermit feierlich, werde ich mich vollkommen nach Ihnen richten."

„O", wandte Georg ein, „diese Zeiten kommen doch nicht mehr wieder."

Die andern mußten lachen, daß Georg sie durch diese Worte, wie Heinrich bemerkte, im Namen der gesamten Christenheit über ihre Zukunft zu beruhigen so liebenswürdig wäre.

Sie hatten indessen die Wiese durchquert. Georg und Heinrich schoben ihre Räder auf dem holprigen Karrenweg vorwärts, Leo ihnen zur Seite, in wehendem Mantel, ging auf dem Rasen hin. Alle schwiegen eine ganze Weile, wie ermüdet. Wo der schlechte Weg in die breite Straße mündete, blieb Leo stehen und sagte: „Hier werden wir uns leider trennen müssen." Er streckte Georg die Hand entgegen und lächelte. „Sie müssen sich heute nicht übel gelangweilt haben", sagte er.

Georg errötete. „Na hören Sie, Sie halten mich doch für etwas..."

Leo hielt Georgs Hand fest. „Ich halte Sie für einen sehr klugen und auch für einen sehr guten Menschen. Glauben Sie mir das?"

Georg schwieg.

„Ich möchte wissen", fuhr Leo fort, „ob Sie mir das glauben, Georg, es liegt mir daran." Sein Ton bekam etwas wahrhaft Herzliches.

„Ja natürlich glaub ich es Ihnen", erwiderte Georg, noch immer etwas ungeduldig.

„Das freut mich", sagte Leo, „denn Sie sind mir wirklich sympathisch, Georg." Er sah ihm tief in die Augen, dann reichte er ihm und Heinrich zum Abschied nochmals die Hand und wandte sich zum Gehen.

Georg aber hatte plötzlich die Empfindung, daß dieser junge Mann, der da mit wehendem Mantel, den Kopf leicht gesenkt, in der Mitte der breiten Straße nach abwärts schritt, gar nicht nach einem „zu Hause" wanderte, sondern irgendwohin in eine Fremde, in die man ihm nicht folgen könnte. Diese Empfindung war ihm selbst umso unbegreiflicher, als er mit Leo in der letzten Zeit nicht nur manche Stunde am Kaffeehaustisch im Gespräch verbracht, sondern auch durch Anna über ihn, seine Familie, seine Lebensumstände allerlei Aufklärendes erfahren hatte. Er wußte, daß jener Sommer am See, der nun mit der jugendlichen Schwärmerei Annas sechs Jahre weit zurücklag, für die Familie Golowski den letzten sorgenlosen bedeutet hatte, und daß das Geschäft des Alten im Winter darauf völlig zugrunde gegangen war. Es sollte nun, nach Annas Erzählung, ganz merkwürdig gewesen sein, wie alle Mitglieder der Familie sich so leicht in die geänderten Verhältnisse fügten, als wären sie seit langem auf diesen Umschwung gefaßt gewesen. Aus der behaglichen Wohnung im Rathausviertel übersiedelte man in eine trübselige Gasse in der Nähe des Augartens. Herr Golowski übernahm Vermittlungsgeschäfte aller Art, Frau Golowski verfertigte Handarbeiten zum Verkauf. Therese gab Unterricht in französischer und englischer Sprache und setzte anfangs den Besuch der Schauspielschule fort. Ein junger Violinspieler aus verarmter, russischer Adelsfamilie war es, der ihr Interesse für politische Fragen erweckte. Bald hatte sie der Kunst abgeschworen, für die sie übrigens stets mehr Neigung als Talent gezeigt hatte, und binnen kurzem stand sie als Rednerin und Agitatorin mitten in der sozialdemokratischen Bewegung. Leo, ohne mit ihren Anschauungen übereinzustimmen, freute sich ihres frischen und verwegenen Wesens. Manchmal besuchte er sogar Versammlungen mit ihr; da er sich aber nicht gern von großen Worten imponieren ließ, weder von Versprechungen, die niemals einzulösen waren, noch von Drohungen, die ins Leere gingen, so machte es ihm Spaß, ihr meist schon auf dem Heimweg mit unwiderleglicher Schärfe die Widersprüche in ihren und der Parteigenossen Reden nachzuweisen. Insbesondere aber versuchte er ihr immer wieder klar zu machen, daß sie nicht, auf Tage und Wochen oft, ihrer großen Aufgabe so vollkommen vergessen könnte, wenn ihr Mitgefühl mit den Armen und Elenden wirklich ein so tiefes wäre, wie sie sich einbildete. Indes, auch Leos Leben ging nach keinem sichern

Ziel. Er hörte Vorlesungen an der Technik, gab Klavierlektionen, plante zuweilen sogar eine Virtuosenlaufbahn und übte dann wochenlang fünf bis sechs Stunden täglich. Aber es war noch immer nicht abzusehen, wofür er sich am Ende entscheiden würde. Da es in seiner Art lag, unbewußt auf Wunder zu warten, die ihm Unbequemlichkeiten ersparen konnten, hatte er sein Freiwilligenjahr so lang verschoben, bis der letzte Termin herangerückt war, und diente darum erst jetzt, in seinem fünfundzwanzigsten Lebensjahre. Die Eltern ließen Leo und Therese gewähren, und so viel Meinungsverschiedenheiten, so wenig ernstlichen Streit schien es im Hause Golowski zu geben. Die Mutter saß meistens daheim, nähte, stickte und häkelte, der Vater ging seinen Geschäften immer saumseliger nach und sah lieber im Kaffeehaus den Schachspielern zu, ein Vergnügen, in dem er den Niedergang seines Daseins zu vergessen vermochte. Seinen Kindern gegenüber schien er seit dem Ruin des Geschäftes eine gewisse Befangenheit nicht los zu werden, so daß er beinahe stolz war, wenn Therese ihm gelegentlich einen von ihr verfaßten Artikel zu lesen gab, oder wenn Leo sich herbeiließ, mit ihm am Sonntag Nachmittag eine Partie auf dem geliebten Brett zu spielen.

Georg kam es manchmal vor, als stünde seine eigene Sympathie für Leo mit jener längst verflossenen Neigung Annas für ihn in einem tiefern Zusammenhang. Denn nicht zum ersten Male fühlte er sich in ganz sonderbarer Weise zu einem Manne hingezogen, dem früher eine Seele zugeflogen war, die jetzt ihm gehörte.

Georg und Heinrich hatten ihre Räder bestiegen und fuhren eine schmale Straße, durch dichten, dunkelnden Wald. Später, da dieser sich wieder zu beiden Seiten zurückschob, hatten sie die sinkende Sonne im Rücken, und die langgestreckten Schatten ihrer eigenen Gestalten auf den Rädern liefen ihnen voraus. Entschiedener senkte sich die Straße und führte bald zwischen niedern Häusern hin, die von rötlichem Laub überhangen waren. Ein uralter Mann saß vor einer Haustür auf einer Bank, zu einem offenen Fenster sah ein bleiches Kind heraus. Sonst war kein menschliches Wesen zu sehen.

„Wie ein verzaubertes Dorf", sagte Georg.

Heinrich nickte. Er kannte den Ort. Auch hier war er mit der Geliebten gewesen, an einem wundervollen Sommertag dieses Jahres. Er dachte daran, und brennende Sehnsucht zuckte ihm durchs Herz. Und er erinnerte sich der letzten Stunden, die er in Wien mit ihr gemeinsam verbracht hatte, in seinem kühlen Zimmer, mit den herabgelassenen Jalousien, durch deren Spalten der heiße

Augustmorgen geflimmert war; des letzten Spazierganges durch steinernkühle sonntagsstille Gassen und durch alte, menschenleere Höfe, – und seiner Ahnungslosigkeit, daß all dies zum letzten Male war. Denn am nächsten Tag erst war der Brief gekommen, der furchtbare Brief, in dem es geschrieben stand, daß sie ihm den Schmerz des Abschieds hatte ersparen wollen, und daß sie, wenn er diese Worte läse, längst über die Grenze sei, auf der Fahrt nach der neuen, fremden Stadt.

Die Straße belebte sich. Freundliche Villen erschienen, von kleinen Gärtchen behaglich umgeben; gelinde hinter den Häusern stiegen bewaldete Hügel empor. Noch einmal breitete das Tal sich aus, und der scheidende Tag ruhte über Wiesen und Feldern. In einem großen, leeren Wirtshausgarten waren die Laternen angezündet. Eilige Dämmer schienen von allen Seiten zugleich heranzuschleichen. Nun war die Wegkreuzung da. Georg und Heinrich saßen ab und zündeten sich Zigaretten an.

„Rechts oder links?“ fragte Heinrich.

Georg sah auf die Uhr: „Sechs... und ich muß um acht in der Stadt sein.“

„Da können wir also nicht miteinander nachtmahlen?“ sagte Heinrich.

„Leider nein.“

„Schade. So fahren wir gleich den kürzeren Weg, über Sievering, hinein.“

Sie zündeten ihre Laternen an und schoben die Räder auf langgestreckten Serpentinen durch den Wald. Der Reihe nach sprang ein Baum nach dem andern aus dem Dunkel in den Schein der Lichtkegel und trat wieder in die Nacht zurück. Stärker rauschte der Wind durchs Laub, und Blätter raschelten nieder. Heinrich fühlte ein ganz leises Grauen, wie es ihn manchmal bei Dunkelheit in der freien Natur überfiel. Daß er den Abend allein verbringen sollte, empfand er wie eine Enttäuschung. Er war verstimmt gegen Georg und ärgerte sich daher auch über dessen Verschlossenheit ihm gegenüber. Er nahm sich nicht zum erstenmal vor, von jetzt an auch über seine eigenen, persönlichen Angelegenheiten nicht mehr mit Georg zu reden. Es war besser so. Er bedurfte niemandes Vertrauen, niemandes Teilnahme. Am wohlsten war ihm doch immer zumute gewesen, wenn er allein seines Weges ging. Das hatte er nun oft genug erfahren. Wozu also einem andern seine Seele erschließen? Ja, Bekannte zu gemeinsamen Spaziergängen und Fahrten, zu kühlen, klugen Gesprächen über allerlei Dinge des Lebens und der Kunst, – Frauen um sie flüchtig zu umarmen;

doch keines Freundes, keiner Geliebten bedurfte er. So floß das Dasein würdiger und ungestörter hin. Er schwelgte in diesen Vorsätzen, fühlte sich hart und überlegen werden. Die Waldesdunkelheit verlor ihre Schauer, und er wandelte durch die leise rauschende Nacht wie durch ein verwandtes Element.

Die Höhe war bald erreicht. Sternenlos lag der dunkle Himmel über der grauen Straße und über den nebelhauchenden Wiesen, die sich beiderseits in täuschender Weite zu den Waldhügeln dehnten. Vom nahen Mauthäuschen schimmerte ein Licht. Wieder bestiegen sie die Räder und fuhren nun so rasch nach abwärts, als die Dunkelheit es gestattete. Georg wünschte sich bald am Ziel zu sein. Seltsam unwahrscheinlich kam es ihm vor, daß er in anderthalb Stunden schon das stille Zimmer wiedersehen sollte, von dem niemand wußte als Anna und er; den dämmrigen Raum mit den Öldrucken an der Wand, dem blausamtenen Sofa, dem Pianino, auf dem die Photographien unbekannter Leute und eine gipsweiße Schillerbüste standen; mit den hohen, schmalen Fenstern, gegenüber denen die alte, dunkelgraue Kirche ragte.

Laternen brannten längs des Weges. Noch einmal wurde die Straße freier, und ein letzter Blick nach den Höhen öffnete sich. Dann ging es eiligst, zuerst noch zwischen wohlgehaltenen Landhäusern, endlich über eine menschenerfüllte, lärmende Hauptstraße, tiefer in die Stadt hinein. Bei der Votivkirche stiegen sie ab.

„Adieu“, sagte Georg, „und auf Wiedersehen morgen im Kaffeehaus.“

„Ich weiß nicht...“, erwiderte Heinrich; und als Georg ihn fragend ansah, fügte er hinzu: „Es ist möglich, daß ich verreise.“

„O, ein so plötzlicher Entschluß!“

„Ja, es packt einen eben zuweilen...“

„Die Sehnsucht“, ergänzte Georg lächelnd.

„Oder die Angst“, sagte Heinrich und lachte kurz.

„Dazu haben Sie wohl keine Ursache“, meinte Georg.

„Wissen Sie das ganz sicher?“ fragte Heinrich hämisch.

„Sie haben mir doch selbst erzählt...“

„Was?“

„Daß Sie jeden Tag Nachricht haben.“

„Ja, das ist schon wahr, jeden Tag. Zärtliche, glühende Briefe bekomme ich. Jeden Tag zur selben Stunde. Aber was beweist das? Ich schreibe ja noch viel glühendere und zärtlichere und doch…“

„Nun ja“, sagte Georg, der ihn verstand. Und er wagte die Frage: „Warum bleiben Sie eigentlich nicht bei ihr?“

Heinrich zuckte die Achseln. „Sagen Sie doch selbst, Georg, käme es Ihnen nicht ein wenig komisch vor, wenn man so einer Liebschaft wegen seine Zelte abbräche, mit einer kleinen Schauspielerin in der Welt herumzöge…“

„Ich persönlich würde es natürlich sehr bedauern… aber „komisch“… was sollte daran komisch sein?“

„Nein, ich habe keine Lust dazu“, schloß Heinrich hart.

„Aber wenn Ihnen… wenn Ihnen sehr viel daran gelegen wäre… wenn Sie es direkt verlangten… gäbe die junge Dame nicht vielleicht die Karriere auf?“

„Möglich. Aber ich verlange es nicht. Ich will es nicht verlangen. Nein. Lieber Schmerzen als Verantwortungen.“

„Wäre es denn eine so große Verantwortung?“ fragte Georg. „Ich meine nämlich… ist das Talent der jungen Dame so hervorragend, hängt sie überhaupt so sehr an ihrer Kunst, daß es ihr ein Opfer wäre, wenn sie die Sache aufgäbe?“

„Ob sie Talent hat?“ sagte Heinrich, „ja das weiß ich selbst nicht. Ich glaube sogar, sie ist das einzige Geschöpf auf der ganzen Welt, über dessen Talent ich mir ein Urteil nicht zutraue. So oft ich sie auf der Bühne gesehen habe, hat mir ihre Stimme geklungen wie die einer Unbekannten und gleichsam ferner als alle andern Stimmen. Es ist wirklich ganz merkwürdig… Aber Sie haben sie ja auch spielen gesehen, Georg. Was hatten Sie für einen Eindruck? Sagen Sie es mir ganz aufrichtig.“

„Ja, offen gestanden… ich erinnere mich nicht recht an sie. Sie entschuldigen, ich wußte ja damals noch nicht… Wenn Sie von ihr reden, da seh ich immer so einen rotblonden Schopf vor mir, der ein bißchen in die Stirne fällt, – und in einem kleinen, blassen Gesicht sehr große, schwarze, herumirrende Augen.“

„Ja, irrende Augen“, wiederholte Heinrich, biß sich auf die Lippen und schwieg eine Weile. „Leben Sie wohl“, sagte er dann plötzlich.

„Sie schreiben mir doch?“ fragte Georg.

„Ja natürlich. Und übrigens komm ich wohl einmal wieder“, setzte er hinzu und lächelte starr.

„Glückliche Reise“, sagte Georg, reichte ihm die Hand und drückte sie mit besonderer Herzlichkeit. Das tat Heinrich wohl. Dieser warme Händedruck gab ihm plötzlich nicht nur die Sicherheit, daß Georg ihn nicht lächerlich fand, sondern merkwürdigerweise auch die, daß die ferne Geliebte ihm treu und daß er selbst ein Mensch sei, dem mehr erlaubt war als manchem andern.

Georg sah ihm nach, wie er auf seinem Rad eiligst davonfuhr. Wieder, wie vor wenigen Stunden bei Leos Abschied, hatte er die Empfindung, als entschwände ihm einer in ein unbekanntes Land; und in diesem Augenblick wußte er, daß er mit keinem von den beiden bei aller Sympathie jemals zu einer unbefangenen Vertrautheit gelangen werde, wie sie ihn noch im vorigen Jahre mit Guido Schönstein und vorher mit dem armen Labinski verbunden hatte. Er dachte darüber nach, ob das vielleicht in dem Rassenunterschied zwischen ihm und jenen begründet sein mochte und fragte sich, ob er, ohne das Gespräch der beiden, durch das eigene Gefühl dieser Fremdheit sich so deutlich bewußt geworden wäre. Er zweifelte daran. Fühlte er sich nicht gerade diesen beiden und manchen andern ihres Volkes näher, ja verwandter, als vielen Menschen, die mit ihm vom gleichen Stamme waren? Ja spürte er nicht ganz deutlich, daß manchmal irgendwo in die Tiefe zwischen ihm und diesen beiden stärkere Fäden liefen, als von ihm zu Guido, ja vielleicht zu seinem eigenen Bruder? Aber wenn es so war, hätte er das nicht diesen beiden Menschen heute Nachmittag in irgendeinem Augenblick sagen müssen? Ihnen zurufen: vertraut mir doch, schließt mich nicht aus. Versucht es doch, mich für einen Freund zu halten!... Und als er sich fragte, warum er das nicht getan und an ihrem Gespräch kaum teilgenommen hatte, da ward er mit Verwunderung inne, daß er während dessen ganzer Dauer eine Art von Schuldbewußtsein nicht los geworden war, gerade so als wäre auch er sein Lebenlang von einer gewissen leichtfertigen und durch persönliche Erfahrung gar nicht gerechtfertigten Feindseligkeit gegen die „Fremden“, wie Leo selbst sie nannte, nicht frei gewesen und so sein Teil zu dem Mißtrauen und dem Trotz beigetragen, mit dem so manche sich vor ihm verschlossen, denen entgegenzukommen er selbst Anlaß und Neigung fühlen mochte. Dieser Gedanke erregte ihm ein wachsendes Unbehagen, das er sich nicht recht deuten konnte, und das nichts andres war, als die dumpfe Einsicht, daß reine Beziehungen auch zwischen einzelnen reinen Menschen in einer Atmosphäre von Torheit, Unrecht und Unaufrichtigkeit nicht gedeihen können.

Immer schneller, als gälte es diesem Unbehagen zu entfliehen, fuhr er heimwärts. Zu Hause angekommen, kleidete er sich rasch um, damit Anna nicht allzulange warten müsse. Er sehnte sich nach ihr wie noch nie. Es war ihm, als käme er von einer weiten Reise heim, zu dem einzigen Wesen, das ihm ganz gehörte.

Viertes Kapitel

Georg stand am Fenster. Gerade darunter wölbten sich die steinernen Rücken der bärtigen Riesen, die auf gewaltigen Armen das verwitterte Adelswappen eines längst versunkenen Geschlechtes trugen. Gegenüber, aus dem Dunkel uralter Häuser hervor, kam die Stiege geschlichen, bis vor das Tor der grauen Kirche, die im Flockenfall wie hinter einem wallenden Vorhang verdämmerte. Das Licht einer Straßenlaterne auf dem Platz schimmerte blaß durch den sinkenden Tag. Noch stiller an diesem Feiernachmittag als sonst ruhte unten die beschneite Straße, die mitten in der Stadt und doch abseits von allem Treiben hinzog. Und wieder einmal, wie stets, wenn er die breite Treppe des alten zum Mietshaus gewordenen Palastes emporgestiegen und in das geräumige, niedrig gewölbte Zimmer getreten war, fühlte Georg, seiner gewohnten Welt entronnen, sich wie zum andern Teile eines wundersamen Doppeldaseins eingegangen.

Er hörte einen Schlüssel in der Türe knirschen und wandte sich um. Anna trat ein. Georg schloß sie beglückt in die Arme und küßte sie auf Stirn und Mund. Die dunkelblaue Jacke, der breitrandige Hut, die Pelzboa, alles war ganz beschneit.

„Du hast ja gearbeitet“, sagte Anna, während sie ablegte, und wies auf den Tisch, wo neben der grünbeschirmten Lampe beschriebene Notenblätter lagen.

„Das Quintett hab ich mir durchgesehen, den ersten Satz. Es ist doch noch manches daran zu machen.“

„Aber dann wird's wunderschön sein.“

„Das wollen wir hoffen. Kommst du von Hause, Anna?“

„Nein, von Bittners.“

„Wie, heut am Feiertag?“

„Ja. Die zwei Mädeln haben durch die Masern viel versäumt, das muß nachgeholt werden. Ist mir übrigens sehr angenehm, schon aus finanziellen Gründen."

„Die Riesensumme!"

„Und dann entgeht man wenigstens auf ein paar Stunden dem „trauten Heim"."

„Na ja", sagte Georg, legte Annas Boa über eine Sessellehne und strich zerstreut mit den Fingern über das Pelzwerk hin. Annas Bemerkung, aus der es, und nicht zum erstenmal, wie ein leiser Vorwurf gegen ihn herausklang, hatte ihn nicht angenehm berührt. Sie setzte sich auf den Diwan, führte die Hände an die Schläfen, strich leicht über das dunkelblonde, gewellte Haar nach rückwärts und blickte Georg lächelnd an. Er, beide Hände in den Saccotaschen, stand an die Kommode gelehnt und begann von dem gestrigen Abend zu erzählen, den er mit Guido und der Violinspielerin verbracht hatte. Seit einigen Wochen nahm die junge Dame, auf des Grafen Wunsch, bei dem Beichtvater einer Erzherzogin katholischen Religionsunterricht; sie ihrerseits hielt Guido an, Nietzsche und Ibsen zu lesen. Doch war als Resultat dieses Studiums, nach Georgs Bericht, bisher nichts anderes zu verzeichnen, als daß der junge Graf seine Geliebte nach jener wunderlichen Gestalt aus „Klein Eyolf" scherzhafterweise Rattenmamsell zu nennen pflegte.

Anna wußte über den gestrigen Abend wenig Heiteres mitzuteilen. Sie hatten Besuch gehabt. „Zuerst", erzählte Anna, „die zwei Cousinen von Mama, dann ein Bureaukollege von Papa zum Tarokspielen. Auch Josef hat sich der Häuslichkeit ergeben, ist auf dem Diwan gelegen von drei bis fünf, dann ist sein neuester Spezi gekommen, Herr Jalaudek, der mir erheblich den Hof gemacht hat."

„So, so."

„Er war berückend. Ich sage nur: eine violette Krawatte mit gelben Tupfen, da kannst du dich verstecken. Übrigens hat er mir den ehrenvollen Antrag überbracht, in einer sogenannten Akademie beim „wilden Mann", zugunsten des Währinger Kirchenbauvereins mitzuwirken."

„Du hast natürlich zugesagt."

„Ich habe mich mit meinem Mangel an Stimme und an Frömmigkeit entschuldigt."

„Na was die Stimme anbelangt..."

Sie unterbrach ihn. „Nein, Georg“, sagte sie leicht, „*die* Hoffnung hab ich endgültig aufgegeben.“

Er sah sie an und suchte in ihrem Blick, der aber klar und frei blieb. Leise und dumpf klang die Orgel aus der Kirche herüber.

„Ja richtig“, sagte Georg, „das Billett für morgen zu „Carmen“ hab ich dir mitgebracht.“

„Dank schön“, erwiderte sie und nahm die Karte entgegen. „Gehst du auch?“

„Ja. Ich hab eine Loge im dritten Stock und lad mir den Bermann ein. Die Partitur nehm ich mir mit, wie neulich zu Lohengrin und üb' mich wieder im Dirigieren. Im Hintergrund natürlich. Du kannst dir nicht vorstellen, was man dabei lernt. Ich möcht dir übrigens was vorschlagen“, setzte er zögernd hinzu. „Willst du nicht nach dem Theater mit mir und Bermann nachtmahlen gehen?“

Sie schwieg.

Er fuhr fort. „Es wäre mir wirklich angenehm, wenn du ihn näher kennen lerntest. Er ist bei allen seinen Fehlern ein interessanter Mensch und...“

„Ich bin keine Rattenmamsell“, unterbrach sie ihn scharf und hatte gleich ihr bürgerlich strenges Gesicht. Georg verzog die Mundwinkel. „Das trifft mich nicht, liebes Kind, ich unterscheide mich auch in mancher Beziehung von Guido. Aber wie du willst.“ Er ging im Zimmer hin und her, sie blieb auf dem Diwan sitzen. „Du gehst also heute Abend zu Ehrenbergs?“ fragte sie dann.

„Du weißt ja. Ich habe schon zweimal abgesagt in der letzten Zeit. Ich konnte diesmal nicht recht... –

„Du brauchst dich nicht zu entschuldigen, Georg. Ich bin auch geladen.“

„Wo denn?“

„Auch bei Ehrenbergs.“

„Wirklich“, rief er unwillkürlich aus.

„Was wundert dich denn dran so sehr?“ fragte sie spitz. „Offenbar wissen sie dort noch nicht, daß man mit mir nicht mehr verkehren kann.“

„Aber Anna, was hast du denn heut? warum bist du denn gar so empfindlich? Selbst wenn man wüßte... glaubst du, das würde die Leute hindern, dich einzuladen? Im Gegenteil. Ich bin überzeugt, Frau Ehrenberg bekäme geradezu Respekt vor dir.“

„Und klein Elschen würde mich vielleicht gar beneiden. Glaubst du nicht? Sie hat mir übrigens ganz nett geschrieben. Da ist ihr Brief, willst du ihn lesen?“ Georg flog ihn durch, fand ihn von etwas absichtlicher Liebenswürdigkeit, äußerte sich nicht weiter und gab ihn Anna wieder.

„Da ist übrigens noch einer“, sagte Anna, „wenn er dich interessieren sollte.“

„Von Doktor Stauber? So? Wär es ihm recht, wenn er wüßte, daß ich ihn zu lesen bekomme?“

„Was bist du denn plötzlich so rücksichtsvoll?“ Und wie strafend fügte sie hinzu: „Es wär ihm wahrscheinlich manches nicht recht.“

Georg las den Brief rasch für sich durch. In trockener, zuweilen etwas humoristisch gefärbter Art berichtete Berthold vom Fortgang seiner Arbeiten im Pasteurschen Institut, von Spaziergängen, Ausflügen und Theaterbesuchen und ließ es auch an Bemerkungen allgemeinem Charakters nicht fehlen; doch enthielt der Brief auf seinen acht Seiten keinerlei Anspielung auf Vergangenheit oder Zukunft. Georg fragte beiläufig: „Wie lang bleibt er denn noch in Paris?“

„Wie du siehst, schreibt er noch kein Wort vom Zurückkommen.“

„Deine Freundin Therese erwähnte neulich, daß seine Parteigenossen ihn gerne wieder hier haben möchten.“

„Ah, ist sie wieder im Kaffeehaus gewesen?“

„Ja. Vor zwei oder drei Tagen hab ich sie dort gesprochen. Ich amüsier mich wirklich sehr über sie.“

„So?“

„Anfangs ist sie nämlich immer sehr hochmütig, auch mit mir. Offenbar, weil ich auch mein Leben so mit Kunst und ähnlichen Dummheiten vertrödle, während es doch so viele wichtigere Dinge auf der Welt zu tun gibt. Aber wenn sie ein bissel wärmer wird, dann kommt's heraus, daß sie sich für alle möglichen Dummheiten geradeso interessiert, wie wir gewöhnlichen Menschen.“

„Sie wird leicht warm“, sagte Anna unbeweglich.

Georg ging auf und ab und sprach weiter. „Köstlich war sie ja neulich beim Fechtturnier im Musikvereinssaal. Wer war übrigens der Herr, mit dem sie oben auf der Galerie gesessen ist?“

Anna zuckte die Achseln. „Ich hatte nicht den Vorzug, dem Turnier beizuwohnen. Und übrigens kenn ich die Begleiter Theresiens nicht alle.“

„Ich nehme an“, sagte Georg, „es war ein Genosse, in jeder Beziehung. Sehr düster und ziemlich schlecht angezogen war er jedenfalls. Wie Therese nach Felicians Sieg applaudiert hat, hat er sich vor Eifersucht geradezu zusammengerollt.“

„Was hat dir Therese eigentlich von Doktor Berthold erzählt?“ fragte Anna.

„O“, scherzte Georg, „man interessiert sich ja noch sehr lebhaft, wie es scheint.“

Anna antwortete nicht.

„Also“, berichtete Georg, „ich kann dir die Mitteilung machen, daß man ihn im Herbst für den Landtag kandidieren will, was ich übrigens sehr begreiflich finde, mit Rücksicht auf seine glänzenden Rednergaben.“

„Was weißt denn du! Hast du ihn schon sprechen gehört?“

„Natürlich, erinnerst du dich denn nicht! In Eurer Wohnung!“

„Du hast's wirklich nicht notwendig, dich über ihn lustig zu machen.“

„Aber das fällt mir ja gar nicht ein.“

„Ich hab's ja gleich bemerkt, er ist dir damals ein bißchen komisch vorgekommen. Er, und sein Vater auch. Du hast ja geradezu die Flucht ergriffen vor ihnen.“

„Ganz und gar nicht, Anna. Du tust sehr unrecht, mir solche Dinge zu insinuieren.“

„Sie mögen ja ihre Schwächen haben, beide, aber sie gehören wenigstens zu den Menschen, auf die man sich verlassen kann. Das ist auch etwas.“

„Hab ich das bestritten, Anna? Wahrhaftig, niemals hab ich dich so unlogisch reden gehört. Was willst du denn eigentlich von mir? Hätt ich vielleicht eifersüchtig werden sollen wegen dieses Briefes?“

„Eifersüchtig? Das fehlte noch, du mit deiner Vergangenheit.“

Georg zuckte die Achseln. In seinem Geist tauchten Erinnerungen auf, an ähnliche Wortzwiste im Verlaufe früherer Beziehungen, an jene plötzlichen rätselhaften Uneinigkeiten und Entfremdungen, die meist nichts anderes zu bedeuten gehabt hatten, als den Anfang vom Ende. Sollte er mit seiner klugen, guten Anna heute wirklich schon so weit sein? Verstimmt, beinahe traurig ging er im Zimmer auf und ab. Zuweilen warf er einen flüchtigen Blick nach der Geliebten, die schweigend in ihrer Diwanecke saß und leicht die Hände aneinanderrieb, als wäre ihr kalt. In das Schweigen des mit einmal trübselig gewordenen Raums klang die Orgel schwerer als zuvor, singende Menschenstimmen wurden vernehmbar, und die Fensterscheiben klirrten leise. Georgs Blick fiel auf den kleinen Weihnachtsbaum, der auf der Kommode stand und dessen Kerzen vorgestern Abend für ihn und Anna gebrannt hatten. Halb gelangweilt, halb zerstreut nahm er Zündhölzchen aus der Tasche und begann die kleinen Kerzen eine nach der andern anzuzünden. Da klang plötzlich Annas Stimme zu ihm her: „In einer ernsten Sache“, sagte sie langsam, „würde ich mich doch keinem andern anvertrauen, als dem alten Doktor Stauber.“

Befremdet wandte sich Georg nach ihr um, und blies ein brennendes Zündhölzchen aus, das er noch in der Hand hielt. Er wußte sofort, was Anna meinte, wunderte sich, daß er seit dem letzten Zusammensein selbst nicht mehr daran gedacht hatte, trat zu ihr hin und faßte ihre Hand. Nun erst schaute sie auf, undurchdringlich, mit bewegungslosen Zügen.

„Du Anna sag doch...“, er setzte sich an ihre Seite auf den Diwan, ihre beiden Hände in den seinen.

Sie schwieg.

„Warum redest du nicht?“

Sie zuckte die Achseln. „Es ist eben gar nichts Neues zu berichten“, erklärte sie dann einfach.

„So“, sagte er langsam. Es ging ihm durch den Sinn, ob nicht ihre heutige sonderbare Gereiztheit schon als ein Anzeichen des Zustandes zu deuten war, auf den sie anspielte, und Unruhe stieg in seiner Seele auf. „Aber sicher ist die Sache deswegen noch lange nicht“, sagte er in etwas kühlerm Tone, als er eigentlich wollte. „Und... und wenn auch –“, setzte er mit gekünstelter Lebhaftigkeit hinzu.

„Also du würdest mir verzeihen?“ fragte sie lächelnd.

Er drückte sie an sich und war plötzlich ganz aufgeräumt. Eine lebhafte, etwas gerührte Zärtlichkeit flammte in ihm auf für das sanfte, gute Geschöpf, das er in den Armen hielt, und von dem ihm, er fühlte es tief, niemals ein ernstliches Leid kommen konnte. „Es wäre wahrhaftig nicht so schlimm“, sagte er heiter. „Du würdest eben Wien für einige Zeit verlassen, das ist alles.“

„Na, gar so einfach wär das allerdings nicht, wie du dir's plötzlich vorzustellen scheinst.“

„Warum nicht? Eine Ausrede ist bald gefunden. Im übrigen, wen geht's denn an? Uns zwei. Niemanden andern. Und was mich anbelangt, so weißt du, ich kann jeden Tag fort. Kann auch ausbleiben, so lange ich will. Ich habe noch nicht einmal einen Kontrakt fürs nächste Jahr unterschrieben“, setzte er lächelnd hinzu. Dann erhob er sich, um die Wachskerzchen auszulöschen, deren kleine Flammen beinahe ganz heruntergebrannt waren; und immer lebhafter sprach er weiter. „Es wäre sogar wunderschön. Denk doch, Anna! Ende Februar, oder anfangs März würden wir abreisen, in den Süden natürlich, nach Italien, ans Meer vielleicht. Würden an irgendeinem stillen Ort wohnen, wo kein Mensch uns kennt, in einem schönen Hotel mit einem Riesenpark. Und arbeiten könnt man da unten, Donnerwetter!“

„Also darum!“ sagte sie, wie in plötzlichem Verstehen. Er lachte, nahm sie fester in seine Arme, und sie drängte sich an seine Brust. Von draußen kam kein Laut mehr. Orgel und Menschenstimmen waren verklungen. Vor den Fenstern schwebte der Schneevorhang nieder... Georg und Anna waren glücklich wie niemals zuvor.

Während sie im Dunkel ruhten, sprach er von seinen musikalischen Plänen für die nächste Zeit und erzählte ihr Heinrichs Opernstoff, soweit er es vermochte. Mit schimmernden Schatten füllte sich der Raum. Einen märchenhaften Königssaal durchrauschte ein Hochzeitsfest. Ein leidenschaftlicher Jüngling schlich sich ein und zückte seinen Dolch auf den Fürsten. Ein dunkles Urteil, geheimnisvoller als der Tod, wurde verkündet. Auf dämmernder Flut trieb ein träges Schiff unbekannten Zielen entgegen. Zu Füßen des Jünglings ruhte eine Prinzessin, die eines Herzogs Braut gewesen. Ein Unbekannter nahte auf leuchtendem Kahn mit seltsamer Botschaft; Narren, Sterngucker, Tänzerinnen, Höflinge schwebten vorbei. Schweigend hatte Anna gelauscht. Am Ende war Georg neugierig zu erfahren, was für einen Eindruck sie von den flüchtigen Bildern empfangen hätte.

„Ich kann's nicht recht sagen“, erwiderte sie. „Jedenfalls ist es mir heut noch ganz rätselhaft, wie aus dem ziemlich wirren Zeug jemals irgendwas Wirkliches werden soll.“

„Natürlich kannst du dir das heute noch nicht vorstellen besonders nach meiner Erzählung... Aber den musikalischen Hauch, der aus der Geschichte herausweht, den spürst du doch, nicht wahr? Ich hab mir sogar schon ein paar Motive aufnotiert, – und ich möchte sehr gern, daß Bermann sich bald ernstlich an die Arbeit machte."

„An deiner Stelle, Georg... ich darf doch was sagen?"

„Natürlich, red nur."

„Also ich an deiner Stelle würde doch zuerst einmal das Quintett abschließen. Es kann ja jetzt nicht mehr viel dran fehlen."

„Viel nicht und doch... Übrigens darfst du nicht vergessen, daß ich in der letzten Zeit allerlei anderes angefangen habe. Die zwei Klavierstücke, dann das Orchesterscherzo – das ist sogar ziemlich weit gediehn. Aber es gehört unbedingt in eine Symphonie."

Anna erwiderte nichts. Georg merkte, daß ihre Gedanken abschweiften, und er fragte sie, wohin sie ihm denn schon wieder entrückt sei.

„Nicht gar so weit", entgegnete sie. „Mir ist nur so durch den Kopf gegangen, was alles geschehen sein kann, bis die Oper einmal wirklich fertig sein wird."

„Ja", sagte Georg langsam, beinahe etwas befangen, „wenn man so in die Zukunft blicken könnte."

Sie seufzte ganz leise, und er drängte sich näher an sie, fast mitleidig. „Sei ruhig, mein Schatz, sei ruhig", sagte er, „ich bin ja da... und ich werde immer da sein." Er glaubte zu fühlen, wie sie dachte: Kann er nichts Besseres sagen?... nichts Stärkeres? nichts, das alle Angst, – und das sie für immer von mir nähme? Und unaufrichtig, wie mit dem Gedanken sich in eine Gefahr zu begeben, fragte er sie: „Woran denkst du?" Und noch einmal, als sie beharrlich schwieg: „Anna, woran denkst du denn?"

„An etwas sehr Sonderbares", erwiderte sie leise.

„Woran?"

„Daß das Haus schon steht, wo es zur Welt kommen wird, – und wir haben keine Ahnung wo... daran hab ich denken müssen."

„Daran", sagte er seltsam berührt. Und mit neu aufflammender Zärtlichkeit sie an sein Herz pressend: „Ich werde euch nie verlassen, euch beide..."

Als es wieder licht im Zimmer wurde, waren sie sehr vergnügt, pflückten von den Ästen des kleinen Weihnachtsbaumes die letzten vergessenen Zuckersachen, freuten sich auf das Wiedersehen unter lauter gleichgültigen Menschen, das ihnen bevorstand, wie auf ein heiteres Abenteuer, lachten und redeten lustigen Unsinn.

Sobald Anna fortgegangen war, versperrte Georg die Notenblätter in der Tischlade, löschte die Lampe aus und öffnete ein Fenster. Leicht und dünn fiel der Schnee. Über die Stiege aus dem Dunkel kam ein alter Mann, und sein mühseliges Atmen tönte durch die unbewegte Luft herauf. Grau ragte die stumme Kirche gegenüber... Georg blieb eine Weile am Fenster stehen. Er war in diesem Augenblick beinahe überzeugt, daß Anna sich in ihrer Annahme täuschte. Wie eine Beruhigung fiel ihm jene Äußerung Leo Golowskis ein, daß Anna bestimmt wäre im Bürgerlichen zu enden. Wahrhaftig es konnte nicht in der „Linie ihres Schicksals" liegen, von einem Liebhaber ein Kind zu bekommen. Und nicht in der Linie des seinen lag es, Verpflichtungen ernster Art zu tragen, heute schon und vielleicht für alle Zeit an ein weibliches Wesen festgebunden zu sein; Vater zu werden in so jungen Jahren. Vater!... Schwer, beinahe düster sank das Wort in seine Seele.

Um acht Uhr abends trat er in den Ehrenbergschen Salon. Walzerklänge tönten ihm entgegen. Am Klavier saß der alte Eißler, dem der lange graue Vollbart fast bis auf die Tasten herabsank. Georg, der, um nicht zu stören, am Eingang stehenblieb, wurde von allen Seiten durch Blicke begrüßt. Der alte Eißler spielte mit weichem Anschlag und kräftigem Rhythmus seine berühmten Wiener Tänze und Lieder, und Georg hatte wie immer viel Freude an den süßen, wiegenden Melodien.

„Herrlich", sagte Frau Ehrenberg, als der Alte sich erhob.

„Bewahren Sie sich die großen Worte für größere Gelegenheiten, Leonie", erwiderte Eißler, dessen altes Vorrecht es war, alle Frauen und Mädchen bei ihren Vornamen zu nennen. Und es schien jeder wohl zu tun, ihn von diesem schönen alten Mann, mit der tiefen, klingenden Stimme aussprechen zu hören, in der es manchmal bebte wie ein sentimentales Echo aus bewegten Jugendtagen. Georg fragte ihn, ob alle seine Kompositionen im Druck erschienen wären.

„Die wenigsten, lieber Baron; ich selbst kann leider keine Noten schreiben."

„Es wäre aber wirklich jammerschade, wenn diese charmanten Melodien ganz verloren gehen sollten."

„Ja, das hab ich ihm auch oft gesagt", nahm Frau Ehrenberg das Wort. „Aber er gehört leider zu den Menschen, die sich selber nie ganz ernst genommen haben."

„O, das ist ein Irrtum, Leonie. Wissen Sie denn, wie ich meine musikalische Karriere begonnen habe? Eine große Oper hab ich komponieren wollen. Allerdings war ich damals siebzehn Jahre alt und in eine Sängerin rasend verliebt."

Die Stimme der Frau Oberberger tönte vom Tische in der Ecke her: „Es wird eine Choristin gewesen sein."

„Sie irren sich, Katharina", erwiderte Eißler. „Choristinnen waren nie mein Fall. Es war sogar eine platonische Liebe, wie die meisten großen Leidenschaften meines Lebens."

„Waren Sie so ungeschickt?" fragte Frau Oberberger.

„Manchmal wohl auch das", erwiderte Eißler sonor und mit Anstand; „denn wahrscheinlich hätte ich gerade soviel Glück haben können wie ein Husarenrittmeister. Aber ich bedaure es nicht, ungeschickt gewesen zu sein. Ungetrübte Erinnerungen bewahren wir doch nur an versäumte Gelegenheiten."

Frau Ehrenberg nickte beifällig.

„Man dürfte also nicht fehlgehen, Herr Eißler", bemerkte Nürnberger, „wenn man in Ihrer Lebensgeschichte den getrübten Erinnerungen die größere Rolle zuweist." Wieder nickte Frau Ehrenberg. Sie war entzückt, wenn man in ihrem Salon geistreich war.

„Warum sagten Sie", fragte Frau Oberberger, „Sie hätten so viel Glück haben können wie ein Husarenrittmeister? Es ist gar nicht wahr, daß Offiziere besonders viel Glück bei den Frauen haben. Wenn meine Schwägerin auch einmal ein Verhältnis mit einem Oberleutnant gehabt hat..."

„Ich glaube nicht an platonische Liebe", sagte Sissy und leuchtete durch den Saal.

Frau Wyner schrie leise auf.

„Fräulein Sissy hat wahrscheinlich recht“, sagte Nürnberger. „Wenigstens bin ich überzeugt, daß die meisten Frauen platonische Liebe entweder als Beleidigung auffassen oder als Ausrede.“

„Es sind junge Mädchen da“, erinnerte Frau Ehrenberg mild.

„Das merkt man schon daraus“, sagte Nürnberger, „daß sie mitreden.“

„Trotzdem möchte ich mir erlauben, zu dem Kapitel platonische Liebe eine kleine Anekdote zu erzählen“, sagte Heinrich.

„Nur keine jüdische“, warf Else ein.

„Gewiß nicht. Hören Sie nur. Ein kleines blondes Mädel...“

„Das beweist nichts“, unterbrach Else.

„Laß doch zu Ende erzählen,“ mahnte Frau Ehrenberg.

„Also: ein kleines, blondes Mädel“, begann Heinrich von neuem, „hat einmal, im Gegensatz zu Fräulein Sissy, mir gegenüber die Überzeugung ausgesprochen, daß platonische Liebe tatsächlich existiere. Und wissen Sie, was sie mir als Beweis dafür angeführt hat... ? Ein eigenes Erlebnis. Sie hat nämlich einmal eine Stunde, wie sie mir erzählte, ganz allein in einem Zimmer mit einem Leutnant verbracht und...“

„Es ist genug“, rief Frau Ehrenberg angstvoll.

„Und“, schloß Heinrich unbeirrt und beruhigend, „es ist in dieser Stunde nicht das geringste vorgefallen.“

„Sagt das blonde Mädel“, ergänzte Else.

Die Tür öffnete sich, Georg sah eine fremde Dame eintreten, in einem hellblauen, viereckig ausgeschnittenen Kleid, blaß, einfach und vornehm. Erst als sie lächelte, ward ihm bewußt, daß die Dame Anna Rosner war, und er empfand irgend etwas wie Stolz auf sie. Als er der Geliebten die Hand reichte, fühlte er den Blick Elses auf sich gerichtet.

Man begab sich ins Nebenzimmer, wo der Tisch mit bescheidener Festlichkeit gedeckt war. Der Sohn des Hauses fehlte. Er befand sich in Neuhaus, in der väterlichen Fabrik. Herr Ehrenberg selbst aber saß plötzlich bei Tisch, als das Souper aufgetragen war. Erst kürzlich war er von seiner Reise heimgekehrt, die ihn tatsächlich bis Palästina geführt hatte. Als er von Hofrat Wilt nach seinen Erlebnissen gefragt wurde, wollte er zuerst nicht recht mit der Sprache heraus.

Endlich ergab sich, daß ihn die Landschaft enttäuscht, die Strapazen der Reisen verstimmt, und daß er von den jüdischen Ansiedlungen, die sicherm Vernehmen nach im Entstehen waren, so gut wie nichts gesehen hatte. „Also wir haben begründete Hoffnung“, bemerkte Nürnberger, „Sie hier zu behalten, selbst für den Fall, daß der Judenstaat im Laufe der nächsten Zeit gegründet werden sollte?“

Unwirsch erwiderte Ehrenberg: „Hab ich Ihnen je gesagt, daß ich die Absicht habe auszuwandern? Ich bin zu alt dazu.“

„Ach so“, sagte Nürnberger, „ich wußte nicht, daß Sie sich die Gegend drüben nur Fräulein Else und Herrn Oskar zuliebe angesehen haben.“

„Lieber Nürnberger, ich werd mich da nicht mit Ihnen streiten. Der Zionismus ist auch wahrhaftig zu gut für ein Tischgespräch.“

„Ob zu gut“, sagte Hofrat Wilt, „wollen wir dahingestellt sein lassen, jedenfalls zu kompliziert, schon darum weil jeder was anderes darunter versteht.“

„Oder verstehen will“, fügte Nürnberger hinzu, „wie es übrigens mit den meisten Schlagworten und nicht nur in der Politik der Fall ist. Darum wird ja auf Erden so viel geschwätzt.“

Heinrich erklärte, daß ihm unter allen menschlichen Geschöpfen der Politiker gewissermaßen die rätselhafteste Erscheinung bedeute. „Ich begreife Taschendiebe“, sagte er, „Akrobaten, Bankdirektoren, Hoteliers, Könige... das heißt, ohne besondere Mühe gelingt es mir, mich in die Seelen aller dieser Leute hineinzuversetzen. Daraus folgt offenbar, daß es nur gewisser quantitativer, wenn auch ungeheurer Veränderungen meines Wesens bedürfte, um mich zu befähigen, in der Welt eine Akrobaten-, eine Königs-, eine Bankdirektorsrolle zu spielen. Dagegen fühl ich untrüglich: ich könnte mein Wesen ins Ungemessene steigern, und es würde doch nie das aus mir, was man einen Politiker nennt: ein Parteiführer, ein Genosse, ein Minister.“

Nürnberger lächelte über die Auffassung Heinrichs, nach der der Politiker eine besondere Menschenart bedeuten sollte, während es doch nur zu den äußern, nicht einmal unumgänglichen Erfordernissen seines Berufes gehörte, sich als besondere Menschenart aufzuspielen, seine Größe oder seine Nichtigkeit, seine Taten oder seine Trägheit hinter Titeln, Abstrakten, Symbolen zu verstecken. Was die Unbeträchtlichen oder Schwindelhaften unter ihnen vorstellten, das lag ja auf der Hand: es waren einfach Geschäftsleute, oder Hochstapler, oder

Schönredner. Die Bedeutenden aber, die Tätigen, – die Genialen ganz gewiß, die waren in der Tiefe ihrer Seele nichts anderes als Künstler. Auch sie versuchten ein Werk zu schaffen und eines, das in der Idee geradeso Anspruch auf Unvergänglichkeit und Endgültigkeit erhob, wie irgendein anderes Kunstwerk. Nur, daß eben das Material, aus dem sie bildeten, kein starres, kein relativ bleibendes war, wie Töne oder Worte sind, sondern daß es nach lebendiger Menschen Art, sich ununterbrochen in Fluß und Bewegung befand.

Willy Eißler erschien, entschuldigte sich bei der Hausfrau, daß er sich verspätet hatte, nahm zwischen Sissy und Frau Oberberger Platz und grüßte seinen Vater wie einen lieben, alten Freund nach langer Trennung. Es stellte sich heraus, daß die beiden, trotzdem sie zusammen wohnten, sich seit mehreren Tagen nicht gesehen hatten. Willy erhielt Komplimente zu seinem Erfolg in der Aristokratenvorstellung, wo er mit der Gräfin Liebenberg-Rathony in einem französischen Proverbe einen Marquis gespielt hatte. Frau Oberberger fragte ihn, immerhin laut genug, daß es die Nächstsitzenden verstehen konnten, wo seine Rendezvous mit der Gräfin stattfänden und ob er sie im gleichen Absteigquartier empfinge wie seine bürgerlichen Flammen. Die Unterhaltung wurde lebhafter, Gespräche gingen hin und her und verschlangen sich da und dort. Georg aber fing abgerissene Worte auf, auch aus einer Unterhaltung zwischen Anna und Heinrich, in der von Therese Golowski die Rede war. Dabei sah er, wie Anna zuweilen einen neugierig dunkeln Blick zu Demeter Stanzides herüberwarf, der heute im Frack mit einer Gardenia im Knopfloch erschienen war; und ohne eigentliche Eifersucht zu verspüren, fühlte er sich sonderbar bewegt. Ob sie in diesem Augenblick wohl daran dachte, daß sie vielleicht ein Kind von ihm unter dem Herzen trug? „Die Untiefen…“ fiel ihm wieder ein. Plötzlich sah sie zu ihm herüber, mit einem Lächeln, als käme sie von einer Reise heim. Er war innerlich wie befreit und spürte mit einem leisen Schrecken, wie sehr er sie liebte. Dann führte er sein Glas an die Lippen und trank ihr zu. Else, die bisher mit ihrem andern Nachbar, Demeter, geplaudert hatte, wandte sich nun an Georg; in ihrer absichtlich beiläufigen Art mit einem Blick auf Anna bemerkte sie: „Hübsch sieht sie aus. So frauenhaft. Das hat sie übrigens immer an sich gehabt. Musizieren Sie noch mit ihr?“

„Manchmal“, entgegnete Georg kühl.

„Vielleicht bitt ich sie, vom neuen Jahr an wieder mit mir zu korrepetieren. Ich weiß nicht, wieso es bis jetzt nicht dazu gekommen ist.“

Georg schwieg.

„Und wie steht es denn eigentlich“ – sie wies mit einem Blick auf Heinrich – „mit Eurer Oper?“

„Mit unsrer Oper? Noch gar nichts steht's damit. Wer weiß, ob was draus wird.“

„Natürlich wird nichts draus werden.“

Georg lächelte. „Warum sind Sie denn heut gar so streng mit mir?“

„Ich ärgere mich halt über Sie.“

„Über mich? Warum denn...?“

„Daß Sie den Leuten immer wieder Anlaß geben, Sie als Dilettanten zu betrachten.“

Georg war ins Herz getroffen, verspürte sogar einen leisen Groll gegen Else, faßte sich aber rasch und erwiderte: „Ich bin ja vielleicht nichts anderes. Und wenn man kein Genie ist, so ist es schon besser, man ist ein ehrlicher Dilettant, als... als ein aufgeblasener Künstler.“

„Wer verlangt denn, daß Sie gleich das Größte leisten? Aber deswegen muß man sich doch nicht so gehen lassen, wie Sie's tun, innerlich und äußerlich.“

„Ich versteh Sie wirklich nicht, Else. Wie können Sie behaupten... Wissen Sie denn auch, daß ich im Herbst nach Deutschland gehe, als Kapellmeister?“

„Die Karriere wird daran scheitern, daß Sie nicht um zehn Uhr früh bei den Proben sein werden.“

In Georg wühlte es noch immer. „Wer hat mich denn übrigens einen Dilettanten genannt, wenn ich fragen darf?“

„Wer? Gott, es ist doch schon in der Zeitung gestanden.“

„Ach so“, sagte Georg beruhigt, denn er erinnerte sich jetzt, daß ein Kritiker ihn nach dem Konzert, in dem Fräulein Bellini seine Lieder gesungen, als „dilettierenden Aristokraten“ bezeichnet hatte. Georgs Freunde hatten damals erklärt, diese animose Besprechung habe ihren Grund darin, daß er dem betreffenden Herrn, der als sehr eitel bekannt war, keinen Besuch gemacht hätte.

So war es nun einmal! Immer waren äußere Gründe dran schuld, wenn die Leute einen ungünstig beurteilten. Auch die Gereiztheit Elsens heute, was war sie im Grunde anderes, als Eifersucht...

Die Tafel wurde aufgehoben. Man begab sich in den Salon. Georg trat zu Anna, die am Klavier lehnte und sagte leise zu ihr: „Schön siehst du aus."

Sie nickte befriedigt.

Dann fragte er weiter: „Hast du dich mit Heinrich gut unterhalten? Worüber habt ihr denn gesprochen? Über Therese? Nicht wahr?"

Sie antwortete nicht, und Georg merkte mit Befremden, wie ihr plötzlich die Augenlider zufielen, und sie zu wanken begann.

„Was... was haben Sie denn?" fragte er erschrocken.

Sie hörte ihn nicht und wäre niedergesunken, wenn er sie nicht rasch bei den Handgelenken gefaßt hätte. Frau Ehrenberg und Else waren im selben Augenblick bei ihr.

Haben sie uns beobachtet? dachte Georg.

Schon hatte Anna die Augen wieder offen, zwang sich zu einem Lächeln und flüsterte: „O es ist nichts, ich vertrage die Hitze manchmal so schlecht."

„Kommen Sie", sagte Frau Ehrenberg mütterlich, „vielleicht legen Sie sich einen Augenblick hin."

Anna schien verwirrt, erwiderte nichts, und die Damen des Hauses geleiteten sie ins Nebenzimmer.

Georg sah um sich. Den Gästen schien nichts aufgefallen zu sein. Der Kaffee wurde herumgereicht. Georg nahm eine Tasse und rührte zerstreut mit dem Löffel herum. Am Ende, dachte er, wird sie doch nicht im Bürgerlichen enden. Aber zugleich fühlte er sich innerlich so entfernt von ihr, als ginge ihn persönlich die Sache nichts an. Frau Oberberger stand neben ihm. „Also wie denken Sie eigentlich über platonische Liebe, Sie sind ja Fachmann?" Er erwiderte zerstreut, sie redete weiter, in ihrer Art; ohne sich zu kümmern, ob er zuhörte, ob er antwortete. Plötzlich war Else wieder da. Georg erkundigte sich nach Annas Befinden, teilnehmend und höflich.

„Eine schwere Erkrankung dürfte es wohl nicht sein", sagte Else und sah ihm fremd ins Gesicht.

Demeter Stanzides trat heran und bat sie zu singen. „Wollen Sie mich begleiten?“ wandte sie sich an Georg. Er verneigte sich und setzte sich ans Klavier.

„Also was denn?“ fragte Else.

„Was Sie wollen“, erwiderte Wilt, „nur nichts Modernes.“ Nach dem Souper liebte er es, wenigstens in künstlerischen Dingen, den Reaktionär zu spielen.

„Justament“, sagte Else und reichte Georg ein Heft. Sie sang „Das alte Bild“ von Hugo Wolf, mit ihrer kleinen, wohlgebildeten und etwas rührenden Stimme. Georg begleitete mit Geschmack, doch ziemlich zerstreut. Er war ein wenig ärgerlich über Anna, so sehr er sich dagegen wehrte. Im übrigen schien wirklich niemand den Vorfall bemerkt zu haben, als Frau Ehrenberg und Else. Ach, was lag am Ende daran... Wenn sie's auch alle wußten... Wen ging es an... Ja, wer kümmerte sich nur darum... Nun hören sie alle Else zu, dachte er weiter, und empfinden die Schönheit dieses Liedes. Sogar Frau Oberberger, die gar nicht musikalisch ist, vergißt auf einige Minuten, daß sie ein Weib ist, und hat ein stilles, geschlechtsloses Gesicht. Auch Heinrich hört gebannt zu, denkt in diesem Moment vielleicht nicht an seine Werke, nicht an das Los der Juden, nicht an die ferne Geliebte, und nicht einmal an die nahe, die kleine Blondine, der zuliebe er in der letzten Zeit geradezu elegant geworden ist. Wahrhaftig, der Frack sitzt ihm nicht übel, und die Krawatte ist keine von den fertig gekauften, wie er sie sonst trägt, sondern sorgsam geknüpft... Wer steht denn so nah hinter mir, dachte Georg weiter, daß ich den Atem über dem Haar spüre?... Sissy vielleicht...? Wenn morgen früh die Welt unterginge, Sissy wäre es, die ich mir für heute Nacht erwählte. Ja das ist sicher. Ah, da kommt Anna mit Frau Ehrenberg... Es scheint, ich bin der einzige, der es merkt, obwohl ich doch zugleich auf mein Spiel und auf Elses Gesang aufpassen muß. Ich grüße sie mit den Augen... Ja, ich grüße dich, Mutter meines Kindes... Wie sonderbar ist das Leben...

Das Lied war zu Ende. Man applaudierte, verlangte nach mehr. Georg begleitete Else zu einigen anderen Liedern, von Schumann, von Brahms, zum Schluß auf allgemeinen Wunsch zu zwei eigenen, die ihm persönlich zuwider geworden waren, seit irgendwer behauptet hatte, sie erinnerten an Mendelssohn. Während er begleitete, glaubte er jeden Zusammenhang mit Else zu verlieren und gab sich durch sein Spiel Mühe, sie wiederzugewinnen. Er spielte mit übertriebener Empfindung, er warb geradezu um sie und fühlte, daß es vergebens war. Zum erstenmal in seinem Leben war er unglücklich verliebt in sie. Der Beifall nach Georgs Liedern war stark.

„Das war Ihre beste Zeit“, sagte Else leise zu ihm, während sie die Noten weglegte. „So vor zwei, drei Jahren.“

Die andern sagten ihm Freundliches, ohne Epochen in seiner künstlerischen Entwicklung zu unterscheiden.

Nürnberger erklärte, durch die Lieder Georgs aufs angenehmste enttäuscht worden zu sein. „Ich will Ihnen nämlich nicht verhehlen“, bemerkte er, „daß ich sie mir nach den Ansichten, die ich manchmal von Ihnen vertreten höre, lieber Baron, beträchtlich unverständlicher vorgestellt hätte.“

„Wirklich charmant“, sagte Wilt. „Alles so melodiös, und einfach, ohne Affektion und Schwulst.“

Er ist es, dachte Georg grimmig, der mich einen Dilettanten geheißen hat.

Willy war herzugetreten. „Jetzt sagen S' nur noch Herr Hofrat, daß Sie sie nachpfeifen können, und wenn ich mich auf Physiognomien verstehe, so schickt Ihnen der Baron morgen früh zwei Herren.“

„O nein“, sagte Georg, sich auf sich besinnend und lächelte. „Die Lieder stammen glücklicherweise aus einer längst überwundenen Zeit. Ich fühle mich also durch keinerlei Tadel und keinerlei Lob verletzt.“

Ein Diener brachte Eis, die Gruppen lösten sich, und Anna stand mit Georg allein am Klavier. Er fragte sie rasch: „Was hat denn das zu bedeuten gehabt?“

„Ja ich weiß nicht“, erwiderte sie und sah ihn mit großen Augen an.

„Ist dir denn auch schon ganz wohl?“

„Aber vollkommen“, antwortete sie.

„Und ist dir das heute zum erstenmal passiert?“ fragte Georg etwas zögernd.

Sie erwiderte: „Gestern Abend zu Haus hab ich was ähnliches gehabt. So eine Art von Ohnmacht. Es hat sogar noch etwas länger gedauert. Während wir noch beim Nachtmahl gesessen sind. Es hat's aber niemand bemerkt.“

„Warum hast du mir denn gar nichts davon gesagt?“

Sie zuckte leicht die Achseln.

„Du Anna“, sagte er lebhaft und etwas schuldbewußt, „ich möcht dich jedenfalls noch sprechen. Gib mir ein Zeichen, wenn du fortgehen willst. Ich verschwind' ein paar Minuten vor dir und wart' am Schwarzenbergplatz, bis du im Wagen kommst. Dann steig ich zu dir ein, und wir fahren noch ein bißchen spazieren. Ist es dir recht?“

Sie nickte.

Er sagte: „Auf Wiedersehen, Schatz“ und begab sich ins Rauchzimmer. An einem grünen Tischchen hatten sich der alte Ehrenberg, Nürnberger und Wilt zum Tarockspiel niedergelassen. Auf zwei riesigen, grünen Lederfauteuils, nebeneinander, saßen der alte Eißler und sein Sohn und benützten die Gelegenheit, sich endlich einmal ordentlich miteinander auszuplaudern. Georg nahm eine Zigarre aus einem Kistchen, steckte sie sich an und betrachtete ohne besondere Anteilnahme die Bilder an der Wand. Auf einem grotesk gehaltenen Aquarell, das ein von rot befrackten Herren gerittenes Hürdenrennen vorstellte, sah er unten in der Ecke mit blaßroten Buchstaben auf die grüne Wiese gezeichnet Willys Namen. Unwillkürlich wandte er sich nach dem jungen Mann um und sagte: „Das hab ich noch gar nicht gekannt.“

„Es ist ziemlich neu“, bemerkte Willy beiläufig.

„Ein fesches Bild, was?“ sagte der alte Eißler.

„Ah, schon etwas mehr als das“, erwiderte Georg.

„Na, hoffentlich werde ich bald mit etwas Besserem aufwarten können“, sagte Willy.

„Er geht nach Afrika auf die Löwenjagd“, erläuterte der alte Eißler, „mit dem Fürsten Wangenheim.“

„So?“ sagte Georg, „Felician soll auch von der Partie sein. Aber er hat sich noch nicht entschlossen.“

„Warum denn?“ fragte Willy.

„Er will im Frühjahr seine Diplomatenprüfung machen.“

„Aber das kann er doch verschieben“, sagte Willy. „Die Löwen sind ja im Aussterben, was man von den Professoren leider nicht behaupten kann.“

„Ich pränumerier mich auf ein Bild, Willy“, rief Ehrenberg vom Kartentisch herüber.

„Seien Sie später Mäcen, Vater Ehrenberg", sagte Wilt, „ich hab einen Dreier angesagt."

„Einen Untern", replizierte Ehrenberg und fuhr fort: „Wenn ich mir was anschaffen darf, Willy, so malen Sie mir eine Wüstenlandschaft, in der der Fürst Wangenheim von den Löwen aufgefressen wird… aber womöglich nach der Natur."

„Sie irren sich in der Person, Herr Ehrenberg", sagte Willy. „Der berühmte Antisemit, den Sie meinen, ist der Cousin von meinem Wangenheim."

„Von mir aus", erwiderte Ehrenberg, „können sich die Löwen auch irren, es muß ja nicht jeder Antisemit berühmt sein."

„Sie werden die Partie verlieren, wenn Sie nicht aufpassen", mahnte Nürnberger.

„Sie hätten sich doch in Palästina ankaufen sollen", sagte Hofrat Witt.

„Gott soll mich davor behüten", erwiderte Ehrenberg.

„Nun, da er das bis jetzt in allen Dingen getan hat…", sagte Nürnberger und spielte sein Blatt aus.

„Mir scheint, Nürnberger, Sie werfen mir schon wieder vor, daß ich nicht mit alten Kleidern handeln geh."

„Dann hätten Sie wenigstens das Recht, sich über den Antisemitismus zu beklagen", sagte Nürnberger. „Denn wer spürt in Österreich etwas davon, als die Hausierer… leider Gottes nur die, könnte man sagen."

„Und einige Leute mit Ehrgefühl", entgegnete Ehrenberg. „Siebenundzwanzig… einunddreißig… achtunddreißig… nu, wer hat die Partie gewonnen?"

Willy hatte sich wieder in den Salon begeben, Georg saß rauchend auf der Lehne eines Fauteuils, sah plötzlich den Blick des alten Eißler auf sich gerichtet, in einer sonderbar wohlwollenden Weise, und fühlte sich an irgend etwas erinnert, ohne zu wissen woran.

„Neulich", sagte der alte Herr, „hab ich Ihren Bruder Felician flüchtig gesprochen, bei Schönsteins. Es ist frappant, wie er Ihrem seligen Papa ähnlich sieht. Besonders, wenn man Ihren Papa als ganz jungen Menschen gekannt hat, wie ich."

Jetzt wußte Georg mit einemmal, woran der Blick des alten Eißler ihn erinnerte: mit dem gleichen, väterlichen Ausdruck hatten des alten Doktor Stauber Augen bei Rosners auf ihm geruht. Diese alten Juden! dachte er spöttisch, aber in einem entlegenen Winkel seiner Seele war er ein wenig gerührt. Es fiel ihm ein, daß sein Vater mit Eißler, vor dessen Kunstverständnis er großen Respekt gehabt hatte, manchmal des Morgens im Prater spazierengegangen war.

Der alte Eißler sprach weiter: „Sie Georg, geraten wohl mehr Ihrer Mutter nach, denk ich mir."

„Es behaupten's manche. Selbst kann man das ja schwer beurteilen."

„Ihre Mutter soll eine so schöne Stimme gehabt haben."

„Ja, in ihrer frühen Jugend. Ich selbst habe sie ja nie wirklich singen gehört. Zuweilen hat sie's wohl versucht. Drei oder vier Jahre vor ihrem Tod, da hat ihr ein Arzt in Meran sogar den Rat gegeben, ihre Singstimme zu üben. Eine Lungengymnastik sollte es sein. – Aber es hat leider nicht viel Erfolg gehabt."

Der alte Eißler nickte und sah vor sich hin. „Daran werden Sie sich wahrscheinlich nicht mehr erinnern können, daß damals meine arme Frau mit Ihrer verstorbenen Mutter zugleich in Meran gewesen ist."

Georg suchte in seinem Gedächtnis. Es war ihm entfallen.

„Einmal", sagte der alte Eißler, „bin ich mit Ihrem Vater im selben Kupee hinuntergefahren. In der Nacht, wir haben beide nicht schlafen können, hat er mir sehr viel von euch zweien erzählt. Von Ihnen und Felician mein ich."

„So..."

„Zum Beispiel, daß Sie in Rom als Bub irgendeinem italienischen Virtuosen eine eigne Komposition vorgespielt haben, und daß er Ihnen eine große Zukunft prophezeit hat."

„Große Zukunft... ach Gott! Es war aber kein Virtuose, Herr Eißler, es war ein Geistlicher, bei dem ich dann übrigens Orgelspielen gelernt hab."

Eißler fuhr fort: „Und abends, wenn Ihre Mutter schon zu Bett gegangen war, haben Sie ihr manchmal stundenlang im Zimmer nebenan vorphantasiert."

Georg nickte und seufzte im stillen. Es war ihm, als hätte er zu jener Zeit viel mehr Talent gehabt als jetzt. Arbeiten, dachte er mit Inbrunst, arbeiten... Er blickte wieder auf. „Ja“, sagte er wie humoristisch, „das ist halt das Malheur, daß aus Wunderkindern so selten was wird.“

„Ich höre ja, Sie wollen Kapellmeister werden, Baron?“

„Ja“, erwiderte Georg mit Entschiedenheit. „Nächsten Herbst geh ich nach Deutschland, vielleicht zuerst als Korrepetitor an irgendein kleines Stadttheater, wie es sich eben trifft.“

„Aber gegen ein Hoftheater hätten Sie auch nichts einzuwenden?“

„Gewiß nicht. Aber wie kommen Sie darauf, Herr Eißler, wenn ich fragen darf?“

„Ich weiß ganz gut“, sagte Eißler lächelnd und ließ das Monokel fallen, „daß Sie auf meine Protektion nicht angewiesen sind, aber andererseits kann ich mir denken, daß es ihnen vielleicht nicht unsympathisch wäre, auf die Vermittlung von Agenten und andere Annehmlichkeiten dieser Art verzichten zu dürfen... ich meine nicht wegen der Perzente.“

Georg blieb kühl. „Wenn man einmal entschlossen ist eine Theaterkarriere einzuschlagen, so weiß man ja auch, was man alles mit in den Kauf zu nehmen hat.“

„Kennen Sie vielleicht den Grafen Malnitz?“ fragte Eißler, unbekümmert um Georgs Lebensweisheit.

„Malnitz? Meinen Sie den Grafen Eberhard Malnitz, von dem vor ein paar Jahren eine Suite aufgeführt worden ist?“

„Ja, den mein ich.“

„Persönlich kenn ich ihn nicht und was die Suite anbelangt...“

Durch eine Handbewegung gab Eißler den Komponisten Malnitz preis. „Seit Beginn dieser Saison“, sagte er dann „ist er Intendant in Detmold. Darum hab ich Sie gefragt, ob Sie ihn kennen. Ein guter, alter Freund von mir. Er hat früher in Wien gelebt. Seit zehn oder zwölf Jahren treffen wir uns jedes Jahr, in Karlsbad oder in Ischl. Heuer wollen wir um Ostern eine kleine Mittelmeerreise machen. Erlauben Sie mir, lieber Baron, bei dieser Gelegenheit Ihren Namen zu nennen und von Ihren kapellmeisterlichen Absichten ein Wort zu sagen?“

Georg zögerte zu antworten und lächelte höflich.

„O, fassen Sie meinen Vorschlag nicht als Zudringlichkeit auf, lieber Baron. Wenn Sie nicht wollen, halt ich natürlich das Maul.“

„Sie mißverstehen mein Schweigen“, entgegnete Georg liebenswürdig, doch nicht ohne Hochmut. „Aber ich weiß wirklich nicht – –“

„So ein kleines Hoftheater“, fuhr Eißler fort, „stell ich mir gerade für den Anfang als den richtigen Boden für Sie vor. Daß Sie von Adel sind, wird Ihnen gerade auch nicht schaden, sogar bei meinem Freunde Malnitz nicht, obwohl der gerne den Demokraten spielt, zuweilen sogar den Anarchisten... mit Nachsicht der Bomben selbstverständlich. Aber er ist ein charmanter Mensch und wirklich enorm musikalisch... wenn er nicht grad komponiert.“

„Nun“, erwiderte Georg etwas befangen, „wenn Sie die Güte haben wollen, mit ihm zu reden... man biete dem Glücke die Hand. Jedenfalls dank ich Ihnen sehr.“

„Keine Ursache. Ich garantiere ja nicht für den Erfolg. Es ist eben eine Chance unter andern.“

Frau Oberberger und Sissy traten ein, von Demeter Stanzides begleitet.

„Was haben wir da für ein interessantes Gespräch unterbrochen?“ fragte Frau Oberberger. „Der erfahrene Platoniker und der unerfahrene Wüstling! Da hätt man dabei sein sollen.“

„Beruhigen Sie sich, Katharina“, sagte Eißler, und seine Stimme hatte wieder ihren tremolierend tiefen Klang. „Man spricht zuweilen auch von anderen Dingen, als von der Zukunft des Menschengeschlechts.“

Sissy nahm eine Zigarette zwischen die Lippen, ließ sich von Georg Feuer geben und setzte sich in die Ecke des grünen Lederdiwans. „Sie kümmern sich ja heute gar nicht für mich“, begann sie mit dem englischen Akzent, den Georg so sehr an ihr liebte. „Als wenn man überhaupt gar nicht auf der Welt wäre. O, es ist so. Ich bin doch eine treuere Natur als Sie. Bin ich nicht?“

„Sie treu, Sissy...?“ Er schob einen Fauteuil ganz nahe zu ihr hin. Sie sprachen von dem vergangenen Sommer und von dem kommenden.

„Voriges Jahr“, sagte Sissy, „haben Sie mir Ihr Wort versprochen, daß Sie hinkommen werden, wo ich bin. Sie haben es nicht getan. Heuer aber müssen Sie Ihr Wort halten.“

„Gehn Sie wieder nach der Isle of Wight?“

„Nein, wir werden diesmal ins Gebirge gehen, nach Tirol oder ins Salzkammergut. Ich will Ihnen schon sagen. Werden Sie kommen?“

„Sie dürften jedenfalls wieder ein großes Gefolge haben?“

„Ich werde mich für keinen kümmern als für Sie, Georg.“

„Auch wenn Willy Eißler sich zufällig in Ihrer Nähe aufhalten sollte?“

„O“, sagte sie mit einem verworfenen Lächeln und drückte das Feuer ihrer Zigarette gewaltsam in der gläsernen Aschenschale aus.

Sie redeten weiter. Es war eines jener Gespräche, wie sie es in den letzten Jahren so oft geführt hatten. Scherzend und leicht fing es an und glühte am Ende von zärtlichen Lügen, die einen Augenblick lang Wahrheit waren. Georg war wieder einmal berückt von Sissy.

„Am liebsten möcht ich mit Ihnen eine Reise machen“, flüsterte er ganz nah bei ihr.

Sie nickte nur, ihr linker Arm lag auf der breiten Lehne des Diwans. „Wenn man könnte, wie man wollte“, sagte sie und hatte einen Blick, der von hundert Männern träumte.

Er beugte sich über ihren zitternden Arm, redete weiter und berauschte sich an seinen eigenen Worten. „Irgendwo, wo niemand uns kennt, wo man sich um keinen Menschen kümmern müßte, möchte ich mit Ihnen zusammen sein, Sissy. Viele Tage und Nächte.“

Sissy bebte. Das Wort Nächte jagte ihr Schauer durchs Blut.

Anna erschien in der Tür, gab Georg mit dem Blick ein Zeichen und verschwand gleich wieder. Er lehnte sich innerlich auf, und doch war es ihm ganz recht, daß er sich gerade jetzt von Sissy verabschieden durfte. In der Tür zum Salon begegnete er Heinrich, der ihn ansprach. „Wenn Sie gehen, sagen Sie mir's bitte, ich möchte gern noch mit Ihnen reden.“

„Mit Vergnügen. Aber ich muß... ich habe nämlich Fräulein Rosner versprochen, sie nach Hause zu begleiten. Dann komm ich gleich ins Kaffeehaus. Auf Wiedersehen also.“

Ein paar Minuten später stand er auf der Schwarzenbergbrücke. Der Himmel war voller Sterne, die Straßen lagen weiß und still. Georg schlug den Kragen auf, obwohl es gar nicht mehr kalt war und ging hin und her. Ob aus der Detmolder Geschichte was werden wird? dachte er. Nun, ist es nicht Detmold, so ist es irgendeine andre Stadt. Jedenfalls wird es nun ernst. Und vieles, vieles wird bis dahin hinter mir liegen. Er versuchte in Ruhe zu überlegen. Wie wird das alles nur werden? Nun haben wir Ende Dezember. Im März müßten wir fort – spätestens... Man wird uns für ein Ehepaar halten. Ich werde Arm in Arm mit ihr spazieren gehen, in Rom, am Posilipp, in Venedig... Es gibt Frauen, die sehr häßlich werden in diesem Zustand... Sie nicht, nein, sie nicht... Immer hatte sie so was Mütterliches in ihrem Aussehen... Im Sommer wird sie in irgendeiner stillen Gegend wohnen, wo niemand sie kennt... Im Thüringer Wald vielleicht, oder am Rhein... Wie sonderbar sie das heute sagte: das Haus, in dem das Kind zur Welt kommen wird, das existiert schon. Ja!... Irgendwo in der Ferne, oder vielleicht auch ganz nah steht dieses Haus – und Leute wohnen drin, die wir nie gesehen haben. Wie seltsam... Wann wird es zur Welt kommen? Im Spätsommer... Anfangs September ungefähr. In dieser Zeit werde ich am Ende schon fort sein müssen. Wie werd ich das nur machen?... Und heut ein Jahr ist das kleine Wesen schon vier Monate alt. Es wird aufwachsen... groß werden. Eines schönen Tags ist ein junger Mann da, mein Sohn. Oder ein junges Mädchen. Ein schönes Mädchen von siebzehn Jahren, meine Tochter... Dann bin ich vierundvierzig... Mit sechsundvierzig kann ich Großvater sein... Vielleicht auch Direktor einer Opernbühne und ein berühmter Komponist, trotz Elses Prophezeiungen. Aber dazu muß man arbeiten, das ist schon wahr. Mehr als ich es bisher getan habe. Else hat recht, ich laß mich zu sehr gehen. Das muß anders werden... Es wird auch. Ich fühle ja, wie es in mir sich regt. Ja – auch in mir regt es sich.

Von der Heugasse her kam ein Wagen, jemand beugte sich aus dem Fenster. Unter dem weißen Shawl erkannte Georg Annas Antlitz. Er war sehr froh, stieg zu ihr ein und küßte ihr die Hand. Sie plauderten vergnügt, spotteten ein wenig über die Gesellschaft, aus der sie eben kamen, und fanden es im Grunde lächerlich, einen Abend in so leerer Weise hinzubringen. Er hielt ihre Hände in den seinen und war ergriffen von ihrer Gegenwart. Vor ihrem Hause stieg er aus und klingelte, dann trat er zu dem offenen Wagenschlag, und sie verabredeten ein Wiedersehen für den nächsten Tag. „Ich glaube, wir haben manches zu besprechen", sagte Anna. Er nickte nur. Das Haustor wurde geöffnet, sie stieg aus dem Wagen, ließ einen innigen Blick auf Georg ruhen und verschwand im Flur.

Geliebte, dachte Georg mit einem Gefühl von Glück und Stolz. Das Leben lag vor ihm, als etwas ernst-geheimnisvolles, voll Aufgaben und Wundern.

Als er ins Kaffeehaus trat, saß Heinrich in einer Fensternische, neben ihm ein sehr junger, bartloser, grünlich blasser Mensch, den Georg schon einige Male flüchtig gesprochen hatte, in Smoking mit Samtkragen, aber mit einer Hemdbrust von zweifelhafter Reinheit. Als Georg herzutrat, sah der junge Mensch eben mit glühenden Augen von einem Heftchen auf, das er in unruhigen, nicht sehr gepflegten Händen hielt.

„O ich störe", sagte Georg.

„Durchaus nicht", erwiderte der junge Mann mit irrsinnigem Lachen. „Je mehr Publikum, je lieber."

„Herr Winternitz", erklärte Heinrich, während er Georg die Hand reichte, „liest mir eben einen Gedichtenzyklus vor. Wir werden's vielleicht für diesmal unterbrechen."

Georg, von dem enttäuschten Blick des jungen Mannes ein wenig gerührt, behauptete, daß er mit Vergnügen zuhören möchte, wenn es gestattet sei.

„Es dauert auch nicht mehr lange", erklärte Winternitz dankbar. „Nur schade, daß Sie den Anfang versäumt haben. Ich könnte..."

„Ja, ist es denn zusammenhängend?" fragte Heinrich erstaunt.

„Wie, das haben Sie nicht bemerkt?" rief Winternitz und lachte wieder irrsinnig.

„Ach so", sagte Heinrich, „das ist immer dieselbe Frauensperson, von der Ihre Gedichte handeln? Ich glaubte, es sei immer eine andere."

„Natürlich ist es immer dieselbe. Das ist ja das Charakteristische, daß sie immer wie eine neue Person wirkt."

Herr Winternitz las leise, aber eindringlich, wie innerlich verzehrt. Aus seinem Zyklus ergab sich, daß er geliebt worden war, wie nie ein Mensch vor ihm, aber auch betrogen wie noch keiner, was gewissermaßen metaphysischen Ursachen und keineswegs Mängeln seiner Persönlichkeit zuzuschreiben war. Im letzten Gedicht aber erwies er sich als völlig befreit von seiner Leidenschaft und erklärte sich bereit von nun an alle Freuden zu genießen, die die Welt ihm bieten mochte. Dieses Gedicht hatte vier Strophen, der letzte Vers jeder Strophe begann mit einem „Hei", und es schloß mit dem Ausruf: „Hei, so jag ich durch die Welt."

Georg mußte sich gestehen, daß ihm die Vorlesung einen gewissen Eindruck gemacht hatte, und als Winternitz das Heft vor sich hinlegend, mit übergroßen Augen um sich schaute, nickte Georg beifällig und sagte: „Sehr schön."

Winternitz sah erwartungsvoll auf Heinrich, der ein paar Sekunden schwieg und endlich bemerkte: „Es ist im ganzen sehr interessant... aber warum sagen Sie „hei“, wenn ich fragen darf? Es glaubt's Ihnen ja doch niemand.“

„Wieso?“ rief Winternitz.

„Fragen Sie sich doch nur selber aufs Gewissen, ob dieses „hei“ ehrlich empfunden ist. Alles übrige, was Sie mir da vorgelesen haben, glaub ich Ihnen. Das heißt, ich glaub es Ihnen in höherm Sinn, obzwar kein Wort davon wahr ist. Ich glaube Ihnen, daß Sie ein fünfzehnjähriges Mädchen verführen, daß Sie sich benehmen wie ein ausgepichter Don Juan, daß Sie das arme Geschöpf in der furchtbarsten Weise verderben, daß es Sie mit einem,... was war er nur...“

„Ein Clown natürlich“, rief Winternitz mit wahnwitzigem Lachen.

„Daß es Sie mit einem Clown betrügt, daß Sie durch dieses Geschöpf in immer dunklere Abenteuer geraten, daß Sie die Geliebte, ja sich selber umbringen wollen, daß Ihnen die Geschichte schließlich egal wird, daß Sie durch die Welt reisen, oder sogar jagen, meinetwegen bis Australien, ja, das alles glaub ich Ihnen, aber daß Sie der Mensch sind „hei“ zu rufen, das, lieber Winternitz, das ist einfach ein Schwindel.“

Winternitz verteidigte sich. Er beschwor, daß dieses „hei“ aus seinem innersten Wesen hervorgegangen wäre, zum mindesten aus einem gewissen Element seines innersten Wesens. Auf weitere Einwände Heinrichs zog er sich allmählich zurück und erklärte endlich, daß er sich irgendeinmal bis zu jener innern Freiheit durchzuringen hoffe, die ihm gestatten würde „hei“ zu rufen.

„Niemals wird diese Zeit kommen“, entgegnete Heinrich bestimmt. „Sie werden vielleicht einmal bis zum epischen oder dramatischen „hei“ kommen, das lyrisch subjektive „hei“ bleibt Ihnen, bleibt unsereinem, mein lieber Winternitz, doch bis in alle Ewigkeit versagt.“

Winternitz versprach das letzte Gedicht zu ändern, sich überhaupt weiter zu entwickeln und an seiner innern Reinigung zu arbeiten. Er stand auf, wobei seine gestärkte Hemdbrust knackte und ein Knopf aufsprang, reichte Heinrich und Georg eine etwas feuchte Hand und begab sich in den Hintergrund an den Tisch der Literaten. Georg äußerte sich vorsichtig anerkennend zu Heinrich über die Gedichte, die er gehört hatte.

„Er ist mir noch der liebste von der ganzen Gesellschaft, persönlich wenigstens“, sagte Heinrich. „Er weiß doch wenigstens innerlich eine gewisse

Distanz zu wahren. Ja. Sie brauchen mich nicht gleich wieder anzusehen, als wenn Sie mich auf einem Anfall von Größenwahn ertappten. Aber ich kann Sie versichern, Georg, von der Sorte Leute", er streifte den Tisch drüben mit einem flüchtigen Blick, „denen immer ein „ä soi" auf den Lippen schwebt, hab ich nachgerade genug."

„Was schwebt ihnen auf den Lippen?"

Heinrich lachte. „Sie kennen doch die Geschichte von dem polnischen Juden, der mit einem Unbekannten im Eisenbahnkupee sitzt, sehr manierlich – bis er durch irgendeine Bemerkung des andern darauf kommt, daß der auch ein Jude ist, worauf er sofort mit einem erlösten „ä soi" die Beine auf den Sitz gegenüber ausstreckt."

„Sehr gut", sagte Georg.

„Mehr als das", ergänzte Heinrich streng. „Tief. Tief wie so viele jüdische Anekdoten. Sie schließt einen Blick auf in die Tragikomödie des heutigen Judentums. Sie drückt die ewige Wahrheit aus, daß ein Jude vor dem andern nie wirklichen Respekt hat. Nie. So wenig als Gefangene in Feindesland voreinander wirklichen Respekt haben, besonders hoffnungslose. Neid, Haß, ja manchmal Bewunderung, am Ende sogar Liebe kann zwischen ihnen existieren, Respekt niemals. Denn alle Gefühlsbeziehungen spielen sich in einer Atmosphäre von Intimität ab, sozusagen, in der der Respekt ersticken muß."

„Wissen Sie, was ich finde?" bemerkte Georg, „daß Sie ein ärgerer Antisemit sind, als die meisten Christen, die ich kenne."

„Glauben Sie?" Er lachte: „Ein richtiger wohl nicht. Ein richtiger ist ja nur der, der sich im Grunde über die guten Eigenschaften der Juden ärgert und alles dazu tut, um ihre schlechten weiter zu entwickeln. Aber in gewissem Sinne haben Sie schon recht. Ich gestatte mir ja schließlich auch Antiarier zu sein. Jede Rasse als solche ist natürlich widerwärtig. Nur der einzelne vermag es zuweilen, durch persönliche Vorzüge mit den Widerlichkeiten seiner Rasse zu versöhnen. Aber daß ich den Fehlern der Juden gegenüber besonders empfindlich bin, das will ich gar nicht leugnen. Wahrscheinlich liegt es nur daran, daß ich, wir alle, auch wir Juden mein ich, zu dieser Empfindlichkeit systematisch herangezogen worden sind. Von Jugend auf werden wir darauf hingehetzt gerade jüdische Eigenschaften als besonders lächerlich oder widerwärtig zu empfinden, was hinsichtlich der ebenso lächerlichen und widerwärtigen Eigenheiten der andern eben nicht der Fall ist. Ich will es gar nicht verhehlen, – wenn sich ein Jude in meiner Gegenwart ungezogen oder lächerlich benimmt, befällt mich manchmal ein so peinliches Gefühl, daß ich vergehen möchte, in die Erde sinken. Es ist wie eine Art von Schamgefühl, das vielleicht irgendwie mit dem Schamgefühl eines Bruders verwandt ist, vor dem sich seine Schwester entkleidet. Vielleicht ist das Ganze auch nur Egoismus. Es erbittert einen eben, daß man immer wieder für die Fehler von andern mit verantwortlich gemacht wird, daß man für jedes Verbrechen, für jede Geschmacklosigkeit, für jede Unvorsichtigkeit, die sich irgendein Jude auf der Welt zuschulden kommen läßt, mitzubüßen hat. Da wird man dann natürlich leicht ungerecht. Aber das sind Nervositäten, Empfindlichkeiten, weiter nichts. Da besinnt man sich auch wieder. Das kann man doch nicht Antisemitismus nennen. Aber es gibt schon Juden, die ich wirklich hasse, als Juden hasse. Das sind die, die vor andern und manchmal auch vor sich selber tun, als wenn sie nicht dazu gehörten. Die sich in wohlfeiler und kriecherischer Weise bei ihren Feinden und Verächtern anzubieten suchen und sich auf diese Art von dem ewigen Fluch loszukaufen glauben, der auf ihnen lastet, oder von dem, was sie eben als Fluch empfinden. Das sind übrigens beinahe immer solche Juden, die im Gefühl ihrer eigenen höchst persönlichen Schäbigkeit herumgehen und dafür unbewußt oder bewußt ihre Rasse verantwortlich machen möchten. Natürlich hilfts ihnen nicht das geringste. Was hat den Juden überhaupt jemals geholfen. Den guten und den schlimmen. Ich meine natürlich", setzte er hastig hinzu, „denen, die so irgend etwas wie eine äußerliche oder innerliche Hilfe brauchen." Und in einem absichtlich leichten Tone brach er ab. „Ja mein lieber Georg, die Angelegenheit ist etwas kompliziert, und es ist ganz natürlich, daß allen denen, die nicht direkt mit der Frage zu schaffen haben, das richtige Verständnis für sie abgeht."

„Na das darf man doch nicht so..."

Heinrich unterbrach ihn gleich. „Man darf schon, lieber Georg. Es ist nun einmal so. Ihr versteht uns nämlich nicht. Manche haben vielleicht eine Ahnung. Aber verstehen!? Nein. Wir verstehen euch jedenfalls viel besser, als ihr uns. Wenn Sie auch den Kopf schütteln! Es ist ja nicht unser Verdienst. Wir haben es nämlich notwendiger gehabt, euch verstehen zu lernen, als ihr uns. Diese Gabe des Verstehens hat sich ja im Lauf der Zeit bei uns entwickeln müssen... nach den Gesetzen des Daseinskampfes, wenn Sie wollen. Denn sehen Sie, um sich unter Fremden, oder wie ich schon früher sagte, in Feindesland zurechtzufinden, um gegen alle Gefahren, Tücken gerüstet zu sein, die da lauern, dazu gehört natürlich vor allem, daß man seine Feinde so gut kennen lernt als möglich – ihre Tugenden und ihre Schwächen."

„Also unter Feinden leben Sie? Unter Fremden? Dem Leo Golowski gegenüber wollten Sie das nicht zugestehen. Ich bin übrigens auch nicht seiner Ansicht, durchaus nicht. Aber was ist das für ein sonderbarer Widerspruch, daß Sie heute..."

Ganz gequält unterbrach ihn Heinrich. „Ich sagte Ihnen ja schon, die Sache ist viel zu kompliziert, um überhaupt erledigt zu werden. Sogar innerlich ist es nahezu unmöglich. Und nun gar in Worten! Ja manchmal möchte man glauben, daß es gar nicht so arg steht. Manchmal ist man ja wirklich daheim, trotz allem, fühlt sich hier so zu Hause, – ja geradezu heimatlicher, als irgendeiner von den sogenannten Eingeborenen sich fühlen kann. Es ist offenbar so, daß durch das Bewußtsein des Verstehens das Gefühl der Fremdheit in gewissem Sinn wieder aufgehoben wird. Ja, es wird gleichsam durchtränkt von Stolz, Herablassung, Zärtlichkeit, löst sich auf, – allerdings auch zuweilen in Sentimentalität, was ja wieder eine schlimme Sache ist." Er saß da, mit tiefen Falten in der Stirn und sah vor sich hin.

Versteht er mich wirklich besser, dachte Georg, als ich ihn? Oder ist es wieder nur Größenwahn –?

Heinrich fuhr plötzlich auf, wie aus einem Traum. Er sah auf die Uhr. „Halb drei! Und morgen früh um acht geht mein Zug."

„Wie, Sie reisen fort?"

„Ja. Darum wollt ich Sie auch noch so gern sprechen. Ich werd' Ihnen leider auf längere Zeit adieu sagen müssen. Ich fahre nach Prag. Ich bringe meinen Vater aus der Anstalt nach Hause, in seine Heimat."

„Es geht ihm also besser?"

„Nein. Er ist nur in dem Stadium, wo er für die Umgebung ungefährlich geworden ist... Ja, das ist auch recht rasch gekommen."

„Und wann ungefähr denken Sie wieder zurück zu sein?"

Heinrich zuckte die Achseln. „Das läßt sich heute noch nicht sagen. Aber wie immer sich die Sache weiterentwickelt, keineswegs kann ich Mutter und Schwester jetzt allein lassen."

Georg verspürte ein wirkliches Bedauern, Heinrichs Gesellschaft in der nächsten Zeit entbehren zu sollen. „Es wäre möglich, daß Sie mich in Wien nicht mehr antreffen, wenn Sie zurückkommen. Ich werde in diesem Frühjahr nämlich wahrscheinlich auch fortfahren." Und er fühlte beinahe Lust, sich Heinrich anzuvertrauen.

„Sie reisen wohl in den Süden?" fragte Heinrich.

„Ja ich denke. Einmal noch meine Freiheit genießen. Ein paar Monate lang. Im nächsten Herbst fängt nämlich der Ernst des Lebens an. Ich sehe mich um eine Stellung in Deutschland um, an irgendeinem Theater."

„Also wirklich?"

Der Kellner war an den Tisch gekommen, sie zahlten und gingen. An der Tür trafen sie mit Rapp und Gleißner zusammen. Ein paar Worte der Begrüßung wurden gewechselt.

„Was treiben Sie immer, Herr Rapp?" fragte Georg verbindlich.

Rapp wischte seinen Zwicker ab. „Immer mein altes, trauriges Handwerk. Ich bin beschäftigt, die Nichtigkeit von Nichtigkeiten nachzuweisen."

„Du könntest dir ja Abwechslung verschaffen, Rapp", sagte Heinrich. „Versuch einmal dein Glück und preise die Herrlichkeit der Herrlichkeiten."

„Wozu?" sagte Rapp und setzte den Zwicker auf. „Die beweist sich selbst im Laufe der Zeit. Aber die Stümperei erlebt meist nur ihr Glück und ihren Ruhm, und wenn ihr die Welt endlich auf den Schwindel kommt, hat sie sich längst in ihr Grab oder... in ihre vermeintliche Unsterblichkeit geflüchtet."

Sie standen auf der Straße und schlugen alle die Rockkragen auf, da es wieder heftig zu schneien begonnen hatte. Gleißner, der vor ein paar Wochen seinen ersten, großen Theatererfolg erlebt hatte, erzählte geschwind, daß auch die heutige siebente Vorstellung seines Werkes ausverkauft gewesen war. Rapp knüpfte daran hämische Bemerkungen über die Dummheit des Publikums. Gleißner erwiderte mit Späßen über die Machtlosigkeit der Kritik gegenüber dem wahren Genie; – und so spazierten sie davon, mit aufgestellten Kragen, durch den Schnee, ganz eingehüllt in den dampfenden Haß ihrer alten Freundschaft.

„Dieser Rapp hat kein Glück", sagte Heinrich zu Georg. „Bei allen seinen Freunden, denen er vor zehn Jahren Erfolg prophezeit hat, trifft es nun wirklich ein. Er wird es auch Gleißner nicht verzeihen, daß der ihn nicht enttäuscht hat."

„Halten Sie ihn für so neidisch?"

„Das kann man nicht einmal sagen. So einfach liegen ja die Dinge selten, daß sie mit einem Wort abzutun wären. Aber bedenken Sie doch nur, was das für ein Los ist, in dem Glauben herumzugehen, daß man das tiefste Wissen von der Welt so gut in sich trägt wie Shakespeare und dabei zu fühlen, daß man nicht einmal so viel davon auszusprechen imstande ist, als beispielsweise Herr Gleißner, obwohl man vielleicht gerade so viel wert ist – oder mehr."

Sie gingen eine Zeitlang schweigend nebeneinander her. Die Bäume auf dem Ring standen starr mit weißen Ästen. Vom Rathausturm schlug es drei. Sie überschritten die menschenleere Straße und nahmen den Weg durch den stillen Park. Rings schimmerte es fast hell vom unablässig sinkenden Schnee.

„Das neueste hab ich Ihnen übrigens noch nicht erzählt", begann Heinrich endlich, vor sich hinschauend und in trockenem Ton.

„Was denn?"

„Daß ich nämlich anonyme Briefe bekomme, seit einiger Zeit."

„Anonyme Briefe? Welchen Inhalts?"

„Nun, Sie können sich's wohl denken."

„Ach so." Es war Georg klar, daß es sich nur um die Schauspielerin handeln konnte. Aus der fremden Stadt, wo Heinrich die Geliebte in einem neuen Stück die Rolle eines verdorbenen Geschöpfes mit einer ihm unerträglichen Naturwahrheit hatte spielen gesehen, war er in bittereren Qualen zurückgekehrt, als je. Georg wußte, daß seither Briefe voll Zärtlichkeit und Hohn, voll Groll und Verzeihung, peinvoll zerrüttete und mühsam beruhigte, zwischen ihnen hin und her gingen.

„Seit acht Tagen etwa", erzählte Heinrich, „kommen diese angenehmen Sendungen regelmäßig jeden Morgen. Nicht sehr angenehm, ich versichere Sie!"

„Ach Gott, was liegt Ihnen denn dran. Sie wissen ja selbst, in anonymen Briefen steht nie die Wahrheit."

„Im Gegenteil, lieber Georg, immer."

„Aber!“

„Die höhere Wahrheit gewissermaßen enthalten solche Briefe. Die große Wahrheit der Möglichkeiten. Die Menschen haben im allgemeinen nicht genug Phantasie, um aus dem Nichts zu schaffen.“

„Das wäre eine schöne Auffassung! Wo käme man denn da hin? Da machen Sie den Verleumdern aller Art die Sache doch etwas zu bequem.“

„Warum sagen Sie Verleumder? Ich halte es für sehr unwahrscheinlich, daß in den anonymen Briefen, die ich erhalte, Verleumdungen enthalten sind. Vielleicht Übertreibungen, Ausschmückungen, Ungenauigkeiten...“

„Lügen...“

„Nein, es werden wohl nicht Lügen sein. Einige wohl. Aber wie soll man Wahrheit und Lüge auseinanderhalten in solch einem Fall?“

„Dafür gibt es doch ein höchst einfaches Mittel. Fahren Sie hin.“

„Ich soll hinfahren?“

„Natürlich sollten Sie das. An Ort und Stelle müßten Sie doch der Wahrheit sofort auf den Grund kommen.“

„Es wäre immerhin möglich.“

Sie wanderten unter Bogengängen, auf feuchtem Stein. Ihre Stimmen und Schritte hallten. Georg begann von neuem. „Statt solche jedenfalls enervante Unannehmlichkeiten weiter durchzumachen, würd ich mich doch persönlich zu überzeugen suchen, wie die Dinge stehen.“

„Ja, das richtigste wäre es wohl.“

„Nun, warum tun Sie es also nicht?“

Heinrich blieb stehen, und mit zusammengepreßten Zähnen stieß er hervor: „Sagen Sie, lieber Georg, sollten Sie wirklich noch nicht bemerkt haben, daß ich feig bin?“

„Ach das nennt man doch nicht feig.“

„Nennen Sie's, wie Sie wollen. Worte stimmen ja nie ganz – je präziser sie sich gebärden, umso weniger. Ich weiß, wie ich bin. Nicht um die Welt fahr ich hin. Lächerlich auch noch? Nein, nein, nein...“

„Also was werden Sie tun?“

Heinrich zuckte die Achseln, als ginge ihn die Sache doch eigentlich nichts an.

Etwas geärgert, fragte Georg wieder: „Wenn Sie mir eine Bemerkung erlauben, was sagt denn die... Hauptbeteiligte?“

„Die Hauptbeteiligte, wie Sie sie mit infernalischem, aber unbewußtem Witz nennen, weiß vorläufig nichts davon, daß ich anonyme Briefe bekomme.“

„Haben Sie die Korrespondenz mit ihr abgebrochen?“

„Was fällt Ihnen ein? Wir schreiben uns täglich, nach wie vor; sie mir die zärtlichsten und verlogensten Briefe, ich ihr die gemeinsten, die Sie sich vorstellen können, – unaufrichtig, hinterhältig, marternd bis aufs Blut.“

„Hören Sie, Heinrich, Sie sind wahrhaftig kein sehr edler Charakter.“

Heinrich lachte laut auf. „Nein, edel bin ich nicht, dazu bin ich offenbar nicht auf die Welt gekommen.“

„Und wenn man bedenkt, daß es am Ende lauter Verleumdungen sind!“ Georg, für seinen Teil, zweifelte natürlich nicht, daß die anonymen Briefe die Wahrheit enthielten. Trotzdem wünschte er ehrlich, daß Heinrich an Ort und Stelle reiste, sich selbst überzeugte, irgend etwas unternähme, jemanden ohrfeigte oder niederschösse. Er stellte sich Felician in einem ähnlichen Falle vor, oder Stanzides, oder Willy Eißler. Alle hätten sich besser benommen, oder wenigstens anders, und gewiß in einer ihm sympathischern Art. Plötzlich fuhr ihm die Frage durch den Kopf, was er wohl täte, wenn Anna ihn hinterginge. Anna, ihn?!... War das überhaupt möglich? Er dachte an den Blick von heut Abend, den neugierig dunkeln, den sie hinüber zu Demeter Stanzides gesandt hatte. Nein, der bedeutete nichts, das war gewiß. Und die alten Geschichten mit Leo und dem Gesangsmeister? Die waren harmlos, kindisch beinah. Aber etwas anderes, vielleicht bedeutungsvolleres, fiel ihm ein. Einer seltsamen Frage erinnerte er sich, die sie an ihn gestellt, als sie sich neulich in seiner Gesellschaft verspätet und mit einer Ausrede hatte nach Hause eilen müssen. Ob er nicht fürchte, hatte sie gefragt, es einmal bereuen zu müssen, daß er sie zur Lügnerin machte? Halb wie ein Vorwurf, halb wie eine Warnung hatte es geklungen. Und wenn sie selbst ihrer so wenig sicher schien, durfte er ihr ohne weiteres vertrauen? Liebte er sie nicht auch – und betrog er sie nicht trotzdem, oder war in jedem Augenblick bereit dazu, was am Ende dasselbe bedeutete? Vor einer Stunde im Wagen, als er sie in den Armen hielt und küßte, hatte sie gewiß nicht geahnt, daß er einen andern Gedanken hatte als sie. Und doch, in irgendeinem Augenblick, seine

Lippen auf den ihren, hatte er sich nach Sissy gesehnt. Warum sollte es nicht geschehen können, daß Anna ihn betrog?.... Am Ende schon geschehen sein... ohne daß er es ahnte?.. Aber all diese Einfälle waren gleichsam ohne Schwere. Wie phantastische, beinahe amüsante Möglichkeiten schwebten sie durch den Sinn. Er stand mit Heinrich vor dem geschlossenen Haustor in der Florianigasse und reichte ihm die Hand. „Also leben Sie wohl", sagte er, „wenn wir uns wiedersehen, sind Sie hoffentlich von Ihren Zweifeln geheilt."

„Wäre das ein besonderer Gewinn?" fragte Heinrich. „Kann man sich denn in Liebessachen mit Gewißheiten beruhigen? Höchstens mit schlimmen, denn die sind für die Dauer. Aber eine gute Gewißheit ist bestenfalls ein Rausch... Nun grüß Sie Gott. Im Mai sehen wir uns hoffentlich wieder. Da komm ich, was immer geschehen sein mag, auf einige Zeit her, und da können wir auch über unsere famose Oper weiterreden."

„Ja, wenn ich im Mai schon wieder in Wien bin. Es könnte sein, daß ich erst im Herbst zurückkomme."

„Und dann gleich wieder fort in Ihren neuen Beruf?"

„Es wäre nicht unmöglich, daß es sich so fügt." Und er sah Heinrich ins Auge mit einer Art von kindlich-trotzigem Lächeln: Ich sag dir's ja doch nicht!

Heinrich schien befremdet. „Hören Sie, Georg, da stehen wir ja vielleicht zum letztenmal zusammen vor diesem Tor. O, ich bin fern davon, mich in Ihr Vertrauen einzudrängen. Es wird wohl bei diesem etwas einseitigen Verhältnis zwischen uns bleiben müssen. Na – tut nichts."

Georg sah vor sich hin.

„Der Himmel beschütze Sie", sagte Heinrich, als das Tor sich auftat. „Und lassen Sie gelegentlich von sich hören."

„Gewiß", erwiderte Georg und sah plötzlich Heinrichs Augen mit einem unerwarteten Ausdruck von Innigkeit auf sich ruhen. „Gewiß... und Sie müssen mir auch schreiben. Jedenfalls geben Sie mir Nachricht, wie es bei Ihnen zu Hause steht und was Sie arbeiten. Überhaupt", setzte er herzlich hinzu, „wir müssen in ununterbrochener Verbindung bleiben."

Der Hausmeister stand da, mit gesträubtem Haar, verschlafenem und bösem Blick, in einem grünlich-braunen Schlafrock, mit Schlapfen an den nackten Füßen.

Heinrich reichte Georg ein letztes Mal die Hand. „Auf Wiedersehen, lieber Freund", sagte er. Und dann, leiser, auf den Torwächter deutend: „Ich kann ihn nicht länger warten lassen. Wie er mich in dieser Sekunde bei sich nennt, können Sie von seiner edeln, unverfälscht einheimischen Physiognomie ohne besondere Schwierigkeiten ablesen. Adieu."

Georg mußte lachen. Heinrich verschwand, das Tor schmetterte zu.

Georg empfand keine Spur von Schläfrigkeit und entschloß sich, zu Fuß heimwärts zu wandern. Er war in erregter, gehobener Stimmung. Den Tagen, die nun kommen sollten, sah er mit eigentümlicher Spannung entgegen. Er dachte an das morgige Wiedersehen mit Anna, an Besprechungen, die in Aussicht waren, an die Abreise, an das Haus, das schon irgendwo in der Welt stand, und das ihm in seiner Vorstellung jetzt ungefähr erschien, wie ein Haus aus einer Spielereischachtel, licht, grün, mit einem knallroten Dach und einem schwarzen Rauchfang. Und wie ein Bild, von einer Laterna magica an einen weißen Vorhang geworfen, erschien ihm seine eigene Gestalt: er sah sich auf einem Balkon sitzen, in beglückter Einsamkeit, vor einem mit Notenblättern überdeckten Tisch; Äste wiegten sich vor den Gitterstäben; ein heller Himmel ruhte über ihm, und tief unten zu seinen Füßen, in traumhaft übertriebenem Blau, lag das Meer.

Fünftes Kapitel

Georg öffnete ganz leise die Türe zu Annas Zimmer. Sie lag noch schlafend im Bette und atmete tief und ruhig. Er begab sich aus dem leicht verdunkelten Raum wieder in sein Zimmer zurück und schloß die Türe. Dann trat er ans geöffnete Fenster und schaute hinaus. Über dem Wasser schwebte sonnenschimmernder Nebel. Die Berge drüben, mit reingezogenen Linien, schwammen in Himmelsglanz, und über den Gärten und Häusern von Lugano flimmerte das hellste Blau. Georg war wieder ganz beseligt, diese Junimorgenluft einzuatmen, die vom See die feuchte Frische und von den Platanen, Magnolien und Rosen im Hotelpark den Duft zu ihm emportrug; diese Landschaft anzuschauen, deren Frühlingsfriede ihn nun seit drei Wochen jeden Morgen wie ein neues Glück begrüßte. Rasch trank er seinen Tee aus, lief die Treppe so schnell und erwartungsvoll hinab, wie er einst als Knabe zum Spiel geeilt war, und im grauen Dufte der Frühschatten schlug er den gewohnten Weg längs des Ufers ein. Hier gedachte er seiner einsamen Morgenspaziergänge in Palermo und

Taormina im vergangenen Frühjahr, die er oft auf viele Stunden ausgedehnt hatte, da Grace gern bis Mittag mit offenen Augen im Bett lag. Fast umdüstert erschien ihm in der Erinnerung jene Zeit seines Lebens, über der ein naher Abschied, wenn auch manchmal herbeigewünscht, doch wie eine trübe Wolke gelastet hatte. Diesmal schien ihm alles Schmerzliche in weiter Ferne zu liegen, und jedenfalls war es in seiner Macht, ein Ende, wenn es nicht vom Schicksal selber kam, so weit hinauszuschieben, als er wollte.

Anfang März war er mit Anna aus Wien abgereist, da ihr Zustand kaum länger zu verbergen war. Doch schon im Januar hatte sich Georg entschlossen, mit ihrer Mutter zu sprechen. Er hatte sich einigermaßen vorbereitet, und so vermochte er seine Mitteilungen in ruhigen und wohlgesetzten Worten vorzubringen. Die Mutter hörte still zu, und ihre Augen wurden groß und feucht. Anna saß auf dem Diwan mit befangenem Lächeln und betrachtete Georg, während er sprach, mit einer Art von Neugier. Der Plan für die folgenden Monate war entworfen. Bis zum Frühsommer wollte Georg sich mit Anna im Auslande aufhalten, dann sollte in der Umgebung von Wien ein Landhaus gemietet werden, so daß in der schwersten Zeit die Mutter nicht fern wäre und das Kind ohne Schwierigkeiten in der Nähe der Stadt in Pflege gegeben werden konnte. Auch eine Erklärung von Annas Abreise und Fernbleiben für unberufene Neugierige war ausgedacht. Da ihre Stimme sich in der letzten Zeit bedeutend gebessert hätte – was beinahe der Wahrheit entsprach – wäre sie zu einer berühmten Gesangslehrerin nach Dresden gereist, um ihre Ausbildung zu vollenden. Frau Rosner nickte manchmal, als stimmte sie allem zu. Aber die Züge ihres Antlitzes wurden immer trauriger. Nicht so sehr das, was sie erfahren hatte, drückte auf sie, als vielmehr die Vorstellung, daß sie es so wehrlos über sich ergehen lassen mußte, eine arme Mutter, in kleinbürgerlichen Verhältnissen, die dem vornehmen Verführer machtlos gegenübersaß. Georg, der dies mit Bedauern merkte, suchte einen immer leichteren und liebenswürdigeren Ton. Er rückte näher zu der guten Frau hin, er nahm ihre Hand und behielt sie sekundenlang in der seinen. Anna hatte sich an dem ganzen Gespräch kaum mit einem Worte beteiligt. Als aber Georg sich zum Fortgehen anschickte, erhob sie sich, und zum erstenmal vor der Mutter, als hätte sie nun ihre Verlobung mit ihm gefeiert, bot sie ihm die Lippen zum Kusse. In gehobener Stimmung ging Georg die Treppen hinunter, wie wenn nun eigentlich das schlimmste überstanden wäre. Öfter als früher verbrachte er nun ganze Stunden bei Rosners, mit Anna musizierend, deren Stimme in dieser Zeit merklich an Fülle und Kraft gewann. Das Benehmen der Mutter Georg gegenüber wurde freundlicher, ja, manchmal schien es ihm, als müßte sie sich gegen eine wachsende Sympathie für ihn geradezu wehren. Und es gab einen Abend im Kreise der Familie, an dem Georg zum Nachtmahl blieb, nachher, die Zigarre im Munde, den Anwesenden aus den Meistersingern und Lohengrin vorphantasierte, sich, ganz besonders von seiten Josefs, lebhaften Beifalls erfreuen durfte, und beim Nachhausegehen fast erschrocken merkte, daß er sich so behaglich gefühlt hatte wie in einem neu gewonnenen Heim.

Ein paar Tage später, als er mit Felician beim schwarzen Kaffee saß, brachte ihm der Diener eine Karte, bei deren Empfang er eine leichte Röte aufsteigen fühlte. Felician tat, als hätte er des Bruders Verlegenheit nicht bemerkt, sagte ihm adieu und verließ das Zimmer. In der Tür begegnete er dem alten Rosner, neigte leicht den Kopf zum Gegengruß und sah vorüber. Georg forderte Herrn Rosner, der im Winterrock mit Hut und Regenschirm eingetreten war, zum Sitzen auf und bot ihm eine Zigarre an. Der alte Rosner sagte: „Ich habe eben geraucht", was Georg irgendwie beruhigte, und nahm Platz, während Georg an den Tisch gelehnt stehen blieb. Dann begann der Alte mit gewohnter Langsamkeit: „Herr Baron werden sich wahrscheinlich denken können, weshalb ich so frei bin zu stören. Ich wollte eigentlich schon am Vormittag vorsprechen, aber ich konnte leider aus dem Bureau nicht abkommen."

„Vormittag hätten Sie mich nicht zu Hause gefunden, Herr Rosner", erwiderte Georg verbindlich.

„Nun, umso besser, daß ich den Weg nicht vergeblich gemacht habe. Also meine Frau hat mir nämlich heute morgen... berichtet... was sich ereignet hat." Er sah zu Boden.

„So", sagte Georg und nagte an der Oberlippe. „Ich hatte eigentlich selbst die Absicht... Aber wollen Sie nicht den Winterrock ablegen, es ist sehr warm im Zimmer."

„O, danke, danke, es ist mir durchaus nicht zu warm. Nun, ich war ganz entsetzt, als meine Frau mir diese Mitteilung machte. Jawohl, Herr Baron... Nie hätt ich von Anna gedacht... niemals für möglich gehalten... es ist ja furchtbar..." Er sagte alles in seiner gewohnten eintönigen Weise, nur schüttelte er öfter den Kopf dabei als sonst. Georg mußte immer auf die Glatze mit dem dünnen, gelblichgrauen Haar herunterschauen und empfand nichts als eine öde Gelangweiltheit. „Furchtbar, Herr Rosner, ist die Sache wahrhaftig nicht", sagte er endlich. „Wenn Sie wüßten, wie sehr ich... wie innig meine Neigung zu Anna ist, so würden Sie gewiß auch fern davon sein, die Sache furchtbar zu finden. Ihre Frau Gemahlin hat Sie ja jedenfalls hinsichtlich unserer Absichten für die nächste Zeit unterrichtet. – Oder irre ich mich?“ –

„Durchaus nicht, Herr Baron, seit heute morgen bin ich über alles orientiert. Doch kann ich nicht verschweigen, schon seit einigen Wochen merkte ich, daß etwas im Hause nicht in Ordnung wäre. Es fiel mir insbesondere auf, daß meine Frau sehr erregt und häufig geradezu dem Weinen nahe war.“

„Dem Weinen nahe? – Dazu liegt wahrhaftig kein Grund vor, Herr Rosner; Anna selbst, auf die es doch schließlich vor allem ankommt, befindet sich sehr wohl, hat ihre gewohnte Heiterkeit...“

„Ja, Anna ist allerdings in guter Stimmung und dies, um die Wahrheit zu sagen, bildet gewissermaßen meinen Trost. Aber im übrigen kann ich Ihnen nicht schildern, Herr Baron, wie schwer getroffen... wie, ich möchte sagen... wie aus allen Himmeln gerissen... nie, nie hätte ich geglaubt...“, er konnte nicht weiter, seine Stimme zitterte.

„Ich bin wirklich sehr bekümmert“, sagte Georg, „wenn Sie der Angelegenheit in dieser Weise gegenüberstehen, trotzdem Ihnen doch Ihre Frau Gemahlin jedenfalls alles auseinandergesetzt hat, und die Maßnahmen, die wir für die nächste Zeit getroffen haben, wohl auch Ihre Zustimmung finden dürften. Von einer ferneren Zeit, einer hoffentlich nicht allzufernen, will ich heute lieber noch nicht reden, weil mir Phrasen jeder Art ziemlich zuwider sind. Aber Sie können versichert sein, Herr Rosner, daß ich gewiß nicht vergessen werde, was ich einem Wesen wie Anna... Ja, was ich mir selber schuldig bin.“ Er schluckte.

Soweit er zurückdachte, gab es keinen Moment in seinem Leben, in dem er sich selbst so unsympathisch gewesen war. Und nun, wie in Gesprächen von vollkommener Aussichtslosigkeit nicht anders möglich, wiederholte jeder einigemale dasselbe, bis Herr Rosner sich endlich entschuldigte gestört zu haben und sich von Georg verabschiedete, der ihn bis zur Stiege hinausbegleitete. Georg behielt es einige Tage lang nach diesem Besuche wie einen unangenehmen Nachgeschmack in der Seele. Jetzt fehlt nur noch der Bruder, dachte er geärgert und stellte sich unwillkürlich eine Auseinandersetzung vor, in deren Verlauf sich der junge Mann als Rächer der Hausehre aufzuspielen suchte und Georg ihn mit außerordentlich treffenden Worten in seine Schranken verwies. Immerhin fühlte sich Georg, nachdem die Unterredung mit den Eltern Annas überstanden war, wie befreit. Und über den Stunden, die er mit der Geliebten allein in dem friedlichen Zimmer, der Kirche gegenüber verbrachte, lag ein eigenes Gefühl von Behaglichkeit und Sicherheit. Zuweilen schien es ihnen beiden, als stünde die Zeit stille. Wohl brachte Georg zu den Zusammenkünften Reisehandbücher, den Burckhardtschen Cicerone, sogar Fahrpläne mit, und stellte gemeinschaftlich mit Anna allerlei Routen zusammen, aber eigentlich dachte er nicht ernstlich daran, daß all das einmal wahr werden sollte. Was jedoch das Haus anbelangte, in dem das Kind geboren werden sollte, so waren sie beide von der Notwendigkeit durchdrungen, daß es gefunden und gemietet sein mußte, ehe sie Wien verließen. Einmal sah Anna in der Zeitung, die sie sorgfältig daraufhin durchzulesen pflegte, ein Forsthaus angekündigt, hart am Walde, unweit einer Bahnstation, die von Wien in eineinhalb Stunden zu erreichen war. Eines Morgens fuhren sie beide an den bezeichneten Ort – und nahmen die Erinnerung an einen verschneiten, einsamen Holzbau mit Hirschgeweihen über der Tür, an einen alten, betrunkenen Förster, an eine junge, blonde Magd, an eine windesrasche Schlittenfahrt über eine besonnte Winterstraße, an ein unbegreiflich lustiges Mittagessen in einem riesigen Gasthofzimmer und an ein schlecht beleuchtetes, überheiztes Kupee mit nach Hause. Dies war das einzige Mal, daß Georg mit Anna zusammen das Haus suchen ging, das doch schon irgendwo in der Welt stehen und seiner Bestimmung warten mußte... Sonst fuhr er meist allein mit der Bahn oder mit der Tramway in die nahegelegenen Sommerfrischen Umschau halten.

Einmal, an einem mitten in den Winter verirrten Frühlingstag, spazierte Georg durch einen der kleinen, ganz nahe der Stadt gelegenen Orte, die er besonders liebte, wo dorfmäßige Baulichkeiten, bescheidene Landhäuser und elegante Villen sich aneinanderreihten; hatte so ziemlich vergessen, wie ihm das manchmal geschah, warum er hergefahren war, und dachte eben mit Ergriffenheit daran, daß auf den gleichen Wegen wie er vor manchen Jahren Beethoven und Schubert gewandelt waren, als ihm unvermutet Nürnberger entgegentrat. Sie begrüßten einander, lobten den schönen Tag, der so weithinaus ins Freie lockte, und bedauerten höflich, daß man einander so selten begegne, seit Bermann Wien verlassen hatte.

„Haben Sie schon lange nichts von ihm gehört?“ fragte Georg.

„Seit er fort ist“, erwiderte Nürnberger, „habe ich nur eine Karte von ihm erhalten. Es ist wohl anzunehmen, daß er mit Ihnen in regerer Korrespondenz steht, als mit mir.“

„Warum ist es anzunehmen?“ fragte Georg, durch Nürnbergers Ton wie manchmal etwas geärgert.

„Nun, zum mindesten haben Sie das eine vor mir voraus, den neuern Bekannten für ihn zu bedeuten, ihm also für seine psychologischen Interessen ein anregenderes Problem zu bieten, als ich.“

Aus diesen mit dem üblichen Spott gebrachten Worten hörte Georg ein gewisses Verletztsein heraus, das er übrigens begriff. Denn tatsächlich hatte sich Heinrich in der letzten Zeit um Nürnberger, mit dem er früher sehr viel verkehrt hatte, wenig mehr gekümmert, wie es überhaupt seine Art war, Menschen an sich zu ziehen und mit der größten Rücksichtslosigkeit wieder fallen zu lassen, je nachdem ihr Wesen seiner Stimmung gerade gemäß war oder nicht.

„Ich bin trotzdem nicht viel besser dran als Sie“, sagte Georg. „Auch ich habe schon ein paar Wochen lang keine Nachrichten von ihm bekommen. Nach den letzten scheint es übrigens seinem Vater sehr schlecht zu gehen.“

„So wird's jetzt wohl mit dem bedauernswerten, alten Mann bald zu Ende sein.“

„Wer weiß. Nach dem, was mir Bermann schreibt, kann es auch noch Monate dauern.“

Nürnberger schüttelte ernst den Kopf.

„Ja“, sagte Georg leichthin, „in solchen Fällen sollte es wirklich den Ärzten gestattet sein... die Sache abzukürzen.“

„Da haben Sie vielleicht recht“, antwortete Nürnberger. „Aber wer weiß, ob nicht unser Freund Heinrich, so sehr es ihn im Arbeiten und vielleicht sogar in manchem andern stören mag, seinen Vater unrettbar hinsiechen zu sehen, – wer weiß, ob er nicht trotzdem dem Vorschlag, diese hoffnungslose Sache durch eine Morphiuminjektion endgültig zu erledigen, ablehnend gegenüber stünde.“

Wieder fühlte sich Georg durch den höhnisch-bitteren Ton Nürnbergers abgestoßen. Und dennoch, in der Erinnerung an die Stunde, da er Heinrich von ein paar unklaren Worten im Brief einer Geliebten heftiger bewegt gesehen hatte, als von dem Wahnsinn seines Vaters, konnte er sich dem Eindruck nicht verschließen, daß Nürnberger den gemeinsamen Freund richtig beurteilte... „Haben Sie den alten Bermann gekannt?“ fragte er.

„Persönlich nicht. Aber ich erinnere mich noch der Zeit, da sein Name oft in den Blättern genannt wurde, und auch mancher sehr gesinnungstüchtigen Reden, die er im Abgeordnetenhaus gehalten hat. Doch ich halte Sie auf, lieber Baron, grüß Sie Gott. Wir sehen uns wohl dieser Tage einmal im Kaffeehaus oder bei Ehrenbergs."

„Sie halten mich durchaus nicht auf", erwiderte Georg mit absichtlicher Liebenswürdigkeit. „Ich bummle und benütze die Gelegenheit mir Sommerwohnungen anzuschauen."

„So, wollen Sie heuer in der Nähe Wiens auf dem Lande wohnen?"

„Ja, eine Zeitlang wahrscheinlich. Und außerdem hat mich eine bekannte Familie gebeten, wenn der Zufall mich bei diesem Anlaß etwas finden ließe..." Er wurde ein wenig rot, wie immer, wenn er nicht ganz bei der Wahrheit blieb.

Nürnberger bemerkte es und sagte harmlos: „Ich bin eben an einigen Villen vorbeigegangen, die zu vermieten sind. Sehen Sie zum Beispiel dort diese weiße, mit der breiten Terrasse?"

„Die sieht ganz nett aus. Die könnte man sich eigentlich anschauen. Wenn es Ihnen nicht zu fad ist, mich zu begleiten, – so fahren wir dann miteinander nach der Stadt zurück."

Der Garten, den sie betraten, stieg schmal und lang nach aufwärts und erinnerte Nürnberger an einen andern, in dem er als Kind gespielt hatte. „Vielleicht ist es sogar derselbe", sagte er. „Wir haben nämlich durch Jahre hindurch in Grinzing oder Heiligenstadt auf dem Lande gewohnt."

Dieses „wir" berührte Georg ganz eigen. Er konnte sich kaum vorstellen, daß Nürnberger auch einmal ganz jung gewesen war, als ein Sohn mit Vater und Mutter, als ein Bruder mit Schwestern gelebt hatte, und er empfand mit einemmal die ganze Existenz dieses Mannes als etwas Seltsames und Schweres.

Auf der Höhe des Gartens, von einer offenen Laube, gab es einen wunderhübschen Blick auf die Stadt, an dem sie sich eine Weile erfreuten. Dann gingen sie langsam wieder hinab, von der Hausmeistersfrau begleitet, die ein kleines Kind, in einen grauen Plaid gewickelt, auf dem Arme trug. Nun sahen sie sich die Wohnung an; niedrige, muffige Zimmer, mit verschlissenen billigen Teppichen auf den Fußböden, schmalen Holzbetten, zerbrochenen oder blinden Spiegeln. „Im Frühjahr wird alles neu hergerichtet", erklärte die Hausmeisterin, „da schaut's dann sehr freundlich aus." Das kleine Kind streckte plötzlich die

Händchen nach Georg aus, als wenn es von ihm auf den Arm genommen werden wollte. Georg war ein wenig gerührt und lächelte verlegen.

Während er mit Nürnberger auf der Plattform der Tramway in die Stadt fuhr und mit ihm plauderte, hatte er die Empfindung, daß er ihm bei den vielen früheren Gelegenheiten ihres Zusammenseins nicht so nahe gekommen war, als während dieser hellen Wintersonnenstunde auf dem Lande. Beim Abschied ergab es sich ganz ungezwungen, daß sie sich für einen der nächsten Tage zu einem neuen Spaziergang verabredeten, und so kam es, daß Georg bei seiner weitern Wohnungssuche in der Umgegend Wiens etliche Male von Nürnberger begleitet wurde. Dabei wurde immer die Fiktion gewahrt, als suchte Georg für die befreundete Familie, als glaubte Nürnberger daran, und als glaubte Georg, daß Nürnberger daran glaubte.

Auf diesen Wanderungen kam Nürnberger manchmal dazu, von seiner Jugend zu sprechen, von den Eltern, die er sehr früh verloren hatte, von einer Schwester, die jung gestorben und von seinem ältern Bruder, dem einzigen seiner Verwandten, der noch am Leben war. Der aber, ein alternder Junggeselle wie Edmund selbst, lebte nicht in Wien, sondern als Gymnasiallehrer in einer kleinen niederösterreichischen Stadt, wohin er schon vor fünfzehn Jahren als Supplent versetzt worden war. Später hätte er es wohl ohne besondere Mühe erwirken können, wieder in der Großstadt angestellt zu werden; doch nach ein paar Jahren der Verbitterung, ja des Grimms, hatte er sich in die kleinen, ruhigen Verhältnisse seines Aufenthaltsortes so völlig eingewöhnt, daß eine Rückkehr nach Wien ihm eher als Opfer erschienen wäre. Und er lebte nun, seinem Beruf und insbesondre seinen Sprachstudien mit Inbrunst hingegeben, weltfern, einsam, zufrieden, als eine Art von Philosoph in der kleinen Stadt. Wenn Nürnberger über diesen fernen Bruder sprach, so war es Georg manchmal, als hörte er ihn über einen Verstorbenen reden, so völlig schien jede Möglichkeit einer künftigen dauernden Vereinigung aufgehoben zu sein. Ganz anders, beinahe wie von einem Wesen, das einmal wiederkehren konnte, mit einer immer wachen Sehnsucht, sprach er von der Schwester, die seit vielen Jahren tot war.

An einem nebligen Februartag auf einer Bahnstation, während sie, den Zug nach Wien erwartend, auf dem Perron miteinander hin und her spazierten, da war es, daß Nürnberger Georg die Geschichte dieser Schwester erzählte, die schon als Kind von einer ungeheuern Leidenschaft fürs Theater wie besessen, mit sechzehn Jahren in einem kindisch-romantischen Drang, ohne Abschied das

Haus verlassen hatte. Durch zehn Jahre war sie nun von Stadt zu Stadt, von Bühne zu Bühne gewandert, immer nur in geringem Stellungen beschäftigt, da weder ihr Talent noch ihre Schönheit für den gewählten Beruf auszureichen schienen; aber immer mit gleicher Begeisterung, immer mit gleicher Zukunftsgewißheit, trotz der Enttäuschungen, die sie erlebte, und des Jammers, den sie sah. In den Ferien erschien sie zuweilen bei den Brüdern, die damals noch zusammen wohnten, auf Wochen, manchmal nur auf Tage, erzählte von den Schmieren, auf denen sie gemimt, als wären es große Theater; von ihren spärlichen Erfolgen wie von Triumphen, die sie errungen; von den armseligen Komödianten, an deren Seite sie gewirkt, wie von großen Künstlern, von den kleinen Intrigen, die sich in ihrer Nähe abgespielt, wie von gewaltigen Tragödien der Leidenschaft. Und statt allmählich inne zu werden, in welch einer kläglichen Welt als eine der Bedauernswertesten sie dahinlebte, spann sie von Jahr zu Jahr sich in goldenere Träume ein. Das ging so lang, bis sie einmal fiebernd und krank in die Heimat zurückkehrte. Nun lag sie monatelang zu Bett, mit geröteten Wangen, schwärmte in ihren Delirien von Ruhm und Glück, die sie nie erlebt, erhob sich noch einmal zu scheinbarer Gesundheit und zog wieder hinaus, um diesmal schon nach wenigen Wochen, völlig zerstört, den Tod auf der Stirne, heimzukehren. Nun reiste der Bruder mit ihr nach dem Süden; nach Arco, nach Meran, an die italienischen Seen. Und jetzt erst, in südlichen Gärten unter blühenden Bäumen hingestreckt, dem Treiben entrückt, das sie durch Jahre berauscht und verwirrt hatte, kam sie zur Erkenntnis, daß ihr Leben ein Hin- und Hertaumeln unter gemaltem Himmel und zwischen papierenen Wänden, – daß der ganze Inhalt ihres Daseins ein Wahn gewesen war. Aber auch die kleinen Abenteuer des Tags, in gemieteten Zimmern und Wirtshäusern, auf Straßen fremder Städte, erschienen ihr in der Erinnerung wie Szenen, in denen sie als Schauspielerin im Rampenlichte mitgespielt, nicht wie solche, die sie wirklich erlebt hatte. Und während sie dem Grabe entgegenging, erwachte in ihr eine ungeheuere Sehnsucht nach dem wirklichen Leben, das sie versäumt hatte; je sicherer sie wußte, daß sie ihr für immer verloren war, mit um so klarerem Blicke erkannte sie die Fülle der Welt. Und das allersonderbarste war, wie in den letzten Wochen ihres Lebens das Talent, dem sie ihre ganze Existenz hingeopfert, ohne es wirklich zu besitzen, geheimnisvoll dämonisch zum Vorschein kam. „Heute noch scheint mir“, sagte Nürnberger, „als hätt ich niemals, auch von der größten Schauspielerin, Verse so sprechen gehört, ganze Szenen so agieren gesehen, wie von meiner Schwester in dem Hotelzimmer in Cadenabbia mit der Aussicht auf den Comosee, ein paar Tage, bevor sie starb. Freilich", setzte er hinzu, „ist es möglich, ja sogar wahrscheinlich, daß mich die Erinnerung täuscht."

„Warum denn?" fragte Georg, dem dieser Abschluß so gut gefiel, daß er sich ihn nicht verderben lassen wollte. Und er bemühte sich, Nürnberger, der es lächelnd anhörte, zu überzeugen, daß der sich nicht geirrt haben könnte und daß mit dem seltsamen Mädchen, das in Cadenabbia begraben lag, eine große Schauspielerin dahingegangen war...

Das Landhaus, das Georg suchte, fand er auch auf seinen Wanderungen mit Nürnberger nicht; ja, von einem Mal zum andern, schien die Entdeckung schwieriger zu werden. Nürnberger spottete wohl zuweilen über die schwer erfüllbaren Ansprüche Georgs, der nach einer Villa zu suchen schien, an der vorn die wohlgepflegte Straße vorbeiführen und die rückwärts eine Gartentüre in den Urwald haben sollte. Schließlich glaubte Georg selbst nicht mehr ernsthaft daran, daß es ihm jetzt gelingen würde, das erwünschte Haus zu finden und verließ sich auf den Zwang des Findenmüssens nach der Rückkehr von der Reise. Notwendiger erschien es, sich möglichst bald mit einem Arzt ins Einvernehmen zu setzen; aber auch das verschob Georg von einem Tag zum andern. Doch eines Abends teilte Anna ihm mit, daß sie, durch einen neuen Ohnmachtsanfall in plötzliche Angst versetzt, Doktor Stauber besucht und ihm ihren Zustand eröffnet hatte. Er war sehr herzlich gewesen, hatte keinerlei Erstaunen ausgedrückt, sie in jeder Hinsicht vollkommen beruhigt und nur den Wunsch geäußert, Georg vor der Abreise zu sprechen.

Ein paar Tage darauf folgte Georg der Einladung des Arztes. Die Ordination war eben zu Ende. Doktor Stauber empfing ihn mit der vorausgesehenen Freundlichkeit, schien die ganze Angelegenheit so einwandfrei und natürlich als möglich zu finden und sprach von Anna nie anders als von der jungen Frau, was Georg eigentümlich, aber nicht unangenehm berührte. Als die sachlichen Erörterungen abgeschlossen waren, erkundigte sich der Arzt nach dem Ziel der Reise. Georg hatte noch kein Programm entworfen, nur so viel stand fest, daß das Frühjahr im Süden, wahrscheinlich in Italien verbracht werden sollte. Doktor Stauber nahm Anlaß von seinem letzten Aufenthalt in Rom zu erzählen, der zehn Jahre zurücklag. Er war damals, wie schon früher einmal, mit dem Leiter der Ausgrabungen in persönlichem Verkehr gestanden und sprach zu Georg in fast begeistertem Ton von den neuesten Entdeckungen auf dem Palatin, über den er als junger Mann selbst Studien gepflogen und in den Heften für Altertumsforschung veröffentlicht hatte. Dann zeigte er Georg nicht ohne Stolz seine Bibliothek, die in eine medizinische und in eine kunsthistorische geschieden war, und trug ihm leihweise einige seltenere Bücher, eines aus dem Jahre 1834 über die vatikanischen Sammlungen und eine Geschichte Siziliens an. Georg fühlte sich höchst angeregt, während ihm so deutlich zum Bewußtsein kam, wie reiche Tage ihm bevorstanden. Eine Art von Heimweh nach wohlbekannten und lang entbehrten Gegenden überkam ihn, halbvergessene Bilder tauchten wieder in ihm auf: die Pyramide des Cestius stand am Horizont, in den scharfen Umrissen, wie sie ihm erschienen, da er als Knabe mit dem Prinzen von Makedonien in die abendliche Stadt zurückgeritten war; die dämmrige Kirche tat sich auf, wo er seine erste Geliebte als Braut zum Altar hatte schreiten sehen; unter einem dunkeln Himmel zog ein Nachen mit seltsam schwefelgelben Segeln an der Küste hin... Er begann zu reden, sprach von den vielen Städten und Landschaften des Südens, die er als Knabe, als Jüngling gesehen, erzählte von der Sehnsucht nach diesen Orten, die ihn oft wie ein wahres Heimweh ergriff, von seiner Freude all das Ersehnte, Bewahrtes und Vergessenes, und vieles Neue, mit gereiftem Blick umfassen zu dürfen, und diesmal in Gesellschaft eines Wesens, das fähig, alles mit ihm zu verstehen und zu genießen, und das ihm teuer war. Doktor Stauber, der eben daran war, ein Buch in die Reihe zurückzustellen, wandte sich plötzlich nach Georg um, sah ihn mild an und sagte: „Das laß ich mir gefallen.“ Da Georg seinen Blick ein wenig befremdet erwiderte, setzte er hinzu: „Es war nämlich das erste warme Wort über Ihre Beziehung zu Annerl, das ich im Laufe dieser Stunde von Ihnen vernommen habe. Ich weiß, ich weiß, es liegt nicht in Ihrer Art, sich einem beinahe fremden Menschen gegenüber aufzuschließen, aber gerade weil ichs eigentlich nicht erwarten durfte, hats mir wohlgetan. Es ist Ihnen wirklich aus dem Herzen gekommen, man hats gemerkt. Und es hätte mir leid getan um das Annerl – entschuldigen Sie, ich heiß sie halt noch immer so – wenn ich mir hätte denken müssen, Sie haben sie nicht so gern, wie sie es verdient.“

„Ich weiß eigentlich nicht“, erwiderte Georg kühl, „was Sie veranlaßt, daran zu zweifeln, Herr Doktor.“

„Hab' ich etwas von Zweifeln gesagt?“ erwiderte Stauber gutmütig. „Aber schließlich, es soll schon dagewesen sein, daß ein junger Mann, der allerlei erlebt hat, so ein Opfer nicht genügend würdigt. Es bleibt ja doch ein Opfer, lieber Baron. Wir können noch so erhaben sein über alle Vorurteile – eine Kleinigkeit ist es heutzutage noch immer nicht, wenn sich ein junges Mädel aus guter Familie zu so was entschließt. Und ich wills Ihnen nicht verhehlen – Annerl hab ichs natürlich nicht merken lassen – es hat mir doch einen leisen Ruck gegeben, wie sie neulich bei mir gewesen ist und mir die Sache erzählt hat."

„Entschuldigen Sie, Herr Doktor", erwiderte Georg geärgert aber höflich, „wenn es Ihnen einen Ruck gegeben hat, so beweist das doch einiges gegen Ihr Erhabensein über Vorurteile..."

„Da haben Sie recht", sagte Stauber lächelnd. „Aber vielleicht sehen Sie mir diese Rückständigkeit nach, wenn Sie bedenken, daß ich etwas älter bin als Sie und aus einer andern Zeit herkomme. Und dem Einfluß seiner Epoche kann sich selbst ein ziemlich selbständig denkender Mensch... was zu sein ich mir schmeichle... nicht ganz entziehen. Das ist ja das Merkwürdige. Aber glauben Sie mir, es gibt auch heutzutage, selbst unter den jungen Leuten, die bei Nietzsche und Ibsen aufgewachsen sind, geradesoviel Philister als es vor dreißig Jahren gegeben hat; sie geben sich nur nicht zu erkennen, außer es geht ihnen selbst an den Kragen, zum Beispiel, wenn man ihnen die Schwester verführt oder wenn ihre Frau Gemahlin ihnen plötzlich mit der Idee kommt, sie will sich ausleben... Manche sind natürlich konsequent und spielen ihre Rolle weiter... das ist aber mehr eine Frage der Selbstbeherrschung als der Weltanschauung. Und früher wieder, wissen Sie, in der Epoche, aus der ich eben komme, wo die Begriffe so unwiderruflich festgestanden sind, wo jeder zum Beispiel genau gewußt hat: man hat seine Eltern zu verehren, sonst ist man ein Schuft... oder: eine wahre Liebe gibt es nur einmal im Leben... oder: es ist ein Vergnügen für das Vaterland zu sterben... wissen Sie, in der Epoche, wo jeder anständige Mensch irgendeine Fahne hochgehalten, oder wenigstens irgendwas auf sein Banner geschrieben hat... glauben Sie mir, schon damals haben die sogenannten modernen Ideen mehr Anhänger gehabt, als man ahnt. Nur, daß es diese Anhänger selbst manchmal nicht recht gewußt, daß sie selber ihren Ideen nicht getraut, daß sie sich gewissermaßen wie Auswürflinge oder gar wie Verbrecher vorgekommen sind. Soll ich Ihnen was sagen, Herr Baron? Es gibt überhaupt keine neuen Ideen. Neue Gedankenintensitäten – das ja. Aber meinen Sie im Ernst, daß Nietzsche den Übermenschen, Ibsen die Lebenslüge erfunden hat, und Anzengruber die Wahrheit, daß die Eltern selber „danach sein sollen", die von ihren Kindern Verehrung und Liebe wünschen? Keine Spur. Alle ethischen Ideen sind immer dagewesen, und staunen würde man, wenn man wüßte, was für Flachköpfe die sogenannten neuen, großen Wahrheiten gedacht, vielleicht sogar manchmal ausgesprochen haben, lang vor den Genies, denen wir diese Wahrheiten verdanken, oder vielmehr den Mut, diese Wahrheiten für wahr zu halten. Aber ich bin da etwas weit abgekommen, verzeihen Sie. Eigentlich hab ich nur sagen wollen... und Sie werden mirs glauben... ich weiß so gut wie Sie, Herr Baron, daß es manches jungfräuliche Mädchen gibt, das tausendmal verdorbener ist als eine sogenannte Gefallene, und manchen, als anständig geltenden jungen Mann, der schlimmere Dinge auf dem Gewissen hat, als daß er mit einem unschuldigen Mädchen ein Verhältnis anfängt. Und doch... das ist eben der Fluch meiner Epoche...", schaltete er lächelnd ein, „ich hab mir nicht helfen können: im ersten Moment, wie Annerl mir die Geschichte erzählt hat, da haben gewisse unangenehme Worte, die seinerzeit ihre feststehende Bedeutung gehabt haben, in meinem alten Kopf ganz mit ihrem alten Ton zu klingen angefangen, dumme, überlebte Worte wie... Wüstling... Verführung... sitzen lassen... und so weiter. Und daher, ich muß noch einmal um Entschuldigung bitten, jetzt, da ich Sie etwas näher kennen gelernt habe – daher ist dann der Ruck gekommen, den gespürt zu haben ein moderner Mensch eigentlich nicht eingestehen dürfte. Aber, um wieder ganz ernst zu reden, überlegen Sie nur einmal, wie sich Ihr seliger Herr Vater zu der Sache gestellt hätte, der wieder das Annerl nicht gekannt hat. Er war doch sicher einer der klügsten und vorurteilslosesten Menschen, den man sich denken kann... Und trotzdem zweifeln Sie gewiß nicht daran, daß es auch bei ihm nicht ganz ohne Ruck abgegangen wäre."

Georg streckte dem Arzt unwillkürlich die Hand entgegen. Das Unerwartete dieser plötzlichen Mahnung an den geliebten Toten ließ eine so heftige Sehnsucht in ihm aufsteigen, daß er sie nur zu lindern vermochte, indem er von dem Entschwundenen zu reden begann. Auch der Arzt wußte noch von mancher Begegnung mit dem verblichnen Baron zu erzählen, meist zufälligen, flüchtigen auf der Straße, bei Sitzungen der Akademie der Wissenschaften, in Konzerten. Wieder war einer jener Augenblicke, in dem Georg sich dem Dahingeschiedenen gegenüber seltsam schuldvoll erschien und sich im Innern zuschwor, seines Andenkens würdig zu werden.

„Grüßen Sie das Annerl von mir", sagte der Arzt beim Abschied zu ihm, „aber von dem „Ruck" erzählen Sie ihr lieber nichts. Sie ist ein sehr feinfühliges Geschöpf, das wissen Sie ja, und jetzt kommt es vor allem darauf an, ihr jede unangenehme Aufregung zu ersparen. Bedenken Sie nur, lieber Baron, es handelt sich jetzt nur um das eine, daß ein gesundes Kind auf die Welt kommt, alles übrige... na, grüßen Sie sie schön von mir, hoffentlich sehen wir uns alle gesund im Sommer wieder."

Georg entfernte sich mit dem erhöhten Bewußtsein seiner Verpflichtungen gegenüber dem Wesen, das sich ihm gegeben, und jenem andern, das in wenigen Monaten zum Dasein erwachen sollte. Er dachte zuerst daran, ein Testament zu machen und es bei einem Notar zu hinterlegen. Bei näherer Überlegung aber fand er es richtiger, sich seinem Bruder zu eröffnen, der ihm unter allen Menschen doch auch innerlich am nächsten stand. In der eigentümlichen Befangenheit aber, die dem doch so innigen Verhältnis zwischen den Brüdern eigen war, ließ er Tag um Tag verstreichen, bis endlich Felicians Abreise nach Afrika zu den Jagden ganz nahe bevorstand. In der Nacht vorher, auf dem Weg aus dem Klub nach Hause, teilte Georg seinem Bruder mit, daß er schon in der nächsten Zeit eine lange Reise anzutreten gedenke.

„So? Auf wie lange willst du denn fort?“ fragte Felician.

Georg hörte im Ton dieser Worte eine gewisse Besorgnis mitklingen und fühlte sich veranlaßt hinzuzusetzen: „Es wird wohl auf Jahre hinaus die letzte größere Reise sein, die ich unternehme. Im Herbst befinde ich mich ja hoffentlich in einer festen Stellung.“

„Du bist also ganz entschlossen?“

„Ja, selbstverständlich.“

„Es freut mich sehr, Georg, aus verschiedenen Gründen, wie du dir denken kannst, daß du nun endlich ernst machen willst. Und im übrigen trifft's sich auch gut, daß nicht nur einer von uns in die Welt hinaus muß, und der andere allein zurückbleibt. Das wär doch ein biß'l traurig gewesen.“

Georg wußte wohl, daß Felician im nächsten Herbst einer auswärtigen Vertretung zugeteilt werden sollte, aber mit solcher Klarheit war ihm noch nie bewußt geworden, daß es nun in wenigen Monaten mit der langjährigen brüderlichen Gemeinschaft, mit dem Zusammenwohnen in dem alten Haus gegenüber dem Park, ja gewissermaßen mit der Jugend unwiederbringlich vorbei sein mußte. Er sah das Leben ernst, beinahe drohend vor sich liegen.

„Hast du denn schon eine Ahnung“, fragte er, „wohin sie dich schicken werden?“

„Eine gewisse Chance besteht für Athen.“

„Wär' dir das angenehm?“

„Warum nicht. Die Gesellschaft dort soll nicht uninteressant sein. Bernburg war drei Jahre lang dort, und er ist ungern fort. Und dabei haben sie ihn nach London versetzt, was doch auch nicht ohne ist.“

Sie gingen eine Weile schweigend weiter, nahmen den Weg durch den Park wie gewöhnlich. Eine Luft wie vom nahen Frühling war um sie, obwohl auf den Rasenplätzen noch schmale, weiße Schneeflecken schimmerten.

„Also nach Italien reist du?“ fragte Felician.

„Ja.“

„Wieder so weit nach dem Süden wie voriges Frühjahr?“

„Das weiß ich noch nicht.“

Wieder ein kurzes Schweigen.

Plötzlich aus dem Dunkel heraus die Stimme Felicians: „Hast du von Grace eigentlich seitdem etwas gehört?“

„Von Grace“, wiederholte Georg etwas verwundert, denn es war lange her, daß Felician diesen Namen nicht mehr ausgesprochen hatte. „Von Grace hab' ich nichts mehr gehört. Das war übrigens so abgemacht zwischen uns. In Genua haben wir für ewig Abschied genommen. Auch schon über ein Jahr her...“

Auf einer Bank, ganz im Dunkeln, saß ein Herr im Pelz, mit Zylinder und weißen Handschuhen. Ah, Labinski, dachte Georg einen Moment lang; im nächsten fiel ihm natürlich ein, daß der sich erschossen hatte... Es war nicht das erstemal, daß er ihn zu sehen glaubte. Auch im botanischen Garten zu Palermo unter einer japanischen Esche war einmal einer gesessen, bei hellichtem Tag, den Georg eine Sekunde lang für Labinski gehalten hatte. Und neulich, hinter den geschlossenen Fenstern eines Fiakers hatte Georg das Antlitz seines verstorbenen Vaters zu erkennen geglaubt.

Hinter den laublosen Ästen schimmerten Häuser her. Eines davon war das, in dem die Brüder wohnten.

Es wäre Zeit, dachte Georg, daß ich endlich auf die Angelegenheit zu reden komme. Und um rasch anzuknüpfen, bemerkte er leicht: „Ich fahr' übrigens auch heuer nicht allein nach Italien.“

„So, so“, sagte Felician und sah vor sich hin.

Im selben Moment fühlte Georg, daß er den Ton nicht richtig genommen hatte. Er besorgte, daß Felician sich etwa denken könnte: ah, nun hat er wieder ein Abenteuer mit so einer dubiosen Person. Und ernst fügte er hinzu: „Du, Felician, ich hätte was ziemlich Wichtiges mit dir zu besprechen."

„Was Wichtiges?"

„Ja."

„Na Georg", sagte Felician mild und sah ihn von der Seite an. „Was gibt's denn, du heiratest doch nicht am Ende?"

„O nein", erwiderte Georg und ärgerte sich gleich wieder, daß er diese Möglichkeit so entschieden abgelehnt hatte. „Nein, nicht um eine Heirat handelt es sich, sondern um etwas viel Wesentlicheres."

Felician blieb einen Moment stehen. „Du hast ein Kind?" fragte er ernst.

„Nein. Noch nicht. Das ist es eben. Darum reisen wir fort."

„So", sagte Felician.

Sie waren aus dem Park herausgetreten. Unwillkürlich sahen sie beide zu dem Fenster ihrer Wohnung auf, von dem aus noch vor einem Jahr ihr Vater ihnen manchmal grüßend zugenickt hatte. Beide fühlten mit Wehmut, wie sie seit dem Tode des Vaters einander allmählich entglitten waren – und mit leiser Angst, um wie viel weiter sie das Leben noch voneinander entfernen konnte.

„Komm zu mir ins Zimmer", sagte Georg, als sie oben waren. „Da ist's am gemütlichsten."

Er setzte sich auf seinen bequemen Sessel am Schreibtisch. In die Ecke des kleinen, grünen Lederdiwans, der an den Schreibtisch angerückt war, lehnte sich Felician und hörte ruhig zu. Georg nannte ihm den Namen seiner Geliebten, sprach von ihr in guten und innigen Worten und erbat sich von Felician, daß er sich der Mutter und des Kindes annähme für den Fall, daß ihm, Georg, in der nächsten Zeit etwas Menschliches zustieße. Was von seinem Vermögen noch vorhanden wäre, hinterließe er selbstverständlich dem Kind, der Mutter fiele die Nutznießung bis zu des Kindes Volljährigkeit zu. Als Georg zu Ende war, sagte Felician nach kurzem Schweigen lächelnd: „Na, du hast ja gegründete Hoffnung, von deiner Reise ebenso gesund und wohl zurückzukommen, als ich aus Afrika, und so hat unsere Besprechung wohl nur akademische Bedeutung."

„Das hoff ich natürlich auch. Aber es ist mir jedenfalls eine Beruhigung, Felician, daß du nun eingeweiht bist und ich nach jeder Richtung hin unbesorgt sein kann.“

„Ja natürlich, das kannst du.“ Er reichte dem Bruder die Hand. Dann stand er auf, ging im Zimmer auf und ab. Endlich fragte er: „Zu legitimieren denkst du deine Beziehungen nicht?“

„Vorläufig nein. Was die Zukunft bringt, kann man ja nicht wissen.“

Felician blieb stehen. „Na ja...“

„Du wärst dafür, daß ich heirate?“ rief Georg mit einigem Erstaunen aus.

„Durchaus nicht.“

„Felician, ich bitte dich, sei aufrichtig!“

„Weißt du, in solche Geschichten soll man niemandem drein reden, auch seinem Bruder nicht.“

„Aber wenn ich dich bitte, Felician. Mir komme vor, als gefiele dir irgend etwas an der Geschichte nicht.“

„Ja, siehst du Georg... du wirst mich ja nicht mißverstehen... ich weiß natürlich, daß du nicht daran denkst, sie im Stich zu lassen, im Gegenteil, ich bin sogar überzeugt, daß du dich in jeder Beziehung viel nobler benehmen wirst, als irgendein Mensch an deiner Stelle. Aber, die Frage ist doch eigentlich die: hättest du dich in die Sache eingelassen, wenn du dir die Folgen nach allen Seiten hin überlegt hättest?“

„Ja das ist freilich schwer zu beantworten“, sagte Georg.

„Ich meine ganz einfach: Hast du die Absicht gehabt... nicht sie zu deiner Lebensgefährtin zu machen, aber ein Kind mit ihr zu haben?“

„Gott, wer denkt daran? Wenn man es so absolut hätte vermeiden wollen –.“

Felician unterbrach ihn. „Weiß sie, daß du nicht daran denkst, sie zu heiraten?“

„Na du glaubst doch nicht, „ich hab ihr 's heiraten versprochen“.“

„Nein. Aber das Sitzenlassen doch auch nicht.“

„Das wäre gerade so eine Unaufrichtigkeit gewesen, Felician. Es ist gekommen, wie derartige Dinge eben zu kommen pflegen, hat sich alles ganz ohne Programm entwickelt, bis auf den heutigen Tag."

„Ja das ist recht schön. Es ist nur die Frage, ob man nicht in wichtigen Lebensdingen zu Programmen gewissermaßen verpflichtet ist."

„Möglich... Aber das war ja meine Sache nie, leider..."

Felician blieb vor Georg stehen, machte ein liebes Gesicht und nickte ein paarmal. „Das ist schon wahr, Georg. Du bist doch nicht bös... aber weil wir schon einmal davon sprechen... ich maße mir natürlich nicht das Recht an, dir in deine Lebensführung dreinzureden...

„Red nur, Felician... wirklich... es tut mir geradezu wohl..." Er strich ihm leise über die Hand, die auf der Diwanlehne lag.

„Na ja, es ist weiter nicht viel zu sagen. Ich meine nur, daß es in allen Dingen bei dir so ist... so ein Mangel an Programm. Siehst du, um von einem andern wichtigen Punkt zu reden, ich für meinen Teil bin ja überzeugt von deinem Talent und viele andre auch. Aber du arbeitest doch eigentlich verflucht wenig, nicht? Und von selbst kommt der Ruhm ja doch nicht, selbst wenn man..."

„Gewiß nicht. Aber so wenig wie du glaubst, arbeit ich durchaus nicht, Felician. Nur ist ja das Arbeiten bei unsereinem so eine eigentümliche Geschichte. Manchmal beim Spazierengehen, ja sogar im Schlaf fällt einem allerlei ein... Und dann im Herbst..."

„Na ja, hoffen wir, obzwar ich fürchte, von deiner Gage wirst du anfangs nicht leben können. Und wie lange dein bissel Geld reichen wird, bei deiner Art zu leben, das ist sehr die Frage. Ich sag dir aufrichtig, wie du mir früher die Summe genannt hast, die du deinem Kind hinterlassen könntest, hab ich einen förmlichen Schrecken gekriegt."

„Hab nur Geduld, Felician. In drei Jahren oder fünf, wenn ich meine Oper fertig hab...", er sagte es in selbstironisierendem Tone.

„Schreibst du wirklich an einer Oper, Georg?"

„Nächstens fang ich an."

„Wer macht dir denn den Text?"

„Der Heinrich Bermann. Da machst du natürlich wieder ein Gesicht."

„Lieber Georg, was deinen Verkehr anbelangt, bin ich immer weit davon entfernt gewesen, dir dreinzureden. Es ist ganz natürlich, daß du bei deiner geistigen Richtung in andre Kreise kommst als ich und mit Leuten umgehst, an denen ich vielleicht weniger Geschmack fände. Aber, wenn der Text von Herrn Bermann nur schön ist, so hast du meinen Segen... und der Herr Bermann natürlich auch."

„Der Text ist noch nicht fertig, nur das Szenarium."

Felician mußte wider Willen lachen. „So siehts mit deiner Oper aus? Wenn nur das Theater schon gebaut ist, für das sie dich als Kapellmeister engagieren."

„Na", sagte Georg etwas beleidigt.

„Verzeih", entgegnete Felician. „Ich zweifle wirklich nicht an deiner Zukunft. Ich möcht halt nur, daß du selber ein bißchen mehr dazu tätest. Ich wär ja so... wirklich Georg, stolz wär ich, wenn was Großes aus dir würde. Und es liegt ja gewiß nur an dir. Der Willy Eißler, der doch ein sehr musikalischer Mensch ist, hat mir erst neulich wieder gesagt, daß er von dir mehr hält, als von den meisten jüngern Komponisten."

„Wegen der paar Lieder, die er von mir kennt?

„Ja er findet sie eben hervorragend. Auf die Masse kommts doch nicht an."

„Du bist ein guter Kerl, Felician. Aber du brauchst mich wirklich nicht zu ermutigen. Ich weiß schon, was in mir steckt, nur fleißiger muß ich halt sein. Und die Reise wird sehr wohltätig auf mich wirken. So auf eine Zeit aus der gewohnten Umgebung herauskommen, das tut sehr gut. Das ist diesmal was ganz anderes, als im vorigen Jahr. Es ist ja das erstemal, Felician, daß ich mit einem Wesen zusammen bin, das vollkommen auf meinem Niveau steht, das mir mehr... das mir wahrhaftig auch eine Freundin ist. Und das Bewußtsein, daß ich ein Kind haben werde, und grad mit ihr, das ist mir, trotz aller Begleitumstände, eher angenehm."

„Das kann ich mir schon denken", sagte Felician und betrachtete Georg ernst und liebevoll.

Die Uhr auf dem Schreibtisch schlug zwei.

„O, schon so spät", rief Felician. „Und morgen früh muß ich packen. Na, morgen bei Tisch können wir noch über allerlei reden. Also, grüß dich Gott Georg."

„Gute Nacht, Felician. Ich danke dir“, setzte er bewegt hinzu.

„Wofür dankst du mir, du bist komisch Georg.“ Sie reichten sich die Hände, und dann küßten sie einander, was schon seit langer Zeit nicht geschehen war. Und Georg beschloß, sein Kind, wenn es ein Knabe sein sollte, Felician zu nennen, und er freute sich der guten Vorbedeutung im Glücksklang dieses Namens.

Nach des Bruders Abreise fühlte sich Georg so verlassen, als hätte er nie einen andern Freund gehabt. Der Aufenthalt in der großen, einsamen Wohnung, wo ihm eine ähnliche Stimmung zu lasten schien, wie in der ersten Zeit nach dem Tode des Vaters, machte ihn beinahe traurig.

Die Tage, die noch bis zur Abreise verstreichen mußten, empfand er als Übergangszeit, mit der nichts rechtes mehr anzufangen war. Die Stunden mit der Geliebten im Zimmer der Kirche gegenüber wurden farblos und öde. Mit Anna selbst schien nun auch seelisch eine Veränderung vorzugehen. Sie war manchmal reizbar, dann wieder schweigsam, fast melancholisch, und oft überkam Georg im Zusammensein mit ihr eine solche Langeweile, daß ihm vor den nächsten Monaten, in denen sie ganz aufeinander angewiesen sein sollten, geradezu bange wurde. Wohl versprach die Reise an sich Abwechslung genug. Aber wie sollte es in den spätern Monaten werden, die man ruhig irgendwo in der Nähe Wiens zu verbringen genötigt war? Er mußte auf eine Gesellschaft für Anna bedacht sein. Noch zögerte er mit ihr davon zu sprechen, als Anna selbst ihm mit einer Neuigkeit entgegenkam, die jene Schwierigkeit und zugleich eine andre auf die einfachste Weise zu beheben geeignet war. In der letzten Zeit, insbesondere seit Anna ihre Lektionen allmählich aufgegeben, hatte sie sich Theresen wieder näher angeschlossen, ihr alles anvertraut; und so war bald auch Theresens Mutter mit im Geheimnis. Diese nun kam Anna gütiger entgegen als die eigene Mutter, die nach einem kurzen Aufflackern des Verständnisses sich von der schuldigen Tochter gekränkt und schwermütig abgeschlossen hatte. Frau Golowski erklärte sich nicht nur bereit bei Anna auf dem Lande zu wohnen, sondern versprach auch, das kleine Haus, das Georg nicht hatte entdecken können, während das junge Paar fern war, ausfindig zu machen. So sehr diese Bereitwilligkeit Georgs Bequemlichkeit entgegenkam, es war ihm doch ein wenig peinlich, dieser fremden, alten Frau verpflichtet zu sein; und daß gerade sie, die Mutter Leos, und der Vater Bertholds dazu bestimmt waren, an einem so wichtigen Erlebnis Annas so bedeutenden Anteil zu nehmen, wollte ihm in verstimmten Augenblicken beinahe lächerlich erscheinen.

Drei Tage vor der Abreise, an einem schönen März-Nachmittag, machte Georg seinen Abschiedsbesuch bei Ehrenbergs. Seit jenem Weihnachtsfeiertage hatte er sich nur selten oben blicken lassen, und seine Gespräche mit Else waren seither durchaus harmlos geblieben. Wie einem Freunde, der solche Bemerkungen nicht mehr mißverstehen konnte, gestand sie ihm, wie sie sich daheim immer weniger wohl fühle. Insbesondre, was Georg schon selbst manchmal beobachtet hatte, schien die Stimmung des Hauses durch das üble Verhältnis zwischen Vater und Sohn dauernd getrübt zu sein. Wenn Oskar in seiner nonchalant-vornehmen Haltung zur Tür hereinkam und in seinem wienerisch-aristokratischen Ton zu reden begann, wandte sich der Vater mit Hohn ab, oder konnte Anspielungen nicht unterdrücken, daß er von heut auf morgen der ganzen Vornehmheit durch Entziehen oder Herabsetzen des sogenannten Gehaltes, der ja doch nur ein Taschengeld wäre, ein Ende machen könnte. Fing hingegen der Vater, wie er es vor Leuten und mit offenbarer Absicht am liebsten tat, im Jargon zu reden an, so biß Oskar die Lippen aufeinander und verließ wohl auch das Zimmer. Doch kam es in der letzten Zeit nur mehr selten vor, daß Vater und Sohn zugleich sich in Wien oder in Neuhaus aufhielten. Sie ertrugen kaum mehr einer des andern Nähe.

Als Georg bei Ehrenbergs eintrat, lag das Zimmer fast im Dunkel. Hinter dem Klavier hervor leuchtete die marmorne Isis, und in den Erker, wo Mutter und Tochter einander gegenübersaßen, fiel das Dämmerlicht des späten Nachmittags. Zum erstenmal hatte für Georg die Erscheinung dieser zwei Frauen etwas seltsam Rührendes. Eine Ahnung tauchte in ihm auf, daß ihm dieses Bild heute vielleicht zum letztenmal vor Augen träte, und Elses Lächeln leuchtete ihm so schmerzlich süß entgegen, daß er einen Augenblick lang dachte: wäre nicht am Ende hier das Glück gewesen?...

Nun saß er neben Frau Ehrenberg, die ruhig weiter stickte, Else gegenüber, rauchte eine Zigarette und war wie zu Hause. Er erzählte, daß er, verführt von dem lockenden Frühlingswetter, die geplante Reise früher antrete, als beabsichtigt war, und daß er sie wahrscheinlich bis in den Sommer hinein ausdehnen werde.

„Und wir wollen diesmal schon Mitte Mai nach dem Auhof“, sagte Frau Ehrenberg. „Aber heuer rechnen wir sicher darauf Sie bei uns zu sehen.“

„Wenn Sie nicht anderweitig beschäftigt sind“, setzte Else hinzu, ohne eine Miene zu verziehen.

Georg versprach im August zu kommen, auf einige Tage wenigstens.

Dann sprach man über Felician und Willy, die sich vor wenig Tagen von Biskra aus mit ihrer Gesellschaft in die Wüste begeben hatten, um zu jagen; über Demeter Stanzides, der nächstens seinen Abschied vom Militär nehmen und sich auf ein Gut in Ungarn zurückziehen wollte, und endlich über Heinrich Bermann, von dem seit Wochen niemand eine Nachricht hatte.

„Wer weiß, ob er überhaupt nach Wien zurückkommt“, sagte Else.

„Warum sollte er nicht? – wie kommen Sie darauf, Fräulein Else?“

„Gott, vielleicht wird er diese Schauspielerin heiraten und mit ihr in der Welt herumziehen.“

Georg zuckte die Achseln... Er wüßte von keiner Schauspielerin, mit der Heinrich in Verbindung stand, und erlaubte sich seinen Zweifel auszudrücken, daß Heinrich jemals heiraten werde, ob nun eine Prinzessin oder eine Zirkusreiterin.

„Es wäre schade um Bermann“, sagte Frau Ehrenberg, ohne sich um Georgs Diskretion zu kümmern. „Überhaupt finde ich, die jungen Leute nehmen diese Dinge entweder zu leicht oder zu schwer.“

Else ergänzte: „Ja es ist sonderbar. Ihr seid alle in diesen Dingen entweder viel klüger oder viel dümmer, als in allen andern, obwohl man doch gerade in solchen Lebenssachen möglichst der bleiben sollte, der man für gewöhnlich ist.“

„Liebe Else“, sagte Georg obenhin, „wenn einmal Leidenschaften im Spiele sind...“

„Ja, *wenn* sie im Spiele sind“, betonte Frau Ehrenberg.

„Leidenschaften!“ rief Else. „Ich glaube die sind so was Seltenes, wie alles Großartige auf der Welt.“

„Was weißt du mein Kind“, sagte Frau Ehrenberg.

„In meiner Nähe habe ich wenigstens noch nichts dergleichen gesehen“, erklärte Else.

„Wer weiß, ob Sies entdecken würden“, meinte Georg, „auch wenn es einmal in Ihrer Nähe vorkäme. Von außen gesehen mag zuweilen ein Flirt und eine Liebestragödie ganz den gleichen Anblick bieten.“

„Das ist gewiß nicht wahr“, sagte Else. „Leidenschaft ist etwas, das sich unbedingt verraten muß.“

„Woher willst du denn das wissen, Else?“ wandte Frau Ehrenberg ein. „Gerade Leidenschaften können sich manchmal tiefer verbergen, als irgendein kleines Gefühlchen, schon weil mehr auf dem Spiel zu stehen pflegt.“

„Ich glaube, gnädige Frau“, entgegnete Georg, „das ist sehr individuell. Es gibt eben Leute, denen alles auf der Stirn geschrieben steht, und andre, die undurchdringlich sind. Undurchdringlichkeit ist sogar gewissermaßen ein Talent wie ein anderes.“

„Man kann es auch ausbilden wie ein anderes“, sagte Else.

Das Gespräch stockte einen Augenblick, wie es leicht geschieht, wenn mit einemmal hinter einer allgemeinen Bemerkung die persönliche Nutzanwendung allzudeutlich hervorblinkt.

Frau Ehrenberg setzte neu ein: „Haben Sie was Schönes komponiert in der letzten Zeit, Georg?“ fragte sie.

„Ein paar Kleinigkeiten fürs Klavier. Übrigens ist auch mein Quintett bald fertig.“

„Das Quintett fängt bald an mythisch zu werden“, sagte Else unzufrieden.

„Else“, mahnte die Mutter.

„Na ja, es wäre doch wirklich gut, wenn er fleißiger wäre.“

„Da haben Sie freilich Recht“, erwiderte Georg.

„Ich glaube, die Künstler haben früher viel mehr gearbeitet als jetzt.“

„Die großen“, ergänzte Georg.

„Nein, alle“, beharrte Else.

„Es ist vielleicht gut, daß Sie eine Reise machen“, sagte Frau Ehrenberg weitblickend. „Sie werden hier zu viel abgelenkt.“

„Er wird sich überall ablenken lassen“, behauptete Else streng. „Auch in Iglau, oder wo er sonst im nächsten Jahr sein wird.“

„Daran hab ich jetzt gar nicht gedacht, daß Sie fortgehen“, sagte Frau Ehrenberg und schüttelte den Kopf. „Und Ihr Bruder ist nächstes Jahr in Sofia oder Athen, und Stanzides in Ungarn... traurig eigentlich, wie die nettesten Menschen in alle Windrichtungen auseinander stieben."

„Wenn ich ein Mann wär", sagte Else, „stöb ich auch."

Georg lachte. „Sie träumen von einer Reise um die Welt in einer weißen Yacht. Madeira, Ceylon, St. Franzisko."

„O nein, ich möchte nicht ohne Beruf sein, aber wahrscheinlich wäre ich Marineoffizier geworden."

„Möchten Sie nicht so lieb sein", wandte sich Frau Ehrenberg an Georg, „und uns Ihre neuen Sachen ein bissel vorspielen?"

„Ganz gern." Er stieg vom Erker am Fenster hinab, in die Dunkelheit des Zimmers. Else erhob sich und schaltete das Oberlicht ein. Georg öffnete das Klavier, setzte sich hin und spielte seine Ballade. Else hatte auf einem Fauteuil Platz genommen, und wie sie den Arm auf die Lehne und den Kopf auf den Arm gestützt dasaß, in der Haltung einer großen Dame und mit dem schwermütigen Gesicht eines altklugen Kindes, fühlte Georg von ihrem Anblick sich wieder sonderbar gerührt. Er war heute nicht sehr befriedigt von seiner Ballade und sich wohl bewußt, daß er durch ein allzu ausdrucksvolles Spiel der Wirkung nachzuhelfen suchte.

Hofrat Wilt trat leise ein und machte ein Zeichen, man möchte sich nur nicht stören lassen. Dann blieb er mit dem grauen, kurz gesträubten Kopfhaar, überlegen, gütig und lang neben der Tür an der Wand gelehnt stehen, bis Georg mit übertrieben klangvollen Akkorden den Vortrag endete. Man begrüßte einander. Wilt beglückwünschte Georg, daß er ein freier Mann war und jetzt in den Süden reisen durfte. „Ich kann das leider nicht", fügte er hinzu, „und dabei hat man doch überdies zuweilen eine dunkle Ahnung, daß in Österreich nicht das geringste sich ändern würde, selbst wenn man ein Jahr lang sein Bureau nicht beträte." Wie immer redete er von seinem Beruf und seinem Vaterland mit Ironie. Frau Ehrenberg entgegnete ihm, es gäbe ja doch keinen, der sein Vaterland mehr liebte und seinen Beruf ernster nähme, als gerade er. Er gab es zu. Für ihn aber bedeutete Österreich ein unendlich kompliziertes Instrument, das nur ein Meister richtig behandeln könnte und das nur deshalb so oft übel klänge, weil jeder Stümper seine Kunst daran versuche. „Sie werden solange darauf herumschlagen", sagte er traurig, „bis alle Saiten zerspringen und der Kasten dazu."

Als Georg ging, begleitete ihn Else ins Vorzimmer. Sie hatte ihm noch ein paar Worte über seine Ballade zu sagen. Besonders der Mittelsatz hatte ihr gefallen. So innerlich glühend wäre er gewesen. Im übrigen wünschte sie ihm glückliche Reise. Er dankte ihr. „Also“, sagte sie plötzlich, während er schon den Hut in der Hand hielt, „nun heißt es wohl gewissen Träumen endgültigen Abschied geben.“

„Welchen Träumen?“ fragte er befremdet.

„Den meinen selbstverständlich, die Ihnen nicht unbekannt geblieben sein dürften.“

Georg war sehr überrascht. So deutlich war sie nie gewesen. Er lächelte befangen und suchte nach einer Antwort. „Was weiß man von der Zukunft“, sagte er endlich leicht.

Sie runzelte die Stirn. „Warum sind Sie nicht wenigstens ehrlich zu mir, so wie ich zu Ihnen? Ich weiß ja, daß Sie nicht allein da hinunter reisen... Ich weiß auch, wer Sie begleitet... Ich weiß überhaupt alles. Gott, was hab ich denn nicht gewußt, seit wir uns kennen.“

Und Georg hörte Schmerz und Zorn im Untergrund ihrer Worte beben. Und er wußte: wenn er sie doch einmal zur Frau nähme, sie würde ihn fühlen lassen, daß sie zu lange hatte auf ihn warten müssen. Er sah vor sich hin, schwieg wie schuldbewußt und trotzig zugleich. Da lächelte Else heiter, reichte ihm die Hand und sagte nochmals: „Glückliche Reise“.

Er drückte ihr die Hand, als müßte er ihr etwas abbitten. Sie entzog sie ihm, wandte sich ab, ging ins Zimmer zurück. Er blieb noch ein paar Sekunden an der Türe stehen, dann eilte er auf die Straße.

Am Abend desselben Tages sah Georg nach vielen Wochen zum erstenmal Leo Golowski im Kaffeehaus wieder. Er wußte von Anna, daß Leo als Freiwilliger in der letzten Zeit unangenehme Dinge durchzumachen hatte, daß besonders jene „Bestie in Menschengestalt“ ihn mit Bosheit, ja mit wahrem Haß verfolgte. Es fiel Georg heute auf, wie Leo in der kurzen Zeit, während er ihn nicht gesehen, sich verändert hatte. Er sah geradezu gealtert aus.

„Es freut mich, daß ich Sie vor meiner Abreise noch einmal zu Gesicht bekomme“, sagte Georg und setzte sich ihm gegenüber an den Kaffeehaustisch. „Sie freut es“, erwiderte Leo, „daß Sie mich zufällig wieder einmal zu Gesicht kriegen, und mir war es ein Bedürfnis, Sie noch einmal zu sehen, das ist der Unterschied.“ Seine Stimme klang noch zärtlicher als gewöhnlich. Er sah Georg ins Auge, gütig, beinahe väterlich. In diesem Moment zweifelte Georg nicht mehr, daß Leo alles wußte, war ein paar Sekunden so verlegen, als wenn er sich vor ihm zu verantworten hätte, ärgerte sich über seine Verlegenheit und war Leo dankbar, daß er sie nicht zu bemerken schien. Sie sprachen beinahe nur über Musik an diesem Abend. Leo erkundigte sich nach dem Fortgang von Georgs Arbeiten, und im Verlaufe der Unterhaltung ergab es sich, daß Georg sich bereit erklärte, Leo am morgigen Sonntag Nachmittag einiges aus seinen neuesten Kompositionen vorzuspielen. Aber als sie sich voneinander verabschiedeten, hatte Georg plötzlich das unangenehme Gefühl, als wenn er eben eine theoretische Prüfung mit mäßigem Erfolg bestanden hätte und ihm für morgen das praktische Examen bevorstünde. Was wollte dieser junge, weit über sein Alter sich reif gebärdende Mensch eigentlich von ihm? Sollte Georg ihm gegenüber erweisen, daß sein Talent ihn berechtigte, Annas Geliebter zu sein, oder der Vater ihres Kindes zu werden? Er erwartete Leos Besuch mit innerm Widerstand. Einen Moment dachte er sogar daran, sich verleugnen zu lassen. Aber als Leo erschienen war, so harmlos und herzlich, wie er sich manchmal zu geben liebte, wurde Georg bald milder gestimmt. Sie tranken Tee, rauchten Zigaretten, Georg zeigte seine Bibliothek, die Bilder, die in der Wohnung hingen, Antiquitäten und Waffen, und die Prüfungsstimmung verschwand. Georg setzte sich ans Klavier, spielte ein paar seiner Stücke aus früherer Zeit und die letzten, auch die Ballade, viel besser als gestern bei Ehrenbergs, dann einige Lieder, zu denen Leo ohne Stimme, aber mit sicherem, musikalischen Gefühl die Melodie markierte. Endlich begann er das Quintett aus der Partitur vorzutragen, es gelang ihm nicht recht, und Leo stellte sich mit den Noten zum Fenster hin und las sie aufmerksam. „Eigentlich weiß man noch gar nichts“, sagte er. „Manches ist wie von einem Dilettanten mit sehr viel Geschmack und anderes wie von einem Künstler ohne rechte Zucht. In den Liedern spürt man noch am ehesten... aber was... Talent?... ich weiß nicht... daß Sie eine vornehme Natur sind, spürt man jedenfalls, eine musikalisch vornehme Natur.“

„Na, das wäre nicht viel.“

„Es ist sogar ziemlich wenig. Aber da Sie noch so wenig gearbeitet haben, beweist das auch nichts gegen Sie. Wenig gearbeitet und wenig durchfühlt.“

„Sie glauben...“ Georg zwang sich zu einem spöttischen Lächeln.

„O, erlebt wahrscheinlich sehr viel, aber gefühlt... wissen Sie, was ich meine, Georg?“

„Ja, ich kann mirs schon denken. Aber Sie irren sich entschieden. Ich finde sogar eher, daß ich eine gewisse Neigung zur Sentimentalität habe, die ich bekämpfen muß."

„Ja, das ist es eben. Sentimentalität ist nämlich etwas, was in einem direkten Gegensatz zum Gefühl steht, etwas, womit man sich über seine Gefühlslosigkeit, seine innere Kälte beruhigt. Sentimentalität ist Gefühl, das man sozusagen unter dem Einkaufspreis erstanden hat. Ich hasse Sentimentalität."

„Hm, und doch glaube ich, daß Sie selbst nicht ganz frei davon sind."

„Ich bin Jude, bei uns ist es eine Nationalkrankheit. Die Anständigen arbeiten dran, daß Grimm oder Zorn daraus werde. Bei den Deutschen ist es schlechte Gewohnheit, innere Nachlässigkeit sozusagen."

„Also bei Ihnen zu entschuldigen, bei uns nicht?"

„Auch Krankheiten sind nicht zu entschuldigen, wenn man im vollen Bewußtsein seiner Anlage versäumt hat, sich dagegen zu wehren. Aber wir fangen an, aphoristisch zu werden, befinden uns also auf dem Wege zu Halb- oder Viertelswahrheiten. Kehren wir zu Ihrem Quintett zurück. Das Thema des Adagio ist mir das liebste daran."

Georg nickte. „Das hab ich einmal in Palermo gehört."

„Wie", fragte Leo, „sollte es eine sizilianische Melodie sein?"

„Nein, aus den Wellen des Meeres ist es mir entgegengerauscht, wie ich eines Morgens allein am Strand spazieren gegangen bin. Das Alleinsein tut meiner Produktion überhaupt gut. Auch fremde Gegenden. Ich verspreche mir darum von meiner Reise allerlei." Er erzählte ihm von Heinrich Bermanns Opernstoff, der für ihn von Anregungen erfüllt sei. Wenn Heinrich wieder zurückkäme, sollte Leo ihn doch veranlassen, den Text ernstlich in Angriff zu nehmen.

„Wissen Sie noch nicht", sagte Leo, „sein Vater ist gestorben."

„Wirklich? Wann denn? Woher wissen Sies?"

„Heute früh ist es in der Zeitung gestanden."

Sie redeten über Heinrichs Verhältnis zu dem Hingeschiedenen, und Leo sprach aus, daß es um die Welt vielleicht besser stünde, wenn die Eltern öfter von den Erfahrungen ihrer Kinder lernten, statt zu verlangen, daß diese sich ihrer Altersweisheit anbequemten. Sie kamen in ein Gespräch über die

Beziehungen zwischen Vätern und Söhnen, über echte und falsche Arten von Dankbarkeit, über das Sterben von geliebten Menschen, über die Verschiedenheit von Trauer und Schmerz, über die Gefahren des Erinnerns und die Pflichten des Vergessens. Georg fühlte, daß Leo den ernstesten Dingen nachsann, sehr allein war, und es verstand, allein zu sein. Er liebte ihn beinahe, als die Tür in später Abendstunde sich hinter ihm geschlossen hatte, und der Gedanke, daß Annas erste Schwärmerei ihm gegolten, tat ihm wohl.

Noch ein paar Tage vergingen rascher als man gedacht, mit Einkäufen, Besorgungen, Vorbereitungen aller Art. Und eines Abends fuhren Georg und Anna nacheinander, in zwei Wagen, am Bahnhof vor und begrüßten sich gegenseitig in der Vorhalle zum Spaß mit großer Höflichkeit, wie entfernte Bekannte, die sich zufällig begegneten. „O mein Fräulein, was für ein glücklicher Zufall, reisen Sie vielleicht auch nach München?“ „Jawohl, Herr Baron.“ „Ei, wie trifft sich das gut. Und haben Sie etwa Schlafwagen, mein Fräulein?“ „Jawohl, Herr Baron, Bett Nummer fünf.“ „Nein, wie sonderbar, ich habe Nummer sechs.“ Dann gingen sie auf dem Perron hin und her. Georg war sehr gut aufgelegt, und es freute ihn, daß Anna in ihrem englischen Kleid mit dem schmalkrempigen Reisehut und dem blauen Schleier aussah wie eine interessante Fremde. Sie schritten den ganzen Zug ab, bis zur Lokomotive, die außerhalb der Halle stand und in aufgeregten Stößen hellgrauen Dampf zum dunkeln Himmel sandte. Draußen auf der Strecke, im matten Schein, erglühten grüne und rote Laternen. Angstvolle Pfiffe kamen von irgendwoher aus der Weite, und langsam aus dem Dunkel hervor ringelte ein Zug sich in den Bahnhof. Ein rotes Licht schwankte zauberhaft auf der Erde hin und her, schien meilenweit zu sein, und wie es stille hielt, war es mit einem Mal ganz nah. Und draußen, schimmernd und im Unsichtbaren sich verlierend, zogen die Gleise ihren Weg, nach Nähen und Fernen, in die Nacht, in den Morgen, in den nächsten Tag, ins Unerforschliche.

Anna stieg ins Kupee. Georg blieb noch eine Weile draußen stehen und amüsierte sich über die Reisenden, die eilig Aufgeregten, die vornehm Ruhigen und die, die die Ruhigen spielten, und über die verschiedenen Abarten der Begleiter: die Wehmütigen, die Heitern, die Gleichgültigen.

Anna beugte sich aus dem Fenster. Georg plauderte mit ihr, tat so, als dächte er gar nicht daran abzureisen, stieg im letzten Moment ein. Der Zug fuhr ab. Auf dem Bahnsteig standen Leute – unbegreifliche Leute, die in Wien zurückblieben, und denen wieder all die andern unbegreiflich schienen, die nun ernstlich davonfuhren. Ein paar Taschentücher wehten, der Stationschef stand wichtig da und sandte dem Zug einen strengen Blick nach, ein Träger, in blau weiß gestreifter Leinenbluse hielt eine gelbe Tasche hoch und blickte gierig in jedes Fenster. Merkwürdig, dachte Georg beiläufig, es gibt Leute, die davonfahren und ihre gelben Taschen in Wien zurücklassen. Alles verschwand, Tücher, Tasche, Stationschef, Bahnhofsgebäude, das hell erleuchtete Signalhaus, die Gloriette, die flimmernden Lichter der Stadt, die kleinen, kahlen Gärten am Damm; und der Zug sauste weiter durch die Nacht. Georg wandte sich vom Fenster ab. Anna saß in der Ecke, hatte Hut und Schleier neben sich liegen; kleine, sanfte Tränen rannen ihr über die Wangen. „Aber", sagte Georg, umschlang sie, küßte sie auf die Augen, auf den Mund. „Aber Anna", wiederholte er noch zärtlicher und küßte sie wieder. „Was weinst du denn? Es wird ja so schön sein."

„Du hasts leicht", sagte sie, und über ihr lächelndes Antlitz flossen die Tränen weiter. –

Es wurde schön. Zuerst hielten sie sich in München auf. In den hohen Sälen der Pinakothek spazierten sie umher, standen entzückt vor alten dunkelnden Bildern, wanderten in der Glyptothek zwischen marmornen Göttern, Königen und Helden; und wenn Anna plötzlich ermüdet auf einem Diwan sich niederließ, fühlte sie Georgs zärtlichen Blick über ihrem Scheitel. Sie fuhren durch den englischen Garten, in breiten Alleen, unter noch entlaubten Bäumen, eng aneinander geschmiegt, jung und glücklich, und glaubten gern, daß die Menschen sie für Hochzeitsreisende hielten. Und sie hatten ihre Plätze nebeneinander in der Oper, bei Figaro, bei den Meistersingern, bei Tristan; und es war ihnen, als webte sich aus den geliebten Klängen ein tönend durchsichtiger Schleier um sie allein, der sie von allen andern Zuhörern abschied. Und sie saßen, von niemandem gekannt, an hübsch gedeckten Gasthaustischen, aßen, tranken und plauderten wohlgelaunt. Und durch Gassen, die den wunderbaren Hauch der Fremde hatten, wandelten sie heim, wo im gemeinsamen Zimmer die milde Nacht ihrer wartete, schlummerten beruhigt Wange an Wange ein, und wenn sie erwachten, lächelte vor dem Fenster ein freundlicher Tag, mit dem sie schalten durften wie es ihnen beliebte. Sie waren ineinander beruhigt, wie sies nie gewesen und gehörten einander endlich ganz. Dann reisten sie weiter, dem rufenden Frühling entgegen; durch gedehnte Täler, auf denen der Schnee glänzte und zerrann, dann, wie durch einen letzten, weißen Wintertraum, über den Brenner nach Bozen, wo sie mittags auf dem grellen Marktplatz in Sonnenstrahlen badeten. Auf den verwitterten Stufen des weiten Amphitheaters von Verona, unter einem kühlen Osterabendhimmel, fand sich Georg endlich der ersehnten Welt gegenüber, in die eine wahrhaft Geliebte zu geleiten ihm diesmal gegönnt war. Aus rötlich blassen Fernen, zugleich mit all den ewigen Erinnerungen, die auch andern Menschen gehörten, grüßte ihn die eigene, entrückte Knabenzeit; ja ein Hauch der verwehten Tage, da seine Mutter noch gelebt hatte, zitterte hier schon durch die fremdheimatliche Luft. Venedig empfing ihn gefällig, doch zauberlos, und wohlbekannt, als hätte er es gestern verlassen. Auf dem Markusplatz wurde er von flüchtigen Wiener Bekannten gegrüßt, und der verschleierten Dame an seiner Seite im weiten Mantel galt mancher neugierige Blick. Einmal nur, spät abends auf einer Gondelfahrt durch enge Kanäle, erstanden ihm die starrenden Paläste, die im Alltagslicht allmählich zu Kulissen entwürdigt waren, im schweren Prunk dunkelgoldener Vergangenheiten.

Dann kamen ein paar Tage in Städten, die er kaum oder gar nicht kannte, wo er als Knabe nur kurze Stunden, oder noch niemals geweilt hatte. Aus einem schwülen Paduaner Mittag traten sie in eine dämmrige Kirche und betrachteten langsam von Altar zu Altar wandelnd, die einfältig herrlichen Bilder, auf denen Heilige ihre Wunder vollbrachten und ihre Martyrien vollendeten. An einem trüben, regenschweren Tag fuhr sie ein rumpelnder, trauriger Wagen an einem ziegelroten Kastell vorbei, um das in einem breiten Graben graugrünliches Wasser stand, über einen Marktplatz, wo vor dem Kaffeehaus nachlässig gekleidete Bürger saßen; in stillere und traurige Gassen, wo zwischen den buckligen Steinen Gras wuchs; und sie mußten glauben, daß diese kläglich dahinsterbende Kleinstadt den schmetternden Namen Ferrara trug. In Bologna schon, wo die lebhaft aufblühende Stadt sich nicht am Stolz vergangener Herrlichkeiten genügen ließ, atmeten sie auf. Aber erst als Georg die Hügel von Fiesole erblickte, fühlte er sich wie von einer andern Heimat begrüßt. Dies war die Stadt, in der er aufgehört hatte Knabe zu sein, in der der Strom des Lebens durch seine Adern zu kreisen begonnen hatte. An manchen Plätzen tauchten Erinnerungen in ihm auf, die er für sich behielt; und in dem Dom, wo jenes Florentiner Mädchen unter dem Brautschleier den letzten Blick zu ihm gesandt, sprach er zu Anna nur von der Herbstabendstunde in der Altlerchenfelder Kirche, wo sie beide ahnungsvoll von dieser Reise zu reden begonnen hatten, die nun so unbegreiflich rasch Wirklichkeit geworden war. Er zeigte Anna das Haus, in dem er vor neun Jahren gewohnt hatte. Noch befanden sich unten die gleichen Kaufläden, in denen Korallenhändler, Uhrmacher, Spitzenhändler ihre Waren feilhielten. Da der zweite Stock zu vermieten war, hätte Georg ohne weiteres das

Zimmer wiedersehen können, in dem seine Mutter gestorben war. Aber er zögerte lange, die Wohnung wieder zu betreten. Erst am Tage vor der Abreise, als dürfte er es doch nicht versäumen, und allein, ja ohne es Anna vorher zu sagen, betrat er das Haus, die Stiege, das Gemach. Der alt gewordene Portier führte ihn herum und erkannte ihn nicht. Es waren noch dieselben Möbel überall; das Schlafzimmer der Mutter sah noch genau so aus wie vor zehn Jahren, und in der gleichen Ecke, aus braunem Holz, mit der dunkelgrünen, silbergestickten Samtdecke, stand das gleiche Bett. Aber nichts von allem, was Georg erwartet hatte, regte sich in ihm. Ein müdes Erinnern, seichter und glanzloser als jemals sonst, rann ihm durch die Seele. Er verweilte lange vor dem Bett mit dem klar bewußten Willen, die Empfindungen, zu denen er sich verpflichtet fühlte, heraufzubeschwören. Er murmelte das Wort „Mutter", er versuchte sichs vorzustellen wie sie hier gelegen war, in diesem Bett, viele Tage und Nächte lang. Er erinnerte sich der Stunden, in denen es ihr wohler gegangen war und er ihr hatte vorlesen oder im Nebenzimmer auf dem Klavier vorspielen dürfen, sah den kleinen runden Tisch in der Ecke stehen, an dem der Vater und Felician ganz leise gesprochen hatten, weil die Mutter eben eingeschlummert war; und endlich, wie eine Szene auf dem Theater, so nah und scharf, stieg jenes furchtbaren Abends Bild in ihm auf, an dem Vater und Bruder fortgegangen waren, er selbst ganz allein an der Mutter Lager saß, ihre Hand in der seinen... alles sah und hörte er wieder: wie sie mit einem Mal nach dem ruhigsten Tag sich übel befunden, wie er die Fensterflügel aufgerissen hatte und mit der lauen Märzluft das Lachen und Reden fremder Menschen ins Zimmer hereingedrungen war, wie sie endlich dalag, mit offenen und schon erloschenen Augen, das Haar, das noch vor wenigen Sekunden um Stirn und Schläfen wellig geflossen war – wirr und trocken auf dem Polster starrte, und der linke Arm nackt über den Bettrand herunterhing mit weit auseinander gekrampften Fingern. Mit so ungeheuerer Lebendigkeit war dies Bild ihm aufgestiegen, daß er sein eigenes Knabenantlitz im Geiste wiedersah und sein eigenes längst verhalltes Weinen wieder hörte... aber er fühlte keinen Schmerz. Es war doch zu lang vorbei. Zehn Jahr beinah.

„E bellissima la vista di questa finestra", sagte plötzlich der Portier hinter ihm, öffnete das Fenster; – und mit einem Mal, wie an jenem längst entschwundenen Abend, tönten Menschenstimmen von unten herauf. Und im gleichen Augenblick hatte er die Stimme der Mutter im Ohr, so wie er sie damals vernommen, flehend, verengend... „Georg... Georg"... und aus der dunkeln Ecke,

an der Stelle, wo damals die Kissen gelegen waren, sah er etwas Bleiches sich entgegenschimmern. Er trat zum Fenster und bestätigte: *“Bellissima vista“*. Aber vor der schönen Aussicht lag es wie dunkle Schleier. „Mutter“, murmelte er, und noch einmal: „Mutter“... meinte aber zu seiner eigenen Verwunderung nicht mehr die längst Begrabene, die ihn geboren; jener andern galt das Wort, die noch nicht Mutter war und die es in wenigen Monaten werden sollte... eines Kindes Mutter, von dem er der Vater war. Und nun klang das Wort plötzlich, als tönte etwas nie Gehörtes, nie Verstandenes, als schwängen geheimnisvoll singende Glocken in Zukunftsferne mit. Und Georg schämte sich, daß er allein hier herauf gekommen war, sich gleichsam hergestohlen hatte. Nun durfte er Anna nicht einmal erzählen, daß er hier gewesen.

Am nächsten Morgen fuhren sie nach Rom. Und während Georg von Tag zu Tag sich heimischer, genußfähiger, frischer fühlte, begann Anna immer häufiger an schwerer Müdigkeit zu leiden. Oft blieb sie allein im Hotel zurück, während er in den Straßen herumschweifte, den Vatikan durchwanderte, auf Forum und Palatin sich erging. Sie hielt ihn nie zurück, aber doch fühlte er sich bemüßigt, sie zu trösten, ehe er fort ging, und pflegte zu sagen: „Nun, das sparst du dir für ein anderes Mal auf, hoffentlich kommen wir bald wieder her.“ Da lächelte sie in ihrer verschmitzten Art, als zweifelte sie gar nicht mehr daran, daß sie einmal seine Frau sein würde; und er selbst mußte sich gestehen, daß er diesen Ausgang nicht mehr für unmöglich hielt. Denn daß sie in diesem Herbst auseinandergehen sollten, mit einem Abschied für immer, das war ihm allmählich fast unfaßbar geworden. Doch sprachen sie in dieser Zeit nie mit klaren Worten von einer ferneren Zukunft. Er hatte Scheu davor und sie fühlte, daß sie gut daran täte, diese Scheu nicht aufzustören. Und gerade während dieser römischen Tage, in denen er oft stundenlang allein in der fremden Stadt umherspazierte, fühlte er, wie er Anna zuweilen in einer ihm nicht unangenehmen Weise entglitt. Eines Abends war er bis zur anbrechenden Dunkelheit zwischen den Trümmern der Kaiserpaläste umhergewandert, und von der Höhe des palatinischen Hügels, mit dem stolzen Entzücken des Einsamen, hatte er die Sonne in der Campagna versinken sehen. Dann hatte er sich eine Weile spazieren fahren lassen, längs der antiken Stadtmauer auf den Monte Pincio, und als er in seiner Wagenecke lehnend, über die Dächer hinweg den Blick zur Peterskuppel schweifen ließ, glaubte er, tief ergriffen, nun die erhabenste Stunde dieser ganzen Reise zu erleben. Erst spät kam er ins Hotel zurück, fand Anna am Fenster stehen, verweint, blaß, mit roten Flecken auf den gedunsenen Wangen. Seit zwei Stunden verging sie vor Angst, hatte sich eingebildet, daß er verunglückt, überfallen, umgebracht worden sei. Er beruhigte sie, fand aber nicht die herzlichen Worte, nach denen sie verlangte, da er sich in unwürdiger Weise gebunden und unfrei vorkam. Sie fühlte seine Kälte, gab ihm zu verstehen, daß er sie nicht genug liebte; er antwortete gereizt, beinahe verzweifelt; sie nannte ihn gefühllos und egoistisch. Er biß die Lippen zusammen, erwiderte nichts mehr und ging im Zimmer hin und her. Unversöhnt begaben sie sich in den Speisesaal, wo sie schweigend ihr Mahl einnahmen, und gingen zu Bette, ohne einander „Gute Nacht" zu sagen. Die nächsten Tage standen unter dem Schatten dieses Auftritts. Erst auf der Reise nach Neapel, allein im Kupee, in der Freude an der neuen Landschaft, durch die sie flogen, fanden sie einander wieder. Von nun an verließ er sie beinahe keinen Augenblick mehr, sie schien ihm hilflos und ein wenig rührend. Auf den Besuch der Museen verzichtete er, da sie ihn nicht begleiten konnte. Sie fuhren zusammen auf dem Posilipp und in der Villa Nationale spazieren. Auf der Wanderung durch Pompeji ging er, ein zärtlich geduldiger Ehemann, neben ihrem Tragsessel einher, und während der Führer in schlechtem Französisch seine Erklärungen vortrug, nahm Georg Annas Hand, küßte sie und versuchte mit begeisterten Worten sie an dem Entzücken teilnehmen zu lassen, das er selbst auch diesmal in der geheimnisvollen, dächerlosen Stadt empfand, die nach zweitausendjähriger Versunkenheit allmählich Straße für Straße, Haus für Haus dem unveränderlichen Lichte dieses blauen Himmels entgegenrückte. Und als sie an einer Stelle Halt machten, wo eben einige Arbeiter beschäftigt waren, mit vorsichtigen Schaufelschlägen eine gebrochene Säule aus der Asche hervorzutreiben, wies er Anna mit so leuchtenden Augen darauf hin, als wäre dieser Anblick ein Geschenk, das er ihr seit langem zugedacht, und als hätte er mit allem, was bisher geschehen, nur den Zweck verfolgt, sie in dieser Minute an diese Stelle hinzuführen und dieses Wunder schauen zu lassen.

In einer dunkelblauen Maiennacht lagen sie in zwei Segeltuchstühlen auf dem Verdeck des Schiffes, das sie nach Genua führte. Ein alter Franzose mit hellen Augen, der bei der Abendmahlzeit ihr Gegenüber gewesen war, blieb eine Weile neben ihnen stehen und machte sie auf die Sterne aufmerksam, die wie schwere silberne Tropfen im Unendlichen hingen. Einzelne nannte er mit Namen, höflich und verbindlich, als fühle er sich gedrungen, die funkelnden Himmelswanderer und das junge Ehepaar miteinander bekannt zu machen. Dann empfahl er sich und stieg in seine Kajüte hinunter. Georg aber dachte an seine einsame Fahrt auf gleichem Wege unter gleichem Himmel im vorigen Frühjahr, nach seinem Abschied von Grace. Von ihr hatte er Anna erzählt, nicht so sehr aus einem innern Bedürfnis, als um durch das Lebendigmachen einer bestimmten Gestalt und Nennung eines bestimmten Namens seine Vergangenheit von dem rätselhaft Unheimlichen zu befreien, in dem sie sich für Anna manchmal zu verlieren schien. Anna wußte von Labinskis Tod, von Georgs Gespräch mit Grace an Labinskis Grab, von Georgs Aufenthalt mit ihr in Sizilien, sogar ein Bild von Grace hatte er ihr gezeigt. Und doch, mit leichtem Schauer gestand er sich ein, wie wenig Anna selbst von dieser Epoche seines Daseins wußte, über die er sich beinahe rückhaltslos mit ihr ausgesprochen hatte; und er empfand, wie unmöglich es war, einem andern Wesen von einer Zeit, die es nicht miterlebt hatte, von dem Inhalt so vieler Tage und Nächte einen Begriff zu geben, deren jede Minute von Gegenwart erfüllt gewesen war. Er erkannte, wie wenig die kleinen Unaufrichtigkeiten, die er sich in seinen Erzählungen manchmal zuschulden kommen ließ, bedeuten mochten gegenüber dem unvertilgbaren Hauch der Lüge, den jede Erinnerung aus sich selbst gebiert, auf dem kurzen Weg von den Lippen des einen zu dem Ohr des andern. Und wenn Anna später einmal einem Freund, einem neuen Geliebten, so ehrlich, als sie nur vermochte, von der Zeit berichten wollte, die sie mit Georg verbracht, was konnte der am Ende erfahren? Nicht viel mehr als eine Geschichte, wie er sie hundertmal in Büchern gelesen: von einem jungen Geschöpf, das einen jungen Mann geliebt hatte, mit ihm herumgereist war, Wonnen empfunden und zuweilen Langeweile, sich mit ihm vereint gefühlt hatte und manchmal doch einsam; und selbst wenn sie versucht hätte, von jeder Minute Rechenschaft abzulegen... es blieb doch ein unwiderbringlich Vergangenes, und für den, der es nicht selbst erlebt hatte, konnte Vergangenes nie Wahrheit werden.

Die Sterne glitzerten über ihnen. Annas Kopf war langsam an seine Brust gesunken, und er stützte ihn sanft mit den Händen. Nur das leise Rauschen in der Tiefe verriet, daß das Schiff sich weiterbewegte. Nun ging es immer dem Morgen entgegen, der Heimat, der Zukunft. Zu klingen und zu kreisen begann die Zeit, die so lang stumm über ihnen geruht. Georg fühlte plötzlich, daß er sein Schicksal nicht mehr in der Hand hatte. Alles ging seinen Lauf. Und nun spürte ers durch den ganzen Körper gleichsam bis in die Haare, daß das Schiff unter seinen Füßen unaufhaltsam vorwärts eilte.

In Genua blieben sie nur einen Tag. Beide sehnten sich nach Ruhe, Georg überdies auch nach seiner Arbeit. Nur noch ein paar Wochen wollten sie an einem italienischen See verweilen, und Mitte Juni nach Hause fahren. Bis dahin war wohl auch das Haus bereit, in dem Anna wohnen sollte. Frau Golowski hatte ein halbes Dutzend passende entdeckt, genaue Berichte an Anna gesandt, wartete auf die Entscheidung, suchte aber für alle Fälle noch weiter. Von Genua reisten sie nach Mailand, doch ertrugen sie das laute Leben der Stadt nicht mehr, und schon am nächsten Tag fuhren sie nach Lugano.

Hier waren sie nun vier Wochen lang. Und Morgen für Morgen ging Georg den Weg, der ihn auch heute das heitere Ufer entlang, über Paradiso hinaus, an die Straßenbiegung zu einer immer neu ersehnten Aussicht führte. Nur noch wenige Tage des Aufenthalts standen bevor. So vortrefflich sich das Befinden Annas von Anfang an verhalten hatte, es war an der Zeit, die Nähe Wiens aufzusuchen, um allen Zufällen ruhig entgegensehen zu können. Die Tage in Lugano erschienen Georg als die besten, die er seit seiner Abfahrt aus Wien erlebt hatte. Und er fragte sich in manchem schönen Augenblick, ob es nicht vielleicht die beste Zeit seines ganzen Lebens wäre, die er hier verbrachte. Nie hatte er sich so wunschlos, in Voraussicht und Erinnerung so beruhigt gefühlt als hier, und mit Freude sah er, daß auch Anna vollkommen glücklich war. Erwartungsvolle Milde glänzte auf ihrer Stirn, ihre Augen blickten heiter und klug, wie in der Zeit, da Georg um ihren Besitz geworben. Ohne Unruhe, ohne Ungeduld, und, im Gefühl ihrer aufblühenden Mütterlichkeit weit hinausgetragen über die Erinnerung an heimatliche Vorurteile und über die Besorgnis vor künftigen Wirrnissen, sah sie der hohen Stunde beglückt entgegen, da sie dem wartenden Dasein als ein beseeltes Wesen wiedergeben sollte, was ihr Leib in einem halb unbewußten Augenblick der Wonne eingetrunken hatte. Freudig sah Georg in ihr die Gefährtin heranreifen, die er von Beginn an in ihr zu finden gehofft hatte, die ihm aber im Laufe der Tage manchmal entschwunden war. In Gesprächen über seine Arbeiten, die sie alle sorgfältig durchgesehen, über das Wesen des Gesangs, über allgemeinere musikalische Fragen, erschloß sie ihm mehr Wissen und Gefühl, als er je in ihr geahnt hatte. Ihm selbst, ohne daß er vieles niederschrieb, war zumute, als schritte er innerlich vorwärts. Melodien klangen in ihm, Harmonien kündigten sich an, und mit tiefem Verstehen erinnerte er sich einer Bemerkung Felicians, der einmal, nachdem er monatelang die Klinge nicht geübt, gesagt hatte: sein Arm wäre während dieser Zeit auf gute Gedanken gekommen. So erregte ihm auch die Zukunft keinerlei Sorgen. Er wußte, sobald er nach Wien kam, würde die ernste Arbeit beginnen, und dann lag in freier Aussicht sein Weg vor ihm.

Längst stand Georg an der Straßenbiegung, der seine Schritte zugestrebt hatten. Eine kurze, breite Landzunge, von niederm Gesträuch dicht bewachsen, streckte sich von hier aus in den See, und leicht sich senkend führte ein schmaler Weg in wenig Schritten zu einer von der Straße aus unsichtbaren Holzbank, auf der Georg sich immer für eine kurze Weile niederzulassen pflegte, eh er ins Hotel zurückkehrte.

Wie oft noch! dachte er heute unwillkürlich. Fünf oder sechs Male vielleicht und dann zurück nach Wien. Und er fragte sich, was denn wohl geschähe, wenn sie nicht zurückkehrten, wenn sie sich irgendwo in Italien, oder in der Schweiz häuslich niederließen und mit dem Kind, im doppelten Frieden der Natur und der Ferne sich ein neues Leben aufbauten. Was geschähe?... Nichts. Kaum daß irgend jemand sich sonderlich wundern würde. Und vermissen, mit Schmerz vermissen, als unersetzlich, würde niemand weder ihn noch sie. In dieser Überlegung ward ihm eher leicht als traurig zumute; nur verdroß es ihn, daß ihn manchmal doch eine Art Heimweh, ja sogar von Sehnsucht nach einzelnen Menschen überkam. Und auch jetzt, während er die Seeluft eintrank, sich von einem fremd-vertrauten Himmel überblauen ließ, das Vergnügen des Entrückt- und Alleinseins genoß, klopfte ihm das Herz, wenn er an die Wälder und Hügel um Wien, an die Ringstraße, den Klub, an sein großes Zimmer mit der Aussicht auf den Stadtpark dachte. Und es wäre ihm ein banges Gefühl gewesen, wenn sein Kind nicht in Wien zur Welt hätte kommen sollen. Plötzlich fiel ihm ein, daß ja heute wieder eine Nachricht von Frau Golowski da sein müsse, so wie manche andre Nachricht aus Wien, und so beschloß er noch vor der Rückkehr ins Hotel den Umweg über die Post zu nehmen. Denn, wie während der ganzen Reise, ließ er sich auch hier die Briefe nicht ins Hotel senden, weil er sich auf diese Weise freier gegenüber allen Zufälligkeiten fühlte, die von außen kommen mochten. Man schrieb ihm nicht eben viel aus Wien. Am meisten, bei aller Kürze, stand noch in den Briefen Heinrichs, was, wie Georg wohl fühlte, weniger einem besonderen Mitteilungsbedürfnis des Dichters zu danken war, als dem Umstand, daß es zu dessen Beruf gehörte, den Sätzen, die er schrieb, Lebenshauch einzuflößen. Die Briefe Felicians waren so kühl, als hätte er ganz jenes letzten innigeren Gespräch in Georgs Zimmer und des Bruderkusses vergessen, mit dem sie geschieden waren... Er mochte wohl vermuten, dachte Georg, daß seine Briefe auch von Anna gelesen wurden, und sich nicht veranlaßt fühlen, diese fremde Dame in seine Privatverhältnisse und Privatgefühle Einblick nehmen zu lassen. Nürnberger hatte Georgs Kartengrüße ein paarmal kurz erwidert, und auf einen Brief aus Rom, in dem Georg herzlich der gemeinsamen Spaziergänge im Vorfrühling gedacht, hatte Nürnberger mit ironisch entschuldigenden Worten sein Bedauern ausgesprochen, daß er auf jenen Wanderungen Georg so viel von seinen eigenen Familienverhältnissen erzählt hatte, die den andern doch absolut nicht interessieren konnten. Vom alten Eißler war ein Brief nach Neapel gelangt, der berichtete, daß eine Vakanz an der Detmolder Hofbühne im nächsten Jahre wohl nicht vorauszusehen, daß Georg aber durch den Grafen Malnitz eingeladen wäre, als erwünschter Gast den Proben und Vorstellungen anzuwohnen, bei welcher Gelegenheit sich vielleicht ein näheres Verhältnis für die Zukunft anbahnen ließe. Georg hatte höflich gedankt, war aber vorläufig wenig geneigt, auf eine so vage Aussicht hin in der fremden Stadt längern Aufenthalt zu nehmen, und entschlossen gleich nach seinem Eintreffen in Wien sich nach einer sichern Stellung umzusehen.

Sonst klang persönlich zu ihm aus der Heimat nichts herüber. Die ihm zugedachten Grüße, die Frau Rosner sich verpflichtet fühlte, den Briefen an die Tochter beizufügen, drangen nicht an sein Herz, trotzdem sie in der letzten Zeit nicht mehr an den „Herrn Baron“, sondern an „Georg“ gerichtet waren. Er fühlte ja doch, daß die Eltern Annas einfach hinnahmen, was sie nicht ändern konnten, daß sie aber im Innersten gedrückt und ohne die wünschenswerte Einsicht geblieben waren.

Wie gewöhnlich nahm Georg den Rückweg nicht das Ufer entlang. Durch enge Gassen, zwischen Gartenmauern, dann unter Bogengängen, endlich über einen großen Platz, von wo der Blick auf den See wieder frei war, gelangte er vor das Postgebäude, dessen hellgelber Anstrich die Sonne blendend widerstrahlte. Eine junge Dame, die Georg schon von weitem auf dem Trottoir auf- und abgehen gesehen hatte, blieb stehen, als er näher kam. Sie war weiß gekleidet und trug einen weißen Sonnenschirm aufgespannt über einem breiten Strohhut mit rotem Band. Wie Georg schon ganz nahe war, lächelte sie, und nun sah er mit einem Mal ein wohlbekanntes Gesicht unter dem weißen, getupften Tüllschleier. „Ist es möglich, Fräulein Therese“, rief er aus und nahm die Hand, die sie ihm entgegenstreckte.

„Grüß Sie Gott Baron“, erwiderte sie harmlos, als wäre diese Begegnung das selbstverständlichste von der Welt. „Wie geht's der Anna?“

„Danke, sehr gut. Sie werden sie doch jedenfalls besuchen?“

„Wenn's erlaubt ist.“

„Jetzt aber sagen Sie mir nur, wie kommen Sie hierher! Sind Sie am Ende...“ und er ließ seinen Blick erstaunt über ihre ganze Erscheinung gleiten, „auf einer Agitationsreise?“

„Das kann man eigentlich nicht sagen“, erwiderte sie und schob ihr Kinn vor, ohne daß diese Bewegung diesmal, wie sonst, ihr Antlitz verhäßlicht hätte. „Es ist eher ein Ferienausflug.“ Und ihr Gesicht glänzte vor innerm Lachen, als sie Georgs Blick auf das Tor gerichtet sah, aus dem eben, in weißschwarz gestreiftem Flanellanzug, Demeter Stanzides hervortrat. Er lüftete den weichen, grauen Hut zum Gruß und reichte Georg die Hand. „Guten Morgen Baron, es freut mich Sie wiederzusehen.“

„Auch ich freu mich sehr, Herr Stanzides.“

„Kein Brief für mich?“ wandte sich Therese an Demeter.

„Nein Therese, nur für mich ein paar Karten“, und er steckte sie in die Tasche.

„Seit wann sind Sie denn hier?“ fragte Georg und versuchte sich möglichst wenig überrascht zu zeigen.

„Gestern Abend sind wir angekommen“, entgegnete Demeter.

„Direkt aus Wien?“ fragte Georg.

„Nein, aus Mailand. Wir sind schon acht Tage auf Reisen.“

„Zuerst waren wir in Venedig, wie es üblich ist“, ergänzte Therese, zupfte lächelnd an ihrem Schleier und hing sich an Demeters Arm.

„Sie sind ja viel länger fort“, sagte Demeter, „eine Karte von Ihnen sah ich vor ein paar Wochen bei Ehrenbergs. Haus der Vettier, Pompeji.“

„Ja, ich hab eine wunderbare Reise hinter mir.“

„Nun wollen wir uns ein wenig im Ort umsehen“, sagte Therese, „und im übrigen den Baron nicht weiter aufhalten, der sich jedenfalls Briefe abholen will.“

„O das eilt nicht. Und wir sehen uns doch jedenfalls wieder?“

„Wollen Sie uns nicht das Vergnügen machen, Baron“, sagte Demeter, „heute im Europe, wo wir abgestiegen sind, mit uns zu lunchen?“

„Danke sehr, es geht leider nicht. Aber... aber vielleicht paßt es Ihnen mit... mit... uns im Parkhotel zu dinieren, ja? Um halb sieben, wenn's Ihnen recht ist.

Ich lasse im Garten decken unter einem wunderschönen Platanenbaum, wo wir gewöhnlich speisen."

„Ja", sagte Therese, „wir nehmen dankend an. Ich komme vielleicht schon eine Stunde früher, um mit Anna in Ruhe zu plaudern."

„Schön", erwiderte Georg, „sie wird sich sehr freuen."

„Also auf Wiedersehen, Baron", sagte Demeter, und indem er seine Hand herzlich drückte, fügte er hinzu: „Bitte meinen Handkuß zu Hause."

Therese winkte Georg vergnügt mit den Augen zu, dann schlug sie mit Demeter den Weg zum Ufer ein.

Georg schaute ihnen nach. Hätt ich sie nicht gekannt, dachte er, Demeter hätte sie mir ohne weiteres als seine Gattin, geborene Prinzessin X. vorstellen können. Wie merkwürdig! diese zwei!... Dann trat er in die Halle, ließ sich am Schalter seine Sendung geben und sah sie flüchtig durch. Das erste, was ihm in die Augen fiel, war eine Karte von Leo Golowski. Es stand nichts drauf als: „Lassen Sie sich's wohl ergehen, lieber Georg." Dann war eine Karte da aus dem Waldsteingarten im Prater. „Haben soeben auf den verehrten Ausreißer unsre Gläser geleert. Guido Schönstein, Ralph Skelton, die Rattenmamsell."

Die Briefe von Felician, Frau Rosner, Heinrich wollte Georg erst zu Hause mit Anna zusammen in Ruhe lesen. Auch drängte es ihn, die Neuigkeit von der Ankunft des sonderbaren Paares Anna mitzuteilen. Er war nicht ganz ohne Unruhe. Denn Annas bürgerliche Instinkte wachten zuweilen in ganz unerwarteter Weise wieder auf. Jedenfalls beschloß Georg, ihr seine Einladung an Demeter und Therese als etwas vollkommen Selbstverständliches mitzuteilen und war bereit für den Fall, daß sie der Sache gekränkt, geärgert oder auch nur unsicher gegenüberstände, eine solche Auffassung mit Entschiedenheit abzulehnen. Er selbst freute sich auf den Abend, der ihm bevorstand, nach den vielen Wochen, die er ausschließlich in Annas Gesellschaft verbracht hatte. Beinahe spürte er ein wenig Neid auf Demeter, der sich nun auf einer so sorgenlosen Vergnügungsreise befand, in der Art wie er selbst sie im vorigen Jahr mit Grace gemacht hatte. Dazu kam, daß ihm Therese besser gefallen hatte als je. So vielen schönen Frauen er im Laufe der letzten Monate begegnet war, noch niemals, trotzdem Anna an weiblicher Anmut immer mehr verlor, war er in ernste Versuchung geraten. Heute zum erstenmal wieder fühlte er Sehnsucht nach neuen Umarmungen.

Bald sah er durch die Gitterstäbe des Balkons das hellblaue Morgenkleid Annas schimmern. Georg pfiff, nach gewohnter Art sich anzukündigen, die ersten Takte der Beethovenschen fünften Symphonie, und gleich erschien über dem Geländer das blasse, sanfte Gesicht der Geliebten, und ihre großen Augen begrüßten ihn lächelnd. Er hielt das Päckchen Briefe in die Höhe, sie nickte befriedigt, dann eilte er rasch hinauf in ihr Zimmer auf den Balkon. Sie lehnte in einem Strohsessel vor dem Tischchen mit der grünlichen Schutzdecke, auf dem sie eine Handarbeit liegen hatte, so wie es beinahe immer der Fall war, wenn Georg von seinem Morgenspaziergang nach Hause kam. Er küßte sie auf die Stirn und auf den Mund. „Also was glaubst du, wem ich begegnet bin?“ fragte er hastig.

„Else Ehrenberg“, antwortete Anna, ohne Besinnen.

„Wie kommst du drauf? Wie sollte die hierher geraten?“

„Nun“, sagte Anna pfiffig, „man könnte dir ja nachgereist sein.“

„Man könnte, aber man ist es nicht. Also rat weiter. Dreimal darfst du.“

„Heinrich Bermann.“

„Aber keine Idee. Von dem ist übrigens ein Brief da. Also weiter.“

Sie dachte nach. „Demeter Stanzides“, sagte sie dann.

„Wie, weißt du am Ende etwas?“

„Was soll ich denn wissen? Ist er wirklich da?“

„Donnerwetter du wirst ja ganz rot, o!“ Er kannte ihre Schwärmerei für Demeters melancholische Kavaliersschönheit, fühlte aber keine Spur von Eifersucht.

„Also ist es Stanzides?“ fragte sie.

„Ja, allerdings ist es Stanzides.“

„Daran kann ich aber mit dem besten Willen nichts Merkwürdiges finden.“

„Das ist auch nicht merkwürdig. Aber wenn du draufkommst, mit wem er da ist...“

„Mit Sissy Wyner.“

„Aber...“

„Nun, ich dachte verheiratet... das kommt ja auch vor.“

„Nein, nicht mit Sissy und nicht verheiratet, sondern mit deiner Freundin Therese und so unvermählt als möglich."

„Na geh..."

„Wie ich dir sage, mit Therese. Seit acht Tagen sind sie auf Reisen. Was sagst du dazu? In Venedig und Mailand waren sie. Hattest du eine Ahnung davon?"

„Nein."

„Wirklich nicht?"

„Wirklich nicht. Du weißt doch, daß mir Therese nur einmal flüchtig geschrieben hat, und du hast ja mit bekanntem Interesse ihren Brief gelesen."

„Du bist mir nicht genug erstaunt."

„Gott ich hab immer gewußt, daß sie einen guten Geschmack hat."

„Demeter auch", rief Georg mit Überzeugung aus.

„Wahlverwandtschaften", bemerkte Anna mit hochgezogenen Brauen und häkelte weiter.

„Und das ist nun die Mutter meines Kindes", sagte Georg mit heiterm Kopfschütteln.

Sie sah ihn lächelnd an. „Wann kommt sie denn zu mir?"

„Nachmittag so gegen sechs, denk ich. Und... und Stanzides kommt auch... etwas später. Sie werden mit uns speisen. Du hast doch nichts dagegen?"

„Dagegen? Ich freu mich sehr", erwiderte Anna einfach. Georg war angenehm berührt. Wenn Anna in ihrem Zustand Stanzides in Wien begegnet wäre!... dachte er. Wie doch das Entrücktsein aus der gewohnten Umgebung befreit und reinigt!

„Was haben sie denn Neues erzählt?" fragte Anna.

„Wir sind kaum drei Minuten zusammen gestanden, bei der Post. Er läßt dir übrigens die Hand küssen."

Anna antwortete nichts, und Georg schien es, als wandelten ihre Gedanken wieder auf sehr bürgerlichen Wegen.

„Bist du schon lang aufgestanden? – fragte er rasch.

„Ja, ich sitze schon eine ganze Weile da auf dem Balkon. Ich hab sogar ein bissel geschlummert, die Luft hat so was Ermattendes heute, und geträumt hab ich auch."

„Wovon hast du denn geträumt?"

„Vom Kind", sagte sie.

„Wieder?"

Sie nickte. „Ganz dasselbe wie neulich. Hier auf dem Balkon bin ich gesessen, auch im Traum, und hab's in meinem Arm gehabt, an der Brust..."

„Was war's denn? Ein Bub oder ein Mädel?"

„Ich weiß nicht. Ein Kind halt. So klein und so süß. Und eine Wonne war das... Nein, ich geb's nicht her", sagte sie dann leise mit geschlossenen Augen.

Er stand ans Geländer gelehnt und fühlte den leichten Mittagswind in seinen Haaren streichen. „Wenn du's nicht fortgeben willst", sagte er, „so sollst du's auch nicht tun." Und es fuhr ihm durch den Sinn: wär es nicht sogar das bequemste, wenn ich sie heiratete?... Aber irgend etwas hielt ihn zurück, es auszusprechen. Sie schwiegen beide. Er hatte die Briefe vor sich hin auf den Tisch gelegt. Nun nahm er sie und öffnete einen. „Sehen wir zuerst, was deine Mutter schreibt", sagte er.

Der Brief der Frau Rosner enthielt die Mitteilung, daß daheim alles wohl sei, daß man sich sehr freue, Anna bald wieder zu sehen, und daß Josef in der Administration des „Volksboten" mit fünfzig Gulden Monatsgehalt angestellt sei. Ferner wäre eine Anfrage von Frau Bittner eingelangt, wann Anna aus Dresden zurückkäme, und ob es überhaupt sicher wäre, daß sie im nächsten Herbst wieder da sei, weil man sich andernfalls doch nach einer neuen Lehrerin umsehen müßte... Anna blieb regungslos und äußerte sich nicht.

Dann las Georg Heinrichs Brief vor. Er lautete: „Lieber Georg, ich freue mich sehr, daß Sie so bald zurück sein werden, und schreib Ihnen das lieber heute, weil ich Ihnen ja doch, wenn Sie einmal da sind, nie sagen werde, wie sehr ich mich darüber freue. Vor ein paar Tagen an der Donau, auf einer abendlich einsamen Radpartie hab ich eine wahre Sehnsucht nach Ihnen bekommen. Was übrigens diese Ufer für einen unverwischbaren Duft von Einsamkeit haben! Ich erinnere mich das schon vor fünf oder sechs Jahren einmal empfunden zu haben, an einem Sonntag, wie ich in, was man so nennt, lustiger Gesellschaft im Klosterneuburger Stiftskeller gesessen bin, in dem großen Garten, mit dem Blick auf die Berge und zu den Auen. Wie aus den Tiefen des Wassers kommt sie emporgestiegen, die Einsamkeit, die ja offenbar überhaupt etwas ganz anderes vorstellt, als man gewöhnlich meint. Keineswegs einen Gegensatz zur Geselligkeit. Ja vielleicht hat man nur unter Menschen das Recht, sich einsam zu fühlen. Nehmen Sie das als aphoristisch, lächerlich-unwahres Extrablättchen, oder legen Sie es auch als solches beiseite. Um wieder auf meine Donauuferfahrt zu kommen, – gerade in jener etwas schwülen Abendstunde sind mir allerlei gute Einfälle gekommen, und ich hoffe Ihnen bald manches Sonderbare über Ägidius erzählen zu können, wie der mordlustige und traurige Jüngling nun endgültig benannt ist, über den tiefsinnig-undurchdringlichen Fürsten, über den lächerlichen Herzog Heliodor, unter welchem Namen ich Ihnen den Bräutigam der Prinzessin vorzustellen die Ehre habe, und ganz besonders über die Prinzessin selbst, die ein viel merkwürdigeres Geschöpf zu sein scheint, als ich anfangs vermutet habe."

„Das bezieht sich auf den Operntext?" fragte Anna und ließ ihre Arbeit sinken.

„Natürlich", antwortete Georg und las weiter.

„Sie sollen auch gleich erfahren, mein Lieber, daß ich in den letzten Wochen einige vorläufig nicht besonders unsterbliche Verse zum ersten Akt verfertigt habe, die nun bis auf weiteres, ohne Ihre Musik nämlich, in der Welt herumhüpfen, wie ungeflügelte Engel. Der Stoff reizt mich in seltsamer Weise. Und ich bin schon selber neugierig, worauf ich eigentlich mit ihm hinaus will. Auch allerlei anderes hab ich begonnen... entworfen... bedacht. Und, kurz und frech gesagt, es ist mir, als kündigte sich eine neue Epoche in mir an. Doch das klingt frecher, als es ist. Denn auch Rauchfangkehrer, Salamutschimänner und Feldwebel haben ihre Epochen. Unsereiner weiß es nur immer gleich. Was ich für sehr wahrscheinlich halte, ist, daß ich aus dem phantastischen Element, in dem ich mich jetzt behage, sehr bald in ein höchst reales hinab oder hinauf steigen dürfte. Was würden Sie zum Beispiel dazu sagen, wenn ich mich in eine politische Komödie einließe? Und schon fühl ich, daß das Wort von der Realität nicht völlig stimmt. Denn mir scheint, Politik ist das phantastischeste Element, in dem Menschen sich überhaupt bewegen können, nur, daß sie es nicht merken... Hier wäre die Sache vielleicht anzupacken. Dies fiel mir ein, als ich neulich einer politischen Versammlung anwohnte, (unwahr, diese Gedanken kommen mir soeben), jawohl – einer Versammlung von Arbeitern und Arbeiterinnen in der Brigittenau, in die ich mich an der Seite von Mademoiselle Therese Golowski verfügt hatte und in der ich sieben Reden über das allgemeine

Wahlrecht anzuhören bemüßigt war. Jeder von den Rednern – auch Therese war darunter – sprach ungefähr so, als gäbe es für ihn persönlich nichts Wichtigeres, als die Lösung dieser Frage, und ich glaube, keiner von ihnen ahnte, daß ihm in der Tiefe der Seele die ganze Frage ungeheuer gleichgültig war. Therese war natürlich sehr empört, als ich ihr das eröffnete, und erklärte mir, daß ich von dem vergiftenden Skeptizismus Nürnbergers angesteckt sei, mit dem ich überhaupt zu viel verkehre. Sie ist sehr schlecht auf ihn zu sprechen, seit er sie vor einigen Wochen im Kaffeehaus gefragt hat, ob sie zu ihrem nächsten Hochverratsprozeß hohe Frisur oder aufgesteckte Zöpfe tragen werde? Übrigens stimmt es, daß ich mit Nürnberger viel zusammen bin. In schweren Stunden gibt es wohl keinen, der einem mit mehr Güte entgegenkäme. Nur daß es manche Stunden gibt, von deren Schwere er nichts ahnt oder nichts wissen will. Es gibt allerlei Schmerzen, von denen ich fühle, daß er sie unterschätzt und von denen ihm gegenüber zu sprechen ich daher aufgehört habe."

„Was meint er denn?" unterbrach ihn Anna.

„Offenbar die Geschichte mit der Schauspielerin", erwiderte Georg und las weiter: „Dafür ist er wieder geneigt, andere Schmerzen zu überschätzen, aber das ist wahrscheinlich meine Schuld, nicht seine. Ich muß es gestehen, dem Verlust, den ich durch den Tod meines Vaters erlitt, hat er eine Teilnahme entgegengebracht, die mich beschämt hat. Denn so furchtbar es mich getroffen hat, wir waren einander so fremd geworden, schon lange bevor der Wahnsinn über ihn hereinbrach, daß sein Tod mir gleichsam nur ein weiteres, grauenhafteres Entrücken bedeutete, nicht eine neue Erfahrung."

„Nun?" fragte Anna, da Georg innehielt.

„Mir fällt eben was ein."

„Was denn?"

„Die Schwester von Nürnberger liegt auf dem Friedhof von Cadenabbia begraben. Ich hab dir ja von ihr erzählt. Ich will dieser Tage einmal hinüberfahren."

Anna nickte. „Ich fahr vielleicht mit, wenn mir ganz wohl ist. Mir ist Nürnberger nach allem, was ich von ihm höre, viel sympathischer als dein Freund Heinrich, dieser schauerliche Egoist."

„Du findest?"

„Na höre, wie er über seinen Vater schreibt, das ist doch beinahe unerträglich."

„Gott, wenn man einander so fremd geworden ist wie die zwei."

„Trotzdem. Auch meinen Eltern bin ich innerlich nicht gerade sehr nah. Und doch... wenn ich... nein, nein ich will lieber gar nicht an solche Dinge denken. Willst du nicht weiter lesen?"

Georg las: „Es gibt ernstere Dinge als den Tod, traurigere gewiß, weil eben diesen andern Dingen das Endgültige fehlt, das im höhern Sinn das Traurige des Todes wieder aufhebt. Es gibt zum Beispiel lebendige Gespenster, die auf der Straße wandeln bei hellichtem Tag, mit längst gestorbenen und doch sehenden Augen, Gespenster, die sich zu einem hinsetzen und mit einer Menschenstimme reden, die viel ferner klingt als aus einem Grab heraus. Und man könnte sagen, daß in Augenblicken, da man dergleichen erlebt, das Wesen des Todes sich viel unheimlicher erschließt, als in solchen, da man dabeisteht, wie jemand in die Erde gesenkt wird... und wär er einem noch so nah gestanden."

Georg ließ den Brief unwillkürlich sinken, und Anna sagte mit Bestimmtheit: „Du kannst ihn dir schon behalten deinen Freund Heinrich."

„Ja", erwiderte Georg langsam, „er ist manchmal ein bißchen affektiert. Und doch... o, das ist ja schon das erste Läuten zum Lunch, lesen wir rasch zu Ende." „Aber nun muß ich Ihnen doch erzählen, was sich gestern hier zugetragen hat, die peinlichste und lächerlichste Geschichte, die mir seit langem vorgekommen ist, und leider sind die Beteiligten unsere guten Bekannten Ehrenberg Vater und Sohn."

„O", rief Anna unwillkürlich.

Georg hatte die folgenden Zeilen rasch für sich durchgeflogen und schüttelte den Kopf.

„Was ist denn?" fragte Anna.

„Das ist doch... höre nur", und er las weiter. „Wie sehr sich das Verhältnis zwischen dem Alten und Oskar im Lauf des letzten Jahres zugespitzt hat, wird Ihnen ja nicht entgangen sein. Sie kennen ja auch die innern Gründe, so daß ich den Vorfall einfach berichten kann, ohne mich über die Motive des breitern auszulassen. Denken Sie also. Gestern zur Mittagszeit geht Oskar an der Michaelerkirche vorüber und lüftet den Hut. Sie wissen, daß es zurzeit kaum eine Eigenschaft gibt, die für eleganter gilt als die Frömmigkeit. Und so bedarf es vielleicht nicht einmal einer weiteren Erklärung wie z. B. die, daß eben ein paar junge Aristokraten aus der Kirche gekommen sein mögen, vor denen sich

Oskar katholisch gebärden wollte. Weiß der Himmel wie oft er schon vorher sich dieser Falschmeldung ungefährdet schuldig gemacht hat. Das Unglück wollte nun gestern, daß im selben Moment der alte Ehrenberg des Wegs daherkommt. Er sieht wie Oskar vor dem Kirchentor den Hut abnimmt... und von einer fassungslosen Wut ergriffen, holt er aus und haut seinem Sprößling eine Ohrfeige herunter. Eine Ohrfeige! Oskar dem Reserveleutnant! Mittag, im Zentrum der Stadt! Daß die Geschichte noch am selben Abend in der ganzen Stadt bekannt wurde, ist also weiter nicht merkwürdig. Heute steht sie auch schon in einigen Zeitungen zu lesen. Die jüdischen schweigen sie zwar tot, von ein paar Klatschblättern abgesehen, die antisemitischen legen sich natürlich mächtig hinein. Das beste leistet der „Christliche Volksbote", der verlangt, daß beide Ehrenbergs wegen Religionsstörung oder gar Gotteslästerung vor die Geschworenen kommen. Oskar soll vorläufig abgereist sein, unbekannt wohin."

„Nette Familie", sagte Anna mit Überzeugung.

Wider Willen mußte Georg lachen. „Du an *der* Geschichte ist Else wirklich vollkommen unschuldig."

Die Glocke tönte zum zweitenmal. Sie begaben sich in den Speisesaal und nahmen an ihrem kleinen Tisch am Fenster Platz, wo immer für sie allein gedeckt war. An der langen Tafel, in der Mitte des Saals, saßen kaum ein Dutzend Gäste, meist Engländer und Franzosen, auch ein nicht mehr ganz junger Mann, der erst seit zwei Tagen da war und den Georg für einen österreichischen Offizier in Zivil hielt. Im übrigen kümmerte er sich um ihn so wenig als um die andern. Georg hatte den Brief Heinrichs zu sich gesteckt. Es fiel ihm ein, daß er ihn noch nicht zu Ende gelesen. Beim schwarzen Kaffee nahm er ihn wieder vor und überflog den Schluß.

„Was schreibt er denn noch?" fragte Anna.

„Nichts Besonderes", antwortete Georg. „Von Leuten, die dich nicht besonders interessieren dürften. In seine Kaffeehausgesellschaft scheint er wieder hinein geraten zu sein, mehr als ihm lieb ist, und mehr als er zugesteht, offenbar."

„Er wird schon hineinpassen", sagte Anna beiläufig. Georg lächelte nachsichtig. „Es ist immerhin ein komisches Volk."

„Was ist denn mit ihnen?" fragte Anna.

Georg hatte den Brief neben der Tasse liegen, blickte hinein. „Der kleine Winternitz... weißt du... der im Winter einmal mir und Heinrich seine Gedichte vorgelesen hat… geht nach Berlin als Dramaturg eines neu gegründeten Theaters. Und Gleißner, der uns einmal im Museum so angeglotzt hat…“

„Ja der ekelhafte Kerl mit dem Monokel…“

„Also der erklärt, daß er das Schreiben überhaupt aufgibt, um sich ausschließlich dem Sport zu widmen…“

„Dem Sport?“

„Einem ganz eigenartigen. Er spielt mit Menschenseelen.“

„Wie?“

„Hör nur.“ Er las: „Jetzt behauptet dieser Hanswurst mit der Lösung folgender zweier psychologischen Aufgaben zugleich beschäftigt zu sein, die sich in geistreicher Weise ergänzen. Erstens: ein junges, unverdorbenes Geschöpf aufs furchtbarste zu depravieren und zweitens eine Dirne zur Heiligen zu machen, wie er sich ausdrückt. Er verspricht nicht zu ruhen, ehe die erste in einem Freudenhaus, die zweite in einem Kloster endet.“

„Eine nette Gesellschaft“, bemerkte Anna und stand vom Tisch auf.

„Wie klingt das alles hierher!“ sagte Georg, und folgte ihr in den Park. Über den Wipfeln der Bäume ruhte sonnenschwer ein dunkelblauer Tag. Eine Weile standen sie an der niederen Balustrade, die den Garten von der Straße schied, und sahen über den See zu den Bergen hin, die hinter silbergrauen im Sonnenlicht bebenden Schleiern dämmerten. Dann spazierten sie tiefer in den Park, wo die Schatten kühler und dunkler waren, und während sie Arm in Arm über den leise knisternden Kies wandelten, längs der hohen braunen efeubewachsenen Mauer, über die alte Häuser mit schmalen Fenstern hereinstarrten, plauderten sie von den Nachrichten, die heute gekommen waren. Und zum ersten Male stieg eine leichte Sorge in ihnen auf, bei dem Gedanken, daß sie nun aus der freundlichen Geborgenheit der Fremde so bald wieder nach Hause sollten, wo selbst der Alltag von geheimen Fährlichkeiten erfüllt schien. Sie setzten sich unter die Platane an den weiß lackierten Tisch. Wie mit Absicht war dieser Platz immer für sie freigehalten. Nur gestern Nachmittag war der neu angekommene österreichische Herr dagesessen, hatte sich aber, durch einen mißbilligenden Blick Annas fortgewiesen, mit höflichem Gruß entfernt.

Georg eilte aufs Zimmer und holte für Anna ein paar Bücher, für sich einen Band von Goethe-Gedichten und das Manuskript seines Quintetts. Nun saßen sie beide da, lasen, arbeiteten, sahen zuweilen auf, lächelten einander an, sprachen ein paar Worte, guckten wieder ins Buch, blickten über die Balustrade ins Freie und fühlten den Frieden in ihren Seelen und den Sommer in der Luft. Sie hörten, wie der Springbrunnen hinter dem Busch ganz nahe rauschte und dünne Tropfen auf den Wasserspiegel fielen. Manchmal knarrten die Räder eines Wagens jenseits der hohen Mauer, zuweilen tönten vom See her dünne, ferne Pfiffe, seltener noch klangen Menschenstimmen von der Uferstraße in den Garten herein. Von Sonne vollgetrunken drückte der Tag auf die Wipfel. Später, mit dem leisen Wind, der jeden Nachmittag vom See her wehte, verstärkten und mehrten sich Laute und Stimmen. Die Wellen schlugen hörbar an den Strand, Rufe der Schiffer tönten herauf, jenseits der Mauer klang Gesang junger Leute. Vom Springbrunnen sprühten winzige Tröpfchen her. Der Hauch des nahen Abends weckte Menschen, Land und Wasser wieder auf.

Schritte tönten auf dem Kies. Therese, schlank und weiß, kam rasch die Allee gegangen. Georg stand auf, ging ihr ein paar Schritte entgegen, reichte ihr die Hand. Auch Anna wollte sich erheben, Therese ließ es nicht zu, umarmte sie, gab ihr einen Kuß auf die Wange und setzte sich zu ihr. „Wie schön ist es da!“ rief sie aus. „Aber bin ich euch nicht zu früh gekommen?“

„Was fällt dir ein, ich freu mich ja so“, erwiderte Anna.

Therese betrachtete sie mit prüfendem Lächeln und ergriff ihre beiden Hände.

„Na, dein Aussehen ist beruhigend“, sagte sie.

„Es geht mir auch sehr gut“, erwiderte Anna. „Und dir wie es scheint nicht minder“, setzte sie mit freundlichem Spott hinzu.

Georgs Augen ruhten auf Therese, die wieder ganz weiß wie morgens, diesmal noch eleganter, in englisches gesticktes Leinen gekleidet war und um den freien Hals eine Schnur aus lichtrosa Korallen trug. Während die beiden Frauen über den sonderbaren Zufall ihres Wiedersehens sprachen, erhob sich Georg, um Aufträge für das Diner zu erteilen. Als er in den Garten wiederkehrte, waren die beiden andern nicht mehr da. Er sah Therese auf dem Balkon, den Rücken an das Geländer gelehnt, mit Anna reden, die unsichtbar, in der Tiefe des Zimmers weilen mochte. In guter Stimmung spazierte er in den Alleen hin und her, ließ Melodien in sich singen, fühlte seine Jugend und sein Glück, warf zuweilen einen Blick auf den Balkon oder über die Balustrade auf die Straße und sah endlich Demeter Stanzides herankommen. Er ging ihm entgegen. „Seien Sie willkommen“, begrüßte er ihn am Gartentor. „Die Damen sind oben auf dem

Zimmer, werden aber bald erscheinen. Wollen Sie sich indessen ein bißchen den Park ansehen?"

„Gern."

Sie spazierten miteinander weiter.

„Haben Sie die Absicht, länger in Lugano zu bleiben?" fragte Georg.

„Nein, wir fahren morgen nach Bellaggio, von dort an den Lago Maggiore, Isola bella. Die ganze Herrlichkeit dauert ja nimmer lang. In vierzehn Tagen müssen wir wieder zu Hause sein."

„So kurzen Urlaub?"

„Ach, es ist nicht meinetwegen. Aber Therese muß zurück. Ich bin ein ganz freier Mann. Ich hab schon meinen Abschied im Sack."

„Sie wollen sich also ernstlich auf Ihr Gut zurückziehen?"

„Mein Gut?"

„Ja, ich hab so was gehört, bei Ehrenbergs."

„Aber ich hab doch das Gut noch gar nicht. Steh allerdings in Unterhandlungen."

„Und wo werden Sie sich ankaufen, wenn ich fragen darf?"

„Wo sich die Füchs' gute Nacht sagen. Es wird Ihnen wenigstens so vorkommen. An der ungarisch-kroatischen Grenze. Ziemlich einsam und entlegen, aber sehr merkwürdig. Ich hab eine gewisse Sympathie für die Gegend. Jugenderinnerungen. Drei Leutnantsjahre. Offenbar bild ich mir ein, ich werde dort wieder jung werden. Na, wer weiß."

„Eine schöne Besitzung?"

„Nicht übel. Vor zwei Monaten hab ich sie mir wieder angesehen. Hab sie nämlich schon aus früherer Zeit gekannt. Dem Grafen Jaczewicz hat sie gehört dazumal. Zuletzt einem Fabrikanten. Dem ist seine Frau gestorben. Jetzt fühlt er sich einsam da unten und will's los werden."

„Ich weiß nicht", sagte Georg, „aber ich stell mir die Gegend ein bissel melancholisch vor."

„Melancholisch? Na, mir scheint, in einer gewissen Lebensepoche kriegt jede Gegend ein melancholisches Ansehen." Und er blickte rings um sich, wie um sich einen neuen Beweis von der Wahrheit seiner Worte zu verschaffen.

„In welcher Epoche?"

„Na, wenn man anfängt alt zu werden."

Georg lächelte. Demeter erschien ihm so schön, und trotz der grauen Haare an den Schläfen noch jung. „Wie alt sind Sie denn Herr Stanzides, wenn ich fragen darf?"

„Siebenunddreißig. Ich sag ja nicht alt sein, sondern alt werden. Die Menschen reden meist erst vom Altwerden, wenn sie's schon lang sind."

Am Ende des Gartens, dort wo er an die Mauer stieß, setzten sie sich auf eine Bank. Von hier aus hatten sie das Hotel und die große Gartenterrasse im Auge. Die obern Stockwerke mit den Balkons waren ihnen durch die Baumkronen verborgen. Georg bot Demeter eine Zigarette an und nahm sich selbst eine. Und beide schwiegen eine Weile.

„Sie gehen übrigens auch von Wien fort, hab ich gehört", sagte Demeter.

„Ja, das ist sehr wahrscheinlich... wenn ich nämlich eine Stellung an irgendeiner Opernbühne bekomme. Na und ist's heuer nicht, so ist's nächstes Jahr."

Demeter saß mit übereinandergeschlagenen Beinen, hielt das eine mit der Hand beim Knöchel fest und nickte. „Ja, ja", sagte er und blies den Rauch langsam und schmal durch die Lippen. „Ein Talent zu haben ist schon was Schönes. Da muß sich auch das mit den Lebensepochen irgendwie anders verhalten. Das ist eigentlich auch das einzige, um was ich einen Menschen beneiden könnte."

„Dazu haben Sie doch keinen Grund. Überhaupt Leute mit Talent sind gar nicht zu beneiden. Höchstens Leute mit Genie. Und die beneid ich wahrscheinlich noch mehr, als Sie es tun: Aber ich finde, Talente, wie das Ihrige, sind etwas viel Absoluteres, etwas viel Sichereres sozusagen. Man ist halt gelegentlich nicht in Form, gut... aber da leistet man, wenn man überhaupt was kann, noch immer sehr Beträchtliches, während unsereiner, wenn er nicht in Form, gleich ein vollkommener Pfründner ist."

Demeter lachte. „Ja, aber es *halt'* länger, so ein künstlerisches Talent, und es bildet sich mit den Jahren sogar weiter aus. Zum Beispiel der Beethoven. Die neunte Symphonie ist doch die allerschönste, nicht wahr? Na, und der zweite Teil Faust!... Während wir mit den Jahren unbedingt zurückgehen, da hilft nichts. Selbst die Beethovens unter uns! Und wie früh das schon anfangt. Von ganz seltenen Ausnahmen abgesehen. Ich zum Beispiel war mit fünfundzwanzig auf der Höhe. Nie wieder hab ich das erreicht, was ich mit fünfundzwanzig in mir gehabt hab. Ja, lieber Baron, das waren Zeiten!"

„Na, ich erinnere mich, Sie vor zwei Jahren ein Rennen gewinnen gesehen zu haben gegen Buzgo, der damals Favorit war,... ich hab sogar auf ihn gewettet gehabt..."

„Lieber Baron", unterbrach ihn Stanzides. „Glauben Sie mir, ich weiß, warum ich aufgehört hab. So was kann man nur selber spüren. Und darum weiß eben keiner so gut, wann das Altwerden anfängt wie ein Sportsmann. Da nützt auch alles Weitertrainieren nicht. Es wird nur eine künstliche Sache. Und wenn Ihnen einer erzählt, daß es anders ist, dann ist er einfach... aber da kommen ja unsere Damen."

Sie standen beide auf. Arm in Arm näherten sich Therese und Anna, die eine ganz weiß, die andre in einem schwarzen Kleid, das, in weiten Falten zur Erde sinkend, ihre Formen völlig verbarg. Beim Springbrunnen begegneten sich die Paare. Demeter küßte Anna die Hand.

„Das ist wirklich ein schöner Fleck Erde, auf dem ich das Glück habe, Sie wieder zu begrüßen, gnädige Frau."

„Es ist auch mir eine angenehme Überraschung", erwiderte Anna, „ganz abgesehen von der Gegend."

„Weißt du", sagte Georg zu Anna, „daß die Herrschaften morgen schon wieder abreisen?"

„Ja, Therese hat's mir erzählt."

„Wir wollen uns doch möglichst viel ansehen", erklärte Demeter. „Und meiner Erinnerung nach sind die andern oberitalienischen Seen noch großartiger, als der hier."

„Von den andern weiß ich nichts", sagte Anna. „Wir sind von da noch gar nicht weggekommen."

„Nun, vielleicht benützen Sie die Gelegenheit“, sagte Demeter, „und schließen sich uns für einen kleinen Ausflug an. Bellaggio, Pallanza, Isola bella.“

Anna schüttelte den Kopf „Es wäre wohl schön, aber ich bin leider nicht mobil genug. Ja, unglaublich faul bin ich. Es gibt ganze Tage, wo ich nicht aus dem Park herauskomme. Aber wenn Georg Lust hat, mir auf ein bis zwei Tage zu echappieren, so habe ich gar nichts dagegen.“

„Ich denke gar nicht dran dir zu echappieren“, sagte Georg. Er warf einen raschen Blick auf Therese, deren Augen leuchteten und lachten. Sie bummelten alle langsam durch den Garten, während es allmählich dämmerte, und plauderten über die Orte, die sie in der letzten Zeit gesehen hatten. Als sie wieder an den Tisch unter der Platane kamen, war gedeckt, und in den Glasglocken brannten die Gartenlichter. Eben brachte der Kellner den Kübel mit Asti. Anna setzte sich auf die Bank, die an den Stamm der Platane gelehnt war, ihr gegenüber saß Therese, zu ihren beiden Seiten Georg und Demeter.

Das Essen wurde aufgetragen und der Wein eingeschenkt. Georg erkundigte sich nach den Wiener Bekannten. Demeter erzählte, daß Willy Eißler von der Reise ein paar glänzende Karikaturen mitgebracht hatte, sowohl von den Jägern, als von den Tieren. Der alte Ehrenberg hätte die Bilder gekauft.

„Wissen Sie übrigens schon“, sagte Georg, „die Geschichte mit Oskar?“

„Welche Geschichte?“

„Nun, die Sache mit seinem Vater vor der Michaelerkirche.“ Er erinnerte sich, daß er schon vorher, als die Damen noch nicht erschienen waren, Demeter die Geschichte hatte erzählen wollen, daß er es aber für richtiger gefunden hatte, sie zu unterdrücken. Nun war es wohl der Wein, der ihm wider Willen die Zunge löste. Er berichtete in kurzen Worten, was ihm Heinrich geschrieben hatte.

„Das ist aber eine höchst traurige Geschichte“, sagte Demeter sehr betreten, so daß auch alle andern sich plötzlich ernster werden fühlten.

„Warum eine traurige Geschichte?“ fragte Therese, „ich finde sie zum totlachen.“

„Liebe Therese, du bedenkst nicht die Folgen, die sie für den jungen Menschen haben kann.“

„Gott, ich weiß ganz gut, er wird halt in einem gewissen Kreis unmöglich sein. Das wird ihn höchstens zur Einsicht bringen, was für ein dummer Kerl er bisher gewesen ist."

„Na", sagte Georg, „ob Oskar gerade zu den Leuten gehört, die zur Einsicht kommen... ich glaub eigentlich nicht."

„Abgesehen davon, liebe Therese", fügte Demeter hinzu, „daß das, was du Einsicht nennst, durchaus noch nicht die richtige zu sein braucht. Alle Menschengruppen haben ihre Vorurteile, auch ihr seid nicht frei davon."

„Was haben wir für Vorurteile, das möcht ich wissen", rief Therese. Und sie trank zornig ihren Wein aus. „Wir wollen nur mit gewissen Vorurteilen aufräumen, besonders mit dem, daß es privilegierte Kasten gibt, die ihre besondere Ehre..."

„Bitte, liebe Therese, du bist hier in keiner Versammlung. Und es ist zu fürchten, daß der Applaus am Schluß deiner Rede dünner ausfallen wird, als du's gewohnt bist."

„Also schau", wandte sich Therese zu Anna, „das ist die Art, wie ein Kavallerieoffizier Diskussionen führt."

„Pardon", sagte Georg, „diese ganze Geschichte hat doch mit Vorurteilen kaum etwas zu tun. Eine Ohrfeige auf offener Straße auch von der Hand des eigenen Vaters... ich glaube, man muß da gar nicht Reserveoffizier oder Student sein..."

„Diese Ohrfeige", rief Therese, „hat für mich geradezu etwas Befreiendes. Sie bildet den würdigen Abschluß einer lächerlichen und überflüssigen Existenz."

„Abschluß, das wollen wir nicht hoffen", sagte Demeter.

„Man schreibt mir", bemerkte Georg, „daß Oskar abgereist ist, unbekannt wohin."

„Wenn mir einer in der Sache leid tut", sagte Therese, „ist es jedenfalls nur der Alte, der bei seinem guten Herzen wahrscheinlich heute die Unannehmlichkeiten schon bedauert, die er seinem versnobten Sohn verursacht hat."

„Gutes Herz!" rief Demeter aus, „ein Millionär! ein Fabrikbesitzer!... Aber Therese..."

„Ja, es kommt vor. Das ist zufällig einer von jenen, die in der Tiefe ihrer Seele mit uns eines Sinnes sind. Und an dem Abend, Demeter, an dem du das Vergnügen gehabt hast, mich zum erstenmal zu sehen, weißt du, warum ich damals bei Ehrenbergs gewesen bin...? Und weißt du, für welchen Zweck er mir damals ohne weiteres tausend Gulden gegeben hat...? Für...", sie biß sich auf die Lippen, „ich darf's ja nicht sagen, das war die Bedingung."

Plötzlich erhob sich Demeter und verbeugte sich vor jemandem, der eben vorbeiging. Es war der österreichische Herr, der gestern angekommen war. Er lüftete den Hut und verschwand im Dunkel des Gartens.

„Sie kennen den Mann?" fragte Georg nach ein paar Sekunden. „Mir ist auch, als kennte ich ihn, wer ist's denn nur?"

„Der Prinz von Guastalla", sagte Demeter.

„So?" rief Therese unwillkürlich, und ihre Augen bohrten sich ins Dunkel.

„Was schaust du denn?" sagte Demeter. „Ein Mensch wie ein anderer."

„Er soll ja von Hof verbannt sein", sagte Georg, „nicht wahr?"

„Davon ist mir nichts bekannt", entgegnete Demeter, „aber jedenfalls ist er nicht gern gesehen. Er hat neulich eine Broschüre herausgegeben über gewisse Zustände in unserm Heer, insbesondere über das Leben der Offiziere in den Provinzen, was ihm sehr übel genommen wurde, obwohl in Wirklichkeit gar nichts Böses darin steht."

„Da hätt' er sich an mich wenden sollen", sagte Therese, „ich hätt' ihm auch einiges mitteilen können."

„Liebes Kind", wehrte Demeter ab, „das, was du wahrscheinlich wieder meinst, ist doch ein Ausnahmefall, da darf man nicht gleich verallgemeinern."

„Ich verallgemeinere nicht, aber ein solcher Fall genügt, um das ganze System..."

„Keine *Rede*, Therese..."

„Ich spreche von Leo", wandte sich Therese an Georg. „Was der heuer durchmacht, das ist wirklich ungeheuerlich."

Georg erinnerte sich plötzlich wie einer vollkommen vergessenen und höchst merkwürdigen Sache, daß Therese Leos Schwester war. Ob der wußte, daß sie hier, und mit wem sie hier war?

Demeter nagte etwas nervös an seinen Lippen.

„Da ist nämlich ein antisemitischer Oberleutnant“, sagte Therese, „der ihn auf eine besonders niederträchtige Art seckiert, weil er spürt, wie Leo ihn verachtet.“

Georg nickte. Er wußte ja davon.

„Liebes Kind“, sagte Demeter, „wie ich schon mehrere Male erwähnte, mir stimmt in der Sache etwas nicht. Ich kenne zufällig den Oberleutnant Sefranek und versichre dich, es ist mit ihm auszukommen. Er ist nicht besonders gescheit, und daß er für die Israeliten keine Vorliebe hat, mag auch richtig sein, aber schließlich muß man doch sagen, es gibt sogenannte antisemitische Schimpfwörter, die gar keine Bedeutung haben, die von Juden meiner Erfahrung nach ebensoviel angewendet werden wie von Christen. Und dein Herr Bruder leidet da entschieden an einer krankhaften Empfindlichkeit.“

„Empfindlichkeit ist nie krankhaft“, entgegnete Therese. „Nur Unempfindlichkeit ist eine Krankheit und zwar die widerwärtigste, die ich kenne. Ich stimme bekanntlich mit meinem Bruder, das wissen Sie am besten, Georg, in meinen politischen Anschauungen so wenig überein als möglich, mir sind jüdische Bankiers geradeso zuwider wie feudale Großgrundbesitzer, und orthodoxe Rabbiner geradeso zuwider wie katholische Pfaffen. Aber wenn sich jemand über mich erhaben fühlte, weil er einer andern Konfession oder Rasse angehört als ich, und gar im Bewußtsein seiner Übermacht mich diese Erhabenheit fühlen ließe, ich würde so einen Menschen… also ich weiß nicht, was ich ihm täte. Aber jedenfalls würd ich den Leo begreifen, wenn er bei der nächsten Gelegenheit diesem Herrn Sefranek ins Gesicht springt.“

„Mein liebes Kind“, sagte Demeter, „wenn du nur den geringsten Einfluß auf deinen Bruder hast, so solltest du diesen Gesichtssprung um jeden Preis zu verhindern suchen. Meiner Ansicht nach bleibt es doch bei einem solchen Fall das beste, den anständigen, das heißt den vorschriftsmäßigen Weg einzuschlagen. Es ist nämlich gar nicht wahr, daß damit nichts erreicht wird, die obern Chargen sind meistens ruhige, jedenfalls korrekte Persönlichkeiten und…“

„Aber das hat ja der Leo längst getan… schon im Februar. Er ist beim Obersten gewesen, der Oberst war sogar sehr nett zu ihm und hat, wie aus verschiedenen Anzeichen hervorgeht, dem Oberleutnant sehr ins Gewissen geredet; nur daß es leider nicht das geringste genützt hat, im Gegenteil. Bei nächster Gelegenheit hat der Oberleutnant seine Bosheiten erst recht wieder aufgenommen und setzt sie mit einer raffinierten Konsequenz fort. Ich versichere Sie, Baron, von Tag zu Tag fürcht ich, daß da irgendein Malheur geschieht."

Demeter schüttelte den Kopf. „Wir leben in einer verrückten Zeit. Ich versichere Sie", wandte er sich an Georg, „der Oberleutnant Sefranek ist so wenig Antisemit als Sie und ich. Er verkehrt in jüdischen Häusern, ich weiß sogar, daß er mit einem jüdischen Regimentsarzt direkt intim war durch Jahre. Es ist wirklich, wie wenn die Leute wahnsinnig wären."

„Da könntest du recht haben", meinte Therese.

„Nun, Leo ist so vernünftig", sagte Georg, „so klug bei all seinem Temperament, daß ich überzeugt bin, er wird sich zu keiner Dummheit hinreißen lassen. Schließlich weiß er doch, in ein paar Monaten ist alles vorbei, solang macht man's halt durch."

„Wissen Sie übrigens, Baron", sagte Therese, während sie, dem Beispiel der Herren folgend, aus einer Schachtel, die der Kellner gebracht hatte, eine Zigarette nahm. „Wissen Sie, daß Leo von Ihren Kompositionen sehr entzückt war?"

„Na, entzückt", sagte Georg, indem er Therese Feuer gab, „davon hab ich eigentlich nichts bemerkt."

„Also gefallen hat ihm einiges", schränkte Therese ein, „das ist beinahe schon soviel, wie wenn ein anderer entzückt wäre."

„Haben Sie auch auf der Reise komponiert?" fragte Demeter verbindlich.

„Nichts als ein paar Lieder."

„Die werden wir wohl im Herbst zu hören bekommen", meinte Demeter.

„Ach Gott, reden wir nicht vom Herbst", sagte Therese. „Bis dahin können wir tot sein, oder eingesperrt."

„Na, das letztere wäre doch bei einigem guten Willen zu vermeiden", rief Demeter.

Therese zuckte die Achseln. Georg saß nahe bei ihr und glaubte die Wärme ihres Körpers zu fühlen. Aus den Fenstern des Hotels glänzten Lichter, und ein langer, rötlicher Streif fiel bis zu dem Tisch, an dem die beiden Paare saßen.

„Ich schlage vor", sagte Georg, „daß wir den schönen Abend benützen, um noch am Ufer spazieren zu gehen."

„Oder Kahn zu fahren", rief Therese aus.

Alle waren einverstanden. Georg eilte rasch aufs Zimmer, um Umhüllen zu holen. Als er wieder herunterkam, fand er die andern bereit zum Fortgehen an der Tür des Parks stehen. Er half Anna in ihren hellgrauen Mantel, hing Therese seinen eigenen, langen Überzieher um die Schultern und behielt einen dunkelgrünen Plaid über dem Arm. Sie gingen langsam durch die Allee, bis zu der Stelle, wo Kähne verankert lagen. Zwei Schiffer führten die Gesellschaft mit raschen Ruderschlägen aus der Dunkelheit des Ufers in das schwärzlich glänzende Wasser hinaus. Unnatürlich riesenhaft ragten die Berge zum Himmel auf. Die Sterne waren nicht sehr zahlreich. Kleine, graublaue Wölkchen hingen in der Luft. Die Ruderer saßen auf zwei quergelegten Brettern; in der Mitte des Kahns auf schmalen Bänken, einander gegenüber, die beiden Paare: Georg und Anna, Demeter und Therese. Alle waren zuerst ganz schweigsam. Erst nach einigen Minuten unterbrach Georg die Stille. Er nannte den Namen des Berges, der den See nach Süden abschloß, machte auf ein Dorf aufmerksam, das wie in unendlicher Entfernung an einer Felsenlehne ruhte und doch in einer Viertelstunde zu erreichen wäre; erkannte das weiße, leuchtende Haus auf der Höhe über Lugano als das Hotel, in dem Demeter und Therese wohnten, und erzählte von einem Spaziergang, den er neulich unternommen, zwischen besonnten Weinbergen weit ins Land hinein.

Anna hielt unter dem Plaid, während er sprach, seine Hand gefaßt. Demeter und Therese saßen ernst und korrekt nebeneinander, gar nicht wie Liebesleute, die einander erst vor kurzem gefunden haben. Nun erst gewann Georg für Therese allmählich seine Neigung zurück, die während ihres lauten, heftigen Redens beinahe geschwunden war.

Wie lang wird diese Geschichte mit Demeter währen? dachte er. Wird sie zu Ende sein, wenn der Herbst da ist, oder wird sie am Ende so lange oder länger dauern, als meine mit Anna? Wird diese Fahrt auf dem dunkeln See auch einmal eine Erinnerung an vollkommen Entschwundenes sein, so wie die Fahrt auf dem Veldeser See mit dem Bauernmädel, die mir jetzt seit Jahren zum erstenmal wieder einfällt... wie die Reise mit Grace übers Meer? Wie seltsam. Anna hält meine Hand, ich drücke sie, und wer weiß, ob sie nicht in diesem Augenblick ganz ähnliches in Hinsicht auf Demeter empfindet, wie ich in Hinsicht auf Therese? Nein, doch nicht... sie trägt ein Kind unter ihrem Herzen, das sich sogar schon regt... Deswegen... ach Gott... Auch *mein* Kind ist es ja... Nun fährt unser Kind auf dem See von Lugano spazieren... Werd ich es ihm einmal erzählen, daß es vor seiner Geburt auf dem See von Lugano herumgefahren ist...? Wie wird das alles nun werden? In wenigen Tagen ist man wieder in Wien. Existiert denn dieses Wien überhaupt? Es ersteht erst langsam wieder, während wir zurückfahren... Ja, so ist es... Sobald ich zu Hause bin, wird ernstlich gearbeitet. Ich werde ruhig in meiner Wiener Wohnung bleiben und Anna immer nur besuchen; nicht mit ihr auf dem Lande wohnen höchstens in den allerletzten Tagen... Und im Herbst ich in Detmold? Und wo wird Anna sein? Und das Kind? Bei fremden Menschen irgendwo auf dem Land?... Wie unwahrscheinlich ist das alles... Aber es war auch heute vor einem Jahr sehr unwahrscheinlich, daß ich mit Fräulein Anna Rosner, und Stanzides mit Fräulein Therese Golowski auf dem See von Lugano spazieren fahren würde... und jetzt ist es die selbstverständlichste Sache von der Welt. – Mit einem Male hörte er neben sich, überdeutlich, als wenn er eben erwachte, Demeters Stimme. „Wann geht unser Schiff morgen ab?"

„Um neun Uhr früh", erwiderte Therese.

„Sie ist nämlich der Reisemarschall", sagte Demeter, „ich brauche mich um gar nichts zu kümmern."

Nun stand mit einemmal der Mond über dem See.

Es war, wie wenn er hinter den Bergen gewartet hätte und nun zum Abschied aufgestiegen käme. Ganz weiß und nahe lag plötzlich jenes unendlich ferne Dorf an der Berglehne. Der Kahn legte an. Therese erhob sich und sah, von der Nacht umgeben, auffallend groß aus. Georg sprang aus dem Kahn und half ihr beim Aussteigen. Er spürte ihre kühlen Finger, die nicht zitterten, sondern sich wie mit Absicht leise bewegten, in seiner Hand und fühlte den Hauch ihrer Lippen nah. Nach ihr stieg Demeter aus, dann kam Anna, schwerfällig und müd. Die Schiffer dankten für das reichliche Trinkgeld, und die beiden Paare spazierten heimwärts. Auf einer Bank in der Uferallee, in einem langen, dunkeln Mantel saß der Prinz, rauchte eine Zigarre, schien auf den nächtlichen See hinauszusehen und wandte den Kopf, offenbar um nicht gegrüßt zu werden.

„So einer könnte einem manches erzählen", sagte Therese zu Georg, mit dem sie immer weiter zurückblieb, während Demeter und Anna vor ihnen gingen.

„So bald also fahren Sie schon nach Wien?" fragte Georg.

„In vierzehn Tagen, finden Sie das so bald? Jedenfalls werden Sie vor uns daheim sein, nicht?"

„Ja, in ein paar Tagen reisen wir. Es läßt sich nicht länger verschieben. Auch werden wir einigemale unterbrechen müssen. Anna verträgt das Fahren nicht gut.“

„Wissen Sie denn schon, daß ich noch gerade vor meiner Abreise die Villa für Anna gefunden habe?“ sagte Therese.

„Wirklich? Sie? Haben Sie denn auch gesucht?“

„Ja, ich hab meine Mutter ein paarmal aufs Land begleitet. Es ist ein kleines, ziemlich altes Haus in Salmansdorf, mit einem schönen Garten, der direkt auf Wiese und Wald hinausführt, und der Vorgarten ist ganz verwachsen... Anna wird Ihnen schon mehr erzählen. Ich glaub, es ist das letzte Haus im Ort, dann kommt noch ein Gasthof, aber ziemlich weit davon.“

„Sollt ich dieses Haus auf meinen Entdeckungsreisen im Frühjahr übersehen haben?“

„Offenbar, sonst hätten Sie es gemietet. Auf einem Rasenplatz, nah am Gartenzaun, steht eine kleine Figur aus Ton.“

„Kann mich nicht erinnern. Aber wissen Sie, Therese, es ist wirklich nett, daß Sie sich auch für uns bemüht haben. Mehr als nett.“ „Bei Ihrer aufreibenden Tätigkeit“, wollte er hinzusetzen, unterdrückte es aber.

„Warum wundern Sie sich“, fragte Therese. „Ich habe Anna sehr gern.“

„Wissen Sie, was ich einmal über Sie habe sagen hören?“ bemerkte Georg nach einer kleinen Pause.

„Nun, was?“

„Daß Sie entweder auf dem Schafott enden werden, oder als Prinzessin.“

„Das ist ein Ausspruch vom Doktor Berthold Stauber, er hat es mir selbst auch einmal gesagt. Er ist sehr stolz darauf, aber es ist doch ein Unsinn.“

„Jetzt stehen die Chancen allerdings mehr auf der Prinzessinnenseite.“

„Wer sagt Ihnen das? Der Prinzessinnentraum ist bald zu Ende.“

„Traum?“

„Ja, ich fange sogar schon an zu erwachen. Es ist ungefähr, wie wenn Morgenluft ins Schlafzimmer hereinwehte.“

„Und dann fängt wohl der andere Traum an?“

„Wieso der andre Traum?“

„Ich stell mir das so bei Ihnen vor. Wenn Sie wieder in der Öffentlichkeit stehen, Reden halten, sich für irgendeine Sache opfern, dann kommt Ihnen in irgendeinem Moment wieder das wie ein Traum vor, nicht? Und Sie denken, das wahre Leben, das ist wo anders.“

„Das ist nicht einmal so dumm, was Sie da sagen.“

In diesem Augenblick wandten sich Demeter und Anna, die schon am Gartentor standen, nach den beiden um, und nahmen gleich die breite Allee zum Eingang des Hotels. Auch Georg und Therese gingen weiter, ungesehen, außerhalb des Gitters, im finstersten Schlagschatten. Plötzlich ergriff Georg die Hand seiner Begleiterin. Diese wandte, wie erstaunt, sich zu ihm, und beide standen sich nun gegenüber, von Dunkel umhüllt und näher als sie verstehen konnten. Sie wußten nicht wie... sie wollten es kaum, und ihre Lippen ruhten aufeinander, einen kurzen Augenblick, der mehr erfüllt war von der wehen Lust der Lüge als von irgend einer andern. Dann gingen sie weiter, schweigend, unbeglückt, verlangend, und durchschritten das Gartentor.

Die beiden andern vor dem Hotel wandten sich jetzt um und gingen ihnen entgegen. Rasch sagte Therese zu Georg: „Selbstverständlich fahren Sie nicht mit uns.“ Georg nickte leicht. Nun standen alle in der breiten, ruhigen Helle der Bogenlampen.

„Es war ein wunderschöner Abend“, sagte Demeter und küßte Anna die Hand.

„Also auf Wiedersehen in Wien“, sagte Therese und umarmte Anna.

Demeter wandte sich zu Georg. „Ich hoffe, wir sehen uns morgen früh auf dem Schiff.“

„Es wäre möglich, aber ich will nichts versprechen.“

„Adieu“, sagte Therese und reichte Georg die Hand.

Dann wandte sie sich mit Demeter zum Gehen.

„Wirst du mit ihnen fahren?“ fragte Anna, während sie durchs Tor in die Halle gingen, wo Herren und Damen saßen, rauchten, tranken, plauderten.

„Was fällt dir ein“, erwiderte Georg, „ich denke nicht dran.“

„Herr Baron“, rief plötzlich jemand hinter ihm. Es war der Portier, der ein Telegramm in der Hand hielt.

„Was ist denn das?“ fragte Georg etwas erschrocken und öffnete rasch. „O“, rief er aus, „wie entsetzlich.“

„Was ist denn?“ fragte Anna.

Er las ihr vor, während sie in das Blatt schaute. „Oskar Ehrenberg hat heute früh im Wald bei Neuhaus einen Selbstmordversuch verübt. Schuß in die Schläfe, wenig Hoffnung, sein Leben zu erhalten. Heinrich.“ Anna schüttelte den Kopf. Schweigend gingen sie die Treppen hinauf und ins Zimmer, das Anna bewohnte. Die Balkontür war weit geöffnet. Georg trat ins Freie. Aus der Dunkelheit heraus drang ein schwerer Duft von Magnolien und Rosen. Vom See war nichts zu sehen. Wie aus einem Abgrund gewachsen ragten die Berge. Anna trat zu Georg. Er legte seinen Arm um ihre Schulter und liebte sie sehr. Es war, wie wenn das ernste Geschehnis, von dem er eben Kunde erhalten, seinen eigenen Erlebnissen das Gefühl ihrer wahren Bedeutung aufgezwungen hätte. Er wußte wieder, daß es nichts Wichtigeres für ihn auf der Welt gab, als das Wohl dieser geliebten Frau, die mit ihm auf dem Balkon stand und ihm ein Kind gebären sollte.

Sechstes Kapitel

Als Georg aus dem kühlen Stadtrestaurant, in dem er seit einigen Wochen mittags zu speisen pflegte, auf das sommerheiße Pflaster trat und den Weg nach Heinrichs Wohnung einschlug, war sein Entschluß gefaßt, die Reise ins Gebirge schon in den nächsten Tagen anzutreten. Anna war ja darauf vorbereitet, hatte ihm sogar selbst zugeredet, auf ein paar Tage wegzufahren, seit sie fühlte, daß die eintönige Lebensweise der letzten Zeit ihm Langeweile und innere Unruhe zu verursachen begann.

Vor sechs Wochen, an einem lauen Regenabend, waren sie nach Wien zurückgekehrt, und Georg hatte Anna geradenwegs von der Bahn in die Villa gebracht, wo in einem großen, aber ziemlich leeren Zimmer mit schadhaften, gelblichen Tapeten, beim trüben Schein einer Hängelampe, Annas Mutter und Frau Golowski die Verspäteten seit zwei Stunden erwarteten. Die Tür auf der Gartenveranda stand offen, draußen fiel der Regen klatschend auf den Holzboden, und der laue Duft befeuchteter Blätter und Gräser zog herein. Beim Schein einer Kerze, die Frau Golowski vorantrug, besichtigte Georg die Räumlichkeiten des Hauses, während Anna abgespannt in der Ecke des großen mit geblümtem Kattun überzogenen Sofas lehnte und auf die Fragen der Mutter nur müde zu antworten vermochte. Bald hatte Georg von Anna gerührt und erleichtert Abschied genommen, war mit ihrer Mutter in den Wagen gestiegen, der draußen wartete, und während sie über aufgeweichte Straßen in die Stadt fuhren, hatte er der befangenen Frau mit gekünstelter Beflissenheit die gleichgültigen Erlebnisse der letzten Reisetage berichtet. Eine Stunde nach Mitternacht war er zu Hause, verzichtete darauf, Felician zu wecken, der schon schlief, und streckte sich im langentbehrten eignen Bett mit ungeahnter Wonne nach so vielen Nächten zum ersten Heimatschlummer aus.

Seither war er beinahe jeden Tag zu Anna aufs Land hinaus gefahren. Wenn es ihn nicht zu kleinen Umwegen über die Sommerfrischen der Umgebung lockte, konnte er zu Rad leicht in einer Stunde bei ihr sein. Öfters aber nahm er die Pferdebahn und spazierte dann durch die kleinen Ortschaften bis zu dem niedern, grün gestrichenen Staketzaun, hinter dem, im schmalen, leicht ansteigenden Garten das bescheidene Landhaus mit dem dreieckigen Holzgiebel stand. Nicht selten wählte er einen Weg, der sich oberhalb des Dorfes zwischen Gärten und Wiesen hinzog, und stieg dann gerne den grünen Hang aufwärts, bis zu einer Bank am Waldesrand, von wo der Blick auf die kleine, im schmalen Talgrund länglich hingebreitete Ortschaft freilag. Er sah von hier gerade auf das Dach, unter dem Anna wohnte, ließ seine milde Sehnsucht nach der Geliebten, der er so nahe war, mit Willen allmählich lebhafter werden, bis er hinabeilte, die kleine Türe aufschloß und über den Kies mitten durch den Garten zum Haus hinunterschritt. Oft, in schwüleren Nachmittagsstunden, wenn Anna noch schlief, setzte er sich in der gedeckten Holzveranda, die längs der Rückseite des Hauses hinlief, auf einen bequemen, mit geblümtem Kattun überzogenen Lehnstuhl, nahm ein mitgenommenes Buch aus der Tasche und las. Dann, in einfach-sauberm, dunkeln Kleid, trat aus dem dämmrigen Innenraum Frau Golowski und stattete mit leiser, etwas wehmütiger Stimme, einen Zug mütterlicher Güte um den Mund, von Annas Befinden Bericht ab, insbesondere, ob sie mit Appetit gegessen hatte und ob sie fleißig im Garten auf und ab gegangen war. Wenn sie geendet, hatte sie immer in Küche oder Haus etwas Notwendiges zu besorgen und verschwand. Dann, während Georg weiterlas, kam wohl auch eine trächtige Bernhardinerhündin herbei, die Leuten in der Nachbarschaft gehörte, begrüßte Georg mit tränenvoll-ernsten Augen, ließ sich von ihm das kurzhaarige Fell streicheln und streckte sich dankbar zu seinen Füßen hin. Später, wenn ein gewisser, strenger, dem Tiere wohlbekannter Pfiff ertönte, erhob es sich, mit der Schwerfälligkeit seines Zustands, schien sich durch einen schwermütigen Blick zu entschuldigen, daß es nicht länger bleiben durfte, und schlich davon. Im Garten daneben lachten und lärmten Kinder, ein und das andermal hüpfte ein Gummiball herüber, an der niedern Hecke erschien ein blasses Kindermädchen und bat schüchtern, man möge ihn wieder zurückschleudern. Endlich, wenn es kühler wurde, zeigte sich am Fenster, das auf die Veranda ging, Annas Antlitz, ihre stillen, blauen Augen grüßten Georg, und bald, in leichtem, hellen Hauskleid, trat sie selbst heraus. Nun spazierten sie im Garten auf und ab längs der abgeblühten Fliederbüsche und treibender Johannisbeerstauden, meist auf der linken Seite, an die die freie Wiese grenzte, und ruhten sich auf der weißen Bank nah dem obern Gartenende unter dem Birnbaum aus. Erst wenn das Abendessen aufgetragen wurde, erschien Frau Golowski wieder, nahm bescheiden ihren Platz am Tische ein und erzählte auf Befragen allerlei von den Ihrigen; von Therese, die nun in die Redaktion eines sozialistischen Blattes eingetreten war, von Leo, der dienstlich jetzt weniger beschäftigt als früher, mathematischen Studien emsig oblag und von ihrem Gatten, dem sich, während er in einer rauchigen Kaffeehausecke den Schachkämpfen unermüdlicher Spieler mit Hingebung zuschaute, immer neue Hoffnungen regelmäßigen Erwerbs eröffneten und gleich wieder verschlossen. Nur selten kam Frau Rosner zu Besuch und entfernte sich meist bald nach Georgs Erscheinen. Einmal an einem Sonntagnachmittag war auch der Vater hier gewesen und hatte mit Georg eine Unterhaltung über Wetter und Landschaft geführt, als wäre man einander zufällig bei einer leidenden Bekannten begegnet. Nur den Eltern zulieb hielt sich Anna in der Villa völlig zurückgezogen. Denn sie selbst, zu völliger Unbefangenheit gereift, fühlte sich nicht anders, als wäre sie Georgs angetraute Gattin, und als jener kürzlich, der eintönigen Abende müde, um Erlaubnis gebeten, gelegentlich Heinrich mit herauszubringen, hatte sie sich zu Georgs angenehmer Überraschung ohne weiteres damit einverstanden erklärt.

Heinrich war der einzige von Georgs nähern Bekannten, der sich in diesen drückenden Julitagen noch in der Stadt aufhielt. Felician, der sich nach des Bruders Heimkehr, wie in neuerwachter Jugendfreundschaft, ihm angeschlossen hatte, weilte nach bestandener Diplomatenprüfung mit Ralph Skelton an der Nordsee. Else Ehrenberg, die Georg bald nach seiner Rückkunft im Sanatorium am Krankenbett ihres Bruders einmal gesprochen hatte, war mit ihrer Mutter längst wieder im Auhof am See. Auch Oskar, den sein unglücklicher

Selbstmordversuch das rechte Auge gekostet, aber, wie es hieß, die Leutnantscharge gerettet hatte, war von Wien abgereist, die schwarze Binde über dem erblindeten Auge. Demeter Stanzides, Willy Eißler, Guido Schönstein, Breitner, alle waren sie fort, und sogar Nürnberger, der so feierlich erklärt hatte, auch dieses Jahr die Stadt nicht verlassen zu wollen, war mit einemmal verschwunden.

Ihn hatte Georg nach seiner Rückkehr vor allen andern besucht, um ihm Blumen vom Grab der Schwester aus Cadenabbia zu überbringen. Auf der Reise hatte er endlich den Roman Nürnbergers gelesen, der in einer nun halbvergangenen Zeit spielte, derselben, wie es Georg schien, von der der alte Doktor Stauber einmal zu ihm gesprochen hatte. Über jener lügendumpfen Welt, in der erwachsene Menschen für reif, altgewordene für erfahren und Leute, die sich gegen kein geschriebenes Gesetz vergingen, als rechtlich; in der Freiheitsliebe, Humanität und Patriotismus schlechtweg als Tugenden galten, auch wenn sie dem faulen Boden der Gedankenlosigkeit oder der Feigheit entsproßt waren, hatte Nürnberger grimmige Leuchten angezündet; und zum Helden seines Buches hatte er einen tätigen und braven Mann gewählt, der, von den wohlfeilen Phrasen der Epoche emporgetragen, auf der Höhe Überblick und Einsicht gewann und in der Erkenntnis seines schwindelnden Aufstiegs von Grauen erfaßt, in das Leere hinabstürzte, aus dem er gekommen war. Daß einer, der dies starke und rings widerhallende Werk geschaffen, später nur mehr wie in lässig höhnischen Randbemerkungen zum Gang der Zeit sich hatte vernehmen lassen, wunderte Georg sehr, und erst ein Wort Heinrichs: daß wohl dem Zorne, nicht aber dem Ekel Fruchtbarkeit beschieden sei, ließ ihn verstehen, warum Nürnbergers Werk für immer abgeschlossen war. – Die einsame dunkelblaue Spätnachmittagsstunde auf dem Friedhof von Cadenabbia hatte sich Georg so seltsam tief eingeprägt, als wäre ihm das Wesen, an dessen Grab er gestanden, bekannt, ja wert gewesen. Es hatte ihn ergriffen, daß die goldenen Buchstaben auf dem grauen Stein matt geworden und die Beete im Rasen von Unkraut durchwuchert waren, und nachdem er ein paar gelbblaue Stiefmütterchen für den Freund gepflückt hatte, war er mit bewegtem Herzen geschieden. Jenseits des Friedhoftors warf er einen Blick durch das offene Fenster der Totenkammer und sah im Dämmer, zwischen hohen, brennenden Kerzen, von schwarzem Tuch bis über die Lippen bedeckt, eine Frauensperson aufgebahrt, über deren schmalem Wachsgesicht die Lichter der Kerzen und des Tags ineinanderrannen.

Nürnberger war von der teilnehmenden Aufmerksamkeit Georgs nicht ungerührt geblieben, und sie sprachen an diesem Tage vertrauter miteinander als je zuvor.

Das Haus, in dem Nürnberger lebte, stand in einer engen, düstern Gasse, die aus der innern Stadt treppenweise gegen die Donau zu führte; war uralt, schmal und hoch. Die Wohnung Nürnbergers befand sich im obersten, fünften Stockwerk, wohin man über eine vielfach gewundene Treppe gelangte. In dem niedrigen, aber geräumigen Zimmer, in das Georg aus einem dunkeln Vorraum trat, standen alte, aber wohlgehaltene Möbel, und aus dem Alkoven in der Tiefe, vor dem ein mattgrüner Vorhang herabgelassen war, drang ein Duft von Kampfer und Lavendel. Jugendbildnisse von Nürnbergers Eltern hingen an der Wand und bräunliche Stiche von Landschaften nach holländischen Meistern. Auf der Kommode in holzgeschnitzten Rahmen standen allerlei alte Photographien, und aus einer Schreibtischlade, unter vergilbten Briefen suchte Nürnberger ein Bildnis der verstorbenen Schwester hervor, das sie als achtzehnjähriges Mädchen zeigte, in einer wie historisch anmutenden Kindertracht, einen Ball in der Hand, vor einem Zaune stehend, hinter dem eine Felsenlandschaft sich türmte. All diese Unbekannten, Entfernte und Verstorbene, stellte Nürnberger dem Freunde heute im Bilde vor und sprach von ihnen in einem Tone, der den Zeitraum zwischen einst und jetzt zu verbreitern und vertiefen schien.

Georgs Blick schweifte manchmal hinaus über die enge Gasse zu dem grauen Mauerwerk uralter Häuser. Er sah schmale, verstaubte Scheiben mit allerlei Hausrat dahinter; auf einem Fensterbrett standen Blumentöpfe mit ärmlichen Pflanzen, zwischen zwei Häusern in einer Rinne lagen Flaschenscherben, zerbrochene Tongefäße, Papierfetzen, vermodertes Pflanzenwerk. Ein verwittertes Rohr lief zwischen all dem Zeug hin und verlor sich hinter einem Rauchfang. Andere Rauchfänge zeigten sich links und rechts, die Rückseite eines gelblichen Steingiebels war sichtbar, zum blaßblauen Himmel ragten Türme auf, und unerwartet nah, in lichtem Grau, mit durchbrochener Steinkuppel erschien einer, der Georg wohlbekannt war. Unwillkürlich suchte sein Blick die Richtung, wo er das Haus vermuten durfte, an dessen Eingang die zwei steinernen Riesen auf gewaltigen Armen das Adelswappen eines versunkenen Geschlechts trugen, und in dem sein Kind gezeugt worden war, das in wenig Wochen zur Welt kommen sollte.

Georg erzählte von seiner Reise, und in der Stimmung dieser Stunde wäre er sich kleinlich erschienen, wenn er es bei halben Wahrheiten hätte bewenden lassen. Nürnberger aber hatte auch die ganze längst gewußt, und als Georg sich darüber ein wenig erstaunt zeigte, lächelte er spöttisch. „Erinnern Sie sich nicht mehr“, fragte er, „jenes Vormittags, an dem wir uns in Grinzing eine Sommerwohnung angesehen haben?“

„Gewiß.“

„Und erinnern Sie sich auch, daß uns in Garten und Haus eine Frau mit einem kleinen Kind auf dem Arm herumgeführt hat?“

„Ja.“

„Bevor wir weggingen, hat das Kind die Arme nach Ihnen ausgestreckt, und Sie haben es mit einem ziemlich gerührten Blick betrachtet.“

„Und daraus haben Sie geschlossen, daß ich...“

„Ach, Sie sind nicht der Mensch, über den Anblick kleiner und überdies etwas ungewaschener Kinder in Rührung zu geraten, wenn sich nicht Ideenverbindungen persönlicher Art daran knüpfen.“

„Vor Ihnen muß man sich in acht nehmen“, sagte Georg scherzend, aber nicht ohne einiges Unbehagen.

Die leichte Gereiztheit, die er Nürnbergers Überlegenheit gegenüber immer wieder empfand, hielt ihn durchaus nicht ab, den Verkehr mit ihm weiter zu pflegen. Manchmal holte er ihn vom Hause ab, um mit ihm in Straßen und Gärten umher zu spazieren, und wie eine Genugtuung, ja wie einen persönlichen Sieg empfand er es, wenn es ihm gelang, ihn aus den luftdünnen Regionen bittrer Weisheit in die sanftern Gefilde herzlicher Unterhaltung hinabzuziehen. Die Spaziergänge mit ihm waren Georg zu einer so angenehmen Gewohnheit geworden, daß er es wie eine Verarmung seiner Tage empfand, als er eines Morgens die Wohnung Nürnbergers verschlossen fand. Tags darauf kam eine entschuldigende Abschiedskarte aus Salzburg, von einem Ehepaar mit unterzeichnet, einem Fabrikanten und dessen Frau, liebenswürdigen, heiteren Leuten, die Georg einmal durch Nürnberger flüchtig auf dem Graben kennen gelernt hatte. Nach Heinrichs boshafter Darstellung war der gemeinsame Freund von diesem Ehepaar, nach verzweifelter Gegenwehr natürlich, die Stiege hinuntergeschleppt, in einen Wagen gesetzt und gewissermaßen als Gefangener auf die Bahn transportiert worden. Wie Heinrich behauptete, hatte Nürnberger einige Bekannte dieser harmlosen Art, die das Bedürfnis empfanden, sich von dem berühmten Spötter in den wohlschmeckenden Trank des Daseins einige Tropfen Bosheit träufeln zu lassen, so wie Nürnberger seinerseits sich in ihrer bequemen Gesellschaft von den anstrengenden Bekannten aus Literaten- und Psychologenkreisen zu erholen liebte.

Das Wiedersehen mit Heinrich hatte für Georg eine Enttäuschung bedeutet. Der Dichter, nach den ersten Begrüßungsworten, hatte wie gewöhnlich nur von sich geredet, und zwar in den Tönen tiefster Selbstverachtung. Er war endlich darauf gekommen, daß er eigentlich kein Talent besäße, sondern nur Verstand, den allerdings in enormem Maße. Was er aber an sich am heftigsten verdammte, das waren die Disharmonien seines Wesens, unter denen, wie er wohl wußte, nicht nur er zu leiden hatte, sondern alle, die in seine Nähe gerieten. Er war herzlos und sentimental, leichtfertig und schwerblütig, empfindlich und rücksichtslos, unverträglich und doch auf Menschen angewiesen... zuzeiten wenigstens. Ein Subjekt mit solchen Eigenschaften konnte nun seine Daseinsberechtigung nur durch eine ungeheure Leistung erweisen, und wenn das Meisterwerk, zu dem er verpflichtet war, nicht bald, sehr bald in die Erscheinung träte, so war er als anständiger Mensch verpflichtet sich totzuschießen. Aber er war kein anständiger Mensch... daran lag es eben. Georg dachte: Natürlich wirst du dich nicht totschießen, hauptsächlich, weil du zu feig dazu bist. Er sprach das natürlich nicht aus, war vielmehr sehr liebenswürdig, redete von Stimmungen, denen schließlich jeder Künstler unterworfen sei, und erkundigte sich freundlich nach den äußern Umständen in Heinrichs Leben. Da zeigte sich bald, daß es mit ihm gar nicht so schlimm bestellt war. Er führte sogar, wie es Georg scheinen wollte, ein sorgenloseres Leben als je zuvor. Durch eine kleine Erbschaft war die Existenz von Mutter und Schwester für die nächsten Jahre gesichert; trotz aller Feindseligkeiten, die gegen ihn am Werke waren, wuchs der Ruf seines Namens von Tag zu Tag; die klägliche Geschichte mit der Schauspielerin schien endgültig vorbei, und eine ganz neue, erwünscht leichte Beziehung zu einer jungen Dame brachte sogar einige Heiterkeit in sein Dasein. Auch die Arbeit ging gut vonstatten. Der erste Akt des Operntextes war so gut wie fertig und für die politische Komödie vieles aufgezeichnet. Er hatte die Absicht, im nächsten Jahre Parlamentssitzungen zu besuchen, Versammlungen mitzumachen, spielte mit dem eingestandenermaßen kindisch-phantastischen Plan, sich als sozialdemokratischer Genosse aufzuspielen, bei den Führer, Anschluß zu suchen und sich, wenn es anging, sogar als tätiges

Mitglied in irgendeiner Organisation aufnehmen zu lassen, nur um im Getriebe einer Partei vollkommen Bescheid zu wissen. Ah, wenn er mit einem Menschen nur einmal fünf Minuten lang sprach, so hatte er ihn ja ganz. Irgendein Wort, dessen Bedeutung ein anderer gar nicht merkte, riß für ihn wie ein Sturmwind die Schleier von den Seelen. Sein Traum war es, in der Operndichtung sich als Meister des Phantastischen, in der Komödie des realistischen Moments zu zeigen und so der Welt zu beweisen, daß er im Himmel und auf Erden gleichermaßen zu Hause wäre. Bei einer spätern Zusammenkunft ließ Georg sich vorlesen, was vom ersten Akt der Oper vollendet war; er fand die Verse sehr sangbar und bat Heinrich um die Erlaubnis, das Manuskript Anna mitzubringen. Diese konnte dem, was Georg ihr vortrug, nicht viel Geschmack abgewinnen; er aber, ohne rechte Überzeugung, behauptete, daß sie eben gleichsam die Sehnsucht dieser Verse nach Vertonung spüre, was sie notwendig als Mangel empfinden müsse.

Als Georg heute zu Heinrich ins Zimmer trat, saß dieser an dem großen Tisch in der Mitte des Zimmers, der mit Blättern und Briefen überdeckt war. Auch auf dem Pianino und auf dem Diwan lagen beschriebene Papiere aller Art. Ein vergilbtes Blatt hielt Heinrich noch in der Hand, als er aufstand und Georg mit den Worten begrüßte: „Nun, wie gehts auf dem Land?“ Dies war die Art, in der er sich nach Annas Befinden zu erkundigen pflegte, und die Georg jedesmal von neuem als zu intim empfand. „Danke, sehr gut“, erwiderte er. „Ich komme Sie übrigens fragen, ob Sie heute vielleicht mit mir hinauskommen wollen.“

„O ja, sehr gern. Die Sache ist nur die, daß ich da eben im Ordnen verschiedener Papiere begriffen bin. Ich könnte erst abends kommen, so gegen sieben. Ist es Ihnen recht?“

„Gewiß“, sagte Georg. „Aber ich störe Sie, wie ich sehe“, setzte er hinzu, indem er auf den übersäten Tisch wies.

„Durchaus nicht“, erwiderte Heinrich, „ich ordne ja nur, wie ich Ihnen eben sagte. Es ist der schriftliche Nachlaß meines Vaters. Das da sind Briefe an ihn. Und hier tagebuchartige Aufzeichnungen, hauptsächlich aus seiner parlamentarischen Zeit. Ergreifend, sag ich Ihnen. Wie hat dieser Mann sein Vaterland geliebt! Und wie hat man's ihm gedankt! Sie haben keine Ahnung, in welcher raffinierten Weise man ihn aus seiner Partei hinausgedrängt hat. Ein verwirrendes Ineinanderspiel von Tücke, Beschränktheit, Brutalität... echt deutsch, mit einem Wort.“

Georg lehnte sich auf. Und er wagt es, dachte er, sich über den Antisemitismus aufzuhalten? Ist er besser? Gerechter? Vergißt er, daß auch ich ein Deutscher bin...?

Heinrich sprach weiter. „Aber ich werde diesem Mann ein Denkmal setzen... Er, kein anderer, wird der Held meines politischen Dramas sein. Er ist die wahrhaft tragikomische Mittelpunktsfigur, die mir noch gefehlt hat."

Der innere Widerstand Georgs wuchs. Er bekam große Lust, den alten Bermann gegen seinen Sohn in Schutz zu nehmen. „Tragikomische Figur?" wiederholte er fast feindselig.

„Ja", entgegnete Heinrich bestimmt. „Ein Jude, der sein Vaterland liebt... ich meine, so wie mein Vater es getan, mit Solidaritätsgefühlen, mit dynastischer Begeisterung, ist unbedingt eine tragikomische Figur. Das heißt... er war es zu jener liberalisierenden Epoche der siebziger und achtziger Jahre, da auch kluge Menschen dem Phrasentaumel der Zeit unterlegen sind. Heute wäre ja ein solcher Mensch allerdings ausschließlich komisch. Ja, selbst wenn er sich endlich am erstbesten Nagel aufhinge, ich könnte sein Schicksal nicht anders empfinden."

„Es ist eine Manie von Ihnen", erwiderte Georg. „Man hat wirklich manchmal den Eindruck, daß Sie überhaupt nicht mehr imstande sind, etwas anderes in der Welt zu sehen als immer und überall die Judenfrage. Wenn ich so unhöflich wäre, als es Ihnen zuweilen zu sein passiert, so würde ich Sie... Sie verzeihen schon, verfolgungswahnsinnig nennen."

„Verfolgungswahnsinnig"..., wiederholte Heinrich tonlos und sah an die Wand. „So, also Verfolgungswahnsinn nennen Sie das... Na!" Und plötzlich mit zusammengepreßten Zähnen, heftig, fuhr er fort: „Ich will Sie einmal was fragen, Georg, aufs Gewissen fragen."

„Ich höre."

Er stellte sich gerade vor Georg hin und bohrte ihm seine Augen in die Stirn: „Glauben Sie, daß es einen Christen auf Erden gibt, und wäre es der edelste, gerechteste und treueste, einen einzigen, der nicht in irgendeinem Augenblick des Grolls, des Unmuts, des Zorns selbst gegen seinen besten Freund, gegen seine Geliebte, gegen seine Frau, wenn sie Juden oder jüdischer Abkunft waren, deren Judentum, innerlich wenigstens, ausgespielt hätte?" Und ohne Georgs Antwort abzuwarten: „Keinen gibt es, ich versichere Sie. Sie können übrigens auch einen andern Versuch machen. Lesen Sie z. B. die Briefe von irgendwelchen berühmten, sonst ganz klugen und vortrefflichen Menschen, und beachten Sie die Stellen mit feindlichen und ironischen Äußerungen über Zeitgenossen. Neunundneunzigmal handelt es sich um ein Individuum ohne Berücksichtigung der Abstammung oder Konfession, im hundertsten Fall, wo das übelbehandelte Menschenkind das Unglück hat, Jude zu sein, vergißt der Verfasser gewiß nicht, diese Tatsache zu erwähnen. So ist es nun einmal, ich kann Ihnen nicht helfen. Was Sie Verfolgungswahnsinn zu nennen belieben, lieber Georg, das ist eben in Wahrheit nichts anderes als ein ununterbrochen waches, sehr intensives Wissen von einem Zustand, in dem wir Juden uns befinden, und viel eher als von Verfolgungswahnsinn könnte man von einem Wahn des Geborgenseins, des Inruhegelassenwerdens reden, von einem Sicherheitswahn, der vielleicht eine minder auffallende, aber für den Befallenen viel gefährlichere Krankheitsform vorstellt. Mein Vater hat an ihr gelitten, wie viele andre seiner Generation. Er ist allerdings so gründlich kuriert worden, daß er darüber verrückt geworden ist."

Tiefe Falten erschienen auf Heinrichs Stirn, und er sah wieder zur Wand hin, über Georg weg, der auf dem harten, schwarzledernen Divan Platz genommen hatte.

„Wenn das Ihre Auffassung ist", erwiderte Georg – „ja, dann müßten Sie sich doch logischerweise Leo Golowski anschließen..."

„Und mit ihm nach Palästina wandern – finden Sie? Politisch-symbolischerweise oder gar in Wirklichkeit – wie?" Er lachte. „Hab ich denn behauptet, daß ich von hier fort will? Daß ich irgendwo anders lieber leben möchte als hier? Insbesondere, daß ich unter lauter Juden existieren möchte? Das wäre, für mich wenigstens, eine recht äußerliche Lösung einer höchst innerlichen Angelegenheit."

„Das denk ich mir eigentlich auch. Und darum verstehe ich, die Wahrheit zu sagen, immer weniger, was Sie wollen, Heinrich. Im vorigen Herbst auf der Sophienalpe, wie Sie sich mit Golowski herumgezankt haben, da hatte ich doch den Eindruck, daß Sie die Sache viel hoffnungsvoller ansähen?"

„Hoffnungsvoller?" wiederholte Heinrich beleidigt.

„Ja. Da mußte man doch denken, daß Sie an die Möglichkeit einer allmählichen Assimilation glauben."

Heinrich zuckte verächtlich die Mundwinkel. „Assimilation... Ein Wort... Ja, sie wird wohl kommen, irgendeinmal... In sehr, sehr langer Zeit. Sie wird ja nicht so kommen, wie manche sie wünschen – nicht so, wie manche sie fürchten... es wird auch nicht gerade Assimilation sein... aber vielleicht etwas, das sozusagen im Herzen dieses Wortes schlägt. Wissen Sie, was sich wahrscheinlich am Ende herausstellen wird? Daß wir, wir Juden, mein ich, gewissermaßen ein Menschheitsferment gewesen sind – ja, das wird vielleicht herauskommen in tausend bis zweitausend Jahren. Auch ein Trost, denken Sie sich!" Er lachte wieder.

„Wer weiß", sagte Georg nachsichtig, „ob Sie nicht recht behalten werden – in tausend Jahren. Aber bis dahin?"

„Ja, früher, lieber Georg, wird es wohl mit der Lösung der Frage nichts werden. Für unsere Zeit gibt es keine Lösung, das steht einmal fest. Keine allgemeine wenigstens. Eher gibt es hunderttausend verschiedene Lösungen. Weil es eben eine Angelegenheit ist, die bis auf weiteres jeder mit sich selbst abmachen muß, wie er kann. Jeder muß selber dazusehen, wie er herausfindet aus seinem Ärger, oder aus seiner Verzweiflung, oder aus seinem Ekel, irgendwohin, wo er wieder frei aufatmen kann. Vielleicht gibt es wirklich Leute, die dazu bis nach Jerusalem spazieren müssen... Ich fürchte nur, daß manche, an diesem vermeintlichen Ziel angelangt, sich erst recht verirrt vorkommen würden. Ich glaube überhaupt nicht, daß solche Wanderungen ins Freie sich gemeinsam unternehmen lassen... denn die Straßen dorthin laufen ja nicht im Lande draußen, sondern in uns selbst. Es kommt nur für jeden darauf an, seinen inneren Weg zu finden. Dazu ist es natürlich notwendig, möglichst klar in sich zu sehen, in seine verborgensten Winkel hineinzuleuchten! Den Mut seiner eigenen Natur zu haben. Sich nicht beirren lassen. Ja, das müßte das tägliche Gebet jedes anständigen Menschen sein: Unbeirrtheit!"

Georg dachte: Wo ist er nun schon wieder? Er ist in seiner Art genau so krank, wie sein Vater es war. Dabei kann man doch nicht sagen, daß er persönlich schlimme Erfahrungen gemacht hat. Und er hat einmal behauptet, daß er sich mit niemandem zusammengehörig fühle! Es ist ja nicht wahr. Mit allen Juden fühlt er sich zusammengehörig, und mit dem letzten von ihnen noch immer enger als mit mir. Während ihm diese Gedanken durch den Kopf gingen, fiel sein Blick auf ein großes Kuvert, das auf dem Tisch lag, und er las darauf die mit großen, römischen Buchstaben geschriebenen Worte: „Nicht vergessen, nie dran vergessen."

Heinrich gewahrte Georgs Blick, nahm das Kuvert in die Hand, auf dessen Rückseite drei gewaltige, graue Siegel zum Vorschein kamen, warf es dann wieder auf den Tisch, ließ wie verächtlich die Unterlippe sinken und sagte: „Diese Sache hab ich nämlich auch heute in Ordnung gebracht. Es gibt solche Tage des großen Reinemachens. Andre Leute hätten das Zeug verbrannt. Wozu? Ich werd es vielleicht einmal mit Vergnügen wieder lesen. In diesem Kuvert sind nämlich die anonymen Briefe, von denen ich Ihnen einmal erzählt habe."

Georg schwieg. Bisher hatte Heinrich über die Umstände, unter denen seine Beziehungen mit der Schauspielerin geendet hatten, nichts verlauten lassen; nur eine Stelle in dem Brief nach Lugano hatte darauf hingedeutet, daß er die einst Geliebte nicht ohne innern Schauer wiedergesehen hatte. Fast gegen den eigenen Willen kam es über Georgs Lippen. "Sie kennen doch die Geschichte von Nürnbergers Schwester, die in Cadenabbia begraben liegt?"

Heinrich bejahte. „Wie kommen Sie darauf?"

„Ich habe ihr Grab besucht, ein paar Tage vor meiner Abreise." Er zögerte. Heinrich sah ihn starr an, mit einem heftig fragenden Blick, der Georg zum Weitersprechen zwang. „Und nun denken Sie, wie sonderbar, seither vermengen sich in meiner Erinnerung immer diese zwei Wesen, von denen ich das eine nie gesehen habe, das andre nur flüchtig, auf dem Theater, wie Sie wissen – nämlich die tote Schwester Nürnbergers und... diese Schauspielerin."

Heinrich wurde blaß bis in die Lippen. „Sind Sie abergläubisch?" fragte er höhnisch, aber es klang, als fragte er sich selbst.

„Durchaus nicht", antwortete Georg. „Was hat übrigens diese Sache mit Aberglauben zu tun?"

„Ich will Ihnen nur sagen, daß mir alle Dinge, die irgendwie mit Mystik zusammenhängen, im Grund der Seele zuwider sind. Über Dinge zu reden, von denen man nichts wissen kann, ja, deren Wesen es ist, daß man nie und nimmer was von ihnen wissen kann, das scheint mir von aller Art Geschwätz, die auf Erden für Wissenschaft ausgegeben wird, die unerträglichste."

Sollte sie gestorben sein, diese Schauspielerin? dachte Georg.

Plötzlich hielt Heinrich das Kuvert wieder in der Hand, und in dem trockenen Tone, den er gerade dann anzuschlagen beliebte, wenn er bis ins Tiefste durchwühlt war, sagte er: „Daß ich diese Worte hergeschrieben habe, ist kindische Spielerei – oder Affektation, wenn Sie wollen. Ich hätte auch wie

Daudet vor seine Sappho die Worte hersetzen können: Meinen Söhnen, wenn sie zwanzig Jahre alt sein werden... Zu dumm übrigens. Als wenn ein Mensch mit den Erfahrungen eines andern das geringste anfangen könnte! Die Erfahrungen des einen können für den andern manchmal amüsant, öfters verwirrend, aber nie lehrreich sein... Und wissen Sie, woher es kommt, daß jene beiden Gestalten sich in Ihrem Kopf vermengen? Ich will's Ihnen sagen. Einfach daher, daß ich in einem meiner Briefe für meine einstige Geliebte den Ausdruck Gespenst angewandt habe. So erklärt sich dieses geheimnisvolle Ineinanderfließen."

„Das wäre nicht unmöglich", entgegnete Georg.

Von irgendwoher, undeutlich, kam schlechtes Klavierspiel. Georg blickte hinaus. Auf der gelben Mauer drüben lag die Sonne. Viele Fenster waren offen. An einem saß ein Junge, die Arme aufs Fensterbrett gestützt, und las. Von einem andern schauten zwei junge Mädchen hinunter in den Gartenhof. Das Klappern von Geschirr war hörbar. Georg sehnte sich nach freier Luft, nach seiner Bank am Waldesrand. Bevor er sich aber zum Gehen wandte, fiel ihm ein: „Was ich Ihnen noch sagen wollte, Heinrich, Ihre Verse haben auch Anna sehr gefallen. Haben Sie weitergeschrieben?"

„Nicht viel."

„Es wäre hübsch, wenn Sie alles, was vom Text fertig ist, heute mit hinausbrächten und uns vorläsen." Er stand am Pianino und schlug ein paar Akkorde an.

„Was ist das?" fragte Heinrich.

„Ein Thema", erwiderte Georg, „das mir für den zweiten Akt eingefallen ist. Es soll den Moment begleiten, in dem der merkwürdige Fremde auf dem Schiff erscheint."

Heinrich schloß das Fenster, Georg setzte sich nieder und begann weiterzuspielen. Da klopfte es an die Tür, und unwillkürlich rief Heinrich „herein".

Eine junge Dame trat ein, in lichtem Tuchrock mit roter Seidenbluse, ein weißes Samtband mit einem kleinen Goldkreuz um den Hals. Ein Florentinerhut, rosengeschmückt, beschattete breitkrämpig das kleine, blasse Gesicht, aus dem zwei große, schwarze Augen blickten.

„Guten Tag“, sagte die fremde Dame mit einer dunkeln Stimme, die zugleich trotzig und verlegen klang. „Verzeihen Sie, Herr Bermann, ich wußte nicht, daß Sie Besuch haben.“ Und sie sah Georg, der sie gleich erkannt hatte, neugierig an.

Heinrich war blaß und hatte Falten auf der Stirn. „Ich habe allerdings nicht vermutet...“, begann er, dann stellte er vor und sagte zu der Dame: „Wollen Sie nicht Platz nehmen?“

„Danke“, erwiderte sie unwirsch und blieb stehen. „Ich komme vielleicht später wieder.“

„O bitte“, fiel Georg ein. „Ich war eben daran, mich zu verabschieden.“ Er sah, wie der Blick der Schauspielerin im Zimmer umherirrte, und fühlte ein seltsames Mitleid mit ihr, wie man es manchmal im Traum mit Toten fühlt, die nicht wissen, daß sie gestorben sind. Dann sah er noch den Blick Heinrichs auf diesem blassen, kleinen Gesicht mit unbegreiflicher Härte ruhen und ging. Er erinnerte sich jetzt sehr deutlich, wie er sie auf der Bühne gesehen hatte, mit dem rotblonden Haar, das in die Stirn fiel, und den irrenden Augen. So sehen Wesen nicht aus, dachte er, die dazu bestimmt sind, nur *einem* zu gehören. Und das sollte Heinrich nie gefühlt haben, der sich auf seine Menschenkenntnis so viel zugute tat? Was wollte er nun eigentlich von ihr? Eitelkeit war es, die in seiner Seele brannte, nichts anderes als Eitelkeit.

Auf der Straße schritt Georg wie durch trockene Gluten. Die Häusermauern warfen den eingetrunkenen Sommer in die Luft. Georg fuhr mit der Pferdebahn den Hügeln und Wäldern entgegen und atmete freier, als er auf dem Lande war. Langsam spazierte er zwischen Gärten und Villen weiter, dann, am Friedhof vorbei, nahm er eine allmählich ansteigende, weiße Straße, die mit einem ihn freundlich anmutenden Namen Sommerhaidenweg hieß und zu dieser sonnigen Spätnachmittagsstunde von Menschen kaum begangen war. Von dem bewaldeten Höhenzug zur Linken kam noch kein Schatten, nur ein mildes Wehen von Lüften, die in den Blättern geschlafen hatten. Zur Rechten senkte der grüne Hang sich abwärts, gegen das länglich dahinziehende Tal, wo zwischen Ästen und Wipfeln Dächer blinkten. Drüben, hinter Gartenzäunen strebten Weinberge und Äcker auf, zu Wiesen und Steinbrüchen, über denen durchglitzertes Gestrüpp und Buschwerk hing. Im Gelände oft verloren, zog als schmale Linie der Weg, den Georg an andern Tagen manchmal zu wandern pflegte, und sein Auge suchte die Stelle am Waldesrand, wo seine Lieblingsbank stehen mochte. Wiesen und Waldeshöhen hielten am Talesende den Blick auf, und im Spiegel der Luft ließen abendliche Fernen mit neuen Tälern und Hügeln sich ahnen.

Dieser Landschaft fühlte Georg sich wunderbar vertraut, und der Gedanke, daß Beruf und Wille ihn in die Fremde rief, webte um seine einsamen Spaziergänge schon in diesen Tagen oft Stimmungen des Abschieds, die freilich von Sehnsucht schwerer waren als von Trauer. Zugleich aber regte sich in ihm ein Vorgefühl reichern Lebens. Es war ihm, als bereite sich in seiner Seele manches vor, das er nicht mit sorgenvollen Sinnen aufstören dürfte; und in den Untergründen seiner Seele, wo heute schon hineinzuhören ihm nicht gegeben war, rauschte es von Melodien kommender Tage. Auch war er nicht müßig geblieben, um die äußern Umrisse seiner Zukunft klar zu ziehen. Nach Detmold hatte er einen höflichdankenden Brief geschrieben, in dem er sich mit Vorbehalt dem Intendanten für den kommenden Herbst zur Verfügung stellte; auch den alten Professor Viebiger hatte er aufgesucht, ihm seine Pläne eröffnet und ihn gebeten, sich bei vorkommenden Gelegenheiten des einstigen Schülers zu erinnern. Aber auch wenn wider Erwarten im Herbst nirgends eine Stellung für ihn sich fände, war er entschlossen, Wien zu verlassen, sich vorläufig in eine kleine Stadt oder aufs Land zurückzuziehen und in der Stille für sich weiter zu arbeiten. Wie sich unter diesen Umständen seine Beziehungen zu Anna weiter gestalten sollten, darüber gab er sich keine klare Rechenschaft; er wußte nur, daß sie niemals enden durften. Es schwebte ihm vor, daß er und Anna einander besuchen und zu gelegener Zeit gemeinschaftliche Reisen unternehmen würden; später übersiedelte sie wohl an den Ort, wo er lebte und wirkte. Doch schien es ihm nutzlos, all dem in die Tiefe nachzugrübeln, ehe die Stunde da war, da sich sein eigenes Schicksal, wenigstens für die Dauer der nächsten Jahre entschieden hatte.

Der Sommerhaidenweg lief in den Wald, und Georg nahm den breiten Villenweg, der an dieser Stelle das Tal durchquerend nach abwärts bog. In wenigen Minuten befand er sich auf der Straße, an deren Ende waldesnah, neben bescheidenen, gelben Parterrehäuschen, nur durch die Balkonmansarde mit dem dreieckigen Holzgiebel über jene erhöht, die kleine Villa stand, in der Anna wohnte. Er durchschritt das Vorgärtchen, wo inmitten des Rasens zwischen Blumenbeeten, auf viereckigem Postament, der kleine blaue Tonengel ihn grüßte; den schmalen Gang, neben dem die Küche lag, das kahle Mittelzimmer, auf dessen Boden durch die schadhaften grünen Jalousien Sonnenlinien hinspielten, und trat auf die Veranda. Er wandte sich nach links und warf einen

Blick durchs offne Fenster in Annas Zimmer, das er leer fand. Nun ging er im Garten längs der Fliederbüsche und Johannisbeerstauden nach aufwärts, und schon von weitem sah er Anna unter dem Birnbaum auf der weißen Bank sitzen, in ihrem weiten blauen Kleide. Sie sah ihn nicht kommen, schien ganz in Gedanken versunken. Er näherte sich langsam. Noch immer blickte sie nicht auf. Er liebte sie sehr in solchen Augenblicken, da sie sich unbeobachtet wähnte und auf ihrer klaren Stirn unbeirrt die Gütigkeit und der Friede ihres Wesens ruhten. Sonnenkringel zitterten auf dem Kies zu ihren Füßen. Ihr gegenüber, auf dem Rasen, lag schlafend die fremde Bernhardinerhündin. Das Tier war es, das, erwachend, Georgs Kommen zuerst bemerkte. Es erhob sich, und schwerfällig trappelte es Georg entgegen. Jetzt sah Anna auf, und ein beglücktes Lächeln schwebte über ihre Züge. Warum bin ich so selten da, fuhr es Georg durch den Sinn. Warum wohn ich nicht heraußen und arbeite oben auf dem Balkon unter dem Giebel, wo man die hübsche Aussicht auf den Sommerhaidenweg hat? Die Stirne war ihm feucht geworden, so heiß brannte noch immer die Spätnachmittagssonne.

Er stand vor Anna, küßte sie auf Aug' und Mund und setzte sich an ihre Seite. Das Tier war ihm nachgeschlichen und streckte sich zu seinen Füßen hin.

„Wie gehts, mein Schatz?“ fragte er, indem er seinen Arm um ihren Nacken legte.

Es ging ihr sehr gut, wie gewöhnlich, und heute war ein besonders schöner Tag gewesen. Seit dem Morgen schon war sie sich ganz selbst überlassen, denn Frau Golowski hatte wieder einmal in die Stadt fahren müssen, um nach den Ihren zu sehen. Es war wirklich nicht übel, manchmal so völlig allein mit sich zu bleiben. Da konnte man sich ungestört in seine Träume versenken. Es waren freilich immer dieselben, aber sie waren so hold, daß man ihrer nicht müde wurde. Von ihrem Kinde hatte sie sich träumen lassen. Wie sehr liebte sie es schon heute, noch ehe es geboren war. Nie hätte sie das für möglich gehalten. Ob Georg es denn auch verstünde?... und da er versonnen nickte, schüttelte sie den Kopf. Nein, nein... ein Mann konnte das nicht verstehen, auch der beste, der gütigste nicht. Sie fühlte ja das kleine Wesen schon sich regen, spürte das Klopfen seines zarten Herzens, fühlte diese neue unbegreifliche Seele in ihrer atmen, geradeso wie sie den neuen jungen Leib in ihrem blühen und erwachen fühlte. Und Georg sah vor sich hin, wie beschämt, daß sie dem, was nahe war, mit so viel reinern Sinnen entgegenlebte als er. Denn daß hier, von ihm gezeugt, ein Wesen wurde wie er und selbst wieder bestimmt, neuen Wesen Leben zu verleihen; daß in dem gesegneten Leib dieser Frau, nach dem ihm schon lange nicht mehr verlangte, nach ewigen Gesetzen ein Leben schwoll, das vor einem Jahre noch ein ungeahntes, ungewolltes, im Unendlichen verlorenes war und nun wie ein seit Urzeit vorherbestimmtes zum Licht empordrängte; – daß er selbst sich nun in der geschlossenen Kette von Urahnen zu Urenkeln gleichsam an beiden Händen gefaßt, unentweichbar einbezogen wußte,... von diesem Wunder fühlte er sich nicht so mächtig aufgerufen, als es fordern durfte.

Und ernsthafter, als sie es sonst zu tun pflegten, besprachen sie heute, was nach des Kindes Geburt zu geschehen hätte. In den ersten Wochen behielt Anna es natürlich bei sich, dann mußte man es wohl zu fremden Leuten geben; jedenfalls aber sollte es ganz nahe wohnen, so daß Anna es zu jeder Zeit ohne Schwierigkeit sehen konnte.

„Und du“, sagte sie mit einem Mal ganz leicht, „wirst du manchmal herkommen uns besuchen?“

Er sah ihr in das verschmitzt lächelnde Gesicht, nahm ihre beiden Hände und küßte sie. „Liebste, was soll ich tun, sag selbst? Du kannst dir denken, wie schwer es mir sein wird. Aber was bleibt mir anders übrig? Es muß ein Anfang gemacht werden. Hab ich dir schon gesagt“, setzte er hastig hinzu, als wäre damit jeder Rückzug abgeschnitten, „die Wohnung ist gekündigt. Felician geht wahrscheinlich nach Athen. Ja, wenn ich dich gleich mitnehmen könnte, das wär freilich schön! Aber das ist ja leider nicht möglich, eine gewisse Sicherheit muß vor allem da sein. Ich meine, wenigstens die Sicherheit, daß ich längere Zeit an einem Ort bleibe...“

Sie hatte ernsthaft-ruhig zugehört. Dann kam sie bedächtig-wichtig auf ihre neueste Idee zu sprechen. Er sollte nicht glauben, daß sie daran dächte, ihm alle Sorgen aufzubürden. Sie war entschlossen, sobald es sich machen ließe, eine Musikschule zu gründen. Wenn er sie noch lange allein ließe, hier in Wien; wenn er bald käme sie holen, dort, wo sie mit ihm zu Hause sein würde. Und wenn sie einmal auf eigenen Füßen stände, dann wollte sie auch ihr Kind zu sich nehmen, ob sie nun seine Frau wäre oder nicht. Sie wäre weit davon entfernt sich zu schämen, das wüßte er wohl. Sie wäre eher stolz... ja stolz, daß sie Mutter wurde!

Er nahm ihre Hände zwischen die seinen und streichelte sie. „Es wird schon alles werden“, sagte er ein wenig bedrückt. Er sah sich plötzlich in einem sehr bürgerlichen Heim, unter dem bescheidenen Licht einer Hängelampe, beim Abendessen sitzen, zwischen Frau und Kind. Und aus dieser geträumten

Familienszene wehte es ihm entgegen wie ein Hauch von sorgenvoller Langeweile. Ah, es war noch zu früh dazu, er war noch zu jung. Wie sollte es denn werden? War es denn möglich, daß sie die letzte Frau blieb, die er umarmt hätte? Vielleicht konnte sie es werden, in Jahren, in Monaten schon... aber heute noch nicht. Trug und Lüge in ein wohlgeordnetes Heim zu tragen, davor scheute er wohl zurück. Doch der Gedanke, von ihr fortzueilen zu andern, die er begehrte, mit dem Bewußtsein, Anna so wieder zu finden, wie er sie verlassen, war lockend und beruhigend zugleich.

Der bekannte Pfiff von drüben tönte. Die Hündin erhob sich, ließ sich von Georg noch einmal über den gelb gefleckten Rücken streichen und schlich traurig ihren Weg hinab.

„Herr Gott", sagte Georg, „das hätte ich ja beinahe vergessen. Heinrich kann jeden Augenblick da sein." Er erzählte Anna von seinem Besuch und verschwieg auch nicht, daß er zwischen Tür und Angel die ungetreue Schauspielerin kennen gelernt hatte.

„Ist es ihr also gelungen?" rief Anna aus, die für Damen mit irrenden Augen keine Neigung fühlte.

„Ich glaube nicht", erwiderte Georg, „daß ihr irgend etwas gelungen ist. Heinrich war von ihrem Erscheinen sogar ziemlich unangenehm berührt, kam mir vor."

„Nun, vielleicht bringt er sie mit", sagte Anna mit Spott, „und du hast wieder wen zum kokettieren wie in Lugano die Königsmörderin."

„Ach Gott", machte Georg unschuldig, und beiläufig fügte er hinzu: „Was ist's denn übrigens mit Therese, warum kommt sie denn gar nicht mehr zu dir? Demeter ist ja nicht mehr in Wien. Sie hätte wohl Zeit genug."

„Sie war erst vor ein paar Tagen da. Ich hab dir's ja gesagt, stell dich doch nicht so."

„Ich hatte es wirklich vergessen", erwiderte er mit Aufrichtigkeit. „Was hat sie dir denn erzählt?"

„Alles mögliche. Die Geschichte mit Demeter ist aus. Ihr Herz schlägt wieder ausschließlich für die Armen und Elenden – bis auf Widerruf." Und unter dem Siegel strengster Verschwiegenheit vertraute ihm Anna Theresens Winterpläne an. Als armes Weib verkleidet, wollte sie Wanderungen durch Wärmestuben, Suppen- und Teeanstalten, Asyle für Obdachlose und Arbeitshäuser unternehmen, um einmal dem sogenannten goldnen Herzen von Wien in die verborgensten Winkel hineinzuleuchten. Sie schien gefaßt und hoffte vielleicht ein wenig darauf, Ungeheuerlichkeiten zu entdecken.

Georg sah vor sich hin. Er erinnerte sich der eleganten Dame, im weißen Kleid, die im Sonnenglanz von Lugano vor dem Postgebäude gestanden war, fern von allem Jammer der Welt. Sonderbares Geschöpf, dachte er. „Sie will natürlich ein Buch daraus machen", sagte Anna. „Also daß du keinem Menschen was davon erzählst, auch deinem Freund Bermann nicht."

„Fällt mir nicht ein. Aber sag, Anna, mußt du nicht was vorbereiten für abend?"

Sie nickte. „Komm, begleit mich hinunter, ich will nachsehen, was da ist, und mich im übrigen mit der Marie beraten... soweit das möglich ist."

Sie standen auf. Die Schatten waren lang. Im Garten nebenan lärmten die Kinder. Anna nahm den Arm des Geliebten und ging langsam mit ihm hinab. Sie erzählte die neuesten Beispiele von der fabelhaften Dummheit der Magd. Ich Ehemann, dachte Georg und hörte mit Nachsicht zu. Beim Haus angelangt sprach er die Absicht aus, Heinrich entgegenzusehen, verließ Anna und begab sich auf die Straße. Da rüttelte eben ein Einspänner heran; Heinrich sprang heraus und entließ den Kutscher. „Grüß Sie Gott", sagte er zu Georg, „haben Sie mich am Ende schon erwartet? Es ist ja noch gar nicht so spät."

„Gewiß nicht, Sie sind sehr pünktlich. Ist es Ihnen recht, so machen wir noch einen kleinen Spaziergang."

„Gern."

Sie spazierten weiter, vorbei an dem gelben Gasthof mit den roten Terrassen, in den Wald.

„Hier ist's ja wundervoll", sagte Heinrich. „Und auch Ihre Villa sieht ganz nett aus. Warum wohnen Sie eigentlich nicht heraußen?"

„Ja, es ist ein Unsinn", gab Georg zu, ohne weitere Erklärungen. Dann schwiegen sie eine Weile.

Heinrich war in hellgrauem Sommeranzug und trug auf dem Arm seinen Mantel, den er ein wenig nachschleppen ließ. „Haben Sie sie wiedererkannt?" fragte er plötzlich, ohne aufzusehen.

„Ja", erwiderte Georg.

„Sie ist nur auf einen Tag hergefahren, aus ihrem Sommerengagement. Heute Nacht reist sie wieder zurück. Ein Handstreich sozusagen. Aber mißlungen." Er lachte.

„Warum sind Sie so hart?" fragte Georg und dachte an das Riesenkuvert mit den grauen Siegeln und der albernen Aufschrift. „Sie habens eigentlich nicht nötig. Es ist ja doch nur ein Zufall, daß sie nicht auch anonyme Briefe bekommen hat, geradeso wie Sie, Heinrich. Und wer weiß, wenn Sie sie nicht allein gelassen hätten, aus weiß Gott was für Gründen..."

Heinrich schüttelte den Kopf und sah Georg beinahe mitleidig an. „Meinen Sie vielleicht, ich habe die Absicht zu strafen oder zu rächen? Oder glauben Sie, ich gehöre zu den Tröpfen, die an der Welt irrewerden, weil ihnen etwas passiert ist, wovon sie doch wissen, daß es schon Tausenden passiert ist vor ihnen und Tausenden nach ihnen passieren wird? Meinen Sie, ich verachte die „Ungetreue", oder ich hasse sie? Fällt mir gar nicht ein. Womit ich nicht sagen will, daß ich nicht zuweilen die Gebärde des Hasses und der Verachtung habe, natürlich nur, um bessere Wirkungen zu erzielen ihr gegenüber. Aber in Wahrheit versteh ich ja alles, was geschehen ist, viel zu gut, als daß ich..." Er zuckte die Achseln.

„Nun, wenn Sie es verstehen

„Aber lieber Freund, das Verstehen hilft ja gar nichts. Das Verstehen ist ein Sport wie ein anderer. Ein sehr vornehmer Sport und ein sehr kostspieliger. Man kann seine ganze Seele darauf verschwenden und als ein armer Teufel dastehen. Aber mit unsern Gefühlen hat das Verstehen nicht das allergeringste zu tun – beinahe so wenig wie mit unsern Handlungen. Es schützt uns nicht vor Leid, nicht vor Ekel, nicht vor Vernichtung. Es führt gar nirgends hin. Es ist eine Sackgasse gewissermaßen. Das Verstehen bedeutet immer ein Ende."

Auf einem Seitenpfad in mäßiger Steigung, schweigend und langsam, jeder mit seinen eigenen Gedanken, so kamen sie aus der Waldung auf offenes Wiesenland, das den Blick talwärts freigab. Sie blickten über die Stadt hin, und weiter gegen die dunstatmende Ebene, durch die schimmernd der Fluß rann; zu fernen Berglinien, vor denen dünner Rauch sich hinbreitete. Dann, im Frieden der Abendsonne spazierten sie weiter zu Georgs Lieblingsbank am Waldesrande. Die Sonne war fort. Georg sah jenseits des Tales, längs des waldigen Hügels den Sommerhaidenweg ziehen, blaß und wie ausgekühlt. Dann schaute er hinab, wußte, daß in dem Garten zu seinen Füßen ein Birnbaum stand, unter dem er vor wenig Stunden mit einer sehr Geliebten gesessen war, die sein Kind unter dem Herzen trug, und war bewegt. Für die Frauen, die vielleicht anderswo seiner warteten, spürte er eine leise Verachtung, doch war seine Sehnsucht nach ihnen darum nicht ausgelöscht. Unten auf dem Pfad zwischen Gärten und Wiesen wandelten Sommergäste. Ein junges Mädchen blickte herauf, flüsterte einer andern etwas zu. „Sie sind wohl eine populäre Persönlichkeit hier in dem Ort", bemerkte Heinrich mit spöttisch verzogenen Mundwinkeln.

„Nicht daß ich wüßte."

„Die hübschen Mädchen haben Sie sehr interessiert angeguckt. Das Nichtverheiratetsein der andern bleibt für die Leute doch eine unerschöpfliche Quelle von Anregungen. Diesem Sommervolk da unten bedeuten Sie jedenfalls so eine Art von Don Juan und... und Ihre Freundin ein ent- und verführtes Mädchen. Glauben Sie nicht?"

„Ich weiß nicht", sagte Georg, das Gespräch ablehnend.

„Und was mag ich", fuhr Heinrich unbekümmert fort, „für das Theatervolk in der kleinen Stadt vorgestellt haben? Offenbar den betrogenen Liebhaber, also eine ausschließlich lächerliche Figur. Und sie? Na, man kann sichs ja denken. Riesig einfach liegen die Dinge für die Unbeteiligten. In der Nähe schaut dann jede Geschichte doch ganz anders aus. Aber ob sie aus der Ferne nicht das richtigere Gesicht hat? Ob man sich nicht allerlei einredet, wenn man selber eine Rolle in der Komödie zu spielen hat?"

Er hätte auch daheim bleiben können, dachte Georg. Da er ihn aber nicht nach Hause schicken konnte, und um wenigstens zu einem andern Gespräch mit ihm zu gelangen, fragte er rasch: „Hören Sie nichts von Ehrenbergs?"

„Vor ein paar Tagen", erwiderte Heinrich, „hatte ich von Fräulein Else einen etwas melancholischen Brief."

„Sie stehen in Korrespondenz mit ihr?"

„Nein, ich stehe nicht in Korrespondenz mit ihr, wenigstens habe ich ihr noch nicht geantwortet."

„Sie hat sich die Sache mit Oskar doch mehr zu Herzen genommen", sagte Georg, „als sie eingestehen will. Ich habe sie einmal gesprochen, im Sanatorium. Wir sind eine ganze Weile draußen auf dem Gang gestanden vor der weiß lackierten Türe, hinter der der arme Oskar lag. Damals fürchtete man auch noch für das andere Auge. Es ist wahrhaftig eine tragische Geschichte."

„Eine tragikomische", verbesserte Heinrich hart.

„Sie sehen überall was Tragikomisches. Ich will Ihnen auch sagen warum. Weil Sie ziemlich herzlos sind. Das Komische tritt in diesem Falle doch ganz zurück."

„Sie irren", erwiderte Heinrich. „Die Ohrfeige des alten Ehrenberg war eine Brutalität, der Selbstmord Oskars eine Albernheit; daß er sich so schlecht getroffen hat, eine Ungeschicklichkeit. Aus diesen Motiven kann doch nichts Tragisches resultieren. Eine etwas widerliche Affäre ist es, das ist alles."

Georg schüttelte ärgerlich den Kopf. Er hatte für Oskar, seit das Unglück geschehen, wirkliche Sympathie gefaßt. Und auch der alte Ehrenberg, der seither immer draußen in Neuhaus lebte, nur mehr für seine Arbeit, und keinen Menschen sehen wollte, tat ihm leid. Sie hatten beide gebüßt, schwerer als sie es verdient hatten. Vermochte Heinrich das nicht geradesogut einzusehen und zu fühlen wie er? Sie machten einen wirklich manchmal nervös, diese jüdisch-überklugen schonungslos-menschenkennerischen Leute, diese Bermann und Nürnberger. Daß man sich nur ja von nichts überraschen ließ, das blieb ihnen die Hauptsache. Güte, die war es, die ihnen fehlte. Erst wenn sie älter wurden, kam eine gewisse Milde über sie. Georg dachte an den alten Doktor Stauber, Frau Golowski, an den alten Eißler. Aber so lang sie jung waren... immer hielten sie sich auf dem *qui vive*. Nur ja nicht die Dümmern sein! Eine unbequeme Gesellschaft. Sehnsucht nach Felician, nach Skelton regte sich in ihm, die doch wahrhaftig auch gerade gescheit genug waren; – sogar nach Guido Schönstein.

„Bei aller Melancholie aber", sagte Heinrich nach einiger Zeit, „scheint sich Fräulein Else ganz leidlich zu amüsieren. Es gibt auch schon wieder Besuch auf dem Auhof. Neulich waren die Wyners dort, Sissy und James. James ist in Cambridge Doktor geworden. Nobel, was?"

Der Name Sissy zuckte an Georgs Herzen vorbei, wie ein glitzernder Dolch. Er wußte es plötzlich, in wenig Tagen würde er bei ihr sein. Seine Sehnsucht schwoll so mächtig auf, daß er es selbst kaum begriff.

Die Dämmerung sank. Georg und Heinrich erhoben sich, gingen die Wiese hinab und traten in den Garten. Da sahen sie Anna in Begleitung eines Herren den mittleren Weg heraufkommen.

„Der alte Doktor Stauber", sagte Georg, „Sie kennen ihn wohl?" Man begrüßte einander. „Ich freue mich sehr", sagte Anna zu Heinrich, „daß ich Sie endlich einmal bei uns sehe."

Bei uns, wiederholte Georg innerlich mit einem Befremden, das er gleich wieder zurücknahm. Er ging mit Doktor Stauber voraus. Heinrich und Anna folgten langsam.

„Wie sind Sie mit Anna zufrieden?“ fragte Georg den Doktor.

„Es kann nicht besser gehen“, erwiderte Stauber. „Sie soll nur weiter regelmäßig und fleißig Bewegung machen.“

Georg fiel es ein, daß er dem Doktor, den er seit seiner Rückkehr zum erstenmal sah, die entliehenen Bücher noch nicht zurückgegeben hatte, und er brachte seine Entschuldigung vor.

„Aber das hat ja Zeit“, erwiderte Stauber. „Wenn sie Ihnen nur zustatten gekommen sind.“ Und er fragte ihn nach den Eindrücken, die er aus Rom mit nach Hause genommen hätte.

Georg erzählte von Wanderungen durch die alten Kaiserpaläste, von Fahrten durch die Campagna im Abendglanz, von einer gewitterschwülen Stunde im Garten des Hadrian. Doktor Stauber bat ihn aufzuhören, sonst könnte es geschehen, daß er alle seine Patienten hier im Stich ließe, um geradewegs nach der vielgeliebten Stadt zu entfliehen. Dann erkundigte sich Georg höflich nach Doktor Berthold. Ob es auf Wahrheit beruhe, daß ihn schon der nächste Winter wieder politisch tätig finden werde.

Doktor Stauber zuckte die Achseln. „Er kommt im September zurück. Das ist vorläufig das einzig Sichere. Bei Pasteur ist er sehr fleißig gewesen, und hier im pathologischen Institut will er eine große Serumarbeit weiterführen, die er in Paris begonnen hat. Wenn er mir folgt, bleibt er dabei. Das was er jetzt macht, ist doch wichtiger für die Menschheit als die schönste Revolution, meiner unmaßgeblichen Meinung nach. Freilich, die Talente sind verschieden, und gegen gelegentliche Umstürze habe ich gewiß nichts einzuwenden. Aber unter uns, das Talent meines Sohnes liegt doch mehr auf der wissenschaftlichen Seite. Nach der andern Richtung treibt ihn mehr das Temperament... vielleicht ausschließlich die Galle. Na, wir werden ja sehen. Aber wie stehts denn mit Ihren Plänen für den Herbst?“ fügte er plötzlich hinzu und sah Georg mit seinem gutmütig-väterlichen Blick an. „Wo werden Sie den Taktstock schwingen?“

„Ja wenn ich das schon selber wüßte“, erwiderte Georg. Und während er dem Arzt, der mit halbgeschlossenen Lidern, die Zigarre im Mund, ihm zur Seite ging, in betonter Wichtigkeit von seinen Bemühungen und Aussichten erzählte, glaubte er zu fühlen, daß alles, was er sagte, von Doktor Stauber nur als Rechtfertigungsversuch für das Aufschieben seiner Verheiratung mit Anna aufgefaßt würde. Eine leichte Gereiztheit gegen sie stieg in ihm auf, die hinter ihnen herging und vielleicht ihre stille Freude daran hatte, daß er von Doktor Stauber gleichsam ins Gebet genommen wurde. Absichtlich schlug er einen immer leichtern Ton an, als hätten seine persönlichen Zukunftspläne mit Anna überhaupt nichts zu tun und sagte endlich lustig: „Ja, wer weiß wo ich im nächsten Jahr um diese Zeit bin, am Ende in Amerika."

„Das wäre nicht das Schlimmste", erwiderte Doktor Stauber ruhig. „Ich habe einen Vetter, der ist Violinspieler in Boston, ein gewisser Schwarz, der verdient dort mindestens sechsmal soviel, als er hier an der Oper gehabt hat."

Georg liebte es nicht, mit Violinspielern namens Schwarz verglichen zu werden und behauptete daher mit einer Bestimmtheit, die er selbst als übertrieben empfand, daß es ihm für den Anfang überhaupt nicht aufs Geldverdienen ankäme. Plötzlich, er wußte nicht, woher der Gedanke ihm kam, fuhr es ihm durch den Sinn: Wenn Anna stirbt!... Wenn das Kind ihr Tod wäre! Er erschrak aufs tiefste, als hätte er mit diesem Gedanken eine Schuld auf sich geladen. Und im Geist sah er Anna daliegen, das Bahrtuch bis übers Kinn gezogen, und sah das Licht des Tags und der Kerzen über ihr wachsbleiches Antlitz rinnen. Angstvoll beinahe wandte er sich um, wie um sich zu vergewissern, daß sie da war und lebte. Im Dunkel verschwammen ihm die Züge ihres Gesichts, was ihn erschauern machte. Er blieb mit dem Doktor stehen, bis Anna mit Heinrich herangekommen war. Er war glücklich, sie so nah zu haben. „Jetzt wirst du aber doch schon müd sein", sagte er zu ihr in zärtlichstem Tone.

„Mein Pensum hab ich allerdings für heute redlich absolviert", erwiderte sie. „Im übrigen", und sie wies zur Veranda hin, wo auf dem gedeckten Tisch die Lampe mit dem grünen Papierschirm stand, „wird auch das Nachtmahl gleich da sein. Es wär hübsch, Herr Doktor, wenn Sie bei uns blieben, ja?"

„Leider, liebes Kind, ist es mir nicht möglich. Ich sollte schon längst wieder in der Stadt sein. Grüßen Sie die Frau Golowski von mir. Auf Wiedersehen. Adieu Herr Bermann. Na", fügte er hinzu, „wird man bald wieder etwas Schönes von Ihnen zu hören oder zu lesen bekommen?"

Heinrich zuckte die Achseln, lächelte gesellschaftlich und schwieg. Warum, dachte er, werden sogar die besterzogenen Menschen meistens taktlos, wenn sie mit unsereinem zusammenkommen? Frag ich ihn nach seinen Angelegenheiten?

Der Arzt sprach noch mit einigen Worten Heinrich seine Teilnahme an des alten Bermann Tod aus. Er erinnerte sich an dessen berühmt gewordene Rede gegen die Einführung der tschechischen Gerichtssprache in gewissen böhmischen Bezirken. Damals war es an einem Haar gehangen, daß der jüdische Provinzadvokat Justizminister geworden wäre. Ja, die Zeiten hatten sich geändert.

Heinrich horchte auf. Das ließ sich am Ende für die politische Komödie verwenden.

Doktor Stauber verabschiedete sich, Georg begleitete ihn zum Wagen, der draußen wartete, und benutzte die Gelegenheit, einige Fragen medizinischer Natur an den Arzt zu richten. Dieser konnte ihn in jeder Hinsicht beruhigen. „Nur schade“, schloß er, „daß die Umstände es Anna nicht gestatten, das Kind selbst zu stillen.“

Georg stand gedankenvoll. Ihr konnte es doch nicht schaden?... Höchstens dem Kind. Oder auch ihr?... Er fragte den Arzt.

„Was sollen wir davon reden, wenn es ja doch nicht geht, lieber Baron. Na, machen Sie sich keine Sorgen“, setzte er hinzu und hatte den einen Fuß schon auf dem Wagentritt. „Um das Kind von Ihnen beiden braucht einem nicht bang zu sein.“

Georg blickte ihm fest ins Auge und sagte: „Ich werde jedenfalls dafür Sorge tragen, daß es seine ersten Lebensjahre in gesunder Luft zubringt.“

„Das ist ja sehr schön“, sagte Doktor Stauber mild. „Aber gesündere Luft als im Elternhaus gibts im allgemeinen für Kinder nirgends auf der Welt.“ Er reichte Georg die Hand, und der Wagen rollte davon.

Georg blieb einen Augenblick stehen, fühlte eine lebhafte Verstimmung gegen den Arzt und gab sich selbst das Versprechen, es nie wieder zu Gesprächen mit ihm kommen zu lassen, die diesem gewissermaßen das Recht gaben, ungebetene Ratschläge oder gar versteckte Vorwürfe vorzubringen. Was wußte der alte Mann? Was verstand er im Grunde von der Sache? Immer heftiger wehrte es sich in Georg. Wann es mir beliebt, sagte er bei sich, werde ich sie heiraten. Könnte sie übrigens nicht das Kind bei sich behalten? Hat sie nicht selbst gesagt, daß sie stolz darauf sein wird, ein Kind zu haben? Ich will es ja auch nicht verleugnen. Und ich werde alles tun, was in meinen Kräften steht. Und später, später einmal... Aber ich beginge ein Unrecht an mir, an ihr, an dem Kind, wenn ich mich heut schon zu etwas entschlösse, wofür es zum mindesten noch zu früh ist.

Langsam war er an der Schmalseite des Hauses vorbei in den Garten spaziert. Auf der Veranda sah er Anna und Heinrich sitzen. Eben kam die Marie aus dem Haus, sehr rot im Gesicht, und setzte auf den Tisch eine warme Schüssel, von der der Dampf aufstieg. Wie ruhig Anna dasitzt, dachte Georg, und blieb im Dunkel stehen. Wie wohlgelaunt, wie sorgenlos, als könnte sie mir völlig vertrauen. Als gäbe es nicht Tod, Armut, treuloses Verlassen. Als liebte ich sie so, wie sie es verdient! Und wieder erschrak er. Lieb ich sie denn weniger? Darf sie mir denn nicht vertrauen? Wenn ich dort oben auf der Bank am Waldesrand sitze, quillt manchmal soviel Zärtlichkeit in mir auf, daß ich vergehen möchte. Warum spür ich jetzt so wenig davon? Er stand nur wenige Schritte entfernt, sah, wie sie verteilte; dann, wie sie ins Dunkel hineinstarrte, aus dem er kommen mußte, und wie ihre Augen zu leuchten begannen, als er plötzlich ins Licht trat. Einzig Geliebte! dachte er. Wie er dann bei den andern saß, sagte Anna: „Du hast ja mit dem Doktor eine so lange Konferenz gehabt."

„Keine Konferenz, wir haben geplaudert. Auch von seinem Sohn hat er mir erzählt, der bald wieder zurückkommt."

Heinrich fragte nach Berthold. Der junge Mann interessierte ihn, und er hoffte sehr, ihn im nächsten Winter kennen zu lernen. Die Rede voriges Jahr über den Fall Therese Golowski und dann der offene Brief an seine Wähler, in dem er die Gründe seines Rücktrittes dargelegt hatte, das waren Leistungen hohen Ranges gewesen... Ja und mehr als das – Dokumente der Zeit.

Über Annas Antlitz flog ein leichtes, beinahe stolzes Lächeln. Sie sah auf ihren Teller nieder und dann rasch zu Georg auf. Auch Georg lächelte. Keine Spur von Eifersucht regte sich in ihm. Ob Berthold ahnte...? Gewiß. Ob er litt?... Wahrscheinlich. Ob er Anna verzeihen könnte? Daß man da erst verzeihen mußte! Wie dumm.

Ein Gericht Schwämme wurde aufgetragen, bei dessen Erscheinen Heinrich die Frage nicht unterlassen konnte, ob sie etwa giftig wären. Georg lachte.

„Sie brauchen mich nicht zu verhöhnen", sagte Heinrich. „Wenn ich mich umbringen wollte, würde ich weder vergiftete Schwämme, noch verdorbene Wurst, sondern ein edleres und rascheres Gift wählen. Man ist zuweilen lebensüberdrüssig, aber man ist nie gesundheitsüberdrüssig, selbst für die letzte Viertelstunde seiner Existenz. Und im übrigen ist die Ängstlichkeit eine ganz rechtmäßige, nur meistens schändlich verleugnete Tochter des Verstandes. Denn was heißt Ängstlichkeit? Alle Möglichkeiten in Betracht ziehen, die aus einer Handlung erfolgen können, die schlimmen geradeso wie die guten. Und was ist Mut? Ich meine natürlich den wirklichen, der viel seltener vorkommt, als man glaubt. Denn der affektierte, oder kommandierte, oder suggerierte Mut zählt doch nicht. Der echte Mut ist oft gewiß nichts anderes als der Ausdruck für eine sozusagen metaphysische Überzeugung von der eigenen Überflüssigkeit."

Du Jude, dachte Georg ohne Feindseligkeit, und dann: er hat vielleicht nicht so unrecht.

Das Bier, von dem Anna nicht trank, schmeckte so gut, daß die Marie um einen zweiten Krug ins Wirtshaus geschickt wurde. Man kam in behagliche Stimmung. Georg erzählte wieder von der Reise: von den sonnenschweren Tagen in Lugano, von der Fahrt über den beschneiten Brenner, von der Wanderung durch die dächerlose Stadt, die nach zweitausendjähriger Nacht dem Licht entgegendrängte; er beschwor den Augenblick wieder herauf, in dem sie dabei gewesen waren, er und Anna, als Arbeiter vorsichtig und mühevoll eine Säule aus der Asche herausschaufelten. Heinrich hatte Italien noch nicht gesehen. Im nächsten Frühjahr wollte er hin. Er erklärte, daß er sich manchmal in Sehnsucht verzehre, wenn auch nicht gerade nach Italien, doch nach Fremde, Ferne, Welt. Manchmal, wenn er vom Reisen sprechen hörte, bekäme er Herzklopfen wie ein Kind am Vorabend des Geburtstages. Er zweifelte, daß es ihm bestimmt war, sein Leben in der Heimat zu vollenden. Vielleicht auch, daß er nach jahrelangen Wanderungen zurückkehrte, in einem kleinen Haus auf dem Land den Frieden seiner spätern Mannesjahre fände. Wer weiß, es gäbe ja so seltsame Zufälle, ob ihm nicht bestimmt war, gerade in diesem Haus sein Dasein zu beschließen, in dem er nun eben zu Gaste sei und sich so wohl fühle, wie schon lange nicht. Anna bedankte sich, als wäre sie nicht nur hier in der Villa Hausfrau, sondern innerhalb dieser ganzen, abendlich-stillen Welt. Aus dem Dunkel des Gartens begann es milde zu leuchten. Von den Gräsern und Blumen kam feuchtwarmer Duft. Die längliche Wiese, die zum Gitter hinlief, schwebte im Mondenschein empor, und die weiße Bank unter dem Birnbaum schimmerte her, wie von sehr ferne. Anna sagte zu Heinrich Freundliches über die Verse aus dem Operntext, die Georg ihr neulich vorgelesen hatte.

„Ja richtig", bemerkte Georg, die Beine behaglich gekreuzt und eine Zigarre rauchend, „haben Sie uns etwas Neues mitgebracht?"

Heinrich schüttelte den Kopf. „Nein, nichts.“

„Wie schade“, sagte Anna und machte den Vorschlag, Heinrich sollte doch den Gang der Handlung geordnet und ausführlich erzählen. Schon lange wünschte sie sich das. Aus Georgs Berichten ließe sich kein klares Bild gewinnen.

Sie sahen einander an. Die dunkle, süße Stunde stieg vor ihnen auf, da sie Brust an Brust geruht in einem dunkeln Zimmer, vor dessen Fenstern hinter wallendem Schneevorhang eine graue Kirche verdämmert und in das Orgeltöne dumpf geklungen waren. Ja, nun wußten sie, wo das Haus stand, in dem das Kind zur Welt kommen sollte. Auch ein anderes, dachte Georg, steht vielleicht schon irgendwo, in dem das Kind, das heute noch nicht geboren ist, sein Leben enden wird – als Mann – oder als Greis – oder – ... ach, was für Gedanken... fort, fort.

Heinrich erklärte sich bereit, den Wunsch Annas zu erfüllen, und stand auf. „Es wird mir vielleicht selber nützlich sein“, sagte er wie zur Entschuldigung. „Ich könnte über allerhand ins Reine kommen.“

„Aber geben Sie acht, daß Sie nicht plötzlich in Ihre politische Tragikomödie geraten“, bemerkte Georg. Und zu Anna gewandt: „Er schreibt nämlich ein Stück mit einem deutschnationalen Couleurstudenten als Helden, der sich aus Verzweiflung über die Emanzipation der Juden mit Schwämmen vergiftet.“

Heinrich winkte ab. „Ein Glas Bier weniger und Sie hätten nicht einmal diesen Witz gemacht.“

„Neid“, erwiderte Georg. Er fühlte sich außerordentlich gut aufgelegt, insbesondere, weil er nun fest entschlossen war, übermorgen abzureisen. Er saß ganz nahe bei Anna, hielt ihre Hand in der seinen und hörte es wie von Melodien späterer Tage im tiefsten Grunde seiner Seele rauschen.

Heinrich stand plötzlich im Garten draußen vor der Veranda, griff über die Brüstung, nahm seinen Mantel vom Sessel und schlug ihn romantisch um sich. „Ich beginne“, sagte er. „Erster Akt.“

„Vorher Ouverture in *D-moll*“, unterbrach ihn Georg. Er pfiff eine getragene Melodie, nur ein paar Töne, und schloß mit einem „und so weiter“.

„Der Vorhang hebt sich“, sagte Heinrich. „Fest im königlichen Garten. Nacht. Am nächsten Tag soll die Prinzessin mit dem Herzog Heliodor vermählt werden. Vorläufig nenn ich ihn Heliodor, er wird wahrscheinlich anders heißen. Der König betet seine Tochter an und kann Heliodor, der eine Art von zäsarenwahnsinnigem Gecken vorstellt, nicht ausstehen. Zu diesem Fest, das der

König hauptsächlich gibt, um Heliodor zu ärgern, sind nicht nur die Edeln des Landes geladen, sondern die Jugend aller Stände, soweit sie sich durch Schönheit ein Recht dazu erworben hat. Und die Prinzessin soll an diesem Abend mit jedem tanzen dürfen, der ihr gefällt. Da ist besonders einer, Ägidius mit Namen, von dem sie ganz hingerissen scheint. Und niemand freut sich mehr darüber als der König. Eifersucht Heliodors. Steigendes Vergnügen auf Seite des Königs. Auseinandersetzung zwischen Heliodor und dem König. Hohn, Verfeindung. Nun geschieht etwas höchst Unerwartetes. Ägidius zückt den Dolch gegen den König, er will ihn ermorden. Dieser Mordversuch müßte natürlich sehr sorgfältig motiviert werden, wenn Sie nicht die Güte hätten, lieber Georg, die Sache in Musik zu setzen. So wird es genügen, anzudeuten, daß der Jüngling ein Tyrannenhasser, Mitglied einer geheimen Verbindung, vielleicht ein Narr oder Held auf eigne Faust ist. Das weiß ich nämlich noch nicht. Der Mordversuch mißlingt. Ägidius wird festgenommen. Der König wünscht mit ihm allein zu bleiben. Duett. Der Jüngling ist stolz, gefaßt, groß, der König überlegen, grausam, unergründlich. So ungefähr stell ich mir ihn vor: Er hat schon viele in den Tod geschickt, schon viele sterben sehen, aber ihm, in seiner ungeheuern innern Wachheit, scheinen alle übrigen Menschen in einem Zustand halber Bewußtheit dahinzuleben, so daß ihr Dahingehen gewissermaßen nichts anderes zu bedeuten hat als einen Schritt aus Dämmerung in Finsternis. Ein solcher Untergang scheint ihm hier zu mild oder zu banal. Diesen Jüngling will er aus einem Tag, wie ihn noch kein Sterblicher genossen, ins furchtbarste Dunkel stürzen. Ja, das geht in ihm vor. Wieviel er davon ausspricht oder singt, das weiß ich natürlich noch nicht. Ägidius, als ein nach aller Meinung zu sofortigem Tod Bestimmter, wird abgeführt, und zwar auf dasselbe Schiff, auf dem am Abend darauf Heliodor mit der Prinzessin ihre Reise hätten antreten sollen. Der Vorhang fällt. Der zweite Akt spielt auf dem Verdeck. Das Schiff in voller Fahrt. Chor. Einzelne Gestalten heben sich heraus. Ihre Bedeutung tritt erst später zutage. Morgendämmerung. Ägidius wird aus dem untern Schiffsraum heraufgeleitet. Wie er natürlich glauben muß, zum Tode. Aber es kommt anders. Seine Fesseln werden gelöst, alle neigen sich vor ihm. Er wird begrüßt wie ein Fürst. Die Sonne geht auf. Ägidius hat Gelegenheit zu bemerken, daß er sich in der besten Gesellschaft befindet. Schöne Frauen, Edelleute. Ein Weiser, ein Sänger, ein Narr sind zu größern Rollen bestimmt. Aus dem Chor der Frauen löst sich aber keine andre als die Prinzessin selbst, die Ägidius zu eigen gehört, wie alles auf dem Schiff."

„Ein splendider Vater und König“, sagte Georg.

„Für einen geistreichen Einfall ist ihm nichts zu teuer“, erläuterte Heinrich, „das ist seine Natur. Es folgt ein herrliches Duett zwischen Ägidius und der Prinzessin, dann setzt man sich zum Mahl. Nach dem Mahle Tanz. Hohe Stimmung. Ägidius muß sich natürlich für gerettet halten. Er wundert sich nicht übermäßig, denn sein Haß gegen den König war immer sehr von Bewunderung unterzündet. Der Abend bricht an. Plötzlich ist ein Fremder an der Seite des Ägidius. Vielleicht ist er auch längst dagewesen. Einer unter den vielen, unbemerkt, stumm. Er hat ein Wort mit Ägidius zu sprechen. Fest und Tanz gehen unterdessen weiter. Ägidius und der Fremde. All dies ist Euer, sagt der Fremde. Ihr könnt damit nach Belieben walten, könnt Besitz ergreifen und töten, ganz wie Ihr wollt. Aber morgen... oder in zwei, oder in sieben Tagen, oder in einem Jahr, oder in zehn oder noch später, wird dieses Schiff sich einer Insel nähern, an deren Ufer auf einem Felsen eine marmorne Halle ragt. Und dort wartet Euer der Tod. Der Tod. Euer Mörder ist mit Euch auf dem Schiff. Aber nur der eine, der dazu bestimmt ist, Euer Mörder zu sein, weiß es selbst. Kein anderer kennt ihn. Ja überhaupt kein anderer auf diesem Schiff ahnt, daß Ihr ein Todgeweihter seid. Das bewahrt wohl in Euch! Denn wenn Ihr Euch irgendwie merken laßt, daß Euer Los Euch selbst bekannt ist, so seid Ihr noch in derselben Stunde dem Tode verfallen.“

Heinrich sprach diese Worte mit affektiertem Pathos, wie um seine Befangenheit zu verbergen. Einfacher fuhr er fort. „Der Fremde verschwindet. Vielleicht laß ich ihn auch ans Land setzen von zwei Schweigenden, die ihn begleitet haben. Ägidius bleibt zurück, unter Hunderten, Männern und Frauen, von denen einer oder eine sein Mörder ist. Wer? Der Weise? Der Narr? Der Sterngucker dort? Irgendeiner von denen, die im Dunkeln kauern? Die dort am Geländer schleichen? Eine von den Tänzerinnen? Die Prinzessin selbst? Sie tritt wieder zu ihm, ist sehr zärtlich, ja leidenschaftlich. Heuchlerin? Mörderin? Liebende? Wissende? Jedenfalls die Seine. All dies heute noch so sein. Nacht über dem Meer. Schauer. Wonnen. Das Schiff langsam weiter, jenem Ufer entgegen, das Stunden oder Jahre weit entfernt im Nebel liegt. Die Prinzessin ruht zu seinen Fußen, Ägidius starrt in die Nacht und wartet.“ Heinrich hielt inne, wie selbst bewegt. In Georg klang es. Er hörte die Musik zu der Szene, da der Fremde verschwindet, von den Schweigenden begleitet, und dann allmählich wieder das Fest nach dem Vordergrund der Bühne zurauscht. Nicht nur als Melodie war sie in ihm, sondern schon mit aller Fülle der Instrumente. Tönten nicht Flöte, Oboe und Klarinette? Sang Cello und Violine nicht? Dröhnte nicht leiser Trommelschlag aus dem Winkel des Orchesters? Unwillkürlich hob er den rechten Arm, als hielte er den Taktstock in der Hand.

„Und der dritte Akt?“ fragte Anna, da Heinrich noch immer schwieg.

„Der dritte Akt“, wiederholte Heinrich, und seine Stimme klang bedrückt, „der dritte wird wohl in jener Halle auf dem Felsen spielen – glauben Sie nicht? Er müßte, denk ich, mit einem Gespräch anfangen zwischen dem König und dem Fremden. Oder mit einem Chor? Nein, auf unbewohnten Inseln gibt es ja keine Chöre. Also der König ist jedenfalls da, und das Schiff ist in Sicht. Übrigens, warum muß die Insel unbewohnt sein?“ Er hielt inne.

„Nun?“ fragte Georg ungeduldig.

Heinrich legte beide Arme auf die Brüstung der Veranda. „Soll ich Ihnen was verraten? – es ist gar keine Oper…“

„Wie meinen Sie?“

„Es hat schon seine guten Gründe, daß ich an dieser Stelle nie recht weiter gekommen bin. Es ist eine Tragödie, offenbar. Und ich habe nur die Courage nicht, sie zu schreiben. Wissen Sie, was darzustellen wäre? Die innere Wandlung des Ägidius wäre darzustellen. Das ist offenbar das Schwierige und Schöne an dem Stoff, mit andern Worten das, woran ich mich nicht wage. Eine Flucht ist die Idee mit der Oper, und ich weiß nicht, ob ich mir dergleichen darf angehen lassen.“ Er schwieg.

„Aber jedenfalls“, sagte Anna, „müssen Sie uns den Schluß erzählen, so wie Sie ihn für die Oper im Sinn hatten. Ich kann Ihnen nämlich nicht verhehlen, daß ich sehr gespannt bin.“

Heinrich zuckte die Achseln und erwiderte müde: „Also das Schiff legt an. Ägidius kommt ans Land, er soll ins Meer gestürzt werden.“

„Durch wen?“ fragte Anna.

„Aber ich weiß ja nicht“, erwiderte Heinrich leidend. „Von jetzt ab weiß ich überhaupt nichts mehr.“

„Ich hab mir gedacht, daß die Prinzessin es sein würde, die…“, sagte Anna und vollführte eine todverkündende Handbewegung durch die Luft.

Heinrich lächelte mild. „Ich hab natürlich auch daran gedacht, aber…" Er unterbrach sich und sah plötzlich gespannt zum Nachthimmel auf.

„Im ersten Plan", bemerkte Georg mißgelaunt, „sollte es mit einer Art Begnadigung enden. Aber sowas ist wohl nur für eine Oper gut genug. Jetzt, als Tragödienheld wird er natürlich wirklich ins Meer hinuntergestürzt werden, Ihr Ägidius."

Heinrich hob den Zeigefinger geheimnisvoll empor, und seine Züge belebten sich wieder. „Ich glaube, mir dämmert was. Aber sprechen wir vorläufig nicht davon, wenn ich bitten darf. Es ist doch vielleicht gut gewesen, daß ich den Anfang erzählt habe."

„Wenn Sie aber glauben, daß ich Ihnen eine Zwischenaktmusik machen werde", sagte Georg ohne besondre Kraft, „so täuschen Sie sich."

Heinrich lächelte schuldbewußt gleichgültig, und die gute Stimmung war dahin. Anna fühlte mit Mißbehagen, daß die ganze Geschichte verpufft war. Georg war unsicher, ob er sich ärgern sollte, daß seine Hoffnung ins Wanken gekommen, oder sich freuen, daß er einer Art Verpflichtung ledig geworden war. Heinrich aber war zumute, als verließen ihn seine eigenen Gestalten in schattenhafter Verwirrung, höhnisch, ohne Abschied und ohne das Versprechen wiederzukommen. Er fand sich allein, verlassen, in einem traurigen Garten, in Gesellschaft eines liebenswürdigen guten Bekannten und einer jungen Dame, die ihn gar nichts anging. Er mußte mit einemmal an ein Geschöpf denken, das zu dieser Stunde mit rotgeweinten Augen hoffnungslos in einem schlecht beleuchteten Kupee dunkeln Bergen entgegenfuhr, in Sorge, ob sie morgen früh rechtzeitig zur Probe erscheinen würde. Nun fühlte er es wieder: seit das zu Ende war, ging es abwärts mit ihm. Nichts hatte er mehr und niemanden. Das Leid jener kläglichen und in Qual gehaßten Person war sein einziger Besitz. Und wer weiß, morgen schon, mit den rotgeweinten Augen lächelte sie einen andern an, noch immer Schmerz und Sehnsucht in der Seele und doch schon neue Lebenslust im Blut.

Frau Golowski war auf der Veranda erschienen, etwas verspätet und eilig, noch mit Hut und Schirm. Sie brachte Grüße aus der Stadt von Therese, die Anna nächster Tage wieder einen Besuch abstatten wollte. Georg, der an einem Holzpfeiler der Veranda lehnte, wandte sich an Frau Golowski mit der absichtlichen Höflichkeit, die er ihr gegenüber stets zur Schau trug. „Wollen Sie nicht Fräulein Therese in unserm Namen fragen, ob sie nicht einmal ein paar

Tage heraußen wohnen möchte? Die Mansarde oben ist vollkommen zu ihrer Verfügung. Ich gehe nämlich demnächst auf kurze Zeit ins Gebirge", setzte er hinzu, als wenn er sonst das kleine Zimmer oben regelmäßig bewohnte.

Frau Golowski dankte. Sie wollte es Therese bestellen. Georg sah nach der Uhr und fand, daß es Zeit war, sich auf den Heimweg zu machen. Dann verabschiedete er sich mit Heinrich. Anna begleitete beide bis zur Gartentür, blieb dort noch eine Weile stehen und sah ihnen nach, bis sie auf der Höhe waren, wo der Sommerhaidenweg anfing.

Die kleine Ortschaft im Talgrund floß im Mondenschein dahin. Die Hügel standen fahl, wie dünne Wände. Der Wald atmete Dunkelheit. In der Ferne glitzerten tausend Lichter aus dem Nachtsommerdunst der Stadt. Schweigend gingen Heinrich und Georg nebeneinander her, und Fremdheit stieg zwischen ihnen auf. Georg erinnerte sich jenes Spaziergangs durch den Prater im vorigen Herbst, da ein erstes, beinahe vertrautes Gespräch sie einander genähert hatte. Wie viele waren seither gefolgt! Aber waren sie nicht alle wie in die Luft geweht? Auch heute noch nicht konnte Georg mit Heinrich wortlos durch die Nacht wandeln wie früher so manchmal mit Guido, mit Labinski auch, ohne sich innerlich von ihm fort zu verlieren. Das Schweigen wurde ihm drückend. Er begann, weil das ihm eben zuerst einfiel, von dem alten Stauber und pries dessen Verläßlichkeit und Vielseitigkeit. Heinrich war nicht für ihn eingenommen, fand ihn ein wenig berauscht von der eigenen Güte, Weisheit und Tüchtigkeit. Das war auch eine Sorte Juden, die er nicht leiden mochte: die mit sich einverstandenen. Sie kamen auf den jungen Stauber zu reden, dessen Schwanken zwischen Politik und Wissenschaft für Heinrich etwas sehr Anziehendes zu haben schien. Von da aus gerieten sie in eine Unterhaltung über die Zusammensetzung des Parlaments, über die Zänkereien zwischen Deutschen und Tschechen, über die Angriffe der Klerikalen gegen den Unterrichtsminister. Sie redeten mit so angestrengter Beflissenheit, wie man nur über Dinge zu sprechen pflegt, die einem im Grunde der Seele völlig gleichgültig sind. Endlich debattierten sie darüber, ob der Minister nach der zweifelhaften Rolle, die er in der Frage der Zivilehe gespielt, im Amte bleiben durfte oder nicht; und wußten am Ende nicht mehr recht, wer von ihnen beiden sich für, und wer sich gegen die Demission ausgesprochen hatte. Sie gingen längs des Friedhofs hin. Über die Mauer ragten Kreuze und Grabsteine und schwammen im Mondenschein. Der Weg senkte sich nach abwärts zur Straße. Sie eilten beide, um die letzte Pferdebahn zu erreichen, und, auf der Plattform stehend, in schwüler, dunstiger

Nachtluft rollten sie der Stadt zu. Georg erklärte, daß er den ersten Teil seiner Reise zu Rad zu unternehmen gedächte. Und einem plötzlichen Einfall folgend, fragte er Heinrich, ob er nicht mit von der Partie sein wollte. Heinrich war einverstanden und nach wenigen Minuten begeistert. Beim Schottentor stiegen sie aus, suchten ein nahes Café auf und bestimmten in einer ausführlichen Unterredung mit Zuhilfenahme von Spezialkarten, die sie in Lexikonbänden fanden, alle möglichen Reiselinien. Als sie sich voneinander verabschiedeten, stand der Plan zwar noch nicht ganz fest, aber sie wußten schon, daß sie übermorgen früh miteinander Wien verlassen und in Lambach ihre Räder besteigen würden.

Am offenen Fenster seines Schlafzimmers stand Georg noch eine ganze Weile überwach. Er dachte an Anna, von der er morgen für wenige Tage nur Abschied nehmen sollte, und sah sie vor sich, so wie sie in dieser Stunde im blassen Dämmerlicht zwischen Mond und Morgen auf dem Land draußen in ihrem Bette schlummern mochte. Aber es war ihm in dumpfer Weise, als stände diese Erscheinung nicht mit seinem Schicksal in Zusammenhang, sondern irgendwie mit dem eines Unbekannten, der selbst noch nichts davon wußte. – Und daß in jenem schlummernden Wesen ein anderes noch tiefer und geheimnisvoller schlief, und daß dies andre sein Kind sein sollte, das vermochte er gar nicht zu fassen. Jetzt, da die Nüchternheit der Frühe beinahe schmerzlich durch seine Sinne schlich, ward ihm das ganze Erlebnis fern und unwahrscheinlich wie noch nie. Immer hellerer Schein zeigte sich über Dächern und Türmen, aber die Stadt war noch lange nicht erwacht. Ganz regungslos lag die Luft. Von den Bäumen drüben aus dem Park kam kein Wehen, kein Duft von den verblühten Beeten. Und Georg stand am Fenster; glücklos und ohne Begreifen.

Siebentes Kapitel

Langsam stieg Georg aus dem untern Schiffsraum empor, auf schmaler, teppichbelegter Treppe, zwischen langgedehnten, schiefen Spiegeln; und in einen langen, dunkelgrünen Plaid gehüllt, der nachschleppte, wandelte er unter dem Sternenhimmel auf dem menschenleeren Verdeck auf und ab. Am Steuer, bewegungslos wie immer, stand Labinski, drehte das Rad und hatte den Blick zum offenen Meer gerichtet. Welche Karriere! dachte Georg. Zuerst Toter, dann Minister, dann ein kleiner Bub mit einem Muff und heute schon ein Steuermann. Wenn er wüßte, daß ich auf diesem Schiff bin, so würde er sicher appellieren.

„Geben Sie acht", sagten hinter Georg die zwei blauen Mädeln, die er vom Seeufer her kannte; aber schon stürzte er hin, verwickelte sich in den Plaid und hörte den Flügelschlag weißer Möven über seinem Haupt. Gleich darauf saß er unten im Salon an der Tafel, die so lang war, daß die Leute am Ende ganz klein aussahen. Ein Herr neben ihm, der dem alten Grillparzer ähnlich sah, bemerkte ärgerlich: „Immer hat dieses Schiff Verspätung, schon längst sollten wir in Boston sein." Nun bekam Georg große Angst; denn wenn er beim Aussteigen die drei Partituren im grünen Einband nicht vorweisen konnte, so wurde er unbedingt wegen Hochverrats verhaftet. Darum sah ihn auch der Prinz, der den ganzen Tag auf dem Verdeck mit dem Rad hin und herraste, manchesmal so sonderbar von der Seite an. Und um den Verdacht noch zu steigern, mußte er an der Tafel in Hemdärmeln dasitzen, während sämtliche Herren, wie immer auf Schiffen, Generalsuniformen und alle Damen rote Samttoiletten trugen. „Gleich sind wir in Amerika", sagte ein heiserer Steward, der Spargel verteilte, „nur noch eine Station." Die andern können ruhig sitzen bleiben, dachte Georg, die haben nichts zu tun, ich aber muß gleich ins Theater schwimmen. Und in dem großen Spiegel ihm gegenüber erschien die Küste: lauter Häuser ohne Dächer, die terrassenartig immer höher hinaufstiegen; und ganz oben in einem weißen Kiosk mit durchbrochener Steinkuppel, ungeduldig, wartete die Musikkapelle. Die Glocke auf dem Verdeck ertönte, und Georg stolperte mit seinem grünen Plaid und zwei Handtaschen die Treppe hinauf zum Garten. Aber man hatte den unrichtigen hertransportiert; es war nämlich der Stadtpark; auf einer Bank saß Felician, neben ihm eine alte Dame in einer Mantille, legte die Finger an die Lippen, pfiff sehr laut, und mit außergewöhnlich tiefer Stimme sagte Felician: „Kemmelbach – Ybs." Nein, dachte Georg, solch ein Wort nimmt Felician nicht in den Mund... rieb sich die Augen und erwachte.

Der Zug setzte sich eben wieder in Bewegung. Vor dem geschlossenen Kupeefenster leuchteten zwei rote Laternen auf. Dann rann still und schwarz die Nacht vorbei. Georg zog seinen Reiseplaid fester um sich und starrte auf die grün verhängte Lampe an der Decke. Ach wie gut, dachte er, daß ich allein im Kupee bin, so hab ich doch mindestens vier oder fünf Stunden fest geschlafen. Was war das für ein seltsam wirrer Traum? Die weißen Möven fielen ihm zuerst wieder ein. Ob die irgend etwas zu bedeuten hatten? Dann dachte er an die alte Frau mit der Mantille, die eigentlich niemand anders war, als Frau Oberberger. Sie würde sich nicht sonderlich geschmeichelt fühlen. Aber hatte sie nicht wirklich ausgesehen wie eine ganz alte Dame, als er sie vor ein paar Tagen an der Seite ihres leuchtenden Gemahls in der Loge des kleinen, weiß-roten Kurtheaters erblickt hatte? Und auch Labinski war ihm im Traum erschienen, als Steuermann, sonderbarerweise. Und auch die Mädchen in blauen Kleidern, die vom Hotelgarten aus durchs Fenster ins Klavierzimmer hineingeblickt hatten, sobald sie ihn spielen hörten. Aber was war denn nur das Gespenstische in diesem Traum gewesen?

Nicht die blauen Mädchen, auch Labinski nicht und nicht der Prinz von Guastalla, der zu Rad übers Verdeck gerast war. Nein, seine eigene Gestalt war ihm so gespenstisch erschienen, wie sie zu beiden Seiten neben ihm in den langgedehnten, schiefen Spiegeln, hundertmal vervielfacht einhergeschlichen war.

Es begann ihn zu frösteln. Durch den Luftspalt oben drang kühle Nachtluft ins Kupee herein. Die tiefschwarze Finsternis draußen wandelte sich allmählich in schweres Grau, und plötzlich klangen Georg Worte im Ohr, die er vor wenigen Stunden erst von einer dunkeln Frauenstimme gehört hatte, klangen flüsternd und weh: Wie bald wirst du mich vergessen haben... Er wollte die Worte nicht hören. Er wollte, sie wären schon wahr geworden, und wie verzweifelt stürzte er sich zurück in die Erinnerung seines Traums. Es war ihm ganz klar, daß der Dampfer, auf dem er die Konzertreise nach Amerika unternommen, eigentlich das Schiff bedeutet hatte, auf dem Ägidius seinem düstern Schicksal entgegenfuhr. Und der Kiosk mit der Musikkapelle war die Halle gewesen, wo den Ägidius der Tod erwartete. Wundervoll hatte der Sternenhimmel sich über das Meer gebreitet. Die Luft war so blau und die Sterne so silbern gewesen, wie er sie im Wachen niemals gesehen, nicht einmal in der Nacht, da er mit Grace von Palermo nach Neapel gereist war. Plötzlich wieder, flüsternd und weh, klang durch das Dunkel die Stimme der geliebten Frau: Wie bald wirst du mich vergessen haben... Und nun sah er sie selbst vor sich, wie er sie vor wenig Stunden erst gesehen, das dunkle Haar über die Polster fließend, bleich und nackt. Er wollte nicht dran denken, beschwor andre Bilder aus den Tiefen seiner Erinnerung hervor, jagte sie mit Willen an sich vorbei... Er sah sich auf einem Friedhof umhergehen in schmelzendem Februarschnee, mit Grace; er sah sich mit Marianne über eine weiße Landstraße dem winterlichen Wald entgegenfahren; er sah sich mit seinem Vater in später Abendstunde über die Ringstraße wandeln; und endlich drehte sich sausend ein Ringelspiel an ihm vorüber, Sissy mit lachenden Lippen und Augen schaukelte auf einem hölzernen, braunen Pferde, Else anmutig-damenhaft saß in einem roten Wägelchen, und

Anna ritt einen Araber, lässig die Zügel in der Hand. Anna! Wie jung und holdselig sie aussah! War das wirklich dieselbe, die er in wenigen Stunden wiedersehen sollte; – und war er wirklich nur zehn Tage von ihr fern gewesen? Und sollte er nun alles wiedersehen, was er vor zehn Tagen verlassen hatte: zwischen Blumenbeeten den kleinen Engel aus blauem Ton, den Balkon mit dem hölzernen Giebel, den stillen Garten mit den Johannisbeerstauden und Fliederbüschen? Ganz unfaßbar erschien ihm das. Auf der weißen Bank unter dem Birnbaum wird sie mich erwarten, dachte er. Und ich werde ihre Hände küssen, als wäre nichts geschehen. „Wie gehts dir, Georg", wird sie mich fragen, „bist du mir treu gewesen?" Nein... das ist nicht ihre Art zu fragen. Aber ohne daß sie fragt und ohne daß ich antworte, wird sie fühlen, daß ich nicht mehr als derselbe wiederkomme, der ich gegangen bin. Wenn sies doch fühlte! Wenn es mir erspart bliebe zu lügen! Aber hab ichs nicht schon getan? Und er dachte an die Briefe, die er ihr geschrieben hatte vom Seeufer her, Briefe voll Zärtlichkeit und Sehnsucht, die ja auch schon Lüge gewesen waren. Und er dachte daran, wie er nachts gewartet hatte mit klopfendem Herzen, das Ohr an die Tür gepreßt, bis alles im Gasthof still geworden, wie er dann über den Gang geschlichen war, zu jener andern, die bleich und nackt dagelegen war, mit offenen, dunkeln Augen, umströmt vom Duft und bläulichen Glanz ihrer Haare. Und er dachte dran, wie er und sie in einer Nacht halbtrunken vor Lust und Verwegenheit auf den Balkon hinausgetreten waren, unter dem verführerisch das Wasser rauschte. Wär einer in der tiefen Finsternis dieser Stunde draußen auf dem See gewesen, so hätte er die weißen Leiber durch die Nacht leuchten sehen. Georg bebte in der Erinnerung. Wir waren nicht bei Sinnen, dachte er. Wie leicht hätte es sein können, daß ich heute sechs Schuh unter der Erde läge, mit einer Kugel mitten durchs Herz. Es kann noch immer so kommen. Sie wissens ja alle. Else hat es zuerst gewußt, obwohl sie kaum je aus dem Auhof in den Ort heruntergekommen ist. James Wyner hats ihr wohl erzählt, der mich am Abend mit der Fremden auf der Landungsbrücke hat stehen sehen. Ob Else ihn heiraten wird? Daß er ihr so gut gefällt, kann ich verstehen. Er ist schön. Dieses gemeißelte Antlitz, diese kalten, grauen Augen, die klug und gerade in die Welt schauen. Ein junger Engländer. Wer weiß, ob in Wien nicht auch eine Art von Oskar Ehrenberg aus ihm geworden wäre? Und es fiel Georg ein, was Else ihm von ihrem Bruder erzählt hatte. Auf dem Krankenbett im Sanatorium war er Georg so gefaßt, beinahe gereift erschienen. Und jetzt in Ostende sollte er ein wüstes Leben führen, spielen und sich in der übelsten Gesellschaft herumtreiben, als wenn er sich durchaus zugrunde richten wollte. Ob Heinrich die Sache noch immer so tragikomisch fände? Frau Ehrenberg war ganz weiß geworden vor Kränkung, und Else hatte sich an einem Morgen im Park oben vor Georg so recht ausgeweint. Ob sie nur um Oskar geweint hatte?

Das Grau vor dem Kupeefenster erhellte sich langsam. Georg sah, wie draußen die Telegraphendrähte in eiligen Wellen mitschwebten und wanderten, und er dachte daran, daß gestern Nachmittag auf einem dieser Drähte auch seine lügnerischen Worte zu Anna gewandert waren: Morgen früh bin ich bei dir, in Sehnsucht Dein Georg... Gleich vom Amt aus war er wieder zurückgeeilt, zu einer glühenden und verzweifelten Abschiedsstunde mit jener andern. Und er konnte es nicht fassen, daß sie auch in dieser Stunde noch, während er schon eine ganze Ewigkeit lang von ihr fort war, noch in dem gleichen Zimmer mit den fest geschlossenen Fensterläden liegen und schlafen und träumen sollte. Und heute Abend wird sie daheim sein bei Mann und Kindern, daheim – wie er. Er wußte, daß es so war, und er konnte es nicht verstehen. Das erstemal in seinem Leben war er nahe daran gewesen, irgend etwas zu begehen, was die Leute vielleicht Tollheit hätten nennen dürfen. Nur ein Wort von ihr – und er wäre mit ihr in die Welt gegangen, hätte alles zurückgelassen, Freunde, Geliebte und sein ungeborenes Kind. Und war er nicht noch immer bereit dazu? Wenn sie ihn riefe, würde er nicht kommen? Und wenn er's täte, hätte er nicht Recht? War er nicht für Abenteuer solcher Art viel mehr geschaffen, als für das stille, pflichtenvolle Dasein, das er sich erwählt hatte? War es nicht eher seine Bestimmung, unbedenklich und kühn durch die Welt zu treiben, als irgendwo festzusitzen mit Weib und Kind, mit der Sorge ums tägliche Brot, um die Karriere und höchstens um ein bißchen Ruhm? In diesen Tagen, aus denen er jetzt kam, hatte er sich leben gefühlt, vielleicht das erste Mal. Jeder Augenblick war so reich und erfüllt gewesen, nicht die in ihren Armen allein. Er war wieder jung geworden mit einemmal. Blühender hatte die Landschaft geprangt, der Himmel hatte sich weiter gespannt, die Luft, die er trank, hatte bessere Würze und Kraft geatmet. Und Melodien hatten in ihm gerauscht, wie nie zuvor. Hatte er je ein schöneres Lied komponiert, als jenes heiter-wiegende, ohne Worte, „auf dem Wasser zu singen?“ Und seltsam, aus ungeahnter eigner Tiefe war das Phantasiestück emporgestiegen, am Seeufer, eine Stunde, nachdem er die wunderbare Frau zum erstenmal erblickt hatte. Nun sollte ihn Herr Hofrat Wilt nicht lange mehr für einen Dilettanten halten. Doch warum dachte er gerade an den? Wußten die andern besser, wer er war? Schien es ihm nicht manchmal, als ob sogar Heinrich, der ihm doch einmal einen Operntext hatte schreiben wollen, ihn um nichts gerechter beurteilte? Und er hörte die Worte wieder, die der Dichter zu ihm gesprochen hatte, an jenem Morgen, da sie von Lambach durch den taufeuchten Wald nach Gmunden gefahren waren. „Sie müssen nicht schaffen, um zu sein, was Sie sind –! Sie brauchen nicht die Arbeit; – nur die Atmosphäre Ihrer Kunst..." Gleich darauf erinnerte er sich des Abends in dem Forsthaus am Almsee, wo ein Jäger von siebenunddreißig Jahren lustige Liedeln gesungen und Heinrich sich gewundert hatte, daß einer in diesem Alter noch so lustig war, da man sich dem Tod doch schon so nahe fühlen müßte. Dann hatten sie sich in einem Riesensaal zu Bett gelegt, wo die Worte widerhallten, lange noch über Leben und Tod philosophiert und waren plötzlich in Schlaf gesunken. Am Morgen darauf, unter kühler Bergessonne hatten sie voneinander Abschied genommen.

Noch immer lag Georg regungslos ausgestreckt in den Plaid gehüllt und überlegte, ob er von seiner Begegnung mit der Schauspielerin Heinrich etwas erzählen sollte. Wie blaß sie geworden war, als sie ihn plötzlich erblickt hatte! Mit herumirrenden Augen hatte sie seinem Bericht von der gemeinsamen Radpartie zugehört, dann ohne weitern Übergang von ihrer Mutter zu erzählen begonnen und von dem kleinen Bruder, der so wunderschön zeichnen könnte. Und die Kollegen hatten von der Bühnentür immer hergestarrt, besonders einer mit einem Lodenhut, auf dem ein Gemsbart steckte. Und am selben Abend hatte Georg sie in einer französischen Posse spielen gesehen und sich gefragt, ob die hübsche Person, die da unten auf der Bühne des kleinen Sommertheaters so unbändig umheragierte, in Wirklichkeit so verzweifelt sein könnte, wie Heinrich sich's einbildete. Nicht nur ihm, auch James und Sissy hatte sie gut gefallen. Was war das für ein lustiger Abend gewesen! Und das Souper nach dem Theater mit James, Sissy, der Mama Wyner und Willy Eißler! Und am nächsten Morgen die Fahrt im Viererzug des alten Baron Löwenstein, der selbst kutschierte! In weniger als einer Stunde waren sie am See gewesen. Ein Kahn trieb am Ufer hin im Frühsonnenschein, und auf der Ruderbank saß die geliebte Frau, den grünseidenen Schal um die Schultern. Wie kam es nur, daß auch Sissy gleich die Beziehung zwischen ihm und ihr geahnt hatte? Und das heitere Diner dann, oben im Auhof bei Ehrenbergs! Georg hatte seinen Platz zwischen Else und Sissy, und Willy erzählte eine komische Geschichte nach der andern. Und dann, am Nachmittag ohne Verabredung, während die andern alle ruhten, unter der dunkelgrünen Schwüle des Parks, im warmen Duft von Moos und Tannen, hatten Georg und Sissy sich gefunden, zu einer wunderbaren Stunde, die ohne

Schwüre der Treue und ohne Schauer der Erfüllung, leicht wie ein Traum durch diesen Tag geschwebt war. Wie möcht ich ihn Augenblick für Augenblick durchdenken und durchkosten, diesen goldnen Tag. Ich seh uns beide, Sissy und mich, wie wir über die Wiese hinunter spaziert sind zum Tennisplatz, Hand in Hand. Ich glaube, ich hab auch besser gespielt als je. – Und ich sehe Sissy wieder, im Strohsessel liegend, die Zigarette zwischen den Lippen und den alten Baron Löwenstein an ihrer Seite, und ihre Blicke glühen zu Willy hin. Wo war ich schon in diesem Moment wieder für sie! Und der Abend! Wie wir in der Dämmerung noch hinausgeschwommen sind in den See, James, Willy und ich, und das laue Wasser mich so köstlich umstreichelt hat! Was für eine Wonne auch das! Und dann die Nacht... die Nacht...

Wieder hielt der Zug stille. Draußen war es schon ganz licht geworden, Georg aber blieb regungslos liegen, nach wie vor. Er hörte den Namen der Station ausrufen, Stimmen von Kellnern, Kondukteuren, Reisenden, hörte Schritte auf dem Perron, Bahnsignale aller Art, und er wußte, daß er in einer Stunde in Wien sein würde. – Wenn Anna Nachrichten über ihn bekommen hätte, wie Heinrich im vergangenen Winter über seine Geliebte! Er konnte sich nicht vorstellen, daß Anna über dergleichen außer Fassung geriete, selbst wenn sie daran glaubte. Vielleicht würde sie weinen, aber gewiß nur für sich allein, ganz in der Stille. Er nahm sich fest vor, sich nichts merken zu lassen. War das nicht geradezu seine Pflicht? Worauf kam es nun an? Nur auf das eine, daß Anna die letzten Wochen ruhig und ohne Aufregung verlebte und daß ein gesundes Kind zur Welt käme. Darauf allein. Wie lange war es schon her, daß er von Doktor Stauber diese Worte gehört hatte? Das Kind...! Wie nahe war die Stunde! Das Kind... dachte er wieder; doch vermochte er nichts zu denken als eben nur das Wort. Endlich versuchte er sich ein lebendiges, kleines Wesen vorzustellen. Aber wie zum Possen erschienen ihm immer wieder Figuren von kleinen Kindern, die aussahen wie aus einem Bilderbuch; burlesk gezeichnet und in überlauten Farben. Wo wird es seine ersten Jahre verbringen? dachte er. Bei Bauern auf dem Land, in einem Haus mit einem kleinen Garten. Eines Tages aber werden wir's holen und zu uns ins Haus nehmen. Es könnte auch anders kommen... Man erhält einen Brief: Euer Hochwohlgeboren, beehre mich mitzuteilen, daß das Kind schwer erkrankt ist... Oder gar... Wozu an solche Dinge denken? Auch wenn wir's bei uns behielten, könnte es krank werden und sterben.

Jedenfalls muß man es zu sehr verläßlichen Menschen geben. Ich will mich selbst darum kümmern. – Es war ihm, als stände er neuen Aufgaben gegenüber, die er niemals recht überlegt hatte und denen er innerlich nicht gewachsen war. Die ganze Geschichte fing gleichsam von neuem für ihn an. Er kam aus einer Welt zurück, in der ihn alle diese Dinge nichts gekümmert, wo andre Gesetze gegolten hatten, als die, denen er sich jetzt wieder fügen mußte. Und war es nicht gewesen, als hätten auch die andern Menschen gefühlt, daß er nicht zu ihnen gehörte, als wären sie alle von einem gewissen Respekt durchdrungen gewesen, als hätte Ehrfurcht sie erfaßt, vor der Macht und Heiligkeit einer großen Leidenschaft, die sie in ihrer Nähe walten sahen? Er erinnerte sich eines Abends, an dem die Hotelgäste einer nach dem andern aus dem Klavierzimmer verschwunden waren, als wären sie sich ihrer Verpflichtung bewußt, ihn mit ihr allein zu lassen. Er hatte sich an den Flügel gesetzt und zu phantasieren begonnen. Sie war in ihrer dämmrigen Ecke geblieben, in einem großen Armstuhl. Zuerst hatte er ihr Lächeln noch gesehen, dann nur das dunkle Leuchten ihrer Augen, dann nur mehr die Umrisse ihrer Gestalt, dann überhaupt nichts mehr; doch immer gewußt: sie ist da. Drüben am andern Ufer waren Lichter aufgeblitzt. Die zwei Mädeln in den blauen Kleidern hatten durchs Fenster hereingeguckt und waren gleich wieder verschwunden. Endlich hörte er zu spielen auf und blieb stumm am Klavier sitzen. Da war sie langsam aus der Ecke hervorgekommen, einem Schatten gleich und hatte ihre Hände auf sein Haupt gelegt. Wie unsäglich schön war das gewesen! Und alles fiel ihm wieder ein. Wie sie im Kahn geruht hatten mitten im See, mit eingezogenen Rudern, er den Kopf in ihrem Schoß; und wie sie am Ufer drüben den Waldweg hinaufgewandert waren bis zu der Bank unter der Eiche. Dort war es gewesen, wo er ihr alles erzählt hatte. Alles, wie einer Freundin. Und sie hatte ihn verstanden, wie nie eine andre ihn verstanden hatte. War sie es nicht, die er seit jeher gesucht hatte, sie, die Geliebte war und Gefährtin zugleich, mit dem ernsten Blick für alle Dinge der Welt und doch geschaffen zu jedem Wahnsinn und jeder Seligkeit. Und gestern der Abschied... Der dunkle Glanz ihrer Augen, der blauschwarze Strom ihrer gelösten Haare, der Duft ihres bleichen, nackten Leibes... War es denn möglich, daß es auf immer zu Ende war, daß all dies niemals, niemals wiederkommen sollte...?

Georg zerknüllte den Plaid zwischen den Fingern in ohnmächtiger Sehnsucht und schloß die Augen. Er sah die sanftbewegten Waldhügellinien nicht mehr, die draußen im Morgenlicht vorbeizogen, und wie zu einem letzten Glück träumte er sich in die dunkeln Wonnen jener Abschiedsstunde zurück. Doch wider Willen überkam ihn Mattigkeit nach der durchrüttelten Eisenbahnnacht, und aus selbstgerufenen Bildern jagte es ihn wieder durch regellose Träume, über die ihm keine Macht gegeben war. Er ging über den Sommerhaidenweg, in sonderbarem Dämmerlicht, das ihn mit tiefer Traurigkeit erfüllte. War es Morgen? War es Abend? Oder trüber Tag? Oder war es der rätselhafte Glanz irgendeines Gestirns über der Welt, das noch niemandem geleuchtet hatte, als ihm? Plötzlich stand er auf einer großen, freien Wiese, wo Heinrich Bermann hin und her lief und ihn fragte: Suchen Sie auch das Schloß der Dame? Ich erwarte Sie schon lang. Sie stiegen eine Wendeltreppe hinauf. Heinrich voran, so daß Georg immer nur einen Zipfel des Überziehers erblicken konnte, der nachschleppte. Oben auf einer riesigen Terrasse, von der man die Stadt und den See sah, war die ganze Gesellschaft versammelt. Leo hatte seinen Vortrag über Mollakkorde begonnen, hielt inne, als Georg erschien, stieg vom Katheder herab und führte ihn selbst zu einem freien Stuhl, der in der ersten Reihe neben Anna stand. Anna lächelte glückselig, als Georg erschien. Sie war jung und strahlend, in einer herrlichen, dekolletierten Abendtoilette. Gleich hinter ihr saß ein kleiner Bub mit blonden Locken, in Matrosenanzug mit breitem, weißem Kragen, und Anna sagte: „Das ist er." Georg machte ihr ein Zeichen zu schweigen, denn es sollte ja ein Geheimnis sein. Indessen spielte Leo oben als Beweis seiner Theorie die *cis moll* Nocturne von Chopin, und hinter ihm an der Wand, lang, hager und gütig, lehnte der alte Bösendorfer, im gelben Überzieher. Alle verließen in großem Gedränge den Konzertsaal. Georg gab Anna den Theatermantel um die Schultern und sah die Leute ringsum strenge an. Dann saß er mit ihr im Wagen, küßte sie, empfand große Wonne dabei und dachte: könnt es doch immer so sein! Plötzlich hielten sie vor dem Hause in Mariahilf. Oben am Fenster warteten schon viele Schüler und winkten. Anna stieg aus, verabschiedete sich von Georg mit einem pfiffigen Gesicht und verschwand im Haustor, das lärmend hinter ihr zufiel.

„Bitte sehr, noch zehn Minuten", sagte jemand. Georg richtete sich auf. Der Kondukteur stand in der Türe und wiederholte: „In zehn Minuten sind wir in Wien."

„Danke", sagte Georg und stand auf, mit ziemlich wirrem Kopf. Er öffnete das Fenster und freute sich, daß draußen in der Welt schönes Wetter war. Die frische Morgenluft ermunterte ihn völlig. Gelbe Mauern, Bahnwärterhäuschen, Gärtchen, Telegraphenstangen, Straßen flogen vorüber, und endlich stand der Zug in der Halle. Ein paar Minuten darauf fuhr Georg in einem offenen Fiaker nach seiner Wohnung, sah Arbeiter, Ladenmädchen, Bureauleute zu ihrem täglichen Berufe wandern, hörte Rolladen in die Höhe schnurren; und inmitten aller Unruhe, die seiner wartete, inmitten aller Sehnsucht, die ihn anderswo hinzog, empfand er das tiefe Wohlgefühl des Wiederdaheimseins. Als er in sein Zimmer eintrat, fühlte er sich wie geborgen. Der alte Schreibtisch mit dem grünen Tuch überzogen, der Briefbeschwerer aus Malachit, die gläserne Aschenschale mit dem eingebrannten Reiter, die schlanke Lampe mit dem breiten, grünen Milchglasschirm, die Bilder des Vaters und der Mutter in den schmalen Mahagonirahmen, in der Ecke das runde Marmortischchen mit der Silberkassette für Zigarren, dort an der Wand der Prinz von der Pfalz nach Van Dyck, der hohe Bücherschrank mit den olivenfarbigen Vorhängen; – alles grüßte ihn mit Herzlichkeit. Und gar der Blick, der gute, heimatliche über die Baumkronen des Parks zu den Türmen und Dächern, wie tat der wohl! Aus allem, was er hier wiederfand, strömte es ihm wie kaum geahntes Glück entgegen, und es fiel ihm schwer aufs Herz, daß er all das in wenigen Wochen verlassen mußte. Und bis man wieder ein Heim, ein wirkliches Heim haben würde, wie lang mochte das dauern! Gern hätte er sich ein paar Stunden lang in seinem lieben Zimmer aufgehalten: aber er hatte keine Zeit. Vor der Mittagstunde noch mußte er ja auf dem Lande sein.

Er hatte seine Kleider abgeworfen, ließ sich in seiner weißen Wanne wonniglich von warmem Wasser umspülen. Um im Bade nicht einzuschlafen, wählte er ein Mittel, das sich schon öfters bewährt hatte. Er dachte eine Fuge von Bach Note für Note durch. Das Klavierspiel fiel ihm ein, das mußte auch wieder tüchtig geübt werden. Und Partituren gelesen. Ob es nicht doch das klügste war, noch ein Jahr dem Studium zu widmen? Nicht erst unterhandeln, oder gar eine Stellung annehmen, die man am Ende nicht ausfüllen konnte? Lieber hier bleiben und arbeiten. Hier bleiben? Wo denn? Die Wohnung war ja gekündigt. Einen Augenblick fuhr ihm durch den Sinn, sich in dem alten Hause einzumieten, der grauen Kirche gegenüber, wo er so schöne Stunden mit Anna verbracht hatte; und es war ihm, als erinnerte er sich einer längst vergangenen Geschichte, eines Jugendabenteuers, heiter und ein wenig geheimnisvoll, das lange vorbei war. –

Erfrischt und in einem ganz neuen Gewand, dem ersten hellen, das er seit dem Tode des Vaters anlegte, trat er in sein Zimmer zurück. Ein Brief lag auf dem Schreibtisch, den eben die Frühpost gebracht hatte. Von Anna. Er las. Nur ein paar Worte waren es: „Du bist wieder da, mein Geliebter! Ich grüße Dich. Ich sehne mich nach Dir. Laß mich nicht zu lange warten. Deine Anna“...

Georg sah auf. Er wußte selbst nicht, was ihn an diesem kurzen Brief so sonderbar berührte. Annas Briefe hatten sonst immer, bei aller Zärtlichkeit, etwas Gemessenes, fast Konventionelles bewahrt, und manchmal hatte er sie im Scherz „Erlässe" genannt. Dieser hier war in einem Ton gehalten, der ihn an das leidenschaftliche Mädchen aus früherer Zeit erinnerte; an seine Geliebte, die er beinahe vergessen hatte; und seltsam unerwartet griff Unruhe nach seinem Herzen. Er eilte die Treppe hinab, setzte sich in den nächsten Fiaker und fuhr aufs Land. Bald fühlte er sich angenehm zerstreut durch den Anblick der Menschen auf den Straßen, die ihn nichts angingen; und später, als er den Wäldern schon nah war, beruhigte ihn die Anmut des blauen Sommertages. Mit einemmal, früher als Georg gedacht, hielt der Wagen vor dem Landhaus. Unwillkürlich sah Georg zuerst zum Balkon unter dem Giebel auf. Ein kleines Tischchen stand oben, mit weißer Decke, und ein Körbchen darauf. Ach ja, Therese hatte ein paar Tage hier gewohnt. Jetzt erst fiel es ihm wieder ein. Therese...! Wo war das! Er stieg aus, entließ den Wagen und trat ins Vorgärtchen, wo auf bescheidenem Postament unter verblühten Beeten der blaue Engel stand. Er trat ins Haus. Im großen Mittelzimmer deckte die Marie eben den Tisch.

„Im Garten oben is die gnä Frau", sagte sie.

Die Tür zur Veranda stand offen. Die Bretter des Bodens knarrten unter Georgs Füßen. Der Garten mit seinem Duft und seiner Schwüle nahm ihn auf. Der alte Garten war es. Alle die Tage, die Georg fern gewesen, war er stille dagelegen, so wie in diesem Augenblick; im Morgenlicht, im Sonnenglanz, im Abendschatten, im Dunkel der Nacht; immer derselbe... Gerade schnitt der Kiesweg durch die Wiese nach oben. Kinderstimmen waren jenseits der Stauden, an denen rote Beeren hingen. Und dort auf der weißen Bank, den Arm auf der Lehne, sehr bleich, in wallendem blauen Morgenkleid, das war Anna. Ja wirklich sie. Nun hatte sie ihn erblickt. Sie wollte aufstehen. Er sah es und sah zugleich, daß es ihr schwer wurde. Warum nur? Bannte die Erregung sie nieder? Oder war die schwere Stunde schon so nah? Er winkte ihr mit der Hand, sie sollte sitzen bleiben. Sie setzte sich auch wirklich wieder hin und hatte nur die Arme leicht ausgebreitet, ihm entgegen. Ihre Augen leuchteten glückselig. Georg ging sehr rasch, den weichen, grauen Hut in der Hand, und nun war er bei ihr.

„Endlich", sagte sie, und es war eine Stimme, die so weither klang wie jene Worte in ihrem Brief von heut Morgen. Er nahm ihre Hände, schüttelte sie in einer sonderbar ungeschickten Weise, fühlte irgend etwas in seiner Kehle aufsteigen, konnte aber noch immer kein Wort sprechen, nickte nur und lächelte. Und plötzlich kniete er vor ihr auf dem Kies, ihre Hände in den seinen, sein Haupt in ihrem Schoß, fühlte wie sie ihm die Hände leicht entzog, sie auf sein Haupt legte; – und dann hörte er sich ganz leise weinen. Und es war ihm, wie in süß dumpfem Traum, als läge er, ein Knabe, zu seiner Mutter Füßen, und dieser Augenblick wäre schon Erinnerung, fern und schmerzlich, während er ihn durchlebte.

Achtes Kapitel

Frau Golowski kam aus dem Hause. Georg sah sie vom obern Ende des Gartens aus auf die Veranda treten. Erregt eilte er ihr entgegen, aber schon wie sie ihn von ferne gewahrte, schüttelte sie den Kopf.

„Noch nicht?“ fragte Georg.

„Der Professor meint“, erwiderte Frau Golowski, „eh es dunkel wird.“

„Eh es dunkel wird“, sagte Georg und sah auf die Uhr. „Und jetzt ist es erst drei.“

Sie reichte ihm teilnahmsvoll die Hand, und Georg blickte ihr in die guten etwas übernächtigen Augen. Die durchsichtigen weißen Vorhänge vor Annas Fenster wurden eben leicht zurückgeschlagen. Der alte Doktor Stauber erschien in der Fensteröffnung, warf Georg einen freundlich-beruhigenden Blick zu, verschwand wieder und die Vorhänge fielen zu. Im großen Mittelzimmer am runden Tische saß Frau Rosner. Georg nahm von der Veranda aus nur die Umrisse ihrer Gestalt wahr; ihr Gesicht war ganz umschattet. Wieder drang ein Wimmern, dann ein lautes Stöhnen aus dem Zimmer, in dem Anna lag. Georg starrte zum Fenster hin, wartete eine Weile, dann wandte er sich ab und ging, zum hundertstenmal heute, den Weg hinauf zum obern Gartenende. Offenbar ist sie schon zu schwach, um zu schreien, dachte er; und das Herz tat ihm weh. Zwei volle Tage und zwei volle Nächte lag sie in Wehen; der dritte neigte sich zum Ende, – und nun sollte es noch dauern, bis der Abend kam! Schon am Abend des ersten Tages hatte Doktor Stauber einen Professor beigezogen, der gestern zweimal dagewesen und heute seit Mittag im Hause war. Während Anna auf ein paar Minuten eingeschlummert war und die Wärterin an ihrem Bette wachte, war er mit Georg im Garten auf und ab gegangen und hatte versucht, ihm den Fall in seiner ganzen Eigentümlichkeit zu erläutern. Zur Besorgnis sei vorläufig kein Grund vorhanden, immer noch höre man die Herztöne des Kindes vollkommen deutlich. Der Professor war ein noch ziemlich junger Mann, mit langem, blonden Bart, und seine Worte träufelten lind und gütig, wie Tropfen eines schmerzstillenden Medikaments. Der Kranken sprach er zu wie einem Kind, strich ihr über Stirn und Haare, streichelte ihre Hände und gab ihr Schmeichelnamen. Von der Wärterin hatte Georg erfahren, daß dieser junge Arzt an jedem Krankenbett von gleicher Hingebung und Geduld erfüllt wäre. Welch ein Beruf, dachte Georg, der sogar während dieser drei schlimmen Tage sich einmal für ein paar Stunden nach Wien geflüchtet, der es vermocht hatte, auch heute Nacht, während Anna sich in Schmerzen wand, oben in der Mansarde volle sechs Stunden tief und traumlos zu schlafen.

Er ging längs der abgeblühten Fliedersträucher, riß Blätter ab, zerrieb sie in der Hand, warf sie zur Erde. Jenseits der niedern Büsche im andern Garten ging eine Dame im schwarz-weiß gestreiften Morgenkleid. Sie schaute Georg ernst und wie mitleidig an. Ach ja, dachte Georg, die hat natürlich auch das Schreien Annas gehört, vorgestern, gestern und heute. Der ganze Ort wußte ja von den Dingen, die hier vorgingen; auch die jungen Mädchen aus der geschmacklosen, gotischen Villa, für die er einmal den interessanten Verführer bedeutet hatte; und geradezu komisch war es, daß ein fremder Herr mit rötlichem Spitzbart, der zwei Häuser weit wohnte, ihn gestern im Ort plötzlich verständnis- und hochachtungsvoll gegrüßt hatte.

Merkwürdig, dachte Georg, wodurch man sich bei den Leuten beliebt machen kann. Nur Frau Rosner ließ durchblicken, daß sie Georg, wenn sie ihm schon nicht die Hauptschuld an der Schwierigkeit des Falles beimaß, jedenfalls für ziemlich gefühllos hielte. Er nahm es der guten und gedrückten Frau nicht übel. Sie konnte natürlich nicht ahnen, wie sehr er Anna liebte. Es war noch nicht lange her, daß er selber es wußte.

An jenem Ankunftsmorgen, da Georg nach langem, stummem Weinen sein Haupt aus ihrem Schoß erhoben, da hatte sie keine Frage an ihn gerichtet, aber in ihren schmerzlich erstaunten Augen las er, daß sie die Wahrheit ahnte. Und warum sie nicht fragte, das glaubte er zu verstehen. Sie mußte ja fühlen, wie ganz sie ihn wieder hatte, wie er gerade von jetzt an ihr besser gehörte, als jemals vorher. Und wenn er ihr in den nächsten Stunden und Tagen von der Zeit erzählte, die er fern von ihr verbracht, und unter all den Frauennamen, die er nannte, flüchtig aber unverschweigbar jener ihr neue, verhängnisvolle erklang, da lächelte sie wohl in ihrer leicht spöttischen Art; aber kaum anders, als wenn er von Else sprach oder von Sissy, oder von den kleinen blaugekleideten Mädchen, die ins Klavierzimmer hereingeguckt hatten, wenn er spielte.

Seit zwei Wochen wohnte er in der Villa, fühlte sich wohl und war in guter und ernster Arbeitsstimmung. Auf dem Tischchen, wo vor kurzem noch Theresens Nähzeug gelegen war, breitete er jeden Morgen Partituren, musiktheoretische Werke, Notenpapiere aus und beschäftigte sich damit, Aufgaben der Harmonielehre und des Kontrapunkts zu lösen. Oft lag er am Waldessaum auf einer Wiese, las in irgend einem Lieblingsbuch, ließ Melodien in sich klingen, träumte vor sich hin, war vom Rauschen der Bäume und vom Glanz der Sonne beglückt. Nachmittags, wenn Anna ruhte, las er ihr vor oder plauderte mit ihr. Oft sprachen sie auch über das kleine Wesen, das nun bald zur Welt kommen sollte, mit Zärtlichkeit und Voraussicht; doch niemals über ihre eigene, nächste und fernere Zukunft. Aber wenn er an ihrem Bette saß, oder Arm in Arm mit ihr im Garten auf und abging, oder an ihrer Seite auf der weißen Bank unter dem Birnbaum saß, wo die leuchtende Stille der Spätsommertage über ihnen ruhte, da wußte er, daß sie nun für alle Zeit fest aneinandergeschlossen waren, und daß selbst die zeitweilige Trennung, die bevorstand, gegenüber dem sichern Gefühl dieser Zusammengehörigkeit keine Macht mehr über sie haben könnte.

Erst seit die Schmerzen über sie gekommen waren, schien sie ihm entrückt, wohin er ihr nicht folgen konnte. Gestern noch war er stundenlang an ihrem Bett gesessen und hatte ihre Hände in den seinen gehalten. Sie war geduldig gewesen wie immer, hatte sich sorglich erkundigt, ob er nur seine Ordnung im Hause habe, hatte ihn gebeten zu arbeiten, spazieren zu gehen wie bisher, da er ihr ja doch nicht helfen könnte, und ihn versichert, daß sie ihn noch mehr liebe, seit sie leide. Und doch, Georg fühlte es, sie war in diesen Tagen nicht dieselbe, die sie gewesen. Besonders wenn sie aufschrie – so wie heute Vormittag in den schlimmsten Schmerzen –, da war ihre Seele so weit weg von ihm, daß ihn schauerte.

Er war dem Hause wieder nah. Aus Annas Zimmer, vor dessen Fenster die Vorhänge sich leise bewegten, kam kein Laut. Der alte Doktor Stauber stand auf der Veranda. Georg eilte hin, mit trockener Kehle. „Was ist?“ fragte er hastig.

Doktor Stauber legte ihm die Hand auf die Schulter: „Es geht ganz gut.“ Ein Stöhnen kam von drin, wurde lauter, wurde ein wilder, wütender Schrei. Georg strich sich über die feuchte Stirn, und mit bitterm Lächeln sagte er zum Doktor: „Das heißen Sie, es geht ganz gut?“

Stauber zuckte die Achseln: „Es steht geschrieben, mit Schmerzen sollst du…“

In Georg lehnte sich etwas auf. Er hatte nie an den Gott der Kindlich-Frommen geglaubt, der als Erfüller armseliger Menschenwünsche, als Rächer und Verzeiher kläglicher Menschensünden sich offenbaren sollte. Dem Unnennbaren, das er jenseits seiner Sinne und über allem Verstehen im Unendlichen ahnte, konnte Beten und Lästern nichts anderes sein, als arme Worte aus Menschenmund. Nicht als die Mutter nach unsinnig-martervollem Leid, nicht, als in einem für sein Begreifen schmerzenlosen Hingang der Vater starb, hatte er sich des Glaubens vermessen, daß sein Unglück im Weltenlauf mehr bedeutete, als das Fallen eines Blattes. Keinem unerforschlichen Ratschluß hatte er in feiger Demut sich gebeugt, nicht töricht gemurrt gegen ein ungnädiges, gerade über ihn verhängtes Walten. Heute zum erstenmal war ihm, als ginge irgendwo in den Wolken ein unbegreifliches Spiel um seine Sache. Der Schrei drinnen war verklungen, und nur Stöhnen war vernehmbar.

„Und die Herztöne?“ fragte Georg.

Doktor Stauber sah an Georg vorbei. „Vor zehn Minuten waren sie noch deutlich zu hören.“

Georg wehrte sich gegen einen furchtbaren Gedanken, der aus den Tiefen seiner Seele hervorgejagt kam. Er war gesund, sie war gesund, zwei junge kräftige Menschen… konnte so etwas denn möglich sein? Doktor Stauber legte ihm nochmals die Hand auf die Schulter. „Gehen Sie doch spazieren“, sagte er, „wir rufen Sie schon, wenn's Zeit ist.“ Und er wandte sich ab.

Georg blieb noch einen Augenblick auf der Veranda stehen. In dem großen Zimmer, das in Spätnachmittagsdämmer zu versinken begann, an der Wand auf dem Sofa, ganz in sich zusammengesunken, sah er Frau Rosner sitzen. Er entfernte sich, spazierte rund um das Haus herum und begab sich dann über die Holzstiege in seine Mansarde. Er warf sich aufs Bett, schloß die Augen; nach ein paar Minuten stand er auf, ging im Zimmer hin und her, gab es aber wieder auf, da der Boden krachte. Er trat auf den Balkon. Auf dem Tisch lag die Partitur des „Tristan“ aufgeschlagen. Georg blickte in die Noten. Es war das Vorspiel zum dritten Akt. Die Klänge tönten ihm im Ohr. Meereswellen schlugen dumpf an ein Felsenufer, und aus trauriger Ferne klang die wehe Melodie des englischen Horns. Er sah über die Blätter weg in den silberweißen Glanz des Tages. Sonne lag überall, über Dächern, Wegen, Gärten, Hügeln und Wäldern. Dunkelblau breitete der Himmel sich hin, und Ernteduft stieg aus den Tiefen. Wie stand es heute vor einem Jahr mit mir? dachte Georg. Ich war in Wien, ganz allein. Ich ahnte noch nichts. Ich hatte ihr ein Lied geschickt... „Deinem Blick mich zu bequemen..." Aber ich dachte kaum an sie... Und jetzt liegt sie da unten und stirbt... Er erschrak heftig. Er hatte denken wollen... sie liegt in Wehen, und auf die Lippen gleichsam hatte es sich ihm gestohlen: sie stirbt. Aber warum war er denn erschrocken? Wie kindisch. Als gäb es Ahnungen solcher Art! Und wenn wirklich Gefahr da wäre und die Ärzte sich entscheiden müßten, so hatten sie natürlich vor allem die Mutter zu retten. Darüber hatte ihn ja Doktor Stauber vor wenigen Tagen erst aufgeklärt. Was ist denn ein Kind, das noch nicht gelebt hat? Nichts. In irgend einem Augenblicke hatte er es gezeugt, ohne es gewünscht, ohne nur an die Möglichkeit gedacht zu haben, daß er Vater geworden sein könnte. Wußte er denn, ob er es nicht vielleicht auch vor wenigen Wochen geworden war, in jener dunkeln Wonnestunde, hinter geschlossenen Läden... auch damals Vater, ohne es gewollt, ohne nur an die Möglichkeit gedacht zu haben; und vielleicht, wenn es geschehen war, ohne es jemals zu erfahren?

Er hörte Stimmen, sah hinunter; der Kutscher des Professors hatte ein Dienstmädchen am Arm gefaßt, das sich nur wenig sträubte. Auch hier wird vielleicht zu einem neuen Menschenleben der Grund gelegt, dachte Georg und wandte sich angewidert fort. Dann trat er ins Zimmer zurück, füllte sich seine Zigarettentasche sorgfältig aus der Schachtel, die auf dem Tisch stand, und plötzlich kam ihm seine Aufregung unbegründet, ja kindisch vor. Und es fiel ihm ein: Wie Anna jetzt, so lag auch meine Mutter einmal da, eh ich zur Welt kam. Ob mein Vater auch in solcher Angst herumgegangen ist? Ob er heute hier wäre, wenn er noch lebte? Ob ich's ihm überhaupt gesagt hätte? Ob all das geschehen wäre, wenn er lebte? Er dachte an schöne, sorgenlose Sommertage am Veldeser See. Sein behagliches Zimmer in des Vaters Villa schwebte in seiner Erinnerung auf, und in dumpfer, beinahe traumhafter Weise wurde ihm die kahle Mansarde mit dem krachenden Fußboden, in der er sich eben befand, zum Bilde seiner ganzen jetzigen Existenz, gegenüber dem sorgen- und verantwortungslosen Dasein von einst. Er erinnerte sich eines ernsten Zukunftsgesprächs, das er vor ein paar Tagen mit Felician geführt hatte. Gleich darauf kam ihm die Unterredung mit einer Frau vom Land in den Sinn, die sich mit dem Anerbieten gemeldet hatte, das Kind in Pflege zu nehmen. Mit ihrem Mann besaß sie ein kleines Gütchen nahe der Bahn, nur eine Stunde weit von Wien, und im vorigen Jahr war ihr das eigene Töchterl gestorben. Das Kleine sollte es gut bei ihr haben, hatte sie versprochen, so gut, als wenn es gar nicht bei fremden Leuten wäre. Und wie Georg daran dachte, war ihm plötzlich, als stände ihm das Herz still. Eh es dunkel ist, wird es da sein... das Kind. Sein Kind, auf das schon irgend eine Fremde wartete, um es mit sich zu nehmen. Er war so müde von den Aufregungen der letzten Tage, daß ihn die Knie schmerzten. Er erinnerte sich ähnlicher körperlicher Empfindungen aus früherer Zeit, vom Abend nach der Maturitätsprüfung und von der Stunde in der er Labinskis Selbstmord erfahren hatte. Vor drei Tagen, als die Wehen anfingen, wie anders, wie freudig und erwartungsvoll war ihm da zumut gewesen! Jetzt spürte er nichts, als ein Abgeschlagensein ohnegleichen, und immer unangenehmer empfand er den muffigen Geruch der Mansarde. Er zündete sich eine Zigarette an und trat wieder auf den Balkon hinaus. Die warme, stille Luft tat ihm wohl. Auf dem Sommerhaidenweg lag noch die Sonne, und vom Friedhof her, über die Mauer, schimmerte ein vergoldetes Kreuz.

Er hörte unter sich ein Geräusch. Schritte? Ja, Schritte und auch Stimmen. Er verließ den Balkon, das Zimmer, lief über die knarrende Holztreppe hinab. Eine Tür ging, eilige Schritte waren im Flur. Im nächsten Moment stand er auf der untersten Stufe, Frau Golowski gegenüber. Sein Herz stand ihm stille. Er öffnete den Mund ohne zu fragen. „Ja“, nickte sie, „ein Bub“.

Er faßte ihre beiden Hände, spürte, wie er über das ganze Gesicht lachte, ein Strom von Glück, wie er so mächtig und heiß ihn niemals erwartet, rann durch seine Seele. Plötzlich merkte er, daß die Augen der Frau Golowski nicht so hell leuchteten, wie sie wohl hätten tun müssen. Der Strom des Glücks in ihm staute zurück. Irgendetwas schnürte ihm die Kehle zusammen. „Nun?“ fragte er. Und drohend beinah: „Lebt's?“ „Es hat einen Atemzug getan... der Professor hofft...“ Georg schob die Frau beiseite, war mit drei Schritten im großen Mittelzimmer, und wie gebannt blieb er stehen. Der Professor, im langen, weißen Leinenkittel, hielt ein kleines Wesen in den Armen und wiegte es hastig hin und her. Georg blieb starr. Der Professor nickte ihm zu und ließ sich nicht stören. Mit durchdringenden Augen betrachtete er das kleine Wesen auf seinen Armen. Er legte es auf den Tisch hin, über den ein weißes Linnen gebreitet war, nahm mit den Gliedmaßen des Kindes heftige Bewegungen vor, rieb ihm die Brust und Antlitz, dann hob er es in die Höhe, einigemale hintereinander, und immer wieder sah Georg, wie der Kopf des Kindes schwer auf die Brust niedersank. Dann legte der Arzt das Kind auf das Linnen hin, horchte an der Brust, erhob sich, ließ die eine Hand auf dem kleinen Körper liegen und winkte mit der andern Georg sanft zu sich heran.

Georg, unwillkürlich den Atem anhaltend, trat ganz nahe hin. Er sah zuerst den Doktor an und dann das kleine Wesen, das auf dem weißen Linnen lag. Das hatte die Augen ganz offen, sonderbar große, blaue Augen, wie die von Anna waren. Das Gesicht sah anders aus, als Georg erwartet hatte, nicht verrunzelt und häßlich wie das eines alten Zwerges, nein; es war wirklich ein Menschenantlitz, ein schönes, stilles Kindergesicht; und Georg wußte, daß diese Züge das Ebenbild seiner eigenen waren.

Der Professor sagte leise: „Schon seit einer Stunde hab ich die Herztöne nicht mehr gehört."

Georg nickte. Dann fragte er heiser: „Wie geht's *ihr*?"

„Ganz gut. Aber Sie dürfen jetzt nicht hinein, Herr Baron."

„Nein", erwiderte Georg und schüttelte den Kopf. Er starrte den bläulich schimmernden, regungslosen, kleinen Körper an und wußte, daß er vor der Leiche seines Kindes stand. Trotzdem sah er wieder den Arzt an und fragte: „Nichts mehr zu machen?"

Der zuckte die Achseln.

Georg atmete tief auf und wies nach der geschlossenen Schlafzimmertür. „Weiß sie schon –?" fragte er den Arzt.

„Noch nicht. Seien wir vorläufig zufrieden, daß es vorbei ist. Sie hat viel zu leiden gehabt, die Arme. Ich bedaure nur, daß es schließlich für nichts gewesen ist."

„Sie haben es erwartet, Herr Professor?"

„Ich hab es gefürchtet seit heute Morgen."

„Und wieso... wieso?"

Leise und mild erwiderte der Arzt: „Ein sehr seltener Fall, wie ich Ihnen vorher schon sagte."

„Sie sagten mir...?"

„Ja. Ich versuchte Ihnen zu erklären, daß diese Möglichkeit – Es ist nämlich vom Nabelstrang erwürgt worden. Kaum ein bis zwei Prozent aller Geburten haben diesen Ausgang." Er schwieg. Georg starrte das Kind an. Ganz recht, der

Professor hatte ihn schon vorbereitet; er hatte es nur nicht ernst genommen. Frau Rosner stand neben ihm mit hilflosen Augen. Georg reichte ihr die Hand, und sie sahen einander an, wie Schwergeprüfte, die das Unglück zu Gefährten macht. Dann ließ sich Frau Rosner auf einen Sessel an der Wand nieder.

Der Professor sagte zu Georg: „Ich will jetzt noch einmal nach der Mutter sehen."

„Mutter", wiederholte Georg und sah ihn an.

Der Arzt schaute weg.

„Sie wollen's ihr sagen?" fragte Georg.

„Nein, nicht gleich. Sie wird übrigens darauf gefaßt sein. Sie hat im Lauf des Tages einigemal gefragt, ob es noch lebt. Es wird auch nicht so furchtbar auf sie wirken, wie Sie fürchten, Herr Baron... gerade in den ersten Stunden und Tagen nicht. Sie dürfen nicht vergessen, was sie durchgemacht hat."

Er drückte Georgs schlaff herabhängende Hand und ging. Georg stand regungslos da, starrte immerfort das kleine Wesen an, und es erschien ihm wie ein Gebilde von ungeahnter Schönheit. Er berührte Wangen, Schultern, Arme, Hände, Finger. Wie rätselhaft vollendet dies alles war. Und da lag es nun, gestorben, ohne gelebt zu haben, bestimmt, von einer Dunkelheit durch ein sinnloses Nichts hindurch in eine andre einzugehen. Da lag dieser süße, kleine Leib, der fürs Dasein fertig war und sich doch nicht regen konnte. Da schimmerten große, blaue Augen, wie in Sehnsucht das Licht des Himmels in sich einzutrinken und todesblind, eh sie einen Strahl gesehen. Da öffnete sich wie durstig ein kleiner, runder Mund, der doch nie an den Brüsten einer Mutter trinken durfte. Da starrte dieses bleiche Kindergesicht, mit den fertigen Menschenzügen, das nie den Kuß einer Mutter, eines Vaters empfangen und spüren sollte. Wie liebte er dieses Kind! Wie liebte er es jetzt, da es zu spät war. Eine schnürende Verzweiflung stieg in seine Kehle. Er konnte nicht weinen. Er sah um sich. Niemand war im Zimmer, und daneben war es ganz still. Er hatte keine Sehnsucht in jenes andre Zimmer zu gehen und keine Angst davor; er fühlte nur, daß es etwas Unsinniges gewesen wäre. Sein Auge kehrte auf das tote Kind zurück, und plötzlich durchzuckte ihn die bebende Frage, ob es denn auch wahr sein müßte? Ob nicht alle sich irren konnten? Der Arzt so gut, wie der Unerfahrene. Er hielt seine flache Hand vor die geöffneten Lippen des Kindes und ihm war, als hauchte etwas Kühles ihm entgegen. Dann hielt er beide Hände über die Brust des Kindes, hin und wieder war ihm, als spielte leicht bewegte

Luft um den kleinen Leib. Aber er fühlte da wie dort: Nicht Hauch des Lebens hatte ihn angeweht. Nun beugte er sich nieder, und seine Lippen berührten die kühle Stirn des Kindes. Etwas Seltsames, nie Gefühltes rieselte ihm durch den Körper bis in die Zehenspitzen. Er wußte es nun: Das Spiel dort oben war für ihn verloren, sein Kind war tot. Da erhob er langsam das Haupt und wandte sich fort. Die Gartenhelle lockte ihn ins Freie. Er trat auf die Veranda, sah auf der Bank an die Wand gelehnt Doktor Stauber und Frau Rosner sitzen. Beide stumm. Sie sahen ihn an. Er wandte sich weg, als kennte er sie nicht, und trat in den Garten. Der Schatten des Hauses fiel schräg über den Rasen hin; weiter oben lag noch Sonne, doch stumpf und wie ohne Kraft die Luft zu durchleuchten. Woran wollte ihn dies Licht nur erinnern, das Sonne war und doch nicht glänzte, dieses Blau in der Höhe, das Himmel war und ihn doch nicht segnete? Woran die Stummheit dieses Gartens, die ihm vertraut und tröstlich sein sollte und die ihn heute wie etwas Fremdes und Ungastliches empfing? Allmählich fiel ihm ein, daß ihn vor kurzem in einem Traum solch ein schwerer, früher nie geahnter Dämmerschein umgeben und seine Seele mit unverständlicher Traurigkeit erfüllt hatte. Was nun? sagte er vor sich hin, suchte nach keiner Antwort und wußte nur, daß irgend etwas Unvorhergesehenes und Unabänderliches geschehen war, das ihm für alle Zeiten das Bild der Welt verändern mußte. Er dachte des Tages, an dem sein Vater gestorben war. Ein wilder Schmerz hatte ihn damals überfallen; doch er hatte weinen können, und die Erde war nicht mit einemmal dunkel und leer geworden. Sein Vater hatte doch gelebt, war einmal jung gewesen, hatte gearbeitet, geliebt, Kinder gehabt, Freuden und Schmerzen erfahren. Und die Mutter, die ihn geboren, hatte nicht umsonst gelitten. Und wenn er *selbst* heute hätte sterben müssen, so früh es gewesen wäre, er hatte doch ein Dasein hinter sich, erfüllt von Licht und Tönen, Glück und Leiden, Hoffnung und Angst, durchflutet von allem Inhalt der Welt. Und wenn Anna heute dahingegangen wäre, in der Stunde, da sie einem neuen Wesen das Leben gab, sie hätte gleichsam ihr Los erfüllt und ihr Ende hätte seinen grauenvollen, aber tiefen Sinn gehabt. Doch das, was seinem Kind geschehen war, war sinnlos, widerwärtig, ein Hohn von irgendwoher, wohin man keine Frage und keine Antwort senden konnte. Wozu, wozu das alles? Was hatten nun diese vorhergegangenen Monate zu bedeuten gehabt, mit all ihren Träumen, Sorgen und Hoffnungen? Denn er wußte mit einem Male, daß die Erwartung der wunderbaren Stunde, in der sein Kind geboren werden sollte, immer, Tag für Tag, auch am nüchternsten, leersten und leichtfertigsten, in der Tiefe seiner Seele gewesen war; und er fühlte sich beschämt, verarmt, elend.

Er stand oben am Gartengitter und sah zum Waldesrande auf, zu seiner Bank, auf der er oft geruht hatte, und ihm war, als wäre auch Wald und Wiese und Bank früher sein Besitz gewesen und er müsse nun auch das hergeben, wie so vieles andere. Im Winkel des Gartens stand ein dunkelgraues, vernachlässigtes Lusthäuschen mit drei kleinen Fensterhöhlen und einer schmalen Türöffnung. Er hatte es nie leiden mögen und nur einmal auf ein paar Augenblicke betreten. Heute zog es ihn hinein. Er setzte sich auf die rissige Bank hin und kam sich plötzlich geborgen und beruhigt vor, als wäre nun alles, was geschehen, weniger wahr oder in irgendeiner unbegreiflichen Weise rückgängig zu machen. Doch schwand dieser Wahn bald wieder dahin, er verließ den unwirtlichen Raum und trat ins Freie. Ich muß jetzt wohl ins Haus zurück, dachte er müde und faßte es doch nicht ganz, daß in dem dunkeln Zimmer, das er von hier aus hinter der Veranda, wie eine unergründliche Finsternis liegen sah, der Leichnam seines Kindes ruhen sollte. Langsam ging er hinab. Auf der Veranda stand Annas Mutter mit einem Herrn. Georg erkannte den alten Rosner. Im Überzieher stand er da, den Hut hatte er auf den Tisch vor sich hingelegt, fuhr sich mit einem Taschentuch über die Stirn, und es zuckte um seine rotgeränderten Augen. Er ging Georg entgegen und drückte ihm die Hand."Das ist ja leider anders gekommen", sagte er, „als wir alle erwartet und gehofft hatten."

Georg nickte. Dann erinnerte er sich, daß der alte Herr in den letzten Wochen mit dem Herzen nicht ganz in Ordnung gewesen war, und erkundigte sich nach seinem Befinden.

„Ich danke der Nachfrage, Herr Baron, es geht mir etwas besser, nur das Stiegensteigen macht einige Beschwerden."

Georg merkte, daß die Glastüre zum Mittelzimmer geschlossen war. „Entschuldigen Sie", sagte er zu dem alten Rosner, schritt geradenwegs auf die Türe los, öffnete sie und schloß sie rasch wieder hinter sich zu. Frau Golowski und Doktor Stauber standen in der Nähe des Tisches und sprachen miteinander. Er trat zu ihnen, sie schwiegen plötzlich.

„Nun?" fragte er dann.

Doktor Stauber sagte: „Wir haben über... die Formalitäten gesprochen. Frau Golowski wird so gut sein und all das zu besorgen."

„Ich danke", erwiderte Georg und reichte Frau Golowski die Hand. „All das", dachte er. Ein Sarg, ein Begräbnis, Meldung beim Gemeindeamt: geboren ein Sohn der ledigen Anna Rosner, gestorben am gleichen Tage. Nichts vom Vater natürlich. Ja, seine Rolle war erledigt. Heut erst? War sie's nicht von der Sekunde an gewesen, da er zufällig Vater geworden war?

Er sah auf den Tisch hin. Das Linnen lag über die kleine Leiche hingebreitet. O wie rasch, dachte er bitter. Soll ich's niemals wiedersehen dürfen? Einmal wird's wohl noch erlaubt sein. Er zog das Tuch von der Leiche ein wenig fort und hielt es in die Höhe gefaßt. Er sah ein blasses Kindergesicht, das ihm längst bekannt war, nur daß die Augen seither von irgendwem zugedrückt worden waren. Die alte Standuhr in der Ecke tickte. Sechs Uhr. Es war noch keine Stunde vergangen, seit sein Kind geboren und gestorben war; und schon stand diese Tatsache so unwidersprechlich fest, als hätte es gar nicht anders sein können.

Er fühlte sich leicht an der Schulter berührt.

„Sie hat es mit Ruhe aufgenommen", sagte Doktor Stauber, der hinter ihm stand.

Georg ließ das Linnen über das Antlitz des Kindes sinken und wandte den Kopf nach der Seite. „Sie weiß also schon...?"

Doktor Stauber nickte. Frau Golowski hatte sich abgewandt.

„Wer hat's ihr gesagt?" fragte Georg.

„Man hat es ihr gar nicht zu sagen brauchen", erwiderte Doktor Stauber. „Nicht wahr?" wandte er sich an Frau Golowski.

Diese berichtete: „Wie ich zu ihr hineingegangen bin, hat sie mich nur angeschaut, und da hab ich gleich gesehen, daß sie es schon weiß."

„Und was hat sie gesagt?"

„Nichts. Gar nichts. Sie hat ihre Augen zum Fenster hin gewandt und ist ganz still gewesen. Wo Sie hingegangen sind, Herr Baron, hat sie mich gefragt, und was Sie machen."

Georg atmete tief auf. Die Türe von Annas Zimmer öffnete sich. Der Professor, im schwarzen Rock, trat heraus. „Sie ist ganz ruhig", sagte er zu Georg. „Sie können zu ihr hinein."

„Hat sie mit Ihnen darüber gesprochen?" fragte Georg.

Der Professor schüttelte den Kopf. Dann sagte er: „Ich muß jetzt leider in die Stadt. Sie entschuldigen, nicht wahr? Ich hoffe, es wird weiter gut gehen. Morgen früh bin ich jedenfalls wieder da. Leben Sie wohl, lieber Herr Baron." Er drückte ihm teilnahmsvoll die Hand. „Sie fahren mit mir hinein, Doktor Stauber, nicht wahr?“

„Ja“, sagte Doktor Stauber. „Ich will nur Anna noch Adieu sagen.“ Er ging.

Georg wandte sich an den Professor. „Darf ich Sie etwas fragen?“

„Bitte.“

„Ich möchte nämlich gern wissen, Herr Professor, ob das vielleicht nur eine Einbildung ist. Mir kommt nämlich vor“ – und er hob das Tuch wieder von der kleinen Leiche auf – „als wenn dieses Kind gar nicht so aussähe wie ein Neugeborenes. Schöner gewissermaßen. Mir ist, als wenn die Gesichter von Neugeborenen eigentlich faltiger, greisenhafter sein müßten. Ich weiß nicht mehr, hab ich einmal selbst eins gesehen oder hab ich nur davon gelesen.“

„Sie haben nicht unrecht“, erwiderte der Professor, „gerade in Fällen dieser Art, auch bei glücklicherem Ausgang, sind die Züge der Kinder nicht entstellt, ja manchmal geradezu schön.“ Er betrachtete das kleine Antlitz mit fachlicher Teilnahme, nickte ein paarmal „schade, schade...“ ließ das Tuch wieder fallen, und Georg wußte, daß er das Antlitz seines Kindes zum letztenmal gesehen hatte. Wie hätte es nur heißen sollen? Felician... Leb wohl, kleiner Felician.

Doktor Stauber trat aus dem Nebenzimmer und schloß leise die Türe. „Anna erwartet Sie“, sagte er zu Georg. Dieser gab ihm die Hand, reichte sie auch dem Professor noch einmal, nickte Frau Golowski zu und trat ins Nebenzimmer.

Die Wärterin erhob sich von Annas Seite und verschwand aus dem Zimmer. Der Tür gegenüber hing ein Spiegel in dem Georg einen jungen, eleganten Herrn erblickte, der blaß war und lächelte. Anna lag in ihrem Bett, das frei in der Mitte stand, mit großen, klaren Augen, die Georg entgegensahen. Wie steh ich vor ihr da, dachte er. Er rückte mit einiger Umständlichkeit den Sessel nah an ihr Bett, setzte sich, ergriff ihre Hand, führte sie an seine Stirn und küßte dann lang, beinahe inbrünstig ihre Finger.

Anna sprach zuerst. „Du warst im Garten?“ fragte sie.

„Ja, ich war im Garten.“

„Ich habe dich von oben herunterkommen gesehen vor einiger Zeit.“

„Du sollst lieber gar nichts reden, Anna. Strengt es dich nicht an?“

„Die paar Worte, o nein. Aber du kannst mir ja was erzählen...“

Er hielt ihre Hand immer in der seinen und betrachtete ihre Finger. Dann sagte er: „Weißt du eigentlich, daß da oben am Ende des Gartens ein kleines Lusthäuschen steht? Ja, natürlich weißt du… ich meine nur, wir haben es nie so recht bemerkt."

„In den ersten Tagen war ich einigemale drin", sagte Anna. „Schön ist es nicht."

„Nein, wahrhaftig."

„Hast du heut vormittag was gearbeitet?" fragte sie dann.

„Was fällt dir ein, Anna."

Sie schüttelte ganz leicht den Kopf. „Und gerade in der letzten Zeit ist es dir so gut damit gegangen."

„Ja, wirklich wahr, Anna, du hast dich sehr rücksichtslos benommen." Er lächelte, sie blieb ernst.

„Du warst gestern in der Stadt?" fragte sie.

„Du weißt ja."

„Hast du Briefe vorgefunden? Ich meine, wichtige?"

„Du sollst gewiß nicht so viel reden, Anna, ich erzähl dir schon alles. Also: Ich hab keine Briefe von Bedeutung vorgefunden. Auch aus Detmold ist keiner gekommen. Dieser Tage geh ich übrigens wieder zu Professor Viebiger. Aber wir können wirklich ein andermal über diese Dinge reden, glaubst du nicht? Und was das Arbeiten anbelangt… in den Tristan hab ich heute morgens noch ein wenig hineingesehen. Den kenn ich aber wirklich bis ins kleinste. Ich würde mich getrauen, ihn heut zu dirigieren, wenn's drauf ankäme."

Sie schwieg und sah ihn an.

Er erinnerte sich des Abends, an dem er mit ihr in der Münchener Oper gesessen hatte, wie eingehüllt in einen durchsichtigen Schleier von geliebten Klängen. Aber er sprach nichts davon.

Es dämmerte. Die Züge Annas begannen ihm zu verschwimmen.

„Fährst du heute noch in die Stadt?" fragte sie.

Er hatte gar nicht daran gedacht. Jetzt aber war ihm, als winkte damit eine Art von Erlösung. Ja, er wollte hinein. Was konnte er auch hier heraußen noch tun? Aber er antwortete nicht gleich.

Anna begann wieder: „Ich denke, du wirst vielleicht deinen Bruder sprechen wollen."

„Ja, das möcht ich recht gern. Und du wirst wohl bald schlafen?"

„Ich hoffe."

„Wie müd mußt du sein", sagte er, indem er ihre Hand streichelte.

„Nein, es ist etwas anderes. Ich bin so wach... ich kann dir gar nicht sagen, wie wach ich bin. Mir ist, als wär ich in meinem ganzen Leben nicht so wach gewesen. Und weiß zugleich, daß ich so tief schlafen werde, wie noch nie... wenn ich nur erst die Augen geschlossen habe."

„Ja gewiß wirst du das. Aber nun darf ich doch wohl noch eine Weile bei dir bleiben? Am liebsten möcht ich so lange hier sitzen, bis du eingeschlafen bist."

„Nein, Georg, wenn du da bist, kann ich ja doch nicht einschlafen. Aber bleib nur noch ein bißchen. Das ist schon gut."

Er hielt immer ihre Hand und blickte zum Garten hinaus, der nun ganz im Abendschatten lag.

„Du warst nicht sehr viel im Auhof oben dieses Jahr?" fragte Anna gleichgültig, als gälte es nur irgend etwas zu reden.

„O ja, täglich beinahe. Hab ich dir's denn nicht gesagt? – Ich denke, Else wird James Wyner heiraten und mit ihm nach England gehen."

Er wußte, daß sie nicht an Else dachte, sondern an eine ganz andere. Und er fragte sich: meint sie etwa, – das sei schuld?

Ein lauer Hauch kam von draußen geweht. Kinderstimmen klangen herein. Georg blickte hinaus. Er sah die weiße Bank unter dem Birnbaum schimmern und dachte daran, wie Anna ihn dort oben erwartet hatte, im wallenden Kleid, die fruchtschweren Äste über sich, umflossen vom sanften Wunder ihrer Mütterlichkeit. Und er fragte sich: war es schon damals bestimmt, daß es so enden müßte? Oder war es am Ende schon in dem Augenblick bestimmt, da wir einander zum erstenmal umarmt haben? Die Bemerkung des Professors fuhr ihm durch den Sinn, daß ein bis zwei Prozent aller Geburten so enden. Also seit Menschen geboren wurden, war es so, daß unter hundert einer oder zwei in so sinnloser Weise dahin müssen im selben Augenblick, da sie zum Licht emporgebracht werden! Und so und so viele müssen im ersten Jahre sterben, und so viel in der Blüte ihrer Jugend, und so viel als Männer, und wieder eine bestimmte Anzahl macht ihrem Leben selbst ein Ende, wie Labinski, und bei so und so vielen muß es mißlingen, wie bei Oskar Ehrenberg. Wozu nach Gründen suchen? Irgendein Gesetz ist wirksam, unbegreiflich und unerbittlich, an dem wir Menschen nicht rütteln können. Wer darf klagen, warum gerade mir das? Widerfährt es nicht ihm, so widerfährt es eben einem andern... unschuldig oder schuldig wie er. Ein bis zwei Prozent trifft es eben, das ist die himmlische Gerechtigkeit. Die Kinder, die da drüben im Garten lachten, die durften leben. Durften? Nein, sie *mußten* leben, so wie das seine hatte sterben müssen nach dem ersten Atemzug, bestimmt von einer Dunkelheit durch ein sinnloses Nichts hindurch einzugehen in eine andere.

Draußen war die Dämmerung, und im Zimmer war es beinahe schon Nacht. Anna lag still und regungslos. Ihre Hand in der Georgs rührte sich nicht. Aber als Georg sich erhob, sah er, daß ihre Augen offen waren. Er beugte sich nieder, zögerte einen Augenblick, dann legte er den Arm um ihren Hals und küßte sie auf die Lippen, die heiß und trocken waren und seine Berührung nicht erwiderten. Dann ging er. Im Nebenzimmer brannte die Hängelampe über dem Tisch, auf dem früher das tote Kind gelegen hatte. Nun war die grüne Tischdecke ausgebreitet, als wäre nichts geschehen. Die Türe zu dem Zimmer, in dem Frau Golowski wohnte, war geöffnet. Das Licht einer Kerze schimmerte herein, und Georg wußte, daß da sein Kind den ersten und letzten Schlummer schlief.

Frau Golowski und Frau Rosner saßen nebeneinander auf dem Sofa an der Wand, stumm, wie zusammengekauert. Georg trat zu ihnen. „Der Herr Gemahl ist schon fort?“ wandte er sich an Frau Rosner.

„Ja, er ist mit den Herren Doktoren in die Stadt hineingefahren“, erwiderte sie und sah ihn wie fragend an.

„Sie ist ruhig“, beantwortete Georg ihren Blick. „Ich denke, sie wird fest schlafen.“

„Wollen Sie nicht etwas zu sich nehmen?“ fragte Frau Golowski. „Seit ein Uhr haben Sie...“

„Danke nein. Ich fahre jetzt in die Stadt. Ich möchte meinen Bruder sprechen. Auch erwarte ich Briefe von Wichtigkeit. Morgen früh bin ich wieder da.“ Er verabschiedete sich, ging in seine Mansarde, holte die Tristanpartitur vom Balkon ins Zimmer herein, nahm Überzieher und Stock, zündete sich eine Zigarette an und verließ das Haus. Er fühlte sich freier, sobald er auf der Straße war. Eine ungeheure Aufregung lag hinter ihm. Es war in unglücklicher Weise vorüber, aber vorüber war es doch. Und mit Anna mußte es ja gut ablaufen. Freilich da gab es wohl auch den verhängnisvollen Prozentsatz. Aber es war klar, daß nun die Möglichkeit eines schlimmen Ausgangs, gerade nach dem Gesetz der Wahrscheinlichkeitsrechnung viel geringer sein mußte, als wenn das Kind am Leben geblieben wäre.

Mit raschen Schritten durchmaß er die langgestreckte Ortschaft, wollte nichts denken und betrachtete mit absichtlicher Aufmerksamkeit jedes einzelne Haus, an dem er vorbeikam. Sie waren alle niedrig, die meisten recht trübselig und arm. Hinter ihnen, im Abenddunst, stiegen kleine Gärtchen an zu Weinbergen, Äckern und Wiesen. In einem beinahe menschenleeren Wirtshausgarten, an einem länglichen Tisch, saßen ein paar Musikanten und spielten auf Violine, Gitarre und Harmonika einen klagenden Walzer. Später kam er an ansehnlichen Landhäusern vorbei, und durch offene Fenster sah er in anständig erleuchtete Räume, in denen gedeckte Tische standen. In einem freundlichen Gasthausgarten, möglichst weit von den andern nicht sehr zahlreichen Gästen, ließ er sich endlich nieder, nahm seine Mahlzeit und spürte bald eine wohltuende Müdigkeit über sich kommen. Auf der Pferdebahn duselte er in seiner Ecke beinahe ein. Erst als der Wagen durch belebtere Straßen fuhr, fand er sich wieder und entsann sich des Geschehenen mit quälender, aber trockener Deutlichkeit. Er stieg aus, und durch die feuchte Schwüle des Stadtparks begab er sich nach Hause. Felician war nicht daheim. Auf dem Schreibtisch fand er ein Telegramm liegen. Es war aus Detmold und lautete: „Wir ersuchen höflichst um Nachricht, ob es Ihnen möglich wäre, innerhalb der nächsten drei Tage bei uns einzutreffen. Doch wolle diese Einladung vorläufig als für beide Teile unverbindlich hinsichtlich weiterer Entschließungen angesehen werden. Reisekosten werden in jedem Falle ersetzt. Hochachtungsvoll Hoftheaterintendanz." Daneben lag das rötliche Blankett für die Antwort.

Georg war enerviert. Was sollte er nun erwidern? Das Telegramm deutete offenbar darauf hin, daß eine Kapellmeisterstelle erledigt war. Sollte er um Aufschub ersuchen? Nach acht Tagen könnte er wohl zu einer Besprechung hin und gleich wieder zurückfahren. Es strengte ihn an, darüber nachzudenken. Zum mindesten hatte die Angelegenheit bis morgen früh Zeit. Und wenn das schon zu spät war, so hatte sich am Ende noch immer nichts Wesentliches geändert. Als Gast war er jedenfalls willkommen, das wußte er ja schon. Es war vielleicht besser, sich nicht zu binden... sich irgendwo noch ohne Verpflichtung und Verantwortung einzuarbeiten und dann für das nächste Jahr gerüstet, fertig dazustehen. Aber was waren das für nichtige Erwägungen gegenüber der ungeheuern Sache, die sich heute in seinem Leben ereignet hatte. Er nahm den Malachit und stellte ihn auf das Telegramm. Was jetzt…? fragte er sich. In den Klub gehen und Felician aufsuchen? Das war ja doch nicht der Ort, ihm die Sache mitzuteilen. Es war schon das beste, daheim zu bleiben und ihn zu erwarten. Es war sogar ein wenig verlockend, sich gleich auszukleiden und zur Ruhe zu legen. Aber er hätte ja doch nicht schlafen können. So kam er auf die Idee, endlich wieder einmal unter seinen Papieren ein bißchen Ordnung zu machen. Er öffnete eine Schreibtischlade, sichtete Rechnungen und Briefe und trug Anmerkungen in sein Notizbuch ein. Die Geräusche der Straße kamen durchs offene Fenster wie von fern. Er dachte daran, wie er im vorigen Sommer, nach des Vaters Tod, an derselben Stelle Briefe seiner verstorbenen Eltern gelesen hatte und das gleiche Geräusch der Stadt, der gleiche Duft des Parks zu ihm hereingeströmt war wie heute. Das Jahr, das seither verflossen war, dehnte sich in seinem müden Sinn zu Ewigkeiten, wurde dann wieder zu einer kurzen Spanne Zeit, und in seiner Seele raunte irgend etwas: wozu… wozu. Sein Kind war tot. Draußen am Sommerhaidenweg auf dem Friedhof wird es begraben sein, dort wird es ausruhen in geweihter Erde von dem mühevollen Weg, der ihm zu gehen bestimmt war, von einer Dunkelheit durch ein sinnloses Nichts in die andere. Unter einem kleinen Kreuze wird es liegen, als hätte es ein Menschenlos durchlebt und durchlitten… Als hätte es gelebt? Es hatte ja wirklich gelebt, von dem Augenblick an, da sein Herz im Leib der Mutter zu klopfen angefangen. Nein, früher schon… von dem Augenblick an, da seiner Mutter Leib es empfangen, hatte es dem Reich des Lebendigen zugehört. Und Georg dachte daran, wievielen Menschenkindern es bestimmt war, noch viel früher wieder dahinzugehen als dem seinen, wie viele, gewünschte und ungewünschte, in den ersten Tagen ihres Lebens sterben, ohne daß die eigenen Mütter es nur ahnen. Und während er so vor seinem Schreibtisch mit geschlossenen Augen hindämmerte, zwischen Schlafen und Wachen, sah er lauter schimmernde Kreuze ragen auf winzigen Hügeln, als wär es ein Friedhof aus einer Spielereischachtel, und eine rötlich-gelbe Puppensonne glänzte darüber hin. Mit einmal aber bedeutete dies Bild den Friedhof von Cadenabbia. Georg saß wie ein kleiner Knabe auf der steinernen Umfassungsmauer und wandte plötzlich den Blick zur See hinab. Da trieb in einem sehr langen, schmalen Kahn unter schwefelgelben Segeln, mit einem grünen Schal um die Schultern, bewegungslos auf der Ruderbank sitzend, eine Frau, deren Antlitz zu erkennen er sich vergeblich und beinahe schmerzlich bemühte.

Die Klingel tönte. Georg fuhr auf. Was war das? Ach ja, es war niemand da, um aufzuschließen. Der Diener war seit erstem entlassen, und die Portiersfrau, die jetzt die Brüder bediente, war um diese Zeit nicht in der Wohnung. Georg ging ins Vorzimmer und öffnete. Heinrich Bermann stand auf dem Flur. „Ich sah von unten Licht in Ihrem Zimmer“, sagte er. „Es war ein guter Einfall von mir, zuerst an Ihrem Haus vorüber zu gehen. Eigentlich wollte ich zu Ihnen aufs Land hinausfahren.“

Spricht er wirklich so erregt, dachte Georg, oder klingt es mir nur so? Er bat ihn einzutreten und Platz zu nehmen.

„Danke, danke, ich gehe lieber auf und ab. Nein, schalten Sie die obere Flamme nicht ein, die Schreibtischlampe genügt. – Im übrigen – wie geht es bei Ihnen draußen?“

„Heute Nachmittag ist das Kind zur Welt gekommen“, erwiderte Georg ruhig. „Aber leider war es tot.“

„Totgeboren?“

„Ich weiß nicht, ob man es so nennen kann“, entgegnete Georg bitter lächelnd, „denn einen Atemzug soll es getan haben, sagt der Arzt. Drei Tage lang haben die Wehen gedauert. Es war schrecklich. Nun ist es vorbei.“

„Tot. Das tut mir aber sehr leid, glauben Sie mir.“ Er reichte Georg die Hand.

„Es war ein Knabe“, sagte Georg, „und merkwürdigerweise sehr schön, anders als Neugeborene sonst auszusehen pflegen.“ Er erzählte auch dann, wie er sich eine ganze Weile in einem ungastlichen Gartenhaus aufgehalten hatte, das er früher nie betreten, und wie seltsam sich die Beleuchtung der Landschaft mit einemmal verändert hatte. „Es war ein Licht“, sagte er, „wie es Gegenden zuweilen im Traum haben, ganz unbestimmt,... dämmerhaft,... aber eher traurig.“ Während er so sprach, wußte er, daß er Felician die ganze Sache anders erzählen würde.

Heinrich saß in der Ecke des Divans und ließ den andern reden. Dann begann er: „Es ist sonderbar, all das ergreift mich natürlich sehr, und doch... es beruhigt mich zugleich.“

„Beruhigt Sie?“

„Ja. Als wären nun gewisse Dinge, die ich leider befürchten muß, mit einemmal weniger wahrscheinlich geworden.“

„Was für Dinge?“

Ohne auf ihn zu hören, sprach Heinrich weiter, mit zusammengepreßten Zähnen. „Oder ist es nur deshalb so, weil ich dem Schmerz eines andern gegenüberstehe? Oder gar nur, weil ich wo anders bin, in einer fremden Wohnung? Das wäre schon möglich. Haben Sie nicht bemerkt, daß sogar der eigene Tod einem gleich wie etwas höchst Unwahrscheinliches vorkommt, wenn man zum Beispiel auf Reisen ist; manchmal schon auf einem Spaziergang? Solchen unbegreiflichen Selbsttäuschungen ist der Mensch unterworfen.“ Er war aufgestanden, zum Fenster getreten, hatte das Gesicht abgewandt. Georg, an den Schreibtisch gelehnt, wartete ahnungsvoll, was er hören sollte. Nach ein paar Sekunden, als hätte er Fassung gewonnen, wandte Heinrich sich um, blieb aber am Fenster stehen, beide Hände rückwärts auf die Brüstung gestützt, und sagte kurz und hart: „Es besteht nämlich die Möglichkeit, daß die junge Dame, die Sie neulich bei mir flüchtig kennen gelernt haben, einen Selbstmord verübt hat. Bitte machen Sie kein so erschrockenes Gesicht. Sie wissen, es war schon in manchen ihrer Briefe zu lesen, daß sie es tun will.“

„Nun also“, sagte Georg.

Heinrich hob abwehrend die Hand. „Ich habe es ja auch niemals ernst genommen. Heute Morgen aber kam ein Brief, der, wie soll ich nur sagen, einen unheimlichen Klang von Wahrheit hatte. Es steht eigentlich auch nichts anderes drin, als was sie mir schon zehn- oder zwanzigmal geschrieben hat, aber der Ton... der Ton... kurz und gut, ich bin so gut wie überzeugt, daß es diesmal geschehen ist. Daß es vielleicht in diesem Augenblick schon...“, er hielt inne und starrte vor sich hin.

„Nein Heinrich.“ Georg trat zu ihm hin und legte ihm die Hand auf die Schulter. „Nein“, fügte er kräftiger hinzu, „ich glaube es absolut nicht. Ich habe sie ja gesprochen, vor ein paar Wochen erst. Sie wissen ja. Und da hatte ich durchaus nicht den Eindruck... Ich habe sie auch Komödie spielen gesehen... wenn Sie sie spielen gesehen hätten, in dieser frechen Posse, so würden Sie auch nicht daran glauben, Heinrich! Sie will sich nur an Ihnen rächen, für Ihre Grausamkeit. Unbewußt vielleicht. Sie ist ja wahrscheinlich selbst manchmal davon überzeugt, daß sie nicht weiter leben kann, aber da sie es bis heute ausgehalten... Ja wenn sie es gleich getan hätte...“

Heinrich schüttelte ungeduldig den Kopf. „Hören Sie, Georg, ich habe an das Sommertheater telegraphiert. Ich habe angefragt, ob sie noch dort ist, etwa so, als wenn es sich um eine Rolle für sie handelte, Probeaufführung eines neuen Stücks von mir, oder dergleichen. Ich habe zu Hause gewartet – bis jetzt... aber es ist noch keine Antwort da. Kommt keine, oder keine genügende, so werde ich auf alle Fälle hinfahren."

„Ja warum haben Sie nicht einfach angefragt, ob sie..."

„Ob sie sich umgebracht hat? Man will sich doch nicht blamieren, Georg! Da hätt ich mich ja ungefähr jeden dritten Tag erkundigen können... Das hätte allerdings eines gewissen grotesken Humors nicht entbehrt."

„Nun sehen Sie, Sie glauben ja selbst nicht dran."

„Ich will jetzt nach Hause, schauen, ob ein Telegramm da ist. Adieu Georg. Verzeihen Sie mir. Ich hab es nämlich daheim nicht mehr ausgehalten... Es tut mir wirklich sehr leid, daß ich Sie in einer solchen Stunde mit meinen Angelegenheiten belästigt habe. Nochmals, verzeihen Sie..."

„Sie wußten ja nicht... Und auch wenn Sie gewußt hätten... Bei mir ist es ja doch... sozusagen eine abgeschlossene Geschichte. In meiner Angelegenheit ist leider absolut nichts mehr zu tun." Er blickte angestrengt zum Fenster hinaus, über die Wipfel der Bäume, zu den dunkeln Türmen und Dächern, die aus dem matt rötlichen Glanz der abendlichen Stadt emporstiegen. Dann sagte er: „Ich begleite Sie, Heinrich. Ich kann ja zu Hause doch nichts anfangen. Das heißt – wenn Ihnen meine Gesellschaft nicht unangenehm ist."

„Unangenehm?... Georg!..." Er drückte ihm die Hand.

Sie gingen. Anfangs spazierten sie längs des Parks und schwiegen. Georg erinnerte sich seines Spazierganges mit Heinrich durch die Praterallee, im vorigen Herbst, und gleich darauf kam ihm der Maienabend ins Gedächtnis, an dem Anna Rosner im Waldsteingarten erschienen war, später als die andern, und Frau Ehrenberg ihm zugeflüstert hatte: „Die hab ich für Sie eingeladen." Ja für ihn! Wäre jener Abend nicht gewesen, so wäre Anna nicht seine Geliebte geworden und nichts von allem, woran er heute trug, wäre geschehen. Oder war auch hier irgendein Gesetz am Werke? Gewiß! Es müssen wohl jedes Jahr so und so viel Kinder zur Welt kommen, und eine Anzahl darunter außer der Ehe. Und die gute Frau Ehrenberg hatte sich eingebildet, daß es in ihrem Belieben gestanden, Fräulein Anna Rosner einzuladen für den Freiherrn von Wergenthin!

„Anna befindet sich doch außer Gefahr?" fragte Heinrich.

„Ich hoffe“, erwiderte Georg. Dann sprach er von den Schmerzen, die sie gelitten, von ihrer Geduld und ihrer Güte. Er hatte das Bedürfnis, sie als vollkommenen Engel darzustellen; als könnte er damit etwas sühnen, was er gegen sie verschuldet hätte.

Heinrich nickte. „Sie scheint wirklich eine von den wenigen Frauen, die zur Mutterschaft bestimmt sind. Es ist nämlich nicht wahr, daß es viele von der Art gibt. Kinder zu kriegen – dazu sind sie ja alle da, – aber Mütter zu sein! Und gerade sie mußte das erleiden! Es ist mir eigentlich nie in den Sinn gekommen, daß so etwas eintreten könnte.“

Georg zuckte die Achseln. Dann sagte er: „Ich hatte erwartet, Sie noch einmal draußen zu sehen. Ich glaube, Sie versprachen mir sogar etwas dergleichen, als Sie vor acht Tagen mit Therese zusammen bei uns nachtmahlten.“

„Ach ja, wie wir uns so furchtbar gezankt haben, Therese und ich. Auf dem Heimweg ist es noch ärger geworden. Zum lachen. Wir gingen nämlich zu Fuß bis in die Stadt. Die Leute, die uns begegneten, müssen uns unbedingt für ein Liebespaar gehalten haben, so fürchterlich haben wir uns gestritten.“

„Und wer hat am Ende recht behalten?“

„Recht? Kommt das jemals vor, daß einer recht behält? Man diskutiert doch nur, um sich selbst, und nie um den andern zu überzeugen. Denken Sie nur, wenn Therese am Ende eingesehen hätte, daß ein vernünftiger Mensch sich nie und nimmer einer Partei anschließen kann! Oder wenn ich ihr hätte zugestehen müssen, daß meine Parteilosigkeit einen Mangel an Weltanschauung bedeute, wie sie behauptete! Wir hätten uns beide sofort totschießen können. Was sagen Sie übrigens zu diesem Gerede von Weltanschauung? Wie wenn Weltanschauung etwas anderes wäre, als der Wille und die Fähigkeit die Welt wirklich zu sehn, das heißt, anzuschauen, ohne durch eine vorgefaßte Meinung verwirrt zu sein, ohne den Drang, aus einer Erfahrung gleich ein neues Gesetz abzuleiten, oder sie in ein bestehendes einzufügen. Aber den Leuten ist Weltanschauung nichts, als eine höhere Art von Gesinnungstüchtigkeit – Gesinnungstüchtigkeit innerhalb des Unendlichen sozusagen. Oder sie sprechen von düsterer und heiterer Weltanschauung, je nach der Färbung, in der ihnen die Welt kraft ihres Temperaments und zufälliger persönlicher Erlebnisse erscheint. Menschen mit offenen Sinnen haben Weltanschauung und beschränkte nicht. So steht die Sache. Man muß wahrhaftig kein Philosoph sein, um Weltanschauung zu haben... vielleicht darf man's nicht einmal sein.

Jedenfalls hat Philosophie mit Weltanschauung nicht das geringste zu tun. Von den Philosophen hat gewiß jeder bei sich gewußt, daß er nichts anderes vorstellt, als eine Art von Dichter. Kant hat an das Ding an sich geglaubt und Schopenhauer an die Welt als Wille und Vorstellung, wie Shakespeare an Hamlet und Beethoven an die Neunte. Sie haben gewußt, daß nun ein Kunstwerk mehr auf der Welt ist, aber sie haben sich gewiß nicht eingebildet, daß sie eine endgültige „Wahrheit“ entdeckt hätten. Jedes philosophische System, wenn es Rhythmus und Tiefe hat, bedeutet einen Besitz mehr auf Erden. Aber was soll es denn an dem Verhältnis eines Menschen zur Welt ändern, der selbst mit offenen Sinnen begnadet ist?“ Er sprach weiter, immer erregter, geriet, wie es Georg erschien, ins Fieberhaftverworrene. Georg erinnerte sich daran, daß Heinrich einmal ein Ringelspiel erfunden hatte, das sich über den Erdboden höher und immer höher in Spiralen drehen sollte, um endlich in einer Turmspitze zu enden.

Sie nahmen den Weg durch wenig belebte und mäßig beleuchtete Vorstadtstraßen. Georg war es, als spazierte er in einer fremden Stadt umher. Plötzlich erschien ein Haus ihm sonderbar bekannt, und er merkte jetzt erst, daß sie an dem Haus der Familie Rosner vorbeigingen. Das Speisezimmer war erleuchtet. Wahrscheinlich saß dort oben der Alte allein, oder in Gesellschaft seines Sohnes. Ist es denn möglich, dachte Georg, daß in wenigen Wochen auch Anna wieder dort sitzen wird, am selben Tisch mit Vater, Mutter und Bruder, als wäre nichts geschehen? Daß sie wieder hinter jenem Fenster mit den jetzt geschlossenen Jalousien Nacht für Nacht schlafen, Tag für Tag aus diesem Hause sich zu ihren armseligen Lektionen begeben – daß sie dieses ganze, klägliche Leben wieder aufnehmen wird, als hätte nichts, gar nichts sich verändert? Nein! Sie durfte nicht mehr zu den Ihren zurückkehren, das wäre ja unsinnig gewesen. Zu ihm mußte sie kommen, mit ihm zusammen leben, zu dem sie gehörte. Das Telegramm aus Detmold! Beinahe hätte er dran vergessen. Er mußte mit ihr darüber reden. Hier war Hoffnung und Aussicht! In solch einer kleinen Stadt war das Leben wohlfeil. Auch war Georgs eigenes Vermögen noch lange nicht aufgezehrt. Man konnte es schon wagen. Überdies bedeutete die Stellung dort nur den Anfang. Vielleicht bald kam eine bessere, in einer andern, größern Stadt; über Nacht, unverhofft, wie solche Dinge immer kommen, war ein Erfolg da, man hatte einen Namen, nicht nur als Dirigent, sondern auch als Komponist, und es brauchten kaum zwei, drei Jahre zu vergehen, so konnten sie das Kind zu sich nehmen... Das Kind!... Wie die Gedanken ihm durch den Kopf stürmten... Auch das konnte man auf einen Augenblick vergessen?

Heinrich sprach noch immer; es war ganz offenbar, daß er sich übertäuben wollte. Er fuhr fort, die Philosophen zu vernichten. Eben war er daran, sie von Dichtern zu Spielenden zu degradieren. Jedes System – jedes philosophische und jedes moralische sei Wortspielerei. Eine Flucht aus der bewegten Fülle der Erscheinungen in die Marionettenstarre der Kategorien. Aber das war es eben, wonach es die Menschen verlangte. Daher alle Philosophie, alle Religion, alle Sittengesetze! Auf dieser Flucht waren sie immerfort begriffen. Wenigen, gar wenigen war die ungeheure, innere Bereitschaft gegeben, jede Erfahrung als neu und einzig zu empfinden – die Kraft es zu ertragen, daß sie in jedem Augenblick gleichsam in einer neuen Welt stünden. Und doch: nur dem, der den feigen Drang überwinde, alle Erlebnisse in Worte einzuengen, dem zeige das Leben – das vielfältig-eine, das wunderbare, sich in seiner wahren Gestalt.

Georg hatte die Empfindung, als strebte Heinrich mit all seinen Reden nur dies an: vor sich selbst jede Verantwortung gegenüber einem höhern Gesetz abzuschütteln, indem er keines anerkannte. Und wie in einem wachsenden Widerstand gegen Heinrichs faselhaft wunderliches Gebaren fühlte er, wie sich in seiner eigenen Seele das Bild der Welt, das ihm vor Stunden erst wie in Stücke zu zerfallen gedroht hatte, allmählich wieder zusammenzuschließen begann. Eben noch hatte er sich gegen die Sinnlosigkeit des Schicksals aufgelehnt, das ihn heute betroffen, und schon begann er dumpf zu ahnen, daß auch das, was ihm ein trauriger Zufall geschienen, nicht aus dem Leeren auf sein Haupt heruntergestürzt war, sondern daß es ebenso auf einem vorbestimmten, nur dunklern Weg zu ihm herangezogen war, wie das, was auf weithin sichtbarer Straße sich ihm nahte und das er gewohnt war, Notwendigkeit zu nennen.

Sie waren vor dem Hause, in dem Heinrich wohnte. Der Hausmeister stand am Tor und teilte mit, daß er vor kurzem eine Depesche in Heinrichs Zimmer gelegt hätte.

„So?“ sagte Heinrich wie gleichgültig und ging langsam die Treppen hinauf. Georg folgte. Im Vorzimmer zündete Heinrich eine Kerze an. Auf einem kleinen Tischchen lag die Depesche. Heinrich öffnete sie, hielt sie nah zum flackernden Licht hin, las für sich und wandte sich dann zu Georg. „Sie wurde heute morgens auf der Probe erwartet und ist nicht erschienen.“ Er nahm den Leuchter in die Hand und trat, von Georg gefolgt, in den nächsten Raum, stellte das Licht auf den Schreibtisch und ging im Zimmer auf und ab. Georg hörte durchs offene Fenster über den dunkeln Hof Klaviergeklimper. „Sonst enthält die Depesche nichts?“ fragte er.

„Nein. Aber offenbar ist sie nicht nur nicht auf der Probe gewesen, sondern war auch in ihrer Wohnung nicht zu finden. Sonst hätte man wohl telegraphiert, daß sie krank sei, oder sonst ein Wort der Erklärung. Ja, lieber Georg" – er atmete tief auf – „diesmal ist es geschehen."

„Warum? Dafür ist doch kein Beweis vorhanden, kaum ein Anhaltspunkt."

Heinrich schnitt mit einer seiner kurzen Handbewegungen die Rede des andern ab. Dann sah er auf die Uhr und sagte: „Heut hab ich keinen Zug mehr... Ja... was soll man nur – was soll man nur beginnen?" Er hielt inne, blieb stehen und sagte plötzlich: „Ich werde zu ihrer Mutter fahren. Ja. Das ist das beste... Vielleicht, vielleicht..."

Sie verließen die Wohnung. An der nächsten Ecke nahmen sie einen Wagen.

„Hat die Mutter etwas gewußt?" fragte Georg.

„Ach Gott", sagte Heinrich. „Was Mütter eben zu wissen pflegen. Es ist ja unglaublich, wie wenig die Menschen über das nachdenken, was in ihrer nächsten Nähe vorgeht, wenn sie nicht durch einen äußern Anlaß dazu genötigt werden. Und die meisten Menschen ahnen nicht einmal, was sie alles wissen, in der Tiefe ihrer Seele wissen, ohne sich's einzugestehen. Die gute Frau wird wohl etwas erstaunt sein, wenn ich so plötzlich vor ihr auftauche... ich habe sie schon lange nicht gesehen."

„Was werden Sie ihr sagen?"

„Ja, was werde ich ihr sagen?" wiederholte Heinrich und biß an seiner Zigarre herum. „Hören Sie, ich habe eine großartige Idee. Sie werden mit mir kommen, Georg, ich stelle Sie als Direktor vor, ja? Sie sind auf der Durchreise hier, müssen noch heute mit einem Separatzug um elf Uhr fort, nach Petersburg, haben irgendwie gehört, daß sich das Fräulein in Wien aufhält, und ich, als alter Bekannter des Hauses bin so liebenswürdig Sie vorzustellen."

„Sind Sie zu dergleichen Komödien aufgelegt?" fragte Georg.

„Ach verzeihen Sie, Georg! Es ist ja alles gar nicht notwendig. Ich frage die Alte einfach, ob sie Nachricht hat... Was sagen Sie... wie schwül diese Nacht ist?"

Sie fuhren über den Ring, durch den hallenden Burghof, durch die Straßen der Stadt. Georg war eigentümlich gespannt. Wenn die Schauspielerin nun wirklich ruhig bei ihrer Mutter zu Hause säße, dachte er. Er fühlte, daß es eine Art Enttäuschung für ihn bedeuten würde. Dann schämte er sich dieser Regung. Ist denn die ganze Geschichte eine Zerstreuung für mich, dachte er. Was den andern Leuten passiert... ist uns wohl selten mehr, würde Nürnberger finden... Eine seltsame Art sich zu zerstreuen, um den Tod seines Kindes zu vergessen... Aber was soll man tun?... Ändern kann ich nichts mehr. In ein paar Tagen reis' ich fort. Gott sei Dank.

Der Wagen hielt vor einem Hause in der Nähe des Pratersterns. Über den Viadukt gegenüber dröhnte eben ein Zug, darunter weg liefen die Alleen des Praters ins Dunkle. Heinrich schickte den Wagen fort. „Ich danke Ihnen sehr", sagte er zu Georg. „Leben Sie wohl."

„Ich warte hier auf Sie."

„Wollen Sie wirklich? Nun, ich bin Ihnen sehr dankbar."

Er verschwand im Haustor. Georg ging auf und ab. Rings herum auf den Straßen war es trotz der späten Stunde noch ziemlich belebt. Aus dem Prater drangen die Klänge eines Militärorchesters zu ihm her. Ein Mann und eine Frau kamen an ihm vorbei. Der Mann trug ein schlafendes Kind auf dem Arm, das die Hände um den Hals des Vaters geschlungen hatte. Georg dachte an den Grinzinger Garten, an das kleine, ungewaschene Ding, das ihm von den Armen der Mutter aus die Händchen entgegengestreckt hatte. War er damals wirklich gerührt gewesen, wie Nürnberger behauptet hatte? Nein, Rührung war es wohl nicht. Etwas anderes vielleicht. Das dumpfe Bewußtsein, dazustehen in der geschlossenen Kette, die von Urahnen zu Urenkeln ging, an beiden Händen gefaßt, mit teilzuhaben am allgemeinen Menschenlos. Nun stand er mit einemmal wieder losgelöst, allein... wie verschmäht von einem Wunder, dessen Ruf er ohne Andacht gehört hatte. Von einem nahen Kirchturm schlug es zehn Uhr. Fünf Stunden erst, dachte Georg. Und wie ferne war schon alles. Nun durfte er wieder frei durch die Welt treiben, wie früher einmal... Durfte er wirklich?

Heinrich kam aus dem Haustor. Hinter ihm fiel das Tor zu. „Nichts", sagte er. „Ganz ahnungslos ist die Mutter. Ich habe nach der Adresse gefragt, als wenn ich ihr was Wichtiges mitzuteilen hätte. Ich wäre gerade aus dem Prater gekommen, und da fiel mir ein... na und so weiter. Eine gute, alte Frau. Der Bruder sitzt am Tisch und zeichnet auf einem Reißbrett eine Ritterburg mit unzähligen Türmen aus einer illustrierten Zeitung ab."

„Jetzt seien Sie einmal aufrichtig", sagte Georg. „Wenn Sie sie auf diese Weise retten könnten, würden Sie ihr auch jetzt nicht verzeihen?"

„Ja Georg, merken Sie denn noch immer nicht, daß es sich gar nicht darum handelt, ob ich verzeihen will oder nicht? Denken Sie doch, ich hätte einfach aufgehört sie zu lieben, was doch gelegentlich passieren kann, auch ohne daß man „verraten“ worden ist. Denken Sie, eine Frau, die Sie liebt, würde Sie verfolgen, eine Frau, vor deren Berührung Ihnen aus irgendeinem Grunde graut, würde Ihnen schwören, sie bringt sich um, wenn Sie sie verschmähen. Wären Sie verpflichtet ihr nachzugehen? Könnten Sie sich den leisesten Vorwurf machen, wenn sie wirklich aus sogenannter verschmähter Liebe in den Tod ginge? Würden Sie sich als ihr Mörder fühlen? Das ist doch lauter Unsinn, nicht wahr? Also wenn Sie glauben, daß es das sogenannte Gewissen ist, das mich jetzt peinigt, so irren Sie sich. Es ist einfach die Sorge um das Schicksal eines Wesens, das mir einmal nahestand und gewissermaßen heute noch nahesteht. Die Ungewißheit...“ Plötzlich blickte er starr nach einer Richtung.

„Was ist Ihnen?“ fragte Georg.

„Sehen Sie nicht? Ein Telegraphenbote. Er kommt auf das Haustor zu.“ Ehe der Mann noch klingeln konnte, war Heinrich bei ihm, und sagte ihm ein paar Worte, die Georg nicht verstehen konnte. Der Bote schien Einwendungen zu machen, Heinrich erwiderte, und Georg, der nähergetreten war, konnte es hören. „Ich habe Sie ja hier vor dem Tor erwartet, weil mich der Arzt dringend darum gebeten hat. Dieses Telegramm enthält... vielleicht... eine traurige Nachricht... und es könnte für meine Mutter der Tod sein... nun wenn Sie mir nicht glauben, so klingeln Sie doch, ich geh mit Ihnen ins Haus.“ Aber schon hatte er auch die Depesche in Händen, öffnete sie hastig und las beim Licht einer Straßenlaterne. Sein Antlitz blieb völlig unbeweglich. Dann faltete er die Depesche wieder zusammen, reichte sie dem Boten hin, drückte ihm ein paar Silbermünzen in die Hand und sagte: „Sie müssen sie doch selbst drin abgeben.“

Der Bote war befremdet, aber durch das Trinkgeld milde gestimmt. Heinrich klingelte und wandte sich ab. „Kommen Sie“, sagte er zu Georg. Sie gingen stumm die Straße weiter. Nach ein paar Minuten sagte Heinrich: „Es ist geschehen.“

Georg erschrak heftiger, als er erwartet hätte. „Ist es möglich...“ rief er aus.

„Ja“, sagte Heinrich. „Im See hat sie sich ertränkt. In dem See, an dem Sie heuer im Sommer ein paar Tage gewohnt haben“, setzte er hinzu, in einem Ton, als trüge Georg nun auch irgendwie einen Teil der Verantwortung für das, was geschehen war.

„Was steht in dem Telegramm?“ fragte Georg.

„Es ist vom Direktor. Er hat eben die Nachricht erhalten, daß sie beim Kahnfahren verunglückt ist. Erbittet nähere Weisungen von der Mutter.“ Er sprach kühl, hart, als läse er eine Notiz aus der Zeitung vor.

„Die unglückliche Frau! Sollten Sie nicht doch, Heinrich...“

„Was...? Zu ihr? Was soll ich denn bei ihr tun?“

„Wer denn als Sie, kann ihr jetzt... und muß ihr beistehen?“

„Wer denn als ich?“ Er blieb stehen. „Sie denken, weil es sozusagen meinetwegen geschehen ist? Ich erkläre Ihnen hiermit feierlich, daß ich mich total unschuldig fühle. Der Kahn, aus dem sie sich hat sinken lassen, und die Wellen, die sie empfangen haben, können sich nicht schuldloser fühlen, als ich. Das will ich nur feststellen. – Aber daß ich zu der Mutter hinein muß... Ja, damit haben Sie vollkommen recht.“ Und er schlug wieder die Richtung nach dem Hause ein. „Wenn Sie wollen“, sagte Georg, „so bleibe ich bei Ihnen.“ „Was fällt Ihnen ein, Georg. Gehen Sie nur ruhig nach Hause. Was soll ich noch alles von Ihnen verlangen? Und grüßen Sie Anna und sagen Sie ihr, wie sehr ich beklage... na Sie wissen ja... Da wären wir. Sie gestatten, daß ich noch ein paar Sekunden verziehe, ehe ich...“ Er blieb stumm stehen. Dann begann er wieder, und seine Züge verzerrten sich: „Ich will Ihnen etwas sagen, Georg. Folgendes: Es ist ein großes Glück, daß man in gewissen Augenblicken gar nicht weiß, was einem eigentlich begegnet ist. Wenn man die Unheimlichkeit solcher Augenblicke nämlich sofort so stark empfände, wie man sie später in der Erinnerung empfinden wird, oder wie man sie in der Erwartung empfunden hat – man würde verrückt. Auch Sie Georg, ja Sie auch. Und manche werden eben wirklich verrückt. Das sind wahrscheinlich die Leute, denen die Gabe verliehen ist, sofort richtig zu empfinden. – Meine Geliebte hat sich ertränkt, hören Sie? Es ist nicht anders zu sagen. Ist wirklich früher andern etwas Ähnliches passiert? O nein. Sie glauben sicher, daß Sie schon ähnliches gelesen oder gehört haben. Es ist nicht wahr. Heute das erstemal... das erstemal, seit die Welt steht, ist so etwas passiert.“

Das Tor öffnete sich und fiel wieder zu. Georg stand allein auf der Straße. Der Kopf war ihm wirr, das Herz bedrückt. Er ging ein paar Schritte, dann nahm er einen Wagen und fuhr nach Hause. Er sah die Tote vor sich, so wie sie an jenem hellen Sommertage vor der Bühnentür gestanden war, in roter Bluse und kurzem, weißen Rock, mit den irrenden Augen unter dem rötlichen Schopf. Er hätte damals übrigens geschworen, daß sie mit dem Komödianten, der Guido ähnlich sah, ein Verhältnis hatte. Vielleicht war es auch so. Das konnte *eine* Art von Liebe gewesen sein und was sie für Heinrich fühlte, eine andere. Es gab wirklich viel zu wenig Worte. Für den einen geht man in den Tod, mit dem andern liegt man im Bett, – vielleicht noch in der Nacht, eh man sich für den einen ertränkt. Und was beweist ein Selbstmord am Ende? Vielleicht nur, daß man in irgendeinem Augenblick den Tod nicht recht verstanden hat. Wie wenige versuchen es noch einmal, wenn es ihnen einmal mißglückt ist. Das Gespräch mit Grace fiel ihm ein, an Labinskis Grab, das glühend-kalte, an dem sonnigen Februartag im schmelzenden Schnee. In jener Stunde hatte sie ihm gestanden, daß sie von keinem Grauen erfaßt worden war, als sie Labinski erschossen vor ihrer Wohnungstür gefunden hatte. Und als vor vielen Jahren ihre kleine Schwester gestorben war, hatte sie eine Nacht lang am Totenbett gewacht, ohne auch nur eine Spur von dem zu empfinden, was andere Menschen Grauen nannten. Aber etwas, das diesem Gefühle ähnlich sein mochte, so erzählte sie Georg, hatte sie in der Umarmung von Männern kennen gelernt. Zuerst war ihr das selbst rätselhaft gewesen, später glaubte sie es zu verstehen. Sie war nach der Aussage von Ärzten zur Unfruchtbarkeit bestimmt, und darum mußte es wohl geschehen, daß der Augenblick der höchsten Lust, durch dieses Verhängnis gleichsam sinnlos geworden, ihr wie in ahnungsvollen Schauder versank. Dies war Georg damals wie ein affektiertes Gerede erschienen, heute zum erstenmal spürte er einen Hauch von Wahrheit darin. Sie war ein seltsames Geschöpf gewesen. Ob ihm noch einmal ein Wesen solcher Art begegnen würde? Warum nicht? Am Ende bald. Nun fing ja eine neue Epoche seines Lebens an, und irgendwo wartete vielleicht schon das nächste Abenteuer. Abenteuer...? Durfte er daran noch denken...? Hatte er von heute an nicht ernstere Verpflichtungen als je? Liebte er Anna nicht mehr, als je zuvor...? Das Kind war tot... Aber das nächste würde leben... ! Heinrich hatte wahr gesprochen: Anna war dazu bestimmt, Mutter zu werden. Mutter... Aber, dachte er fröstelnd, ist sie denn auch bestimmt, Mutter *meiner* Kinder zu werden?... Der Wagen hielt. Georg stieg aus, ging die zwei Treppen hinauf in seine Wohnung. Felician war noch nicht zu Hause. Wer weiß, wann er kommt? dachte Georg. Ich kann ihn nicht erwarten, ich bin zu müd. Er entkleidete sich rasch, sank ins Bett, und tiefer Schlaf nahm ihn auf.

Als er erwachte, suchten seine Augen durchs Fenster, wie er es nun seit Tagen gewohnt war, eine weiße Linie, zwischen Wald und Wiesen: den

Sommerhaidenweg. Er sah aber nur einen bläulichen, leeren Himmel, in den eine Turmspitze sich bohrte, mit einemmal wußte er, daß er zu Hause war, und alles, was er gestern erlebt hatte, fiel ihm ein. Doch fühlte er Leib und Seele morgenfrisch, und ihm war, als hätte er außer dem Traurigen, das geschehen war, sich auch irgendeiner günstigen Sache zu entsinnen. Ach ja. Das Telegramm aus Detmold... War das denn etwas so Günstiges? Gestern Abend hatte er es nicht so empfunden.

Es klopfte an seine Tür. Felician trat zu ihm ins Zimmer, Hut und Stock in der Hand. „Ich hab gar nicht gewußt, daß du heute zu Hause geschlafen hast", sagte er. „Grüß dich Gott. Also was gibts denn draußen neues?"

Georg hatte den Arm auf den Polster gestützt und blickte zu seinem Bruder auf. „Es ist vorüber", sagte er. „Ein Bub, aber tot." Und er sah vor sich hin.

„Geh", sagte Felician bewegt, trat auf ihn zu und legte unwillkürlich die Hand auf des Bruders Haupt. Dann tat er Hut und Stock beiseite, setzte sich zu ihm aufs Bett, und Georg mußte an Morgenstunden seiner Kinderjahre denken, da er beim Erwachen manchmal seinen Vater so am Bettrand sitzen gesehen. Er erzählte Felician, wie alles gekommen war, sprach insbesondere von Annas Geduld und Sanftmut, aber mit einem gewissen Unbehagen fühlte er, daß er sich ein wenig zwingen mußte, um seinen Mitteilungen den Ton von Ernst und Gedrücktheit zu bewahren, der ihnen ziemte. Felician hörte mit Anteil zu, erhob sich dann und ging im Zimmer auf und ab. Indes stand Georg auf, begann Toilette zu machen und berichtete dem Bruder, wie merkwürdig sich der weitere Verlauf des Abends gestaltet hatte; sprach von den Gängen und Fahrten mit Heinrich Bermann, und von der eigentümlichen Art, wie sie endlich von dem Selbstmord der Schauspielerin erfahren hatten.

„Ah, das ist die", sagte Felician. „Es steht nämlich schon in der Zeitung."

„Also wie ist es denn geschehen?" fragte Georg neugierig.

„Sie ist in den See hinausgefahren und hat sich vom Kahn aus ins Wasser gleiten lassen... Na, du wirst ja lesen... Jetzt fährst du wohl gleich wieder aufs Land hinaus?" fügte er hinzu.

„Natürlich", erwiderte Georg. „Aber ich hab dir ja noch was zu sagen, Felician, was dich interessieren dürfte." Und er berichtete dem Bruder von dem Detmolder Telegramm.

Felician schien erstaunt. „Das wird ja ernst", rief er aus.

„Ja, es wird ernst“, wiederholte Georg.

„Du hast noch nicht geantwortet?“

„Nein, wie hätt ich können?“

„Und was gedenkst du zu tun?“

„Aufrichtig gestanden, ich weiß nicht recht. Du begreifst, daß ich nicht auf der Stelle hinfahren kann, besonders unter diesen Umständen.“

Felician schien nachdenklich. „Mit einem kleinen Aufschub wird ja wohl nichts verloren sein“, sagte er dann.

„Das denk ich mir auch. Vor allem muß ich wissen, wie's draußen geht. Ich möchte mich natürlich auch gern mit Anna beraten.“

„Wo hast du denn das Telegramm, darf man's lesen?“

„Drin auf dem Schreibtisch liegt's“, sagte Georg, der eben damit beschäftigt war, sich die Schuhe zuzuschnüren.

Felician begab sich ins Nebenzimmer, nahm die Depesche zur Hand und las. „Das ist ja viel dringender“, bemerkte er, „als ich gedacht habe.“

„Mir scheint, Felician, es kommt dir noch immer merkwürdig vor, daß ich nun bald einen wirklichen Beruf haben soll.“

Felician stand wieder bei seinem Bruder, strich ihm übers Haar und sagte: „Es ist vielleicht eine gute Fügung, daß die Depesche gerade gestern gekommen ist.“

„Gut? Inwiefern?“

„Ich meine, nach so einem trüben Ereignis dürfte dir die Aussicht auf praktische Betätigung doppelt wohltun... Aber ich muß dich jetzt leider verlassen. Ich hab noch eine ganze Menge zu tun; Abschiedsbesuche unter anderm.“

„Wann fährst du denn, Felician?“

„Heut in acht Tagen. Sag Georg, du kommst doch heut wahrscheinlich noch vom Land zurück?“

„Wenn draußen alles in Ordnung ist, ganz bestimmt.“

„Wir könnten uns vielleicht am Abend noch treffen?“

„Das wär mir sehr lieb, Felician.“

„Also wenn's dir recht ist – ich bin von sieben Uhr an zu Hause. Wir können vielleicht zusammen soupieren, aber allein, nicht im Klub."

„Ja, gern."

„Und ich möcht dich was bitten", begann Felician nach kurzem Schweigen wieder. „Bestell draußen einen Gruß von mir, einen herzlichen... und sag ihr, daß ich den innigsten Anteil nehme."

„Ich danke dir, Felician, ich werde es ihr ausrichten."

„Wirklich, Georg, ich kann dir gar nicht sagen, wie sehr es mich berührt hat", fuhr Felician mit Wärme fort. „Ich hoffe nur, sie kommt bald darüber hinweg... Und du auch."

Georg nickte. „Weißt du", sagte er leise, „wie er hätte heißen sollen? Felician!"

Felician sah seinem Bruder ins Auge, sehr ernst, dann drückte er ihm die Hand. „Aufs nächstemal", sagte er mit einem guten Lächeln. Noch einmal drückte er dem Bruder die Hand und ging. Georg sah ihm nach, zwiespältig bewegt. Ganz unangenehm ist es ihm ja doch nicht, dachte er, daß es so gekommen ist. – Rasch machte er sich fertig und beschloß, heute wieder einmal zu Rad aufs Land zu fahren.

Erst als er über die belebteren Straßen hinaus war, kam er zum Gefühl seiner selbst. Der Himmel hatte sich ein wenig getrübt, und von den Hügeln her wehte Georg ein kühler Wind wie Herbstgruß entgegen. Er wollte in der kleinen Ortschaft, wo das gestrige Ereignis jedenfalls schon bekannt geworden war, niemandem begegnen und nahm den obern Weg zwischen Wiesen und Gärten zum rückwärtigen Eingang. Je näher der Augenblick kam, da er Anna wiedersehen sollte, um so schwerer wurde ihm ums Herz. Am Gitter saß er vom Rad ab und zögerte ein wenig. Der Garten war leer; unten lag das Haus, in Stille versunken. Georg atmetet tief und schmerzlich auf. Wie anders hätte es sein können! dachte er, schritt hinab und hörte den Kies unter seinen Füßen knirschen. Er trat auf die Veranda, lehnte das Rad ans Geländer und schaute durch das offene Fenster ins Zimmer hinein. Anna lag mit offenen Augen.

„Guten Morgen", rief er möglichst heiter.

Frau Golowski, die an Annas Bett gesessen war, erhob sich und erzählte gleich: „Gut haben wir geschlafen, fest und gut."

„Na, das ist schön“, sagte Georg und schwang sich über die Brüstung ins Zimmer.

„Du bist ja sehr unternehmend heute“, sagte Anna mit ihrem verschmitzten Lächeln, das Georg an längst vergangene Zeiten erinnerte. Frau Golowski teilte mit, der Professor wäre am frühen Morgen dagewesen, hätte sich vollkommen zufrieden gezeigt, und Frau Rosner in seinem Wagen mit in die Stadt genommen. Dann entfernte sie sich, mit guten Blicken.

Georg beugte sich zu Anna nieder, küßte sie innig auf Augen und auf Mund, rückte den Stuhl näher, setzte sich und sagte: „Mein Bruder – grüßt dich herzlich.“

Es zuckte unmerklich um ihre Lippen. „Danke“, erwiderte sie leise und bemerkte dann: „Du bist ja mit dem Rad herausgekommen?“

„Ja“, erwiderte er. „Da muß man nämlich auf den Weg aufpassen, was zuweilen sein Gutes hat.“ Dann berichtete er vom Abschluß des gestrigen Abends, erzählte das Ganze wie eine spannende Geschichte, und erst zum Schluß, wie es sich gehörte, durfte Anna erfahren, wie Heinrichs Geliebte geendet hatte. Er erwartete sie bewegt zu sehen, aber sie behielt einen sonderbar harten Zug um den Mund.

„Es ist doch furchtbar“, sagte Georg. „Findest du nicht?“

„Ja“, erwiderte Anna kurz, und Georg fühlte, daß ihre Güte hier völlig versagte. Er sah den Widerwillen aus ihrer Seele fließen, nicht lau wie von einem Wesen zum andern hin, sondern stark und tief, wie einen Strom des Hasses von Welt zu Welt. Er ließ das Thema fallen und begann von neuem: „Jetzt was Wichtiges, mein Kind.“ Er lächelte, hatte aber ein wenig Herzklopfen.

„Nun?“ fragte sie gespannt.

Er nahm das Detmolder Telegramm aus seiner Brusttasche und las es ihr vor. „Was sagst du dazu?“ fragte er mit gespieltem Stolz.

„Und was hast du geantwortet?“

„Noch gar nichts“, erwiderte er beiläufig, als wäre er nicht gesonnen, die Sache sonderlich ernst zu nehmen. „Ich wollt es natürlich vorher mit dir besprechen.“

„Also was denkst du?“ fragte sie unbeweglich.

„Ich... lehne natürlich ab. Ich depeschiere, daß ich... in der nächsten Zeit keineswegs hinkommen könnte.“ Und er erläuterte ihr ernsthaft, daß mit einem Aufschub weiter nichts verloren sei, da er ja als Gast jedenfalls willkommen und diese dringende Aufforderung doch nur einem Zufall zu verdanken war, auf den zu hoffen man nicht das Recht gehabt hätte.

Sie ließ ihn eine Weile reden, dann sagte sie. „Du bist schon wieder einmal leichtsinnig. Vor allem find ich, hättest du gleich antworten sollen. Und...“

„Nun, und?... Vielleicht auch gleich heute früh fortfahren, statt zu dir herauszukommen – wie?“ scherzte er.

Sie blieb ernst. „Warum nicht?“ sagte sie. Und auf sein befremdetes Zurückwerfen des Kopfes: „Mir geht es ja Gott sei Dank sehr gut, Georg; und auch wenn es mir etwas schlechter ginge, helfen könntest du mir ja doch nicht, also...“

„Ja, Kind“, unterbrach er sie, „mir scheint, du verstehst gar nicht recht, um was es sich handelt! Das Hinfahren ist natürlich eine ziemlich einfache Sache – aber – das Dortbleiben! Das Dortbleiben mindestens bis Ostern! So lange dauert die Saison.“

„Na, daß du nicht fortgefahren bist, ohne mir vorher adieu zu sagen, Georg, das finde ich natürlich ganz in der Ordnung. Aber siehst du, fort mußt du ja jedenfalls, nicht wahr? Wenn wir auch gerade in der letzten Zeit nicht darüber gesprochen haben, wir haben's doch beide gewußt. Also ob du in vier Wochen wegfährst, oder übermorgen – oder heute...“

Nun begann Georg sich ernstlich zu wehren. Das sei durchaus nicht gleichgültig, ob in vier Wochen oder heute. Im Laufe von vier Wochen könne man sich doch mit gewissen Gedanken vertraut machen – und überdies alles genau besprechen – hinsichtlich der Zukunft.

„Was gibt es da viel zu besprechen“, erwiderte sie müd. „In vier Wochen nimmst du... kannst du mich ebensowenig mitnehmen als heute. Ich glaube sogar, daß jede – ernsthafte Besprechung zwischen uns erst nach deiner Rückkunft einen Sinn erhalten kann. Bis dahin wird sich mancherlei geklärt haben... Wenigstens in Bezug auf deine Aussichten.“ Sie blickte zum Fenster hinaus, in den Garten. Georg zeigte eine gelinde Entrüstung über ihre kühle Sachlichkeit, die sie auch in einer solchen Stunde nicht verließe. „Ja wahrhaftig!“

sagte er, „wenn man so bedenkt – was das bedeutet, daß du hier bleibst und ich…“

Sie sah ihn an. „Ich weiß, was es bedeutet“, sagte sie.

Unwillkürlich wich er ihrem Blick aus, nahm ihre Hände, küßte sie, war innerlich aufgewühlt. Als er wieder aufblickte, sah er ihre Augen mütterlich auf sich ruhen. Und wie eine Mutter sprach sie ihm zu. Sie erklärte ihm, daß er *gerade* in Hinsicht auf die Zukunft – und es schwebte um dieses Wort kaum wie ein linder Hauch eigener Hoffnung – eine solche Gelegenheit nicht versäumen dürfe. In zwei oder drei Wochen konnte er ja von Detmold aus auf ein paar Tage wieder nach Wien zurückkommen. Denn das würden die Leute dort gewiß einsehen, daß er seine Angelegenheiten hier in Ordnung bringen müßte. Aber vor allem wäre es notwendig, ihnen einen Beweis seines ernsten Willens zu geben. Und wenn er auf *ihren* Rat etwas halte, so gäbe es nur eins: noch heute abends abzureisen. Um sie brauche er keine Sorge zu hegen, sie fühlte, daß sie außer jeder Gefahr sei, ganz untrüglich fühle sie das. Natürlich werde er täglich Nachricht haben, zweimal, wenn er wollte, früh und abends. Er gab nicht gleich nach, kam nochmals darauf zurück, daß das Unerwartete dieser Trennung ihn geradezu niederdrücken würde. Sie erwiderte, daß ihr ein solcher rascher Abschied viel lieber sei, als die Aussicht auf weitere vier Wochen in Bangen, Rührung und Abschiedsangst. Und das wesentliche bleibe doch immer: daß es sich um nicht viel mehr handle als ein halbes Jahr. Dann hatte man wieder ein halbes für sich, und wenn alles gut ginge, so standen vielleicht nicht mehr viele solcher Trennungszeiten bevor.

Nun fing er wieder an: „Und was wirst du in diesem halben Jahr tun, während ich fort bin? Es ist doch…“

Sie unterbrach ihn: „Vorläufig wird es schon so weitergehen, wie es eben jahrelang gegangen ist. Aber ich hab heute früh über vielerlei nachgedacht.“

„Die Gesangschule?“

„Auch das. Obzwar das natürlich nicht so leicht ist und nicht so einfach – und überdies“, setzte sie mit ihrem verschmitzten Gesicht hinzu, „es wäre doch schade, wenn man sie gar zu bald wieder zusperren müßte. Aber über all das werden wir nachher reden. Jetzt geh einmal telegraphieren.“

„Ja was?“ rief er so verzweifelt aus, daß sie lachen mußte. Dann sagte sie: „Sehr einfach. Werde morgen mittag die Ehre haben, mich in Ihrer Kanzlei einzufinden. Aller-, alleruntertänigst, oder ergebenst… oder allerhochmütigst…“

Er sah sie an. Dann küßte er ihr die Hand und sagte: „Du bist entschieden die Gescheitere von uns zweien.“ Sein Ton deutete an: auch die Kühlere, aber ein Blick von ihr, mild, zärtlich und etwas spöttisch, lehnte diesen Nebensinn ab.

„Also in zehn Minuten bin ich wieder da.“ Er verließ sie mit heiterer Stirn, trat ins Nebenzimmer und schloß die Türe. Gegenüber, hinter jener andern, jetzt fiel es ihm mit Macht wieder ein, – lag sein totes Kind im Sarg… denn das „Nötige“, wie gestern Doktor Stauber sich ausgedrückt hatte, war ja wohl schon besorgt worden. In einer wehen Sehnsucht krampfte sich sein Herz. Frau Golowski kam aus dem Vorzimmer. Sie trat auf ihn zu, sprach bewundernd von der Ergebenheit und der Gefaßtheit Annas. Georg hörte etwas zerstreut zu. Seine Blicke glitten immerfort über jene Türe hin, und endlich sagte er leise: „Ich möcht es doch noch einmal sehen.“

Sie schaute ihn an, leicht erschrocken zuerst und dann mitleidig.

„Schon zugenagelt?“ fragte er angstvoll.

„Schon fortgeschafft“, erwiderte Frau Golowski langsam.

„Fortgeschafft?!“ Sein Gesicht verzerrte sich mit einmal so peinvoll, daß die alte Frau wie beruhigend die Hände auf seinen Arm legte. „Ich war in aller Früh die Anmeldung machen“, sagte sie, „und das andre ist dann sehr schnell gegangen. Vor einer Stunde hat man's abgeholt in die Totenkammer.“

In die Totenkammer… Georg erbebte. Und er schwieg lange, verstört, wie wenn er eine völlig unerwartete grauenhafte Neuigkeit erfahren hatte. Als er wieder zu sich kam, fühlte er noch immer die freundliche Hand Frau Golowskis auf seinem Arm und sah ihren Blick aus übernächtigen, gütigen Augen auf seinem Antlitz ruhen.

„Also erledigt“, sagte er, mit einem empörten Blick nach oben, als wär ihm jetzt erst die letzte Hoffnung tückisch geraubt. Dann reichte er Frau Golowski die Hand. „Und Sie haben alles das auf sich genommen, liebe gnädige Frau… Wahrhaftig ich weiß nicht… wie ich Ihnen das je…“

Eine Bewegung der alten Frau wehrte jeden weitern Dank ab. Georg verließ das Haus, warf auf den kleinen, blauen Engel, der wie ängstlich zu den verblühten Beeten niederschaute, einen verächtlichen Blick und trat auf die

Straße. Auf dem Weg zum Amt überlegte er angestrengt die Fassung des Telegramms, das seine Ankunft in dem Ort des neuen Berufs und der neuen Verheißung ankündigen sollte.

Neuntes Kapitel

Der alte Doktor Stauber und sein Sohn saßen beim schwarzen Kaffee. Der Alte hielt ein Zeitungsblatt in der Hand und schien darin etwas zu suchen. „Der Termin für den Prozeß", sagte er, „ist noch nicht festgesetzt."

„So", erwiderte Berthold, „Leo Golowski glaubt, daß er Mitte November, also in etwa drei Wochen stattfinden wird. Therese hat ihren Bruder nämlich vor ein paar Tagen in der Haft besucht. Er soll vollkommen ruhig sein, geradezu gut aufgelegt."

„Nun wer weiß, vielleicht wird er freigesprochen", sagte der Alte.

„Das ist recht unwahrscheinlich, Vater. Er muß eher froh sein, daß er nicht wegen gemeinen Mords unter Anklage gestellt worden ist. Der Versuch dazu ist ja für alle Fälle gemacht worden."

„Das kann man doch keinen ernsthaften Versuch nennen, Berthold. Du siehst, daß sich die Staatsanwaltschaft um die alberne Verleumdung, auf die du anspielst, gar nicht gekümmert hat."

„Wenn sie es aber als Verleumdung erkannt hat", entgegnete Berthold scharf, „so wäre sie verpflichtet gewesen, die Verleumder vor Gericht zu stellen. Im übrigen leben wir bekanntlich in einem Staat, wo ein Jude nicht davor sicher ist, wegen Ritualmords zum Tode verurteilt zu werden; warum sollten also die Behörden vor der offiziösen Annahme zurückscheuen, daß Juden sich bei Pistolenduellen gegen Christen – vielleicht aus religiösen Gründen – einen verbrecherischen Vorteil zu sichern wissen? Daß es der Behörde an dem guten Willen nicht gefehlt hat, auch diesmal der herrschenden Partei einen Dienst zu erweisen, das ist am besten daraus zu ersehen, daß die Untersuchungshaft nicht aufgehoben wurde, trotz der angebotenen hohen Kaution."

„Die Geschichte mit der Kaution glaub ich nicht", sagte der alte Doktor. „Woher sollte Leo Golowski fünfzigtausend Gulden nehmen?"

„Es waren nicht fünfzig- sondern hunderttausend, und Leo Golowski weiß bis heute überhaupt nichts davon. Im Vertrauen kann ich dir sagen, Vater, daß Salomon Ehrenberg das Geld zur Verfügung gestellt hat."

„So? Also da werd ich dir auch was im Vertrauen sagen, Berthold."

„Nun?"

„Es ist möglich, daß es gar nicht zu dem Prozeß kommt. Golowskis Advokat hat ein Abolitionsgesuch eingebracht."

Berthold lachte auf. „Deswegen! Und du glaubst, daß das nur die geringste Aussicht auf günstige Erledigung haben könnte, Vater? Ja, wenn Leo gefallen und der Oberleutnant am Leben geblieben wär... dann vielleicht."

Der Alte schüttelte ungeduldig den Kopf. „Du mußt um jeden Preis oppositionelle Reden halten, mein Sohn."

„Verzeih, Vater", sagte Berthold mit zuckenden Brauen, „es hat nicht jeder die beneidenswerte Gabe, von gewissen Erscheinungen im öffentlichen Leben, wenn sie ihn persönlich nicht angehen, einfach den Blick abzuwenden."

„Ist das vielleicht meine Gewohnheit?" entgegnete der Alte heftig, und unter der hohen Stirn taten die halbgeschlossenen Augen sich fast erbittert auf. „Du, Berthold, viel eher als ich bist es, der den Blick verschließt, wo er nicht sehen will. Ich finde, du fängst an, dich in deine Ideen zu verbohren. Es wird krankhaft bei dir. Ich habe gehofft, der Aufenthalt in einer andern Stadt, in einem andern Land wird dich von gewissen beschränkten und kleinlichen Auffassungen kurieren. Aber es ist eher ärger geworden. Ich merk es ja. Daß einer losschlägt, wie es Leo Golowski getan, das kann ich noch verstehen, so wenig ich es billigen möchte. Aber immer dastehen, die geballte Faust in der Tasche, sozusagen, was hat das für einen Zweck? Besinn dich doch auf dich! Persönlichkeit und Leistung setzen sich am Ende immer durch. Was kann dir Arges passieren? Daß du um ein paar Jahre später die Professur kriegst als ein anderer. Das Unglück fänd ich nicht so groß. Deine Arbeiten wird man doch nicht totschweigen können, wenn sie was wert sind..."

„Es kommt ja nicht allein auf mich an!" warf Berthold ein.

„Aber es handelt sich meist um derartige Interessen zweiten Ranges. Und um wieder auf unser früheres Thema zu kommen, ob sich auch für den Oberleutnant, wenn er den Leo Golowski niedergeschossen, ein Ehrenberg oder Ehrenmann mit hunderttausend Gulden gefunden hätte, das ist sehr die Frage.

So, und jetzt steht es dir frei, auch mich für einen Antisemiten zu halten, wenn's dir Spaß macht, obwohl ich jetzt direkt in die Rembrandtstraße zur alten Golowski fahre. Also grüß dich Gott, und werd endlich vernünftig." Er reichte seinem Sohn die Hand. Der nahm sie, ohne eine Miene zu verziehen. Der Alte wandte sich zum Gehen. An der Tür sagte er: „Wir sehen uns wohl abends in der Gesellschaft der Ärzte?"

Berthold schüttelte den Kopf. „Nein Vater. Ich verbringe den heutigen Abend in einem minder gebildeten Lokal, in der silbernen Weintraube, wo eine Versammlung des sozialpolitischen Vereins stattfindet."

„Bei der du nicht fehlen kannst?"

„Unmöglich."

„Na, sag's mir lieber gleich aufrichtig. Du kandidierst für den Landtag?"

„Ich... werde kandidiert."

„So! Glaubst du dich denn jetzt fähig, den... Unannehmlichkeiten die Stirn bieten zu können, vor denen du im vorigen Jahr die Flucht ergriffen hast?"

Berthold blickte durchs Fenster, in den Herbstregen hinaus. „Du weißt, Vater", erwiderte er mit zuckenden Brauen, „daß ich damals nicht in der richtigen Verfassung gewesen bin. Jetzt fühl ich mich stark und gewappnet... trotz deiner früheren Bemerkungen, die doch nicht durchwegs zutreffen. Und vor allem: ich weiß ganz genau, was ich will."

Der Alte zuckte die Achseln. „Ich versteh's ja nicht recht, wie man eine positive Arbeit aufgeben kann... Ja du wirst sie aufgeben müssen, denn zwei Herren kann man nicht dienen... wie man so was hinwerfen kann, um... um Reden zu halten vor Leuten, deren Beruf es sozusagen ist, vorgefaßte Meinungen zu haben – hinwerfen, um Überzeugungen zu bekämpfen, an die meistens auch der nicht glaubt, der vorgibt, sie zu vertreten."

Berthold schüttelte den Kopf. „Diesmal, ich versichre dich, Vater, lockt mich kein rednerischer oder dialektischer Ehrgeiz. Diesmal hab ich mir ein Gebiet abgesteckt, auf dem es mir hoffentlich möglich sein wird ebenso positive Arbeit zu leisten wie im Laboratorium. Ich habe nämlich die Absicht, mich, wenn es irgend geht, um nichts anderes zu kümmern, als um Fragen der öffentlichen Gesundheitspflege. Für diese Art der politischen Betätigung kann ich vielleicht sogar auf deinen Segen rechnen, Vater."

„Auf meinen... ja. Aber ob auf deinen eigenen...?“

„Wie meinst du das?“

„Auf den Segen, den man etwa innere Berufung nennen könnte.“

„Du zweifelst sogar an der?“ erwiderte Berthold betroffen.

Der Diener trat ein und brachte dem alten Doktor eine Visitenkarte. Der las sie. „Ich stehe gleich zur Verfügung.“ Der Diener entfernte sich.

Berthold, ziemlich erregt, sprach weiter: „Ich darf wohl sagen, daß meine Vorbildung, meine Kenntnisse...“

Der Vater, mit der Karte spielend, unterbrach ihn.

„Ich zweifle nicht an deinen Kenntnissen, deiner Energie, deinem Fleiß. Aber mir scheint, um auf dem Gebiet der öffentlichen Gesundheitspflege was besonders zu leisten, dazu gehört, außer diesen vortrefflichen Eigenschaften doch noch eine, von der du meiner Ansicht nach sehr wenig besitzest: Güte, lieber Berthold, Liebe zu den Menschen.“

Berthold schüttelte heftig den Kopf „Die Menschenliebe, die du meinst, Vater, halt ich für ganz überflüssig, eher für schädlich. Das Mitleid – und was kann Liebe zu Leuten, die man nicht persönlich kennt, am Ende anderes sein – führt notwendig zu Sentimentalität, zu Schwäche. Und gerade, wenn man ganzen Menschengruppen helfen will, muß man gelegentlich hart sein können gegen den einzelnen, ja muß imstande sein ihn zu opfern, wenn's das allgemeine Wohl verlangt. Du brauchst nur dran zu denken, Vater, daß die ehrlichste und konsequenteste Sozialhygiene direkt darauf ausgehen müßte, kranke Menschen zu vernichten, oder sie wenigstens von jedem Lebensgenuß auszuschließen. Und ich leugne gar nicht, daß ich in dieser Richtung allerlei Ideen habe, die auf den ersten Blick grausam erscheinen könnten. Aber Ideen, glaub ich, denen die Zukunft gehört. Du brauchst dich nicht zu fürchten, Vater, daß ich gleich damit beginnen werde, den Mord der Schädlichen und Überflüssigen zu predigen. Aber philosophisch geht mein Programm ungefähr darauf hinaus. Weißt du übrigens, mit wem ich neulich über dieses Thema ein sehr interessantes Gespräch gehabt habe?“

„Was für ein Thema meinst du?“

„Präzis ausgedrückt: ein Gespräch über das Recht, zu töten. Mit Heinrich Bermann, dem Schriftsteller, dem Sohn des verstorbenen Abgeordneten.“

„Wo hast du denn Gelegenheit gehabt, ihn zu sehen?“

„Neulich in einer Versammlung. Therese Golowski hat ihn mitgebracht. Du kennst ihn doch auch, nicht wahr, Vater?“

„Ja“, erwiderte der Alte, „schon lang.“ Und er fügte hinzu: „Heuer im Sommer hab ich ihn wieder gesprochen, bei Anna Rosner.“

Wieder zuckte es heftig um Bertholds Brauen. Dann sagte er wie höhnisch: „So was ähnliches hab ich mir gedacht. Bermann erwähnte nämlich, daß er dich vor einiger Zeit gesehen hätte, wollte sich aber nicht recht erinnern wo. Ich schloß daraus, es müßte sich um eine – diskrete Angelegenheit handeln. Ja. So hat es also dem Herrn Baron beliebt, seine Freunde bei ihr einzuführen!“

„Dein Ton, lieber Berthold, läßt vermuten, daß gewisse Dinge bei dir doch nicht so gänzlich überwunden sind, als du früher angedeutet hast.“

Berthold zuckte die Achseln. „Ich habe nie geleugnet, daß mir der Baron Wergenthin antipathisch ist. Darum war mir ja diese ganze Geschichte von Anfang an so peinlich.“

„Darum?“

„Ja.“

„Und doch glaub ich, Berthold, würdest du der Sache anders gegenüberstehen, wenn du Anna Rosner irgend einmal als Witwe wiederfändest – selbst im Fall, daß dir der verstorbene Gatte noch antipathischer gewesen wäre, als der Freiherr von Wergenthin.“

„Das ist möglich. Man könnte dann doch annehmen, daß sie geliebt – oder wenigstens respektiert worden ist, nicht genommen und – weggeworfen, sobald der Spaß zu Ende war. Das hat für mich etwas... nun, ich will mich nicht näher ausdrücken.“

Der Alte sah seinen Sohn kopfschüttelnd an. „Es scheint wirklich, daß all die vorgeschrittenen Ansichten von euch jungen Leuten auf der Stelle hinfällig werden, sobald eure Leidenschaften und Eitelkeiten mit ins Spiel kommen.“

„In Hinsicht auf gewisse Fragen der Reinheit oder Reinlichkeit weiß ich mich keiner sogenannten vorgeschrittenen Ansicht schuldig, Vater. Und ich glaube, auch du wärst nicht sehr entzückt, wenn ich Lust verspürte, der Nachfolger eines mehr oder weniger verstorbenen Baron Wergenthin zu werden.“

„Gewiß nicht, Berthold. Besonders *ihret*wegen, denn du würdest sie zu Tode quälen."

„Sei unbesorgt", erwiderte Berthold. „Anna schwebt in keinerlei Gefahr von meiner Seite. Es ist vorbei."

„Das ist ein guter Grund. Aber zum Glück gibt es einen noch bessern. Der Baron Wergenthin ist weder tot noch durchgegangen..."

„Auf das Wort kommt es wohl nicht an."

„Er hat, wie dir bekannt ist, eine Stellung in Deutschland als Kapellmeister..."

„Das hat sich gut getroffen. Er hat überhaupt viel Glück gehabt in der ganzen Sache. Nicht einmal für ein Kind sorgen zu müssen!"

„Du hast zwei Fehler, Berthold. Erstens bist du wirklich ein ungütiger Mensch, und zweitens läßt du einen nicht ausreden. Ich wollte nämlich sagen, daß es zwischen Anna und dem Baron Wergenthin durchaus nicht aus zu sein scheint. Erst vorgestern hat sie mir einen Gruß von ihm ausgerichtet."

Berthold zuckte die Achseln, als wäre diese Angelegenheit für ihn erledigt. „Wie geht's denn dem alten Rosner?" fragte er dann.

„Diesmal kommt er wohl noch durch", erwiderte der Alte. „Übrigens hoff ich, Berthold, du hast dir die nötige Objektivität bewahrt, um zu wissen, daß an seinen Anfällen nicht der Gram um die „ungeratene Tochter" schuld ist, sondern eine leider ziemlich weit vorgeschrittene Arteriosklerose."

„Gibt Anna wieder ihre Lektionen?" fragte Berthold nach einigem Zögern.

„Ja", erwiderte der Alte, „aber vielleicht nicht mehr lang." Und er zeigte seinem Sohn die Visitenkarte, die er noch immer in der Hand hielt.

Berthold verzog die Mundwinkel. „Du denkst", fragte er spöttisch, „er kommt her, um Hochzeit zu feiern, Vater?"

„Das werd ich gleich erfahren", erwiderte der Alte. „Jedenfalls freu ich mich, ihn wiederzusehen – denn ich versichre dich, daß er einer der sympathischsten jungen Menschen ist, die ich je kennen gelernt habe."

„Merkwürdig", sagte Berthold. „Ein Herzenbezwinger ohnegleichen. Auch Therese schwärmt für ihn. Und Heinrich Bermann neulich, es war fast komisch... Nun ja, ein schöner, schlanker, blonder junger Mann; Freiherr, Germane, Christ – welcher Jude könnte diesem Zauber widerstehen... Adieu, Vater!"

„Berthold!“

„Was denn?“ Er biß sich auf die Lippen.

„Besinn dich auf dich! Wisse, wer du bist.“

„Ich… weiß es.“

„Nein. Du weißt es nicht. Sonst könntest du nicht so oft vergessen, wer die andern sind.“

Wie fragend hob Berthold den Kopf.

„Du solltest einmal zu Rosners hingehen. Es ist deiner nicht würdig, daß du Anna deine Mißbilligung in so – kindischer Weise zu erkennen gibst. – Auf Wiedersehen… Und gute Unterhaltung in der silbernen Weintraube.“ Er reichte dem Sohn die Hand, dann begab er sich in sein Sprechzimmer. Er öffnete die Türe des Wartesalons und lud Georg von Wergenthin, der in einem Album blätterte, durch eine freundliche Neigung des Kopfes ein, bei ihm einzutreten.

„Vor allem Herr Doktor“, sagte Georg, nachdem er Platz genommen hatte, „muß ich mich bei Ihnen entschuldigen. Meine Abreise kam so plötzlich… Leider hatte ich keine Gelegenheit mehr, mich bei Ihnen zu verabschieden, Ihnen persönlich zu danken, für Ihre große…“

Doktor Stauber wehrte ab. „Es freut mich sehr, Sie wiederzusehen“, sagte er dann. „Sie sind wohl auf Urlaub hier in Wien?“

„Natürlich“, erwiderte Georg. „Es ist ein Urlaub von nur drei Tagen. So dringend brauchen sie mich dort“, setzte er bescheiden lächelnd hinzu.

Doktor Stauber saß ihm gegenüber im Schreibtischsessel und betrachtete ihn freundlich. „Sie fühlen sich sehr zufrieden in Ihrer neuen Stellung, wie mir Anna sagt.“

„O ja. Schwierigkeiten gibt es natürlich überall, wenn man so plötzlich in neue Verhältnisse kommt. Aber im ganzen hat sich wirklich alles viel leichter gemacht, als ich erwartet hätte.“

„So hör' ich. Auch bei Hof sollen Sie sich ja schon sehr glücklich eingeführt haben.“

Georg lächelte. „Diesen Vorgang stellt sich Anna offenbar großartiger vor, als er war. Ich habe beim Erbprinzen einmal gespielt; und ein weibliches Mitglied des Theaters hat dort zwei Lieder von mir gesungen; das ist alles. Viel wesentlicher ist, daß ich Aussicht habe, noch in dieser Saison zum Kapellmeister ernannt zu werden."

„Ich dachte, Sie wären es schon."

„Nein, Herr Doktor, offiziell noch nicht. Ich hab zwar schon ein paarmal dirigiert, in Vertretung, Freischütz und Undine; aber vorläufig bin ich nur Korrepetitor."

Auf weitere Fragen des Arztes erzählte er noch einiges von seiner Wirksamkeit an der Detmolder Oper, dann stand er auf und empfahl sich.

„Vielleicht kann ich Sie eine Strecke in meinem Wagen mitnehmen", sagte der Arzt, „ich fahre in die Rembrandtstraße, zu Golowskis."

„Danke sehr, Herr Doktor, das liegt nicht in meiner Richtung. Ich habe übrigens vor, im Laufe des morgigen Tags Frau Golowski zu besuchen. Sie ist doch nicht krank?"

„Nein. Freilich, ganz spurlos sind die Aufregungen der letzten Wochen nicht an ihr vorübergegangen."

Georg erwähnte, daß er gleich nach dem Duell ein paar Worte an sie und auch an Leo geschrieben hätte. „Wenn man denkt, daß es auch anders hätte ausfallen können...", setzte er hinzu.

Doktor Stauber sah vor sich hin. „Kinder haben ist ein Glück", sagte er, „für das man in Raten bezahlt... und man weiß bei keiner, ob der da droben schon zufrieden gestellt ist."

An der Tür begann Georg etwas zögernd: „Ich wollte mich auch... bei Ihnen erkundigen, Herr Doktor, wie es denn eigentlich mit Herrn Rosner steht... Ich muß sagen, ich fand ihn besser aussehend, als ich nach Annas Briefen erwartet hatte."

„Ich hoffe, daß er sich erholen wird", erwiderte Stauber. „Aber immerhin muß man bedenken... er ist ein alter Mann. Sogar älter, als er seinen Jahren nach sein müßte."

„Aber um etwas Ernstes handelt es sich nicht?"

„Das Alter ist an sich eine ernste Angelegenheit", entgegnete Doktor Stauber, „besonders wenn alles, was vorherging, Jugend und Mannheit, auch nicht sonderlich heiter waren."

Georg hatte seine Augen im Zimmer umherschweifen lassen und rief plötzlich aus: „Da fällt mir ein, Herr Doktor, ich habe Ihnen noch immer nicht die Bücher zurückgeschickt, die Sie so gut waren, mir im Frühjahr zu leihen. Und jetzt stehen alle unsere Sachen leider beim Spediteur; die Bücher geradeso wie Silberzeug, Möbel, Bilder. Also ich muß Sie bitten, Herr Doktor, sich bis zum Frühjahr zu gedulden."

„Wenn Sie keine ärgern Sorgen haben, lieber Baron..."

Sie gingen zusammen die Treppe hinunter, und Doktor Stauber erkundigte sich nach Felician.

„Er ist in Athen", erwiderte Georg, „ich hab erst zweimal Nachrichten von ihm gehabt, noch nicht sehr ausführliche... Wie sonderbar das ist, Herr Doktor, so als Fremder in eine Stadt zurückzukommen, in der man vor kurzem noch zu Hause war, und in einem Hotel zu wohnen, als ein Herr aus Detmold..."

Doktor Stauber stieg in den Wagen ein. Georg bat, Frau Golowski vielmals zu grüßen.

„Ich werd's ausrichten. Und Ihnen, lieber Baron, wünsch ich weiter viel Glück. Auf Wiedersehen!"

Auf der Uhr der Stephanskirche war es fünf. Eine leere Stunde lag vor Georg. Er beschloß, in dem dünnen, lauen Herbstregen langsam in die Vorstadt hinauszubummeln, was auch eine Art Erholung bedeutete. Die Nacht im Kupee hatte er beinahe schlaflos verbracht, und schon zwei Stunden nach seiner Ankunft war er bei Rosners gewesen. Anna selbst hatte ihm die Tür geöffnet und ihn mit einem innigen Kuß empfangen, ihn aber gleich ins Zimmer geleitet, wo ihre Eltern ihn eher höflich als herzlich begrüßten. Die Mutter, befangen und leicht verletzt, wie immer, sprach nur wenig; der Vater, in der Divanecke sitzend, einen drapfarbenen Plaid über den Knien, fühlte sich verpflichtet, Erkundigungen nach den gesellschaftlichen und musikalischen Zuständen der kleinen Residenz einzuziehen, aus der Georg kam. Dann war er mit Anna eine Weile allein gewesen; in allzuhastiger Frag- und Antwortrede zuerst, später in matt verlegenen Zärtlichkeiten, beide wie betroffen, das Glück des Wiedersehens nicht so zu empfinden, wie die Sehnsucht es versprochen hatte. Sehr bald erschien eine Schülerin Annas; Georg empfahl sich, und im Vorzimmer vereinbarte er mit der Geliebten noch rasch ein Rendezvous für heute Abend; er wollte sie von Bittners abholen und dann mit ihr in die Oper zur Tristanvorstellung gehen, über deren Neuinszenierung zu berichten sein

Intendant ihn gebeten hatte. Dann hatte er sein Mittagmahl eingenommen, an einem großen Fenster eines Ringstraßenrestaurants, Einkäufe und Bestellungen bei seinen Lieferanten gemacht, Heinrich aufgesucht, den er nicht zu Hause traf, und war endlich dem plötzlichen Einfall gefolgt, seine Dankvisite bei Doktor Stauber abzustatten.

Nun spazierte er langsam weiter, durch die Straßen, die ihm so wohlbekannt waren, und doch schon den Hauch der Fremde für ihn hatten; und er dachte an die Stadt, aus der er kam und in der er sich rascher heimisch werden fühlte, als er erwartet hatte. Graf Malnitz war ihm vom ersten Augenblick an mit viel Freundlichkeit entgegengekommen; er trug sich mit dem Plan, die Oper in modernem Sinn zu reformieren und wollte sich für seine weitgehenden Absichten in Georg, wie es diesem schien, einen Mitarbeiter und Freund heranziehen. Denn der erste Kapellmeister war wohl ein tüchtiger Musiker, aber heute doch schon mehr Hofbeamter als Künstler. Als Fünfundzwanzigjähriger war er herberufen worden und saß nun seit dreißig Jahren in der kleinen Stadt, ein Familienvater mit sechs Kindern, angesehen, zufrieden und ohne Ehrgeiz. Bald nach seiner Ankunft, in einem Konzert, hatte Georg Lieder singen gehört, die vor langer Zeit den Ruf des jungen Kapellmeisters beinahe durch die ganze Welt getragen hatten; Georg vermochte diese heute längst verhallte Wirkung nicht zu begreifen, dennoch äußerte er sich dem Komponisten gegenüber mit großer Wärme, aus einer gewissen Sympathie für den alternden Mann, in dessen Augen der ferne Glanz einer reicheren und hoffnungsvolleren Vergangenheit zu leuchten schien. Georg fragte sich manchmal, ob der alte Kapellmeister überhaupt noch daran dachte, daß er einst als ein zu hohen Zielen Berufener gegolten hatte? Oder ob auch ihm, wie so manchem andern der Eingesessenen, die kleine Stadt als ein Mittelpunkt erschien, von dem die Strahlen der Wirksamkeit und des Ruhms weit in die Runde fielen? Sehnsucht nach größern und weitern Verhältnissen hatte Georg nur bei wenigen gefunden; manchmal schien es ihm, als behandelten sie vielmehr ihn mit einer Art von gutmütigem Mitleid, weil er aus einer Großstadt, und ganz besonders, weil er aus Wien kam. Denn wenn der Name dieser Stadt vor den Leuten erklang, merkte es Georg ihren vergnügten und etwas spöttischen Mienen an, daß, gesetzmäßig beinahe wie die Obertöne auf den Grundton, sofort gewisse andre Worte mitzuschwingen begannen, auch ohne daß sie ausgesprochen wurden: Walzer ... Kaffeehaus ... süßes Mädel ... Backhendel ... Fiaker ... Parlamentsskandal. Georg ärgerte sich manchmal darüber und war sich im übrigen bewußt, das möglichste zu tun, um den Ruf seiner Landsleute in Detmold zu verbessern. Man hatte ihn berufen, weil der dritte Kapellmeister, ein noch junger Mensch, plötzlich gestorben war, und so mußte Georg schon am ersten Tag in dem kleinen Probesaal am Klavier sitzen und zum Gesang begleiten. Es ging vortrefflich; er freute sich seiner Begabung, die sicherer und stärker war, als er selbst vermutet hatte, und in der Erinnerung war ihm, als hätte auch Anna sein Talent ein wenig unterschätzt. Überdies war er mit seinen Kompositionen ernster beschäftigt als je. Er arbeitete an einer Ouvertüre, die aus Motiven zu der Bermannschen Oper entstanden war, hatte eine Violinsonate begonnen; und das Quintett, das mythische, wie Else es einmal genannt hatte, war nahezu vollendet. Noch diesen Winter sollte es aufgeführt werden, in einer der Kammersoireen, die der Konzertmeister des Detmolder Orchesters leitete, ein begabter junger Mensch, der einzige, dem Georg sich bisher in dem neuen Aufenthaltsort persönlich etwas näher angeschlossen hatte und mit dem er im „Elefanten" zu speisen pflegte. Noch bewohnte Georg in diesem Gasthof ein schönes Zimmer, mit der Aussicht auf den großen, mit Linden bepflanzten Platz und verschob es von Tag zu Tag eine Wohnung zu mieten. Es war ja doch ungewiß, ob er im nächsten Jahr noch in Detmold sein würde, und überdies hatte er das Gefühl, als müßte es Anna verletzen, wenn er sich, wie zu längerem Aufenthalt, als Junggeselle häuslich einrichten wollte. Doch über Zukunftsmöglichkeiten aller Art hatte er in seinen Briefen an sie kein Wort geäußert, so wie sie wieder unterließ, ungeduldige oder zweifelnde Fragen an ihn zu richten. Sie teilten einander beinahe nur Tatsächliches mit: sie schrieb von ihrer allmählichen Wiederkehr ins alte Lebensgetriebe, er von all dem Neuen, in das er sich erst hineinfinden mußte. Aber obwohl es so gut wie nichts gab, das er ihr zu verschweigen hatte, so ging er doch über manches, das leicht zu Mißverständnissen Anlaß bieten konnte, mit absichtlicher Flüchtigkeit hinweg. Wie sollte man auch die seltsame Stimmung in Worte fassen, die in dem halbdunkeln Zuschauerraum webte, vormittags, bei den Proben, wenn der Geruch von Schminke, Parfüm, Kleidern, Gas, altem Holz und neuen Farben von der Bühne ins Parkett herunterkam; – wenn Gestalten, die man nicht gleich erkannte, in Alltagstracht oder Kostüm zwischen den Reihen hin und her huschten, wenn irgend ein Atem einem in den Nacken wehte, der schwül war und duftete? Oder wie sollte man einen Blick schildern, der aus den Augen einer jungen Sängerin herniederglänzte, während man eben von den Tasten zu ihr aufschaute ...? Oder, wenn man diese junge Sängerin am hellichten Mittag über den Theaterplatz und die Königsstraße bis vor ihr Haustor begleitete und bei dieser Gelegenheit nicht nur über die Partie der Micaela sprach, die man soeben mit ihr studiert hatte, sondern auch über allerlei andre, wenn auch ziemlich harmlose Dinge; konnte man das einer Geliebten nach Wien berichten, ohne daß sie zwischen den Zeilen Verdächtiges gesucht hätte? Und auch wenn man betont hätte, daß Micaela verlobt sei, mit einem jungen Arzt aus Berlin, der sie anbetete, wie sie ihn, so wäre es kaum besser geworden; denn das hätte ja ausgesehen, als fühlte man sich verpflichtet, abzulenken und zu beruhigen.

Wie sonderbar, dachte Georg, daß *sie* gerade heute Abend wirklich die Micaela singt, die ich mit ihr studiert habe, und daß ich hier denselben Weg spaziere, nach Mariahilf hinaus, den ich vor einem Jahr so oft und so gern gegangen bin. Und er dachte eines ganz bestimmten Abends, da er Anna von da draußen abgeholt hatte, mit ihr zusammen in stillen Straßen herumspaziert war, unter einem Haustor komische Photographien betrachtet hatte, und endlich auf den kühlen Steinfliesen einer alten Kirche gewandelt war, in leisem, wie ahnungsvollem Gespräch über eine unbekannte Zukunft . . . Nun war alles ganz anders gekommen, als er es geträumt hatte. Anders . . . Warum schien ihm das so? . . . Was hatte er damals denn erwartet . . .? War dies Jahr, das seither vergangen war, nicht wunderbar reich und schön gewesen, mit seinem Glück und mit seinen Schmerzen? Und liebte er Anna heute nicht besser und tiefer als je? Und in der neuen Stadt, hatte er sich nicht manchmal nach ihr gesehnt, so heiß, wie nach einer Frau, die ihm noch niemals gehört hatte? Das Wiedersehen von heute früh, in der übeln Stimmung einer grauen Stunde, mit seiner matt verlegenen Zärtlichkeit, das durfte ihn doch nicht irremachen . . .

Er war zur Stelle. Als er zu den erleuchteten Fenstern aufsah, hinter denen Anna ihre Lektion erteilte, kam eine leichte Ergriffenheit über ihn. Und als sie in der nächsten Minute aus dem Tor trat, im einfachen, englischen Kleid, den grauen Filzhut auf dem reichen, dunkelblonden Haar, ein Buch in der Hand, ganz so wie vor einem Jahr, da durchströmte ihn mit einmal ein unerwartetes Gefühl von Glück. Sie sah ihn nicht gleich, da er im Schatten eines Hauses stand, spannte ihren Schirm auf und ging bis zur Ecke, wo er im vorigen Jahr zu warten gepflegt hatte. Er blickte ihr eine Weile nach und freute sich, wie vornehm und wie brav sie aussah. Dann folgte er ihr rasch, und nach ein paar Schritten hatte er sie eingeholt.

Sie hatte ihm gleich die Mitteilung zu machen, daß sie nicht mit ihm in die Oper gehen könnte; der Vater hätte sich nachmittags gar nicht wohl befunden.

Georg war sehr enttäuscht. „Willst du nicht wenigstens auf den ersten Akt mit mir hineingehen?"

Sie schüttelte den Kopf. „Nein, so was tu ich nicht gern. Da ist's schon besser, du schenkst den Sitz einem Bekannten. Hol dir doch Nürnberger oder Bermann ab."

„Nein", erwiderte er. „Wenn du nicht mitgehst, geh ich lieber allein. Ich hatte mich so sehr darauf gefreut. Mir persönlich läge gar nicht so viel an der Vorstellung. Ich bliebe lieber mit dir zusammen... meinetwegen sogar bei euch oben; aber ich muß hineingehen, ich habe ja – Bericht zu erstatten."

„Natürlich mußt du hineingehen", bekräftigte Anna; und sie fügte hinzu: „Ich möchte dir auch nicht zumuten einen Abend bei uns oben zuzubringen, es ist wirklich nicht besonders heiter."

Er hatte ihr den Schirm aus der Hand genommen, hielt ihn über sie, und sie hing sich in seinen Arm.

„Du Anna", sagte er, „ich möchte dir einen Vorschlag machen." Er wunderte sich, daß er nach einer Einleitung suchte, und begann zögernd: „Meine paar Tage in Wien sind naturgemäß so was Unruhiges, Zerrissenes – und jetzt kommt noch diese gedrückte Stimmung bei euch oben dazu... wir haben wirklich gar nichts voneinander, findest du nicht?"

Sie nickte, ohne ihn anzusehen.

„Also möchtest du mich nicht eine Strecke begleiten, Anna, wenn ich wieder abreise?"

Sie sah ihn in ihrer verschmitzten Art von der Seite an und antwortete nicht.

Er sprach weiter: „Ich kann mir nämlich ganz gut noch einen Urlaubstag herausschlagen, wenn ich ans Theater telegraphiere. Es wär doch wirklich wunderschön, wenn wir ein paar Stunden für uns allein hätten."

Sie gab es zu, herzlich, aber ohne Begeisterung, und machte die Entscheidung vom Befinden ihres Vaters abhängig. Dann fragte sie ihn, wie er den Tag verbracht hätte. Er berichtete eingehend und fügte sein Programm für morgen hinzu. „Wir zwei werden uns also erst am Abend sehen können", schloß er. „Ich komme zu euch hinauf, wenn's dir recht ist. Und da besprechen wir dann alles weitere."

„Ja“, sagte Anna und blickte vor sich hin, auf die feuchte bräunlichgraue Straße.

Nochmals versuchte er sie zu überreden, die Oper mit ihm zu besuchen; aber es war vergeblich. Dann erkundigte er sich nach ihren Gesangsstunden und begann gleich darauf von seiner eigenen Tätigkeit zu sprechen, als müßte er sie überzeugen, daß es ihm am Ende nicht viel besser erginge als ihr. Und er wies auf seine Briefe hin, in denen er ihr alles ausführlich geschrieben hätte.

„Was das anbelangt“, sagte sie plötzlich ganz hart... und als er von ihrem Ton getroffen, unwillkürlich den Kopf zurückwarf: „Was steht denn schon in Briefen, wenn sie noch so ausführlich sind!“

Er wußte, woran sie dachte und was sie heute sowenig aussprach, als sie's jemals getan hatte, – und etwas Schweres legte sich ihm aufs Herz. Ruhte nicht gerade in der Unerbittlichkeit dieses Schweigens alles, was sie verschwieg: Frage, Vorwurf und Zorn? Heute morgen schon hatte er es gefühlt, und jetzt fühlte er es wieder, daß in ihr irgend etwas ihm geradezu Feindseliges sich regte, gegen das sie selbst vergeblich anzukämpfen schien. Heute Morgen erst?... War es nicht schon viel länger her? Immer vielleicht? Vom ersten Augenblick an, da sie einander gehört hatten und auch in den Zeiten ihres höchsten Glücks? War dies Feindselige nicht dagewesen, als sie bei Orgelklängen, hinter dunkeln Vorhängen ihre Brust an seine gedrängt, als sie in dem Hotelzimmer zu Rom ihn erwartet, mit geröteten Augen, während er beglückt von dem Monte Pincio aus die Sonne in der Campagna versinken gesehen und, einsam, die wundervollste Stunde der Reise zu genießen gewähnt hatte? War es nicht dagewesen, als er an einem heißen Morgen den Kiesweg hinangelaufen, ihr zu Füßen gesunken war und in ihrem Schoß geweint hatte, wie in einer Mutter Schoß; – und als er an ihrem Bette gesessen war und in den abendlichen Garten hinausgeblickt hatte, während drin auf dem weißen Linnen ein totes Kind lag, das sie eine Stunde zuvor geboren, war es nicht wieder dagewesen, düsterer als je und kaum zu tragen, wenn man sich nicht längst damit abgefunden hätte, wie mit so mancher Unzulänglichkeit, so manchem Weh, das aus den Tiefen menschlicher Beziehungen emporstieg? Und jetzt, wie schmerzlich fühlte er's, während er Arm in Arm mit ihr, sorglich den Schirm über sie haltend, die feuchte Straße weiterspazierte, jetzt war es wieder da; drohend und vertraut. Noch klangen die Worte in seinem Ohr, die sie gesprochen hatte: Was steht denn in Briefen, wenn sie noch so ausführlich sind?... Aber ernstere klangen für ihn mit: Was bedeutet am Ende auch der glühendste Kuß, in dem sich Leib und Seele zu vermischen scheinen? Was bedeutet es am Ende, daß wir monatelang durch fremde Länder miteinander gereist sind? Was bedeutet es, daß ich ein Kind von dir gehabt habe? Was bedeutet es, daß du dich über deinen Betrug in meinem Schoße ausgeweint hast? Was bedeutet das alles, da du mich doch immer allein gelassen hast... allein auch in dem Augenblick, da mein Leib den Keim des Wesens eintrank, das ich neun Monate in mir getragen, das dazu bestimmt war, als unser Kind bei fremden Leuten zu leben und das nicht auf Erden hat bleiben wollen.

Aber während all dies schwer in seine Seele sank, gab er ihr mit leichten Worten zu, daß sie wirklich nicht unrecht hätte, und daß Briefe – und seien sie selbst zwanzig Seiten lang – nicht sonderlich viel enthalten könnten; und während ein peinigendes Mitleid mit ihr in ihm aufquoll, sprach er linde die Hoffnung auf eine Zeit aus, in der sie auf Briefe beide nicht mehr angewiesen sein würden. Und dann fand er zärtlichere Worte, erzählte von seinen einsamen Spaziergängen in der Umgebung der fremden Stadt, wo er ihrer dächte; von den Stunden in dem gleichgültigen Hotelzimmer, mit dem Blick auf den lindenbepflanzten Platz und von seiner Sehnsucht nach ihr, die immer da war, ob er allein über seiner Arbeit saß, oder Sänger am Klavier begleitete oder mit neuen Bekannten plauderte. Aber als er mit ihr vor dem Haustor stand, ihre Hand in der seinen, und ihr mit einem heitern „Auf Wiedersehen" in die Augen blickte, sah er betroffen in ihnen eine müde, kaum mehr schmerzliche Enttäuschung verglimmen. Und er wußte: Alle die Worte, die er zu ihr gesprochen, nichts, weniger als nichts hatten sie ihr zu bedeuten gehabt, da das einzige, das kaum mehr erwartete und immer wieder ersehnte doch nicht gekommen war.

Eine Viertelstunde später saß Georg auf seinem Parkettsitz in der Oper, zuerst noch ein wenig verdrossen und matt; bald aber strömte die Freude des Genießens durch sein Blut. Und als Brangäne ihrer Herrin den Königsmantel um die Schultern warf, Kurwenal das Nahen des Königs meldete und das Schiffsvolk auf dem Verdeck im Glanz des aufleuchtenden Himmels dem Land entgegenjauchzte, da wußte Georg längst nichts mehr von einer übel verbrachten Nacht im Kupee, von langweiligen Bestellungsgängen, von einem recht gezwungenen Gespräch mit einem alten, jüdischen Doktor und von einem Spaziergang über feuchtes Pflaster, in dem das Licht der Laternen sich spiegelte, an der Seite einer jungen Dame, die brav, vornehm und etwas gedrückt aussah. Und als der Vorhang zum erstenmal gefallen war und das Licht den rotgoldenen Riesenraum durchflutete, fühlte er sich keineswegs in unangenehmer Weise ernüchtert, sondern es war ihm vielmehr, als tauchte er sein Haupt von einem Traum in den andern; und eine Wirklichkeit, die von allerhand Bedenklichem und Kläglichem erfüllt war, floß irgendwo draußen machtlos vorbei. Niemals, so schien es ihm, hatte die Atmosphäre dieses Hauses ihn so sehr beglückt wie heute; nie war seiner Empfindung so offenbar gewesen, daß alle Menschen für die Dauer ihres Hierseins in geheimnisvoller Weise gegen allen Schmerz und allen Schmutz des Lebens gefeit waren. Er stand auf seinem Eckplatz vorn im Mittelgang, sah manchen wohlgefälligen Blick auf sich gerichtet und war sich bewußt, hübsch, elegant und sogar etwas ungewöhnlich auszusehen. Und war nebstbei – auch das erfüllte ihn mit Befriedigung – ein Mensch, der einen Beruf, eine Stellung hatte, und selbst hier, im Theater, mit Auftrag und Verantwortung gewissermaßen als Abgesandter einer deutschen Hofbühne saß. Er blickte mit dem Opernglas umher. Aus den hintern Parkettsitzen grüßte ihn Gleißner mit einem etwas zu vertraulichen Kopfnicken, und schien gleich nachher der neben ihm sitzenden jungen Dame die Personalien Georgs zu erläutern. Wer mochte sie sein? War es die Dirne, die der mit Seelen experimentierende Dichter zur Heiligen, oder war es die Heilige, die er zur Dirne machen wollte? Schwer zu entscheiden, dachte Georg. In der Mitte des Wegs mochten sie ja ungefähr gleich ausschauen. Georg fühlte die Linsen eines Opernglases auf seinem Scheitel brennen. Er sah auf. Else war es, die von einer Ersten-Stock-Loge auf ihn herabschaute. Frau Ehrenberg saß neben ihr, und zwischen ihnen beugte sich ein hochgewachsener junger Mann über die Brüstung, der kein anderer war, als James Wyner. Georg verbeugte sich und zwei Minuten später trat er in die Loge, freundlich, aber keineswegs mit Erstaunen begrüßt. Else in schwarz samtnem, ausgeschnittenem Kleid, eine schmale Perlenkette um den Hals, mit einer etwas fremden, aber interessanten Frisur streckte ihm die Hand entgegen. „Wieso sind Sie denn eigentlich da? Urlaub? Entlassung? Flucht?“

Georg erklärte es kurz und wohlgelaunt.

„Es war übrigens nett“, sagte Frau Ehrenberg, „daß Sie uns ein Wort aus Detmold geschrieben haben.“

„Das hätte er auch nicht tun sollen?“ bemerkte Else, „da hätt man ja glauben können, daß er mit irgendwem nach Amerika durchgegangen ist.“

James stand mitten in der Loge, groß, hager, gemeißelten Antlitzes, das dunkle, glatte Haar seitlich gescheitelt. „Nun sagen Sie Georg, wie fühlen Sie in Detmold?“

Else sah zu ihm auf, mit gesenkten Wimpern. Sie schien entzückt von seiner Art, das Deutsche noch immer so zu sprechen, als müßte er sich's aus dem Englischen übersetzen. Immerhin nützte sie es zu einem Witz aus und sagte: „Wie Georg in Detmold fühlt? Ich fürchte, James, deine Frage ist indiskret." Dann wandte sie sich an Georg: „Wir sind nämlich verlobt."

„Es sind noch keine Karten ausgeschickt", fügte Frau Ehrenberg hinzu.

Georg brachte seine Glückwünsche dar.

„Frühstücken Sie doch morgen bei uns", sagte Frau Ehrenberg. „Sie treffen nur ein paar Leute, die sich gewiß alle sehr freuen würden Sie wiederzusehen. Sissy, Frau Oberberger, Willy Eißler."

Georg entschuldigte sich. Er könne sich für keine bestimmte Stunde binden, aber im Lauf des Nachmittags wenn irgend möglich wollte er sich gern einfinden.

„Nun ja", sagte Else leise, ohne ihn anzusehen und hatte den einen Arm mit dem langen weißen Handschuh lässig auf der Brüstung liegen, „Mittag verbringen Sie wahrscheinlich im Familienkreise."

Georg tat, als wenn er nichts gehört hätte, und lobte die heutige Vorstellung. James äußerte, daß er „Tristan" mehr liebe als alle andern Opern von Wagner, die „Meistersinger" mit inbegriffen.

Else bemerkte einfach: „Es ist ja wunderschön, aber eigentlich bin ich gegen Liebestränke und solche Geschichten."

Georg erklärte, daß der Liebestrank hier als Symbol aufzufassen sei, worauf Else sich auch gegen Symbole eingenommen aussprach. Das erste Zeichen zum zweiten Akt war gegeben. Georg verabschiedete sich, eilte hinunter und hatte eben Zeit, seinen Platz einzunehmen, eh der Vorhang aufging. Er erinnerte sich wieder, in welch halboffizieller Eigenschaft er heute im Theater säße, und beschloß, sich den Eindrücken nicht länger ohne Widerstand hinzugeben. Bald gelang es ihm zu entdecken, daß die Liebesszene doch noch ganz anders herauszubringen wäre, als es hier geschah; und gar nicht einverstanden war er damit, daß Melot, durch dessen Hand Tristan sterben mußte, hier von einem Sänger zweiten Ranges dargestellt wurde, wie übrigens beinahe überall. Nach dem zweiten Fallen des Vorhangs erhob er sich mit einer gewissen Steigerung des Selbstgefühls, blieb auf seinem Platze stehen und sah manchmal zu der Ersten-Stock-Loge auf, aus der Frau Ehrenberg ihm wohlwollend zunickte, während Else mit James sprach, der mit gekreuzten Armen unbeweglich hinter ihr stand. Es fiel Georg ein, daß er morgen James' Schwester wiedersehen würde. Ob sie noch manchmal jener wunderbaren Nachmittagsstunde im Park dachte, in der dunkelgrünen Schwüle des Parks, im warmen Duft von Moos und Tannen? Wie fern dies war! Dann erinnerte er sich eines flüchtigen Kusses im nächtlichen Schatten der Gartenmauer von Lugano. Wie fern auch das! Er dachte des Abends unter den Platanen, und das Gespräch über Leo fiel ihm wieder ein. Eigentlich hätte man schon damals allerlei vorhersehen können. Ein merkwürdiger Mensch dieser Leo, wahrhaftig! Wie er seinen Plan in sich verschlossen gehalten hatte! – Denn der mußte natürlich längst festgestanden haben. Und offenbar hatte Leo nur den Tag abgewartet, an dem er die Uniform ablegen durfte, um ihn auszuführen. Auf den Brief, den Georg ihm geschrieben gleich, nachdem er die Nachricht von dem Duell erhalten hatte, war keine Antwort gekommen. Er nahm sich vor, Leo in der Haft zu besuchen, wenn es möglich wäre.

Ein Herr in der ersten Reihe grüßte. Ralph Skelton war es. Georg verständigte sich durch Zeichen mit ihm, daß sie einander nach Schluß der Vorstellung treffen wollten.

Die Lichter verlöschten, das Vorspiel zum dritten Akt begann. Georg hörte müde Meereswellen an ein ödes Ufer branden und die wehen Seufzer eines totwunden Helden in bläulich dünne Luft verwehen. Wo hatte er dies nur zum letztenmal gehört? War es nicht in München gewesen?... Nein, es konnte noch nicht so lange her sein. Und plötzlich fiel ihm die Stunde ein, da auf einem Balkon, unter hölzernem Giebel die Blätter der Tristanpartitur vor ihm offen gelegen waren. Drüben zwischen Wald und Wiese war ein besonnter Weg zum Friedhof hingezogen, ein Kreuz hatte golden geblinkt; unten im Hause hatte eine geliebte Frau in Schmerzen aufgestöhnt, und ihm war weh ums Herz gewesen. Und doch, auch diese Erinnerung hatte ihre schwermutvolle Süßigkeit, wie alles, was völlig vergangen war. Der Balkon, der kleine, blaue Engel zwischen den Blumen, die weiße Bank unter dem Birnbaum... wo war das nun alles! Noch einmal mußte er jenes Haus wiedersehen, einmal noch, ehe er Wien verließ.

Der Vorhang hob sich. Sehnsüchtig tönte die Schalmei, unter einem blaß und gleichgültig hingespannten Himmel, im Schatten von Lindenästen schlummerte der verwundete Held, und ihm zu Häupten wachte Kurwenal, der treue. Die Schalmei schwieg, über die Mauer beugte sich fragend der Hirt und Kurwenal gab Antwort. Wahrhaftig, das war eine Stimme von besonderen Klang. Wenn wir solch einen Bariton hätten, dachte Georg. Und mancherlei andres, was uns fehlt! Wenn man ihm nur die nötige Macht in die Hand gäbe, er fühlte sich berufen im Laufe der Zeit aus dem bescheidenen Theater, an dem er wirkte, eine Bühne ersten Ranges zu machen. Er träumte von Musteraufführungen, zu denen die Menschen von allen Seiten strömen müßten; nicht mehr als Abgesandter saß er nun da, sondern als einer, dem es vielleicht beschieden war, selber in nicht allzu fernen Tagen Leiter zu sein. Weiter und höher liefen seine Hoffnungen. Vielleicht nur ein paar Jahre vergingen – und selbstgefundene Harmonien klangen durch einen festlich-weiten Raum; und die Hörer lauschten ergriffen, wie heute diese hier, während irgendwo draußen eine schale Wirklichkeit machtlos vorbeifloß. Machtlos? Das war die Frage!... Wußte er denn, ob ihm gegeben war Menschen durch seine Kunst zu zwingen, wie dem Meister, der sich heute hier vernehmen ließ? Sieger zu werden über das Bedenkliche, Klägliche, Jammervolle des Alltags? Ungeduld und Zweifel wollten aus seinem Innern emporsteigen; doch rasch bannten Wille und Einsicht sie von dannen, und nun fühlte er sich wieder so rein beglückt wie immer, wenn er schöne Musik hörte, ohne daran zu denken, daß er selbst oft als Schöpfer wirken und gelten wollte. Von allen seinen Beziehungen zu der geliebten Kunst blieb in solchen Augenblicken nur die eine übrig, sie mit tieferem Verstehen aufnehmen zu dürfen, als irgend ein anderer Mensch. Und er fühlte, daß Heinrich die Wahrheit gesprochen hatte, als sie zusammen durch einen von Morgentau feuchten Wald gefahren waren: nicht schöpferische Arbeit, – die Atmosphäre seiner Kunst allein war es, die ihm zum Dasein nötig war; kein Verdammter war er wie Heinrich, den es immer trieb zu fassen, zu formen, zu bewahren, und dem die Welt in Stücke zerfiel, wenn sie seiner gestaltenden Hand entgleiten wollte.

Isolde, in Brangänens Armen, war tot über Tristans Leiche hingesunken, die letzten Töne verklangen, der Vorhang fiel. Georg warf einen Blick nach der Loge im ersten Stock. Else stand an der Brüstung, den Blick zu ihm herabgerichtet, während James ihr den dunkelroten Mantel um die Schultern legte, und jetzt erst, nach einem Kopfnicken, – so rasch, als hätte es niemand bemerken sollen, – wandte sie sich dem Ausgang zu. Merkwürdig, dachte Georg, von weitem hat ihre Haltung, hat manche ihrer Bewegungen so etwas... melancholisch-romanhaftes. Da erinnert sie mich am ehesten an das Zigeunermädel aus Nizza, oder an das seltsame junge Wesen, mit dem ich in Florenz vor der Tizianischen Venus gestanden bin... Hat sie mich jemals geliebt? Nein. Und auch ihren James liebt sie nicht. Wen denn?... Vielleicht... war es doch der verrückte Zeichenlehrer in Florenz? Oder keiner. Oder gar Heinrich? –

Im Foyer traf er Skelton. „Also wieder zurückgekehrt?“ fragte dieser.

„Nur auf ein paar Tage", erwiderte Georg. Es stellte sich heraus, daß Skelton nicht recht gewußt hatte, was mit Georg vorging und ihn auf einer Art musikalischer Studienreise durch deutsche Städte geglaubt hatte. Nun war er ziemlich erstaunt zu hören, daß Georg sich auf Urlaub hier befände und sich die Neuinszenierung des „Tristan" sozusagen im Auftrag des Intendanten angesehen hätte.

„Ist es Ihnen recht?" sagte Skelton, „ich bin verabredet mit Breitner; im Imperial, weißer Saal."

„Famos", erwiderte Georg, „ich wohne dort."

Doktor von Breitner rauchte schon eine seiner berühmten Riesenzigarren, als die beiden Herren an seinem Tisch erschienen. „Was für eine Überraschung", rief er aus, als Georg ihn begrüßte. Ihm war es bekannt, daß Georg als Kapellmeister in Düsseldorf wirkte.

„Detmold", sagte Georg, und er dachte: Sonderlich viel beschäftigen sich die Leute hier ja nicht mit mir... Aber was tut's.

Skelton erzählte von der Tristanvorstellung, und Georg erwähnte, daß er Ehrenbergs gesprochen hatte.

„Wissen Sie, daß Oskar Ehrenberg sich auf dem Weg nach Indien oder Ceylon befindet?" fragte Doktor von Breitner.

„So?"

„Und was glauben Sie mit wem?"

„Wohl in weiblicher Gesellschaft."

„Ja, das natürlich, ich höre sogar, sie haben fünf oder sieben Weiber mit."

„Wer – sie?"

„Oskar Ehrenberg... und – raten Sie einmal... Na, der Prinz von Guastalla."

„Nicht möglich!"

„Komisch was? Sie haben sich heuer in Ostende oder in Spa sehr angefreundet. *"Cherchez"*... und so weiter. Wie es nämlich Frauenzimmer gibt, derentwegen man sich schlägt, so scheint es wieder andre zu geben, über die man sich gleichsam die Hände reicht. Sie haben nun gemeinschaftlich Europa verlassen. Vielleicht gründen sie ein Königreich auf irgend einer Insel, und Oskar Ehrenberg wird Minister."

Willy Eißler war erschienen, blaßgelb im Gesicht, übernächtig und heiser. „Grüß Sie Gott Baron, verzeihen Sie, daß ich nicht paff bin, aber ich habe schon gehört, daß Sie da sind. Irgendwer hat Sie in der Kärtnerstraße gesehen."

Georg bat Willy, seinem Vater vom Grafen Malnitz Grüße zu bestellen – er selbst hätte diesmal leider keine Zeit, den alten Herrn aufzusuchen, dem er – wie er mit bescheidner Koketterie bemerkte – seine Stellung in Detmold verdanke.

„Was Ihre Zukunft anbelangt, lieber Baron", sagte Willy, „hab ich mir nie Sorgen gemacht, besonders seit ich im vorigen Jahr – oder ist es schon länger her? – Ihre Lieder von der Bellini hab singen hören. Aber daß Sie sich entschlossen haben Wien zu verlassen, das war eine gute Idee von Ihnen. Hier hätte man Sie jedenfalls noch einige Jahrzehnte lang für einen Dilettanten gehalten. Das ist schon einmal nicht anders in Wien. Ich kenne das. Wenn die Leute wissen, daß einer aus guter Familie ist, nebstbei Sinn für schöne Krawatten, gute Zigaretten und verschiedene andre Annehmlichkeiten des Daseins hat, so glauben sie ihm die Künstlerschaft nicht. Ohne ein Zeugnis von draußen werden Sie hier nicht ernst genommen... also bringen Sie nur bald einige glänzende mit, Baron."

„Ich werde mich bemühen", sagte Georg.

„Haben die Herren übrigens schon das Neueste gehört", begann Willy wieder. „Leo Golowski, wissen Sie, der Einjährige, der den Oberleutnant Sefranek erschossen hat, ist frei."

„Aus der Untersuchungshaft entlassen?" fragte Georg.

„Nein, ganz frei ist er. Sein Advokat hat ein Abolitionsgesuch an den Kaiser eingereicht, das ist heute günstig erledigt worden."

„Unglaublich", rief Breitner.

„Warum wundern Sie sich denn so, Breitner?" meinte Willy. „Es kann doch auch einmal etwas Vernünftiges geschehen in Österreich."

„Duell ist nie vernünftig", sagte Skelton, „und daher kann auch eine Begnadigung wegen Duells nicht vernünftig sein."

„Duell, lieber Skelton, ist entweder etwas viel Schlimmeres oder viel Besseres als vernünftig", erwiderte Willy. „Entweder ein ungeheuerlicher Blödsinn oder eine unerbittliche Notwendigkeit. Entweder ein Verbrechen oder eine erlösende Tat. Vernünftig ist es nicht und braucht es nicht zu sein. In Ausnahmefällen kann man mit der Vernunft überhaupt nichts anfangen. Und daß in einem Fall, wie der, von dem wir grad sprechen, das Duell unvermeidlich war, das werden auch Sie zugeben, Skelton."

„Absolut", sagte Breitner.

„Ich kann mir ein Staatswesen denken", bemerkte Skelton, „in dem selbst Differenzen solcher Art vor Gericht ausgeglichen würden."

„Solche Differenzen vor Gericht! O fröhlich!... Glauben Sie wirklich, Skelton, daß in einem Fall, wo es sich nicht um Besitz- und Rechtsfragen handelt, sondern wo sich Menschen mit einem ungeheuern Haß gegenüberstehen, glauben Sie wirklich, daß da mit Geld- oder Arreststrafen ein Ausgleich geschaffen werden könnte? Es hat schon seinen tiefen Sinn, meine Herren, daß Duellverweigerung in solchen Fällen bei allen Leuten, die Temperament, Ehre und Aufrichtigkeit in sich haben, stets als Feigheit gelten wird. Bei den Juden wenigstens", setzte er hinzu. „Denn bei den Katholiken ist es bekanntlich immer nur die Frömmigkeit, die sie abhält sich zu schlagen."

„Kommt sicher vor", sagte Breitner schlicht.

Georg wünschte zu wissen, wie sich die Sache zwischen Leo Golowski und dem Oberleutnant abgespielt hätte.

„Ja richtig", sagte Willy, „Sie sind ja ein Zugereister. Also der Oberleutnant hat das ganze Jahr hindurch diesen Leo Golowski erheblich kuranzt und zwar..."

„Die Vorgeschichte kenn ich", unterbrach Georg, „zum Teil aus direkter Quelle."

„Ach so. Also am ersten Oktober war die Vorgeschichte, um bei diesem Ausdruck zu bleiben, zu Ende; das heißt, Leo Golowski hat das Freiwilligenjahr hinter sich gehabt. Und am zweiten in der Früh hat er sich vor die Kaserne hingestellt und ruhig gewartet, bis der Oberleutnant aus dem Tor gekommen ist. In diesem Moment ist er auf ihn zugetreten, der Oberleutnant greift nach seinem Säbel, Leo Golowski packt ihn aber bei der Hand, läßt sie nicht aus, hält ihm die andere Faust vor die Stirn – und damit war das Weitere so ziemlich gegeben. Übrigens wird auch erzählt, daß Leo dem Oberleutnant folgende Worte ins Gesicht geschleudert haben soll... ich weiß nicht recht, ob's wahr ist."

„Welche Worte?" fragte Georg neugierig.

„Gestern, Herr Oberleutnant, sind Sie mehr gewesen als ich, jetzt sind wir vorläufig einmal gleich – aber morgen um die Zeit wird wieder einer von uns mehr sein, als der andere."

„Etwas talmudisch", bemerkte Breitner.

„Das müssen Sie freilich am besten beurteilen können, Breitner", erwiderte Willy und erzählte weiter: „Also am nächsten Morgen in den Auen bei der Donau war das Duell. Dreimaliger Kugelwechsel. Zwanzig Schritte ohne Avance. Wenn resultatlos, Säbel bis zur Kampfunfähigkeit... Die ersten Schüsse hüben und drüben fehlen, und nach dem zweiten... nach dem zweiten ist der Golowski richtig bedeutend mehr gewesen als der Oberleutnant – denn der war nichts, weniger als nichts; ein toter Mann."

„Armer Teufel", sagte Breitner.

Willy zuckte die Achseln. „Es ist halt einmal einer an den Unrechten gekommen. Mir tut er auch leid. Aber man muß doch sagen, es stände manches anders in Österreich, wenn alle Juden entsprechenden Falls sich so zu benehmen wüßten wie der Leo Golowski. Leider..."

Skelton lächelte. „Sie wissen Willy, vor mir darf man nichts gegen die Juden sagen, ich liebe sie. Und es täte mir leid, wenn man sich entscheiden wollte die Judenfrage durch eine Reihe von Zweikämpfen zu lösen, denn dann würde am Ende von dieser vortrefflichen Rasse kein einziges männliches Exemplar übrigbleiben."

Am Ende des Gesprächs mußte Skelton zugeben, daß das Duell in Österreich vorläufig nicht abzuschaffen wäre. Aber er erlaubte sich die Frage, ob das gerade für das Duell und nicht vielmehr gegen Österreich spräche, da doch manche andere Länder, er wollte aus Bescheidenheit keines nennen, seit Jahrzehnten den Zweikampf nicht mehr kennten. Und ob er zu weit gehe, wenn er sich gestatte, Österreich, in dem er sich übrigens seit sechs Jahren wahrhaft zu Hause fühle, als das Land der sozialen Unaufrichtigkeiten zu bezeichnen. Hier wie nirgends anderswo gebe es wüsten Streit ohne Spur von Haß und eine Art von zärtlicher Liebe, ohne das Bedürfnis der Treue. Zwischen politischen Gegnern existierten oder entwickelten sich lächerliche persönliche Sympathien; Parteifreunde hingegen beschimpften, verleumdeten, verrieten einander. Nur bei wenigen fände man ausgesprochene Ansichten über Dinge oder Menschen, jedenfalls seien auch diese wenigen allzuschnell bereit, Einschränkungen zu machen, Ausnahmen gelten zu lassen. Man habe hier beim politischen Kampf geradezu den Eindruck, wie wenn die scheinbar erbittertsten Gegner, während die bösesten Worte hinüber und herüberflögen, einander mit den Augen zuzwinkerten: „Es ist nicht so schlimm gemeint.“

„Was glauben Sie, Skelton“, fragte Willy, „zwinkern sie auch, wenn die Kugeln hin und herfliegen?“

„Sie täten's wohl, Willy, wenn nicht der Tod hinter ihnen stünde. Aber dieser Umstand beeinflußt nicht die Gesinnung, sondern nur die Haltung, denk ich mir.“

Sie saßen noch lange Zeit zusammen und plauderten fort. Georg hörte allerlei Neuigkeiten. Er erfuhr unter anderm, daß Demeter Stanzides den Kauf des Gutes an der ungarisch-kroatischen Grenze abgeschlossen habe, und daß die Rattenmamsell einem freudigen Ereignis entgegensehe. Willy Eißler war gespannt auf das Ergebnis dieser Rassenkreuzung und vergnügte sich indes damit, Namen für das zu erwartende Kind zu erfinden, wie Israel Pius oder Rebekka Portiunkula.

Später begab sich die ganze Gesellschaft ins benachbarte Kaffeehaus, Georg spielte mit Breitner eine Partie Billard; dann ging er auf sein Zimmer. Im Bett notierte er sich eine Stundeneinteilung für den nächsten Tag und sank endlich in einen Schlaf, der tief und köstlich wurde.

Am Morgen mit dem Tee brachte man ihm die abends vorher bestellte Zeitung und ein Telegramm. Der Intendant bat ihn über einen Sänger zu berichten. Es war zur Befriedigung Georgs derjenige, den er gestern als Kurwenal gehört hatte. Ferner wurde ihm freigestellt „zur bequemen Ordnung seiner Angelegenheiten“ drei Tage über den bedungenen Urlaub auszubleiben, da zufällig eine Änderung des Spielplans dies gestatte. Wirklich charmant, dachte Georg. Es fiel ihm ein, daß er seine eigene Absicht, um Verlängerung des Urlaubs zu depeschieren, vollkommen vergessen hatte. Nun hab ich ja noch mehr Zeit für Anna, als ich geglaubt hätte, dachte er. Man könnte vielleicht ins Gebirge. Die Herbsttage sind schön und mild. Auch wäre man jetzt überall ziemlich allein und ungestört. Aber, wenn wieder ein Malheur passiert! Ein – Malheur – passiert! – So und nicht anders waren ihm die Worte durch den Sinn geflogen. Er biß sich auf die Lippen. So stellte sich die Sache mit einem Male für ihn dar? Ein Malheur… Wo war die Zeit, da er, mit Stolz beinahe, sich als ein Glied in der endlosen Kette gefühlt hatte, die von Urahnen zu Urenkeln ging? Und ein paar Augenblicke lang erschien er sich wie ein Herabgekommener der Liebe, etwas bedenklich und bedauernswert.

Er durchflog die Zeitung. Durch einen kaiserlichen Gnadenakt war die Untersuchung gegen Leo Golowski eingestellt, gestern Abend war er aus der Haft entlassen worden. Georg freute sich sehr und beschloß Leo noch heute zu besuchen. Dann setzte er ein Telegramm an den Grafen auf und berichtete mit vornehmer Ausführlichkeit über die gestrige Aufführung. Als er auf die Straße trat, war es beinahe elf Uhr geworden. Die Luft war herbstlich kühl und klar. Georg fühlte sich ausgeschlafen, frisch und wohlgelaunt. Der Tag lag hoffnungsreich vor ihm und versprach allerlei Anregung. Nur irgend etwas störte ihn, ohne daß er gleich wußte, was es wäre. Ach ja,... der Besuch in der Paulanergasse, die trübseligen Räume, der kranke Vater, die verletzte Mutter. Ich werde Anna einfach abholen, dachte er, mit ihr spazieren gehen und irgendwo mit ihr soupieren. Er kam an einem Blumenladen vorbei, kaufte wundervolle dunkelrote Rosen, und mit einer Karte, auf die er schrieb: „Tausend Morgengrüße, auf Wiedersehen", ließ er sie an Anna senden. Als er dies getan hatte, war ihm leichter. Dann begab er sich durch die Straßen der innern Stadt zu dem alten Hause, in dem Nürnberger wohnte. Er stieg die fünf Stockwerke hinauf. Eine huschelige, alte Magd mit dunklem Kopftuch öffnete und ließ ihn in das Zimmer ihres Herrn treten. Nürnberger stand am Fenster mit leicht gesenktem Kopf, in dem braunen, hochgeschlossenen Sacco, das er daheim zu tragen liebte. Er war nicht allein. Von dem Schreibtisch aus einem alten Armstuhl erhob sich eben Heinrich, ein Manuskript in den Händen. Georg wurde herzlich empfangen.

„Sollte Ihr Eintreffen in Wien mit der Direktionskrise in der Oper im Zusammenhang stehen?" fragte Nürnberger. Er ließ diese Bemerkung nicht ohne weiteres als Spaß gelten. „Ich bitte Sie", sagte er, „wenn kleine Jungen, die ihre Beziehungen zur deutschen Literatur bis vor kurzem nur durch den regelmäßigen Besuch eines Literatenkaffees zu dokumentieren in der Lage waren, als Dramaturgen an Berliner Bühnen berufen werden, so sähe ich keinen Anlaß zum Staunen, wenn der Baron Wergenthin, nach der immerhin mühevollen, sechswöchentlichen Kapellmeisterkarriere an einem deutschen Hoftheater, im Triumph an die Wiener Oper geholt würde."

Georg stellte zur Steuer der Wahrheit fest, daß er nur einen kurzen Urlaub erhalten, um seine Wiener Angelegenheiten zu ordnen; und vergaß nicht zu erwähnen, daß er gestern die neue Tristaninszenierung gewissermaßen im

Auftrag seiner Intendanz gesehen habe; doch lächelte er dazu mit Selbstironie. Dann gab er einen kurzen und ziemlich humoristischen Auszug seiner bisherigen Erlebnisse in der kleinen Residenz. Auch das Konzert bei Hof berührte er spöttisch, als sei er fern davon, seiner Stellung, seinen bisherigen Erfolgen, den Theaterdingen, ja dem Leben überhaupt besondere Wichtigkeit beizumessen. So wollte er vor allem seine Position Nürnberger gegenüber gesichert haben. Dann kam das Gespräch auf die Haftentlassung Leo Golowskis. Nürnberger freute sich dieses unverhofften Ausgangs, lehnte es jedoch ab, sich darüber zu wundern, da in der Welt und ganz besonders in Österreich bekanntlich stets das Unwahrscheinlichste zum Ereignis werde. Dem Gerücht von Oskar Ehrenbergs Yachtfahrt mit dem Prinzen, das Georg als neuen Beweis für die Richtigkeit von Nürnbergers Auffassung vorbrachte, wollte er anfangs trotzdem wenig Glauben schenken. Doch gab er am Ende die Möglichkeit zu, da ja seine Phantasie, wie er seit langem wußte, von der Wirklichkeit immer wieder übertroffen würde.

Heinrich sah auf die Uhr. Es war Zeit für ihn sich zu empfehlen.

„Hab ich die Herren nicht gestört?“ fragte Georg. „Ich glaube, Sie haben was vorgelesen, Heinrich, als ich kam.“

„Ich war schon zu Ende“, erwiderte Heinrich.

„Den letzten Akt lesen Sie mir morgen vor, Heinrich“, sagte Nürnberger.

„Ich denke nicht daran“, erwiderte Heinrich lachend. „Wenn die zwei ersten Akte im Theater so durchgefallen wären, wie jetzt vor Ihnen, lieber Nürnberger, so könnte man das Ding doch auch nicht zu Ende spielen. Nehmen wir an, Nürnberger, Sie seien entsetzt aus dem Parkett ins Freie gestürzt. Den Hausschlüssel und die faulen Eier erlaß ich Ihnen.“

„Donnerwetter!“ rief Georg aus.

„Sie übertreiben wieder einmal, Heinrich“, sagte Nürnberger. „Ich habe mir nur erlaubt, einige Einwendungen vorzubringen“, wandte er sich an Georg, „das ist alles. Aber er ist ein Autor!“

„Es kommt alles auf die Auffassung an“, sagte Heinrich. „Es ist schließlich auch nichts andres als eine Einwendung gegen das Leben eines Mitmenschen, wenn man ihm mit der Hacke den Schädel einschlägt, nur eine ziemlich wirksame.“ Er deutete auf sein Manuskript und wandte sich zu Georg. „Wissen Sie, was das ist? Meine politische Tragikomödie. Kranzspenden dankend verbeten.“

Nürnberger lachte. „Ich versichre Sie, Heinrich, aus dem Sujet wäre noch immer was ganz Famoses zu machen. Sie könnten beinah die ganze Szenenführung beibehalten und eine Anzahl von Figuren. Sie müßten sich nur dazu entschließen, bei Wiederaufnahme Ihres Planes weniger gerecht zu sein."

„Das ist aber doch eigentlich schön", sagte Georg, „daß er gerecht ist."

Nürnberger schüttelte den Kopf. „Überall mag man es sein – nur nicht im Drama." Und sich wieder an Heinrich wendend: „In solch einem Stück, das eine Zeitfrage behandelt, oder gar mehrere, wie es Ihre Absicht war, werden Sie mit der Objektivität nie was erreichen. Das Publikum im Theater verlangt, daß die Themen, die der Dichter anschlägt, auch erledigt werden, oder daß wenigstens eine Täuschung dieser Art erweckt werde. Denn natürlich gibt's nie und nimmer eine wirkliche Erledigung. Und scheinbar erledigen kann eben nur einer, der den Mut oder die Einfalt oder das Temperament hat, Partei zu ergreifen. Sie werden schon darauf kommen, lieber Heinrich, daß es mit der Gerechtigkeit im Drama nicht geht."

„Wissen Sie, Nürnberger", sagte Heinrich, „es ging vielleicht auch mit der Gerechtigkeit. Ich glaub, ich hab nur nicht die richtige. In Wirklichkeit hab ich nämlich gar keine Lust gerecht zu sein. Ich stell mir's sogar wunderschön vor ungerecht zu sein. Ich glaube, es wäre die allergesündeste Seelengymnastik, die man nur treiben könnte. Es muß so wohl tun, die Menschen, deren Ansichten man bekämpft, auch wirklich hassen zu können. Es erspart einem gewiß sehr viel innere Kraft, die man viel besser auf den Kampf selbst verwenden dürfte. Ja, wenn man noch die Gerechtigkeit des Herzens hätte... Ich hab sie aber nur da", und er deutete auf seine Stirn. „Ich stehe auch nicht über den Parteien, sondern ich bin gewissermaßen bei allen oder gegen alle. Ich hab nicht die göttliche Gerechtigkeit, sondern die dialektische. Und darum...", er hielt sein Manuskript in die Höhe, „ist da auch so ein langweiliges und unfruchtbares Geschwätz herausgekommen."

„Weh dem Manne", sagte Nürnberger, „der sich erdreistete derartiges über Sie zu schreiben."

„Na ja", erwiderte Heinrich lächelnd. „Wenn's ein anderer sagt, kann man nie den leisen Verdacht unterdrücken, daß er recht haben könnte. Aber nun muß ich wirklich gehen. Grüß Sie Gott, Georg. Ich bedaure sehr, daß Sie mich gestern verfehlt haben. Wann reisen Sie denn wieder ab?"

„Morgen."

„Aber man sieht Sie doch noch vor Ihrer Abreise? Ich bin heute den ganzen Nachmittag und Abend zu Hause, kommen Sie, wann es Ihnen paßt. Sie werden einen Menschen finden, der sich mit Entschlossenheit von den Zeitfragen ab und wieder den ewigen Problemen zugewandt hat: Tod und Liebe... Glauben Sie übrigens an den Tod, Nürnberger? Hinsichtlich der Liebe frag ich schon gar nicht."

„Dieser für Ihre Verhältnisse doch etwas zu billige Witz", sagte Nürnberger, „läßt mich vermuten, daß Sie sich durch meine Kritik, trotz Ihrer sehr würdigen Haltung..."

„Nein, Nürnberger, ich schwöre Ihnen, ich bin nicht verletzt. Ich habe sogar eher ein angenehmes Gefühl, daß die Sache abgetan ist."

„Abgetan? Warum denn? Es ist doch immerhin möglich, daß ich mich geirrt habe und daß gerade diesem Stück, das ich für minder gelungen halte, auf dem Theater ein Erfolg beschieden wäre, der Sie zum Millionär machen kann. Ich wäre trostlos, wenn durch meine vielleicht ganz unmaßgebliche Kritik..."

„Gewiß, gewiß, Nürnberger, das müssen wir nun schon einmal alle und in jedem einzelnen Fall auf uns nehmen, daß wir uns geirrt haben können. Und nächstens schreib ich doch wieder ein Stück und zwar mit folgendem Titel: Mir macht niemand was weiß und ich mir selber erst recht nicht... und Sie, Nürnberger, werden der Held sein."

Nürnberger lächelte. „Ich? Das heißt, Sie werden einen Menschen hernehmen, den zu kennen Sie sich einbilden, werden diejenigen Seiten seines Wesens zu schildern versuchen, die Ihnen gerade in den Kram passen – andre unterschlagen, mit denen Sie nichts anfangen können, und am Ende..."

„Am Ende", unterbrach ihn Heinrich, „wird es ein Porträt sein, aufgenommen von einem irrsinnigen Photographen durch einen verdorbenen Apparat, während eines Erdbebens und bei Sonnenfinsternis. Einverstanden oder fehlt noch was?"

„Die Charakteristik dürfte erschöpfend sein", sagte Nürnberger.

Heinrich nahm Abschied in überlauter Lustigkeit und entfernte sich mit seinem zusammengerollten Manuskript.

Als er fort war, bemerkte Georg: „Seine Laune kommt mir doch ein bißchen gekünstelt vor."

„Finden Sie? Ich hab ihn in der letzten Zeit immer auffallend gut gestimmt gefunden."

„Wirklich gut gestimmt? Glauben Sie das ernstlich? Nach dem, was er erlebt hat?"

„Warum nicht? Menschen, die sich so viel, fast ausschließlich mit sich selbst beschäftigen wie er, verwinden ja seelische Schmerzen überraschend schnell. Auf solchen Naturen, und wohl nicht nur auf solchen, lastet das geringfügigste physische Unbehagen viel drückender, als jede Art von Herzenspein, selbst Untreue und Tod geliebter Personen. Es rührt wohl daher, daß jeder Seelenschmerz irgendwie unserer Eitelkeit schmeichelt, was man von einem Typhus oder einem Magenkatarrh nicht behaupten kann. Und beim Künstler kommt vielleicht dazu, daß aus einem Magenkatarrh absolut nichts zu holen ist... wenigstens vor kurzem stand das noch ziemlich fest... aus Seelenschmerzen hingegen alles, was man nur will, vom lyrischen Gedichte bis zu philosophischen Werken."

„Es gibt doch wohl Seelenschmerzen recht verschiedener Art", erwiderte Georg. „Und es ist doch noch etwas anderes, wenn uns eine Geliebte betrügt oder verläßt... und selbst wenn sie eines natürlichen Todes stirbt, als wenn sie sich unseretwegen umbringt."

„Sie wissen ganz bestimmt?" fragte Nürnberger, „daß Heinrichs Geliebte sich seinetwegen umgebracht hat?"

„Hat Ihnen denn Heinrich nicht erzählt...?"

„Allerdings. Aber das beweist nicht viel. In Hinsicht auf Dinge, die uns selber angehen, sind wir immer Tröpfe, auch die Klügsten unter uns."

Solche Bemerkungen aus Nürnbergers Munde hatten für Georg etwas seltsam Beunruhigendes. Sie gehörten in die Reihe jener, die Nürnberger nicht ungern vernehmen ließ und die, wie Heinrich sich einmal ausgedrückt hatte, den Sinn jedes menschlichen Verkehrs, ja aller menschlichen Beziehungen geradezu aufhoben.

Nürnberger sprach weiter: „Wir kennen nur zwei Tatsachen. Die eine, daß unser Freund einmal mit einer jungen Dame ein Verhältnis gehabt und die andere, daß diese junge Dame sich ins Wasser gestürzt hat. Von allem, was dazwischen liegt, ist uns beiden so gut wie nichts und Heinrich wahrscheinlich nicht viel mehr bekannt. Warum sie sich umgebracht hat, können wir alle nicht wissen, und vielleicht hat die Arme selbst es auch nicht gewußt."

Georg sah durchs Fenster, erblickte Dächer, Schornsteine, verwitterte Röhren und ziemlich nah den hellgrauen Turm mit der durchbrochenen Steinkuppel. Der Himmel darüber war blaß und leer. Es fiel Georg plötzlich auf, daß Nürnberger noch mit keinem Wort nach Anna gefragt hatte. Was mochte er wohl vermuten? Am Ende, daß Georg sie verlassen und sie sich schon mit einem andern Liebhaber getröstet hätte? Warum bin ich nach Wien gefahren, dachte er flüchtig, – wie wenn seine Reise keinen andern Zweck gehabt hätte, als sich von Nürnberger Aufschlüsse über das Dasein erteilen zu lassen, die nun schlimm genug ausgefallen waren. Es schlug zwölf. Georg nahm Abschied. Nürnberger begleitete ihn bis an die Tür und dankte ihm für den Besuch. Mit Herzlichkeit, als hätte das frühere Gespräch über Georgs neuen Aufenthaltsort überhaupt keine Geltung zu beanspruchen, erkundigte er sich nach der Beschäftigung, den Arbeiten, den neuen Bekannten Georgs und erfuhr jetzt erst, welchem Zufall Georg seine plötzliche Berufung nach der kleinen Stadt zu verdanken hatte.

„Das ist's ja, was ich immer sage", bemerkte er dann, „nicht *wir* sind's, die unser Schicksal machen, sondern meist besorgt das irgendein Umstand außer uns, auf den wir keinerlei Einfluß zu nehmen in der Lage waren, ja den wir nicht einmal in den Kreis unserer Berechnungen einbeziehen konnten. Ist es schließlich... bei aller Schätzung Ihres Talents darf ich es wohl sagen – ist es Ihr Verdienst oder das des alten Eißler, von dessen Verwendung in Ihrer Sache Sie mir einmal erzählt haben, daß Sie telegraphisch nach Detmold beschieden wurden und dort so rasch Ihren Wirkungskreis gefunden haben? Nein. Ein Unschuldiger, Ihnen Unbekannter mußte eines plötzlichen Todes sterben, damit Sie dort den Platz frei finden durften. Und welche andern Dinge, auf die Sie gleichfalls keinen Einfluß nehmen und die Sie nicht vorhersehen konnten, mußten eintreten, um Sie von Wien leichten Herzens, ja um Sie überhaupt von hier scheiden zu lassen?!"

„Wieso leichten Herzens?" fragte Georg befremdet.

„Leichteren Herzens, als unter andern Umständen, mein ich. Wenn das kleine Geschöpf am Leben geblieben wäre, wer weiß ob Sie..."

„Sie können überzeugt sein, auch dann wär ich fortgefahren. Und Anna hätte es geradeso natürlich gefunden, wie sie es jetzt findet. Glauben Sie das nicht? Vielleicht wär ich sogar leichtern Herzens abgereist, wenn jene Sache anders ausgegangen wäre. Anna war es ja, die mir zugeredet hat anzunehmen. Ich war durchaus nicht entschlossen. Sie ahnen gar nicht, was für ein gutes und kluges Wesen Anna ist."

„O ich zweifle nicht daran. Nach allem, was Sie mir gelegentlich von ihr erzählt haben, hat sie sich ja anscheinend auch in ihre Situation mit mehr Würde gefunden, als junge Damen aus ihren Kreisen bei solchen Gelegenheiten sonst aufzubringen pflegen."

„Lieber Herr Nürnberger, die Situation war ja nicht so furchtbar."

„Ach, sagen Sie das nicht. Wenn sie auch durch Ihre Noblesse und Rücksichtnahme sehr gemildert war, seien Sie überzeugt, das Fräulein hat gewiß öfter in dieser Zeit das Unregelmäßige in ihrer Situation empfunden. Es gibt wohl kein weibliches Wesen, und dächte es noch so kühn und überlegen, das in einem solchen Fall nicht lieber den Ring am Finger trüge. Und es spricht eben wieder für die kluge und vornehme Gesinnung Ihrer Freundin, daß sie Sie das niemals hat merken lassen und daß sie auch die bittre Enttäuschung am Ende dieser gewiß nicht ausschließlich süßen neun Monate mit Fassung und Ruhe hingenommen hat."

„Enttäuschung ist ein mildes Wort. Schmerzen wäre vielleicht das richtigere."

„Es war wohl beides. Doch wie meistens wird wohl auch hier die brennende Wunde des Schmerzes schneller verheilt sein, als die quälende, bohrende der Enttäuschung."

„Ich verstehe Sie nicht recht."

„Nun daran, lieber Georg, werden Sie doch nicht zweifeln, daß Sie sehr bald, am Ende schon heute, verheiratet wären, wenn das kleine Wesen am Leben geblieben wäre."

„Und Sie glauben, daß jetzt, weil wir kein Kind haben... ja Sie scheinen der Ansicht zu sein, daß... daß... es überhaupt aus ist? Sie sind vollkommen im Irrtum, aber vollkommen, lieber Freund."

„Lieber Georg", erwiderte Nürnberger, „wir wollen lieber beide von der Zukunft nicht reden. Weder Sie noch ich wissen es, wo in diesem Augenblick ein Faden zu unserm Schicksal gesponnen wird. Sie haben auch in dem Augenblick, als jener Kapellmeister vom Schlag gerührt wurde, nicht das geringste verspürt. Und wenn ich Ihnen jetzt Glück wünsche zu Ihrer weiteren Laufbahn, so weiß ich nicht, auf wen ich mit diesem Glückwunsch vielleicht den Tod herabgefleht habe."

Auf dem Flur nahmen sie Abschied. Auf die Stiege rief Nürnberger Georg nach: „Lassen Sie gelegentlich was von sich hören."

Georg wandte sich noch einmal um: „Und Sie, tun Sie desgleichen!..." Er sah nur noch die abwehrend-resignierte Handbewegung Nürnbergers, lächelte unwillkürlich und eilte hinab. An der nächsten Ecke nahm er einen Wagen. Auf dem Weg zu Golowskis dachte er über Nürnberger und Bermann nach. Was für ein seltsames Verhältnis das zwischen ihnen war! Vor Georg erschien ein Bild, das er ähnlich irgend einmal in einem Traum gesehen zu haben glaubte. Die zwei saßen sich gegenüber; jeder hielt dem andern einen Spiegel vor, darin sah der andere sich selbst mit einem Spiegel in der Hand, und in dem Spiegel wieder den andern mit dem Spiegel in der Hand und so fort in die Unendlichkeit. Kannte da einer noch den andern, kannte einer noch sich selbst? Georg wurde schwindlig zumute. Dann dachte er an Anna. Sollte Nürnberger wieder einmal recht behalten? War es denn wirklich aus? Konnte es überhaupt jemals enden? Jemals?... Das Leben ist lang! Aber waren schon die nächsten Monate bedenklich? Micaela vielleicht... Nein. Das war nicht schwer zu nehmen, wie immer es kommen sollte. Und zu Ostern war er ja wieder in Wien, dann kam der Sommer; man blieb zusammen. Und dann? Ja was dann? Vermählung? Herrn Rosners und Frau Rosners Schwiegersohn, Josefs Schwager! Ach, was ging ihn die Familie an. Anna war es doch, die seine Frau sein würde, das gütige, sanfte, kluge Wesen.

Der Wagen hielt vor einem ziemlich neuen, häßlichen, gelb angestrichenen Haus, in einer breiten, einförmigen Gasse. Georg hieß den Kutscher warten und trat ins Tor. Im Innern sah das Haus recht verwahrlost aus; Mörtel war an vielen Stellen von den Mauern abgebröckelt, und die Stiegen waren schmutzig. Aus einigen Küchenfenstern roch es nach schlechtem Fett. Auf dem Gang im ersten Stock unterhielten sich zwei dicke Jüdinnen in einem für Georg unerträglichen Jargon, und die eine sagte zu einem Buben, den sie an der Hand hielt: „Moritz, laß den Herrn vorbei." Warum sagt sie das, dachte Georg. Es ist ja Platz genug. Offenbar will sie sich mit mir verhalten. Als wenn ich ihr schaden oder nützen könnte. Und ein Wort Heinrichs aus einem verflossenen Gespräch fiel ihm ein: „Feindesland".

Ein Dienstmädchen ließ ihn in ein Zimmer treten, das er sofort als das Leos erkannte. Bücher und Papiere auf dem Schreibtisch, das Klavier offen, auf dem Divan eine geöffnete Reisetasche, die noch nicht ganz ausgepackt war. In der nächsten Minute öffnete sich die Tür; Leo trat herein, umarmte den Gast und küßte ihn so rasch auf beide Wangen, daß der so herzlich Begrüßte gar nicht dazu kam, verlegen zu werden. „Das ist lieb von Ihnen", sagte Leo und schüttelte ihm beide Hände.

„Sie können sich gar nicht denken, wie ich mich gefreut habe...", begann Georg.

„Ich glaub's Ihnen... aber bitte kommen Sie mit mir weiter, wir sind nämlich noch beim Essen – aber gleich fertig."

Er führte ihn ins Nebenzimmer. Die Familie war um den Tisch versammelt. „Ich glaube, meinen Vater kennen Sie noch nicht", bemerkte Leo und stellte die beiden einander vor. Der alte Golowski stand auf, legte die Serviette fort, die er um den Hals gebunden hatte, und reichte Georg die Hand.

Dieser wunderte sich, daß der alte Mann vollkommen anders aussah, als er sich ihn vorgestellt hatte; nicht patriarchalisch, graubärtig und ehrwürdig, sondern glattrasiert und mit breit verschlagenen Mienen glich er am ehesten einem alternden Provinzkomiker. „Ich freu mich sehr, Herr Baron, Sie kennen zu lernen", sagte er, und in seinen listigen Augen stand zu lesen: „Ich weiß doch alles."

Therese stellte hastig die üblichen Fragen an Georg, wann er gekommen wäre, wie lange er bliebe, wie es ihm ginge; er antwortete geduldig und liebenswürdig, und sie sah ihm neugierig-lebhaft ins Gesicht. Dann fragte er Leo nach dessen Absichten für die nächste Zeit.

„Vor allem werd ich fleißig Klavier spielen müssen, um mich vor meinen Schülern nicht zu blamieren. Die Leute sind ja sehr nett gegen mich gewesen. Bücher hab ich gehabt, soviel ich wollte. Aber ein Klavier haben sie mir doch nicht zur Verfügung gestellt." Er wandte sich an Therese: „Das solltest du in einer deiner nächsten Reden unbedingt geißeln. Diese schlechte Behandlung der Untersuchungshäftlinge muß abgestellt werden."

„Gestern um die Zeit", sagte der alte Golowski, „war ihm wirklich noch nicht zum Lachen."

„Wenn du vielleicht glaubst“, meinte Therese, „daß der Glücksfall, der dir begegnet ist, meine Ansichten ändern wird, so irrst du dich gewaltig. Im Gegenteil.“ Und zu Georg gewandt fuhr sie fort: „Theoretisch bin ich nämlich absolut dagegen, daß sie ihn herausgelassen haben.“ Sie sprach wieder zu Leo hin: „Wenn du den Kerl, wie es ja dein gutes Recht gewesen wäre, einfach totgeschlagen hättest, ohne diese ekelhafte Duellkomödie, wärst du nie frei geworden, säßest deine fünf bis zehn Jahre ab, heilig. Weil du dich aber auf dieses grauenvolle, vom Staat konzessionierte Hazardspiel um Leben und Tod eingelassen, weil du dich also vor der militärischen Weltanschauung geduckt hast, bist du begnadigt worden. Hab ich nicht recht?“ wandte sie sich wieder an Georg.

Der nickte nur und dachte an den armen jungen Menschen, den Leo erschossen und der eigentlich gar nichts anderes gegen die Juden gehabt hatte, als daß sie ihm so zuwider gewesen waren, wie schließlich den meisten Menschen – und dessen Schuld im Grunde nur darin bestanden hatte, daß er an den Unrechten gekommen war. Leo strich seiner Schwester übers Haar und sagte: „Siehst du, wenn du das, was du hier in diesen vier Wänden gesagt hast, nächstens öffentlich aussprächest, dann würdest du mir imponieren.“

„Na und du mir“, erwiderte Therese, „wenn du dir morgen samt dem alten Ehrenberg ein Billett nach Jerusalem löstest.“

Sie standen vom Tisch auf. Leo lud Georg ein, mit ihm in sein Zimmer zu kommen.

„Stör' ich euch?“ fragte Therese. „Ich möcht nämlich auch was von ihm haben.“

Sie saßen alle drei in Leos Zimmer und plauderten. Leo schien sich der wiedergewonnenen Freiheit unbedenklich und reuelos zu freuen, was Georg sonderbar berührte. Therese saß auf dem Divan, in einem dunkeln anliegenden Kleid und sah heute zum erstenmal wieder der jungen Dame ähnlich, die in Lugano als die Geliebte eines Kavallerieoffiziers unter einer Platane Asti getrunken und nachher einen anderen geküßt hatte. Sie bat Georg Klavier zu spielen. Noch nie hatte sie ihn gehört. Er setzte sich hin, spielte einiges aus Tristan und phantasierte dann mit glücklicher Eingebung. Leo sprach seine Anerkennung aus.

„Wie schade, daß er nicht dableibt“, sagte Therese und kreuzte, an der Wand lehnend, die Hände über ihrer hohen Frisur.

„Zu Ostern komm ich wieder“, erwiderte Georg und sah sie an.

„Aber doch nur, um wieder zu verschwinden“, sagte Therese.

„Das wohl“, entgegnete Georg, und es fiel ihm plötzlich auf die Seele, daß hier nicht mehr seine Heimat war, daß er nun überhaupt keine mehr hatte, für lange Zeit.

„Wie wär's“, sagte Leo, „wenn wir im Sommer eine gemeinsame Wanderung unternähmen? Sie, Bermann und ich. Ich verspreche Ihnen, daß wir Sie nicht durch theoretische Gespräche langweilen werden, wie im vorigen Herbst einmal... erinnern Sie sich noch?“

„Ach“, sagte Therese und reckte sich, „es kommt so wie so nichts dabei heraus. Taten! meine Herren!“

„Und was kommt bei Taten heraus?“ fragte Leo. „Sie sind höchstens Privaterlösungen für den Moment.“

„Ja, Taten, die man für sich selbst begeht“, sagte Therese. „Nur was man fähig ist, für die andern zu leisten, ohne Rachsucht, ohne Eitelkeit persönlicher Natur, namenlos womöglich, nur das nenn ich eine Tat.“

Georg mußte endlich fort. Was hatte er noch alles zu besorgen!

„Ich begleite Sie ein Stück“, sagte Therese zu ihm.

Leo umarmte ihn noch einmal und sagte: „Es war wirklich schön von Ihnen.“

Therese verschwand, um Hut und Jacke zu holen. Georg begab sich ins Nebenzimmer; die alte Frau Golowski schien ihn erwartet zu haben. Mit einem sonderbar ängstlichen Gesicht trat sie auf ihn zu und gab ihm ein Kuvert in die Hand.

„Was ist das?“

„Der Schein, Herr Baron, ich habe ihn nicht der Anna geben wollen... es hätt sie vielleicht zu sehr aufgeregt.“

„Ach ja...“ Er steckte das Kuvert ein und fand, daß es sich seltsamer anfühlte, als andre...

Therese erschien mit einem spanischen Hütchen, zum Fortgehen bereit. „Da bin ich. Auf Wiedersehen, Mama. Zum Nachtmahl komm ich nicht nach Haus.“

Sie ging mit Georg die Treppe hinab, sah ihn vergnügt von der Seite an.

„Wohin darf ich Sie führen?“ fragte Georg.

„Nehmen Sie mich nur mit, irgendwo steig ich halt aus.“ Sie stiegen ein, der Wagen fuhr davon. Sie fragte ihn um allerlei, worauf er schon in der Wohnung Antwort gegeben hatte, als nähme sie an, daß er jetzt, mit ihr allein, aufrichtiger sein müßte, als vor den andern. Sie erfuhr nichts anderes, als daß er sich in der neuen Umgebung wohl fühlte und daß seine Arbeit ihm Befriedigung gewährte. Ob sein Erscheinen eine große Überraschung für Anna bedeutet hätte? Nein, das nicht, er hatte sie ja verständigt. Und ob es denn wahr sei, daß er zu Ostern wiederkommen wollte? Es sei seine bestimmte Absicht...

Sie schien verwundert. „Wissen Sie, daß ich mir fest eingebildet hatte...“

„Was?“

„Man würde Sie niemals wiedersehen.“

Er erwiderte nichts, etwas betroffen. Dann fuhr es ihm durch den Sinn: Wär es nicht vernünftiger gewesen...? Er saß ganz nahe neben Therese, fühlte die Wärme ihres Körpers wie damals in Lugano. In welchem ihrer Träume mochte sie jetzt leben? In dem wirr-düstern der Menschheitsbeglückung, oder in dem heiter-leichten eines neuen Liebesabenteuers? Sie sah angelegentlich zum Fenster hinaus. Er nahm ihre Hand, die sie ihm nicht entzog, und führte sie an die Lippen. Plötzlich wandte sie sich zu ihm und sagte harmlos: „So, nun lassen Sie halten, hier steig ich am besten aus.“

Er ließ ihre Hand los und sah Therese an.

„Ja, lieber Georg, wohin geriete man“, sagte sie, „wenn man sich nicht...“, sie verzog spöttisch den Mund, „für die Menschheit zu opfern hätte. Wissen Sie, was ich mir manchmal denke...? Vielleicht ist das alles nur eine Flucht vor mir selbst.“

„Warum... warum fliehen Sie?“

„Leben Sie wohl, Georg.“ Der Wagen hielt. Therese stieg aus, ein junger Mann blieb stehen, starrte sie an; sie verschwand in der Menge. Ich glaube nicht, daß sie auf dem Schafott enden wird, dachte Georg. Er fuhr in sein Hotel, aß zu Mittag, zündete sich eine Zigarette an, kleidete sich um und begab sich zu Ehrenbergs.

Im Speisezimmer, beim schwarzen Kaffee, mit den Damen des Hauses waren James, Sissy, Willy Eißler und Frau Oberberger anwesend. Georg nahm zwischen Else und Sissy Platz, trank ein Gläschen Benediktiner und beantwortete alle

Fragen, die seinem neuen Wirken galten, geduldig und mit Humor. Bald begab man sich in den Salon, und nun saß er eine Weile im erhöhten Erker mit Frau Oberberger, die heute wieder ganz jung aussah und vor allem über Georgs persönliche Erlebnisse in Detmold näheres zu hören wünschte. Sie glaubte ihm nicht, daß er nicht mit sämtlichen Sängerinnen Verhältnisse angeknüpft hatte, wie ihr überhaupt das Theaterleben nur als Anlaß und Vorwand für galante Abenteuer zu gelten schien; jedenfalls bestand sie darauf, über Vorgänge hinter den Kulissen, in den Garderoben und in der Direktionskanzlei Ungeheuerlichkeiten zu vernehmen. Als Georg nicht umhin konnte, sie durch seine Berichte von der bürgerlich anständigen, beinahe philiströsen Lebensweise der Bühnenmitglieder und durch die Schilderung eines eigenen arbeitsvollen Daseins zu enttäuschen, begann sie sichtlich zu verfallen, und bald saß ihm eine gealterte Frau gegenüber, in der er dieselbe erkannte, die ihm im verflossenen Sommer zuerst in der Loge eines weiß-roten Theaterchens und später in einem nun fast vergessenen Traum erschienen war. Dann stand er mit Sissy neben der marmornen Isis, und während des harmlosen Plauderns suchte jeder in den Augen des andern die Erinnerung einer glühenden Stunde unter den tiefen Nachmittagsschatten eines dunkelgrünen Parks. Aber beiden schien sie heute wie in unzugängliche Tiefen versunken. Endlich saß er mit Else an dem kleinen Tischchen, auf dem Photographien und Bücher lagen. Auch sie stellte zuerst gleichgültige Fragen, wie alle andern.

Plötzlich aber, ganz unvermutet und etwas leiser fragte sie: „Wie geht's denn Ihrem Kind?“

„Meinem Kind...?“ Er zögerte. „Sagen Sie mir, Else, warum fragen Sie mich eigentlich...? Es ist ja doch nur Neugier.“

„Sie irren sich, Georg“, erwiderte sie ruhig und ernst, „wie Sie sich ja meistens in mir geirrt haben. Sie halten mich für recht oberflächlich, oder weiß Gott was. Nun, es hat ja keinen Sinn, weiter darüber zu reden. Aber jedenfalls ist es nicht so ganz unbegreiflich, daß ich mich nach dem Kind erkundige. Ich möchte es gern einmal sehen.“

„Sie möchten es sehen?“ Er war bewegt.

„Ja. Ich hätte sogar noch eine andre Idee... die Sie aber wahrscheinlich ganz verrückt finden werden.“

„Lassen Sie doch hören, Else.“

„Ich denke mir nämlich, wir könnten es zu uns nehmen."

„Wer, wir?"

„James und ich."

„Nach England?"

„Wer sagt Ihnen denn, daß wir nach England gehen? Wir bleiben hier. Wir haben schon eine Wohnung gemietet, im Cottage draußen. Es braucht's ja niemand zu wissen, daß es Ihr Kind ist."

„Was für ein romanhafter Gedanke."

„Gott, warum romanhaft? Anna kann's doch nicht bei sich haben und Sie doch erst recht nicht. Wo soll's denn während der Proben stecken? Im Souffleurkasten vielleicht?"

Georg lächelte. „Sie sind sehr gut, Else."

„Ich bin gar nicht gut. Ich denk nur, warum soll denn so ein unschuldiges kleines Geschöpf dafür büßen, oder darunter leiden, daß... na ja, ich meine, es kann doch nichts dafür... schließlich... Ist es ein Bub?"

„Es war ein Bub." Er machte eine Pause. Dann sagte er leise: „Es ist nämlich tot." Und er sah vor sich hin.

„Was? Ach so, Sie wollen sich... vor meiner Zudringlichkeit schützen."

„Else, wie können Sie denn... Nein, Else. In solchen Dingen lügt man nicht."

„Also wirklich? Ja, wie ist denn das..."

„Es ist tot zur Welt gekommen."

Sie sah zu Boden. „Nein, wie schrecklich!" Sie schüttelte den Kopf. „Wie schrecklich!... Nun hat sie mit einemmal gar nichts mehr."

Georg zuckte leicht zusammen, aber vermochte nichts zu antworten. Wie entschieden es für alle schien, daß die Geschichte mit Anna zu Ende war. Und ihn bedauerte Else gar nicht. Sie ahnte wohl nicht einmal, wie der Tod des Kindes ihn erschüttert hatte. Wie konnte sie es auch ahnen! Was wußte sie von der Stunde, da der Garten seine Farben, der Himmel sein Licht für ihn verloren hatte, weil sein wunderschönes Kind tot drin im Hause lag.

Frau Ehrenberg war herangekommen. Sie drückte Georg ihre besondere Zufriedenheit aus. Sie habe übrigens nie daran gezweifelt, daß er seinen Mann stellen würde, sobald er nur einmal in einem Beruf mitten drin stände. Auch sei sie fest überzeugt: in drei bis fünf Jahren hätten sie ihn hier, in Wien, als Kapellmeister. Georg wehrte ab. Er denke vorläufig gar nicht daran, nach Wien zurückzukehren. Er fühle, daß man draußen im Reich mehr und ernster arbeite. Hier sei man immer in Gefahr, sich zu verlieren.

Frau Ehrenberg stimmte zu und nahm Anlaß, sich über Heinrich Bermann zu beschweren, der als Dichter verstummt sei und sich nebstbei nicht mehr blicken lasse.

Georg nahm ihn in Schutz und fühlte sich verpflichtet, festzustellen, daß Heinrich fleißiger wäre als je. Aber Frau Ehrenberg hatte auch andre Beispiele für den verderblichen Einfluß der Wiener Luft. Nürnberger vor allem, der sich nun vollkommen von der Welt abzuschließen scheine. Und was mit Oskar passiert sei... hätte das in einer andern Stadt als in Wien geschehen können? Ob Georg übrigens wüßte, daß Oskar mit dem Prinzen von Guastalla auf Reisen wäre? Sie tat, als fände sie daran nichts Besonderes, Georg merkte ihr aber an, daß sie ein wenig stolz war und irgendwie die Meinung hegte, als hätte mit Oskar sich schließlich doch noch alles zum Guten gefügt. –

Während Georg mit Frau Ehrenberg sprach, sah er zuweilen die Blicke Elses auf sich gerichtet, die sich mit James in den Erker zurückgezogen hatte, – wissende, schwermütige Blicke, die ihn beinahe durchschauerten. Er empfahl sich bald, fühlte einen unbegreiflich fremden Händedruck von Else, gleichgültig-liebenswürdige von den andern und ging.

Wie das nur zugeht, dachte er im Wagen, der ihn zu Heinrich führte. Die Leute wußten alles früher als er selbst. Sie hatten von seinem Verhältnis mit Anna gewußt, ehe es angefangen – und jetzt wußten sie wieder früher als er, daß es zu Ende war. Er hatte nicht übel Lust, ihnen allen zu beweisen, daß sie sich irrten. Freilich, in solch einer Lebenssache durfte man sich durch Trotz am wenigsten bestimmen lassen. Es war gut, daß nun ein paar Monate kamen, in denen er sich wieder sammeln, alles reiflich erwägen konnte. Auch für Anna würde es gut sein; für sie vielleicht ganz besonders. Der gestrige Spaziergang mit ihr im Regen über die feuchtbräunlichen Straßen fiel ihm wieder ein und erschien ihm wie etwas unsagbar Trauriges. Ach, die Stunden in dem gewölbten Zimmer, in das von drüben durch den wallenden Schneevorhang die Orgel hereinklang! Wo waren sie! Diese und so viele andre wundervolle Stunden, wo waren sie hin! Er sah sich und Anna im Geiste wieder, ein junges Paar auf der Hochzeitsreise, durch Gassen wandeln, in denen der wunderbare Hauch der Fremde war; banale Hotelräume, in denen er nur für kurze Tage mit ihr geweilt, tauchten vor ihm plötzlich wieder auf und waren wie geweiht vom Duft der Erinnerung... Dann erschien ihm die Geliebte auf einer weißen Bank, unter schweren Ästen, die hohe Stirn von einer trügerischen Ahnung sanfter Mütterlichkeit umflossen – und endlich stand sie da, ein Notenblatt in der Hand und weiße Vorhänge bewegten sich leise im Winde. – Und als er sich bewußt wurde, daß es dasselbe Zimmer war, in dem sie jetzt seiner wartete – und daß nicht viel mehr als ein Jahr verflossen, seit jener abendlichen Spätsommerstunde, da sie, von ihm begleitet, sein Lied zum erstenmal ihm vorgesungen – atmete er in seiner Wagenecke schwer und beinahe angstvoll auf.

Als er ein paar Minuten drauf bei Heinrich im Zimmer stand, bat er ihn, dies nicht als Besuch anzusehen. Nur die Hand wollte er ihm drücken – morgen vormittags wenn's ihm recht sei, wollte er ihn abholen zu einem Spaziergang... Ja – dies fiel ihm während des Redens ein – zu einer Art von Abschiedsspaziergang im Wald von Salmansdorf.

Heinrich war einverstanden, bat ihn nur ein paar Augenblicke zu verweilen. Georg fragte ihn scherzend, ob er sich schon von seinem Mißerfolg von heute Morgen erholt hätte.

Heinrich wies auf den Schreibtisch, wo lose Blätter lagen, die mit großen, erregten Schriftzeichen bedeckt waren. „Wissen Sie, was das ist? Den Ägidius habe ich mir wieder hergenommen. Und gerade, bevor Sie kamen, ist mir ein ziemlich möglicher Schluß eingefallen. Wenn es Sie interessiert, so erzähl ich Ihnen morgen mehr davon."

„Gewiß. Ich bin sehr gespannt. Das ist übrigens hübsch, daß Sie sich gleich wieder an eine Arbeit gemacht haben."

„Ja, lieber Georg, ganz allein bin ich nicht gern. Ich muß mir möglichst rasch Gesellschaft verschaffen, nach meiner Wahl... sonst kommt eben wer will, und man möchte doch nicht für jedes Gespenst zu sprechen sein."

Georg erzählte, daß er Leo besucht und ihn so heiter angetroffen, wie er es kaum vermutet hätte.

Heinrich lehnte am Schreibtisch, beide Hände in den Hosentaschen vergraben, mit leicht gesenktem Kopf; die beschirmte Lampe zeichnete von unten unsichere Schatten in sein Gesicht. „Warum haben Sie's nicht erwartet, ihn heiter zu finden? Uns... mir wenigstens ging es wahrscheinlich gerade so."

Georg saß auf der Lehne eines schwarzledernen Fauteuils, die Beine übereinandergeschlagen, Hut und Stock in der Hand. „Vielleicht haben Sie recht", sagte er, „aber ich kann Ihnen nicht verhehlen, mir war es trotzdem sonderbar zu denken, während ich sein frohes Gesicht sah, daß er ein Menschenleben auf dem Gewissen hat."

„Das heißt", sagte Heinrich und begann im Zimmer hin und her zu gehen, „es ist einer der Fälle, wo die Beziehung von Ursache und Wirkung so einleuchtend ist, daß man ruhig sagen darf: „Er hat getötet", ohne daß es beinahe nach einem Wortspiel aussähe... Im ganzen aber, finden Sie nicht, Georg, sehen wir diese Dinge doch ein bißchen oberflächlich an. Wir müssen einen Dolch blitzen sehen, eine Kugel pfeifen hören, um zu begreifen, daß ein Mord geschehen ist. Als wär nicht einer, der jemanden sterben läßt, vom Mörder oft durch weiter nichts unterschieden, als durch einen höhern Grad von Bequemlichkeit und Feigheit..."

„Machen Sie sich am Ende Vorwürfe, Heinrich? Wenn Sie dran geglaubt hätten, daß es so kommen mußte – Sie hätten sie ja doch nicht – sterben lassen."

„Vielleicht. Ich weiß nicht. Aber eins kann ich Ihnen sagen, Georg, wenn sie noch lebte... das heißt, wenn ich ihr verziehen hätte, wie Sie sich gelegentlich auszudrücken beliebten, so käme ich mir schuldiger vor, als ich mir heute erscheine. Ja, ja, so ist es nun einmal. Ich will's Ihnen gar nicht verhehlen, Georg, es gab eine Nacht... ein paar Nächte gab es, da war ich wie vernichtet vor Schmerz, vor Verzweiflung, vor... nun, andre hätten es eben für Reue gehalten. Es war aber nichts derart. Denn mitten in meinem Schmerz, in meiner Verzweiflung hab ich's ja gewußt, daß dieser Tod etwas Erledigendes, etwas Versöhnendes, etwas Reines bedeutete. Wär ich schwach gewesen, oder weniger eitel... wie Sie's eben auffassen wollen... wär sie wieder meine Geliebte geworden, so wäre viel schlimmeres gekommen, als dieser Tod, auch für sie... Ekel und Qual, Wut und Haß wären um unser Bett gekrochen... unsere Erinnerungen wären verfault, Stück für Stück, ja, bei lebendigem Leibe wäre unsere Liebe verwest. Es durfte nicht sein. Ein Verbrechen wär es gewesen, dieses todkranke Verhältnis weiterzufristen, so wie es ein Verbrechen ist – und in der Zukunft auch so gelten wird – das Leben eines Menschen hinzufristen, dem ein qualvolles Sterben bestimmt ist. Das wird Ihnen jeder vernünftige Arzt sagen. Und darum bin ich sehr fern davon, mir Vorwürfe zu machen. Ich will mich auch nicht vor

Ihnen oder sonst jemandem auf der Welt rechtfertigen, aber es ist nun einmal so: ich *kann* mich nicht schuldig fühlen. Es geht mir ja manchmal sehr schlimm, aber mit Schuldgefühlen hat das nicht das Geringste zu tun."

„Sie sind damals hingereist?" fragte Georg.

„Ja. Ich bin hingereist. Ich bin sogar dabeigestanden, als man den Sarg in die Erde senkte. Ja. Mit der Mutter zusammen bin ich hingefahren." Er stand am Fenster, ganz im Dunkel und schüttelte sich. „Nein, nie werd ich es vergessen. Übrigens ist es auch nur eine Lüge, daß sich Menschen in einem gemeinsamen Leid finden. Nie finden sich Menschen, wenn sie nicht zueinander gehören. Noch ferner werden sie einander in schweren Stunden. Diese Fahrt! Wenn ich mich daran erinnere! Ich hab übrigens beinahe die ganze Zeit gelesen. Es war mir unerträglich, mit der dummen, alten Person zu reden. Man haßt doch niemanden mehr als jemand gleichgültigen, der einem Mitleid abfordert. Wir sind auch an ihrem Grab zusammen gestanden, die Mutter und ich. Ich, die Mutter, und ein paar Komödianten von dem kleinen Theater... Und nachher bin ich im Wirtshaus gesessen mit ihr allein, nach dem Begräbnis. Ein Leichenschmaus zu zweien. Eine hoffnungslose Geschichte, sag ich Ihnen. Wissen Sie übrigens, wo sie begraben liegt? An Ihrem See, Georg. Ja. Ich habe öfter an Sie denken müssen. Sie wissen ja, wo der Friedhof liegt. Keine hundert Schritte weit vom Auhof. Man hat eine entzückende Aussicht auf unsern See, Georg; allerdings nur wenn man lebendig ist."

Georg empfand ein leises Grauen. Er stand auf. „Ich muß Sie leider verlassen, Heinrich. Ich werde erwartet. Sie verzeihen."

Heinrich trat aus dem Dunkel des Fensters hervor, zu ihm. „Ich danke Ihnen sehr für Ihren Besuch. Also morgen, nicht wahr? Sie gehen jetzt wohl zu Anna? Bitte grüßen Sie sie herzlich. Ich höre ja, daß es ihr gut geht. Therese erzählte mir's."

„Ja, sie sieht vortrefflich aus. Sie hat sich vollkommen erholt."

„Das freut mich. Also auf morgen, nicht wahr? Ich freu mich sehr, daß ich Sie noch einmal sehen kann, eh Sie abreisen. Sie müssen mir auch noch allerlei erzählen. Ich habe ja wieder einmal nichts getan, als von mir geredet."

Georg lächelte. Als wenn er das von Heinrich nicht gewohnt gewesen wäre! „Auf Wiedersehen", sagte er und ging.

Manches von dem, was Heinrich gesprochen, klang in Georg nach, als er wieder im Wagen saß. „Wir müssen einen Dolch blitzen sehen, um zu begreifen, daß ein Mord geschehen ist.“ Georg fühlte, daß vom Sinn dieser Worte eine gleichsam unterirdische, aber längst geahnte Beziehung zu einem dumpfen Unbehagen hinging, das er manchmal in seiner Seele spürte. Er dachte einer Stunde, da ihm gewesen war, als ginge in den Wolken ein Spiel um sein ungeborenes Kind, und seltsam erschien es ihm plötzlich, daß Anna über den Tod des Kindes mit ihm noch kein Wort gesprochen, daß sie sogar in ihren Briefen jede Andeutung nicht nur auf den unglücklichen Ausgang, sondern auch auf den ganzen Zeitraum, da sie das Kind unter dem Herzen getragen, vollkommen vermieden hatte. Der Wagen näherte sich dem Ziel. Warum klopft mir das Herz, dachte Georg. Freude?... Schlechtes Gewissen?... Heut mit einemmal! Sie kann mir doch die Schuld nicht geben...? Was für Unsinn. Ich bin abgespannt und erregt zugleich, das ist es. Ich hätte nicht herkommen sollen. Warum hab ich all diese Menschen wiedergesehen? War mir nicht, trotz aller Sehnsucht, tausendmal wohler in der kleinen Stadt, wo ein neues Leben für mich angefangen hatte...? Irgendwo anders hätte ich mit Anna zusammentreffen sollen. Vielleicht fährt sie mit mir fort... Dann kann am Ende alles noch gut werden. Ist denn irgend etwas schlecht...? Sind unsere Beziehungen am Ende auch krank, und ist es ein Verbrechen, sie weiterzufristen...? Das könnte zuweilen eine bequeme Ausrede sein.

Als er bei Rosners eintrat, saß die Mutter allein am Tische, sah von einem Buche auf und klappte es zu. Über den Tisch, gleichmäßig nach allen Seiten, glitt von oben der Schein einer leicht hin und her schwingenden Lampe. Josef erhob sich aus einer Divanecke. Anna trat eben aus ihrem Zimmer, strich mit beiden Händen über das hochgekämmte, gewellte Haar, begrüßte Georg mit leichtem Kopfneigen und hatte für ihn in diesem Augenblick mehr von einer Erscheinung als von einer wirklichen Gestalt. Georg reichte allen die Hand und erkundigte sich nach dem Befinden des Herrn Rosner.

„Es geht ihm nicht grad schlecht“, sagte Frau Rosner. „Aber aufstehen kann er halt schwer.“

Josef entschuldigte sich, daß er schlafend auf dem Divan betroffen worden war. Er mußte den Sonntag benutzen, um sich auszuruhen. Er bekleidete eine Stellung bei seiner Zeitung, die ihn nachts manchmal bis drei festhielt.

„Er ist jetzt sehr fleißig“, bestätigte auch die Mutter.

„Ja“, sagte Josef bescheiden, „wenn man gewissermaßen einen Wirkungskreis hat...“ Er bemerkte weiter, daß der „Christliche Volksbote“ sich einer immer größern Verbreitung erfreue, sogar draußen im Reich. Dann richtete er an Georg einige Fragen über dessen neuen Aufenthaltsort, interessierte sich lebhaft für Bevölkerungszahl, Zustand der Straßen, Verbreitung des Radfahrsports und Umgebung.

Frau Rosner ihrerseits erkundigte sich höflich nach der Zusammenstellung des Repertoires, Georg gab Auskunft, bald war ein Gespräch im Gange, an dem sich auch Anna sachlich beteiligte, und Georg fand sich plötzlich zu Besuch in einer Bürgerfamilie von angenehmen Umgangsformen, in der die Tochter des Hauses musikalisch war. Die Unterhaltung gelangte endlich dahin, daß Georg sich zur Äußerung des Wunsches veranlaßt fand, die junge Dame wieder einmal singen zu hören – und er mußte sich gleichsam besinnen, daß es ja seine Anna war, deren Stimme zu vernehmen ihn verlangt hatte.

Josef entschuldigte sich; ein Rendezvous im Kaffee mit Klubgenossen rief ihn ab... „Wissen sich Herr Baron noch zu erinnern... die flotte Gesellschaft auf der Sophienalpe?“

„Gewiß“, sagte Georg lächelnd. Und er zitierte: „Der Gott, der Eisen wachsen ließ...“

„Der wollte keine Knechte“, ergänzte Josef. „Aber das singen wir schon lange nicht mehr. Es ist zu verwandt mit der „Wacht am Rhein“; und man soll uns nicht mehr nachsagen, daß wir über die Grenze schielen. Es hat große Kämpfe gegeben bei uns im Ausschuß. Ein Herr hat sogar demissioniert. Er ist nämlich Solizitator in der Kanzlei vom Doktor Fuchs, dem deutschnationalen Abgeordneten. Ja, es ist halt alles Politik.“ Er zwinkerte. Man sollte nicht glauben, daß er den Schwindel noch ernst nahm, jetzt da er selbst in die Maschinerie des öffentlichen Lebens Einblick hatte. Mit der kaum mehr überraschenden Bemerkung, daß er überhaupt Geschichten erzählen könnte, empfahl er sich. Frau Rosner fand es an der Zeit, nach ihrem Gatten zu sehen.

Georg saß Anna gegenüber, allein mit ihr an dem runden Tisch, über den der Schein der Hängelampe floß.

„Ich danke dir für die schönen Rosen“, sagte Anna, „ich hab sie drin in meinem Zimmer.“ Sie erhob sich, und Georg folgte ihr. Er hatte ganz vergessen, daß er ihr Blumen geschickt hatte. In einem hohen Glas, vor dem Spiegel standen sie, dunkelrot, und spiegelten farblos dunkel sich ab. Das Pianino war offen, Noten waren aufgeschlagen, zwei Kerzen brannten zu den Seiten. Sonst war nur so viel Licht in dem Raum, als durch den breiten Türspalt aus dem Nebenzimmer hereinfiel.

„Du hast gespielt, Anna?“ er trat näher hin. „Die Arie der Gräfin? Auch gesungen?“

„Ja. Versucht.“

„Geht's?“

„Es fängt an... kommt mir vor. Na, wir werden ja sehen. Aber sag mir vor allem, was du heut den ganzen Tag gemacht hast.“

„Gleich. Wir haben uns ja noch gar nicht begrüßt.“ Er umarmte und küßte sie.

„Lang ist's her“, sagte sie, an ihm vorbeilächelnd.

„Also“, fragte er lebhaft, „fährst du mit mir?“

Anna zögerte. „Aber wie denkst du dir denn eigentlich die Sache, Georg?“

„Sehr einfach. Morgen nachmittag können wir fortfahren. Wahl des Ortes bleibt dir überlassen. Reichenau, Semmering, Brühl, wohin du willst... Und übermorgen früh würd ich dich zurückbegleiten.“ Irgend was hielt ihn ab, von dem Telegramm zu reden, das ihm volle drei Tage zur Verfügung stellte.

Anna sah vor sich hin. „Es wär ja schön“, sagte sie tonlos, „aber es wird halt nicht möglich sein, Georg.“

„Wegen deines Vaters?“

Sie nickte.

„Es geht ihm doch besser?“

„Nein, es geht ihm gar nicht gut. Er ist so schwach. Man würde mir natürlich keinen direkten Vorwurf machen. Aber ich... ich *kann* die Mutter jetzt nicht allein lassen, wegen so eines Ausfluges.“

Er zuckte die Achseln, ein wenig verletzt über die Bezeichnung, die sie gewählt hatte.

„Und sag einmal aufrichtig“, fügte sie wie scherzend hinzu, „liegt dir denn gar so viel dran?“

Er schüttelte den Kopf, schmerzlich beinahe. Aber er fühlte, daß auch diese Geste der Aufrichtigkeit entbehrte. „Ich versteh dich nicht, Anna“, sagte er schwächer, als er gewünscht hätte. „Daß so ein paar Wochen des Fernvoneinander-seins, daß die... Ja ich weiß gar nicht, wie ich's nennen soll... Es ist ja, als hätte man sich verloren. *Ich* bin's doch, Anna, *ich* bin's doch...“, wiederholte er heftig aber müd. Er saß auf dem Sessel vor dem Pianino. Er nahm ihre Hände, führte sie an die Lippen, zerstreut und ein wenig erregt.

„Wie war's denn in Tristan?“ fragte sie.

Beflissen berichtete er von der Vorstellung, verschwieg auch seinen Besuch in der Ehrenbergschen Loge nicht, sprach von all den andern Menschen, die er gesehen, und bestellte ihr die Grüße von Heinrich Bermann. Dann zog er sie zu sich auf die Knie und küßte sie. Als er sein Antlitz von dem ihren entfernte, sah er Tränen über ihre Wangen rinnen. Er spielte den Befremdeten. „Was hast du denn, Kind...? Ja warum denn, warum...“

Sie erhob sich, trat zum Fenster, das Gesicht von ihm abgewandt. Nun stand er auf, etwas ungeduldig, ging ein paarmal im Zimmer auf und ab, trat endlich zu ihr, drängte sich nah an sie und begann wieder, unvermittelt, hastig: „Anna! Überleg dir's, ob du nicht doch mit mir fahren könntest! Es wäre alles so anders, als hier. Man könnte sich aussprechen. Wir haben über so wichtige Dinge zu reden. Ich brauch ja auch deinen Rat; wegen meiner Entschlüsse für das nächste Jahr. Ich hab dir ja geschrieben, nicht wahr? Es ist also sehr wahrscheinlich, daß man mir schon in den nächsten Tagen einen dreijährigen Vertrag zur Unterschrift vorlegen wird.“

„Was soll man da raten?“ sagte sie. „Du wirst schließlich am besten wissen, ob du dich dort wohlfühlst, oder nicht.“

Er begann zu erzählen, von dem liebenswürdigen und begabten Intendanten, der ihn offenbar als Mitarbeiter heranzuziehen wünschte, von dem sympathischen, alten Kapellmeister, der einmal so berühmt gewesen war, von irgendeinem sehr klein geratenen Bühnenarbeiter, den man Alexander den Großen nannte, von einer jungen Dame, mit der er die Micaela studiert hatte und die mit einem Berliner Arzt verlobt war, von einem Tenor, der schon siebenundzwanzig Jahre an dem Theater wirkte und Wagner grimmig haßte. Dann begann er von seinen persönlichen Aussichten in künstlerischer und materieller Beziehung zu sprechen. Ohne Zweifel könnte er an dem kleinen Hoftheater bald zu einer gesicherten und günstigen Position gelangen. Andererseits wäre zu bedenken, daß es gefährlich sei, sich auf allzulange zu binden; eine Karriere wie die des alten Kapellmeisters wäre nicht nach seinem

Geschmack. Freilich... die Temperamente seien verschieden, er für seinen Teil glaube sich vor einem ähnlichen Schicksal gefeit.

Anna sah ihn immer nur an, und in einem nachsichtig-spöttischen Ton, wie wenn sie zu einem Kinde spräche, sagte sie endlich: „Nein, wie er sich anstrengt."

Er war betroffen. „Inwiefern streng ich mich an?"

„Schau, Georg, du bist mir doch nicht Aufklärungen irgendwelcher Art schuldig."

„Aufklärungen? Du bist aber wirklich... Ich gebe dir doch keine Aufklärungen, Anna. Ich schildere dir einfach, wie ich lebe, und mit was für Leuten ich zu tun habe... weil ich mir schmeichle, daß dich diese Dinge interessieren; – geradeso wie ich dir erzählt habe, wo ich heute und gestern gewesen bin."

Sie schwieg. Und Georg fühlte wieder, daß sie ihm nicht glaubte, daß sie ein Recht hatte ihm nicht zu glauben – selbst wenn zufällig einmal Wahrheit über seine Lippen kam. Allerlei Worte traten ihm auf die Zunge, Worte des Gekränktseins, des Zorns, der milden Zusprache – jedes schien ihm gleich wertlos und leer. Er erwiderte gar nichts, setzte sich zum Pianino, griff leise Töne und Akkorde. Nun war ihm wieder, als liebte er sie sehr und könnte es ihr nur nicht sagen, und als wäre diese Stunde des Wiedersehens ganz anders geworden, wenn man sie anderswo gefeiert hätte. Nicht in diesem Zimmer, nicht in dieser Stadt; am liebsten an einem Ort, den sie beide nicht kannten, in einer fremden, neuen Umgebung. Ja, dann wäre vielleicht alles wieder geworden, wie es einstmals war. Dann hätten sie einander in die Arme stürzen können – wie einst, in Sehnsucht, zu Wonne – und Frieden. Es fuhr ihm durch den Sinn: Wenn ich ihr nun sagte: Anna! Drei Tage und drei Nächte gehören uns! Wenn ich sie bäte... mit den rechten Worten... ihr zu Füßen, sie anflehte... komm mit mir! komm... Sie widerstände nicht lang! Sie folgte mir gewiß... Er wußte es. Warum sprach er die rechten Worte nicht aus? Warum flehte er sie nicht an? Warum schwieg er, saß am Pianino, abgewandt, griff leise Töne und Akkorde...? Warum?... Da fühlte er auf seinem Haupt ihre weichen Hände. Seine Finger lagen schwer auf den Tasten, irgendein Akkord tönte nach. Er wagte nicht sich umzuwenden. Er fühlte: sie weiß es auch. Was weiß sie...? Ist es denn wahr...? Ja... es ist wahr. Und er dachte der Stunde, nach der Geburt seines toten Kindes – da er an ihrem Bett gesessen und sie schweigend dagelegen war, den Blick in den dämmrigen Garten gerichtet... Schon in jener Stunde hatte sie's gewußt – früher als er – – daß alles zu Ende war. Und er hob seine Hände vom Klavier auf, nahm die ihren, die noch immer auf seinem Haupt lagen, führte sie an seine Wangen, zog sie selber nach, bis sie wieder ganz nah bei ihm war und langsam auf seine Knie niedersank. Und schüchtern begann er wieder: „Anna... vielleicht... könntest du dich doch entschließen... Vielleicht wär es mir auch möglich, wenn ich telegraphiere, noch ein paar Tage Urlaub mehr zu bekommen. Du, Anna... hörst du... es wäre doch wunderschön..." Ganz in der Tiefe kam ihm ein Plan. Wenn er wirklich mit ihr auf einige Tage fortreiste. Und ihr bei dieser Gelegenheit ehrlich sagte: Es soll zu Ende sein, Anna! Aber das Ende unserer Liebe soll schön sein, wie es der Anfang war. Nicht matt und traurig, wie diese Stunden in deinem Elternhaus....... Wenn ich ihr das – irgendwo auf dem Land, ehrlich sagte... wär es nicht würdiger, ihrer und meiner – und unseres vergangenen Glücks...? Und in diesem Vorsatz wurde er dringender, kühner, leidenschaftlich beinahe... und seine Worte klangen wieder wie vor langer, langer Zeit.

Sie auf seinen Knien, die Arme um seinen Hals, erwiderte leise: „Noch einmal – Georg, mach ich das nicht durch."

Schon hatte er ein Wort auf den Lippen, mit dem er ihre Befürchtungen zerstreuen konnte. Aber er hielt es zurück. Denn ausgesprochen, hätte es doch nichts anderes bedeutet, als daß er wohl daran dachte, wieder ein paar Stunden der Lust mit ihr zu durchleben, aber daß er nicht geneigt war, irgendeine Verpflichtung auf sich zu nehmen. Er fühlte es: um sie nicht zu verletzen, hätte er nur dies eine sagen dürfen: du gehörst mir für immer! Du sollst ja ein Kind von mir haben! Zu Weihnachten, zu Ostern spätestens hol ich dich – und nie mehr werden wir voneinander getrennt sein. Er fühlte, wie sie dieses Wort mit einer letzten Hoffnung erwartete – mit einer Hoffnung, an deren Erfüllung sie selbst nicht mehr glaubte. Aber er schwieg. Wenn er ausgesprochen hätte, was sie ersehnte, so hätte er sich aufs neue gebunden und – nun wußte er es – so tief, wie er es noch nie gewußt, daß er frei sein wollte.

Immer noch ruhte sie auf seinen Knien, ihre Wange an seine Wange gelehnt; sie schwiegen lang und wußten, daß dies der Abschied war.

Endlich, entschlossen sagte Georg: „Wenn du also nicht mit mir kommen willst, Anna, dann reise ich ganz direkt zurück – morgen. Und wir sehen uns erst im Frühjahr wieder. Bis dahin gibt's wieder nur Briefe. Es sei denn, daß ich zu Weihnachten, wenn's möglich ist..."

Sie hatte sich erhoben und lehnte am Klavier. „Schon wieder ist er leichtsinnig“, sagte sie. „Ist es nicht am Ende sogar besser, wenn wir uns erst nach Ostern wiedersehen?“

„Warum besser?“

„Bis dahin wird – alles noch viel klarer sein.“

Er wünschte sie nicht zu verstehen. „Du meinst, wegen des Vertrags? Ja… da muß ich mich schon in den nächsten Wochen entscheiden. Die Leute wollen ja wissen, woran sie sind. Andererseits, auch wenn ich unterschriebe, auf drei Jahre, und es kämen andere Chancen, gegen meinen Willen werden sie mich nicht halten. Aber bis jetzt scheint es wirklich, daß der Aufenthalt in der kleinen Stadt mir sehr förderlich ist. Nie hab ich so intensiv arbeiten können, wie dort. Hab ich dir nicht geschrieben, wie ich manchmal nach dem Theater bis drei Uhr früh an meinem Schreibtisch gesessen bin? Und war um acht ausgeschlafen und frisch!“

Sie sah ihn immer nur an, mit einem Blick, schmerzlich und nachsichtig zugleich, der ihn wie ein Blick des Zweifels berührte. Hatte sie nicht einmal an ihn geglaubt! Hatte sie nicht in einer halbdunkeln Kirche vertrauensvoll und zärtlich zu ihm gesprochen: „Ich will zum Himmel beten, daß ein großer Künstler aus dir werde.“ Wieder war ihm, als hielte sie längst nicht mehr so viel von ihm, als in früherer Zeit. Er fühlte sich beunruhigt und fragte sie unsicher: „Du erlaubst doch, daß ich dir meine Violinsonate schicke, sobald sie fertig ist? Du weißt, auf niemandes Urteil geb ich so viel, wie auf deins.“ Und er dachte: wenn ich sie mir doch als Freundin erhalten könnte… oder einmal wiedergewinnen… als Freundin… Wird es möglich sein?

Sie sagte: „Du hast mir auch von ein paar neuen Phantasiestücken geschrieben, für Klavier allein.“

„Ganz richtig. Sie sind aber noch nicht ganz fertig. Aber ein anderes, das ich… das ich… er fand es selbst töricht, daß er zögerte – heuer im Sommer komponiert habe, an dem See, wo diese arme Person ertrunken ist, die Geliebte Heinrichs, das kennst du ja auch noch nicht. Könnt ich nicht… ich spiel dir's vor, ganz leise, willst du?“

Sie nickte und schloß die Tür. Dort, hinter ihm blieb sie regungslos stehen, als er begann.

Und er spielte. Er spielte das kleine, leidenschaftlich-schwermütige Stück, das er an seinem See komponiert hatte, als Anna und das Kind für ihn völlig vergessen waren. Es erleichterte ihn sehr, daß er es ihr vorspielen durfte. Sie mußte ja verstehen, was diese Töne zu ihr sprachen. Es war gar nicht möglich, daß sie es nicht verstand. Er hörte sich selbst gleichsam sprechen aus diesen Tönen; ja ihm war, als verstände er jetzt erst völlig sich selbst. Leb wohl, Geliebte, leb wohl. Es war schön. Und nun ist es vorbei... Leb wohl Geliebte... Was uns beiden gemeinsam bestimmt war, haben wir durchlebt. Und was nun kommen mag, für mich und für dich, wir werden einander etwas Unvergeßliches bedeuten. Nun geht mein Leben einen andern Weg... Und deines auch. Es muß vorbei sein... Ich hab dich geliebt. Ich küsse deine Augen... Ich danke dir, du Gütige, Sanfte, Schweigende. Leb wohl, Geliebte... Leb wohl... Die Töne verklangen. Er hatte nicht von den Tasten aufgesehen, während er spielte; jetzt wandte er sich langsam nach ihr um. Ernst, mit leise zitternden Lippen stand sie hinter ihm. Er faßte ihre Hände und küßte sie. „Anna, Anna... !“ rief er aus. Das Herz wollte ihm zerspringen.

„Vergiß mich nicht ganz“, sagte sie leise.

„Ich schreib dir, sobald ich wieder dort bin.“

Sie nickte.

„Und du mir auch, Anna... Und alles... alles... verstehst du mich.“

Sie nickte wieder.

„Und... und... morgen früh seh ich dich noch einmal.“

Sie schüttelte den Kopf. Er wollte etwas erwidern, wie erstaunt – als verstünde es sich eigentlich von selbst, daß er sie noch einmal vor der Abreise sehen müßte. Sie erhob leicht die Hand, als bäte sie ihn zu schweigen. Er stand auf, drückte sie an sich, küßte ihren Mund, der kühl war und seinen Kuß nicht erwiderte, und verließ das Zimmer. Sie blieb zurück, mit schlaffen Armen, stehend, die Augen geschlossen. Er eilte die Treppen hinab. Unten auf der Straße war ihm, als müßte er noch einmal hinauf – ihr sagen: „Es ist ja alles nicht wahr! Das war nicht der Abschied. Ich liebe dich ja. Ich gehöre dir. Es kann nicht zu Ende sein...“

Aber er fühlte, daß er es nicht durfte. Jetzt nicht. Morgen vielleicht. Von heute Abend bis morgen früh würde sie ihm nicht entglitten sein... Und er eilte umher, planlos, durch leere Straßen, wie in einem leichten Rausch von Schmerz und Freiheit. Er war froh, daß er sich mit niemandem verabredet hatte und allein bleiben durfte. Weit draußen in einem niedern, alten, rauchigen Wirtshaus, wo an Nebentischen Menschen aus einer andern Welt saßen, in einer stillen Ecke nahm er sein Nachtmahl und erschien sich wie in einer fremden Stadt: einsam, ein wenig stolz auf seine Einsamkeit und ein wenig durchschauert von seinem Stolz.

Am nächsten Tag um die Mittagsstunde spazierte Georg mit Heinrich durch die Alleen des Dornbacher Parks. Eine Luft, die von dünnen Nebeln schwer war, umgab sie, durchfeuchtetes Laub knisterte und glitt unter ihren Füßen, und durchs Gesträuch schimmerte die Straße, auf der sie gerade vor einem Jahr den rötlich-gelben Hügeln entgegengezogen waren. Die Äste breiteten sich regungslos, als drückte die ferne Schwüle der umgrauten Sonne sie nieder.

Heinrich war eben daran, den Schluß seines Dramas zu erzählen, der ihm gestern eingefallen war. Ägidius war auf der Insel gelandet, gefaßt nach der Todesfahrt von sieben Tagen sein vorverkündetes Schicksal zu erleiden. Der Fürst schenkt ihm das Leben, Ägidius nimmt es nicht an und stürzt sich vom Felsen ins Meer hinab.

Georg war nicht befriedigt. „Warum muß Ägidius sterben?“ Er glaubte nicht daran.

Heinrich begriff nicht, daß man das erst erklären sollte. „Wie kann er denn weiterleben“, rief er aus. „Er war zum Tode verurteilt. Immer mit dem Ausblick auf das Ende, als unumschränkter Herr auf dem Schiff, Geliebter der Prinzessin, Freund von Weisen, Sängern, Sternguckern, aber immer mit dem Ausblick auf das Ende, hat er die herrlichsten Tage erlebt, die je einem Menschen geschenkt waren. Dieser ganze Reichtum hätte sozusagen seinen Sinn verloren, ja, die hoheitsvoll-würdige Erwartung des letzten Augenblicks müßte sich in der Erinnerung dem Ägidius zu lächerlich genarrter Todesangst verändern, wenn diese ganze Todesfahrt sich am Ende als ein schaler Spaß enthüllte. Darum muß er sterben.“

„Und Sie halten das für wahr?“ fragte Georg mit noch stärkerem Zweifel als vorher. „Ich kann mir nicht helfen, ich nicht.“

„Das macht nichts“, erwiderte Heinrich. „Wenn es Ihnen jetzt schon wahr erschiene, hätte ich es zu leicht. Aber wenn die letzte Silbe meines Stückes einmal geschrieben ist, wird es wahr geworden sein. Oder...“ Er sprach nicht weiter. Sie stiegen eine Wiese hinan, und bald breitete sich das wohlbekannte Tal zu ihren Füßen aus. An der Hügellehne rechts schimmerte der

Sommerhaidenweg, auf der andern Seite, hart am Wald, zeigte sich der gelb angestrichene Gasthof, mit den roten Holzterrassen und nicht weit davon, das kleine Haus mit dem dunkelgrauen Giebel. In ungewissem Nebel war die Stadt zu ahnen, noch weiter schwamm die Ebene zur Höhe auf und ganz ferne verdämmerten blasse, niedrig gezogene Berglinien. Nun war eine breite Fahrbahn zu überschreiten, und endlich führte ein Feldweg über Wiesen und Äcker nach abwärts. Weit abgerückt zu beiden Seiten ruhte der Wald.

In Georg war ein Vorgefühl der Sehnsucht, mit der er in Jahren, vielleicht schon morgen sich dieser Landschaft erinnern würde, die nun aufgehört hatte ihm Heimat zu sein.

Endlich standen sie vor dem kleinen Haus mit dem Giebel, das Georg ein letztes Mal hatte sehen wollen. Tür und Fenster waren mit Brettern verschlagen; verwittert, wie uralt geworden vor der Zeit, stand es da und wollte von der Welt nichts wissen.

„Ja, nun heißt es Abschied nehmen“, sagte Georg in leichtem Ton. Sein Blick fiel auf die Tonfigur inmitten der verblühten Beete. „Komisch“, sagte er zu Heinrich, „daß ich den blauen Knaben da immer für einen Engel gehalten hab. Das heißt, ich hab ihn nur so genannt, denn ich hab ja immer gewußt, wie er aussieht, und daß er eigentlich ein gelockter Bub ist, barfuß, mit Röckchen und Gürtel.“

„Heut über ein Jahr“, sagte Heinrich, „hätten Sie doch geschworen, daß der blaue Knabe Flügel gehabt hat.“

Georg warf einen Blick nach oben zur Mansarde. Es war ihm, als bestände die Möglichkeit, daß irgend jemand plötzlich auf den Balkon heraustreten könnte. Labinski vielleicht, der sich seit jenem Traum nicht mehr gemeldet hatte? Oder er selber, ein Georg von Wergenthin aus früherer Zeit? Der Georg dieses Sommers, der dort oben gewohnt hatte? Dumme Einfälle. Der Balkon blieb leer, das Haus war stumm, und der Garten schlummerte tief. Enttäuscht wandte Georg sich ab. „Kommen Sie“, sagte er zu Heinrich. Sie gingen und nahmen die Straße zum Sommerhaidenweg.

„Wie warm es geworden ist“, sagte Heinrich, zog den Überzieher aus und warf ihn seiner Gewohnheit nach über die Schultern.

In Georg war ein ödes, etwas trockenes Erinnern. Er wandte sich an Heinrich. „Ich will es Ihnen lieber gleich sagen. Die Geschichte ist aus.“

Heinrich sah ihn rasch von der Seite an, dann nickte er, nicht sonderlich überrascht.

„Aber“, setzte Georg mit einem schwachen Versuch zu scherzen hinzu, „Sie werden dringend gebeten, nicht an den Engelsknaben zu denken.“

Heinrich schüttelte ernsthaft den Kopf. „Danke. Die Fabel vom blauen Engel können Sie Nürnberger widmen.“

„Er hat doch wieder einmal recht behalten“, sagte Georg.

„Er behält immer recht, lieber Georg. Man kann nämlich nie und nimmer betrogen werden, wenn man allem auf Erden mißtraut, sogar seinem eigenen Mißtrauen. Auch wenn Sie Anna geheiratet hätten, hätte er recht behalten... oder es käme Ihnen wenigstens so vor. Aber jedenfalls denk ich... Sie erlauben mir wohl das auszusprechen... ist es gut so, wie es gekommen ist.“

„Gut? Für mich gewiß“, erwiderte Georg mit absichtlicher Schärfe, als hätte er durchaus nicht die Absicht seine Handlungsweise zu beschönigen. „In Ihrem Sinn Heinrich, war es vielleicht sogar eine Pflicht gegen mich, daß ich ein Ende machte.“

„Dann war es wohl auch Ihre Pflicht gegen Anna“, sagte Heinrich.

„Das wird sich doch erst zeigen. Wer weiß, ob ich sie nicht aus ihrer Bahn gerissen habe.“

„Aus ihrer Bahn?“

„Erinnern Sie sich noch, wie Leo Golowski einmal von ihr sagte, sie sei bestimmt, im Bürgerlichen zu enden?“

„Meinen Sie, Georg, eine Ehe mit Ihnen wäre etwas sehr Bürgerliches geworden? Anna war vielleicht geschaffen Ihre Geliebte zu sein – nicht Ihre Frau. Wer weiß, ob nicht der, den sie einmal heiraten wird, allen Grund hätte Ihnen dankbar zu sein, wenn die Männer nicht so rasend dumm wären. Reine Erinnerungen haben ja die Menschen doch nur, wenn sie was erlebt haben. Die Frauen so gut wie wir.“

Sie spazierten auf dem Sommerhaidenweg weiter, in der Richtung gegen die Stadt, die aus grauem Dunst hervorstieg, und näherten sich dem Friedhof.

„Hat es eigentlich einen Sinn“, fragte Georg zögernd, „das Grab eines Wesens zu besuchen, das niemals gelebt hat?“

„Dort liegt Ihr Kind?“

Georg nickte. Sein Kind! Wie seltsam es immer wieder klang! Sie gingen längs der braunen Holzlatten hin, über die Grabsteine und Kreuze ragten, an einer niedern Ziegelmauer weiter, zum Eingang. Ein Wächter, den sie fragten, wies ihnen den Weg über die breite, mit Weiden bepflanzte Mittelstraße. Auf einem Wiesenplan, hart an den Planken, auf niedern wie zum Spiel aufgeworfenen Hügeln, reihten sich ovale Plättchen aneinander, jedes mit zwei kurzen Armen in die Erde gerammt. Der Hügel, den Georg suchte, lag in der Mitte der Wiese. Dunkelrote Rosen lagen darauf. Georg erkannte sie. Das Herz stand ihm stille. Wie gut, dachte er, daß wir einander nicht begegnet sind. Hat sie's am Ende gehofft?

„Dort wo diese Rosen liegen?“ fragte Heinrich.

Georg nickte.

Sie standen eine Weile stumm. „Nicht wahr“, fragte Heinrich dann, „an die Möglichkeit dieses Ausgangs hatten Sie wohl innerhalb der ganzen Zeit niemals gedacht?“

„Niemals? Ich weiß nicht recht. Es gehen einem ja allerlei Möglichkeiten durch den Sinn. Aber ernstlich hab ich natürlich nie daran gedacht. Wie sollte man auch?“ Er erzählte Heinrich nicht zum erstenmal, wie der Professor damals den Tod des Kindes erklärt hatte. Ein unglücklicher Zufall war es gewesen, an dem ein bis zwei Perzent der Neugeborenen zugrunde gehen mußten. Freilich, warum gerade *hier* dieser Zufall eingetreten war, das hatte der Professor nicht zu sagen gewußt. Aber war Zufall nicht nur ein Wort? Mußte nicht auch dieser Zufall seine Ursache gehabt haben?...

Heinrich zuckte die Achseln. „Natürlich... Eine Ursache nach der andern und seinen letzten Grund im Anfang aller Dinge. Wir könnten gewiß das Eintreten mancher sogenannten Zufälle verhindern, wenn wir mehr Überblick hätten, mehr Wissen und mehr Macht. Wer weiß, ob nicht auch der Tod Ihres Kindes in irgendeinem Augenblick abzuwenden war?“

„Und vielleicht wäre es sogar in meiner Macht gestanden“, sagte Georg langsam.

„Das versteh ich nicht. Waren denn irgendwelche Vorzeichen, oder...“

Georg stand da, den Blick starr auf den kleinen Hügel gerichtet: „Ich will Sie was fragen, Heinrich, aber lachen Sie mich nicht aus. Halten Sie es für möglich, daß ein ungeborenes Kind daran sterben kann, daß man es nicht so herbeisehnt, wie man sollte: an zu wenig Liebe gewissermaßen?"

Heinrich legte ihm die Hand auf die Schulter. „Georg, wie kommen Sie, der sonst ein so anständiger Mensch ist, auf derartige metaphysische Einfälle?"

„Nennen Sie's, wie Sie wollen, metaphysisch oder dumm; ich kann seit einiger Zeit den Gedanken nicht los werden, daß ich in einem gewissen Grad an diesem Ausgang die Schuld trage."

„Sie?"

„Wenn ich früher sagte, daß ich's nicht genug herbeigesehnt habe, so hab ich mich nicht gut ausgedrückt. Die Wahrheit ist: daß ich an dieses kleine Wesen, das auf die Welt kommen sollte, geradezu vergessen hatte. Und besonders in den letzten Wochen vor seiner Geburt hatte ich es völlig vergessen gehabt. Ich kann's nicht anders sagen. Natürlich wußte ich immer, was bevorstand, aber es ging mich sozusagen nichts an. Ich habe hingelebt, ohne dran zu denken. Nicht immerfort, aber oft und ganz besonders im Sommer am See, an meinem See, wie Sie ihn nennen... da war ich... Ja da wußt ich einfach nichts davon, daß ich ein Kind bekommen sollte."

„Man hat mir allerlei erzählt", sagte Heinrich vorbeischauend.

Georg sah ihn an. „So wissen Sie also, was ich meine. Nicht nur dem Kind, dem ungeborenen, sondern auch der Mutter war ich fern in einer so unheimlichen Weise, daß ich es Ihnen beim besten Willen nicht schildern, daß ich's heut selber kaum mehr begreifen kann. Und es gibt Momente, da kann ich mich des Gedankens nicht erwehren, daß zwischen jenem Vergessen und dem Tod meines Kindes irgendein Zusammenhang bestehen müßte. Halten Sie denn so was für vollkommen ausgeschlossen?"

Heinrich hatte tiefe Falten in der Stirn. „Vollkommen ausgeschlossen, das kann man nicht einmal sagen. Die Wurzeln verschlingen sich ja gewiß oft so tief, daß wir unmöglich bis dort hinabschauen können. Ja vielleicht gibt es sogar solche Zusammenhänge. Aber wenn es solche gibt... nicht für Sie Georg! Für Sie hätten diese Zusammenhänge keine Geltung, auch wenn sie existierten."

„Für mich keine Geltung?"

„Der ganze Einfall, den Sie da ausgesprochen haben, der paßt mir nicht zu Ihnen. Der kommt nicht aus Ihrer Seele. Bestimmt nicht. Nie in Ihrem Leben wär Ihnen etwas Derartiges eingefallen, wenn Sie nicht mit einem Subjekt meiner Art verkehrten und es nicht zuweilen Ihre Art wäre, nicht Ihre Gedanken zu denken, sondern die von Menschen, die stärker – oder auch schwächer sind als Sie. Und ich versichre Sie, was Sie auch an dem See dort, an Ihrem... an unserm... erlebt haben mögen, Sie haben damit gewiß keine sogenannte Schuld auf sich geladen. Bei einem andern wär es vielleicht Schuld gewesen. Aber bei Ihnen, der von Natur aus – Sie verzeihen schon – ziemlich leichtfertig und ein bißchen gewissenlos angelegt ist, war es gewiß nicht Schuld. Soll ich Ihnen was sagen? Sie fühlen sich nämlich gar nicht schuldig in Hinsicht auf das Kind, sondern das Unbehagen, das Sie spüren, kommt nur daher, daß Sie die Verpflichtung zu haben glauben sich schuldig zu fühlen. Sehen Sie, ich, wenn ich irgend was in der Art Ihres Abenteuers erlebt hätte, wäre vielleicht schuldig geworden, weil ich mich möglicherweise schuldig gefühlt hätte."

„Sie Heinrich, hätten sich in meinem Falle schuldig gefühlt?"

„Vielleicht auch nicht. Wie kann ich das wissen. Sie denken jetzt wahrscheinlich daran, daß ich neulich ein Wesen direkt in den Tod getrieben und mich trotzdem sozusagen ohne Schuld gefühlt habe?"

„Ja daran denk ich. Und darum versteh ich nicht..."

Heinrich zuckte die Achseln. „Ja. Ich hab mich ohne Schuld gefühlt. Irgendwo in meiner Seele. Und wo anders, tiefer vielleicht, hab ich mich schuldig gefühlt... und noch tiefer, wieder schuldlos. Es kommt immer nur darauf an, wie tief wir in uns hineinschauen. Und wenn die Lichter in allen Stockwerken angezündet sind, sind wir doch alles auf einmal: schuldig und unschuldig, Feiglinge und Helden, Narren und Weise. „Wir" – das ist vielleicht etwas zu allgemein ausgedrückt. Bei Ihnen, zum Beispiel, Georg, dürften sich alle diese Dinge viel einfacher verhalten, wenigstens wenn Sie von der Atmosphäre unbeeinflußt sind, die ich zuweilen um Sie verbreite. Darum geht's Ihnen auch besser als mir. Viel besser. In mir sieht's nämlich greulich aus. Sollten Sie das noch nicht bemerkt haben? Was hilft's mir am Ende, daß in allen meinen Stockwerken die Lichter brennen? Was hilft mir mein Wissen von den Menschen und mein herrliches Verstehen? Nichts... Weniger als nichts. Im Grunde möcht ich ja doch nichts anderes, Georg, als daß all das Furchtbare der letzten Zeit nichts gewesen wäre, als ein böser Traum. Ich schwöre Ihnen, Georg, meine ganze Zukunft und weiß Gott was alles gäb ich her, wenn ich's ungeschehen machen könnte. Und wär es ungeschehen... so wär ich wahrscheinlich geradeso elend wie jetzt."

Sein Gesicht verzerrte sich, als wenn er aufschreien wollte. Gleich aber stand er wieder da, starr, regungslos, fahl, wie ausgelöscht. Und er sagte: „Glauben Sie mir, Georg, es gibt Momente, in denen ich die Menschen mit der sogenannten Weltanschauung beneide. Ich, wenn ich eine wohlgeordnete Welt haben will, ich muß mir immer selber erst eine schaffen. Das ist anstrengend für jemanden, der nicht der liebe Gott ist."

Er seufzte schwer auf. Georg gab es auf, ihm zu erwidern. Unter den Weiden schritt er mit ihm dem Ausgang zu. Er wußte, daß diesem Menschen nicht zu helfen war. Irgend einmal war ihm wohl bestimmt, von einer Turmspitze, auf die er in Spiralen hinaufgeringelt war, hinabzustürzen ins Leere; und das würde sein Ende sein. Georg aber war es gut und frei zumut. Er faßte den Entschluß, die drei Tage, die jetzt ihm gehörten, so vernünftig als möglich auszunutzen. Das beste war wohl, irgendwo in einer schönen, stillen Landschaft allein zu sein, auszuruhen und sich zur neuen Arbeit zu sammeln. Das Manuskript der Violinsonate hatte er mit nach Wien genommen. Die vor allem dachte er zu vollenden.

Sie durchschritten das Tor und standen auf der Straße. Georg wandte sich um, aber die Friedhofsmauer hielt seinen Blick auf. Erst nach ein paar Schritten hatte er den Ausblick nach dem Talgrund wieder frei. Doch konnte er nur mehr ahnen, wo das kleine Haus mit dem grauen Giebel lag; sichtbar war es von hier aus nicht mehr. Über die rötlich-gelben Hügel, die die Landschaft abschlossen, sank der Himmel in mattem Herbstschein. In Georgs Seele war ein mildes Abschiednehmen von mancherlei Glück und Leid, die er in dem Tal, das er nun für lange verließ, gleichsam verhallen hörte; und zugleich ein Grüßen unbekannter Tage, die aus der Weite der Welt seiner Jugend entgegenklangen.